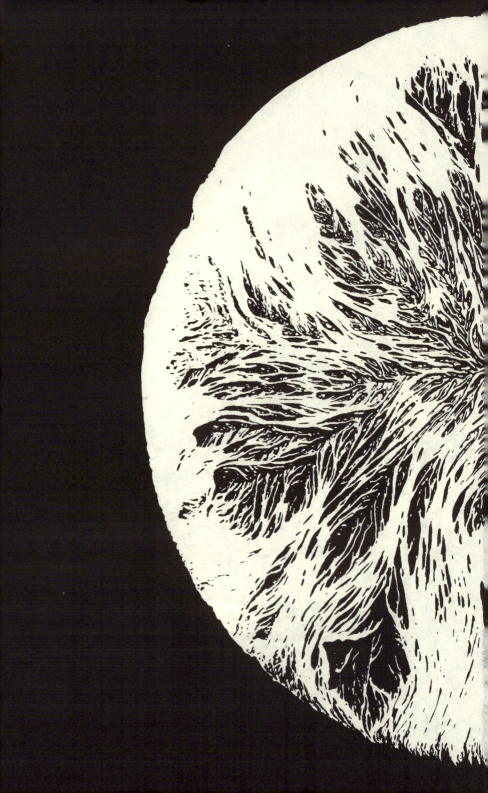

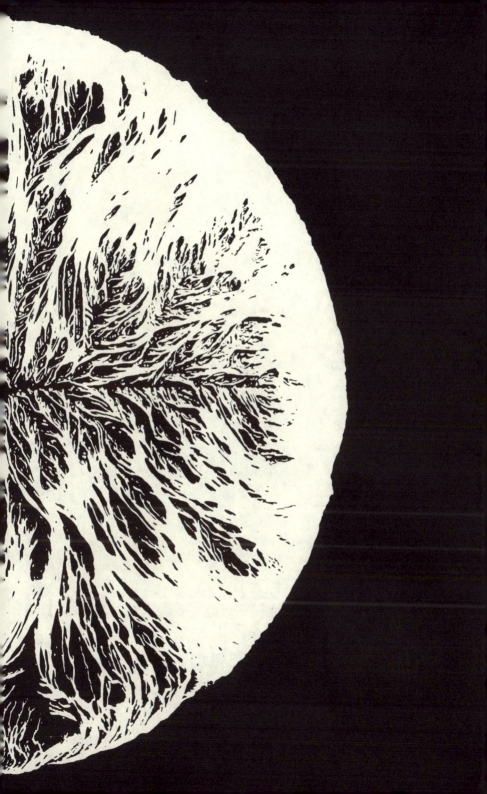

OCTAVIA E. BUTLER

A PARÁBOLA DOS TALENTOS
SEMENTE DA TERRA VOL. 2

TRADUÇÃO
CAROLINA CAIRES COELHO

MORROBRANCO
EDITORA

Copyright © 1998 Octavia E. Butler
Publicado em comum acordo com © Estate of Octavia E. Butler, e Ernestine Walker-Zadnick, c/o Writers House LLC.
Título original em inglês: *Parable of the Talents*

Direção editorial: VICTOR GOMES
Coordenação editorial: GIOVANA BOMENTRE
Tradução: CAROLINA CAIRES COELHO
Preparação: CÁSSIO YAMAMURA
Revisão: MELLORY FERRAZ
Design de capa: MECOB
Projeto gráfico e adaptação da capa: MARINA NOGUEIRA
Imagens de capa: © SHUTTERSTOCK.COM
Imagens internas: © RULEBYART
Diagramação: DESENHO EDITORIAL

QUESTÕES PARA DISCUSSÃO E ENTREVISTA OCTAVIA E. BUTLER: © 2000 POR OCTAVIA E. BUTLER E WARNER BOOKS, INC.

ESSA É UMA OBRA DE FICÇÃO. NOMES, PERSONAGENS, LUGARES, ORGANIZAÇÕES E SITUAÇÕES SÃO PRODUTOS DA IMAGINAÇÃO DO AUTOR OU USADOS COMO FICÇÃO. QUALQUER SEMELHANÇA COM FATOS REAIS É MERA COINCIDÊNCIA.

TODOS OS DIREITOS RESERVADOS. PROIBIDA A REPRODUÇÃO, NO TODO OU EM PARTES, ATRAVÉS DE QUAISQUER MEIOS. OS DIREITOS MORAIS DO AUTOR FORAM CONTEMPLADOS.

DADOS INTERNACIONAIS DE CATALOGAÇÃO NA PUBLICAÇÃO (CIP)

B985p Butler, Octavia Estelle
A parábola dos talentos / Octavia E. Butler; Tradução: Carolina Caires Coelho. – São Paulo: Editora Morro Branco, 2019.
p. 560; 14x21cm.
ISBN: 978-85-92795-58-0
1. Literatura americana – Romance. 2. Ficção distópica. I. Caires Coelho, Carolina. II. Título.
CDD 813

TODOS OS DIREITOS DESTA EDIÇÃO RESERVADOS À:
EDITORA MORRO BRANCO
Alameda Santos 1357, 8º andar
01419-908 – São Paulo, SP – Brasil
Telefone (11) 3373-8168
www.editoramorrobranco.com.br

Impresso no Brasil
2021

PRÓLOGO	12
2032	16
2033	182
2035	309
EPÍLOGO	514
UMA CONVERSA COM OCTAVIA E. BUTLER	536
QUESTÕES PARA DISCUSSÃO	549

Às minhas tias,
Irma Harris e Hazel Ruth Walker,
e em memória de minha mãe,
Octavia Margaret Butler

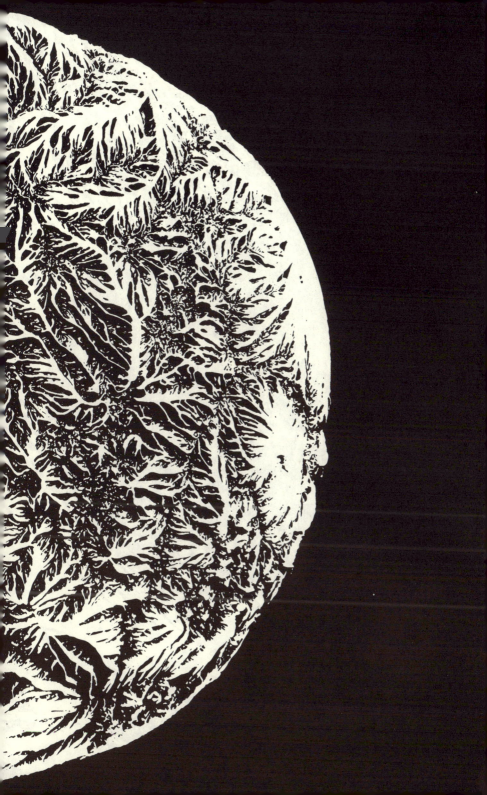

PRÓLOGO

Aqui estamos...

Energia,

Massa,

Vida,

Moldando vida,

Mente,

Moldando mente,

Deus,

Moldando Deus.

Reflita...

Nascemos

Não com propósito,

Mas com potencial.

— SEMENTE DA TERRA: OS LIVROS DOS VIVOS
Por Lauren Oya Olamina

Ela será transformada em um deus. Acho que isso a deixaria contente, se ela tomasse conhecimento. Apesar de todos os protestos e de toda a negação, ela sempre precisou de seguidores — discípulos — dedicados e obedientes, que ouvissem o que dizia e acreditassem em tudo o que contava. E precisava de acontecimentos grandes para manipular. Todos os deuses parecem precisar dessas coisas.

Seu nome completo era Lauren Oya Olamina Bankole. Para aqueles que a amavam ou que a odiavam, ela era só "Olamina".

Ela era minha mãe biológica.

E está morta.

Sempre quis amá-la e acreditar que o que aconteceu entre ela e eu não foi sua culpa. Sempre quis. Mas, na realidade, eu a odiava, a temia e precisava dela. No entanto, nunca confiei nela, nunca compreendi como podia ser como era — tão focada, e ainda assim tão equivocada, presente para o mundo todo, mas nunca para mim. Ainda não compreendo. E, agora que ela morreu, não sei nem se um dia compreenderei. Mas devo tentar, porque preciso entender a mim mesma, e ela faz parte de mim. Queria que não fizesse, mas faz. Para que eu possa compreender quem sou, devo começar a compreender quem ela era. É esse meu motivo para escrever e organizar este livro.

Sempre consegui organizar meus sentimentos escrevendo. Eu e ela tínhamos isso em comum. E junto com a necessidade de escrever, ela também desenvolveu uma necessidade de desenhar. Se tivesse nascido em uma época mais sã, talvez tivesse se tornado escritora, como eu, ou uma artista.

Eu reuni alguns de seus desenhos, embora ela tenha se desfeito da maioria enquanto era viva. E tenho cópias de tudo o que foi salvo de seus textos. Até mesmo alguns de seus cadernos antigos de papel foram copiados, em disco rígido ou cristal, e salvos. Ela tinha o hábito, durante a juventude, de esconder pacotes de comida, dinheiro e armamentos em lugares discretos ou com pessoas de confiança, podendo voltar diretamente para eles anos mais tarde. Esses pacotes salvaram sua vida várias vezes, e também salvaram suas palavras, seus diários e anotações, além dos textos de meu pai. Ela conseguiu atormentá-lo para que escrevesse um pouco. Ele escrevia bem, apesar de não gostar. Ainda bem que ela o perturbou. Fico contente por tê-lo conhecido pelos escritos dele, pelo menos. Me pergunto por que não fico contente por tê-la conhecido pelos escritos dela.

"Deus é Mudança", minha mãe acreditava. Era isso o que ela dizia nos primeiros de seus versos em *Semente da Terra: o primeiro livro dos vivos.*

Tudo o que você toca
Você Muda.

Tudo o que você Muda
Muda você.

A única verdade perene
É a Mudança.

Deus
é mudança.

As palavras são inofensivas, creio, e metaforicamente verdadeiras. Pelo menos, ela começou com uma espécie de verdade. E agora ela me tocou uma última vez com suas lembranças, sua vida e sua maldita Semente da Terra.

Damos nossos mortos
Aos pomares
E arvoredos.
Damos nossos mortos
À vida.

— **SEMENTE DA TERRA: OS LIVROS DOS VIVOS**

1

A treva
Dá forma à luz
Conforme a luz
Molda a treva.
A morte
Dá forma à vida
Conforme a vida
Molda a morte.
O universo
E Deus
Compartilham essa inteireza,
Um
Definindo o outro.
Deus
Dá forma ao universo
Conforme o universo
Molda Deus.

— **Semente da Terra: os livros dos vivos**

De *Memórias de Outros Mundos*
Por Taylor Franklin Bankole

Eu li que o período de revolta aos quais os jornalistas começaram a se referir como "o Apocalipse" ou, mais comumente, mais amargamente, "a Praga", durou de 2015 até 2030 – uma década e meia de caos. Isso é inexato. A Praga tem sido um tormento muito mais comprido. Começou bem antes de 2015, talvez antes até da virada do milênio. Não terminou. Eu também li que a Praga foi causada pela coincidência acidental de crises climáticas, econômicas e sociológicas. Seria mais honesto dizer que a Praga foi causada por nossa própria recusa em lidar com problemas óbvios nessas áreas. Causamos os problemas; em seguida, nos sentamos e observamos se tornarem crises. Ouvi pessoas negando isso, mas nasci em 1970. Pude ver o suficiente para saber que é verdade. Vi a educação tornar-se mais um privilégio dos ricos do que a necessidade básica que precisa ser se quisermos que a sociedade civilizada sobreviva. Observei a conveniência, o lucro e a inércia serem desculpas para uma degradação ambiental maior e mais perigosa. Vi a pobreza, a fome e a doença se tornarem inevitáveis para cada vez mais pessoas.

De modo geral, a Praga teve o efeito de uma Terceira Guerra Mundial parcelada. Inclusive, houve várias guerras pequenas e sangrentas que ocorreram pelo mundo nesse período. Eram disputas idiotas – desperdícios de vida e de riquezas. Foram travadas sob a alegação de que precisavam se defender contra inimigos estrangeiros terríveis. Com muita frequência, elas eram na verdade travadas porque líderes inadequados não sabiam mais o que fazer. Esses líderes sabiam que podiam contar com medo, suspeita, ódio, necessidade e ganância para gerar apoio patriótico em favor da guerra.

Em meio a tudo isso, de alguma forma, os Estados Unidos da América sofreram uma grande derrota não militar. Eles não perderam uma guerra importante, mas, apesar disso, não sobreviveram à Praga. Talvez simplesmente tenham perdido de vista o que outrora aspiravam a ser, e então cometeram erros e mais erros à exaustão.

O que sobrou, o que se tornou, não sei.

Taylor Franklin Bankole era meu pai. Por seus escritos, ele parece ter sido um homem meio formal, atento, que acabou ficando com minha mãe, esquisita e teimosa, apesar de ela praticamente ter idade para ser neta dele. Minha mãe parece tê-lo amado, parece ter sido feliz com ele. Ele e minha mãe se conheceram durante a Praga quando ambos estavam desabrigados. Mas ele era um médico de 57 anos — um médico de família — e ela era uma garota de 18 anos. A Praga deu a eles lembranças terríveis em comum. Ambos tiveram seus bairros destruídos — o dele em San Diego, e o dela em Robledo, um bairro residencial de Los Angeles. Isso parece ter sido o suficiente para eles. Em 2027, eles se conheceram, gostaram um do outro e se casaram. Eu acho, ao ler as entrelinhas de alguns dos escritos de meu pai, que ele queria cuidar daquela garota jovem e estranha que tinha encontrado. Queria mantê-la protegida do caos da época, segura das gangues, das drogas, da escravidão e das doenças. E, claro, ele se sentiu lisonjeado por ela desejá-lo. Era um ser humano, e sem dúvida já estava cansado de ficar sozinho. Sua primeira esposa havia morrido dois anos antes de eles se encontrarem.

Claro que ele não podia manter minha mãe em segurança. Ninguém poderia. Ela havia escolhido seu caminho muito antes de eles se conhecerem. O erro dele foi enxergá-la como uma menina. Na verdade, ela já era um míssil, armado e direcionado.

De *Os diários de Lauren Oya Olamina*
Domingo, 26 de setembro de 2032

Hoje é Dia da Chegada, o quinto aniversário do estabelecimento de nossa comunidade chamada Bolota, aqui nas montanhas do condado de Humboldt.

Como forma perversa de comemorar esse fato, acabei de ter um dos meus pesadelos recorrentes. Eles se tornaram raros nos últimos anos – velhos inimigos com hábitos familiares e horrorosos. Eu sei como são. Eles têm inícios tranquilos e calmos... Isso era, a princípio, uma visita ao passado, uma viagem para casa, uma chance de passar tempo com fantasmas queridos.

Meu antigo lar ressurgiu das cinzas. Isso não me surpreende, por algum motivo, apesar de eu tê-lo visto queimar anos atrás. Caminhei entre os destroços que restaram. Mas aqui está ele, restaurado e repleto de pessoas – todas as pessoas que eu conhecia na infância. Elas se sentam em nossas salas de estar, em fileiras de cadeiras de metal dobráveis velhas, cadeiras de madeira – de cozinha e de sala de jantar – e também em cadeiras de plástico; uma congregação silenciosa dos fugidos e dos mortos.

A missa já está acontecendo e, claro, meu pai está pregando. Ele está como sempre ficava com as roupas da igreja: alto, grande, sério, composto – um homem negro grande como um muro e com uma voz que não só ouvimos, mas também sentimos na pele e nos ossos. Não há canto em salas de reunião que meu pai não consiga alcançar com aquela voz. Nunca tivemos um aparelho de som – nunca precisamos de um. Eu ouço e sinto aquela voz de novo.

Ainda assim, quantos anos faz desde que meu pai sumiu? Ou melhor, quantos anos faz desde que ele foi morto? Ele só pode ter sido morto. Não era o tipo de homem que abandonaria a família, a comunidade e a igreja. Quando ele desapareceu, morrer vítima da violência era ainda mais fácil do que é hoje. Viver, por outro lado, era quase impossível.

Um dia, ele saiu de casa para ir a seu escritório na faculdade. Dava as aulas pelo computador, e só tinha que ir à faculdade uma vez por semana, mas até mesmo uma vez por semana era se expor demais ao perigo. Passou a noite na faculdade, como sempre. As manhãs eram o período mais seguro para as pessoas que trabalhavam viajarem. Ele partiu em direção à casa na manhã seguinte e nunca mais foi visto.

Nós procuramos. Até pagamos para que a polícia o procurasse. Nada ajudou a encontrá-lo.

Isso aconteceu muitos meses antes de nossa casa ser incendiada, antes de nossa comunidade ser destruída. Eu tinha 17 anos. Agora tenho 23 e estou a centenas de quilômetros daquele lugar morto.

Mas, de repente, em meu sonho, as coisas voltaram a ficar bem.

Estou em casa e meu pai está pregando. Minha madrasta está sentada ao piano atrás dele, um pouco mais ao canto. A congregação de nossos vizinhos está diante dele na área ampla – e não totalmente aberta – formada por nossa sala de estar, a sala de jantar e a sala da família. É um espaço amplo em formato de "L", dentro do qual mais do que as trinta ou quarenta pessoas de sempre se reuniram para a missa de domingo. Essas pessoas estão caladas demais para serem uma congregação batista – ou, pelo menos, estão caladas demais para serem a congregação batista na qual cresci. Elas estão aqui, mas, de certo modo, não estão aqui. São sombras de pessoas. Fantasmas.

Só a minha família me parece real. Estão tão mortos quanto os outros, mas, ainda assim, estão vivos! Meus irmãos estão aqui, e como eram quando eu tinha cerca de catorze anos. Keith, o mais velho, o pior e o primeiro a morrer, tem só onze anos. Isso quer dizer que Marcus, meu irmão preferido e desde sempre o mais bonito da família, tem dez. Ben e Greg, tão parecidos que quase parecem gêmeos, têm oito e sete anos. Estamos todos sentados na fileira da frente, perto de minha madrasta para ela poder ficar de olho em nós. Estou sentada entre Keith e Marcus para impedir que os dois se matem durante a missa.

Quando nossos pais não estão olhando, Keith se estica à minha frente e dá um soco na coxa de Marcus, que, mais novo e menor, mas sempre teimoso, sempre durão, revida. Agarro o braço dos dois e aperto. Sou maior e mais forte do que os dois e sempre tive mãos fortes. Os meninos se remexem de dor e tentam livrar os braços. Depois de um momento, eu os solto. Lição aprendida. Eles sossegam pelo menos um pouco.

No sonho, a dor deles não me atinge como sempre atingiu quando éramos pequenos. Naquela época, como eu era a mais velha, era a responsável pelo comportamento deles. Eu tinha que controlá-los, ainda que não pudesse escapar da dor deles. Meu pai e minha madrasta aliviavam muito pouco as coisas para mim no que dizia respeito à minha síndrome de hiperempatia. Eles se recusavam a me tratar como deficiente. Eu era a filha mais velha e pronto. Tinha minhas responsabilidades.

Mesmo assim, eu sentia todas as pancadas, os cortes e as queimaduras que meus irmãos arranjavam. Sempre que eu os via feridos, sentia a dor deles como se eu mesma tivesse me ferido. Chegava a sentir até mesmo as dores que eles fingiam. A síndrome da hiperempatia é um distúrbio ilusório, afinal. Não há telepatia, magia, nenhum despertar espiritual profundo. Há apenas a ilusão induzida neuroquimicamente na qual sinto a dor e o prazer que vejo outras pessoas sentindo. O prazer é raro, a dor é grande e, ilusória ou não, dói demais.

Então por que sinto falta dela agora?

Que coisa mais maluca da qual sentir falta. Não senti-la deveria ser como uma dor de dente que desaparece. Eu deveria estar surpresa e feliz. Em vez disso, estou com medo. Uma parte de mim se foi. Não conseguir sentir a dor de meus irmãos é como não conseguir ouvi-los caso gritem, e sinto medo.

O sonho começa a se tornar um pesadelo.

De repente, meu irmão Keith desaparece. Simplesmente some. Ele foi o primeiro a partir – a morrer – anos atrás. Agora, sumiu de novo. No lugar dele atrás de mim, há uma mulher alta e bela, esguia e de pele morena-negra, com cabelos pretos, compridos e brilhosos. Ela está usando um vestido leve de seda verde esvoaçante que a envolve de maneira complexa no tecido drapeado, que vai do pescoço aos pés. Ela é uma desconhecida.

É minha mãe.

Ela é a mulher na única foto que meu pai me deu de minha mãe biológica. Keith a roubou do meu quarto quando tinha nove anos e eu, doze. Ele a enrolou em um pedaço antigo de toalha plástica de mesa e a enterrou no quintal, entre uma fileira de abobrinhas e uma fileira mista de milho e feijões. Posteriormente, ele afirmou não ser sua culpa o fato de a foto ter sido estragada pela água e por ter sido pisada. Ele estava brincando quando a escondeu. Como poderia saber que algo aconteceria com ela? Keith era assim. Eu bati muito nele. Também senti dor, claro, mas valeu a pena. Foi uma surra sobre a qual ele nunca contou a nossos pais.

Mas isso não muda o fato de que a foto foi estragada. Só fiquei com a lembrança dela. E ali estava a lembrança, ao meu lado.

Minha mãe é alta, mais alta do que eu, mais alta do que a maioria das pessoas. Não é bonita. É linda. Eu não me pareço com ela, mas com meu pai, o que ele costumava dizer ser uma pena. Não me incomodo. Mas ela é uma mulher deslumbrante.

Olho fixamente para ela, mas ela não se vira para olhar para mim. Isso, pelo menos, é como na vida real. Ela nunca me viu. Enquanto eu nascia, ela morria. Antes disso, por dois anos, ela usou a "droga moderna" de seu tempo. Era um novo remédio controlado chamado Paracetco, e estava fazendo maravilhas para pessoas com mal de Alzheimer. Parava a deterioração da função intelectual e permitia à pessoa fazer uso do que lhe restava de memória e de capacidade de raciocínio. Também melhorava muito o desempenho de pessoas comuns, jovens e saudáveis. Elas liam mais depressa, assimilavam mais e eram mais rápidas e certeiras ao fazer conexões e cálculos e ao tirar conclusões. Assim, o Paracetco se tornou tão popular quanto o café entre os estudantes e, se eles pretendiam competir em uma das profissões com melhor remuneração, ele era tão necessário quanto entender de informática.

O vício de minha mãe nessa droga pode ter ajudado a matá-la. Não sei ao certo. Meu pai também não sabia. Mas sei, com certeza, que o vício dela deixou uma marca inconfundível em mim: minha síndrome de hiperempatia. Graças à natureza viciante do Paracetco (alguns milhares de pessoas morreram tentando abandonar a droga), já existiram dezenas de milhões de pessoas como eu.

Somos chamados de hiperempáticos, hiperempatas ou compartilhadores. Estes são alguns dos nomes educados e, apesar de nossa vulnerabilidade e do nosso alto índice de mortalidade, alguns de nós ainda existem.

Quero ir até minha mãe. Independentemente do que ela tenha feito, quero saber sobre ela. Mas ela não olha para mim. Nem sequer vira a cabeça. E, por algum motivo, não consigo alcançá-la, não consigo tocá-la. Tento me levantar da minha cadeira, mas não consigo me mexer. Meu corpo não me obedece. Só consigo ficar sentada ouvindo meu pai pregar.

Agora, começo a saber o que ele está dizendo. Ele tinha sido um burburinho indistinto até então, mas agora eu o escuto ler o vigésimo quinto capítulo de Mateus, dizendo as palavras de Cristo:

— "Porque o reino do céu é como um homem que, ao viajar para uma terra distante, chamou os seus próprios servos, e entregou-lhes os seus bens. E a um deu cinco talentos, e a outro dois, e a outro um; a cada homem segundo as suas habilidades; em seguida, foi viajar."

Meu pai adorava parábolas – histórias que ensinavam, histórias que apresentavam ideias e morais de um modo que formassem imagens na mente das pessoas. Ele usava as que encontrava na Bíblia, as que tirava de eventos históricos ou de contos folclóricos, e é claro que ele usava as que via em sua vida e na vida das pessoas que conhecia. Tecia histórias em seus sermões de domingo, em suas aulas sobre a Bíblia e em suas aulas de história dadas via computador. Por ele acreditar tanto que as histórias eram importantes como ferramentas de ensino, eu aprendi a prestar mais atenção nelas do que talvez tivesse prestado em outra situação. Eu conseguia contar, palavra por palavra, a parábola que ele estava lendo naquele momento, a parábola dos talentos. Já tinha memorizado diversas parábolas da Bíblia. Talvez por isso eu consiga ouvir e compreender tanto agora. Ele fala entre os trechos que lê da parábola, mas não consigo entender muito bem. Ouço o ritmo subindo e descendo, repetindo e variando, gritando e sussurrando. Eu o ouço como sempre ouvi, mas não entendo as palavras... só as palavras da parábola.

— "Então o que recebera cinco talentos foi e negociou com eles, e fez outros cinco talentos. E, da mesma forma, o que recebera dois, ele também ganhou outros dois. Mas o que recebera um foi e cavou na terra, e escondeu o dinheiro do seu senhor."

Meu pai acreditava piamente em educação, em trabalho árduo e em responsabilidade pessoal. "Estes são nossos talentos", ele dizia enquanto meus irmãos olhavam para o vazio e até eu tentava não bufar de enfado. "Deus nos deu tais talentos, e ele nos julgará de acordo com o modo com que os usamos."

A parábola continua. A cada um dos dois servos que havia feito bom negócio e gerado lucro para seu senhor, o senhor dizia: "Muito bem, servo bom e fiel; foste fiel sobre poucas coisas, eu te farei governante sobre muitas coisas; entra na alegria do teu senhor".

Mas, ao servo que não havia feito nada com seu talento além de enterrá-lo na terra e mantê-lo seguro, o senhor disse palavras mais duras: "Servo perverso e preguiçoso...", ele começou. E deu ordens a seus homens: "Tomai, portanto, o talento dele, e dai-o ao que tem os dez talentos. Porque a cada um que tiver será dado, e terá em abundância; mas ao que não tiver, será tomado até o que ele tem".

Quando meu pai diz essas palavras, minha mãe desaparece. Não consegui sequer ver seu rosto inteiro, e agora ela sumiu.

Não consigo entender. Isso me assusta. Consigo ver agora que outras pessoas também estão desaparecendo. A maioria já foi. Fantasmas queridos...

Meu pai sumiu. Minha madrasta o chama em espanhol como fazia às vezes quando estava animada.

— Não! Como viveremos agora? Vamos ser invadidos. Vão matar todos nós! Precisamos tornar o muro mais alto!

E ela desaparece. Meus irmãos desaparecem. Estou sozinha... como estava sozinha naquela noite, cinco anos atrás. A casa é só cinzas e destroços ao meu redor. Ela não se incendeia, não desmorona nem se transforma em cinzas, mas, de alguma maneira, em um instante, ela se torna uma ruína ao ar livre sob o céu da noite. Vejo estrelas, uma meia-lua e um feixe de luz movendo-se, subindo ao céu como uma força de vida escapando. Com a luz desses três, vejo sombras amplas em movimento, ameaçadoras. Tenho medo dessas sombras, mas não vejo como escapar delas. O muro ainda está ali, cercando nosso bairro, imponente acima de mim, mais alto do que nunca. Tão alto... deveria manter o perigo do lado de fora. Fracassou anos atrás. Agora, fracassa de novo. O perigo está do lado de dentro, assim como eu. Quero correr, escapar, me esconder, mas agora minhas mãos e meus pés começam a desaparecer. Ouço um trovão. Vejo o feixe de luz subir mais no céu, brilhar mais.

E, então, eu grito. Caio. Grande parte de meu corpo some, desaparece. Não consigo me manter de pé, não consigo me segurar, só caio, caio, caio...

Acordei aqui em minha cabana em Bolota, enrolada nos cobertores, meio em cima e meio fora da cama. Eu havia gritado? Não sabia. Parece que nunca tenho esses pesadelos quando Bankole está comigo, por isso ele não tem como saber quanto barulho eu faço. Tudo bem. O treino dele já toma boa parte de seu sono, e esta noite deve ser pior do que o normal para ele.

São três da madrugada, mas ontem à noite, assim que escureceu, um grupo, talvez uma gangue, atacou a casa dos Dovetree ao norte de onde estávamos. Ontem, a essa hora, havia 22 moradores na casa: o senhor Dovetree, a esposa e as duas filhas mais novas; seus cinco filhos casados, as esposas e os filhos deles. Todas essas pessoas se foram, exceto as duas esposas mais novas e as três crianças pequenas que elas conseguiram pegar enquanto fugiam. Duas das crianças estão feridas, e uma das mulheres ainda por cima teve um ataque cardíaco. Bankole já cuidou dela em outra ocasião. Ele diz que ela nasceu com um problema de coração que deveria ter sido tratado quando era bebê. Mas ela tem só vinte anos e, na época em que nasceu, sua família, como a maioria das pessoas, tinha pouco ou nenhum dinheiro. Eles trabalharam muito e colocaram os filhos mais fortes para trabalhar aos oito ou dez anos. A questão com o problema cardíaco dela sempre foi se ele a mataria ou a deixaria viver. Resolvê-lo não era uma opção.

Dessa vez, quase a havia matado. Hoje, Bankole estava dormindo – ou, mais provavelmente, estava acordado – na sala da enfermaria da escola, de olho nela e nas duas crianças feridas. Graças à minha síndrome de hiperempatia, ele não pode manter sua clínica aqui em casa. Eu já sinto muito da dor das outras pessoas normalmente, e ele se preocupa com isso. Ele sempre quer me dar coisas que me impeçam de compartilhar, me deixando sonolenta, devagar e tola. Não, obrigada!

Então, acordei sozinha, encharcada de suor, incapaz de voltar a dormir. Fazia anos que eu não tinha uma reação tão intensa a um sonho. Pelo que me lembro, a última vez foi há cinco anos, logo depois de nos estabelecermos aqui, e foi esse mesmo sonho maldito. Acho que ele veio à tona de novo por causa do ataque aos Dovetree.

O ataque não deveria ter acontecido. As coisas têm se acalmado nos últimos anos. Ainda existe criminalidade, claro – roubos, invasões, sequestros com o intuito de pedir resgate ou para o comércio de escravos. Pior ainda, os pobres ainda são presos e castigados por dívida, moradia em espaço público, vadiagem e outros "crimes". Mas essa coisa de entrar em uma comunidade matando e queimando tudo o que você não rouba parece ter saído de moda. Não ouvi nada parecido como essa invasão por pelo menos três anos. Há o fato de que os Dovetree distribuíram para a região uísque de destilação caseira e maconha também cultivada em casa, mas eles têm feito isso desde muito antes de chegarmos. Eles eram, inclusive, a família mais bem armada na área porque o negócio deles não só era ilegal, como também lucrativo. Outros já haviam tentado roubá-los antes, mas só os ladrões do tipo furtador, discretos e ligeiros, tiveram algum sucesso. Até agora.

Interroguei Aubrey, a esposa saudável, enquanto Bankole cuidava do filho dela. Ele já havia lhe dito que o menino ficaria bem, e eu senti que precisávamos descobrir o que ela sabia, independentemente do quão abalada ela estava. Céus, as casas dos Dovetree ficam a apenas uma hora de caminhada daqui, pela velha estrada rural. Podemos ser os próximos da lista de quem quer que os tenha atacado.

Aubrey me disse que os agressores usavam roupas esquisitas. Ela e eu conversamos na sala principal da escola, com uma única lamparina a óleo entre nós sobre uma das mesas. Sentamos uma de frente para a outra, e, de vez em quando, Aubrey olhava para a sala de atendimento, onde Bankole havia limpado e tratado os ferimentos, queimaduras e hematomas do filho dela. Ela disse que os agressores eram homens, mas usavam túnicas pretas com cintos – vestidos pretos, ela disse – que iam até as coxas. Por baixo, eles usavam calças comuns, de jeans ou camufladas, como as que ela havia visto sendo usadas por soldados.

— Eles pareciam soldados — disse ela. — Entraram discretamente. Só os vimos quando começaram a atirar em nós. E, então, bang! Tudo de uma vez. Eles estavam em todas as nossas casas. Foi como uma explosão, talvez vinte ou trinta ou mais armas atirando, todas ao mesmo tempo.

E não era assim que as gangues agiam. Gângsteres teriam atirado aleatoriamente, não em uníssono. Em seguida, eles teriam tentado se destacar individualmente, tentariam pegar as mulheres mais bonitas ou roubar as melhores coisas antes que seus amigos pudessem entrar.

— Eles não roubaram nem incendiaram nada até nos renderem, até atirarem em nós — disse Aubrey. — Depois, eles pegaram nosso combustível e foram diretamente para nossos campos e incendiaram nossas plantações. Depois disso, invadiram as casas e os celeiros. Todos levavam cruzes grandes e brancas penduradas no pescoço, sobre o peito... cruzes como as da igreja. Mas eles nos mataram. Atiraram até em nossos filhos. Matavam todos que encontravam. Eu me escondi com meu bebê; caso contrário, eles teriam atirado nele e em mim.

— Mais uma vez, ela olhou na direção da sala de atendimento.

Essa matança de crianças... mas que diabos. A maioria dos agressores – exceto os psicóticos em piores condições – manteria as crianças vivas para serem estupradas e então vendidas. E quanto às cruzes, bem, os gângsteres poderiam usar cruzes em correntes penduradas no pescoço, mas não era o tipo de coisa da qual as vítimas se aproximariam o suficiente para perceber. E era pouco provável que os gângsteres saíssem por aí com túnicas da mesma cor ostentando cruzes brancas no peito. Aquilo era algo novo.

Ou algo velho.

Só pensei no que poderia ser quando deixei Aubrey voltar para a sala para se deitar ao lado de seu filho. Bankole havia administrado algum remédio para que ele conseguisse dormir. Ele fez a mesma coisa com ela, então não poderei perguntar mais nada até ela acordar mais tarde. Mas eu não conseguia parar de imaginar que aquelas pessoas com as cruzes tinham uma conexão com o candidato a presidente de quem menos gosto no momento, o senador texano Andrew Steele Jarret. Parece ser o tipo de coisa que os eleitores dele fariam: ressuscitar algo terrível do passado. A Ku Klux Klan usava cruzes (e as queimava também?). Os nazistas usavam a suástica, que é uma espécie de cruz, mas acho que não a levavam no peito. Havia cruzes em todas as partes durante a Inquisição e, antes disso, durante as Cruzadas. Então, agora, temos outro grupo que usa cruzes e assassina pessoas. Os simpatizantes de Jarret poderiam estar por trás disso. Jarret insiste que é uma volta a uma época antiga, mais "simples". O agora não serve para ele. A tolerância religiosa não serve para ele. A atual situação do país não serve para ele. Ele quer levar todos nós de volta a uma época mágica na qual todo mundo acreditava no mesmo Deus, o adorava da mesma maneira e compreendia que sua segurança no universo dependia de realizar os mesmos rituais religiosos e de esmagar todo mundo que fosse diferente. Nunca houve um tempo assim neste país. Mas, atualmente, quando mais da metade das pessoas do país não sabe ler, a história é só mais um grande desconhecido para elas.

Os simpatizantes de Jarret são conhecidos por, de vez em quando, formarem multidões e queimarem pessoas em cruzes sob acusações de bruxaria. Bruxaria! Em 2032! Um bruxo, na opinião delas, costuma ser um muçulmano, um judeu, um hindu, um budista ou, em algumas partes do país, até um católico. Um bruxo também pode ser ateu, um "cultista" ou alguém excêntrico. Os excêntricos costumam não ter protetores nem muito que valha a pena ser roubado. E "cultista" é um termo bem genérico para qualquer pessoa que não se encaixe em nenhuma outra categoria maior, mas ainda assim não combina com a versão de cristianismo de Jarret. Os apoiadores de Jarret são conhecidos por oprimir ou afastar unitários bíblicos, pelo bem maior. Jarret condena os incêndios, mas o faz de modo tão leve que seus apoiadores ficam livres para ouvir o que querem ouvir. Quanto às agressões, humilhações e à destruição de "casas sagradas de adoração ao diabo", ele tem uma resposta simples: "Unam-se a nós! Nossas portas estão abertas a todas as nacionalidades, a todas as raças! Deixe seu passado de pecado para trás e torne-se um de nós. Ajude-nos a tornar a América grande novamente". Ele tem um sucesso notável com essa abordagem de incentivo e medo. *Una-se a nós e prospere, caso contrário, o que acontecer com você por resultado de sua teimosia e pecado é problema seu.* Seu oponente, o vice-presidente Edward Jay Smith, diz que ele é um demagogo, um agitador e um hipócrita. Smith tem razão, claro, mas ele é um homem cansado, sem expressão. Jarret, por outro lado, é um homem grande, belo, de cabelos pretos e olhos de um azul profundo que seduzem as pessoas e as cativa. Tem uma voz que reverbera no corpo inteiro de quem ouve, como era a de meu pai. Na verdade, sinto muito em dizer isso, mas Jarret já foi ministro batista, como meu pai. Mas ele deixou os batistas anos atrás para dar início à sua própria igreja, a "América Cristã". Ele não prega mais em sermões normais da AC, seja nas igrejas ou nas redes, mas ainda é reconhecido como o líder da igreja.

Parece inevitável que as pessoas que não sabem ler julguem mais os candidatos por sua aparência e por como falam do que pelo que dizem e defendem. Até mesmo as pessoas que sabem ler e têm estudo costumam dar mais atenção à boa aparência e a mentiras sedutoras do que deveriam. E, sem dúvida, as novas votações com foto nas redes darão a Jarret uma vantagem ainda maior.

Os apoiadores de Jarret veem o álcool e as drogas como armas do diabo. Alguns de seus seguidores mais fanáticos podem muito bem ser da gangue de túnica e cruz que destruiu a casa dos Dovetree.

E nós somos Semente da Terra. Somos "aquele culto", "aquelas pessoas esquisitas dos montes", "aqueles malucos que rezam para um deus da mudança ou coisa assim". Também somos, de acordo com rumores que ouvi, "aqueles pagãos das montanhas que idolatram o diabo e que recebem crianças. *E o que você acha que eles fazem com elas?*". Não importa que o comércio de crianças sequestradas ou órfãs ou de crianças vendidas por pais desesperados ocorra em todo o país e que todo mundo saiba. Não importa. A insinuação de que um culto esteja acolhendo crianças para "propósitos questionáveis" basta para deixar algumas pessoas fora de si.

É esse o tipo de rumor que poderia nos prejudicar mesmo com pessoas que não sejam apoiadores de Jarret. Só ouvi isso algumas vezes, mas ainda assim assusta.

Nesse momento, só espero que as pessoas que atacaram os Dovetree sejam uma gangue nova, disciplinada e assustadora, mas interessada apenas em lucro. Espero...

Mas não acredito nisso. Desconfio que os apoiadores de Jarret tiveram algo a ver com isso. E acho que seria melhor eu afirmar isso na Reunião, hoje. Com o incidente dos Dovetree fresco na memória das pessoas, elas estarão prontas para cooperar, para realizar mais treinamentos e distribuir mais dinheiro, comida, armas, registros e objetos de valor. Temos como lutar contra uma gangue. Já fizemos isso antes, quando éramos muito menos preparados do que somos agora. Mas não temos como lutar contra Jarret. Mais especificamente, não temos como lutar contra o *presidente* Jarret. O presidente Jarret, se o país estiver louco o bastante para elegê-lo, poderia nos destruir sem nem saber que existimos.

Agora somos 59 pessoas – 64 contando com as mulheres e crianças da família Dovetree, se eles permanecerem. Com números assim, nós mal existimos. Mais motivo ainda para o meu sonho, imagino.

Meu "talento", voltando à parábola dos talentos, é a Semente da Terra. E apesar de eu não tê-la enterrado no chão, eu a enterrei aqui nessas montanhas costeiras, onde pode crescer na mesma velocidade de nossas sequoias. Mas o que mais eu poderia ter feito? Se, de algum modo, eu fosse tão boa em criar confusão quanto Jarret é, então a Semente da Terra poderia ser um movimento grande o bastante para ser um alvo real agora. E isso seria melhor?

Estou me precipitando com todos os tipos de conclusões sem fundamento. Pelo menos, espero que elas não tenham fundamento. Entre o horror que sinto com o que aconteceu com os Dovetree e as esperanças e os medos que tenho por meu povo, estou abalada e descontrolada e, talvez, apenas imaginando coisas.

2

O caos
É a face mais perigosa de Deus...
Amorfa, turva, faminta.
Molde o caos:
Molde Deus.
Aja.

Mude a velocidade
Ou a direção da Mudança.
Varie a extensão da Mudança.
Rearrange as sementes da Mudança.
Transmute o impacto da Mudança.
Desfrute a Mudança.
Use-a.
Se adapte e cresça.

— **Semente da Terra: os livros dos vivos**

Os primeiros treze colonizadores de Bolota, e portanto os treze membros originais da Semente da Terra, eram minha mãe, claro, seguida por Harry Balter e Zahra Moss, que também eram refugiados do bairro de minha mãe em Robledo. Havia Travis, Natividade e Dominic Douglas, uma jovem família, os primeiros convertidos pela minha mãe na estrada. Ela os conheceu quando os dois grupos atravessavam Santa Bárbara, na Califórnia. Ela gostou da aparência deles, reconheceu sua perigosa vulnerabilidade — Dominic tinha apenas alguns meses de vida na época — e os convenceu a caminhar com Harry, Zahra e ela pelo longo caminho em direção ao norte, onde todos esperavam encontrar uma vida melhor.

Em seguida, vieram Allison Gilchrist e sua irmã Julian — Allie e Jill. Mas, posteriormente, Jill foi morta na estrada. Aproximadamente na mesma época, minha mãe viu meu pai e ele a viu. Nenhum dos dois era tímido e ambos pareciam dispostos a agir de acordo com o que sentiam. Meu pai se uniu ao grupo em crescimento. Justin Rohr se tornou Justin Gilchrist quando o grupo o encontrou chorando ao lado do cadáver de sua mãe. Tinha cerca de três anos na época, e ele e Allie acabaram se unindo, formando outra pequena família. Por fim, chegaram as duas famílias de ex-escravos que se reuniram para tornarem-se uma grande família de compartilhadores. Eram Grayson Mora com sua filha, Doe, e Emery Solis com sua filha, Tori.

E era isto: quatro crianças, quatro homens e cinco mulheres.

Eles deveriam ter morrido. O fato de eles terem sobrevivido no mundo implacável da Praga pode ser considerado um milagre — ainda que, claro, a Semente da Terra não incentive a crença em milagres.

Sem dúvida, a localização afastada do grupo — bem longe das cidades e das estradas pavimentadas — ajudou a mantê-lo seguro de grande parte da violência da época. A terra na qual se estabeleceram pertencia a meu pai. Quando o grupo chegou, havia, naquela terra, um bom poço, um jardim parcialmente destruído, várias árvores frutíferas e castanheiras, além de carvalhos, pinheiros e sequoias. Quando os membros do grupo juntaram dinheiro e compraram carrinhos de mão, sementes, animais, ferramentas manuais e outras necessidades, se tornaram quase independentes. Desapareceram em seus montes e aumentaram o número de integrantes tendo filhos, adotando órfãos e convertendo adultos necessitados. Tiravam o que conseguiam de fazendas e estabelecimentos abandonados, faziam permuta em feiras de rua e negociavam com os vizinhos. Uma das coisas mais valiosas que eles trocavam uns com os outros era conhecimento.

Todo membro da Semente da Terra aprendeu a ler e a escrever, e a maioria sabia pelo menos dois idiomas — normalmente, espanhol e inglês, uma vez que eram os mais úteis. Qualquer pessoa que entrasse no grupo, criança ou adulto, tinha que começar logo a aprender o básico e adotar um ofício. Quem tinha um ofício estava sempre ensinando-o para outra pessoa. Minha mãe insistia para que isso ocorresse, e parece sensato. As escolas públicas tinham se tornado raras naquela época em que crianças de dez anos podiam trabalhar. A educação não era mais gratuita, mas ainda era obrigatória de acordo com a lei. O problema era que ninguém reforçava a lei, assim como ninguém protegia as crianças que trabalhavam.

Meu pai tinha as habilidades mais valiosas no grupo. Quando ele se casou com minha mãe, já exercia a medicina há trinta anos. Ele era uma raridade onde viviam: com boa formação, profissional e negro. Negros, principalmente, eram raros nas montanhas. As pessoas tinham curiosidade em relação a ele. Por que estava ali? Poderia estar levando uma vida melhor em alguma cidade pequena e estabelecida. A área tinha muitas cidadezinhas que receberiam muito bem qualquer médico. Ele era competente? Era honesto? Era limpo? Era de confiança para cuidar de esposas e filhas? Como ter certeza de que ele era mesmo um médico? Aparentemente, meu pai não escreveu nada a respeito disso, mas minha mãe escrevia sobre tudo.

Em um determinado momento, ela diz:

Bankole ouvia os mesmos boatos e rumores que eu ouvia nas várias feiras de rua e em algumas reuniões com vizinhos, e dava de ombros. Ele tinha a nós para manter saudáveis e também tinha nossos ferimentos relacionados ao trabalho para cuidar. As outras pessoas tinham kits de primeiros socorros, linhas de telefone por satélite e, com sorte, carros e caminhonetes. Esses veículos costumavam ser velhos e instáveis, mas algumas pessoas os tinham. Se elas recorriam ou deixavam de recorrer a Bankole era problema delas.

E então, graças ao azar alheio, as coisas melhoraram. O apêndice de Jean Holly inflamou, quase supurou, e a família Holly, nossos vizinhos ao leste, decidiu que era melhor arriscar chamar Bankole.

Depois de ele salvar a vida da mulher, ele conversou com a família. Disse exatamente o que achava de eles terem esperado tanto para chamá-lo, por quase terem deixado uma mulher de cinco filhos pequenos morrer. Ele falou com aquela gentileza dele, intensa, mas silenciosa, que faz as pessoas ficarem incomodadas. Os Holly entenderam. E ele se tornou o médico deles.

E os Holly falaram sobre ele aos amigos, os Sullivan, e estes falaram dele para a filha, que havia acabado de se casar com um rapaz da família Gama, e os Gama contaram aos Dovetree porque a sra. Dovetree – a matriarca – já tinha sido da família Gama. Foi quando ele começou a conhecer nossos vizinhos mais próximos, os Dovetree.

Por falar em conhecer pessoas, eu queria, mais do que nunca, poder ter conhecido meu pai. Ele parece ter sido um homem surpreendente. E talvez tivesse sido bom para mim conhecer essa versão de minha mãe, sofrendo dificuldades, focada, mas muito jovem, muito humana. Talvez eu tivesse gostado dessas pessoas.

De *Os diários de Lauren Oya Olamina*
Segunda-feira, 27 de setembro de 2032

Não sei bem como falar sobre hoje. Era para ter sido um dia calmo cuidando e guardando plantas depois do desconforto de ontem com a Reunião e com a comemoração de aniversário pré-estabelecida. Aparentemente, temos algumas pessoas que acham que Jarret pode ser exatamente o que o país precisa... deixando de lado a bobagem religiosa dele. O problema é que não dá para separar Jarret da "bobagem religiosa". Com Jarret, viriam também as agressões, os incêndios, as humilhações. Estão no pacote. E pode ser que haja coisas ainda piores nesse pacote. Os militantes de Jarret são bem seduzidos pela conversa dele de tornar a

América grande de novo. Ele parece estar insatisfeito com alguns outros países. Acabaríamos em uma guerra. Nada como uma guerra para reunir as pessoas ao redor da bandeira, do país e de um grande líder.

De qualquer modo, alguns de nosso povo – as famílias Peralta e Faircloth, especialmente – podem nos deixar em breve.

— Tenho quatro filhos ainda vivos — disse Ramiro Peralta, ontem, na Reunião. — Talvez, com um líder forte como Jarret comandando as coisas, eles terão uma chance de continuar vivos.

Ramiro é um bom homem, de verdade, mas está desesperado por soluções, por ordem e estabilidade. Compreendo isso. Ele tinha sete filhos e uma esposa. Perdeu três deles e a esposa em um incêndio causado por uma multidão irada, assustada e ignorante que decidiu curar uma epidemia de cólera em Los Angeles incendiando a área da cidade onde acreditavam que a epidemia havia começado. Não me esqueci disso quando respondi para ele:

— Pense, Ramiro. Jarret não tem resposta nenhuma! Como é que linchar as pessoas, queimar suas igrejas e dar início a guerras pode ajudar seus filhos a viverem?

Ramiro Peralta deu as costas para mim, irritado. Ele e Alain Faircloth olharam para o outro lado da sala de Reunião – a sala da escola – e um para o outro. Os dois estão com medo. Eles olham para seus filhos – Alan também tem quatro filhos – e sentem medo e vergonha desse medo, vergonha de sua impotência. E estão cansados. Há milhões de pessoas como eles, pessoas com medo e simplesmente cansadas de todo o caos. Elas querem que alguém faça alguma coisa. Que conserte as coisas. Agora!

De qualquer modo, tivemos uma Reunião turbulenta e uma celebração de aniversário tensa. É interessante que eles temam a suposta incompetência de Edward Jay Smith mais do que temem a clara tirania de Jarret.

Então, hoje cedo, eu estava pronta para um dia de caminhada, de reflexão e de colher plantas com amigos. Ainda andamos em grupos de três ou quatro quando deixamos Bolota, pois as montanhas podem ser perigosas, na estrada e fora delas. Mas faz quase cinco meses que não temos tido problemas em nossas saídas. No entanto, acho que isso por si só pode ser perigoso. Triste. Ataques de gangues são perigosos porque eles matam na hora. A paz é perigosa porque incentiva a complacência e o descuido... o que também mata, mais cedo ou mais tarde.

Apesar do ataque aos Dovetree, estávamos, para ser sincera, mais complacentes do que o normal porque íamos a um lugar que conhecíamos. Era uma casa de campo incendiada e abandonada longe dos Dovetree, onde tínhamos visto algumas plantas úteis. Babosa, principalmente, para aliviar queimaduras e picadas de insetos, e também montes de agave. O agave era de uma espécie bonita e rajada: folhas verde-azuladas com borda branca-amarelada. Devia estar se desenvolvendo e se espalhando sem controle por anos no que já tinha sido o quintal da frente da casa. Era uma das espécies grandes de agave, cada planta era uma roseta virada de folhas duras, fibrosas e abundantes, algumas delas com mais de um metro de comprimento no arbusto grande. Cada folha tinha uma ponta comprida e dura, parecida com uma adaga, e, além disso, laterais com espinhos fortes o bastante para rasgar a carne humana. Pretendíamos usá-los exatamente para isso.

Na nossa primeira visita, pegamos algumas das plantas menores, as mudinhas. Agora, queríamos pegar o máximo que conseguíssemos das grandes e colocar em nosso carrinho de mão. O carrinho já estava mais da metade cheio das coisas que tínhamos pegado de um depósito de jardim apodrecido, pertencente a uma cabana de madeira desmoronada a alguns quilômetros de onde o agave crescia. Encontramos vasos, panelas, baldes, livros e revistas velhos, tudo empoeirado, além de ferramentas manuais, pregos, correntes e fios, todos enferrujados. Tudo tinha sido estragado pela água e pelo tempo, mas a maior parte podia ser limpa, consertada, desmontada para uso de suas peças ou, pelo menos, copiada. Aprendemos bastante com todo o trabalho que fazemos. Temos nos tornado competentes em montar e consertar pequenas ferramentas. Sobrevivemos tão bem porque continuamos aprendendo. Nossos clientes passaram a saber que, se eles comprarem de nós, será um dinheiro bem gasto.

Recuperar coisas de jardins e campos abandonados também é útil. Reunimos quaisquer pés de ervas, frutas, legumes ou castanhas, qualquer planta que conheçamos ou que saibamos ser útil. Sempre precisamos especialmente de plantas de deserto com espinhos e autossuficientes, capazes de tolerarem nosso clima. Elas servem para montar nossa cerca de espinhos.

Cacto a cacto, espinho a espinho, plantamos um muro vivo sobre os montes ao redor de Bolota. Nosso muro não impede a entrada de pessoas determinadas a entrar, claro que não. Nenhum muro impede. Carros e caminhões entrarão se os donos estiverem dispostos a causar certos danos a seus veículos, mas carros e caminhões que funcionam são raros e preciosos nas montanhas, e a maior parte dos combustíveis é cara.

Até mesmo invasores a pé podem entrar se estiverem dispostos a se dedicar à tarefa. Mas o muro vai dar trabalho. Vai fazer com que eles fiquem com raiva, e talvez barulhentos. Quando em bom funcionamento, incentivará as pessoas a nos abordarem pelos caminhos mais fáceis, aqueles que vigiamos 24 horas por dia.

É sempre bom ficar de olho nos visitantes.

Por isso, pretendíamos cultivar agave.

Seguimos em direção ao que restara da casa de campo. Foi construída em um monte baixo que dava vista a campos e jardins. Seria nossa última parada antes de irmos para casa. Foi quase a última parada de nossas vidas.

Havia um trailer motorizado, uma motocasa, cinza e antigo perto das ruínas da casa. A princípio, não o vimos. Estava escondido atrás da maior chaminé entre duas, que ainda permaneciam como lápides, como memoriais da casa incendiada. Comentei com Jorge Cho o que as chaminés pareciam. Jorge estava conosco porque, apesar de ser bem jovem, ele é bom em ver materiais úteis em coisas que as outras pessoas veem como lixo.

— O que são lápides? — perguntou ele para mim. Era uma pergunta séria. Ele tem dezoito anos, escapou de Los Angeles como eu, mas sua experiência é muito diferente. Eu recebi cuidados e educação de pais educados, mas ele cresceu sozinho. Fala espanhol e um pouco do que se lembra de coreano, mas não sabe falar inglês. Tinha sete anos quando a mãe morreu de gripe e doze quando um terremoto matou seu pai. O terremoto derrubou a antiga construção na qual a família estava abrigada. Então, aos doze anos, Jorge se tornou responsável pelos dois irmãos mais novos. Ele cuidou deles, de alguma forma, e aprendeu sozinho a ler e a escrever em espanhol, com alguma ajuda de um velho beberrão que ele conhecia. Fazia trabalhos difíceis e perigosos, frequentemente ilegais; recuperava coisas que encontrava e, quando necessário, roubava. Ele, a irmã e o irmão, três crianças coreanas em um bairro pobre de refugiados do México e da América Central, conseguiram sobreviver, mas não tinham tempo para aprender o que não fosse essencial. Agora, estamos ensinando os três a ler, escrever e falar inglês, pois, assim, eles poderão se comunicar com mais pessoas. E também estamos ensinando história, agricultura, carpintaria e coisas incidentais... como o que são lápides.

Os outros dois membros do grupo de resgate eram Natividad Douglas e Michael Kardos. Jorge e eu somos compartilhadores. Mike e Natividad, não. É perigoso demais montar uma equipe em que compartilhadores sejam maioria. Compartilhadores são vulneráveis demais. Sofremos independentemente de quem se machuca. Mas dois e dois é um bom arranjo, e nós quatro trabalhamos bem juntos. É incomum que todos nós sejamos descuidados ao mesmo tempo, mas hoje conseguimos ser.

O conjunto de lareira e chaminé que tinha escondido o trailer de nós era a parede mais distante do que antes havia sido uma ampla sala de estar. A lareira era grande o bastante para assar uma vaca inteira dentro dela. O espaço era grande o suficiente para esconder um trailer de tamanho médio.

Vimos o veículo um pouco antes de abrirem fogo contra nós.

Estávamos armados, como sempre, com nossos fuzis automáticos e nossas armas extras, mas contra o escudo e o poder de fogo até mesmo de um trailer de tamanho modesto, aquelas armas não eram nada.

Nós nos jogamos no chão sob o borrifo de terra e de pedras levantadas pelas balas que atingiam o chão ao nosso redor. Nos afastamos, indo para baixo da elevação na qual a casa tinha sido construída. Era nossa única proteção. Só pudemos nos deitar aos pés dela e tentar manter todas as partes do corpo fora de vista. Não ousávamos ficar de pé, nem nos sentar. Não havia lugar para onde pudéssemos ir. Os tiros marcavam o chão à nossa frente e atrás de nós, na parte que a elevação não protegia.

Não havia árvores próximas dali, nem mesmo um arbusto grande entre nós e o trailer. Estávamos na parte mais vazia dos restos de um jardim árido. Não tínhamos alcançado nosso agave ainda; não poderíamos chegar a ele naquele momento. Ele não nos protegeria, de qualquer modo. A única coisa atrás da qual alguns de nós poderíamos ter nos escondido era uma palmeira jovem e nem um pouco à prova de balas pela qual tínhamos passado para chegar ali. Suas folhas se espalhavam ao redor dela, baixas e verdes como um arbusto grande, mas ela ficava no lado norte da casa, e estávamos na ponta sul. O trailer também estava estacionado no lado sul. A árvore não serviria para nós. Mais perto de onde estávamos havia alguns arbustos de babosa, uma opúncia, uma yucca pequena e alguns arbustos e tufos de grama.

Nada disso nos ajudaria. Se as pessoas de dentro do trailer estivessem usando seu equipamento ao máximo, nem mesmo a elevação teria nos ajudado. Já estaríamos mortos. Fiquei me perguntando como era possível que eles não tivessem nos visto chegar. Será que estavam apenas tentando nos assustar para que nos afastássemos? Eu não acreditava nisso. O tiroteio estava durando tempo demais.

E, por fim, parou.

Permanecemos parados, nos fazendo de mortos, prestando atenção para ouvir um gemido de motor, passos, vozes, qualquer som que pudesse indicar que estávamos sendo caçados... ou que nossos agressores tinham partido. Ouvimos apenas o grunhido baixo do vento e o farfalhar de algumas das plantas. Permaneci deitada pensando nos pinheiros que tinha visto no cume elevado bem atrás da casa. Eu conseguia imaginá-los e, por algum motivo, só isso conseguiu fazer com que eu não levantasse a cabeça para olhar, para ver se eles estavam tão longe quanto eu pensava. Os campos cheios de mato do que antes era a fazenda se estendiam até os montes, sobre os quais estavam os pinheiros que poderiam esconder e abrigar, mas também longe demais de nosso alcance. Suspirei.

E então ouvimos o som de uma criança chorando.

Todos ouvimos: alguns soluços curtos e, depois, nada. A criança parecia ser bem pequena; não um bebê, mas pequena, exausta, indefesa, desolada.

Nós quatro nos entreolhamos. Todos nos importávamos com crianças. Michael tem duas e Natividad tem três. Bankole e eu estamos tentando ter uma. Jorge, fico feliz em dizer, ainda não engravidou ninguém, mas teve que agir como pai para os dois irmãos mais novos durante seis anos. Ele sabe tão bem quanto o resto de nós os perigos que rondam as crianças desprotegidas.

Levantei a cabeça o suficiente para dar uma olhadinha rápida no trailer e na área ao redor dele. Um trailer, com armas, blindado e bem trancado não deveria – não poderia

– deixar escapar o choro de uma criança. E o som parecera normal, não amplificado nem modificado por alto-falantes. Portanto, uma das portas deveria estar aberta. Escancarada. Eu não conseguia ver muito entre o mato e a grama, e não ousei erguer a cabeça acima deles. Só conseguia ver as formas da chaminé e do trailer ao seu lado, ambos iluminados pelo sol, além da vegetação nos campos atrás dos dois, as árvores distantes e...

Movimento?

Movimento bem afastado na vegetação do campo, mas se aproximando.

Natividad me puxou para baixo.

— Qual é seu problema? — sussurrou em espanhol. Pelo bem de Jorge, era melhor falar espanhol enquanto estivéssemos em apuros. — Há pessoas malucas dentro daquele trailer! Você quer morrer?

— Tem mais alguém vindo — falei. — Mais de uma pessoa. E estão vindo pelos campos.

— Não me importa! Fique abaixada!

Natividad é uma de minhas melhores amigas, mas às vezes estar com ela é como estar com uma mãe.

— Talvez o choro seja para nos fazer ir até lá — disse Michael. — Não seria a primeira vez que alguém usa crianças como chamariz. — Michael é bem desconfiado. Questiona tudo. Ele e sua família estão conosco há dois anos, e eu acho que ele demorou seis meses para nos aceitar e concluir que não tínhamos intenções ruins em relação à esposa e às filhas gêmeas dele. Isso, apesar de termos recebido todos eles e de tê-los ajudado quando encontramos a esposa dele sozinha, dando à luz as gêmeas em um casebre em ruínas onde eles estavam abrigados. O lugar era perto de um rio, então eles tinham água, além de duas bacias que pegaram de algum lugar. Mas só tinham como armamento uma pistola calibre 22 antiga sem munição e uma faca. Estavam quase morrendo de fome, comendo pinhão, plantas silvestres e, às vezes, um animal pequeno que Michael conseguia prender ou matar com uma pedra. Inclusive, ele estava longe, à procura de comida, quando a esposa Noriko entrou em trabalho de parto.

Michael concordou em se unir a nós porque estava morrendo de medo de que, apesar do esforço dele fazendo uns bicos, mendigando, roubando e procurando coisas que lhes servissem, a esposa e os bebês morressem de fome. Nunca pedimos nada para eles, apenas que fizessem sua parte do trabalho para manter a comunidade viva e que respeitassem a Semente da Terra não pregando outros sistemas de crenças. Mas, para Michael, isso parecia altruísmo, e Michael não acreditava em altruísmo. Ele acreditava que nos pegaria vendendo pessoas como escravas ou fazendo com que se prostituíssem. Só começou a relaxar quando percebeu que estávamos efetivamente praticando o que pregávamos. A Semente da Terra era e é a chave para nós. Tínhamos uma maneira de viver que ele acreditava ser sensata e um objetivo – um Destino – que ele considerava maluco, mas não estávamos planejando nada que fizesse mal à família dele. E a família era o essencial para ele. Quando nos aceitou, ele, Noriko e as meninas se estabeleceram e fizeram de Bolota sua casa. São boas pessoas. Até mesmo a desconfiança de Michael pode ser algo bom. Na maior parte do tempo, ela nos ajuda a nos manter em alerta.

— Não acho que o choro tenha servido para nos atrair — falei. — Mas tem alguma coisa errada aqui, isso é claro.

As pessoas dentro daquele trailer deveriam ou conferir se morremos ou ir embora.

— E não deveríamos conseguir ouvi-los — disse Jorge.

— Por mais alto que a criança gritasse, não deveríamos ter conseguido ouvir nada.

Natividade interrompeu:

— Os tiros não deveriam ter errado o alvo. Em um trailer como esse, as armas deveriam ser controladas por computador. Mira automática. A única maneira de errar é insistir em fazer as coisas por conta própria. Pode ser que você se esqueça de colocar suas armas no computador ou deixe o computador desligado caso só queira assustar as pessoas. Mas se estiver levando as coisas a sério, não erraria *várias vezes*. — O pai dela havia ensinado a ela mais sobre armas do que a maioria do resto da comunidade sabia.

— Não acho que eles erraram de propósito — falei. — Não foi o que pareceu.

— Concordo — disse Michael. — Então o que está acontecendo?

— Merda! — sussurrou Jorge. — O que está acontecendo é que os malditos vão nos matar se nos mexermos!

Atiraram de novo. Eu me deitei no chão e fiquei ali, paralisada, com os olhos bem fechados. Os idiotas dentro do trailer queriam nos matar se nos mexêssemos ou não, e a chance de conseguirem era excelente.

E então percebi que, dessa vez, eles não estavam atirando em nós.

Alguém gritou. Além dos tiros de uma das armas do trailer, ouvi alguém gritar de dor. Não me mexi. Quando alguém está sentindo dor, a única maneira que tenho de evitar compartilhar o sofrimento é não olhar.

Jorge, que deveria pensar assim também, ergueu a cabeça e olhou.

Um instante depois, ele se dobrou para a frente, se debatendo e retorcendo por causa da dor de outra pessoa. Não gritou. Os compartilhadores que sobrevivem aprendem cedo a aguentar a dor quietos. Fazemos o que estiver dentro do possível para manter nossa vulnerabilidade em segredo. Às vezes, conseguimos não nos mexer nem dar qualquer sinal. Mas Jorge estava sentindo uma dor forte demais para manter o corpo parado. Ele abraçou o próprio corpo, passando os braços à frente da barriga. De repente, senti um eco estranho da dor dele na minha barriga também. Para mim, é incompreensível que algumas pessoas considerem o compartilhamento como uma habilidade ou um poder – como algo desejável.

— Idiota — falei para Jorge, e o segurei até a dor sumir de nós dois. Escondi a dor que sentia da melhor maneira que consegui para não criarmos o tipo de ciclo de estímulo do qual sei que nós compartilhadores somos capazes. Não morremos das dores que vemos e compartilhamos. Às vezes até desejamos morrer, e é perigoso compartilhar dor demais ou muitas mortes. Mas são casos individuais. Cinco anos atrás, eu compartilhei três ou quatro mortes depressa, uma depois da outra. Doeu mais do que qualquer coisa. E, então, me derrubou. Quando recobrei a consciência, fiquei letárgica, nauseada e assustada até muito tempo depois de a dor passar. Com dores menores, basta se virar. Em minutos, a dor passa. Demora muito mais para se recuperar de uma morte.

O bom em compartilhar a dor é que isso nos torna menos dispostos a causar dor a outras pessoas. Detestamos a dor mais do que a maioria das pessoas.

— Estou bem — disse Jorge depois de um tempo. E então: — Essas pessoas aqui fora... acho que elas estão mortas. Têm que estar mortas.

— De um jeito ou de outro, estão caídas — sussurrou Michael enquanto olhava para onde Jorge tinha olhado. — Consigo ver pelo menos três pessoas no campo depois da chaminé e do trailer. — Ele se remexeu e se afastou para que pudesse relaxar, sem ver nem ser visto por cima da elevação. Às vezes, tento imaginar como deve ser olhar para a dor e não sentir nada. Meu pesadelo recorrente no momento é o mais perto que já estive de uma liberdade assim; não que tenha parecido liberdade. Mas, para Michael, não sentir nada deve ser... bem... deve ser normal.

O silêncio dominava naquele momento. O trailer não tinha partido. Não tinha feito nada.

— Parece que eles precisam de um alvo em movimento — falei.

— Talvez estejam drogados — disse Natividade. — Ou talvez simplesmente sejam malucos. Jorge, tem certeza de que está bem?

— Sim, só quero sumir daqui.

Balancei a cabeça.

— Estamos presos aqui, pelo menos até escurecer.

— Se o trailer tiver equipamento de visão noturna, por mais simples que seja, o escuro não vai nos ajudar — disse Michael.

Pensei no que ele disse e assenti.

— Sim, mas ele atirou em nós e errou. E não se mexeu, apesar de dois grupos de pessoas terem encontrado seu esconderijo. Eu diria que ou o trailer ou as pessoas dentro dele não estão funcionando muito bem. Vamos esperar que escureça e só então fugiremos. Se tivermos sorte, ninguém vai aparecer até lá para nos causar problema ou chamar a atenção do trailer para a nossa direção. Mas, independentemente do que acontecer, vamos esperar.

— Três pessoas morreram — disse Michael. — Nós mesmos deveríamos estar mortos. Talvez estejamos antes de a noite acabar.

Suspirei.

— Cala a boca, Michael.

Esperamos no dia frio de outono. Tivemos a sorte de, dois dias antes, o tempo ter esfriado. Também tivemos a sorte de não estar chovendo. O clima perfeito para ficar num impasse com malucos armados.

O trailer não saiu de onde estava. Ninguém mais apareceu para nos dar trabalho nem para abrir fogo. Comemos os alimentos que tínhamos levado para o almoço e bebemos o resto da água. Concluímos que as pessoas que nos atacaram pensavam que tínhamos morrido. Bem, nos contentamos em nos fazer de mortos até o sol se pôr. Esperamos.

E, então, agimos. No escuro, começamos a nos arrastar em direção ao lado norte de nosso abrigo. Esperávamos, com esse movimento, termos cobertura suficiente da chaminé maior entre nós e o trailer para que as pessoas do trailer não tivessem tempo de nos ver e abrir fogo antes de chegarmos a um abrigo melhor atrás da segunda chaminé. Quando chegássemos à segunda chaminé, esperávamos manter as duas chaminés entre nós e a motocasa imóvel para fugirmos. Daria certo, desde que o trailer permanecesse parado. Se ele se movimentasse, estaríamos mortos. Mesmo que não se movimentasse, haveria um momento em que seríamos alvos fáceis, correndo pelo espaço aberto.

— Ai, meu Deus, meu Deus, meu Deus — sussurrou Jorge, entredentes, enquanto olhava para o espaço aberto. Se o trailer conseguisse atirar em alguém, e ele visse, acabaria caindo. Assim como eu.

— Não olhe para os lados — eu disse a ele. — Mesmo que ouça tiros, olhe para a frente e corra!

Mas antes que pudéssemos começar a correr, o choro voltou. O som era inconfundível. Era o soluçar solto e desinibido de uma criança, e, dessa vez, não parou.

Corremos. O som do choro poderia ajudar a encobrir os sons que fazíamos correndo... apesar de não sermos barulhentos. Aprendemos a não ser.

Jorge foi o primeiro a chegar à chaminé menor. Eu fui a segunda. Depois, Michael e Natividad chegaram juntos. Michael é baixo e esguio, parece rápido e de fato é. Natividad é atarracada e forte, e não parece ser rápida, mas costuma surpreender as pessoas.

Todos conseguimos. Não atiraram. E, no tempo que levamos para chegar à chaminé menor, eu descobri que tinha mudado de opinião a respeito das coisas.

O choro não tinha parado, nem ao menos feito uma pausa. Quando olhei na direção do trailer, vi luz. Um feixe amplo de luz cinza-azulada e fraca. Não consegui ver pessoas, mas ficou claro que tínhamos imaginado o certo. Uma porta do trailer estava escancarada.

Estávamos todos reunidos na chaminé menor, e os outros olhavam em direção à descida ao norte de onde estávamos. Era para lá que eles ainda esperavam ir. A luz das estrelas era suficiente para iluminar o caminho, e eu vi Jorge, agachado, com as mãos nas coxas, como se estivesse prestes a disputar uma corrida.

Naquele momento, a criança não choramingava, mas resmungava: um som fino e cansado. Era melhor que nos movimentássemos antes que o choro parasse. Também era melhor que eu me movimentasse antes que os outros entendessem o que eu pretendia fazer – o que agora sabia que tinha que fazer. Eles me seguiriam e me dariam apoio desde que eu me movimentasse depressa e não desse tempo para que eles pensassem ou reclamassem.

— Vamos — disse Michael.

Não dei atenção a ele. Senti um cheiro ruim no ar, aumentando e diminuindo na brisa da noite. Parecia estar vindo do trailer.

— Vamos — Michael chamou.

— Não — respondi, e esperei os três se virarem para olhar para mim. O momento certo. — Quero ver a criança. E quero aquele trailer.

E, então, me movimentei, antes que tentassem me impedir com palavras e atos.

Corri. Corri dando a volta pela carcaça da casa, saindo da realidade por um instante e entrando em meu sonho, no qual passava pelas ruínas de uma casa, com suas chaminés e as poucas estruturas que restavam, escuras, por pouco visíveis contra as estrelas.

Por um breve instante, pensei ter visto formas escuras. Sombras subindo, se movimentando...

Afastei a sensação e parei quando cheguei à chaminé maior. Eu dei a volta nela, esperando que as pessoas do trailer não atirassem em mim, morrendo de medo de que atirassem, me movimentando depressa apesar do terror.

A luz cinza-azulada estava mais forte naquele momento, e o cheiro havia se tornado um fedor horroroso de podridão que eu considerava familiar demais.

Eu me agachei, esperando me manter longe das câmeras do trailer, e atravessei na frente do veículo, perto o suficiente para esticar a mão e tocá-lo. Em seguida, cheguei à outra ponta dele, de onde a luz vinha, onde a porta devia estar aberta.

Quando avancei, quase caí em cima da criança que chorava. Era uma menininha de seis ou sete anos, mais ou menos. Estava imunda, muito mais do que eu conseguiria descrever. Estava sentada na terra, chorando, levando a mão ao rosto para secar as lágrimas e tirar um pouco da lama do rosto.

Ela olhou para cima e me viu bem quando eu parei para não cair em cima dela. Olhou fixamente para mim, boquiaberta, quando passei por ela e mirei meu fuzil na luz cinza-azulada do interior do trailer.

Não sei o que esperava ver: pessoas bêbadas espalhadas ali? Uma orgia? Mais imundície? Pessoas apontando armas para mim? Morte?

Havia morte ali perto. Isso eu sabia. O cheiro era inconfundível.

O que acabei vendo na luz cinza-azulada foi outra criança, outra menininha, adormecida sobre um dos monitores do trailer. Ela havia encostado a cabeça contra a beirada do painel de controle e roncava um pouco. A luz cinza-azulada vinha das três telas acesas. As três mostravam apenas chuvisco eletrônico cinza.

Também havia três mortos dentro do trailer.

Pelo menos, supus que estavam mortos. Estava claro que todos tinham sido feridos – com tiros, imaginei –, várias vezes. Além disso, deviam ter sido alvejados havia um tempo – alguns dias, talvez. O sangue nos corpos tinha secado e escurecido.

Não compartilho sentimentos com os inconscientes nem com os mortos, ainda bem. Independentemente da aparência e do cheiro, eles não me incomodam muito. Já vi muitos deles.

Entrei no trailer, deixando a criança chorosa do lado de fora, aos cuidados dos outros. Já conseguia ouvir Natividad conversando com ela. Natividad adora crianças, que parecem confiar nela logo de cara.

Jorge e Michael tinham aparecido atrás de mim enquanto eu subia no trailer. Os dois pararam ao ver a criança dormindo e os corpos espalhados. Michael, então, passou por mim para conferir os corpos. Ele, Natividad, Allie Gilchrist e Zahra Balter aprenderam a ajudar Bankole. Eles não têm formação médica ou de enfermagem, mas Bankole os treinou – ainda os treina – e eles são cuidadosos e levam o trabalho a sério.

Michael checou os corpos e descobriu que apenas um, um homem negro, esguio e de meia-idade, estava morto. Ele tinha levado um tiro no peito e no abdome. Os outros dois eram uma mulher loira de meia-idade grande e nua, que tinha levado tiros nas pernas e nas coxas, e um menino loiro, vestido e com cerca de quinze tiros nas pernas e no ombro esquerdo. Aquelas pessoas estavam cobertas com sangue seco. Mesmo assim, Michael detectou batimentos cardíacos fracos na mulher e no garoto.

— Precisamos levá-los a Bankole — disse ele. — Isso é demais para mim.

— Ah, droga — resmungou Jorge, correndo para fora para vomitar. Não foi à toa. Ele havia acabado de ver as larvas nos olhos, na boca e nas feridas do homem, e também nas feridas dos outros dois. Eu mesma virei o rosto.

Todos podemos lidar com essas coisas, mas ninguém gosta. Para dizer a verdade, eu estava mais preocupada pensando se uma ou se as duas pessoas feridas recobrariam a consciência. Eu me posicionei para não ter que olhar para eles, que não tinham condições de nos atacar, claro, mas me arrastariam para sua dor se estivessem conscientes. Permanecendo de costas para Michael e para seus pacientes, acordei a criança que dormia. Ela não estava tão imunda quanto a menininha que tínhamos encontrado do lado de fora, mas precisava de um banho.

Ela estreitou os olhos para me ver, grogue, sem entender. Em seguida, deu um gritinho e tentou passar por mim para sair pela porta.

Eu a peguei e segurei enquanto se debatia e gritava. Falei com ela, sussurrei, tentei acalmá-la, fiz tudo o que pude para tirá-la da histeria.

— Tudo bem, querida, está tudo bem. Não chore. Você vai ficar bem. Vamos cuidar de você, não se preocupe. Vamos cuidar de você... — Eu a aninhei e pus para ninar como se ela fosse muito menor.

Sem dúvida, o morto e os feridos eram sua família. Ela e a outra criança tinham permanecido sozinhas com eles por... quanto tempo? Elas precisariam de todo o cuidado que pudéssemos dar. Depois de um tempo gritando e se debatendo mais, ela começou a se acalmar em meus braços, se agarrando a mim em vez de tentar fugir. De meus braços, seus olhos arregalados olhavam para os outros.

Jorge ficou observando os monitores assim que melhorou do estômago. Natividad havia acalmado a outra menina, e também encontrou um pano limpo e um pouco de água, que usou para limpar o rosto, as mãos e os braços da criança. Michael havia deixado a mulher e o garoto feridos para examinar os controles do trailer. De nós quatro, ele era o único que sabia dirigir.

— Algum problema? – perguntei a ele.

Ele balançou a cabeça.

— Nem sinal de armadilhas. Acho que eles temiam que as crianças pudessem ativá-las.

— Você consegue dirigir o trailer?

— Sem problema.

— Dirija, então. É nosso. Vamos para casa.

O trailer estava funcionando bem. As baterias estavam carregadas, e Michael não teve dificuldade para encontrar e usar o equipamento de visão noturna. Havia infravermelho, luz ambiente e equipamentos de radar. Todos de boa qualidade, todos funcionando. As meninas não devem ter entendido como usá-los, já que não sabiam dirigir. Ou talvez soubessem operar tudo, mas não sabiam para onde ir com tudo aquilo. Afinal, a quem crianças pequenas poderiam pedir ajuda? Se não tinham parentes adultos, até mesmo a polícia as venderia, ilegalmente, ou as colocaria para trabalhar, legalmente. Colocar indigentes, jovens e idosos no trabalho está em alta agora. As 13ª e 14ª Emendas – as que abolem a escravatura e garantem os direitos dos cidadãos – ainda existem, mas têm sido tão enfraquecidas por novas práticas, pelo Congresso e pelas diversas legislações estaduais – além de decisões recentes da Suprema Corte –, que não importam muito. Empregar indigentes serve para mantê-los trabalhando, para que aprendam um ofício, para que consigam se sustentar, com moradia e alimentos, e para que não causem problemas. Na prática, é só mais uma maneira de fazer as pessoas trabalharem por nada ou quase nada. Meninas pequenas são valorizadas porque podem ser usadas de muitas maneiras, e podem ser coagidas a virar uma força de trabalho rápida, obediente e descartável.

Sem dúvida, as duas meninas foram instruídas a temer desconhecidos. Então, com os pais e o irmão fora de cena, acabaram sozinhas para defender a família e sua casa. Com a visão ofuscada pelo medo, elas tinham atirado em nós, atirado para acertar três homens que não davam sinais de estar ali para algo além de perambular, talvez catar sucata. Michael e Natividad saíram para ver os homens antes de partirmos, enquanto Jorge e eu colocávamos nosso carrinho de mão e seu conteúdo dentro do trailer.

Os três homens estavam mortos. Levavam dinheiro em espécie e armas no coldre; Michael e Natividad recolheram ambos. Nós os cobrimos com pedras e os deixamos. Mas eram ainda menos perigosos às pessoas do trailer do que nós. Se tivessem se aproximado do veículo, uma porta trancada os teria mantido do lado de fora. As semiautomáticas de nove milímetros antigas que portavam não tinham a menor chance contra a proteção do trailer. Mas as menininhas não tinham se dado conta disso.

Nós as trouxemos a Bolota, e elas estão tomando banho, comendo, recebendo conforto e descansando. Bankole está cuidando da mãe e do irmão delas. Ele não ficou feliz com a chegada de mais pacientes. Nossa clínica nunca esteve tão cheia, e todos os alunos e alguns voluntários estão ajudando. Ele diz que não sabe se conseguirá salvar essa dupla de mãe e filho. Temos alguns instrumentos simples e uma unidade de diagnósticos complexa que ele salvou quando fugiu de sua casa em San Diego, cinco anos atrás. E temos alguns remédios: drogas para aliviar a dor, combater infecção e para nos manter saudáveis em outras ocasiões. Se o menino sobreviver, Bankole não sabe se ele voltará a andar.

Bankole fará o melhor que puder por eles. E Allie Gilchrist e May estão cuidando das pequenas, que tiveram sorte, pelo menos, porque as encontramos. Elas estarão seguras conosco.

E agora, finalmente, temos algo de que precisamos há anos. Temos um trailer.

Quarta-feira, 29 de setembro de 2032

Com todo o trabalho que meu Bankole tem tido para ajudar a mulher e o garoto feridos, e os Dovetree feridos, ele só conseguiu gritar comigo por causa do incidente com o trailer ontem à noite. E, claro, não gritou. Ele não costuma gritar. É uma pena. A reprovação dele seria mais fácil de aceitar se fosse rápida e barulhenta. Foi, como sempre, silenciosa e intensa.

— É uma pena que muitos de seus riscos desnecessários acabem dando tão certo — disse para mim ao se deitar na cama ontem à noite. — Você é uma tola, sabia? É como se acreditasse que não pode ser morta. Meu Deus, menina, você já tem idade para saber que as coisas não são assim.

— Eu queria o trailer — falei. — E percebi que poderíamos conseguir pegá-lo. E poderíamos ajudar uma criança. Uma delas não parava de chorar.

Ele virou a cabeça e olhou para mim por vários segundos, com os lábios cerrados.

— Você já viu crianças sendo arrastadas em coleiras ou correntes — disse ele. — Já as viu expostas como atrativos na frente de casas de prostituição. Está me dizendo que fez isso porque ouviu uma delas chorando?

— Faço o que posso — falei. — Quando puder fazer mais, farei. Você sabe disso.

Ele só olhou para mim. Se eu não o amasse, não gostaria muito dele em momentos como esse. Segurei sua mão e a beijei.

— Faço o que posso — repeti —, e queria o trailer.

— Tanto assim para arriscar não só a própria vida, mas também a de toda sua equipe? A vida de quatro pessoas?

— O risco de fugir de mãos vazias era no mínimo tão grande quanto o risco de me aproximar da motocasa.

Ele emitiu um som de desaprovação e afastou a mão.

— Então você conseguiu um trailer caindo aos pedaços.

Assenti.

— Então agora nós o temos. Precisamos dele. Você sabe disso. É um começo.

— Não vale a vida de ninguém!

— Não custou a vida de nenhum de nós! — Eu me sentei e olhei para ele. Precisava que ele me visse da melhor maneira à luz fraca vinda da janela. Queria que ele soubesse que eu estava falando sério. — Se eu tivesse que morrer — falei —, se tivesse que levar tiros de desconhecidos, não deveria ser enquanto tento ajudar a comunidade, e não apenas enquanto estivesse tentando fugir?

Ele ergueu as mãos e me aplaudiu com ironia.

— Sabia que você diria algo assim. Bom, nunca te considerei estúpida. Obcecada, talvez, mas não estúpida. Assim sendo, tenho uma proposta a fazer.

Ele se ajeitou e eu me aproximei, puxando o cobertor para nos cobrir. Me recostei nele e fiquei sentada, esperando. Independentemente do que ele tivesse para dizer, eu sentia que tinha me explicado bem. Se ele quisesse chamar meu modo de pensar de obsessivo, não tinha importância.

— Tenho analisado algumas das cidades da região — disse ele. — Saylorville, Halstead, Coy. Cidades que estão a poucos quilômetros da estrada. Nenhuma delas precisa de um médico no momento, mas uma provavelmente vai precisar um dia, em breve. Como você se sentiria se vivesse em uma dessas cidades?

Fiquei parada, surpresa. Ele estava falando sério. Saylorville? Halstead? Coy? São comunidades tão pequenas que nem sei se podem ser chamadas de cidades. Em cada uma delas há algumas famílias e comércios unidos entre a rodovia – a U.S. 101 – e o mar. Fazemos negociações nas feiras livres, mas essas cidades são sociedades fechadas. Eles toleram visitantes "estrangeiros", mas não gostam de nós. Já foram incendiadas muitas vezes por desconhecidos de passagem – pessoas que acabaram se revelando ladrões ou coisa pior. Só confiam em seus vizinhos agricultores há muito estabelecidos ali. Bankole acreditava que eles nos receberiam bem? Com exceção de uma cidade maior chamada Prata, as cidades mais próximas são quase todas de pessoas brancas. Prata é branca e latina com um pouco de asiáticos. Na nossa, há de tudo: negros, brancos, latinos, asiáticos e todo tipo de mistura; todas as coisas que se esperaria ver em uma cidade. As crianças que adotamos e as que nasceram de nós veem a miscigenação como normal. Imagine só.

Bankole e eu, ambos negros, conseguimos misturar as coisas no que diz respeito à idade. Sempre pensam que ele é meu pai. Quando corrige as pessoas, elas piscam para ele, franzem o cenho ou sorriem. Aqui em Bolota, se as pessoas não nos entendem, pelo menos elas nos aceitam.

— Estou bem aqui — falei. — A terra é nossa. A comunidade é nossa. Com nosso trabalho, e com a Semente da Terra para nos guiar, estamos construindo algo bom aqui. Vai crescer e se espalhar. Cuidaremos para que isso aconteça. Mas por enquanto, nada em nenhuma dessas cidades é nosso.

— Pode ser — disse ele. — Você não faz ideia de como um médico é valioso em uma comunidade isolada.

— Ah, não? Sei como você é valioso para nós.

Ele virou a cabeça na minha direção.

— Mais valioso do que um trailer?

— Idiota — falei. — Quer ouvir elogios? Tudo bem. Considere-se elogiado. Você sabe quantas vidas já salvou aqui... incluindo a minha.

Ele pareceu pensar nisso por um instante.

— Este grupo de pessoas é bem saudável — disse ele. — Com exceção da moça Dovetree, até mesmo nossos últimos adotados são pessoas saudáveis que foram feridas, mas não são pessoas doentes. Não temos idosos. — Ele sorriu. — Só eu. Não temos problemas crônicos, com exceção do coração de Katrina Dovetree. Nem mesmo uma gravidez problemática nem uma criança com vermes. Quase toda cidade na região precisa de um médico mais do que Bolota precisa.

— Eles precisam de qualquer médico. Nós precisamos de você. Além disso, eles têm o que precisam ter.

— Como eu disse, não será assim pra sempre.

— Não me importa. — Eu me aproximei dele. — Seu lugar é aqui. Nem pense em ir embora.

— Pensar é só o que posso fazer no momento. Estou pensando em um lugar seguro para nós, um lugar seguro para você quando eu morrer.

Eu me retraí.

— Sou velho, menina. Não me engano em relação a isso.

— Bankole...

— Tenho que pensar sobre isso. Também quero que você pense. Faça isso por mim. Pense nisso.

3

Deus é Mudança,

E, no final,

Deus prevalece.

Mas, enquanto isso...

Gentileza facilita a Mudança.

Amor aquieta o medo.

E uma doce e poderosa

Obsessão positiva

Detém a dor,

Afasta a ira,

E atira cada um de nós

Na mais grandiosa,

Mais intensa

De nossas lutas escolhidas

— **Semente da Terra: os livros dos vivos**

De *Memórias de Outros Mundos*

Não sei dizer até onde irão os sonhos, as lutas e a certeza de Olamina. Não consigo me lembrar de um dia já ter tido certeza de algo como ela parece ter certeza da Semente da Terra, um sistema de crenças que ela mesma criou – ou, como diz, uma rede de verdades que ela simplesmente reconheceu. Eu sempre fui cético no que diz respeito a religiões. Então é muito irracional de minha parte amar uma fanática. Mas, no fundo, o amor e o fanatismo são ambos estados mentais irracionais.

Olamina acredita em um deus que sequer a ama. Na verdade, seu deus é um processo ou uma combinação de processos, não uma entidade. Não tem consciência dela, nem de nada. Não tem consciência alguma. Ela diz "Deus é mudança", e realmente acredita nisso. Algumas das faces de seu deus são a evolução biológica, a teoria do caos, a teoria da relatividade, o princípio da incerteza e, claro, a segunda lei da termodinâmica. "Deus é mudança e, no fim, Deus prevalece." Mas a Semente da Terra não é um sistema de crenças fatalista. Deus pode ser direcionado, focado, acelerado, refreado, moldado. Todas as coisas mudam, mas cada uma não precisa mudar em todos os aspectos. Deus é inexorável, mas, ainda assim, maleável. Estranho. Nem um pouco religioso. Até mesmo o Destino da Semente da Terra parece ter pouco a ver com religião.

"Somos Semente da Terra", diz Olamina. "Somos os filhos de Deus, como todas as partes do universo são filhas de Deus. Mas, mais imediatamente, somos filhos de nossa Terra, em especial." E dentro dessas palavras está a origem do Destino. Aquela parte da humanidade que é consciente, que sabe que é Semente da Terra, e que aceita que seu Destino é simplesmente tentar sair do ventre, da Terra, para nascer como todos os filhotes devem fazer, mais cedo ou mais tarde.

A Semente da Terra é a contribuição de Olamina ao que ela sente que deveria ser um esforço de toda a nossa espécie para evadir, ou, pelo menos, prolongar o ciclo evolucionário de "especializar-se, crescer e morrer" que a humanidade enfrenta, que toda e qualquer espécie enfrenta.

"Podemos ser um sucesso de longo prazo e até os pais de uma ampla série de novos povos, novas espécies", diz ela, "ou podemos ser só mais um aborto. Podemos, devemos, espalhar a essência de vida da Terra – humana, vegetal e animal – a mundos extrassolares: 'o Destino da Semente da Terra é criar raízes entre as estrelas.'"

Grandes palavras.

Ela espera, sonha, escreve e acredita, e talvez o mundo permita que ela viva por um tempo, tolerando-a como uma excêntrica inofensiva. Espero que faça isso. Temo que não o faça.

Meu pai, nesse trecho, definiu a Semente da Terra muito bem e o fez em menos palavras do que eu teria conseguido. Quando minha mãe era criança, protegida e presa atrás dos muros de seu bairro, ela sonhava com as estrelas. À noite, literalmente, sonhava com elas. E sonhava que voava. Já vi seus sonhos de voo mencionados em textos antigos dela. Desperta ou dormindo, ela sonhava com tais coisas. Até onde sei, era o que ela estava fazendo quando criou o Destino da Semente da Terra e os versículos da Semente da Terra: sonhando. Todos precisamos de sonhos – de nossas fantasias – para nos manter nos períodos difíceis. Não há mal nenhum nisso desde que não comecemos a confundir nossas fantasias com a realidade, como ela fez. Parece que ela duvidava de si mesma de vez em quando, mas nunca duvidou de seu sonho, nunca duvidou da Semente da Terra. Assim como meu pai, não consigo me sentir muito segura em relação a nenhuma religião. Isso é esquisito, levando em conta o modo como fui criada, mas é verdade.

Mas já vi a paixão religiosa em outras pessoas: o amor por um Deus amoroso, o medo de um Deus irado, exaltação e desespero por um Deus que recompensa e pune. Tudo isso me faz questionar como um sistema de crenças como Semente da Terra — muito exigente, mas que oferece pouco conforto de um Deus totalmente indiferente — poderia inspirar qualquer lealdade que fosse.

Em Semente da Terra não existe promessa de vida após a morte. O céu de Semente da Terra é literal, físico — outros mundos circundando outras estrelas. Ela promete a imortalidade à sua gente apenas por meio de seus filhos, seu trabalho e suas lembranças. Para a espécie humana, a imortalidade é algo que se ganha cultivando a Semente da Terra em outros mundos. Sua promessa não é de mansões nas quais viver, leite e mel para beber, nem de esquecimento eterno em um nirvana vasto. Sua promessa é de trabalho árduo e de possibilidades completamente novas, assim como novos problemas, desafios e mudanças. Aparentemente, isso pode ser surpreendentemente sedutor para algumas pessoas. Minha mãe era uma pessoa surpreendentemente sedutora.

Há um versículo da Semente da Terra que é assim:

> Deus é Mudança.
> Deus é Infinito,
>> Irresistível,
>> Inexorável,
>> Indiferente.

Deus é Trapaceiro,

Professor,

Caos,

Argila...

Deus é Mudança.

Atenção:

Deus existe para moldar

E para ser moldado.

É um Deus assustador, implacável, mas ainda assim maleável e muito dinâmico. Acredito que logo estará usando o rosto de minha mãe. O nome do meio dela era "Oya". Fico me perguntando o que pode ter passado pela cabeça de meu avô, que era ministro batista, para dar um nome desses para ela. O que ele viu nela? "Oyá" é o nome de uma orixá – uma deusa – nigeriana, do povo iorubá. Na verdade, a Oyá original era a deusa do rio Níger, uma entidade dinâmica e perigosa. Ela também era deusa do vento, do fogo, da morte, mais causadores de grandes mudanças.

De *Os diários de Lauren Oya Olamina*
Segunda-feira, 4 de outubro de 2032

Krista Noyer morreu hoje.

Era este o nome dela: Krista Koslow Noyer. Ela nunca recobrou a consciência. Desde que a encontramos ferida por golpes e tiros, estuprada, nua e caída dentro da motocasa de sua família, ela estava em coma profundo. Ela tinha sido mantida na clínica, junto a seu filho ferido. Os cinco Dovetree foram morar com Jeff King e com seus filhos, mas pareceu melhor manter Krista Noyer e seu filho na clínica. Zahra Balter e Allie Gilchrist ajudaram a limpá-los, e então ajudaram Bankole quando ele retirou cinco balas dos corpos – duas alojadas na mãe e três no filho. Zahra e Allie têm trabalhado com Bankole há mais tempo do que Mike e Natividad. Não são médicas, claro, mas sabem muita coisa. Bankole diz achar que elas já poderiam ser boas enfermeiras.

Ele, seus quatro ajudantes e outros que ofereceram cuidados voluntários fizeram o melhor que puderam pelos Noyer. Depois da cirurgia de Krista Noyer, Zahra, Natividad, Allie, Noriko Kardos, Channa Ryan e Teresa Lin se revezaram para ficar de plantão, cuidando do que ela precisasse. Bankole disse que queria mulheres perto dela para o caso de recobrar os sentidos. Acreditava que ver homens desconhecidos a deixaria em pânico.

Desconfio que ele tinha razão. Coitada.

Pelo menos, o filho estava ao seu lado quando ela morreu. Ele estava na cama ao lado da dela, e às vezes estendia o braço para tocá-la. Eles só foram separados um do outro por uma de nossas telas de privacidade caseiras quando tínhamos que atender às necessidades de um deles. A tela não estava entre eles quando Krista morreu.

O nome do garoto é Danton Noyer Junior. Ele quer ser chamado de Dan. Nós cremamos o corpo de Danton Noyer pai assim que o levamos para Bolota. Agora, teremos que cremar a esposa dele. Realizaremos uma cerimônia para os dois quando Dan estiver em condições de participar.

Domingo, 17 de outubro de 2032

Hoje, fizemos uma cerimônia fúnebre dupla para Danton Noyer pai e para sua esposa, Krista.

Sob os cuidados de Bankole, Dan Noyer está se recuperando. Suas pernas e ombro estão sarando, e ele consegue andar um pouco. Bankole diz que isso foi graças às larvas. Além de manterem os ferimentos limpos, comendo o tecido morto, as coisinhas nojentas não fizeram mal. Essa espécie em particular não gosta de tecido vivo e saudável. Comem as coisas que apodrecem e causam gangrena, e então, a menos que sejam retiradas, entram em metamorfose e partem voando.

No começo, as menininhas, Kassia e Mercy, tiveram que ficar trancadas para que não fugissem. Não tinham para onde ir, mas estavam tão assustadas e confusas que não paravam de tentar escapar. Quando receberam permissão de visitar o irmão, tiveram de ser controladas para não machucá-lo. Correram até ele e teriam subido na cama à procura de conforto e cuidado se May e Allie não as tivessem impedido. May parece lidar melhor com elas. Aparentemente, elas estão se apegando às duas mulheres – e vice-versa –, mas parecem gostar mais de May.

Nossa May é meio misteriosa. Estou ensinando May a escrever para que, um dia, ela possa nos contar sua história. Parece ser latina, mas não entende espanhol. Entende inglês, mas não fala bem o suficiente para ser compreendida na maior parte do tempo. Isso porque, algum tempo antes de se unir a nós, alguém cortou sua língua.

Não sabemos quem fez isso. Eu soube que em algumas das cidades mais religiosas, a repressão às mulheres tem sido cada vez mais extrema. Uma mulher que expressa suas opiniões, que é "irritante", que desobedece ao marido ou que "deixa de lado sua condição de mulher" e "age como homem" pode acabar com a cabeça raspada, a testa marcada, a língua cortada ou, no pior caso, pode ser apedrejada até a morte ou queimada. Só havia ouvido relatos sobre essas coisas. May é o primeiro exemplo que eu vi (se ela for mesmo um exemplo). Fico feliz em dizer que sua ferida já havia cicatrizado quando chegou a nós. Não sabemos se May é o nome dela, de fato. Mas ela consegue dizer "May", e indicou que devemos chamá-la assim. Desde o começo, ficou claro que ela adora crianças e se dá bem com elas. Agora, com as irmãzinhas Noyer, parece que ela tem uma família. Ela tem dividido uma cabana com Allie Gilchrist e com Justin, o filho adotado de Allie, há quase um ano. Agora, acho que vamos ter que aumentar a cabana de Allie ou começar a fazer outra. Na verdade, precisamos começar a fazer duas ou três casas novas. Os Scolari ficarão com a próxima que fizermos. Eles estão com os Figueroa há muito tempo. E então os Dovetree, depois May e os Noyer.

Dan Noyer está com Harry e Zahra Balter e seus filhos, agora que ele está bem o suficiente para andar pela cidade um pouco. Pareceu melhor tirá-lo da clínica o mais rápido possível quando a mãe morreu. May já está dividindo seu único quarto com as duas meninas, então Bankole procurou outro lugar para Dan. Os Balter se ofereceram para acolhê-lo. Além disso, May é compartilhadora, e Dan ainda sofre acessos de dor. Ele não reclama, mas May perceberia. Eu percebo quando estou perto dele. Não há casos de hiperempatia na família Balter, por isso eles podem cuidar de pessoas feridas sem sofrer.

As últimas semanas foram corridas. Fizemos várias rondas de coleta com o trailer e reunimos coisas que nunca conseguimos reunir em grande quantidade antes: lenha, pedra, tijolos, blocos, argamassa, cimento, peças de encanamento, móveis e canos de ruínas abandonadas distantes e da casa dos Dovetree. Vamos precisar de tudo. Somos 67 pessoas agora, com os filhos dos Noyer. Estamos crescendo depressa demais.

E apesar disso, de outro modo, estamos apenas nos arrastando. Não somos só Bolota, somos a Semente da Terra, e ainda somos apenas uma minúscula comunidade na montanha enfiada em umas poucas cabanas, compartilhando uma existência quase do século xix. O trailer vai melhorar nosso conforto, mas... não é o suficiente. Bem, pode ser suficiente para Bolota, mas não é suficiente para a Semente da Terra.

Não que eu digo saber o que seria suficiente. A coisa que quero construir é tão nova e tão *ampla*! Além de não saber como construí-la, nem sequer sei como ela vai ficar depois de pronta. Estou apenas tateando meu trajeto, aproveitando tudo que posso fazer, tudo que posso aprender para dar mais um passo adiante.

Para nossos arquivos da Semente da Terra, isto é o que descobri até agora a respeito do que ocorreu com os Noyer. Conversei com Kassia e com Mercy várias vezes. E, nos últimos três dias, Dan me contou o que consegue lembrar. Parecia que ele precisava conversar, apesar da dor que sentia e, comigo por perto para reclamar com Bankole em nome dele e cuidar para que ele tomasse a medicação na hora certa, ele tem sentido menos dor. Sozinho, parece que ele se dispõe a ficar deitado e sofrer. Bem, não há nada de errado em ser estoico quando é preciso, mas já existe sofrimento suficiente no mundo. Por que aguentar mais sem precisar?

Os Noyer tinham vindo de Phoenix, no estado do Arizona, onde comida e água são ainda mais caras do que na região de Los Angeles. Venderam suas casas – tinham duas –, um terreno sem uso, os móveis, as joias de Krista Noyer, venderam tudo que puderam para conseguir dinheiro a fim de comprar e equipar uma motocasa armada, blindada e grande o bastante para que sete pessoas pudessem dormir dentro dela. O trailer levaria a família para o Alasca e serviria como casa para eles até os pais conseguirem trabalho e poderem alugar ou comprar algo melhor. O Alasca é um destino mais popular do que nunca hoje em dia. Quando saí do sul da Califórnia, o Alasca era um sonho popular, quase o paraíso. As pessoas lutavam por ele, esperando encontrar um lugar onde ainda houvesse civilidade, empregos, paz, espaço para criar os filhos em segurança e o retorno ao mundo mágico da era de ouro atribuída aos meados do século XX. Eles esperavam não encontrar nada de gangues, nada de escravidão, nada de assentamentos de pobres livres se espalhando como câncer pela terra, nada de caos. Deveria ter muita terra para todos, um clima aconchegante, água barata e muitas cidades novas e velhas, privatizadas e livres, prontas para novos moradores dispostos a trabalharem muito. Como eu disse: o paraíso.

Se o que ouvi sendo dito pelos viajantes for verdade, os poucos que conseguiram chegar lá – comprando passagem em barcos ou aviões ou caminhando ou dirigindo por centenas e até milhares de quilômetros, dando um jeito de atravessar a fronteira fechada com o Canadá até a fronteira também fechada do Canadá com o Alasca – encontraram algo muito menos receptivo. E, ano passado, o Alasca, cansado de regulamentações e de restrições de Washington, D.C., tão longe deles, e ainda mais cansado do monte de pobres esperançosos entrando aos montes, declarou-se um país independente. Separou-se dos Estados Unidos. Foi a primeira vez desde a Guerra Civil que um estado faz isso. Pensei que fosse acabar acontecendo outra guerra civil por causa disso, pelo jeito com que o presidente Donner e o governador do Alasca – ou melhor, o presidente do Alasca –, Leontyev, estão trocando insultos. Mas Donner tem coisas demais aqui embaixo para se manter ocupado, e nem o Canadá nem a Rússia, que têm nos enviado comida e dinheiro, gostaram muito da ideia de uma guerra bem ao lado deles. O único risco real de uma guerra civil pode vir de Andrew Steele Jarret, se ele vencer a eleição mês que vem.

De qualquer modo, apesar dos riscos, as pessoas como os Noyer, esperançosas e desesperadas, ainda seguem em direção ao Alasca.

Havia sete pessoas na família Noyer alguns dias antes de encontrarmos o trailer. Havia Krista e Danton, o pai; Kassia e Mercy, nossas órfãs de sete e oito anos; Paula e Nina, que tinham doze e treze; e Dan, o filho mais velho. Dan tem quinze, imaginei quando o vi pela primeira vez. É um menino grande, loiro, com cara de bebê. Seu pai era pequeno e tinha cabelos pretos. Ele herdou a aparência do pai e o tamanho da mãe, grande e loira, ao passo que as meninas são pequenas e morenas como o pai. O rapaz já tem quase dois metros de altura – um jovem gigante com um grande senso de responsabilidade com as irmãs, típico de irmão mais velho. Mas, ainda assim, ele, como o pai, não tinha conseguido impedir Nina e Paula de serem estupradas e sequestradas três dias antes de encontrarmos o trailer.

Os Noyer tinham adquirido o hábito de estacionar o trailer em algum lugar isolado e ensolarado, como o lado sul daquela casa de campo incendiada. Assim, eles podiam deixar as crianças saírem um pouco enquanto limpavam o trailer, e o abriam para deixar que seu interior fosse arejado. Podiam abrir os painéis solares do veículo para que o sol pudesse recarregar as baterias para eles. Para economizar dinheiro, eles usavam o máximo de energia solar possível. Isso significava dirigir à noite e recarregar durante o dia – o que dava certo, porque as pessoas caminhavam nas estradas durante o dia. Na Califórnia, é ilegal andar em estradas, mas todo mundo anda. Por costume, agora a maioria dos pedestres anda durante o dia, e a maioria dos carros e dos caminhões percorre o trecho à noite. Os veículos não param por nada que não ameace causar perda total. Já vi pessoas tentando roubar veículos serem atropeladas. Ninguém para.

Mas, durante o dia, eles estacionam para descansar e reabastecer.

Danton e Krista Noyer mantinham os filhos perto deles, mas não faziam uma vigilância regular. Acreditavam que o isolamento e um estado de alerta mais generalizado já os protegeria. Estavam enganados. Enquanto estavam ocupados com as tarefas de limpeza, vários homens se aproximaram de um ponto cego – vindos do norte –, de modo que a chaminé que não os havia escondido bloqueou a visão da própria família. Era possível que esses homens tivessem visto o trailer de um dos cumes, e então dado a volta para atacá-los. Era o que Dan acreditava ter acontecido.

Os intrusos tinham dado a volta pelo muro e, um instante depois, aberto fogo contra a família. Surpreenderam os sete membros fora do trailer. Atiraram no pai, em Krista e em Dan. Mercy, que estava mais perto do trailer, entrou nele e se escondeu atrás de uma caixa de livros e discos.

Os intrusos agarraram as outras três meninas, mas Nina, a mais velha, causou tanta distração chutando, mordendo, se debatendo e tentando escapar, conseguindo e sendo pega de novo, que Kassia, livre por um instante, conseguiu escapar de um dos agressores e entrou no trailer. Kassia fez o que Mercy não tinha feito. Bateu a porta do trailer e a trancou; trancou todas as portas.

Ao fazer isso, ficou mais segura do que pensava. Os invasores atiraram na lataria e nos pneus do trailer. Ficaram marcas, mas não houve grande estrago. Os invasores até tentaram incendiar a lateral do trailer, mas o fogo se apagou sem causar avarias.

Depois do que pareceram horas, os homens se afastaram. As duas meninas dizem que ligaram os monitores do trailer e olharam ao redor. Não conseguiram encontrar os invasores, mas ainda assim sentiram medo. Esperaram mais tempo. Mas era terrível esperar dentro do trailer, sem ninguém além delas mesmas, sem saber o que poderia estar acontecendo além do alcance dos monitores – do outro lado do muro da chaminé, talvez. E não havia ninguém para cuidar delas, ninguém a quem recorrer. Por fim, permanecer no trailer acabou sendo demais para elas. Abriram a porta mais próxima aos corpos jogados de seus pais e do irmão.

Os invasores não estavam mais lá. Tinham levado as duas meninas mais velhas. Do lado de fora, Kassia e Mercy encontraram só Dan e os pais. Dan havia acordado, e estava sentado no chão, com a cabeça da mãe no colo, acariciando seu rosto e chorando.

Dan havia se fingido de morto enquanto os invasores estavam ali. Não havia dado sinal de vida, nem mesmo quando um dos homens o chutou. Estoico, de fato. Ele os escutou tentando entrar no trailer. Ele os escutou xingando, rindo, gritando, ouviu duas de suas irmãs gritando como nunca ouvira ninguém gritar. Ouviu os próprios batimentos cardíacos. Pensou que estivesse morrendo, sangrando na terra enquanto sua família era assassinada.

Mas ele não morreu. Perdeu a consciência e a recobrou mais de uma vez. Perdeu a noção do tempo. Os invasores estavam ali, e depois sumiram. Ele os escutava, depois não mais. Suas irmãs estavam gritando, chorando, gemendo, e depois ficaram em silêncio.

Ele se movimentou. Arfando e gemendo de dor, conseguiu se sentar. Suas pernas doeram tanto quando ele tentou se erguer que gritou e caiu de novo. Com a mente confusa pela dor, pela perda de sangue e pelo horror, ele olhou ao redor à procura da família. Ali, perto de suas pernas, molhada com o sangue dele e com o dela também, estava a mãe.

Ele se arrastou até ela, e permaneceu com a cabeça dela em seu colo. Não sabia por quanto tempo havia permanecido ali, com a cabeça vazia. Quando se deu conta, as irmãzinhas o estavam chacoalhando, falando com ele.

Ele olhou para elas. Demorou muito tempo para perceber que elas de fato estavam ali, vivas, e que atrás delas o trailer estava aberto de novo. E, então, ele soube que precisava colocar os pais dentro dele. Tinha que pegar a estrada e levá-los a uma cidade onde houvesse um hospital ou, pelo menos, um médico. Temia que seu pai pudesse estar morto, mas não tinha certeza. Sabia que a mãe estava viva. Ele escutava sua respiração. Sentira a pulsação em seu pescoço. Tinha que buscar ajuda para ela.

De alguma maneira, ele colocou os dois dentro do trailer. Foi um trabalho longo, lento e terrível. Sentia muita dor nas pernas. Sentia-se muito fraco. Ele havia crescido depressa, orgulhoso por ser do tamanho de um homem, com a força de um homem. Agora, sentia-se fraco como um bebê e, depois de arrastar os pais para dentro do trailer, sentia-se exausto demais para se sentar ao volante e dirigir. Não pôde procurar ajuda para os pais nem procurar as duas irmãs raptadas. Tinha que fazer isso, mas não conseguia. Caiu e ficou deitado no chão, incapaz de se mover. Sua consciência se apagou. Não havia mais nada.

Era uma história meio familiar. Terrível e comum. Quase todo mundo em Bolota tem uma história terrível e comum para contar.

Hoje, demos sementes de carvalho aos filhos dos Noyer, para que eles as plantassem na terra que tinha sido misturada com a cinza de seus pais. Fazemos isso em memória de nossos mortos, presentes e ausentes. As cinzas de minha família não estão aqui, mas cinco anos atrás, quando decidimos ficar aqui, plantei árvores em homenagem a eles. Outras pessoas fizeram a mesma coisa por seus entes falecidos. As cinzas de Nina e de Paula Noyer não estão aqui, é claro. Pode ser até que Nina e Paula não tenham morrido. Mas serão relembradas aqui com seus pais. Quando Dan compreendeu a cerimônia, pediu árvores para Nina e para Paula, não só para seus pais.

Ele disse:

— Algumas noites, eu acordo e ainda as escuto gritar, escuto aqueles desgraçados rindo. Ah, meu Deus... Elas devem estar mortas. Mas talvez não estejam, não sei. Às vezes gostaria que eu estivesse morto. Meu Deus.

Telefonamos para amigos e vizinhos em cidades próximas perguntando sobre Nina e Paula. Deixamos seus nomes, descrições (com base no que Dan me contou), e a oferta de uma recompensa em dinheiro vivo, dólares canadenses. Duvido que consigamos informações, mas temos que tentar. Não temos muito dinheiro em espécie para espalhar por aí, mas por sermos muito cuidadosos, temos um pouco, sim. Por causa do trailer, logo teremos mais. Para dizer a verdade, eu tentaria comprar as meninas de volta mesmo se não houvesse o trailer. Uma coisa é saber que existem crianças nas estradas e nas cidades sendo submetidas a sofrimentos para o prazer de alguém. Outra é saber que as duas irmãs de pessoas que conhecemos e de quem gostamos estão sendo submetidas a sofrimentos. Mas temos o trailer. Mais motivos ainda para fazermos o que pudermos pelos filhos dos Noyer.

Levamos Dan à cerimônia fúnebre em uma cama dobrável que usamos como maca. Ele consegue ficar de pé e caminhar, e Bankole faz com que ele faça um pouco disso diariamente. Mas ainda não está pronto para ficar de pé nem sentado por muito tempo. Nós o colocamos ao lado das árvores finas e jovens que Bankole plantou cinco anos atrás, em memória de sua irmã e da família dela, que tinham morado nessa propriedade antes de nós. Eles foram assassinados antes da nossa chegada. Os corpos deles foram incendiados junto com a casa. Deles, só encontramos os ossos queimados e dois anéis, que estão enterrados embaixo das árvores, no mesmo ponto onde Dan ficou para a cerimônia.

As irmãzinhas plantaram as sementes sob as nossas orientações, mas sem nossa ajuda. O trabalho foi feito com as mãos delas. Talvez o plantio de árvores pequenas na terra misturada com cinzas não signifique muito agora, mas elas crescerão sabendo que os restos de seus pais estão aqui, que árvores, vivas, crescem desses restos, e que hoje essa comunidade passou a ser a casa delas.

Movimentamos a cama de Dan para que ele pudesse pegar a espátula e o regador, e deixamos que ele plantasse as próprias sementes. Ele também fez o que tinha que fazer sem ajuda. O ritual já era importante para ele. Era algo que ele podia fazer por suas irmãs e pelos pais. Era *tudo* o que podia fazer por eles.

Quando ele terminou, rezou o Pai Nosso. Era a única oração formal que ele conhecia. Os Noyer eram cristãos não praticantes – uma mãe católica, um pai episcopal e filhos que nunca tinham entrado em uma igreja.

Dan convencia as irmãs a cantarem músicas em polonês – músicas que a mãe deles havia ensinado. Eles não falam polonês, o que é uma pena. Sempre fico feliz quando podemos aprender outro idioma. Ninguém na família falava polonês além de Krista, que tinha saído com os pais da Polônia para escapar das guerras e da incerteza na Europa. E veja só onde a pobre mulher se meteu.

As meninas cantaram as músicas. Apesar de serem pequenas, tinham a voz clara e meiga. Era uma delícia ouvi-las. A mãe delas devia ser uma boa professora. Quando terminaram, e todas as sementes foram regadas, alguns membros da comunidade se levantaram para recitar versículos da Semente da Terra, a Bíblia, o Livro de Oração Comum, o Bhagavad--Gita e John Donne. As frases tomaram o lugar das palavras que amigos e familiares teriam dito para lembrar e respeitar os mortos.

Então, eu disse as palavras dos versículos de Semente da Terra que passamos a associar a funerais e ao ato de lembrar os mortos.

— Deus é Mudança — comecei.

Outros repetiram com a voz tranquila:

— Deus é Mudança. Molde Deus. — Hábitos de repetição e reação surgiram quase sem que os combinássemos. Infelizmente, fizemos tantas cerimônias fúnebres em nossa breve existência como comunidade que esse ritual em especial nos é muito familiar. Só fazia uma semana que havíamos plantado árvores e dito palavras para os Dovetree. Eu disse:

"Damos nossos mortos

Aos pomares

E aos arvoredos.

Damos nossos mortos

À vida."

Parei, respirei fundo, e continuei de forma lenta e comedida.

"A morte

é uma grande Mudança...

É a maior Mudança da vida.

Nós honramos nossos mortos queridos.

Conforme misturamos sua essência com a terra,

Nos lembramos deles,

E, dentro de nós,

Eles vivem."

— Nos lembramos — sussurraram os outros. — Eles vivem. — Fiquei em silêncio por um momento, olhando na direção dos altos pés de caqui, de abacate e de lima. A irmã e o cunhado de Bankole tinham plantado aquelas árvores, tinham trazido todas elas como mudas do sul da Califórnia, pelo menos em parte imaginando que elas morreriam aqui, em um clima mais frio. De acordo com Bankole, muitas delas morreram, sim, mas algumas sobreviveram conforme o clima mudou, esquentou. Os mais velhos de nossos vizinhos reclamam da perda da neblina, da chuva e das temperaturas frias. Não nos importamos, nós que viemos do sul da Califórnia. Para nós, é como se tivéssemos encontrado uma versão mais tranquila dos lares que fomos obrigados a deixar. Aqui, ainda há água, espaço, um calor não muito debilitante e um pouco de paz. Aqui, ainda é possível cultivar pomares e arvoredos. Aqui, a vida ainda pode vir da morte.

As meninas tinham voltado a se sentar com May, que as abraçou, com uma menininha de cabelos pretos em cada braço, as três paradas, sérias, ouvindo.

Comecei um novo versículo, quase um cântico:

"A treva

Dá forma à luz

Conforme a luz

Molda a treva.

A morte

Dá forma à vida

Conforme a vida

Molda a morte.

O universo

E Deus

Compartilham essa inteireza,

Um

Definindo o outro.

Deus

Dá forma ao universo

Conforme o universo

Molda Deus."

E então, depois de um momento de silêncio, as últimas palavras, para finalizar:

"Já vivemos antes

Viveremos de novo

Seremos seda,

Pedra,

Mente,

Estrela,

Seremos espalhados,

Reunidos,

Moldados,

Testados.

Viveremos

E serviremos à vida.

Moldaremos Deus

E Deus nos moldará

De novo,

Sempre de novo

Para sempre."

Algumas pessoas sussurraram aquela última palavra; a ecoaram. Zahra recitou com a voz quase delicada demais para ser ouvida:

"Deus é Mudança
e no final
Deus prevalece."

Harry, o marido dela, a abraçou, e vi que os olhos dela estavam marejados. Ela e Harry podem ser as pessoas mais leais e menos religiosas da comunidade, mas há momentos em que as pessoas precisam de religião mais do que precisam de qualquer outra coisa; até mesmo pessoas como Zahra e Harry.

4

Para moldar Deus
Com sabedoria e planejamento,
Para beneficiar seu mundo,
Sua gente,
Sua vida,
Pense nas consequências,
Minimize danos
Faça perguntas,
Procure respostas,
Aprenda,
Ensine.

— Semente da Terra: os livros dos vivos

De *Memórias de Outros Mundos*

Nossas sequoias da costa estão morrendo. *Sequoia sempervirens* é o nome científico da mais alta das árvores, mas muitas deixaram de ser perenes. Pouco a pouco, de cima para baixo, elas estão ficando secas e morrendo.

Não acho que elas estejam morrendo por causa do calor. Pelo que me lembro, havia muitas sequoias crescendo na região de Los Angeles – Pasadena, Altadena, San Marino, lugares assim. Eu as vi quando era jovem. Minha mãe tinha parentes em Pasadena e ela costumava me levar junto quando ia visitá-los. As sequoias que cresciam tão ao sul não chegavam nem perto das que cresciam aqui no norte, mas sobreviviam, sim. Mais tarde, conforme o clima mudou, acho que elas morreram como muitas das árvores no sul morreram – ou foram cortadas e usadas para construir abrigos ou para alimentar as fogueiras dos desabrigados. E agora nossas árvores mais jovens começaram a morrer. Essa parte do condado de Humboldt, ao longo da costa e dos montes – que as pessoas do local chamam de "montanhas" –, era mais fria quando eu era menino. Estava nebuloso e chuvoso – um clima leve, verde, favorável à maioria das coisas em crescimento. Acredito que já estivesse mudando quase trinta anos atrás, quando comprei a terra que se tornou Bolota. No futuro não tão distante, acho que não será muito diferente do modo com que o sul da costa da Califórnia era há algumas décadas – quente, semiárido, mais marrom do que verde, na maior parte do tempo. Agora, estamos no meio da mudança. Ainda ocorrem algumas tempestades de outono e inverno todos os anos, e ainda há névoa pela manhã na primavera e no começo do verão.

De qualquer modo, as sequoias jovens – aquelas de cerca de um século de idade, ainda não tão maduras – estão murchando. A alguns quilômetros ao norte e ao sul de onde estamos, nos parques nacionais e estaduais, os arvoredos de gigantes antigas permanecem ali. Algumas centenas de acres aqui e ali foram liberadas pelo governo, vendidas a interesses abastados e normalmente estrangeiros, e suas árvores viraram madeira. E alguns sem-teto cortaram e queimaram várias árvores, como sempre, para construir abrigos e alimentar fogueiras, mas a maioria das protegidas, de milênios de existência, resistentes a doenças, fogo e mudança de clima, ainda permanecem. Se as pessoas as deixarem em paz, elas continuarão existindo, sem filhos, anacrônicas, mas ainda vivas, ainda tentando em vão alcançar os céus.

Meu pai, talvez por causa da idade dele, parece ter sido um pessimista amoroso. Ele via poucas coisas boas em nosso futuro. De acordo com o que escreve, nossa grandiosidade como país, talvez até mesmo a grandiosidade da espécie humana, ficou no passado. Seu maior desejo parece ter sido proteger minha mãe e, mais tarde, me proteger; queria, de alguma forma, nos manter em segurança. Minha mãe, por outro lado, era uma otimista meio relutante. A grandiosidade para ela, para a Semente da Terra, para a humanidade, parecia estar sempre um passo à frente dela. Só ela a via, mas era suficiente para enfeitiçá-la, seduzi-la como ela seduzia os outros.

Ela se empenhava em seduzir pessoas. Primeiro, fez isso adotando pessoas carentes e vulneráveis; depois, encontrando maneiras de fazer com que essas pessoas se tornassem parte da Semente da Terra. Por mais ridícula que a Semente da Terra pudesse parecer, com seu Destino estrelado, ela oferecia recompensas imediatas. Havia uma comunidade real. Havia, pelo menos, algo que lembrava um pouco de segurança. Havia o conforto do ritual, da rotina e da satisfação emocional de pertencer a uma "equipe" que se mantinha junta para vencer desafios que apareciam. E, para as famílias, ali era um lugar para criar crianças, para ensinar a elas habilidades básicas que não poderiam aprender em outro lugar e para mantê-las tão seguras quanto fosse possível, longe das lições difíceis e feias do mundo externo.

Quando eu estava no ensino médio li o sermão de Jonathan Edwards, de 1741, "Os pecadores nas mãos de um Deus irado". Suas primeiras palavras resumem os tipos de lição que muitas crianças foram forçadas a aprender no mundo fora de Bolota. Edwards disse: "O Deus que o segura acima do fogo do inferno, assim como alguém segura uma aranha ou um inseto odioso acima do fogo, odeia vocês, e é terrivelmente provocado; sua ira em relação a vocês arde como o fogo; ele os considera dignos de nada além de serem lançados na fogueira". Vocês não valem nada. Deus odeia vocês. Vocês todos merecem dor e morte. Que teologia crível isso teria sido para os filhos da Praga. Não é à toa que alguns deles encontraram conforto no Deus de minha mãe. Se ele não os amava, pelo menos dava a eles uma chance de viver.

Se minha mãe tivesse criado apenas Bolota, o refúgio para os desabrigados e órfãos... Se tivesse criado Bolota, mas não a Semente da Terra, então acho que teria sido uma pessoa totalmente admirável.

De *Os diários de Lauren Oya Olamina*
Domingo, 24 de outubro de 2032

Dan está muito melhor. Ainda está mancando, mas está sarando depressa. Pela primeira vez, hoje, ele acompanhou a Reunião inteira. Nós a realizamos dentro da escola porque estava chovendo – uma boa chuva fria e constante – havia dois dias.

Dan assistiu às boas-vindas e a uma discussão que o trailer de sua família havia ajudado a causar. As boas--vindas eram para o bebê de Adela Ortiz, Javier Verdugo Ortiz. Javier era fruto de um violento estupro em gangue, cometido na estrada, e Adela, que chegou a nós grávida, sete meses atrás apenas, não sabia se ela queria que nós déssemos as boas-vindas a ele ou não, e sequer sabia se queria tê-lo ou não. E, então, ele nasceu e ela disse que se parecia com seu irmão mais novo, há muito falecido, e o amou logo de cara, não conseguia pensar em abrir mão dele e será que não poderíamos lhe dar as boas-vindas, por favor? Agora demos.

Adela não tem mais familiares, então muitos de nós fizemos presentinhos para o bebê. Eu fiz um suporte para que ela possa carregá-lo nas costas. Graças a Natividad, que carregou assim todos os seus filhos, levar crianças como se carregam mochilas nas costas tornou-se um costume para as mães de bebês aqui em Bolota.

Adela escolheu Michael e Noriko como acompanhantes. Eles se posicionaram ao seu lado enquanto o bebê dormia no colo dela, e fomos passando por eles, e cada um de nós olhava e acariciava Javier nas mãozinhas e na cabecinha de cabelos pretos. Ele tem muitos cabelos, como se fosse uma criança maior. Adela nos disse que o irmão dela também era assim. Ela ajudou a cuidar do irmão quando ele era bebê e agora sente que Deus o devolveu a ela. Sei que quando ela fala de Deus, não pensa a mesma coisa que eu. Não sei bem se isso importa. Se ela permanecer, obedecer às nossas regras, trabalhar conosco e dividir nossas alegrias, tristezas e comemorações, não importa. E, no futuro, quando o filho dela disser "Deus", acho que o fará pensando como eu penso. Estas são palavras de boas-vindas:

"Javier Verdugo Ortiz,

Nós, seu povo,

Damos as boas-vindas a você.

Somos Semente da Terra.

Você é Semente da Terra...

Uma de muitas

Uma única,

Uma pequena semente,

Uma grande promessa.

Persistente na vida,

Moldadora de Deus,

Água,

Fogo,

Escultora,

Argila.

Você é Semente da Terra!

E seu Destino,

O Destino da Semente da Terra,

É criar raízes entre as estrelas."

São palavras boas. Não boas o bastante para receber uma criança no mundo e na comunidade. Não existem palavras boas o bastante para isso, e ainda assim, de algum modo, palavras são necessárias. Uma cerimônia é necessária. Enquanto eu dizia essas palavras, as pessoas as cantavam baixinho.

Travis Douglas e Gray Mora musicaram vários versículos da Semente da Terra. Travis sabe compor música. Gray consegue ouvi-la dentro de si e então cantá-la para Travis.

Quando a letra, a música e os toques terminaram, quando os Kardos aceitaram Adela como sua irmã e Javier como sobrinho, e quando Adela os aceitou e os três fizeram o juramento diante da comunidade, Javier acordou querendo mamar e Adela teve que voltar à sua cadeira com ele. Uma linda sincronia.

Muitos membros de nossa comunidade vieram a nós sozinhos ou só com crianças pequenas, e me parece que é melhor fazer o que eu puder para criar laços de família que abranjam mais do que a típica relação padrinho-afilhado. Com frequência, no meu antigo bairro em Robledo, isso não era um relacionamento de verdade. As pessoas não levavam isso a sério, apenas davam presentes de vez em quando. Quero que isso seja levado a sério aqui. Deixei isso claro a todo mundo. Ninguém tem que assumir a responsabilidade de se unir a outra família dessa maneira, mas todo mundo que assume essa responsabilidade estabeleceu um compromisso real. A relação com a família não é apenas com a criança pequena, mas também com os pais. Ainda somos uma comunidade jovem demais para eu dizer com certeza se isso vai funcionar bem no futuro, mas as pessoas parecem aceitar. Estamos acostumados a depender um do outro.

Assim que as boas-vindas terminaram, passamos à discussão semanal. Nossas Reuniões, além dos casamentos, cerimônias fúnebres, boas-vindas ou celebrações, são discussões. São sessões de resolução de problemas, são momentos de planejamento, cura, aprendizado e criação; momentos de foco e de nos remoldarmos. Elas podem contemplar tudo o que tenha a ver com a Semente da Terra ou com Bolota, passado, presente ou futuro, e qualquer pessoa pode falar.

Durante a primeira Reunião do mês, conduzo uma discussão de análise do passado e do futuro para nos manter cientes do que fizemos e do que devemos fazer, adotando qualquer mudança necessária e aproveitando as oportunidades. E eu incentivo as pessoas a pensarem sobre como as coisas que fazemos ajudam a manter um senso religioso de comunidade com propósito.

Hoje cedo, Travis Douglas quis falar sobre expandir os negócios de nossa comunidade, um assunto que me interessa muito. Primeiro, ele leu os textos da Semente da Terra que escolheu – versículos que, como qualquer bom texto, poderiam ser usados para dar início a várias discussões diferentes.

> "A civilização é para os grupos o que a inteligência é para os indivíduos. A civilização oferece meios de combinar informação, experiência e criatividade de muitos para conseguir uma constante adaptabilidade do grupo."

E então:

> "Qualquer Mudança pode trazer sementes de benefício.
> Procure-as.
> Qualquer Mudança pode trazer sementes de malefício.
> Cuidado.
> Deus é infinitamente maleável.
> Deus é Mudança."

— Temos uma oportunidade da qual precisamos tirar vantagem — disse Travis. — Temos o trailer e não enfrentamos concorrência real. Já analisei o trailer, e apesar de como está por fora, está funcionando muito bem. Os painéis solares simplesmente bebem a luz do sol — são muito eficientes. Se recarregarmos as baterias durante o dia, economizaremos muito combustível. Para viagens curtas, não precisaremos usar nada além das baterias. Temos o melhor veículo na região. Podemos fazer carretos profissionais de pequeno porte. Podemos comprar produtos de nossos vizinhos e vendê-los nas vilas e nas cidades. As pessoas aceitarão vender suas coisas por um pouco menos se nós fizermos o trabalho de levar essas coisas para serem vendidas. E podemos fechar contratos e manter plantações para negócios em Eureka-Arcata, talvez em Garberville.

Vários de nós falamos sobre isso em um momento ou outro, mas hoje foi nossa primeira Reunião sobre o assunto desde que pegamos o trailer. Travis, mais do que a maioria de nós, queria ousar se envolver mais com nossos vizinhos. Poderíamos combinar com eles para comprar artesanatos específicos, ferramentas e produtos que eles produzem bem. Já sabemos quem é bom no quê, quem é confiável, e quem é honesto e se mantém sóbrio pelo menos na maior parte do tempo.

Travis e eu já estamos perguntando por aí, em nossas idas mais frequentes a Eureka, para ver quais comerciantes podem estar interessados em fechar contrato para comprar hortaliças específicas conosco.

Travis pigarreou e voltou a se dirigir ao grupo.

— Com o trailer, só nosso primeiro trailer, se formos bem-sucedidos, temos o básico de um comércio atacadista. Com isso, em vez de dependermos apenas do que pudermos produzir e em vez de só negociarmos com vizinhos próximos, poderemos desenvolver um negócio além de uma comunidade e um movimento. É importante que nos tornemos uma entidade econômica autossustentável ou talvez nunca saiamos do século XIX!

Muito bem dito, mas não muito bem recebido. Dizemos "Deus é mudança", mas a verdade é que tememos a mudança assim como todo mundo. Falamos sobre mudanças na Reunião para diminuir nossos medos, para nos anestesiar e para pensarmos nas consequências.

— Estamos numa situação boa — disse Allie Gilchrist.

— Por que correr mais riscos? E por que, uma vez que esse tal de Jarret parece prestes a ganhar a eleição, vamos chamar atenção para nós? — Ela já tinha perdido seu bebê e uma irmã. Só tinha Justin, seu filho adotado, e faria quase qualquer coisa para protegê-lo.

Michael me surpreendeu.

— Acho que podemos fazer isso — disse ele, e eu esperei pelo "mas". Sempre havia um "mas" para Michael. Como, de fato, houve. — Mas ela tem razão a respeito de Jarret. Se ele for eleito, a última coisa de que precisaremos será de mais visibilidade.

— Jarret está caindo nas pesquisas! — disse Jorge. — Os eleitores dele estão matando todo mundo de medo com igrejas incendiadas, pessoas incendiadas. Pode ser que ele não vença.

— Quem diabos eles entrevistam para essas pesquisas hoje em dia? — perguntou Michael, balançando a cabeça.

— Precisamos ficar de olho em Jarret, de qualquer modo. Ganhando ou perdendo, ainda assim ele terá muitos seguidores dispostos a criar bodes expiatórios.

Harry disse:

— Não somos invisíveis no momento. As pessoas de cidades próximas nos conhecem, sabem quem somos... ou pensam que sabem. Quero que meus filhos tenham oportunidade de ter uma vida decente. Talvez essa ideia de atacado seja o início dessa oportunidade.

Ao lado dele, a esposa Zahra assentiu e disse:

— Também quero isso. Não nos estabelecemos aqui apenas para cavar buracos e viver em casebres de madeira. Podemos fazer melhor do que isso.

— Podemos até melhorar as coisas para nós com nossos vizinhos — disse Travis. — Se mais pessoas na região nos conhecerem, souberem que podem confiar em nós, pode ser um pouco mais difícil para um agitador como Jarret ou um de seus clones da região causar problemas para nós.

Eu duvidava que aquilo se concretizasse – pelo menos em ampla escala. Conheceríamos mais pessoas, faríamos mais amizades, e algumas destas seriam leais. Quanto ao resto... bem, o melhor que podíamos fazer era torcer para que eles nos ignorassem se nos metêssemos em encrenca. Talvez esse fosse o gesto mais gentil que eles poderiam demonstrar: dar as costas e não se unir à horda. Outros, independentemente de pensarmos neles como amigos ou não, estariam todos muito dispostos a entrar na horda e nos humilhar e roubar, se humilhar e roubar se tornassem provas de coragem ou um teste de lealdade ao país, à religião ou à raça.

Por outro lado, não haveria mal algum em aproveitar mais os tipos certos de amigos. Já fizemos algumas amizades nas quais confio – vizinhos próximos, algumas pessoas em Prata e mais algumas em Georgetown, o grande assentamento nos arredores de Eureka. E a única maneira de fazer mais bons amigos é fazendo mais amigos, ponto. Adela Ortiz falou com sua voz rápida e baixa, de menininha. Ela só tem dezesseis anos.

— E se as pessoas acharem que as estamos enganando? As pessoas sempre acham isso. Sabe, tipo, tentamos ser gentis com elas e elas simplesmente pensam que todo mundo é mentiroso e ladrão, menos elas.

Eu estava sentada perto dela, então respondi:

— As pessoas pensam o que elas querem pensar — falei. — Nosso trabalho é mostrar, com nosso comportamento, que não somos ladrões e que não somos tolos. Até o momento, temos boa fama. As pessoas sabem que não roubamos. Sabem que não devem nos roubar. E sabem que somos bons vizinhos. Em emergências, ajudamos. Nossa escola está aberta para os filhos deles por um pouco de dinheiro vivo, e as crianças ficam seguras enquanto estão aqui. — Dei de ombros. — Tivemos um bom começo.

— E você acha que esse negócio de atacado é o caminho a ser seguido? — perguntou Grayson Mora.

Olhei para ele com surpresa. Às vezes, ele consegue não dizer nada durante uma Reunião inteira. Não é tímido, mas é calado. Ele e a esposa eram escravos antes de se conhecerem. Os dois tinham perdido pessoas da família para os efeitos e negligências da escravidão. Agora, juntos, eles têm duas meninas e dois meninos. São ferozes protegendo seus filhos, desconfiados de qualquer coisa nova que possa afetar as crianças.

— Acho — falei. Fiz uma pausa, olhei para Travis, que estava no belo e grande púlpito de carvalho construído por Allie. E, então, prossegui: — Acho que podemos fazer isso enquanto o trailer aguentar. Você é nosso especialista nisso, Travis. Disse que o trailer está bom, mas temos como mantê-lo? De que peça nova e cara ele vai precisar em breve?

— Quando ele precisar de alguma peça cara, provavelmente já estaremos ganhando mais dinheiro — disse ele. — Por enquanto, até os pneus estão bons, o que é incomum.

— Ele se inclinou sobre o púlpito, parecendo confiante e sério. — Dá pra ser feito — disse ele. — Deveríamos começar devagar, estudar as possibilidades, e entender como devemos crescer. Se fizermos isso do jeito certo, conseguiremos comprar outro trailer daqui a um ou dois anos. Estamos crescendo. Precisamos fazer isso.

Ao meu lado, Bankole suspirou.

— Se não tomarmos cuidado — disse ele —, nosso tamanho e nosso sucesso farão com que sejamos o castelo na colina; o protetor de todo mundo nesta área. Não acho que seja algo inteligente.

Acho inteligente, mas não disse isso. Bankole ainda não consegue ver este lugar como algo além de uma parada temporária a caminho de uma casa "de verdade" em uma cidade "de verdade", ou seja, uma cidade que já esteja estabelecida. Não sei quanto tempo vai demorar para ver que o que estamos construindo aqui é tão real e no mínimo tão importante quanto qualquer coisa que ele pode encontrar em uma cidade que existe há um ou dois séculos.

Enxergo um futuro em que nosso estabelecimento não seja apenas "o castelo na colina", mas no qual a maior parte ou todos os nossos vizinhos tenham se unido a nós. Ainda que eles não gostem de todos os aspectos da Semente da Terra, espero que eles gostem o suficiente dela para reconhecer que estão melhores conosco do que sem nós. Quero todos eles como aliados e como membros, não apenas como "amigos". E conforme nós os absorvermos, também pretendo ou absorver parte dos clientes lojistas, donos de restaurantes ou hoteleiros que tivermos, ou abrir nossas próprias lojas, restaurantes e hotéis. Sem dúvida, quero dar início a Casas de Reunião que também sejam escolas em Eureka, Arcata e algumas das cidades maiores próximas. Quero que nos tornemos cidades e povoados dessa maneira autônoma e natural.

Não sei se podemos fazer tudo isso, mas acho que temos que tentar. Acho que será um começo de verdade para a Semente da Terra.

Não sei como fazer. Às vezes, isso me assusta demais, sempre me sentir determinada a fazer algo que não sei fazer. Mas estou aprendendo conforme sigo. E aprendi que preciso tomar cuidado com como falo sobre tudo isso, até mesmo em Bolota. Bankole não é o único de nós que não vê a possibilidade de fazer algo que não tenha visto ser feito por outros. E... ainda que Bankole nunca dissesse isso, desconfio de que, em algum lugar dentro dele, ele acredite que coisas grandes e importantes são feitas apenas por pessoas poderosas em altas posições, longe, bem longe daqui. Assim, o que fazemos é, por definição, pequeno e sem importância. É estranho porque, em outros aspectos, Bankole tem um ego saudável. Ele não deixou a própria insegurança, as dúvidas de sua família ou a risada de seus amigos o impedirem de frequentar a faculdade, e então a faculdade de medicina, sobrevivendo com uma combinação de bolsas de estudo, empregos e enormes dívidas. Começou como um garoto negro arrogante sem distinção e acabou como médico.

Mas, de certo modo, acho que isso ainda é normal. Já tinha sido feito antes. O próprio Bankole já tinha sido levado a uma pediatra negra quando era criança. O que estou tentando fazer não é muito normal. Foi feito. Novos sistemas de crença foram apresentados. Mas não existe uma maneira padrão de apresentá-los, nenhuma com garantia de que irá funcionar. O que estou tentando fazer é, receio, algo maluco, difícil e perigoso. Melhor falar sobre isso só um pouco por vez.

Noriko, a esposa de Michael, falou:

— Tenho receio de nos envolvermos nesse novo negócio — disse ela —, mas eu acho que temos que fazê-lo. Nossa comunidade é boa, mas quanto tempo pode durar, por quanto tempo pode crescer antes de começarmos a ter dificuldade para nos alimentar?

As pessoas assentiram. Noriko tem mais coragem do que acredita ter. Pode estar tremendo de medo, mas ainda assim faz o que acha que deveria fazer.

— Podemos crescer ou podemos retroceder — concordei. — É isso o que a Semente da Terra quer fazer em uma escala mais ampla, afinal.

— Gostaria que não fosse — disse Emery Mora. — Gostaria que pudéssemos simplesmente nos esconder aqui e ficar fora de todo o resto. Sei que não podemos, mas gostaria... Está muito bom aqui.

Antes de fugir da escravidão, dois de seus filhos pequenos tinham sido tirados dela e vendidos. E ela é compartilhadora. Ela; Gray, o marido; Doe, a filha; Tori, a enteada; Carlos e Antonio, os filhos dela com Gray: todos compartilhadores. Nenhuma outra família é tão afetada. Nenhuma outra família tem mais motivos para querer se esconder.

Continuamos conversando durante um tempo, Travis ouvindo enquanto as pessoas protestavam, e em seguida respondendo aos protestos ou deixando que os outros os respondessem. Então, ele pediu para que votássemos: devemos expandir nossos negócios? O voto foi "sim" entre todos com mais de quinze anos. Apenas Allie Gilchrist, Alan Faircloth, Ramiro Peralta e Pilar, a filha mais velha de Ramiro, votaram contra. Aubrey Dovetree, que não podia votar porque ainda não era um membro, deixou claro que teria votado contra se pudesse.

— Lembrem-se do que aconteceu conosco! — disse ela. Todos lembrávamos. Mas não tínhamos nenhuma intenção de negociar produtos ilegais. Estamos mais longe da estrada do que Dovetree estava, e não podíamos deixar a oportunidade passar porque os Dovetree tinham sido atacados.

Então, expandiríamos nossos negócios. Travis organizaria uma equipe, que conversaria com os vizinhos – primeiro com aqueles que não tinham carro nem trailer – e com mais comerciantes nas cidades e povoados. Precisamos saber o que é possível no momento. Sabemos que podemos vender mais em feiras livres porque agora, com o trailer, podemos ir a mais feiras livres. Então, ainda que não consigamos fechar contratos a princípio, conseguiremos vender o que comprarmos de nossos vizinhos. Começaremos.

Quando a Reunião terminou, fizemos uma refeição de Dia de Reunião. Nós nos espalhamos nas duas salas amplas da escola para comer, jogar, conversar e ouvir música. Na frente da sala perto do púlpito, Dolores Figueroa Castro estava planejando ler uma história a um grupo de crianças pequenas sentadas a seus pés. Dolores é a sobrinha de Lucio e a filha de Marta. Tem só doze anos, mas gosta de ler para os pequenos, e como ela lê bem e tem uma voz bonita, as crianças gostam de ouvir. Para os adultos e para as crianças mais velhas, teríamos uma peça original, escrita por Emery Mora, veja só. Ela é tímida demais para atuar, mas adora escrever e adora assistir a peças. Lucio Figueroa descobriu que gosta de dirigi-las, moldando mundo fictícios. Jorge e alguns outros gostam de atuar. Travis e Gray fornecem qualquer música que seja necessária. O resto de nós gosta de assistir. Nós alimentamos a fome uns dos outros.

Dan Noyer se aproximou de mim enquanto eu me servia de coelho frito, batata assada, um pouco de queijo de cabra e uma mistura de legumes no vapor com molho apimentado. Também havia biscoitos de pinhão, pão de bolota e torta de batata doce. No dia da Reunião, a regra é que comemos apenas o que cultivamos e preparamos. Houve um tempo em que isso era meio difícil. Fazia com que nos lembrássemos de que não estávamos cultivando nem criando tanto quanto deveríamos. Agora, é um prazer. Estamos nos saindo bem.

— Posso me sentar com você? — perguntou Dan.

Respondi:

— Claro. — E então tive que me desvencilhar de várias outras pessoas que queriam que eu comesse com elas. A expressão de Dan me fez pensar que estava na hora de ele e eu termos uma versão da conversa que parece que sempre acabo tendo com quem chega. Eu pensava nela como a conversa do "O que diabos é essa coisa de Semente da Terra? Eu tenho que participar?".

Como era esperado, Dan disse:

— Os Balter dizem que minhas irmãs e eu podemos ficar aqui. Dizem que não temos que entrar para a sua seita se não quisermos.

— Vocês não precisam se unir à Semente da Terra — falei.

— Você e suas irmãs são bem-vindas se quiserem ficar. Se um dia decidirem se unir a nós, ficaremos felizes em recebê-los.

— O que temos que fazer? Digo, para podermos ficar? Eu sorri.

— Primeiro, terminem de se recuperar. Quando estiverem bem recuperados, trabalhem conosco. Todo mundo trabalha aqui; crianças e adultos. Vocês ajudarão no campo, com os animais, ajudarão a manter a escola e seus arredores, ajudarão a construir algumas coisas. Construir casas é um esforço comunitário aqui. Há outros trabalhos: construção de móveis, manufatura de ferramentas, negociação em feiras de rua, busca por objetos. Vocês ficarão livres para escolherem algo que queiram. E vão estudar. Vocês já frequentaram a escola?

— Meus pais lecionavam para nós.

Assenti. Atualmente, a maioria das pessoas de classe média ou baixa com alguma escolaridade lecionavam para seus filhos ou faziam o que as pessoas do meu antigo bairro faziam: formavam escolas extraoficiais na casa de alguém. Só cidades muito pequenas ainda tinham algo como escolas públicas à moda antiga.

— Você pode acabar descobrindo — falei — que sabe de algumas coisas bem o suficiente para ensiná-las a crianças menores. Uma das primeiras tarefas da Semente da Terra é aprender e então ensinar.

— E isto aqui? A Reunião?

— Sim, vocês virão à Reunião toda semana.

— Vou poder votar?

— Não vai, mas vai receber uma parte do lucro da venda da plantação, e de outros negócios, se as coisas derem certo. Isso será depois que completar um ano aqui. Você não terá um papel de tomada de decisões, a menos que decida se juntar a nós. Se o fizer, vai receber uma parte maior do lucro e poderá votar.

— Não é muito religiosa... digo, sua missa. Vocês não acreditam em Deus nem nada disso.

Eu me virei para olhar para ele.

— Dan, claro que acreditamos.

Ele ficou me encarando em silêncio, claramente incrédulo.

— Não acreditamos como seus pais acreditavam, talvez, mas acreditamos, sim.

— Acreditam que Deus é Mudança?

— Sim.

— Nem sei o que isso significa.

— Significa que a Mudança é a única realidade constante, inevitável e irresistível do universo. Para nós, isso a torna a realidade mais poderosa, o que é só outra palavra para Deus.

— Mas... o que se pode fazer com um Deus assim? Não sei... ele nem é uma pessoa. Ele não ama nem protege vocês. Ele não sabe de nada. Qual é o propósito?

— O propósito é a verdade — falei. — É uma verdade dura. Dura demais para ser entendida por algumas pessoas, mas isso não a torna nem um pouco menos verdadeira. — Deixei a comida sobre a mesa, me levantei e fui até uma de nossas estantes. Ali, peguei uma de nossas várias cópias de *Semente da Terra: o primeiro livro dos vivos*. Eu autopubliquei esse primeiro volume há dois anos. Bankole deu uma olhada no meu texto quando terminei, e disse que eu deveria protegê-lo com direitos autorais e publicá-lo para a minha própria proteção. Na época, isso me parecia desnecessário – algo ridículo a se fazer em um mundo enlouquecido. Mais tarde, comecei a acreditar que ele tinha razão – pelo futuro e por um motivo no presente que Bankole não havia mencionado. "Um dia, as coisas voltarão ao normal", dissera ele para mim. "Você deve fazer isso assim como continuamos pagando impostos."

As coisas não voltarão ao que ele chama de normal. Teremos uma nova normalidade um dia... por um tempo. Não sei se essa normalidade vai reconhecer nossos impostos pagos ou meus direitos autorais. Mas existe uma vantagem mais imediata a ser tirada aqui.

As pessoas ainda se impressionam, até se sentem intimidadas, por livros encadernados, com aparência oficial. Versículos escritos à mão ou impressos em folhas de papel não as cativam da mesma maneira que um livro. Até mesmo as pessoas que não sabem ler se impressionam com livros. A ideia parece ser "Se está em um livro, talvez seja verdade" ou até "Se está em um livro, deve ser verdade". Voltei até onde Dan estava, abri o livro e li para ele:

"Não adore a Deus

O inexorável Deus

Não precisa nem quer

Sua adoração.

Em vez disso,

Reconheça e acompanhe Deus,

Aprenda com Deus,

Com premeditação e inteligência,

Imaginação e diligência,

Molde Deus.

Quando precisar,
Se curve perante Deus.
Adapte-se e persista.
Pois você é Semente da Terra,
E Deus é Mudança."

Fiz uma pausa, e então disse:

— É nisso que acreditamos, Dan. É o que nos esforçamos para fazer. É parte do que nos esforçamos para fazer, pelo menos.

Dan ouviu, franzindo o cenho.

— Ainda não sei bem o que tudo isso significa.

— Você vai aprender mais sobre isso na escola. Dizemos que a educação é o caminho mais direto a Deus. Por enquanto, basta dizer que aquele versículo só quer dizer que bajular ou implorar a Deus não é útil. Aprenda o que Deus faz. Aprenda a moldar isso às suas necessidades. Aprenda a usar isso ou, pelo menos, aprenda a adaptar-se a isso para que você não seja esmagado. Isso é útil.

— Então, você está dizendo que orar não funciona.

— Ah, não. Orar funciona, sim. Orar é uma maneira muito eficaz de falar com *você mesmo*; de se convencer das coisas, de concentrar a atenção no que você quer fazer. Pode te dar uma sensação de controle e ajudar você a ir além do que pensava ser seu limite.

Parei, pensando em como Dan tinha feito exatamente isso quando tentou salvar seus pais.

— Nem sempre funciona como queremos — falei. — Mas sempre vale o esforço.

— Mesmo se quando eu orar, eu pedir para Deus me ajudar? — perguntou ele.

— Mesmo assim — falei. — É você quem recebe suas palavras e é fortalecido por elas. Pode pensar nisso como orar para aquela parte de Deus que existe dentro de você.

Ele pensou nisso por um momento, e então olhou para mim como se tivesse uma grande dúvida, mas ainda não tinha se decidido a respeito de como perguntá-la. Ele olhou para baixo, para o livro.

— Como sabe que está certa? — perguntou ele, por fim. — Digo, aquele cara que quer ser presidente, o tal de Jarret, ele diria que vocês todos são hereges, pagãos ou coisa assim.

De fato, é o que ele faria.

— Sim — respondi. — Parece mesmo que ele gosta de se referir às pessoas assim. Depois que faz com que todo mundo que não é como ele pareça do mal, então pode culpá-los por problemas que sabe que eles não causaram. É mais fácil do que tentar consertar os problemas.

— Meu pai disse... — O garoto parou e engoliu em seco. — Meu pai dizia que Jarret é um idiota.

— Concordo com seu pai.

— Mas como você sabe que está certa? — insistiu. — Como sabe que a Semente da Terra é verdade? Quem pode dizer que é verdade?

— Você pode, Dan. — Deixei que ele pensasse nisso por um tempo, e então prossegui. — Você aprende, pensa, questiona. Você nos questiona e questiona a si mesmo. E então, se achar que a Semente da Terra é verdade, se une a ela e se torna membro. Você nos ajuda a ensinar outras pessoas. Você ajuda os outros como nós ajudamos você e suas irmãs. — Mais uma pausa. — Passe um tempo lendo esse livro. Os versículos são curtos e querem dizer exatamente o que dizem, embora o significado também possa ir além disso. Leia-os e pense sobre eles. Depois, pode começar a fazer perguntas.

— Tenho lido — disse ele. — Não este livro, mas outras coisas. Não havia nada a fazer além de ler enquanto eu mal conseguia me mexer. Os Balter me deram romances e outras coisas. E... tenho pensado que não deveria estar aqui, vivendo bem, comendo boa comida e lendo livros. Tenho pensado que deveria estar lá fora, procurando minhas irmãs Nina e Paula. Sou o filho mais velho, e elas estão perdidas. Sou o homem da família agora. Eu deveria estar à procura delas.

Aquilo foi a coisa mais alarmante que ele havia dito até então.

— Dan, não temos como saber.

— Sim. Ninguém sabe se elas estão vivas, nem onde estão, nem se ainda estão juntas... eu sei. Fico pensando em tudo isso. Mas são minhas irmãs. Meus pais sempre me disseram para cuidar delas. — Ele balançou a cabeça.

— Ora, eu sequer cuidei da Kassi e da Mercy. Se elas não tivessem salvado a si mesmas, acho que todos nós estaríamos mortos. — Ele afastou o jantar meio enojado consigo mesmo. Já tinha comido quase tudo. Mas por estarmos em bancos e não à mesa, havia pouco espaço para empurrar as coisas. O prato dele caiu no chão e se quebrou.

Ele ficou olhando para o prato com os olhos marejados – lágrimas que nada tinham a ver com a louça quebrada.

Peguei a mão dele.

Ele se retraiu, e então olhou para mim em meio às lágrimas.

Peguei sua mão de novo, e voltei a olhar para ele.

— Temos amigos em algumas das cidades próximas — falei. — Já deixamos informações com eles. Estamos oferecendo uma recompensa pelas meninas ou por informação que possa nos levar a elas. Vamos recuperá-las, se tivermos como. Vamos comprá-las, se for preciso. — Suspirei. — Não posso prometer nada, Dan, mas faremos o que pudermos. E precisamos que você nos ajude. Vá conosco às feiras, lojas e aos estabelecimentos nas comunidades próximas. Ajude-nos a procurá-las.

Ele continuou olhando para mim como se eu pudesse estar mentindo, como se conseguisse ver a verdade em meu rosto, se olhasse com muita intensidade.

— Por quê? Por que vocês fariam isso?

Hesitei, e então respirei fundo e disse:

— Todos perdemos pessoas. Todo mundo aqui perdeu membros da família em incêndios, assassinatos, ataques... eu tinha um pai, uma madrasta e quatro irmãos menores. Todos estão mortos. Todos. Quando podemos salvar vidas... salvamos. Não suportaríamos viver de outra maneira.

E, ainda assim, ele continuou olhando para mim. Mas agora, tremia. Ele me fazia pensar em uma peça de cristal, vibrando com o som, prestes a se rachar. Eu o puxei contra mim e o segurei, aquela criança grande, maior do que eu. Senti suas lágrimas molhando meu ombro, e então senti seus braços ao redor de meu corpo, retribuindo meu abraço, ainda tremendo, calado, desesperado, se agarrando a mim.

5

Cuidado:

Na guerra

Ou na paz,

Mais pessoas morrem

De egoísmo ignorante

Do que de qualquer outra doença.

— Semente da Terra: os livros dos vivos

As partes que escolhi do diário de minha mãe deixam claro que, apesar de ter vivido praticamente no século XIX, ela prestava atenção no mundo todo. Política e guerra eram assuntos que importavam muito. Ciência e tecnologia importavam. Tendências na criminalidade, no uso de drogas e na tolerância racial, étnica, religiosa e de classe importavam. Ela via tudo isso como tendências, a propósito — como comportamentos que ficavam em alta ou em baixa dependendo de várias circunstâncias, tanto práticas como emocionais e biológicas. A competitividade e a territorialidade costumavam estar no cerne de tendências especialmente terríveis de opressão. Nós, seres humanos, aparentemente sempre achamos confortante ter alguém a quem humilhar — um nível muito inferior de seres vulneráveis, mas que de certo modo podem ser culpados e punidos por todos ou quaisquer problemas. Precisamos dessa classe mais baixa assim como precisamos de semelhantes com os quais nos equipararmos e contra os quais competir, e superiores a quem admirar para buscar ajuda e socorro. Minha mãe sempre notava e mencionava coisas assim. Às vezes, ela organizava suas observações em versos da Semente da Terra. Em novembro de 2032, ela tinha motivos maiores do que o normal para prestar atenção no mundo exterior.

De *Os diários de Lauren Oya Olamina*
Domingo, 7 de novembro de 2032

Novidades.

Recolhidos em Bolota como estamos, temos que fazer um esforço especial para receber notícias de fora. E me refiro às notícias verídicas, não rumores, e não às "chamadas" que dão a entender serem tudo o que precisamos saber com fotos coloridas e anúncios verbais rápidos e ousados, estilo pá-pum. Parece que vinte e cinco ou trinta palavras bastam numa chamada para explicar uma guerra ou um conjunto exótico de luzes de Natal. As chamadas são feitas de qualquer jeito, com imagens exageradas. Algumas delas são experiências virtuais que permitem que as pessoas vivam – com segurança – furacões, epidemias, incêndios e assassinatos em massa. Uma baita viagem.

Por outro lado, discos bem feitos de notícias ou bons serviços de informação por satélite são mais caros. Gray e Emery Mora e mais uma ou outra pessoa dizem que as chamadas bastam. Dizem que notícias detalhadas não importam. Já que não podemos mudar as coisas idiotas, gananciosas e perversas que os poderosos fazem, eles acham que deveríamos tentar ignorá-las. Independentemente de quanto sejamos forçados a admitir que não temos como nos esconder, alguns de nós ainda encontram maneiras de fazer isso.

Bem, não temos como nos esconder. Então, é melhor prestar atenção ao que acontece. Quanto mais soubermos, mais conseguiremos sobreviver. Então, assinamos um bom serviço de informação por telefone e, de vez em quando, compramos discos de notícias mundiais. Esse negócio me faz ter saudade da transmissão por rádio como tínhamos quando eu era criança, mas isso quase não existe por aqui. Ouvimos o pouco que restou quando vamos a uma das cidades maiores. Ouvimos mais agora porque o rádio do trailer pega mais sintonias do que nossos radiozinhos de bolso.

Aqui estão algumas das notícias mais importantes da semana passada. Ouvimos algumas delas em um Worldisk novo hoje, depois da Reunião.

O Alasca ainda está afirmando ser uma nação independente e parece ter estabelecido uma aliança ainda mais formal com o Canadá e a Rússia – países do norte se unindo, acredito. Bankole deu de ombros ao ouvir isso e balançou a cabeça.

— Por que não? — perguntou ele. — Eles são donos do dinheiro.

Graças às mudanças climáticas, eles, de fato, são os donos do dinheiro. O clima ainda está mudando, se aquecendo. Deve se firmar em um novo ponto estável um dia. Até lá, continuaremos encontrando um clima intenso e muito inconstante pelo mundo. O nível do mar ainda está subindo e encobrindo áreas costeiras baixas, como as dunas que antes protegiam a baía de Humboldt e a baía de Arcata um pouco mais ao norte de onde estamos. Metade das plantações no Centro-Oeste e no Sul ainda estão secando com o calor, afogando-se em enchentes ou sendo destruídas pelos ventos, por isso os preços dos alimentos estão altos. O aquecimento tem tornado doenças tropicais, como a malária e a dengue, partes normais da vida na quente e úmida Costa do Golfo e nos estados costeiros ao sul do Atlântico. Mas as pessoas estão começando a se adaptar. Há menos casos de cólera, por exemplo, e de hepatite. Há menos casos de todas as doenças causadas por falta de saneamento, por comida estragada ou por desnutrição. As pessoas fervem a água que bebem em cidades onde esse problema existe e em assentamentos com esgoto ou valas a céu aberto. Há mais jardins, e habilidades antigas de preservação de alimentos estão voltando a ser utilizadas. As pessoas permutam bens e serviços onde o dinheiro é escasso. Usam ferramentas manuais e animais para arado onde não há dinheiro para combustível ou não há máquinas agrárias. A vida está melhorando, mas isso não impedirá uma guerra se os políticos ou os empresários decidirem que isso seria benéfico para eles.

Há muitas guerras acontecendo no mundo no momento. O Quênia e a Tanzânia estão lutando. Ainda não sei por quê. Bolívia e Peru estão travando outra disputa de fronteira. O Paquistão e o Afeganistão uniram forças em uma guerra religiosa contra a Índia. Uma parte da Espanha está lutando contra a outra. A Grécia e a Turquia estão à beira da guerra, e o Egito e a Líbia estão massacrando um ao outro. A China, como a Espanha, está se rachando. Entrar em guerra é algo muito popular hoje em dia.

Talvez devêssemos nos sentir gratos por não ter havido outro "conflito nuclear". O que ocorreu há três anos, entre o Irã e o Iraque, assustou muito todo mundo. Depois que aconteceu, deve ter havido paz em todo o mundo por três meses, talvez. Povos que se odiavam há gerações encontraram maneiras de falar de paz. Mas insulto a insulto, interesse a interesse, violação a violação do cessar-fogo, a maioria das conversas de paz desmoronaram. Sempre foi mais fácil fazer guerra do que fazer paz.

Enquanto isso, neste país, em Dallas, no Texas, algum riquinho idiota se aventurou a mexer com pobres livres de um grande assentamento. Terminou usando o aparelho mais moderno de controle eletrônico de presidiários – também conhecido como coleira de escravo, coleira de cachorro e enforcador. E com a coleira como incentivo, ele aprendeu a colaborar com um cafetão da região. Fiquei sabendo que as coleiras são sofisticadas demais. As antigas – que geralmente acabavam sendo usadas como cintos – só causavam dor. Elas davam choque e às vezes machucavam ou matavam pessoas. As novas coleiras não matam, e podem ser usadas por meses ou anos, e usadas com frequência para infligir castigo. São programadas para resistir à remoção ou destruição, provocando dores fortes o bastante para causar perda da consciência. Soube também que algumas coleiras podem inclusive oferecer recompensas simples e deliciosas de prazer por bom comportamento, causando mudanças na química cerebral e estimulando quem as usa a produzir endorfinas. Não sei se isso é verdade, mas, se for, tudo isso se parece um pouco com a realidade de um compartilhador – porém, em vez de compartilhar o que outras pessoas sentem, quem a usa sente o que a pessoa que tem a unidade de controle quer que ele sinta. Isso poderia iniciar um nível novo de escravidão. Depois de um tempo, a carência do prazer, o medo da dor e o desespero contínuo para agradar ao senhor poderiam se tornar a vida toda de uma pessoa. Soube que algumas pessoas de coleira se matam, não por não conseguirem suportar a dor, mas por não suportarem o nível de escravidão no qual elas se veem envolvidas.

O pai do garoto do Texas gastou muito dinheiro. Ele contratou policiais particulares – daqueles que fazem de tudo se forem bem remunerados –, e os homens vasculharam o assentamento, como uma faca em um melão maduro, até encontrarem o garoto. E com isso, bingo! A escravidão foi descoberta no Texas em 2032. Pessoas inocentes – nem criminosas nem indigentes – estavam presas contra a vontade e eram usadas para propósitos imorais! Mas que coisa! O que eu gostaria de ver é um estado no qual a escravidão não aconteça.

Outra notícia: no planeta Marte, foram descobertos organismos multicelulares... bem, mais ou menos. Eles são muito pequenos e muito esquisitos por dentro, ainda que por fora pareçam pequenas lesmas... em parte do tempo. Eles vivem pelo menos quatro metros dentro de determinadas formações de rochas polares, e não são exatamente animais. São meio como um bolor limoso terrestre. E, como bolor limoso, eles atravessam estágios independentes unicelulares durante os quais corroem as rochas, multiplicando-se por divisão e parecendo pequenas amebas recheadas por anticongelante. Quando esgotadas as reservas de alimentos nos arredores, eles se unem em massas multicelulares como lesmas para passar a novos pontos onde os minerais que eles ingerem estão disponíveis. Eles não se reproduzem na forma de lesma como acontece com o bolor limoso terrestre. Aparentemente, eles precisam da forma de lesma apenas para produzir a solução anticongelante corrosiva, permitindo assim que eles migrem pelas rochas a uma nova fonte alimentar. Eles geram terra de duas maneiras. Comem minerais e os sintetizam em seus corpos e liberam um pó tão fino e tão escorregadio que, como o grafite, pode funcionar como um tipo de lubrificante. E se espalham pelas rochas na forma de lesma, com o lodo corrosivo deixando marcas e rachaduras e criando mais pó.

"Essas criaturas são marcianos vivos!" Mas, até agora, todas as espécies capturadas e examinadas no Leal Station morreram assim que foram retiradas de seu habitat frio e rochoso. Por esse motivo e por outros, eles são uma grande descoberta e também uma grande tristeza. São as últimas conquistas a serem feitas por cientistas a serviço do governo dos Estados Unidos.

O presidente Donner vendeu nossas últimas instalações em Marte para uma empresa euro-japonesa, para cumprir uma das primeiras promessas de campanha. A ideia é que toda a viagem espacial não militar, tripulada ou não, seja privatizada. "Se vale a pena ser realizada", disse Donner, "deve ser feita visando lucro, e não como uma despesa aos contribuintes". Como se o lucro pudesse ser considerado apenas como ganho financeiro imediato. Nasci em 2009, e, desde que me conheço por gente, ouvi pessoas reclamando que o programa especial era um desperdício de dinheiro, dizendo ser um dos motivos do declínio do país.

Ridículo! Há tanto a ser aprendido com o espaço e com os mundos ao redor! E, agora que encontramos extraterrestres vivos, vamos desistir. Acredito que se o "bolor limoso" marciano puder ser usado para alguma coisa – para a mineração, por exemplo, ou na indústria química –, será protegido, cultivado, criado para ser ainda mais útil. Mas se ficar provado que não servem pra muita coisa, serão abandonados e sobreviverão (ou não) da melhor maneira possível com quaisquer impedimentos que a empresa julgue adequados colocar no caminho deles. Se tiverem o azar de ser, de alguma maneira, ruins para os negócios– por exemplo, se eles pegarem gosto por alguns materiais de construção da empresa –, sobreviverão apenas se tiverem muita sorte. Duvido que as leis de meio ambiente terrestres os proteja. Essas leis nem sequer protegem realmente as espécies da fauna e da flora da Terra. E quem fiscalizaria tais leis em Marte?

E ainda assim, de certo modo, estou feliz por saber que os equipamentos foram vendidos, e não apenas abandonados. Vendê-los foi ruim, mas foi o menor dos males. A maioria das pessoas não teria se importado em vê-los abandonados. Elas dizem que não temos nada que gastar tempo ou dinheiro no espaço sendo que há tantas pessoas sofrendo aqui na Terra, aqui nos Estados Unidos. Mas fico me perguntando para onde foi o dinheiro recebido com a venda dos equipamentos. Não notei nenhum novo programa governamental para educação nem para trabalho. O governo não tem ajudado os desabrigados, os doentes e os famintos. Os assentamentos estão tão grandes e tão violentos como sempre. Como país, abrimos mão de nossos direitos constitucionais por muito menos do que pão e ensopado. Nós abrimos mão deles por nada – apesar de eu ter certeza de que algumas pessoas em algum lugar estão mais ricas agora.

Mas vamos pensar: uma nova forma de vida foi descoberta em Marte, e ganha menos tempo de atenção no disco de notícias do que o garoto texano que fugiu. Como povo, temos nos tornado cada vez mais isolados. Estamos despencando numa mudança negativa sem direção e, o pior de tudo, estamos nos acostumando com isso. Com muita frequência, nós nos moldamos e moldamos nosso futuro de maneiras estúpidas. Mais notícias. Cientistas na Austrália conseguiram gerar um bebê humano em um ventre artificial. O bebê foi concebido em uma Placa de Petri. Nove meses mais tarde, foi tirado, vivo e saudável, do último de uma série de contêineres complexos, controlados por computadores. A criança é o filho normal de pais que não poderiam ter concebido nem gerado um filho sem muita ajuda médica.

Os jornalistas já estão se referindo aos ventres-contêineres como "ovos", e já existe discussão tola entre as pessoas para definir se uma pessoa "chocada" é tão humana quanto alguém nascido pelas "vias normais". Há ministros e padres dizendo que essa intervenção na reprodução humana é errada, claro. Duvido que, por um tempo, eles tenham muito com o que se preocupar. O processo todo ainda é experimental e estaria disponível apenas para os muitos abastados se estivesse sendo vendido a alguém – o que ainda não é o caso. Fico pensando se esse método será aceito neste mundo no qual tantas mulheres pobres se dispõem a servir de barriga de aluguel, gerando filhos de pessoas com mais dinheiro, mesmo que essas pessoas com dinheiro possam gerar um filho do modo normal. Para quem é rico, é possível contratar uma barriga de aluguel por pouco mais do que as despesas de alimentação e moradia dessa pessoa durante nove meses. Se ela for esperta e você for generoso, um acordo pode surgir no qual você também seja responsável pela comida, pela casa e pela educação dos filhos da mulher que gerará seu filho. E você ainda pode dar emprego ao marido dela. A mãe de Channa Ryan fazia esse tipo de trabalho. De acordo com Channa, sua mãe foi barriga de aluguel treze vezes, e em nenhum caso o bebê tinha relação genética com ela. Seu casamento não sobreviveu, mas suas duas filhas biológicas puderam aprender a ler, escrever, cozinhar, além de jardinagem e costura. Não é o suficiente a se saber neste mundo, claro, mas é mais do que a maioria dos pobres aprende.

Vai demorar muito – anos, décadas, talvez –, até as barrigas de aluguel serem substituídas por ovos computadorizados. Mas vamos analisar: ovos com tecnologia de clonagem (outro brinquedo dos ricos) dariam aos homens a capacidade de ter filhos sem a ajuda genética e gestacional de uma mulher. Tais homens ainda precisariam de um óvulo feminino, sem seu conteúdo genético, mas seria só isso. Se a ideia pegar, pode ser que se disponham a usar o óvulo de alguma espécie animal.

E, claro, as mulheres conseguirão se virar totalmente sem homens, uma vez que têm seus próprios óvulos. Fico me perguntando o que isso significará para a humanidade no futuro. Mudança radical ou apenas só mais uma opção entre tantas?

Consigo ver úteros artificiais sendo úteis quando viajarmos para o espaço extrassolar – úteis para gerar nosso primeiros animais assim que eles forem transportados como embriões congelados e úteis para gerar crianças se o trabalho não reprodutivo de mulheres colonizadoras for necessário para manter o progresso da colônia. Nesse aspecto, talvez os ovos possam ser bons para nós – para a Semente da Terra – a longo prazo. Mas fico me perguntando o que eles farão nas sociedades humanas, até lá.

Deixei a pior notícia para o final: a eleição foi na terça, 2 de novembro. Jarret venceu. Quando Bankole soube, disse: "Que Deus tenha piedade de nossas almas". Eu estou mais preocupada com nossos corpos. Antes da eleição, eu dizia a mim mesma que as pessoas tinham bom senso suficiente para não eleger um homem cujos apoiadores queimam pessoas chamando-as de "bruxas" e incendeiam igrejas e casas e pessoas de quem não gostam.

Todos votamos – todos nós com idade para votar –, e a maioria votou no vice-presidente Edward Jay Smith. Ninguém queria um homem vazio como Smith na Casa Branca, mas até mesmo um homem de cabeça oca é melhor do que um que pretende atacar todos nós e nos forçar ao caminho de seu Deus como Jesus forçou os mercadores para fora do templo. Ele usou tal analogia mais de uma vez.

Aqui estão algumas das coisas que Jarret disse quando estava gritando de seu púlpito na Igreja da América Cristã. Tenho cópias de vários de seus sermões em disco.

"Houve um tempo, americanos cristãos, em que nosso país dominava o mundo", dissera ele. "A América era o país de Deus e nós éramos o povo de Deus, e Deus cuidava dos Dele. Olhem para nós agora. Quem somos? O que somos? Que mistura repugnante, odiosa, corrompida e herege nos tornamos?

"Somos cristãos? Somos, mesmo? Nosso país consegue ser um pouco cristão e um pouco budista, será? E um pouco cristão e um pouco hindu também? Ou será que um país pode ser um pouco cristão e também um pouco judeu? E que tal um pouco cristão e um pouco muçulmano também?

Ou será que podemos ser um pouco cristãos e um pouco de uma seita pagã?"

Em seguida, vociferou:

"Somos o povo de Deus ou somos lixo! Somos povo de Deus ou não somos nada! Somos povo de Deus! Povo de Deus! "Ah, Deus, ah, Deus, por que traímos a Ti?

"Por que nos permitimos ser seduzidos e traídos por esses aliados de Satanás, esses divulgadores de doutrinas falsas e não cristãs? Para as sociedades que infestam, eles são destrutivos como balas, contagiosos como pragas, venenosos como cobras. Eles vão nos matar, irmãs e irmãos americanos cristãos. Eles vão nos matar! Eles despertam a ira de Deus sobre nós por nossa generosidade equivocada para com eles. São destruidores de nosso país por natureza. São amantes de Satanás, sedutores de nossas crianças, estupradores de nossas mulheres, traficantes, agiotas, ladrões e assassinos!

"E, diante de tudo isso, o que somos para eles? Devemos viver com eles? Devemos permitir que eles continuem arrastando nosso país para o inferno? Pensem! O que fazemos com ervas daninhas, com vírus, com parasitas, com cânceres? O que devemos fazer para nos proteger e proteger nossos filhos? O que podemos fazer para recuperar nossa nação roubada?"

Perverso. Muito perverso. Jarret era senador do Texas quando fez o sermão com essas frases. Ele não respondeu às perguntas que fez. Deixou isso a cargo de quem o escutou. E ainda diz ser contra a caça às bruxas.

Os discursos dele durante a campanha têm sido um pouco menos inflamados do que seus sermões. Ele teve que se distanciar da maioria de seus seguidores. Mas ainda sabe como pôr fogo na fogueira, como ser ouvido por pessoas pobres e incitá-las a perseguir outras pessoas pobres. Me pergunto: até que ponto ele de fato acredita nesses absurdos e até que ponto ele só os diz por conhecer o valor de dividir para poder conquistar e dominar? Bem, ele conquistou. Em janeiro do próximo ano, ele receberá o posto e governará. Depois, acho que veremos até que ponto acredita no que alardeia.

Um outro acontecimento mais feliz e mais local aconteceu aqui em Bolota ontem. Lucio Figueroa, Zahra Balter e Jeff King chegaram com um monte de livros para nossa biblioteca. Alguns parecem quase novos. Outros são antigos e estão gastos, mas todos foram protegidos do tempo, da água e do fogo. Há livros escolares sobre diversos assuntos e matérias e para vários níveis – incluindo cursos universitários –, dicionários especializados, um conjunto de enciclopédias – edição de 2001 –, livros de História, manuais e dezenas de romances. Jeff King encontrou esses livros sendo praticamente doados em uma feira livre em Arcata.

— Havia alguém esvaziando um quarto para poder acomodar parentes — ele me contou. — O dono dos livros tinha morrido. Ele era tido como o excêntrico da família, e ninguém mais na casa compartilhava do entusiasmo dele por ler livros grandes e volumosos de papel. Pensei que você não acharia ruim se eu os comprasse para a escola.

— Achar ruim? — falei. — Claro que não!

— Lucio disse não ter certeza de que deveríamos gastar dinheiro, mas Zahra disse que você estava louca para comprar mais livros. Imaginei que ela devia ter conhecimento de causa.

Sorri.

— Ela tem, sim. Pensei que todos soubessem.

Havia quinze caixas de livros. Nós os levamos para dentro da escola, e hoje nos recuperamos o máximo que pudemos das notícias do Worldisk analisando livros e organizando-os em estantes. Lemos trechos uns aos outros. As pessoas ficaram animadas e interessadas, e todo mundo levou um ou dois livros para ler. Depois de saber das notícias, todos precisávamos ler algo que não fosse deprimente. Acabei com dois livros sobre desenho. Não tento desenhar nada desde os sete ou oito anos de idade. Agora, do nada, me pego interessada em aprender a desenhar, aprender a desenhar bem... se der. Quero aprender algo novo e que não esteja relacionado a nenhum de nossos problemas.

Domingo, 14 de novembro de 2032

Estou grávida!

Nada de barriga de aluguel, ovos computadorizados, remédios. Bankole e eu fizemos à moda antiga; finalmente!

É uma loucura pensar que isso esteja acontecendo agora, bem quando a América elegeu um selvagem como líder. Bankole e eu começamos a tentar assim que percebemos que sobreviveríamos aqui em Bolota. A primeira esposa de Bankole não podia ter filhos. Quando jovem, nos anos 1990, sofreu um acidente grave de carro e acabou tendo que ser submetida a uma histerectomia, entre outras coisas. Bankole disse que não se importava. Disse que o mundo estava sendo arrasado muito rápido e que seria quase crueldade trazer uma criança a ele. Eles consideraram adoção, mas não fizeram isso.

Agora, ele vai ser pai e, apesar de tudo o que sempre disse, está dando pulos de alegria – ao menos quando não está morrendo de medo. Tem falado sobre se mudar para uma cidade estabelecida de novo. Não disse nada a respeito desde que pegamos o trailer, mas agora o assunto voltou e ele está falando sério. Ele quer me proteger. Entendo isso. Talvez eu devesse me sentir feliz por ele pensar em mim dessa forma, mas queria que ele demonstrasse seus sentimentos de proteção de outra maneira.

— Você é uma menina — disse para mim. — Não aprendeu o bastante para ter medo.

Não consigo ficar brava com ele por dizer coisas assim. Ele as diz, depois pensa um pouco, e se não estiver atento, começa a sorrir como um menino. Em seguida, se lembra dos medos que sente e parece em pânico. Coitado.

6

Deus é Mudança
E escondidas na Mudança
Estão surpresa, alegria,
Confusão, dor,
Descoberta, perda
Oportunidade e crescimento.
Como sempre,
Deus existe
Para moldar
E para ser moldado.

— **Semente da Terra: os livros dos vivos**

Acho que era positivo o fato de o Deus de minha mãe ser Mudança. A vida dela costumava mudar de modo abrupto e significativo. Acho que ela não estava mais preparada para mudanças do que qualquer outra pessoa estaria, mas suas crenças a ajudaram a lidar com elas, até mesmo tirar vantagem delas quando aconteciam. Eu gostava de ler sobre como ela e meu pai reagiram à minha concepção. Pessoas tão diferentes uma da outra, mas uma reação tão normal. Ela não tinha como saber que estava prestes a sofrer outras grandes mudanças antes mesmo de conseguir se acostumar com o fato de estar grávida.

De *Os diários de Lauren Oya Olamina*
Domingo, 5 de dezembro de 2032

Os porta-vozes da América Cristã anunciaram que a Igreja abrirá abrigos para moradores de rua e abrigos para crianças – orfanatos – em vários estados, incluindo Califórnia, Oregon e Washington. Isso é só um começo, dizem. Eles esperam, com o tempo, "estender uma mão solícita para as pessoas de todos os estados do país, incluindo o Alasca". Ouvi isso em um disco de notícias que Mike Kardos comprou em uma feira livre em Garberville ontem. Hora de começar a limpar a imagem da América Cristã, imagino. Só espero que os abrigos e os orfanatos da Califórnia sejam abertos onde são necessários – por San Diego, Los Angeles e São Francisco. Não os quero aqui. A América Cristã é formada por pessoas assustadoras, e acho impossível acreditar que eles pretendem só fazer o bem e ajudar os outros.

Sexta-feira, 17 de dezembro de 2032

Hoje eu encontrei meu irmão Marcus.

Isso é impossível, eu sei, mas o encontrei. Ele está doente, com medo, confuso e furioso, mas está vivo!

Eu o encontrei em Eureka, na Califórnia, apesar de, cinco anos atrás, em Robledo, ele ter morrido.

Não sei o que dizer sobre isso. Não sei como lidar com essa situação. Escrever a respeito ajuda. Por algum motivo, escrever sempre ajuda.

Antes do amanhecer hoje cedo, eu e mais quatro dos nossos fomos para Eureka. Bankole precisava de artigos médicos e tínhamos duas entregas de legumes e frutas de inverno para fazer a lojas pequenas e independentes que já haviam começado a vender nossos alimentos. Depois disso, tínhamos uma tarefa especial.

Bankole não queria que eu fosse. Ele se preocupa comigo mais do que nunca agora e está sempre insistindo para que nos mudemos para uma cidade estruturada. Poderíamos viver em uma casinha e ele poderia ser médico da cidade. Poderíamos levar uma vida à moda antiga bem tranquila, e eu poderia me esquecer de que passei os cinco últimos anos me esforçando para estabelecer Bolota como o início da Semente da Terra. Agora que estamos com o trailer, viajar é bem menos perigoso do que antes, mas meu Bankole está mais preocupado do que nunca.

E, para dizer a verdade, ainda há coisas com as quais se preocupar. Todos nós estamos preocupados desde Dovetree. Mas temos que viver. Temos trabalho a fazer.

— Então Bolota agora é segura? — perguntei a Bankole.

— Estarei segura se ficar aqui?

— Mais segura do que estará viajando pelo país — murmurou ele, mas me conhecia o suficiente para deixar o assunto de lado. Pelo menos, ele iria junto para ficar de olho em mim.

Dan Noyer também estava junto porque nossa tarefa especial tinha a ver com ele. No caminho para casa, íamos nos encontrar com um homem que tinha entrado em contato conosco por meio de amigos em Georgetown, dizendo estar com uma das irmãs pequenas de Dan e que a venderia a nós. O homem era um cafetão, claro; "um pecuarista, especializado em cabras e galinhas" era um dos eufemismos. Ou seja, um homem que coloca correntes de escravos em crianças pequenas e aluga o corpo delas para outros homens adultos. Eu odeio a ideia de ter qualquer ligação com um crápula assim, mas ele era exatamente o tipo de lixo ambulante que estaria com Nina e Paula Noyer. Eu havia pedido para Travis e Natividad Douglas irem conosco, para me darem apoio, e, no caso de Travis, consertar o trailer se alguma coisa acontecesse com ele. Já confiei minha vida a eles mais de uma vez. Confio no bom senso e na capacidade de lutar que eles têm. Sentia necessidade de ter pessoas como eles comigo ao lidar com um traficante de escravos.

Fizemos nossas entregas nas duas feiras independentes primeiro, como tínhamos prometido – alimentos de nossos campos e do que tinha sobrado da enorme horta e do pequeno pomar de árvores frutíferas dos Dovetree. O trailer e o trator dos Dovetree tinham sido roubados durante o ataque que destruiu o lugar. As casas e as construções externas tinham sido incendiadas, assim como os destiladores e campos. Mas várias árvores frutíferas e plantações da horta sobreviveram. Desde que os cinco Dovetree sobreviventes decidiram ficar conosco – e se unir a nós como membros da Semente da Terra quando o ano de teste terminar –, nós nos sentimos livres para pegar o que pudéssemos da propriedade. As duas mulheres da família têm parentes em alguma região nas montanhas, mas elas não gostam muito deles, e não querem ficar com eles em casas apertadas. Os Dovetree se dão bem conosco, e sabem que, apesar de as casas serem apertadas, eles terão suas moradias quando receberem as boas-vindas como membros.

Claro, eles poderiam voltar e viver em sua própria terra. Mas duas mulheres e três crianças não sobreviveriam sozinhas. Não sobreviveriam sozinhas nem mesmo em um local tão escondido e protegido quanto Bolota. Se tentassem sobreviver à beira da estrada no terreno Dovetree, seriam escravizados ou mortos bem depressa. Qualquer casa ou propriedade que possa ser vista da estrada pode ser tentadora aos desesperados, aos oportunistas e, agora, aos fanáticos. A residência Dovetree sobrevivera antes porque a família era grande, tinha armas e tinha fama de ser forte. Isso deu certo até um exército pequeno e decidido aparecer. Os agressores eram mesmo seguidores de Jarret, a propósito. Vieram da região de Eureka-Arcata, das novas igrejas da América Cristã que surgiram ali. Não têm autoridade sancionada pelo governo, mas acreditam que Deus está do lado deles, e que o trabalho de limpeza que eles fazem é obra de Deus. Por alguma razão, esse tipo de coisa não costuma chegar às redes nem aos discos de notícias. Descobri falando com as pessoas. Conheço algumas boas fontes de notícias locais.

Bankole comprou as coisas dele depois. São nossas compras mais caras, mas também as mais necessárias. Somos, como diz ele, uma comunidade saudável e jovem, mas o mundo ao nosso redor não é saudável. Graças à desnutrição, às mudanças climáticas, à pobreza e à ignorância, muitas doenças antigas voltam, e algumas delas são contagiosas. Houve uma epidemia de coqueluche na região da baía de São Francisco no inverno passado, que subiu a estrada até o extremo norte, em Ukiah, no condado de Mendocino. Não sei por que parou ali. E lidamos com um surto de raiva no verão passado. Muitas pessoas em acampamentos foram mordidas por cachorros ou ratos com raiva. Morreram de raiva, e dois adolescentes foram baleados porque fingiram ter raiva só para assustar as pessoas. Seja qual for a quantia necessária para nos manter saudáveis, vai valer a pena.

Quando nossos negócios em Eureka foram finalizados, fomos encontrar o traficante de escravos no local combinado por ele e por mim, a sul e leste de Eureka, em Georgetown. O assentamento chamado Georgetown começa na estrada das montanhas costeiras. O lugar é um deserto feito por homens, arenoso quando o tempo está seco, lamacento quando chove, quase sem árvores, sem plantas, tomado pelos mais pobres dos pobres e por esgotos a céu aberto, desnutrição, drogas, crime e doença. Bankole diz que lá já tinha sido uma área bonita de fazendas, árvores e montanhas. Deve ter sido há muito tempo.

O assentamento se chama Georgetown porque a coisa aparentemente mais permanente ali é um conjunto de construções de madeira de sequoia um tanto decadentes. Elas estão em uma chapada e podem ser vistas de qualquer ponto do assentamento. Há uma loja, um café, um salão de jogos, um bar, um hotel, um posto de gasolina e uma loja de consertos na qual ferramentas, armas de fogo e veículos de todos os tipos podem ser restaurados para uso. O complexo todo se chama George's e é administrado por uma família enorme de sobrenome George. Seu café, o George's, tem um monte de caixas de correspondência em nichos que podem ser alugados, nos quais os pacotes e as correspondências podem ser deixados, e há uma grande fileira de telefones públicos nos quais, por um valor alto, é possível acessar quase qualquer rede, serviço, grupo ou indivíduo. Esse serviço em especial tornou o lugar uma mistura de centro de mensagens, ponto de encontro e um salão do Velho Oeste. É normal as pessoas combinarem de se encontrar ali para fechar negócios de todos os tipos. Elroy George e seus filhos, genros e sobrinhos cuidam para que as pessoas se comportem. Os George são um clã notável. São unidos, e as pessoas os respeitam. Cobram preços altos, mas são honestos. Com os George, as pessoas recebem pelo que pagam. É triste dizer que algumas das coisas que são compradas no café ou em outros lugares do complexo são escravos e drogas. Os George não são traficantes de escravos, mas têm fama de trabalhar com drogas. Gostaria que não fosse assim, mas é. Só espero que eles não acabem como os Dovetree. Eles são mais fortes e mais firmes, mais bem conectados politicamente do que os Dovetree, mas quem sabe? Agora que Jarret foi eleito, não há como saber.

Dolores Ramos George, a matriarca do clã, administra a loja e o café e conhece todo mundo. Tem fama de ser uma mulher dura e má, mas, pela minha experiência, ela é apenas realista. Fala o que pensa. Gosto dela. É uma das pessoas com quem eu falei sobre as meninas da família Noyer. Quando ela ouviu a história, só balançou a cabeça. "Não acredito", dissera ela. "Por que não montaram guarda? Alguns pais não têm a menor noção."

"Eu sei", falei. "Mas tenho que fazer o que posso... pelo bem dos outros três filhos."

"Sim." Ela deu de ombros. "Vou contar às pessoas. Não vai resolver nada."

Mas agora parecia ter resolvido. E como forma de agradecer, eu havia comprado a Dolores uma cesta de laranja, uma cesta de limões e uma cesta de caquis. Se encontrássemos uma ou as duas filhas da família Noyer em decorrência das informações espalhadas por ela, eu deveria a ela uma parte da recompensa – uma espécie de taxa. Mas pareceu mais inteligente garantir que ela saísse com alguma vantagem, independentemente do que ocorresse.

— Lindas frutas, lindas — disse ela, sorrindo ao olhar para os cestos. Era uma mulher atarracada, de 53 anos e aparência de idosa, mas o sorriso a rejuvenescia muito. — Aqui, se não proteger uma árvore frutífera e atirar em algumas pessoas para provar que está falando sério, as pessoas acabam com as frutas e depois cortam a árvore para usar a madeira como lenha. Não deixo meus meninos matarem pessoas para salvar árvores e plantas, mas sinto muita falta de laranjas, uvas e coisas assim.

Ela chamou alguns de seus netos menores para pegarem as frutas e as levarem para dentro da casa. Vi como as crianças olhavam para tudo, então eu os alertei para que só comessem os caquis quando estivessem macios ao toque. Cortei um dos frutos verdes e deixei cada criança experimentar para que soubessem como algo tão lindo podia ter gosto ruim antes de amadurecer. Se não fizesse isso, eles teriam estragado vários caquis tentando encontrar um saboroso e maduro. Ontem mesmo, eu flagrei os filhos dos Dovetree fazendo exatamente isso em Bolota. Dolores só observou e sorriu. Qualquer pessoa que fosse boa com seus netos poderia ser amiga dela para a vida toda... desde que não mexesse com o resto da família.

— Vamos — disse ela. — O monte de merda com quem você quer falar está empesteando o café. É o garoto? — Ela olhou para Dan, parecendo notá-lo pela primeira vez. — Sua irmã? — perguntou ela para ele.

Dan assentiu, sério e em silêncio.

— Espero que seja a garota certa — disse ela. Em seguida, olhou para mim, de cima a baixo. Sorriu de novo. —

Quer dizer que finalmente você vai ter uma família. Já era hora! Eu tinha dezesseis anos quando meu primeiro nasceu. Não fiquei surpresa. Estou grávida de dois meses, apenas, e a barriga não está aparecendo. Mas ela notou, de alguma maneira. Por mais distraída que pareça e por mais que aja como uma avó quando quer, ela não deixa passar muitas coisas.

Deixamos Natividad no trailer, de guarda. Há alguns ladrões muito eficientes em Georgetown. Os caminhões precisam ser vigiados. Travis e Bankole entraram no café com Dan e eu, mas Dan e os dois homens se sentaram juntos em uma mesa mais para o lado, para me dar apoio caso algo inesperado acontecesse entre o dono de escravos e eu. Pessoas sensatas não arrumavam confusão dentro do George's Café, mas não há como saber quando se está lidando com idiotas.

Dolores nos levou a um cara alto, esguio e feio, vestido totalmente de preto, e se esforçando muito para parecer desdenhoso do mundo, de modo geral, e do George's Café em especial. Mantinha um sorriso de escárnio o tempo todo.

Ele estava sozinho como tínhamos combinado, então fui até ele sozinha e me apresentei. Não gostava de sua voz seca e áspera nem de seus olhos amarelos, quase cor de caramelo. Ele os usou para tentar me intimidar. Até mesmo seu cheiro me repelia. Ele usava um pós-barba ou uma colônia que davam a ele um cheiro pesado, nojento e adocicado. O cheiro de suor teria sido menos repugnante. Era careca, não tinha barba, tinha nariz aquilino e uma pele de cor tão neutra que poderia ser um negro de pele pálida, um latino ou um branco de pele escura. Além da calça e da camisa pretas, ele usava um par formidável de botas pretas de couro – caras – e um cinto de couro de fivela grossa decorada com coisas que a princípio pensei serem joias. Demorei um pouco para perceber que aquele era um cinto utilitário – do tipo que alguém usaria se tivesse que se locomover muito e controlar várias pessoas por meio de colares de escravos. Nunca tinha visto um cinto daqueles, mas tinha ouvido falar.

Cretino odioso.

— Puma — disse ele.

Que monte de merda, pensei. Mas disse:

— Olamina.

— A menina está lá fora com alguns amigos meus.

— Vamos lá.

Saímos juntos do café, acompanhados por meus amigos e pelos amigos dele. Dois caras sentados a uma mesa à direita se levantaram quando saímos. Era tudo uma dança ridícula.

Do lado de fora, perto do toco grande e seco de uma sequoia, várias crianças esperavam, observadas por mais dois homens. As crianças, para minha surpresa, pareciam crianças. Não tinham sido arrumadas para parecerem mais velhas nem mais novas. Os meninos – um deles, aliás, não aparentava mais do que dez anos – usavam jeans e camisetas de mangas curtas limpas. Três das meninas usavam saias e blusas, e três usavam shorts e camisetas. Os jeans de todos estavam um pouco justos demais, e as saias eram um pouco curtas demais, mas nada diferente do que as coisas que crianças livres da mesma idade vestiam.

Os escravos estavam limpos e pareciam atentos. Nenhum deles parecia doente nem agredido, mas todos ficavam de olho em Puma. Olharam para ele quando saiu do café, e então desviaram o olhar para que pudessem observá-lo disfarçadamente. Ainda não eram muito bons naquilo, então não tive como não notar. Olhei ao redor à procura de Dan, que havia nos acompanhado para fora com Bankole e Travis. Dan olhou para as crianças escravas, parou um segundo para observar as meninas maiores, e então balançou a cabeça.

— Nenhuma delas é ela — disse ele. — Ela não está aqui!

— Espere — disse Puma. Tocou o cinto e outras quatro crianças saíram de trás do tronco da árvore – dois meninos e duas meninas. Eram um pouco mais velhos – adolescentes e quase maiores de idade. Eram jovens bonitos – os mais bonitos que eu já tinha visto. Me peguei olhando fixamente para um deles.

Em algum ponto atrás de mim, Dan estava choramingando.

— Não, não, ela não está aqui! Por que disseram que ela estava? Não está! — Ele parecia muito mais novo do que seus quinze anos.

Ouvi Bankole falando com ele, tentando acalmá-lo, mas fiquei congelada, olhando para um dos meninos – um jovem rapaz, na verdade. O rapaz olhou para mim e desviou o olhar em seguida. Talvez não tivesse me reconhecido. Por outro lado, talvez estivesse me alertando. Eu demorei a notar o alerta.

— Gosta daquele, não é? — disse Puma.

Merda.

— Ele é um dos meus melhores. Jovem e forte. Leve-o em vez de levar uma menina.

Eu me forcei a olhar para as meninas. Uma delas se parecia com a descrição que tínhamos espalhado a respeito das irmãs de Dan: pequenas, cabelos pretos, bonitas, doze e treze anos. Nina tinha uma cicatriz entre a testa e o couro cabeludo, decorrente de uma queimadura sofrida aos quatro anos, quando ela, Paula e Dan tinham encontrado palitos de fósforo com os quais brincar. Uma parte de seus cabelos pegou fogo. Paula tinha uma verruga – ela dizia ser seu charme – do lado esquerdo do rosto, perto do nariz. A menina que Puma pensou que compraríamos tinha uma cicatriz no alto do rosto, como Nina. Até se parecia um pouco com Mercy Noyer. Mesmo rosto com formato de coração.

— Ela disse que era Nina Noyer? — perguntei a Puma. Ele sorriu.

— Ela não fala. Nem escreve. Melhor tipo de menina. Mas deve ter dito alguma coisa feia a alguém, quando podia falar. Porque antes de eu comprá-la, alguém cortou a língua dela.

Não me permiti reagir, mas não tive como não pensar na nossa May em Bolota. Ainda não sabemos quem corta as línguas, mas sabemos que alguns sujeitos Americanos Cristãos ficariam felizes se pudessem silenciar todas as mulheres. Jarret pregava dizendo que a mulher tinha que ser valorizada, honrada e protegida, mas que, para seu próprio bem, tinha que se manter calada e obedecer à vontade de seu marido, pai, irmão ou filho adulto, já que eles entendiam o mundo de um modo que ela não entendia. Era isso? A mulher tinha que se calar ou seria calada? Ou seria mais simples ainda: algum cafetão desgraçado da região simplesmente gostava de cortar línguas de mulheres? Achei que Puma não teria feito isso. Nada em sua linguagem corporal dizia que ele estava mentindo ou sendo evasivo. Isso podia significar apenas que ele sabia mentir, mas não era o que eu pensava. Me parecia que ele estava dizendo a verdade, porque não se importava. Não estava nem um pouco preocupado em saber quem tinha cortado a menina ou por quê. Eu estava. Não conseguia não me preocupar. Até quando veríamos aquele tipo de mutilação? O belo rapaz remexia os pés de modo inquieto e barulhento, chamando minha atenção de volta a ele. Não que houvesse o risco de eu me esquecer dele. E, naquele momento, era ele quem eu tinha que comprar.

— Quanto você quer por ele? — perguntei. Era tarde demais para fingir que eu não estava interessada. Fiz tudo o que pude fazer para continuar agindo normalmente: falando de modo sensato com tom de voz normal, fingindo que o impossível não estava prestes a acontecer.

— Faremos negócio, então? — perguntou Puma, sorrindo. Eu me virei para ele.

— Vim aqui para fazer negócio — falei. Correria o risco de fazer inimizade com os George e mataria Puma, se preciso fosse. Não deixaria meu irmão nas mãos daquele homem. Pensar em ter que deixar uma daquelas crianças nas mãos dele era de enlouquecer.

— Espero que você possa pagar por ele — disse Puma.

— Como eu disse, ele é um dos meus melhores.

Eu nunca tivera que pechinchar muito na vida, mas algo me ocorreu quando Puma e eu começamos.

— Ele me parece ser um de seus mais velhos — falei. Meu irmão Marcus teria quase vinte anos. Qual idade uma das crianças-escravas de Puma tinha que ter para ser considerada velha demais?

— Ele tem dezessete! — Puma mentiu.

Ri e rebati com outra mentira.

— Talvez ele tenha tido dezessete há cinco ou seis anos. Meu Deus, cara, não sou cega. Ele parece ótimo, mas não é criança. — Fiquei surpresa por poder mentir, rir e me comportar como se nada de incomum estivesse acontecendo quando meu irmão, há muito falecido, estava vivo e bem ali, a poucos metros de mim.

Para me surpreender mais ainda, barganhamos por mais de uma hora. Me pareceu ser o certo a se fazer. Puma não estava com pressa, e eu segui a deixa dele. Em partes, ele até parecia estar se divertindo. Todas as outras pessoas estavam sentadas no chão, esperando, parecendo entediadas, confusas ou bravas. As pessoas que me acompanhavam eram as que estavam confusas e bravas. Dan, em especial, a princípio pareceu incrédulo, depois enojado, e então, furioso. Mas seguiu o exemplo dos dois homens. Ficou calado. Permaneceu olhando para o chão com o rosto inexpressivo. Travis me observava e passava o olhar de mim para Bankole, tentando entender o que estava acontecendo. Mas não perguntaria na frente de Puma. Bankole mantinha a expressão perfeitamente casual. Mais tarde, os três teriam muito o que dizer a mim. Mas naquele momento, não.

E Puma queria se livrar de Marcus. Talvez fosse pela idade de Marcus, ou outra coisa, mas não pude deixar de notar aquela ânsia velada dele. O que ele dizia simplesmente não casava com sua linguagem corporal. Acho que o fato de ser uma compartilhadora me torna mais sensível à linguagem corporal. Na maior parte do tempo, isso é uma desvantagem; me força a sentir coisas que não quero sentir. Psicóticos e atores competentes podem me causar muito problema. Mas, naquele momento, minha sensibilidade foi uma ajuda.

Comprei meu irmão. Sem tiros, sem brigas, nem mesmo ofensas. Por fim, Puma sorriu, pegou seu dinheiro em espécie e tirou a coleira de escravo de Marcus. Ele havia me oferecido a coleira e uma unidade de controle, por um preço adicional. Claro que eu não quis. Coisas nojentas.

— Bom negociar com você — disse Puma.

Não, não tinha sido nada bom.

— Eu ainda quero as irmãs Noyer — falei.

Ele assentiu.

— Vou ficar de olho. Aquela nova ali bate bem com a descrição que você deu.

Eu me virei para Dan.

— Ela... se parece com suas irmãs?

A menina e Dan olhavam fixamente um para o outro, e me ocorreu de novo que eu teria que ir embora e deixar aquelas crianças com o homem. Evitei olhar para a menina.

— Sim, ela se parece um pouco com a Nina — murmurou Dan. — Mas de que adianta? Não é a Nina. De que adianta qualquer coisa que seja?

— Você pode dizer a ele algo mais que o ajude a reconhecer uma de suas irmãs se ele as vir? — perguntei.

— Não quero que ele as reconheça. — Dan se virou para olhar para Puma. — Não quero que ele toque nelas. Eu o mataria! Juro que mataria!

Bankole o levou ao trailer, e Travis, apesar de confuso, foi junto, levando Marcus. Entrei de novo no George's Café e recompensei Dolores. Ela não tinha encontrado a irmã de Dan, mas tinha me feito um favor que eu nunca teria imaginado que alguém pudesse fazer. Ela mais do que tinha merecido sua cota.

Quanto a Dan, eu não podia culpá-lo por sua atitude. Mas não podíamos lidar com uma briga naquele momento.

Eu estava bem perto do meu próprio limite. Deixar as outras crianças, principalmente as menores, foi terrível. Eu tinha me disposto a brigar por Marcus se precisasse, mas poderia acabar fazendo com que ele e os outros acabassem mortos. Eu teria causado a morte de alguém. Não sei como deter pessoas como Puma, mas não acredito que matar as vítimas deles, suas propriedades humanas, seja a melhor maneira. Dentro do trailer, abracei meu irmão. No começo, ele reagia tanto quanto um graveto, mas depois de um tempo, ele me afastou do abraço e me olhou por no mínimo um minuto. Não disse nada. Só balançou a cabeça. Então, me abraçou. Depois de um tempo, levou a mão à garganta. Tocou as partes antes tomadas pela maldita coleira. Depois, ele meio que se encolheu. Deitou-se de lado em posição fetal, e eu me sentei ao lado dele. Ele se retraiu quando eu o toquei, então fiquei ali, parada.

E eu disse aos outros:

— Ele é meu irmão. Eu... por cinco anos, achei ... que ele estivesse morto. — Depois disso, não consegui dizer mais nada. Só fiquei com ele. Não sei o que os outros fizeram além de ficar de olho e de nos levar para casa. Se eles falaram algo, eu não escutei. Não me importava o que fizessem.

Ao todo, Bankole me disse que meu irmão tinha três doenças venéreas. Além disso, a parte superior de suas costas, seus ombros, o braço esquerdo e o lado externo da perna esquerda estavam cobertos com várias queimaduras antigas. Não era à toa que Puma queria se livrar dele. Ele provavelmente pensou que tinha me enganado, me empurrando um defeituoso. Alguém já devia ter feito a mesma coisa com ele. Marcus era tão bonito que Puma pode ter sido convencido a comprá-lo na pressa sem parar para analisá-lo. Mas Marcus tinha sofrido queimaduras horrorosas no passado, e Bankole disse que ele também tinha levado um tiro.

Quando Bankole terminou de examiná-lo, administrou algo que o ajudava a dormir. Aquilo parecia o melhor a se fazer. Marcus não tinha se recusado a ser examinado. Garanti a ele, antes de deixá-los a sós, que Bankole era médico e meu marido também. Ele não disse nada. Perguntei o que ele queria comer. Naquele momento, ele havia dado de ombros e dito: "Nada, estou bem assim".

— Ele está longe de estar bem — disse Bankole para mim mais tarde. Mas como Marcus não estava sentindo dores, pudemos deixá-lo conosco. Demos a ele um espaço reservado – com divisores de quarto – na nossa cozinha. Era quente ali, e tínhamos montado uma cama, uma cômoda, um vaso, uma pia e um abajur. Como todas as outras famílias de nossa comunidade, às vezes tínhamos que receber pessoas em casa – desconhecidos em visita, novas pessoas chegando ou vizinhos dentro da comunidade que não estavam se entendendo bem uns com os outros em suas casas.

Eu me preocupava pensando que Marcus, no estado mental em que se encontrava, pudesse levantar durante a noite e fugir. Por quanto tempo ele devia ter sonhado em fugir de Puma e dos amigos dele? E agora, ao acordar em um lugar desconhecido, sem se lembrar direito como tinha chegado ali... Só para garantir, mesmo depois de ele ter tomado o remédio para dormir, saí e disse aos nossos vigilantes noturnos – Beth Faircloth e Lucio Figueroa – para tomarem cuidado. Disse a eles que Marcus poderia acordar confuso e tentar fugir, e que eles deveriam ter cuidado em relação a atirar em uma pessoa sozinha tentando *sair* de

Bolota. Em circunstâncias normais, tal pessoa poderia ser vista como um ladrão, e talvez levasse um tiro. Tínhamos enfrentado muitos problemas com ladrões durante nosso primeiro ano, e aprendemos que, para sobreviver, não podíamos ter muita simpatia por eles. Mas Marcus não podia levar tiro.

— Você disse que Zahra Balter viu sua madrasta e seus irmãos serem baleados em Robledo — Bankole disse para mim enquanto estávamos deitados na cama. — Bem, ele apanhou, levou tiro e foi queimado. Não sei como ele sobreviveu. Alguém deve ter tomado conta dele, e não teria como ter sido seu amigo Puma.

— Não, não teria sido Puma — concordei. — Quero saber o que aconteceu. Espero que ele nos conte. Como ele ficou com você quando deixei vocês dois sozinhos?

— Em silêncio. Respondendo e sem constrangimento, mas não disse nenhuma palavra além do necessário.

— Tem certeza de que consegue curar as doenças dele?

— Elas não devem ser um problema. Se não fossem tratadas, qualquer uma delas poderia matá-lo, mais cedo ou mais tarde. Mas com tratamento, ele vai ficar bem... fisicamente, pelo menos.

— Ele tinha catorze anos quando o vi pela última vez. Gostava de jogar futebol e de ler sobre o passado e sobre outros países. Ele sempre desmontava coisas e às vezes as remontava, e tinha uma queda por Robin Balter, a irmã mais nova de Harry. Não sei mais nada sobre ele agora, não sei quem ele é.

— Você vai ter muito tempo para descobrir. E eu contei que ele vai ser titio, aliás.

— E a reação?

— Nenhuma. No momento, acho que ele nem sabe quem é. Parece bem disposto a receber cuidados, mas tenho a sensação de que ele não se importa muito com o que vai acontecer com ele. Eu acho... espero que isso mude. Você pode ser o melhor remédio para ele.

— Ele era meu irmão preferido e desde sempre a pessoa mais linda da família. Ele continua sendo uma das pessoas mais lindas que já vi.

— Sim — disse Bankole. — Apesar das cicatrizes, é um garoto bonito. Fico me perguntando se a aparência dele o salvou ou destruiu. Ou as duas coisas.

Parece que as coisas nunca podem ficar bem por muito tempo.

Dan Noyer fugiu. Ele passou pela vigilância e saiu de Bolota, pelo menos em parte devido às orientações que eu dei aos vigilantes noturnos. Beth Faircloth afirma ter visto alguém – um garoto ou um homem, na sua opinião.

— Achei que a pessoa era alta demais para ser Marcus — disse quando me ligou. — Mas não tinha certeza, então não atirei. — A pessoa que fugiu estava usando roupas pretas com algo escuro cobrindo a cabeça e o rosto.

Só pensei em Dan quando verifiquei que Marcus ainda estava conosco.

Para dizer a verdade, eu tinha me esquecido de Dan. Minha mente estava preocupada com Marcus – pensando em reavê-lo, em mantê-lo conosco, me perguntando o que podia ter acontecido com ele. Eu não tinha prestado atenção em Dan, mas ele tinha sofrido uma enorme decepção. Estava sofrendo de verdade. Eu sabia disso e deixei ele ficar com os Balter, que, no fim das contas, já têm dois filhinhos cheios de energia para cuidar.

Tirei Zahra da cama e pedi para ela ver Dan. Ele estava com eles havia quatro meses. E claro, tinha sumido. No bilhete, deixou escrito: "Sei que vocês pensam que estou errado, mas preciso encontrá-las. Não posso permitir que fiquem com alguém como Puma. São minhas irmãs!" E depois da assinatura, uma observação: "Cuidem de Kassi e Mercy até eu voltar. Trabalharei para vocês e pagarei. Trarei Paula e Nina de volta e elas também trabalharão".

Ele só tem quinze anos. Viu Puma e a equipe dele. Viu meu irmão. Viu Georgetown. E depois de ver tudo isso, não aprendeu nada!

Não, não é verdade. Ele aprendeu – ou finalmente entendeu – todas as coisas erradas. Pensei que ele soubesse qual seria o destino de suas irmãs se estivessem vivas; que poderiam ser prostitutas, poderiam acabar no harém de algum homem rico, trabalhando como escravas em áreas rurais ou em chão de fábrica. Ou poderiam acabar com algum pervertido que gosta de cortar línguas de mulheres. Poderiam até acabar como propriedade de alguém que se importa com elas e cuida delas mesmo usando-as como objetos sexuais. Esta seria a melhor possibilidade. A pior, talvez, é que elas poderiam sobreviver por um tempo como "especialistas" – prostitutas usadas para servir malucos e sádicos. Estas não vivem muito, o que é uma misericórdia. O destino delas também poderia ser o mesmo para um garoto grande, com cara de bebê e corpo forte como Dan. Gostaria de saber até que ponto ele entende isso. É um garoto bom, corajoso e tolo, e suspeito que pagará caro por isso.

Pode ser que ele volte, claro. Pode ganhar juízo e voltar para casa para ajudar a cuidar de Kassia e de Mercy. Ou pode ser que o encontremos por meio de nossos contatos externos. Vou ter que avisar sobre o desaparecimento dele, assim como fiz com Nina e com Paula. O problema é que encontrá-lo não vai ajudar em nada se ele ainda estiver determinado a sair procurando as irmãs. Não podemos acorrentá-lo aqui. Ou melhor, não faremos isso. Se ele insistir em morrer, vai morrer, que droga. Que droga!

7

A nossa criança interior
Conhece o paraíso.
O paraíso é o lar.
O lar como fora
Ou o lar como deveria ter sido.

O paraíso é o seu próprio lugar,
Sua própria gente,
Seu próprio mundo,
Conhecedor e conhecido,
Talvez até mesmo
Amoroso e amado.

Mas cada criança
É expulsa do paraíso...
Para o crescimento e a destruição,
Para o isolamento e a nova comunidade,
Para a ampla e constante
Mudança.

— Semente da Terra: os livros dos vivos

De *Guerreiro*, por Marcos Duran

Quando eu era criança, nunca deixei ninguém saber o quanto o futuro me assustava. Na verdade, eu não conseguia ver futuro nenhum. Nasci em um mundo que não passava do bairro murado onde minha família vivia. Meu pai havia vivido ali na infância e herdou a casa de seu pai.

Meu mundo era uma jaula. Quando um de meus irmãos ousou sair da jaula, fugir de casa, alguém de fora o pegou, cortou e queimou a carne de seu corpo vivo. Às vezes, me pego me perguntando quanto tempo deve ter demorado para ele morrer.

Admito, meu irmão não era um anjo. Era malvado e não era muito inteligente. Amava nossa mãe, e era o preferido dela, mas acho que ele nunca se importou com mais ninguém. Porém, apesar de ele ser alto como nosso pai, tinha só catorze anos quando foi morto. Para mim, isso mostra que os homens que o mataram eram piores do que ele era. Como poderiam ser humanos e fazer algo como aquilo com alguém? Eu imaginava-os – os assassinos – à minha espera sempre que os adultos do bairro, armados, se arriscavam para nos tirar da jaula por curtos períodos. O mundo lá fora era como o pior de meu irmão multiplicado por mil: burro, malvado, tão fora de controle que poderia fazer qualquer coisa. Era como um cachorro raivoso, se rasgando em pedaços, e querendo fazer a mesma coisa comigo.

E foi o que fez.

Ah, e como fez.

Eu poderia retribuir o elogio. Poderia ter alcançado o poder para fazer isso. Mas eu preferia corrigir o problema. O que aconteceu comigo não deveria acontecer com ninguém, mas coisas assim aconteceram a milhares de pessoas, talvez milhões. Eu li livros de história. As coisas não foram sempre assim. Elas não tinham que continuar assim. O que quebramos, podemos consertar.

Meu tio Marc era o homem mais lindo que eu já vi. Acho que me apaixonei mais do que um pouco por ele antes mesmo de conhecê-lo.

Também houve vezes em que eu temi por ele. Não sei o que pensar da nossa família. Meu avô, pelo que eu soube, era um ministro batista bom e dedicado. Ele cuidava da família e da comunidade dele, e insistia para que ambas se armassem e se capacitassem para se defender em um mundo armado e perigoso, mas, fora isso, ele não tinha ambições. Aparentemente, nunca tinha lhe ocorrido que poderia ou deveria consertar o mundo. Mas era o pai dos dois pretensos consertadores do mundo. Como isso aconteceu?

Bem, minha mãe era uma compartilhadora, uma pequena adulta aos quinze anos, e sobrevivente da destruição de seu bairro todo aos dezoito. Talvez tivesse sido por isso que ela, como o tio Marc, precisava tomar o controle, colocar ordem ao caos que viu engolir tantas das pessoas que amava. Ela via o caos como natural e inevitável, e como argila para ser moldada e direcionada. Como ela diz em um de seus versos:

> O caos
> É a face mais perigosa de Deus...
> Amorfa, turva, faminta.
> Molde o caos:
> Molde Deus.
> Aja.
>
> Mude a velocidade
> Ou a direção da Mudança.

Varie a extensão da Mudança.

Rearrange as sementes de Mudança.

Transmute o impacto da Mudança.

Desfrute a Mudança.

Use-a.

Se adapte e cresça.

E assim, ela tentou se adaptar e crescer. Talvez ela temesse ser como sua mãe, que procurava ajuda com uma droga "moderna" que acabou prejudicando sua filha e levando-a à própria morte. Caos. Independentemente da lógica de minha mãe, ela decidiu que sabia o que havia de errado com seu mundo, e sabia o que o consertaria: a Semente da Terra. A Semente da Terra, com todas as suas definições, repreensões, exigências, *propósito*. A Semente da Terra com seu Destino. Meu tio Marc, por outro lado, detestava o caos. Não era uma das faces de seu deus. Não era natural. Era demoníaco. Ele detestava o que o caos tinha feito com ele, e precisava provar que não era o que o tinha sido forçado a se tornar. Nenhum ministro cristão poderia detestar o pecado tanto quanto Marc detestava o caos. Seus deuses eram ordem, estabilidade, segurança, controle. Ele era um homem com um ferimento que não se fecharia enquanto não tivesse certeza de que o que havia acontecido com ele não poderia acontecer de novo com ninguém, nunca. Meu pai chamava minha mãe de fanática. Acho que esse adjetivo se aplica ainda mais ao tio Marc. E, apesar disso, acho que meu tio era mais realista. Ele queria fazer da Terra um lugar melhor. O tio Marc sabia que as estrelas podiam cuidar de si mesmas.

De *Os diários de Lauren Oya Olamina*
Sábado, 18 de dezembro de 2032

Dan não voltou. Não tinha por que esperar que ele desistisse e voltasse tão depressa, mas tinha esperança. Jorge, Diamond Scott e Gray Mora vão fazer permuta na feira livre de Coy hoje. Falei para eles avisarem as poucas pessoas que conhecemos em Coy e, na volta, para contar à família Sullivan. O caminho mais rápido de volta para casa faz com que passem pela casa dos Sullivan.

Marcus dormiu a noite toda, sem causar problema para si nem para nós. Bankole por acaso estava na cozinha quando ele acordou, e isso foi bom. Bankole o levou para fora, para um de nossos banheiros de compostagem. Só o vi mais tarde, quando já tinha se banhado e se vestido. Em seguida, ele veio hesitante e inquieto até a mesa da cozinha.

— Está com fome? — perguntei. — Sente-se.

Ele ficou olhando para mim por vários segundos, e então disse:

— Quando acordei, pensei que tudo isso fosse um sonho.

Coloquei um pedaço de pão de bolota com frutas na frente dele. Nós dois tínhamos crescido comendo aquilo porque dentro do nosso antigo bairro havia vários carvalhos californianos que eram bastante frutíferos. Meu pai não aceitava desperdícios, por isso descobriu uma maneira de usar as bolotas como alimento. Os indígenas usavam. Nós também poderíamos usar. Ele e minha mãe se esforçavam para aprender a usar não só bolotas, mas cactos, frutos da palmeira e outras plantas que poderiam ser consideradas inúteis por outros. Para Marcus e para mim, elas são alimentos da infância.

Marcus pegou o pão de bolota, mordeu e mastigou devagar. Primeiro, ele pareceu encantado, e, depois, lágrimas começaram a escorrer por seu rosto. Dei a ele um guardanapo e um copo do que antigamente era o que ele mais gostava de beber no café da manhã: uma caneca de suco de maçã doce e quente com um limão espremido. As maçãs que amassávamos no sul da Califórnia eram de uma variedade diferente, mas acho que ele não notou. Ele comeu, secou os olhos, olhou ao redor. Olhou fixamente para Bankole quando ele entrou, e então se concentrou no restante de seu café da manhã, quase devorando tudo como faz um falcão ao tomar e proteger sua caça. Não falamos mais nada por um tempo.

Quando todos estávamos satisfeitos, Bankole olhou para Marcus e disse:

— Estou casado com sua irmã há cinco anos. Durante esse tempo, pensamos que você e o resto da família tinham morrido.

— Eu também pensei que ela tivesse morrido — disse Marcus.

— Zahra Balter, que era Zahra Moss quando você a conheceu, disse ter visto todos vocês sendo mortos — contei a ele.

Ele franziu o cenho.

— Moss? Balter?

— Não conhecíamos Zahra muito bem quando morávamos no bairro. Ela era casada com Richard Moss. Ele foi morto e ela se casou com Harry Balter.

— Meu Deus — disse ele. — Nunca pensei que fosse voltar a ouvir esses nomes. Eu me lembro de Zahra. Pequenininha, linda e durona.

— Ela ainda é as três coisas. Ela e Harry estão aqui. Eles têm dois filhos.

— Quero vê-los!

— Está bem.

— Quem mais está aqui?

— Muitas pessoas que passaram por momentos difíceis. Porém, mais ninguém do bairro. Esta comunidade se chama Bolota.

— Havia uma garota... Robin. Robin Balter?

— A irmã mais nova de Harry. Ela não sobreviveu.

— Você pensou que eu não tinha sobrevivido.

— Eu... vi o corpo de Robin, Marc. Ela não sobreviveu.

Ele suspirou e olhou para as mãos apoiadas no colo.

— Eu de fato morri em 2027. Morri. Não tem mais nada.

— Tem família — falei. — Tem eu, tem o Bankole, a sobrinha ou o sobrinho que nascerá ano que vem. Você está livre agora. Pode ficar aqui e construir uma vida para si em Bolota. E espero que faça isso. Mas é livre para fazer o que quiser. Ninguém aqui usa coleira.

— Você já usou alguma? — perguntou ele.

— Não. Alguns de nós foram escravos, mas eu, nunca. E acredito que você seja o primeiro de nós a ter usado uma coleira. Espero que você fale ou escreva a respeito do que aconteceu contigo desde que o antigo bairro foi destruído.

Ele pareceu pensar nisso por um tempo.

— Não — respondeu. — Não.

Cedo demais.

— Está bem — falei —, mas... você acha que um dos outros pode ter sobrevivido? Cory, Ben ou Greg? É possível...?

— Não — repetiu ele. — Não, eles morreram. Eu escapei. Eles, não.

Algum tempo depois, enquanto levantávamos da mesa, dois homens chegaram de trailer da pequena cidade costeira de Halstead. Como Bolota, Halstead fica bem distante da estrada. Deve ser, inclusive, a cidade mais remota e isolada em nossa região, com o Oceano Pacífico em três lados dela e montanhas baixas atrás.

Apesar disso tudo, Halstead tem um grande problema. Ela tinha uma praia e, depois dela havia uma paliçada onde a cidade começava. Ao longo da paliçada, ficavam algumas das maiores e mais belas casas, de frente para o mar. De um lado da península, havia casas antigas, grandes, bem construídas, com estrutura de madeira. Do outro lado, ficavam as casas mais novas, construídas na área que antes era um campo de golfe à beira do mar. E nem sei por que as pessoas construiriam suas casas à beira de um penhasco como aquele, mas elas construíram. Agora, sempre que chove muito, quando acontece um terremoto ou quando o nível do mar sobe o suficiente para saturar mais terra, grandes blocos de paliçadas caem no mar, e as casas ali se desfazem e caem. Às vezes, metade de uma casa cai dentro do mar. Às vezes, várias casas caem. Ontem à noite, foram três. A população de Halstead ainda estava tirando vítimas do mar. Pior, o médico da comunidade estava fazendo um parto em uma das casas destruídas. É por isso que a comunidade precisou recorrer à ajuda de Bankole. Bankole se dava bem com o médico de lá. As pessoas de Halstead confiavam em Bankole porque o médico delas confiava nele.

— O que vocês têm na cabeça? — Bankole exigiu saber dos homens desesperados de Halstead enquanto ele e eu pegávamos as coisas de que ele precisaria. Ele estava colocando coisas dentro da bolsa. Eu estava preparando uma bolsa para ele poder passar a noite fora. Marcus olhou para cada um de nós, e então foi para um dos lados, saindo da nossa frente.

— Por que vocês ainda deixam pessoas viverem à beira do penhasco? — perguntou Bankole, incisivo. Parecia irritado. Dor e mortes sem necessidade ainda o deixavam irado. — Quantas vezes esse tipo de coisa tem que acontecer para vocês mudarem de ideia? — Ele fechou a mala e pegou a bolsa que eu entreguei para ele. — Coloquem as malditas casas mais para dentro, pelo amor de Deus. Façam um esforço comunitário de longo prazo.

— Estamos fazendo o que conseguimos — disse um homem grande de cabelos ruivos, caminhando em direção à porta. Ele afastou os cabelos do rosto com uma mão suja, áspera. — Já retiramos alguns. Outros se recusam a tirar suas casas de onde estão. Acham que nada vai acontecer. Não podemos forçá-los.

Bankole balançou a cabeça, e então me beijou.

— Isso pode levar dois ou três dias — disse ele. — Não se preocupe e não faça nada tolo. Comporte-se! — E partiu.

Suspirei e comecei a guardar as coisas do café da manhã.

— Então, ele é médico mesmo — disse Marcus.

Parei e olhei para ele.

— Sim, e ele e eu somos mesmo casados. E estou mesmo grávida. Você achou que estávamos mentindo?

—... não. Não sei. — Ele fez uma pausa. — Não dá para mudar tudo de uma vez na vida. Simplesmente não dá.

— Dá, sim — falei. — Nós dois fizemos isso. Dói. É terrível. Mas dá.

Ele pegou o prato que eu estava prestes a pegar, e catou algumas migalhas de pão de bolota que estavam ali.

— Tem o mesmo gosto do pão da mamãe — disse, e olhou para mim. — No começo, não acreditei que fosse você. Ontem, naquela favela abominável, eu vi você e pensei que finalmente tinha enlouquecido. Lembro de ter pensado: "Ótimo, agora estou louco. Agora nada importa. Talvez eu também veja a mamãe. Talvez eu tenha morrido". Mas ainda conseguia sentir o peso da coleira no pescoço, então sabia que não estava morto. Só louco.

— Quer dizer que você me reconheceu — falei. — E desviou o olhar antes que Puma notasse que você me conhecia. Eu vi.

Ele engoliu em seco. Assentiu. Muito tempo depois, fechou os olhos e cobriu o rosto com a mão.

— Se você ainda quiser, vou contar o que aconteceu — disse ele.

Consegui conter um suspiro de alívio.

— Obrigada.

— Bem, você tem que me contar as coisas também. Como veio parar aqui, por exemplo. E como acabou se casando com um homem mais velho do que nosso pai.

— Ele é um ano mais novo do que nosso pai. E quando nós dois tínhamos perdido tudo e todos, encontramos um ao outro. Pode rir, se quiser, mas tivemos muita sorte.

— Não estou rindo. Também encontrei pessoas boas. Ou, melhor dizendo, elas me encontraram.

Eu me sentei de frente para ele, e esperei. Durante um tempo, ele ficou olhando para a parede, para o nada, para o passado.

— Tudo estava em chamas naquela última noite — disse ele. Sua voz estava baixa e controlada. — Houve muitos tiros... Hordas de pessoas carecas e pintadas, a maioria crianças, tinham atravessado nosso portão com um maldito trailer. Estavam em todas as partes. E se divertiram com Ben, com Greg, com a mamãe e comigo. No meio da confusão, Lauren, só soubemos que você tinha desaparecido quando já estávamos quase no portão. Então, um cara pintado de azul agarrou Ben. Simplesmente o agarrou e tentou sair correndo com ele. Eu era pequeno demais para brigar com ele, mas era rápido. Corri atrás dele e me joguei contra ele. Talvez eu não conseguisse derrubá-lo sozinho, mas a mamãe pulou em cima dele também. Nós o puxamos para baixo, e quando ele caiu, bateu a cabeça no concreto e soltou Ben. Mamãe pegou o Ben e eu peguei o Greg, que tinha torcido o pé ao pisar em uma pedra enquanto corríamos. Dessa vez, passamos pelo portão derrubado. Eu não sabia para onde estávamos indo. Eu só seguia a mamãe, e nós dois olhávamos ao redor procurando você. — Ele fez uma pausa. — O que aconteceu com você?

— Vi alguém levar um tiro — falei, lembrando, estremecendo com a lembrança. — Compartilhei a dor do tiro, fiquei envolvida pela morte. Então, quando consegui me levantar, encontrei uma arma. Eu a peguei da mão de alguém que estava morto. Foi bom porque, um instante depois, um dos pintados me agarrou e eu tive que atirar nele. Compartilhei a morte dele e, na confusão, perdi a noção de onde vocês estavam e também a noção do tempo. Quando consegui, corri para fora do portão e passei o resto da noite a alguns quarteirões ao norte de nossa vizinhança, escondida na garagem semi-incendiada de alguém. No dia seguinte, voltei para procurar vocês. Foi quando encontrei Harry e Zahra. Estávamos todos bem judiados. Zahra me disse que vocês estavam mortos.

Marcus balançou a cabeça.

— Uma pena não estarmos com você. Se estivéssemos, teríamos ficado apenas "judiados". Deu tudo errado para nós. Quando passamos pelo portão, outro grupo de pintados chegou.

Ele fez uma pausa.

— Sabe, eu encontrei alguns pintados mais tarde. A maioria se matou, com as drogas ou com o amor por incêndios induzido pela droga. Mas ainda há alguns por aí. Enfim... fui encoleirado com alguns deles meses atrás. Eles disseram que o objetivo deles era ajudar os pobres matando os ricos e deixando os pobres pegarem as coisas deles. Quem morava em um lugar onde as casas não estavam caindo, e principalmente quem tinha um muro ao redor de seu bairro ou casa, era rico. O mais maluco era que muitos dos jovens pintados eram ricos, na verdade. Uma das moças que conheci tinha uma família com mais dinheiro do que o nosso bairro todo junto. Ela tinha aberto mão de tudo pelos pintados, mas, no fim, seus amigos a traíram. Um dia, enquanto ela estava viajando sob efeito de alguma droga, eles a venderam para ser encoleirada porque ela ainda era jovem e bonita, e eles precisavam de dinheiro para drogas. Mas ela ainda achava ter feito o bem. Não conseguimos convencê-la. Imaginamos que as drogas tivessem estragado seu cérebro.

— Ela tinha que acreditar em alguma coisa — falei. — E, afinal, o que ela tinha além disso?

— Acho que tem razão. De qualquer modo, ficamos presos entre aqueles dois grupos de salvadores dos pobres.

— Ele suspirou. — Eles estavam atirando; a maioria deles atirava para cima, a princípio. Também empunhavam tochas... Mais fogo... Não podíamos fazer nada além de voltar pelo portão.

"Tudo estava maluco. Ben e Greg estavam chorando. As pessoas corriam para todos os lados. Todas as casas estavam pegando fogo. Então, alguém atirou em mim. Caí, em choque. A princípio, não entendi o que tinha me atingido. Em seguida, senti uma dor inacreditável. Devo ter derrubado Greg. Tentei olhar ao redor para encontrá-lo. Foi quando me dei conta de que estava caído na calçada. Eu me sentia derrubado, pisado, além de esfaqueado no ombro direito e marcado no braço por um atiçador em brasa. Não soube quem atirou em mim nem o porquê. Não tínhamos armas. Acho que atiraram em nós por diversão.

"Então, vi a mamãe levar um tiro. Na verdade, tudo aconteceu muito rápido: primeiro eu, depois ela, *bang bang*. Sei disso. Mas naquele momento... lembro de ter visto tudo, observado tudo como se eu tivesse muito tempo. Mas ao mesmo tempo estava desesperado para sair dali, e assustado demais. Meu Deus, não tem como eu explicar como foi horrível.

"Vi a mamãe cambalear e cair. Ela emitiu um som horroroso, e vi sangue jorrar do pescoço dela. Eu soube naquele momento que... ela... que ela estava morrendo. Eu soube.

"Tentei me levantar, tentei me obrigar a ir até ela. Mas enquanto eu me esforçava para me levantar, uma mulher pintada de verde correu até nós e atirou na cabeça dela.

"Escorreguei em meu próprio sangue e caí para trás. Do chão, vi um cara vermelho atirar duas vezes na cabeça do Ben, depois passar por cima dele e atirar no Greg. Eu o vi. Eu estava gritando. O cara vermelho tinha um fuzil, um AK-47 antigo. Ele atirou no Ben enquanto ele tentava se levantar. A cabeça do Ben... simplesmente... se abriu.

"Mas Greg estava caído na calçada; mexendo-se, mas caído. Quando o cara atirou nele, as balas devem ter ricocheteado no concreto. Elas acertaram outro pintado nas pernas. Ele gritou e caiu. Isso deixou todos os pintados ao redor bravos. Era como se pensassem que tínhamos atirado em um deles, como se o fato de ele ter se ferido fosse nossa culpa. Eles agarraram nós quatro e nos arrastaram até a casa dos Balter. A casa estava em chamas, e eles nos jogaram no fogo.

"Fizeram isso, nos jogaram no fogo. Eu era o único que estava consciente. Talvez fosse o único vivo, mas não consegui impedi-los. Mas, de alguma maneira, quando eles me jogaram ali dentro, consegui me levantar e correr para fora. Simplesmente corri, em pânico, sem conseguir ver nada devido à fumaça e à dor, não mais humano. Deveria ter morrido.

"Mais tarde, desejei que tivesse morrido. Depois, eu só queria morrer."

Marcus parou e ficou em silêncio por vários segundos.

— Alguém deveria ter te ajudado — falei quando pensei que o silêncio tinha durado tempo o suficiente. — Você só tinha catorze anos.

— Eu tinha catorze anos — ele concordou. Depois de mais um silêncio, continuou. — Acho que devo ter caído no quintal dos Balter. Eu estava em chamas. Não pensei em rolar no chão para apagar o fogo, mas devo ter feito isso. Estava só me debatendo de pânico e de dor, e o fogo se apagou. Depois, só consegui ficar deitado ali. Devo ter desmaiado em algum momento. Quando acordei, e me lembro claramente disso, estava em uma carroça grande de madeira em cima de um monte de roupas chamuscadas, de panelas e de sucata. Via a calçada passando por baixo de mim: concreto quebrado, ervas daninhas saindo dos buracos e das rachaduras. Via também as costas de um homem e de uma mulher andando à frente, inclinados, puxando a carroça com cordas. Então, desmaiei de novo.

"Dois vasculhadores entre os ossos de nosso bairro me encontraram gemendo, apesar de eu não me lembrar de ter gemido nem de ter sido encontrado, e me colocaram na carroça deles. Era um casal de meia-idade de sobrenome Duran, acredite ou não. Talvez fossem parentes distantes ou coisa assim. Mas é um nome bem comum."

Assenti. Não era nada incomum, mas a única Duran que eu conhecia era minha madrasta. Duran era seu sobrenome quando solteira. Bem, se aqueles Duran tinham salvado a vida de meu irmão cinco anos atrás, quando ele não teria conseguido viver sem a ajuda deles, eu estava mais do que disposta a ser parente deles.

— A filha de onze anos deles tinha sido sequestrada um ano antes de me encontrarem — disse Marcus. — Eles não a encontraram, não descobriram o que tinha acontecido com ela, mas eu consigo imaginar. Dava para vender uma menininha bonitinha por muito dinheiro naquela época. Como dá para vender agora também. Ouvi as pessoas dizerem que as coisas estão melhorando. Talvez sim, mas não notei. De qualquer modo, os Duran eram um casal bonito. A filha deles devia ser bem bonita.

Ele suspirou.

— O nome da menina era Caridad. Eles diziam que eu me parecia bastante com ela, que podia ser irmão dela. A mulher dizia isso. Inez era seu nome. Foi ela quem insistiu em recolher o que havia sobrado de mim e me levar para casa para me ajudar a recuperar a saúde.

"Me surpreende que eu sequer me parecesse com um ser humano quando ela me encontrou. Meu rosto não estava tão ruim; sangue e hematomas por ter caído algumas vezes. Mas o restante estava detonado.

"Aquelas pessoas não tinham como pagar um médico, nem mesmo para elas. Então, Inez cuidou de mim pessoalmente. Ela se esforçou muito para me salvar. Foi como uma segunda mãe. O homem achava que eu fosse morrer. Achava burrice desperdiçar tempo, esforço e recursos valiosos comigo. Mas ele a amava, por isso deixou que ela fizesse o que queria.

"Aquelas pessoas eram muito mais pobres do que nós éramos, mas fizeram o que puderam com o que tinham. Para mim, isso significava sabão, água, aspirina e aloe vera. Não sei como não morri de vinte infecções. Eu queria muito morrer, com certeza. E juro que preferiria dar um tiro nos meus miolos a passar por aquilo de novo."

Balancei a cabeça, incrédula. Não tinha conhecimento médico além dos primeiros socorros, e duvido que seria boa médica se tivesse como aprender, mas eu já vivia com Bankole há tempo suficiente para saber como queimaduras podiam ser problemáticas.

— Não teve nenhuma complicação? — perguntei.

Marcus negou, balançando a cabeça.

— Não sei, sinceramente. Na maior parte do tempo, eu sentia tanta dor que nem sabia o que estava acontecendo.

Como diferenciar uma complicação de uma condição geral ruim?

Balancei a cabeça novamente, e tentei imaginar o que Bankole diria quando eu contasse para ele. Sabão, água, aspirina e aloe vera. Bem, um pouco de humildade faria bem para ele. Para Marcus, eu perguntei:

— O que aconteceu com os Duran?

— Morreram — sussurrou ele. — Pelo menos, acho que eles morreram. Muitos morreram. Não encontrei os corpos deles, apesar de ter tentado. Tentei mesmo.

Longo silêncio.

— Marcus? — Estiquei o braço e peguei a mão dele.

Ele se afastou e levou as duas mãos ao rosto. Ouvi seu suspiro. Em seguida, ele começou a falar de novo.

— Quatro anos depois de nosso bairro ser incendiado, a cidade de Robledo decidiu se limpar de novo. Os Duran e eu éramos sem-teto. Dividíamos uma casa grande e abandonada com mais cinco famílias. Ou seja, éramos parte do lixo que o novo prefeito, a câmara municipal e a comunidade de comerciantes queriam varrer. Para eles, era como se todo o problema dos últimos anos fosse nossa culpa. Culpa dos pobres, quero dizer. Culpa dos desabrigados. Culpa dos sem-teto. Então, eles enviaram um exército de policiais para expulsar todo mundo que não pudesse provar que tinha direito de estar onde estava. Era preciso ter recibos de aluguel, contratos, recibos de compra, alguma coisa. No começo, surgiu um monte de documentos falsos. Eu mesmo preenchi alguns deles, não para venda, mas para os Duran e os amigos deles. A maioria das pessoas não sabia ler nem escrever, pelo menos não em inglês, por isso precisavam de ajuda. Vi que alguns deles pagavam com dinheiro vivo por coisas mal feitas, então comecei a escrever. Na maioria das vezes, escrevia recibos de aluguel. No fim das contas, não adiantou nada. Juntos, a cidade e o condado eram proprietários da maioria das construções em ruínas de nossa região, e a polícia sabia que aqueles não eram os nossos lugares, independentemente dos documentos que tivéssemos. Eles tiraram todos nós de lá: pobres sem-teto, traficantes de drogas, viciados, doidões, gangues, prostitutas, o que você imaginar.

— Onde vocês estavam morando? — perguntei. — Em qual parte da cidade?

— Valley Street — disse Marcus. — Fábricas antigas, estacionamentos, casas antigas e lojas, todas cheias de gente.

— E terrenos vazios cheios de mato e lixo onde as pessoas largavam cadáveres inconvenientes — continuei por ele.

— É essa a área, sim. Os Duran eram pobres. Trabalhavam sem parar, mas às vezes não tinham nem o que comer... principalmente quando estavam dividindo comigo. Quando fiquei bem, trabalhei com eles. Limpávamos, consertávamos e vendíamos tudo o que conseguíamos reunir. Aceitávamos qualquer trabalho que aparecia: limpeza, montagem, construção, conserto. Eram trabalhos que nunca duravam muito. Havia muitas pessoas como nós e poucos empregos, por isso os pagamentos eram péssimos. Às vezes só recebíamos comida e água, ou roupas velhas, sapatos, coisa assim. Pagavam em dinheiro americano se acreditavam que conseguiriam enganar as pessoas. Pagavam em moeda quando se importavam em tratar os outros direito. A maioria não fazia isso. Além disso, pagavam em moeda se sentissem um pouco de medo das pessoas ou dos amigos delas.

"Apesar de todos os nossos esforços, não havia como alugarmos nem sequer um apartamento ou casa capengas. Vivíamos na Valley Street porque não conseguíamos coisa melhor. Mas com tudo isso, provavelmente não era tão ruim quanto você pensa. As pessoas cuidavam umas das outras ali, com exceção dos piores entre os viciados e marginais. Todo mundo sabia quem eram. Eu lia e escrevia para as pessoas antes mesmo da loucura dos documentos falsos. Elas pagavam o que podiam. E... eu ajudava algumas delas com sermões aos domingos. Havia um velho estacionamento coberto atrás da casa em que morávamos. Ele se projetava de uma garagem onde três famílias moravam, mas ninguém vivia no estacionamento coberto. Nós fazíamos missas ali e eu pregava e ensinava da melhor maneira que conseguia. Me deixavam fazer isso. Iam me ouvir pregar, apesar de eu ser um garoto. Ensinava músicas e tudo. Diziam que eu tinha um talento, um chamado. A verdade era que, graças ao papai, eu sabia mais sobre a Bíblia do que qualquer um deles, e mais a respeito da igreja de verdade."

Ele fez uma pausa e olhou para mim.

— Eu gostava, sabe? Rezava com as pessoas e as ajudava da melhor maneira possível. A vida delas era terrível. Não havia muito o que eu pudesse fazer, mas fazia o que podia. Era importante para as pessoas que eu tivesse me recuperado de queimaduras e tiros. Muitas delas tinham me visto quando eu estava em péssimas condições. Achavam que se eu tinha conseguido me recuperar daquilo, Deus tinha algum plano para mim.

"Os Duran se sentiam orgulhosos de mim. Me deram seu sobrenome. Eu era Marcos Duran. É quem fui nos quatro anos que passei com eles. É quem ainda sou. Encontrei um lar de verdade ali.

"Depois, os policiais chegaram e nos levaram para a rua. Com eles, vieram as equipes de demolição para derrubar as casas, explodir as construções e destruir tudo o que tínhamos sido forçados a abandonar. As pessoas eram arrastadas ou levadas para a rua sem nada: sem trocas de roupa, sem dinheiro, sem fotos, sem documentos... Algumas pessoas que não sabiam falar inglês foram expulsas até mesmo sem parentes que tinham conseguido se esconder ou que estavam doentes ou incapacitados de fugir. Os policiais arrastaram parte dessas pessoas e as colocaram em caminhões. Não encontraram todos. Eu os mandei para que buscassem sete de quem eu sabia e eles os pegaram.

"Mas foi tudo um caos. As pessoas ficavam tentando voltar para pegar suas coisas, e os policiais as impediam... ou tentavam impedir. Alguns dos policiais estavam em camburões blindados. Os que agiam a pé usavam roupas de proteção completas, com máscaras, escudos, fuzis, gás, cassetete, porretes, tudo o que você puder imaginar, mas ainda assim algumas pessoas tentavam detê-los, ou pelo menos, feri-los. As pessoas jogavam pedras, garrafas, até mesmo latas de alimentos.

"Até que alguém deu três tiros, e um dos policiais caiu. Não sei se ele foi ferido ou se tropeçou, mas houve tiros, e ele caiu. E pronto. O inferno se instalou.

"Os policiais começaram a atirar. As pessoas corriam, gritavam, atiravam em resposta, se tivessem armas. Eu fui separado dos Duran. Comecei a procurar para encontrá-los antes mesmo do fim dos tiros. Ninguém atirou em mim daquela vez, mas eu não encontrei os Duran. Nunca mais.

Tentei durante três dias. Olhei o máximo de cadáveres que encontrei antes de eles serem recolhidos. Fiz tudo em que pude pensar, mas eles sumiram. Depois de um tempo, eu sabia que eles só podiam estar mortos, e eu estava sozinho de novo.

Marcus ficou sentado, parado, olhando para o nada.

— Eu os amava — disse ele, com a voz baixa e tomada por dor. — E eu adorava ser Marcos Duran, o pequeno pregador. As pessoas confiavam em mim, me respeitavam... Era uma vida boa. A maioria delas era boa, apenas pobre. Mereciam muito mais do que tinham.

Ele balançou a cabeça.

— Eu não sabia o que fazer — continuou depois de um tempo. — Fiquei na região de Valley Street por mais duas semanas, vi todas as construções serem demolidas e o entulho ser levado embora. Roubei comida onde consegui, evitei os policiais e continuei procurando os Duran. Imaginava que eles estavam mortos, e acreditava nisso até certo ponto, mas não conseguia parar de procurar. Mas não encontrei nada, ninguém.

Ele hesitou.

— Não, não foi bem assim. Algumas pessoas de minha igreja pobre e meio fajuta voltaram para ver o que tinha sobrado. Encontrei três famílias da igreja. As três me chamaram para ficar com elas. Tinham parentes acomodados em outros cantos; cantos lotados como você não conseguiria imaginar, mas elas entendiam que podiam abrigar mais um. Eu não tinha nada, mas elas me queriam. Eu deveria ter ido com elas, provavelmente teria montado outra igreja perto da cidade, teria me casado e construído uma família. Como o papai, tudo de novo. Teria conseguido viver. Pobre, mas bem. A pobreza não importa tanto quando conseguimos um lugar para viver e quando somos respeitados. Eu sei disso agora, mas não sabia naquele momento.

"Eu tinha dezoito anos. Acreditava que estava na hora de ser homem, de me virar. Acreditava não ter o que fazer no sul da Califórnia. Era um lugar onde só era possível ser pobre, a não ser que você tivesse nascido rico ou se fosse muito bem-sucedido como criminoso. Pensei que, portanto, era para eu ir para o norte. Sempre havia um fluxo de pessoas caminhando em direção ao norte na estrada. Achei que elas deviam saber alguma coisa. Falei com as pessoas sobre o Alasca, o Canadá, Washington, Oregon... Nunca quis ficar na Califórnia.

— Nem eu — falei.

— Você subiu?

— Subi. Assim como Bankole, Harry, Zahra... Muitos de nós subiram.

— Ninguém incomodou vocês?

— Muitas pessoas nos incomodaram. Harry, Zahra e eu sobrevivemos porque nos mantivemos unidos e um de nós sempre fazia guarda. Começamos com minha única arma. Reunimos mais pessoas e mais armas pelo caminho. Perdi a conta do número de vezes em que quase fui morta. Um de nós foi morto. Pode ser que haja uma maneira fácil de chegar aqui, mas não conseguimos encontrar.

— Nem eu. Mas por que vieram para cá? Quero dizer, por que não continuaram seguindo até Oregon ou outro lugar?

— Esse lugar é propriedade de Bankole — falei. — Quando chegamos perto daqui, bem, ele e eu queríamos ficar juntos, mas eu também queria... queria manter o resto do grupo junto. Eu estava construindo uma comunidade, um grupo de famílias e pessoas desacompanhadas que ainda eram humanas.

— Andamos nas estradas por um tempo e nos perguntamos se alguém ainda é humano.

— Sim.

— As pessoas que vocês trouxeram para cá... elas construíram este lugar?

Assenti, confirmando.

— Não havia nada aqui quando chegamos, só as cinzas de uma casa, os ossos dos parentes de Bankole, algumas plantações e árvores abandonadas e um poço. Éramos apenas treze na época. Somos 66 agora. 67 com você.

— Você simplesmente deixa as pessoas virem e ficarem? E se elas te roubarem, te enganarem, te matarem? E se elas forem loucas?

— Me dê um pouco de crédito, Marc.

O rosto dele mudou de um jeito esquisito.

— Você. Você pessoalmente. — Ele fez uma pausa. — Primeiro, achei que esta fosse a vila de Bankole, que ele tinha acolhido você.

— Eu disse, essa propriedade é dele.

— Mas é sua vila.

— É nossa. Eu a moldei, mas não pertence a mim. Convidei pessoas para virem aqui e construírem uma vida para si mesmas, para se unirem a nós. — Hesitei, me perguntando o quanto ele ainda acreditava da religião que nosso pai havia nos ensinado. Quando ele era pequeno, sempre parecia considerar a religião do papai como real, óbvia e certa. Mas em que acreditava, agora que tinha sofrido a destruição de dois lares e a perda de duas famílias, e depois enfrentado a prostituição e a escravidão? Ele ainda não tinha falado sobre essa última parte de sua história. Sua religião havia lhe dado esperança ou ele havia deixado de acreditar nela quando seu Deus não o salvou? Em Robledo, ele havia montado uma igreja ao ar livre, simples, e tinha levado a sério. Mas onde estava agora? Eu me obriguei a continuar. — E eu dei a elas um sistema de crença para ajudá-las a lidar com o mundo como ele é e o mundo como ele pode ser, de acordo com o que pessoas como elas fizerem.

— Está dizendo que é a pregadora da comunidade? — perguntou ele.

E assenti.

— Não chamamos assim, mas sim.

Ele pareceu surpreso, e deu uma risada baixa.

— A religião está em nossos genes — disse. — Tem que estar. Ou isso ou o papai fez um baita trabalho conosco.

— Chamamos nosso sistema de Semente da Terra — falei. — Meu título na verdade é "moldadora".

Ele ficou olhando para mim por vários segundos, sem dizer nada. Ainda parecia surpreso, e agora, confuso.

— Semente da Terra? — perguntou, por fim. — Meu Deus, já ouvi falar de vocês. Vocês são aquela seita!

— É o que dizem a nosso respeito.

— Havia um político. Ele estava na corrida para o senado, acho. E ganhou. Era um apoiador de Jarret. Ele fez um discurso em Arcata quando eu estava lá, e estava relacionando cultos adoradores do demônio. E citou o Semente da Terra como um deles. Eu nunca tinha ouvido falar, mas me lembro porque ele disse que o nome se referia ao demônio, a semente dentro da terra crescendo como um fungo venenoso para espalhar o mal a mais e mais pessoas.

— Nossa, Marc...

— Não inventei isso. Foi o que ele disse, mesmo.

Respirei fundo.

— Não adoramos o demônio. Na verdade, não adoramos ninguém. E somos a Semente da Terra. Os seres humanos são a Semente da Terra. Não temos demônios. Mas somos tão pequenos que me surpreende que seu político tenha ouvido falar de nós. Queria que ele não soubesse de nós. Quantas mentiras!

Ele deu de ombros.

— Era só política. Você sabe que esses caras dizem qualquer coisa. Mas por que você deixou de ser cristã? Por que inventou uma nova religião?

— Não inventei. Era algo em que eu pensava desde que tinha doze anos. Era, *é*, uma coleção de verdades. Não é a verdade toda. Não é a única verdade. É só uma coleção de ideias que são verdadeiras. Nunca pude dizer nada a esse respeito em casa. Nunca quis magoar nosso pai. Mas o modo dele não funcionava pra mim. Queria que funcionasse. Eu teria ficado muito mais à vontade se funcionasse. Mas não funcionava. A Semente da Terra funciona.

— Mas você inventou a Semente da Terra. Ou se não a inventou, leu ou ouviu sobre ela em algum lugar.

Eu já tinha ouvido aquilo muitas vezes. Parecia ser uma das coisas que todo novo possível membro dizia. Eu até mantinha uma ferramenta de ensino simples à mão para lidar com isso. Eu me levantei, fui até uma estante onde um belo pedaço de quartzo rosa que Bankole havia me dado servia de apoio para os poucos livros que eu mantinha ali na casa e não na seção da biblioteca da escola.

— Veja isto — falei —, e me diga o seguinte. — Coloquei a pedra nas mãos dele. — Se eu analisasse esta pedra e descobrisse exatamente do que ela é feita, significaria que eu a inventei?

— Não é uma boa comparação, Lauren. A pedra existe. A Semente da Terra só passou a existir quando você a inventou.

— Todas as verdades da Semente da Terra existiam em algum lugar antes de eu encontrá-las e reuni-las. Existiam nos padrões de história, ciências, filosofia, religião ou literatura. Eu não inventei nenhuma delas.

— Você simplesmente as reuniu.

— Isso.

— Então você inventou a Semente da Terra da mesma maneira que teria inventado um romance se tivesse escrito um. Não teria que encontrar nada novo em folha que seus personagens fizessem ou fossem em um romance. Acho que você não conseguiria nem se quisesse.

— Só que, por definição, um romance é ficção. Não chame a Semente da Terra de ficção. Você não sabe nada sobre ela, exceto as mentiras ditas por um político oportunista. — Peguei uma cópia de *O primeiro livro dos vivos* e entreguei a ele. — Venha falar comigo depois de ler isto.

— Você escreveu isso?

— Sim.

— E acredita no que escreveu?

— Acredito. Não ensinaria às pessoas que as coisas são verdadeiras se não acreditasse nelas.

— Em Robledo, eu me lembro que você estava sempre escrevendo. Keith costumava entrar escondido em seu quarto para ler seu diário. Pelo menos, dizia que fazia isso.

Pensei naquilo por um instante.

— Acho que ele nunca leu meu diário — falei. — Eu sei que sempre o expulsava de meu quarto. Eu também expulsava você, e fiz isso muitas vezes. Mas acho que se o Keith tivesse lido meu diário, não teria resistido e o teria usado contra mim. Além disso, Keith só lia alguma coisa quando era obrigado.

— É. — Ele parou, olhando para a mesa. — É estranho pensar que sou mais velho agora do que ele era quando morreu. Quando penso nele, ele ainda parece mais velho e maior. Ele era um tremendo de um babaca. — Ele balançou a cabeça. — Acho que eu o odiava de verdade, sabe, porque ele sempre causava problema para todo mundo, batia em todos nós... menos em você. Ele tinha medo de você porque você era muito maior. E a mamãe... ela o amava mais do que amava todos nós juntos.

— Não era tão ruim assim, Marc.

Ele olhou para mim, com o olhar sério.

— Era, sim. Ela não era sua mãe, então talvez você sentisse isso do mesmo jeito que eu, mas era ruim assim e um pouco mais.

— Eu sentia. Mais para o fim, quando ela e eu precisávamos mais uma da outra, não sei se ela sequer me amou. Mas ela estava tão assustada e tão desesperada... Perdoe-a, Marc. Ela vivia um inferno cuidando de quatro crianças naquele lugar. Se isso fez com que ela se tornasse menos racional do que deveria ser... perdoe-a.

Fizemos silêncio por muito tempo. Ele ficou olhando para o livro, aberto na primeira página.

Tudo o que você toca
Você Muda.

Tudo o que você Muda
Muda você.

A única verdade perene
É a Mudança.

Deus
É Mudança.

Eu não sabia se ele tinha lido as palavras. Parecia estar olhando como fazem os cegos, sem ver, com o olhar desfocado. E, então, ele sussurrou:

— Meu Deus. — E aquilo pareceu uma oração. Ele fechou o livro e os olhos. — Não sei bem se quero ler seu livro, Lauren. — Abriu os olhos e olhou para mim. — Você não perguntou como eu acabei com o Puma.

— Quero saber — admiti.

— Simples. Na minha primeira noite andando pela estrada, três caras me atacaram, e eram grandes. Eu não tinha dinheiro e isso os deixou irritados. Sabe como é, como se eu tivesse que ser rico o suficiente para que me roubar valesse o esforço deles. Se eu não fosse rico, então os tinha sacaneado, e eles tinham o direito de se vingar por isso. Merda.

Ele estava olhando para a mesa de novo, e eu imaginei-o como ele devia ser na época, enfrentando três homens grandes. Ele sempre tinha sido bonito demais; um garoto bonito e, agora, um rapaz lindo. Eu já tinha visto as meninas e as mulheres da comunidade olhando fixamente para ele quando o trouxemos do trailer para a casa, ontem à noite. Se ele ficasse, elas se derreteriam por ele.

Estava mais forte agora. Tinha um semblante de força. Mas nem mesmo neste momento ele seria forte o suficiente para se livrar de três atacantes. E não contava com nenhum amigo cuidando dele naquela estrada. Depois de um tempo, voltou a falar, ainda olhando para a mesa.

— Eles não se limitaram a me bater, me estuprar e me soltar — disse ele. — Me mantiveram com eles para poderem fazer isso muitas vezes. E, quando se cansaram de mim, me venderam a um cafetão. Não Puma, que veio mais tarde. O primeiro dizia se chamar Zorro. Parece que todos esses caras têm nomes idiotas. Bem, Zorro foi o primeiro a colocar uma coleira no meu pescoço. Depois disso, as pessoas não se davam ao trabalho de me bater, a menos que quisessem. Algumas pessoas ficam excitadas surrando um cara que não pode revidar. E... sabe o que é a pior coisa em relação a uma coleira, Lauren? Podem te torturar com ela todos os dias. Todos os malditos dias. E você não fica marcado a ponto de aparecer algo que pudesse abaixar seu preço. E não se morre disso! Ou a maioria das pessoas não morre disso. Algumas têm sorte. Sofrem ataques cardíacos ou derrames e morrem. Mas o restante de nós segue vivendo mesmo assim. E se tentarmos encontrar outra maneira de morrer, de nos matar, eles podem nos impedir. A pessoa que tem a unidade de controle pode ter um domínio sobre você como a mamãe tinha sobre o piano. Você fica de um jeito que faz qualquer coisa para que ele te deixe em paz por alguns minutos – qualquer coisa mesmo! Você passa por um cadáver na estrada, de um pobre velho que não conseguia mais caminhar ou de uma mulher que alguém estuprou e matou. Você passa pelo cadáver e se lamenta com todas as forças por não ser você.

Ele suspirou e balançou a cabeça.

— É isso. Tive mais um dono entre Zorro e Puma, mas ele era um merda também. Não há como alguém ser dono de uma pessoa, torturá-la por diversão e obter lucro com ela e não ser um merda. Um cafetão é capaz de vender a mãe e a filha se o preço for bom. E se eu puder, juro por Deus, Lauren, vou atrás dos três para queimá-los vivos, como fazem os seguidores de Jarret com as ditas "bruxas". — Um instante depois, ele acrescentou: — Já vi isso sendo feito uma vez: uma fogueira. Sargento, meu segundo dono, queimou uma mulher que tentou matá-lo enquanto dormia. Ela era uma mulher bonita. Sargento e os amigos dele acabaram com a família dela para pegá-la, mas então ele dormiu com ela antes de ela aprender as regras.

"As regras são estas: quando se ganha uma coleira, não se pode fugir. Se você se afastar uma determinada distância da unidade de controle, a coleira te enforca. Ela causa tanta dor, que você não consegue seguir em frente. E se tentar, desmaia. Chamávamos isso de enforcamento. Se tocar na unidade de controle, a coleira te enforca. E, de qualquer modo, não vai funcionar porque tem uma trava que é desativada apenas por impressão digital. E se os dedos tentando usá-la não forem os certos ou estiverem mortos, a coleira te enforca e assim permanece até alguém com os dedos certos e vivos desativá-la. Ou até você morrer. Quando alguém ameaça um cafetão, às vezes ele faz suas prostitutas mais antigas e menos populares brigarem por ele, servirem de escudo. A verdade é que enquanto estiverem de coleira, todas as prostitutas lutam por ele, independentemente de quanto o odeiam. Lutam com força. Pode ser que nem se incomodem pensando que podem morrer.

"E claro, se você tentar cortar, queimar ou estragar a coleira de alguma maneira, ela enforca você.

"A garota tentou se vingar pela família. Ela não soube por que o outro prostituto que Sargento levava consigo naquela noite a havia detido. O outro prostituto implorou para que ela não fizesse aquilo. Ele tentou explicar, mas ela não quis ouvir. Então, Sargento acordou. No dia seguinte, ele reuniu todos os prostitutos e prostitutas, levou a garota para fora, nua, e fez com que todos reuníssemos lenha e a empilhássemos ao redor e em cima da moça, deixando só sua cabeça de fora. Em seguida, ele nos obrigou a observar enquanto ele... enquanto ele a queimava."

Me ocorreu que Marcus era o "outro prostituto" que salvou a vida do Sargento. Talvez tenha sido. Eu não perguntaria. Talvez, até certo ponto, o "outro prostituto" fosse ele, mesmo que não fosse. Uma coleira, meu irmão estava dizendo, faz com que traiamos nossos semelhantes, nossa liberdade, faz com que traiamos a nós mesmos. Isso era o que tinha sido feito com ele. E o que isso havia causado nele? Quem e o que ele era agora? Não havia como alguém passar pelo que ele tinha passado e não mudar, de alguma forma. Não era à toa que o primeiro dos versos da Semente da Terra o havia tocado.

Eu o levei para ver Zahra e Harry, e os dois o abraçaram, encantados. Zahra, em especial, que o havia visto levando tiro e sendo jogado no fogo, ficou olhando para ele, tocando-o. Ele olhava para eles como pessoas famintas que veem comida, mas não podem implorar por ela, comprá-la ou roubá-la.

Domingo, 19 de dezembro de 2032

— Me chame de Marcos — disse meu irmão quando mostrei para ele nosso salão de reunião na biblioteca da escola. Ele estava prestes a participar de sua primeira Reunião, mas eu o havia levado cedo para a escola para que ele pudesse ver mais do que tínhamos construído. Ele parecia impressionado com a construção e com a nossa coleção de livros recuperados, comprados e barganhados, mas eu tive a impressão de que ele estava pensando em outra coisa. E eis o que era.

— Sou Marcos Duran há mais de cinco anos — disse ele. — Não sei mais como ser Marcus Olamina.

Eu não sabia o que pensar daquilo. Depois de um tempo, eu disse:

— Você... É porque você não quer que as pessoas me vejam como sua irmã?

Ele pareceu abismado.

— Não, Lauren. Não tem nada a ver. — Ele parou e pensou por um momento. — É que Marcus Olamina era meu nome de infância. Não sou mais aquela criança. Nunca mais serei ela.

Assenti.

— Está bem. — E então: — Graças a Bankole, todo mundo aqui me chama de Olamina, então é até melhor. Menos confuso.

— Seu marido chama você por seu sobrenome de solteira?

— Ele não gosta do meu primeiro nome, então o ignora. Acho justo. Eu também não gostei do primeiro nome dele. É Taylor, por falar nisso, e eu o ignoro.

Meu irmão deu de ombros.

— Bem, acho que isso é entre vocês. Pode me chamar de Marcos.

Também dei de ombros.

— Está bem — falei.

Quarta-feira, 22 de dezembro de 2032

Bankole chegou. Ele disse que o médico de Halstead morreu, e que o pessoal de lá (no caso, o prefeito e o gabinete legislativo) pediu para ele se mudar para lá e se tornar médico da cidade.

Ele quer ir. Por mim, pelo bebê e por ele também, quer fazer isso mais do que qualquer coisa. Ele diz que é uma oportunidade que pode não aparecer de novo. Ele diz que é um homem velho. Ele diz que tem que pensar no futuro, e eu tenho que pensar no bebê. Ele diz que tenho que ser realista, pelo amor de Deus, e parar de sonhar.

Não estou reproduzindo a situação por completo. É a mesma coisa de sempre. Ele já disse antes, e estou bem cansada disso. Mas agora, piorou. Está mais assustador. Bankole fala mais sério mais do que nunca nisso porque tem uma oferta agora – uma oferta real. E fala mais sério porque agora existe uma vidinha nova entre nós, crescendo dentro de mim. Não tive enjoos matinais, nem fiquei inchada nem sofri nenhum dos desconfortos e alterações de humor sofridos por Zahra na gravidez dela. Mas mesmo assim, nem por um instante duvido que minha filha esteja dentro de mim. Bankole me examinou, e diz ser uma menina. Em momentos mais leves, discutimos o nome dela: Beryl, como a mãe dele, ou, do meu ponto de vista, quase qualquer coisa que não seja Beryl. Que nome antigo.

Mas, às vezes, toda a tranquilidade, alegria e amor que sinto por ter nosso bebê crescendo e se desenvolvendo dentro de mim parecem ignorados por Bankole, aparentemente. Parece que ele só consegue ver minha imaturidade, minha crença irracional e irrealista na Semente da Terra, meu egoísmo, minha visão limitada.

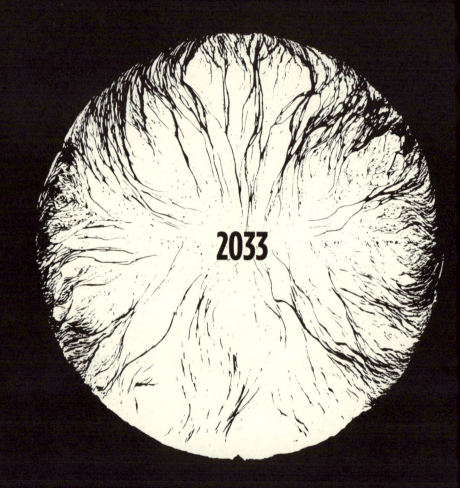

Parceria é dar, tomar, aprender, ensinar, oferecer o maior bem possível enquanto o menor mal possível é feito. Parceria é simbiose mutualista. Parceria é vida.

Qualquer entidade, qualquer processo que não possa ou não deva ser combatido ou evitado deve se tornar um parceiro. Sejam parceiros uns dos outros. Sejam parceiros de comunidades diversas. Sejam parceiros da vida. Sejam parceiros de qualquer mundo que seja seu lar. Sejam parceiros de Deus. Somente em parceria poderemos prosperar, crescer, Mudar. Somente em parceria podemos viver.

— **SEMENTE DA TERRA: OS LIVROS DOS VIVOS**

8

O propósito

Nos une:

Dá foco a nossos sonhos,

Guia nossos planos,

Fortalece nossos esforços.

O propósito

Nos define,

Nos molda,

E nos oferece

Grandeza.

— **Semente da Terra: os livros dos vivos**

Não sei muito bem por que passei tanto tempo analisando a vida da minha mãe antes do meu nascimento. Talvez porque aquele tenha sido o período mais humano e normal da vida dela. Eu queria saber quem ela era quando era uma jovem esposa e futura mãe, quando era amiga, irmã e, por acaso, a ministra da região.

Ela deveria ter deixado Bolota e se mudado para Halstead, como meu pai pediu? Claro que sim! E se ela tivesse ido, ela, meu pai e eu teríamos conseguido levar uma vida normal e confortável, em meio às agitações de Jarret? Acredito que sim. Meu pai a chamava de imatura, fora da realidade, egoísta e com visão limitada. Visão limitada, veja só! Se existem pecados na Semente da Terra, a visão limitada, a falta de planejamento, é o pior deles. E ainda assim, limitada é exatamente o que ela foi. Ela nos sacrificou por uma ideia. E se não sabia o que estava fazendo, deveria saber — ela, que prestava tanta atenção nas notícias, na época e nas tendências. Na adolescência, ela via os erros de seu pai quando ele não conseguia ver — a dependência dele por muros e armas, fé religiosa e a esperança de que os bons tempos voltariam. Mas, ainda assim, o que ela tinha além disso? Se os "bons tempos" para ela fossem algo no futuro em algum mundo fora do sistema solar, isso só tornava sua versão mais ridiculamente irreal.

De *Os diários de Lauren Oya Olamina*
Domingo, 16 de janeiro de 2033

As pessoas têm cachorros de estimação em Halstead, como acontece na maioria das cidades da região.

Eu sei disso, mas cresci no sul, onde pobres e cachorros não se misturavam. Eles comiam uns aos outros. Os cães viviam em matilhas, e eram um dos motivos pelos quais ficávamos aliviados com nossos muros. Algumas pessoas muito ricas usavam cães para proteger sua propriedade. Só os ricos podiam comprar carne para depois servi-la aos cães. Quanto ao restante de nós, quando conseguíamos carne, nós mesmos a comíamos.

Até mesmo hoje em dia fico assustada quando vejo pessoas e cães juntos, em paz. Mas as pessoas de cidades próximas, apesar de não serem ricas, têm comida suficiente para dividir com cães – até mesmo com cães que não trabalham e passam o dia deitados, com a boca aberta e expondo os dentes compridos e afiados. As crianças brincam com eles. Mais de uma vez nos últimos dias, eu tive que reprimir a vontade de arrancar uma criança de perto das presas de um cachorro e enxotar o animal.

É interessante ver que, assim como eu não gosto de cachorros, os cachorros não gostam de mim. Nós nos mantemos afastados uns dos outros. Bankole, no entanto, gosta de cachorros. Ele coça as orelhas deles e fala com eles. E eles gostam dele. Na sua infância, no sul, ele tinha dois ou três cães de estimação grandes. Difícil acreditar que as pessoas faziam isso em San Diego e em Los Angeles, trinta ou quarenta anos atrás.

Para agradar a Bankole, fui com ele à fria e ventosa Halstead por alguns dias. Eu disse a ele que de nada adiantaria, mas ele quis que eu fosse mesmo assim. Tenho feito as vontades dele tão pouco ultimamente que concordei em ir. Ele está apaixonado por aquele lugar. É exatamente o que quer: um lugar estabelecido há muito tempo, mas, ainda assim, moderno, familiar e isolado. Há casas confortáveis e grandes, de três e quatro quartos. E, graças às turbinas eólicas no alto dos montes, tem muita eletricidade ali, na maior parte do tempo. E eles têm sistema moderno de encanamento. Temos algo próximo a isso agora, mas tem sido uma luta. Halstead, com exceção de sua costa em ruínas, é tão bem protegida quanto qualquer cidade poderia ser. Sua população é de cerca de 250 pessoas, incluindo as famílias rurais mais próximas.

Prometeram a Bankole e a mim a casa de uma família que está partindo para fixar residência na Sibéria. Dois filhos adultos e o pai da família já foram para preparar um lugar para as mulheres, para os filhos mais novos e para os avós. Para essa família, cujo nome é Cannon, a terra prometida e protegida de Bankole, Halstead, não passa de uma área "à moda antiga", desgastada e sem recursos que eles querem abandonar. São boas pessoas, mas estão ansiosos para sair dos Estados Unidos. Dizem que não dá mais certo. A eleição de Jarret, para eles, foi a gota-d'água.

Mas a viagem a Halstead foi uma experiência boa para mim. Não viajo mais como viajava antes de engravidar. Não saio à procura de coisas nem faço permuta. Bankole insiste para que eu fique em casa e "me comporte", e, na maior parte do tempo, cedo.

Eu tinha me esquecido de como era morar em uma casa grande e moderna. Nem mesmo o frio nem o vento eram muito ruins. Eu até gostava deles. A casa rangia e estralava, mas era aquecida tanto por aquecedores elétricos como pelo fogo das lareiras, ficava bem longe dos despenhadeiros da costa e, assim, poderia passar anos protegida.

No primeiro dia, eu fui até os despenhadeiros e fiquei ali, olhando para o Oceano Pacífico. Podemos ver o oceano sempre que subimos a estrada até a região de Eureka--Arcata e mais ao norte. Por lá, ele tomou grandes extensões de dunas de areia e causou grandes prejuízos nas costas da baía de Humboldt e de Arcata. Isso tudo se deve à elevação constante do nível do mar e às tempestades fortes que às vezes acontecem.

Mas, ainda assim, o mar é lindo. Fiquei ali, sob o vento forte, olhando para as ondas brancas e desfrutando da imensidão da água. Só percebi que Bankole estava atrás de mim quando ele já estava quase ao meu lado. Isso é um sinal de como eu estava me sentindo segura. Fico mais atenta em casa, em Bolota.

Bankole me abraçou e o vento soprou sua barba. Ele sorriu.

— É lindo, não é?

Assenti, concordando.

— Fico me perguntando como pessoas que viviam aqui vão viver nas vastas planícies siberianas, ainda que o clima das planícies seja mais quente do que era antes.

Ele riu.

— Quando eu era menino, a Sibéria era um lugar para onde os russos, que na época chamávamos de "soviéticos", mandavam pessoas que eles consideravam criminosas, além de encrenqueiros políticos. Se naquele tempo alguém tivesse dito que os americanos largariam suas casas e sua cidadania para construir uma vida nova na Sibéria, esse alguém acabaria numa camisa de força.

— Desconfio que seja característica do ser humano não perceber quando se está em uma situação boa — falei.

Ele olhou para mim de canto de olho.

— É, sim. Vejo isso todos os dias.

Dei risada e o abracei, e voltamos para a casa dos Cannon para comer ensopado de peixe, batatas cozidas, couve-de-
-Bruxelas e maçãs assadas. A casa dos Cannon fica em uma propriedade ampla, e, como Bankole e eu, eles cultivam boa parte de seus alimentos. O que não podem cultivar, compram de pescadores e de agricultores da região. Eles também fazem parte de uma cooperativa que produz sal para uso próprio e para venda. Mas, diferentemente de nós, usam poucos alimentos ou temperos exóticos – nada de bolotas, fruto do cacto, menta, manzanita ou pinhas. Com certeza haverá alimentos novos na Sibéria. Eles aprenderiam

a comê-los ou só consumiriam o que pudessem cultivar ou comprar e já fosse familiar e indistinto?

— Às vezes, não consigo suportar a ideia de deixar esta casa — disse Thea Cannon quando nos sentamos para comer. — Mas haverá mais oportunidades para as crianças quando partirmos. O que há para eles aqui?

Não estou num estágio muito avançado da gravidez para que minha barriga seja notada por todos, fora que uso roupas largas agora. Mas pensei que Thea Cannon, que tem sete filhos, notaria. Talvez ela esteja apenas envolvida demais nas próprias preocupações. É uma mulher loira, rechonchuda, bonita e com semblante cansado, e sempre parece estar um pouco distraída, como se sempre estivesse pensando em muitas coisas.

Naquela noite, eu fiquei acordada ao lado de Bankole, ouvindo os barulhos do mar e do vento. São sons bons, desde que não tenhamos que sair. Em Bolota, fazer vigilância durante o tempo ruim não é brincadeira.

— O prefeito me disse que a cidade quer contratar você para substituir um dos professores deles — disse Bankole, com a boca perto de meu ouvido e a mão sobre minha barriga, onde ele gosta de mantê-la. — Eles têm um professor de quase 60 anos e um outro de 79. O mais velho está esperando para se aposentar há anos. Quando contei que você praticamente tinha montado a escola em Bolota e que você dá aulas lá, eles quase comemoraram.

— Você contou para eles que minha formação é só o ensino médio, minhas muitas leituras e os cursos que fiz pelo computador do meu pai?

— Contei. Eles não se importam. Se você puder ajudar os filhos deles a aprenderem o suficiente para passar em exames de equivalência do ensino médio, eles já considerarão que você fez por seu salário. Por falar nisso, eles não podem pagar muito em moeda forte, mas concordam em deixar que você continue morando na casa e cultivando alimentos na horta mesmo depois que eu morrer.

Eu me acomodei contra o corpo dele, mas consegui não dizer nada. Detesto quando ele começa a falar sobre morrer.

— Com exceção do professor mais velho — disse ele —, ninguém aqui tem título de ensino. As pessoas mais velhas com ensino superior *não querem* um segundo ou um terceiro emprego lecionando. Você só precisa colocar um pouco de leitura, escrita, matemática, história e ciências na cabeça desses alunos e todos ficarão satisfeitos. Você deve conseguir fazer isso dormindo depois de tudo o que fez em Bolota.

— Dormindo — falei. — Isso me parece uma definição da vida no inferno.

Ele tirou a mão de minha barriga.

— Este lugar é maravilhoso — falei. — E amo você por tentar cuidar do bebê e de mim. Mas não tem nada aqui além de existência. Não posso abrir mão de Bolota e da Semente da Terra para vir aqui e dar um pouco de educação a alunos que não precisam de mim.

— Sua filha vai precisar de você.

— Eu sei.

Ele não disse mais nada. Virou-se para o lado e ficou de costas para mim. Depois de um tempo, eu dormi. Não sei se ele dormiu.

Mais tarde, em casa, não conversamos muito. Bankole estava bravo e inflexível. Ele ainda não disse um "não" definitivo às pessoas de Halstead. Isso me preocupa. Eu o amo e pensava que ele me amava, mas não tenho como ignorar que ele poderia ficar em Halstead sem mim. É um homem autossuficiente, e realmente acredita estar certo. Diz que estou sendo infantil e teimosa.

Marc concorda com ele, a propósito, não que algum de nós tenha pedido a opinião de Marc. Mas ele ainda está conosco, e não tem como não ouvir pelo menos algumas de nossas discussões. Ele poderia ter evitado se envolver, mas acho que isso nunca lhe ocorreu.

— O que você tem na cabeça? — perguntou ele para mim hoje cedo, antes da Reunião. — Por que quer ter um bebê nesse lixo? Pense bem, você poderia viver em uma casa de verdade em uma cidade de verdade.

E eu fiquei irritada tão depressa que minhas únicas opções seriam ficar muito quieta ou gritar com ele. Ele, justamente ele, deveria saber que não tinha que dizer aquilo. Nós o acolhemos em nosso *lixo* após resgatá-lo com dinheiro conseguido no nosso *lixo*. Nós o havíamos encontrado e libertado. Mas não fôssemos nós e nosso lixo, ele ainda seria um escravo e um prostituto!

— Venha à Reunião — falei quase num sussurro. E saí da casa, saí de perto dele.

Ele me acompanhou até a Reunião, mas não se desculpou. Acho que nem sequer se deu conta de que tinha dito algo horrível.

Depois da Reunião, Gray Mora se aproximou de mim e disse:

— Soube que você está indo embora.

Fiquei surpresa. Mas acho que não deveria ter ficado. Bankole e eu não gritamos um com o outro e anunciamos nossos problemas, como fazem os Figueroa e os Faircloth, mas sem dúvida fica claro para todo mundo que há algo de errado entre nós. E também havia Marc. Pode ser que ele tenha contado para as pessoas – por pura necessidade de ser importante. Ele tem uma necessidade grande de ser importante, de reassegurar sua masculinidade.

— Não vou embora — disse a Gray.

Ele franziu o cenho.

— Certeza? Fiquei sabendo que você se mudaria para Halstead.

— Não vou embora.

Ele respirou fundo e soltou o ar.

— Que bom. Este lugar provavelmente se tornaria o inferno sem você. — Ele se virou e se afastou. Gray era assim. Quando ele se uniu a nós, eu achava que ele poderia nos trazer problemas, ou que não ficaria. Mas acabou sendo alguém muito confiável... desde que as pessoas não quisessem falar muito nem demonstrassem simpatia em excesso. Gray era leal a quem tinha lealdade a ele e a sua família.

Mais tarde, depois do jantar, Zahra Balter me tirou de uma série de leituras dramáticas que três dos adolescentes mais velhos estavam fazendo de seu próprio trabalho ou de trabalhos publicados dos quais eles gostavam. Eu estava gostando da leitura que Tori Mora, neta postiça de Gray, estava fazendo de uma poesia cômica que tinha escrito. Quanto mais riso houvesse em Bolota, melhor. E eu estava desenhando Tori, alta, esguia e de traços definidos, uma menina elegante em vez de bonita. Eu havia descoberto que desenhar era muito diferente de todas as coisas que eu fazia, no sentido de que me ajudava a relaxar e, ao mesmo tempo, me deixava alerta – um novo tipo de estado de atenção. Comecei a notar cor e textura, contorno e forma, luz e sombra com intensidade renovada. Entro em estados de transe, focada, e desenho umas coisas bem horrorosas. Meus amigos dão risada dos desenhos, mas eles me dizem que estão melhorando, que estão começando a ficar reconhecíveis. Zahra havia me dito, algumas semanas antes, que um desenho que eu tinha feito de Harry quase parecia humano.

Mas, agora, Zahra não tinha se aproximado para falar sobre meus desenhos.

— Vocês vão embora! — sibilou ela, assim que ficamos a sós. Parecia brava e amargurada. Outras pessoas ao nosso redor encontravam outras coisas para se ocupar no dia de Reunião. May estava ensinando Mercy Noyer a tecer um pequeno cesto com casca de árvore. Alguns adultos e crianças maiores estavam disputando uma partida de futebol, apesar do frio. Marc e Jorge estavam em lados opostos, divertindo-se muito correndo de um lado a outro no campo, ficando imundos, e sofrendo mais hematomas do que o necessário. Travis, que também adora futebol, disse:

— Acho que aqueles dois se matariam por uma oportunidade de marcar um gol.

Se ao menos Marc se limitasse a chamar atenção no futebol.

Claro que não fiquei tão surpresa com a pergunta de Zahra quanto tinha ficado quando Gray perguntou.

— Zee, não vou embora.

Assim como Gray, ela também não acreditou em mim a princípio.

— Ouvi que você se mudaria. Seu irmão disse... Lauren, diga a verdade!

— Bankole quer que eu me mude para Halstead — falei. — Você sabe disso. Não quero ir. Acho que temos algo que vale a pena aqui, e é nosso.

— É verdade que eles te ofereceram uma casa perto do mar?

— Dá para ver o mar, mas não é tão perto. Ninguém quer ficar perto demais do mar em Halstead.

— Mas é uma casa de verdade. Uma casa como a que tínhamos em Robledo.

— Sim.

— E você recusou?

— Sim.

— Você é bem maluca.

Aquilo me surpreendeu.

— Então você quer que eu me mude, Zee?

— Não seja tola, você é quase uma irmã para mim. Sabe muito bem que não quero que você vá. Mas... você deveria ir.

— Não vou.

— Eu iria.

Fiquei olhando para ela.

— Eu iria a um lugar melhor, se pudesse. Tenho dois filhos. Para onde eles vão depois daqui? Para onde seu bebê vai depois daqui?

— Para onde eles iriam depois de Halstead? Halstead é como Robledo com um muro melhor. Por que você acha que há pessoas ali planejando ir para a Rússia ou para o Alasca e outras que estão apenas se agarrando como podem a seus resquícios de século xx até morrerem? Nenhuma delas está tentando construir algo para substituir o que perdemos ou nos impulsionar a algo melhor.

— Você se refere a algo como a Semente da Terra? O Destino?

— Sim.

— Não é o suficiente.

— É um início. É uma maneira de tentar construir o amanhã em vez de voltar para uma forma de ontem.

— Você sabe parar de pregar?

— Estou falando besteiras?

Ela deu de ombros.

— Você sabe que não sou religiosa como você. Além disso, ainda que você vá para Halstead, estaremos aqui. E a Semente da Terra ainda será a Semente da Terra.

Seria? Talvez. Mas a Semente da Terra é um movimento jovem. Eu não poderia partir e deixá-la com um "talvez". Eu *não* a abandonaria, assim como não abandonaria o bebê que muito em breve teria.

Um dia, quero que as pessoas saiam daqui para ensinar a Semente da Terra. E quero que o que elas ensinem ainda seja reconhecível como Semente da Terra.

— Eu não vou — falei. — E, Zee, acho que você está mentindo. Também não acho que você iria. Você sabe que aqui em Bolota estamos com você mesmo se você entrar em apuros. E sabe que cuidaríamos de seus filhos se algo acontecesse a você e a Harry. Quem mais faria isso? — Ela tinha sido criada em algumas das ruas mais horrorosas de Los Angeles, e sabia sobre lealdade, sobre depender de seus amigos e sobre permitir que eles dependessem dela.

Ela olhou para mim e então afastou o olhar.

— Aqui é bom — disse ela, olhando na direção dos montes a oeste de onde estávamos. — É melhor do que pensei que pudesse ser quando chegamos aqui. Mas você sabe que não é tão bom quanto era em Robledo. Pelo bem do seu bebê, você deveria ir.

— Pelo bem do meu bebê, vou ficar.

E ela olhou em meus olhos de novo.

— Tem certeza? Pense no futuro.

— Tenho certeza. E você sabe muitíssimo bem que estou pensando no futuro.

Ela ficou em silêncio por um tempo. Em seguida, suspirou.

— Ótimo. — Mais um silêncio. — Você tem razão. Eu não ia querer ir e também não ia querer que você fosse. Talvez seja por eu ser tão tola quanto você. Não sei. Mas... temos algo bom aqui, sim. Bolota e Semente da Terra ... as duas coisas são boas demais para serem abandonadas. — Ela sorriu. — Como Bankole está lidando com as coisas?

— Não está lidando bem.

— Não. Ele está tentando te dar o que qualquer mulher em sã consciência desejaria e você não quer. Coitado.

Ela se afastou, sorrindo. Eu estava voltando a desenhar quando Jorge Cho se aproximou de mim, suando e sujo por causa da partida. Ele estava com a namorada, Diamond Scott, pequena, negra e com os cabelos bem arrumados, como sempre. Vi a pergunta no rosto deles antes que Jorge falasse.

— É verdade que você vai embora?

Quinta-feira, 20 de janeiro de 2033.

Jarret tomou posse hoje.

Ouvimos o discurso dele; curto e incitador. Muitos "Deus abençoe a América" e "Uma nação, indivisível, sob o comando de Deus", e patriotismo, lei, ordem, honra sagrada, bandeiras por todos os lados, Bíblias por todas as partes, pessoas acenando ambas, cada uma em uma mão. O sermão dele – porque isso é o que foi – era tirado de Isaías, capítulo um. "Vosso país está desolado, vossas cidades estão queimadas a fogo, vossa terra, estrangeiros a devoram em sua presença e está desolada, porque é derrubada por estrangeiros."

E depois: "Vinde agora, e vamos debater juntamente a respeito, diz o Senhor. Embora vossos pecados sejam como escarlate, eles serão tão brancos como neve. Embora eles sejam vermelhos como carmesim, eles serão como lã. Se sois dispostos e obedientes, comereis o melhor da terra. Porém, se vós recusardes e vos rebelardes, sereis devorados com a espada, porque a boca do Senhor tem dito isto".

Em seguida, ele falou de paz, de reconstruir e de curar. "Uma América Cristã forte", disse ele, "precisa de soldados americanos cristãos fortes, que se unam, a reconstruam e a defendam". E, quase na mesma frase, ele falou tanto sobre "a generosidade e o amor que devemos mostrar uns aos outros, a todos os nossos irmãos americanos cristãos" como sobre "a destruição que devemos impor aos traidores e pecadores, os destruidores entre nós".

Eu diria ter sido um discurso de fogo e enxofre, mas o que acontece agora?

Domingo, 6 de fevereiro de 2033

Ontem, Marc disse a Bankole que pretendia pregar no dia de Reunião. Ele disse que falaria antes de nossa reunião normal. Parecia que ele estava se lembrando do tempo com os Duran em Robledo, de sua igreja de estacionamento, querendo retomar essa imagem de si.

Bankole pediu para que ele falasse comigo.

— Não cause problemas desnecessariamente — disse Bankole. — Sua irmã tem sido boa com você. Diga a ela o que pretende fazer.

— Ela não pode me impedir! — disse meu irmão.

— Faça o que é certo — disse Bankole. — Você tem consciência. Não faça as coisas pelas costas de sua irmã.

Então, mais tarde naquele mesmo dia, Marc me encontrou sentada com Channa Ryan, separando e catalogando livros. Estamos sempre atrasados com isso, e precisa ser finalizado. Todas as crianças fazem trabalhos para complementar os estudos. Cada aluno faz pelo menos um trabalho em grupo e um trabalho individual por ano. A maioria dos alunos percebe que os dois projetos não relacionados influenciam um ao outro de formas inesperadas. Isso ajuda as crianças a começarem a aprender como o mundo funciona, como todas as coisas interagem entre si e influenciam umas às outras. As crianças começam a aprender sozinhas e a ensinar umas às outras. Começam a aprender a aprender. Com a ajuda de seus mentores, elas escolhem um aspecto de história, ciências, matemática, arte ou o que quiserem e aprendem bem o suficiente para ensinar. E fazem isso. Elas ensinam. Para realizar um bom trabalho, elas precisam conseguir descobrir quais informações temos disponíveis aqui e o que elas terão que buscar nas redes. Como ainda não somos ricos, quanto mais conseguirmos oferecer a elas de nossa própria biblioteca, melhor.

Ainda assim, catalogar é tedioso. Quase fiquei feliz quando Marc chegou e interrompeu meu trabalho. Ele e eu saímos para conversar.

— Quero voltar a fazer o que realmente gosto — disse ele quando nos sentamos em um belo banco que Allie Gilchrist tinha feito. Allie descobriu um interesse em fazer móveis, e tem se dedicado para aprender a fazer isso muito bem, assim como se dedica para aprender a ajudar Bankole bem.

— O quê? — perguntei a Marc, torcendo para que ele quisesse algo que pudéssemos incorporar. Ninguém queria mais do que eu que ele encontrasse seus interesses e trabalhasse com coisas de que gostasse.

— Quero começar minha igreja de novo — disse ele. — Quero pregar. Não estou pedindo sua permissão. Só estou avisando. Com Jarret na presidência, você precisa de alguém como eu, para poder dizer que não se trata de uma seita satânica.

Suspirei. De repente, acabei me sentindo pesada, exausta e com medo. Mas só disse:

— Se Jarret nos visse e quisesse dizer que somos uma seita satânica, sua pregação não o impediria. Você estaria disposto a falar *na* Reunião?

Aquilo o surpreendeu.

— Você quer saber se eu falaria enquanto você estiver na sua missa?

— Sim.

— Não vou falar sobre a Semente da Terra. Quero pregar.

— Então, pregue.

— Qual que é a pegadinha?

— Você deveria saber. Você foi à nossa missa. Você escolhe o assunto. Diz o que quiser. Mas depois, serão feitas perguntas e haverá discussão.

— Não quero dar uma aula. Quero pregar um sermão.

— Não é assim que fazemos, Marc. Se você falar, você

terá que lidar com perguntas e discussões. Precisa estar pronto para isso. Além disso, independentemente do nome que você dá, um bom sermão é apenas uma lição que se está tentando ensinar.

— Mas... você não vai tentar interferir em minha pregação na Reunião se eu abrir espaço para perguntas depois?

— Isso mesmo.

— Então, aceito.

— Não é brincadeira, Marc.

— Eu sei. Não vejo como brincadeira.

— Quero dizer que levamos a discussão tão a sério quanto você leva o sermão a sério. Algumas pessoas podem perguntar e dissecar as coisas de maneiras que você não gostará.

— Certo, consigo lidar com isso.

Não, eu não acreditava que ele conseguiria. Mas uma coisa desagradável deveria ser feita depressa, se é que deveria ser feita. Meu irmão tinha um sermão pronto. Ele vinha escrevendo em seus momentos livres. Como eu tinha uma fala programada para a Reunião hoje cedo, pude dar esse espaço para ele e deixar que falasse de uma vez.

Ele não pegou leve. Ele nos confrontou, nos desafiou diretamente com a Bíblia, primeiro com Isaías de novo: "A erva seca, a flor murcha. Mas a palavra do nosso Deus permanecerá para sempre". Depois, de Malaquias: "Pois eu sou o Senhor, eu não mudo". E, então, de Hebreus, "Jesus Cristo é o mesmo, ontem, hoje e para sempre. Não vos deixeis levar por doutrinas diversas e estranhas".

Marc não tem a voz reverberante de nosso pai, e sabe disso. Ele usa o que tem de modo habilidoso, e, claro, ajuda o fato de ser tão bonito. Mas depois de pregar seu sermão a respeito da imutabilidade de Deus, Jorge Cho falou. Jorge estava ao lado de Diamond Scott, como sempre. Ele me disse que pretende se casar com Di, mas Di tem olhado para o meu irmão de um jeito que Jorge não gosta nem um pouco. De qualquer modo, existe uma rivalidade entre Marc e Jorge. Os dois são jovens e competitivos.

— Acreditamos que todas as coisas mudam — disse Jorge —, ainda que nem todas as coisas mudem, necessariamente, de todas as maneiras. Por que você acredita que Deus não muda?

Meu irmão sorriu.

— Mas até mesmo você acredita que seu Deus não muda. Seu Deus promove a mudança, mas ele permanece o mesmo.

Aquilo me surpreendeu. Marc não deveria ter cometido erros tão fáceis de evitar. Ele tem tido muito tempo para ler, conversar e ouvir sobre a Semente da Terra, mas de algum modo, entendeu errado.

Travis foi o primeiro a apontar o erro.

— Deus é Mudança — disse ele. — Deus não *promove* nada. Nada, mesmo.

E Zahra, justamente ela, disse:

— Nosso Deus não é masculino. A Mudança não tem sexo. Marc, você ainda não sabe o suficiente sobre nós para nos criticar.

Jorge começou a repetir sua pergunta antes de Zahra terminar.

— Por que você acha que seu Deus não muda? Como pode provar isso?

— Tenho fé de que é verdade — disse Marc. — A crença deve se basear tanto na fé como em provas.

— Mas deve haver algum teste — disse Jorge. — Deve haver uma maneira de saber quando sua fé é sensata e quando não faz sentido.

— O teste é a Bíblia, claro. Quando a Bíblia nos diz algo, e nesse caso ela nos diz muitas vezes, podemos acreditar. Podemos ter fé de que é verdade.

Antonio Cortez, o sobrinho mais velho de Lucio, entrou na conversa.

— Olha — disse ele —, na Bíblia, Deus faz coisas. As coisas acontecem e ele reage. Ele faz coisas. Ele fica irado. Ele destrói coisas...

— Mas ele, em si, não muda — disse meu irmão.

— Ah, para com isso — gritou Tori Mora, sem se conter. — Tomar uma atitude é mudar. É passar da ação à inação. E ele vai da calma à ira, e fica bravo muitas vezes. E...

— E em Gênesis — disse Doe, a irmã postiça dela —, ele permite que alguns de seus homens preferidos tenham filhos com suas irmãs ou filhas. Depois, em Levítico e em Deuteronômio, ele diz que quem faz isso deve ser morto.

— Certo — disse Jorge. — Eu estava lendo isso semana passada. Não adianta dizer que algo é verdadeiro porque assim diz a Bíblia e então se esquecer de que, algumas páginas depois, a Bíblia diz – ou mostra – algo totalmente diferente.

— Todas as vezes em que um deus é aceito por um grupo novo de pessoas, esse deus muda — disse Harry Balter.

— Eu acho — disse Marta Figueroa Castro, com a voz mais delicada possível — que os versos que você leu, Marc, significam que Deus é sempre Deus, sempre ao nosso lado, sempre confiável dessa forma. E, claro, significa que Deus e a palavra de Deus nunca morrerão.

— Sim, muito da Bíblia é metáfora — disse Diamond Scott. Ela também falava muito delicadamente. — Eu me lembro que minha mãe tentava entender tudo literalmente, mas para isso ela tinha que ignorar algumas coisas e distorcer outras. — Ao lado dela, Jorge sorriu.

A discussão perdurou mais um pouco. Então, as outras pessoas começaram a sentir pena de Marc. Deixaram que ele encerrasse a discussão. Nunca tinham pretendido humilhá-lo. Bem, talvez Jorge pretendesse, mas até mesmo ele tinha sido educado. As coisas teriam saído melhor para Marc se ele tivesse feito a lição de casa, e as coisas teriam sido mais interessantes e envolventes para seus espectadores. Talvez ele até vencesse o argumento de um Faircloth ou de um Peralta. Cheguei a me preocupar com isso.

A verdade é que deixei que ele falasse hoje porque queria que falasse antes de estar verdadeiramente pronto. Gostaria de não ter precisado fazer isso. Queria que ele tivesse desejado fazer outra coisa – qualquer coisa que fosse – para reaver o respeito por si mesmo e começar a se reconstruir. Tenho tentado despertar o interesse dele nos vários tipos de trabalho que fazemos aqui. Ele não é preguiçoso. Ele faz o que tem que fazer. Mas não gosta de trabalhar no campo, nem com os animais, tampouco gosta de lecionar, de permutar, de buscar coisas ou de trabalhar com carpintaria. Tentou consertar ferramentas que encontramos, mas se incomodou por ter tanto a aprender mesmo sobre coisas simples. Ele praticamente estragou um par de tesouras que deveria afiar. Tentou transformar suas bordas quase quadradas em lâminas finas e afiadas, resultando em Travis dando a bronca que ele merecia.

"Se você não sabe, *pergunte*", Travis gritara. "Ninguém espera que você saiba tudo. É só perguntar! Essa porcaria é fácil de fazer se você se der ao trabalho de aprender o básico. Trabalhe comigo por um tempo. Não tente fazer sozinho."

Mas meu irmão precisava "tentar fazer sozinho", precisava ter seu próprio terreno, no qual fosse ele quem dissesse "sim" ou "não", e no qual todo mundo o respeitasse. Ele precisava daquilo mais do que precisava de qualquer outra coisa, e pretendia ter tudo.

Mas agora, em vez de se sentir importante e orgulhoso, ele se sente irado e envergonhado. Eu tinha que permitir que ele infligisse aqueles sentimentos em si mesmo. Não poderia deixar que ele começasse a dividir Bolota. Mais importante – muito mais importante: não podia deixar que ele começasse a dividir a Semente da Terra.

9

Para fazer as pazes com os outros,
Faça as pazes consigo mesmo:
Molde Deus com generosidade
E compaixão.
Minimize danos.
Proteja os fracos.
Valorize os inocentes.
Seja fiel ao Destino.
Perdoe seus inimigos.
Perdoe a si mesmo.

— **Semente da Terra: os livros dos vivos**

Em seu diário, minha mãe era muito sincera a respeito do fato de não saber o que estava fazendo, e de isso ser uma frustração enorme para ela. Queria fazer da Semente da Terra um movimento nacional, mas não tinha a menor ideia de como fazer isso. Parecia ter planos vagos de, um dia, enviar missionários Semente da Terra país afora, usar Bolota como um tipo de escola para tais missionários. Talvez ela tivesse feito isso se a oportunidade houvesse surgido. Talvez até pudesse ter funcionado. Funcionou para outras seitas. Talvez até tivesse feito com que ela ganhasse mais seguidores, mais reconhecimento.

Mas ela não queria reconhecimento, simplesmente. Ela queria que as pessoas *acreditassem*.

Tinha uma verdade que queria ensinar e um Destino no espaço que queria que fosse levado a sério e, um dia, realizado. E, pelo modo com que tratava o tio Marc, fica claro que era muito territorialista a respeito da coisa toda. Não sei se o tio Marc percebeu como ela o induziu ao fracasso e a uma primeira má impressão com seu povo. Uma coisa tão simples e sutil. Ele imaginava que ela tinha feito algo muito mais óbvio e complicado.

Ela não lutava contra as pessoas, a menos que tivesse certeza de que venceria. Quando não tinha certeza, encontrava maneiras de evitar brigas ou de cooperar com os oponentes até eles tropeçarem por conta própria ou se colocarem em uma posição para que ela pudesse fazer com que tropeçassem. Esperta, acredito — ou ardilosa, dependendo do ponto de vista.

Ela aprendia com tudo e com todos. Acho que se eu tivesse morrido no parto, ela teria conseguido aprender algo que teria sido útil para a Semente da Terra.

De *Os diários de Lauren Oya Olamina*
Sábado, 19 de fevereiro de 2033

Sinto, mais do que nunca, que logo teremos uma guerra. O presidente Jarret ainda está despertando sentimentos ruins por todo o Alasca, ou, como ele diz, "nosso estado gazeteiro, o 49°". Ele pinta Leontyev, presidente do Alasca, e a legislação de lá como os verdadeiros inimigos – como "aquela gangue de traidores e ladrões que está tentando roubar uma parte ampla e rica desses Estados *Unidos*. Essas pessoas querem tratar todo o Alasca como sua propriedade pessoal e privada. Podemos permitir que eles saiam impunes? Podemos permitir que eles nos roubem, destruam nosso país, que usem nossa sagrada constituição como papel higiênico? Podemos esquecer que 'E, se uma casa se dividir contra si mesma, tal casa não pode subsistir'? Jesus Cristo disse tais palavras dois mil anos atrás. O presidente Abraham o parafraseou em 1858. Estaria Lincoln errado? Estaria... ousamos perguntar isso? Ousamos imaginar isso? Estaria Cristo errado? Estaria nosso Senhor errado?".

Ele é muito bom em fazer perguntas retóricas vis; muito bom em incentivar jovens rapazes – não jovens mulheres, apenas homens – para que "façam sua obrigação, a seu país e a seus semelhantes. Provem que são homens dignos de serem chamados de bons soldados americanos cristãos. Sirvam seu país, agora que ele precisa tanto de vocês". Eles devem fazer tudo isso entrando para as forças armadas. Nunca ouvi um presidente falar desse jeito, embora já tivesse lido sobre presidentes e líderes de outras nações que falavam desse jeito quando se preparavam para a guerra. Jarret não disse nada sobre convocação compulsória, mas Bankole diz que isso pode vir em seguida. Bankole esteve em Sacramento há alguns dias, e ele diz que muitas pessoas acham que "está na hora de ensinarmos uma lição àquele bando de traidores no Alasca".

Não deveria ser tão fácil direcionar as pessoas para o que pode ser sua própria destruição.

— Quem estava falando? — perguntei enquanto ele guardava seus equipamentos. Ele mantém a maior parte de suas coisas em nossa casa até precisar delas no consultório.

Assim, o risco de crianças ou ladrões pegarem-nas é menor. — Quero saber se era a maioria das pessoas com quem você conversou ou só algumas.

— Homens, na maioria — disse ele. — Alguns jovens e alguns com idade suficiente para não serem tão ingênuos. Acho que muitos dos mais novos gostariam de ver uma guerra. A guerra é empolgante. Um garoto pode afirmar seu valor, se tornar um homem... se viver. Vai receber uma arma e será treinado para atirar nas pessoas. Será uma parte poderosa de uma equipe poderosa. É bem provável que ele não pense nas pessoas que vão atirar nele, bombardeá-lo ou tentar matá-lo até que ele esteja de frente para elas.

Pensei nos jovens solteiros de Bolota: Jorge Cho, Esteban Peralta, Antonio Figueroa, e até em meu irmão Marc, e balancei a cabeça, contrariada.

— Você já quis ir para a guerra?

— Nunca — respondeu ele. — Eu queria curar as pessoas. Era muito sonhador a esse respeito. Pode acreditar, isso, por si só, era um desafio assustador demais para um jovem negro no fim do século xx; muito mais difícil do que aprender a matar. Nunca me ocorreu, nos anos 1990, quando estava na faculdade de medicina, que, apesar de meus ideais, teria que aprender a fazer as duas coisas.

Segunda-feira, 28 de fevereiro de 2033

Marc falou na Reunião ontem. Foi a terceira vez que ele fez isso. Cada vez ele aprende mais sobre a Semente da Terra e tenta com mais esforço nos convencer de que nossas crenças são absurdas. Parece que ele decidiu que a unidade, o cristianismo e a esperança que Jarret trouxe ao país faz com que ele não seja o monstro que todos tememos, mas um possível salvador. O país, ele diz a todos nós, deve se voltar a Deus ou estará arruinado.

— O Destino da Semente da Terra — disse ele, ontem — é um grande nada. O país está sangrando e vai morrer na pobreza, na escravidão, no caos e no pecado. Está na hora de trabalharmos para nossa salvação, não desviarmos a atenção para explorações fantasiosas de mundos extrassolares.

Travis, na tentativa de explicar, disse:

— O Destino é importante pelas lições que nos força a aprender enquanto estamos aqui na Terra, pelas pessoas que incentiva que nos tornemos. É importante pela unidade e pelo propósito que nos dá aqui na Terra. E, no futuro, ele nos oferece um tipo de fase adulta da espécie e imortalidade da espécie quando nos espalharmos entre as estrelas.

Meu irmão riu.

— Se está procurando a imortalidade no espaço, você foi enganado. Você já tem uma alma imortal, e onde essa alma passa a eternidade depende de você. Lembre-se da Torre de Babel! Você pode seguir a Semente da Terra, pavimentar o caminho para ir para as estrelas, cair no caos e acabar no inferno! Ou pode seguir a vontade de Deus. E se seguir a vontade de Deus, pode viver para sempre, seguro e feliz, no verdadeiro paraíso de Deus.

Zahra Balter, leal, apesar de suas crenças pessoais, falou antes que eu conseguisse:

— Marc — disse ela —, se temos almas imortais, você não acha que as levaremos conosco mesmo se formos para as estrelas?

— Por que você acha tão fácil — perguntou Michael Kardos — acreditar que vamos para o céu quando morremos, mas acha tão difícil de acreditar que podemos ir para o céu enquanto estamos vivos? Seguir o Destino da Semente da Terra é difícil. Extremamente difícil. É esse o desafio. Mas se quisermos fazer isso, um dia, conseguiremos. Não é impossível.

Eu havia dito as mesmas palavras para ele logo depois de ter vindo morar em Bolota. Naquele momento, ele disse, com um desprezo amargurado, que o Destino não fazia sentido. Disse que só queria ganhar dinheiro suficiente para abrigar, alimentar e vestir sua família. Quando conseguisse isso, então talvez tivesse tempo para ficção científica.

De fato.

Domingo, 6 de março de 2033

Marc foi embora.

Ele partiu ontem com os Peralta. Eles se foram para sempre também. Foram os que Marc conseguiu convencer. Eles sempre acharam que tínhamos que ser mais cristãos e mais patriotas. Dizem que Jarret é nosso líder eleito – Ramiro Peralta e sua filha Pilar ajudaram a elegê-lo – e um ministro de Deus, por isso merece nosso respeito. Esteban Peralta vai se alistar no exército. Ele acha – assim como toda a sua família – que é um dever patriota, obrigação de todos, apoiar Jarret em seu esforço "heroico" para reavivar e reunificar o país. Eles não consideram Jarret um fascista. Não acreditam que os incêndios a igrejas, que as queimas de bruxas e outros abusos são obras de Jarret.

— Alguns dos seguidores dele são jovens e influenciáveis — diz Ramiro Peralta. — Jarret vai vesti-los com uniformes e, então, eles aprenderão um pouco de disciplina. Jarret detesta todo esse caos, assim como eu. Por isso votei nele. Agora, ele vai começar a colocar as coisas em seus devidos lugares!

É verdade que não houve nenhum incêndio nem agressões desde que Jarret tomou posse – pelo menos, nenhum sobre o qual eu tenha tomado conhecimento, e tenho prestado atenção às notícias. Não sei o que isso significa, mas não acho que signifique que tudo está bem. E acho que os Peraltas também não acham isso. Acho que eles só estão assustados, e saindo de qualquer possível linha de fogo. Se Jarret atacar as pessoas que não se encaixam em suas noções religiosas, eles não querem estar aqui em Bolota.

Meu irmão, por outro lado, detestava Jarret antes. Agora, diz que Jarret é exatamente o que os Estados Unidos precisam. E receio que seja eu quem ele tenha passado a detestar. Ele coloca em mim a culpa pelo fracasso de seus sermões no dia da Reunião. Não ganhou seguidor nenhum. Os Peralta gostam dele e meio que concordam com suas ideias. Pilar Peralta está bem apaixonada por ele, mas nem mesmo eles o veem como ministro. Eles o veem como um bom garoto. Na verdade, é assim que a maioria das pessoas aqui em Bolota o vê. Marc acha que isso é culpa minha. Ele acredita, e insiste, que eu orientei as pessoas para o atacarem e humilharem nas três Reuniões. E diz com um sorriso cansado, irritante e *sincero*:

— Eu te perdoo. Pode ser que eu fizesse a mesma coisa para proteger minha área, se eu tivesse alguma área a proteger.

Acho que foi o sorriso o que me fez falar mais do que deveria.

— A verdade é que você recebeu um privilégio especial. Se fosse qualquer outra pessoa, você poderia ser expulso por pregar outro sistema de crenças. Deixei que você fizesse isso porque sua vida foi um inferno e eu sabia que isso tinha importância para você. E porque você é meu irmão. — Eu retiraria as palavras, se pudesse. Ele percebeu o sentimento de pena nelas. E percebeu condescendência.

Por muito tempo, ele me encarou. Vi que ele ficou bravo, muito bravo. E, então, aparentemente afastou a ira. Recusou-se a reagir a ela. Deu de ombros.

— Pense na Reunião da qual você participou — falei para ele. — Diga uma que não tenha envolvido perguntas, desafios, discussão. É o nosso jeito. Eu te avisei. Qualquer um pode ser questionado sobre qualquer assunto que deseje abordar. Eu te disse que levávamos isso a sério. Aprendemos com discussões na mesma medida em que aprendemos com aulas, demonstrações ou experiências pessoais.

— Esqueça isso — disse ele. — Já foi. Não culpo você, de verdade. Eu não devia ter me aventurado aqui. Vou conseguir um lugar meu por aí.

Ainda assim, a raiva não foi expressada. Mas ele estava furioso. Não demonstrou e não falou sobre ela, mas ele a irradiava como uma onda de calor. Talvez uma coleira ensine isto: um tipo horroroso de autocontrole. Ou talvez não. Meu irmão sempre foi uma pessoa contida. Sabia se manter inalcançável.

Suspirei e dei a ele o máximo de dinheiro que pude, além de um fuzil, um revólver e munição para ambas. Ele ainda não sabe atirar direito, mas sabe o básico, e eu não poderia deixá-lo partir e cair nas mãos de alguém como Puma de novo. A família Peralta estava conosco havia dois anos, por isso eles tinham dinheiro e pertences resultantes do trabalho feito. Marc não tinha. Levamos os Peralta e ele até Eureka. Lá, eles poderão encontrar casa e trabalho, ou podem, no mínimo, conseguir abrigo temporário até decidirem o que fazer.

— Pensei que você me conhecesse — disse a meu irmão antes de ele partir. — Eu não faria o que você está me acusando de ter feito.

Ele deu de ombros.

— Tudo bem. Não fique se preocupando com isso. — Sorriu. E se foi.

Não sei como me sentir em relação a isso. Muitas pessoas vieram para cá e ficaram, ou queriam ficar mesmo se, por um motivo, não pudessem. Eu tive que expulsar um ladrão há um ano, e ele chorou e implorou para ficar. Nós o havíamos flagrado roubando remédios da bolsa de Bankole, por isso ele teve que ir embora, mas chorou.

Quando partiram, até mesmo os Peralta pareciam sérios e assustados. Eram Ramiro, o pai; Pilar, dezoito anos; Esteban, dezessete; e Eva, que tinha apenas dois anos e cujo nascimento em um ponto de parada na estrada havia custado a vida de sua mãe. Não tinham parentes vivos, nenhum amigo fora de Bolota que os ajudasse se ocorresse algum problema. E Esteban logo os deixaria para poder se alistar. Eles tinham bons motivos para aparentar preocupação.

Marc estaria na mesma situação assim que nos deixasse. Pior, estaria totalmente sozinho. Mas, ainda assim, ele sorria.

Não sei se um dia o verei de novo. Eu quase me sinto como se ele tivesse morrido... morrido de novo.

Quinta-feira, 17 de março de 2033

Ontem à noite, Dan Noyer voltou para ficar conosco.

Ele voltou. Incrível. Acho que ele ficou longe mais do que o tempo que ficou conosco. Tentamos encontrá-lo – tanto pelas irmãzinhas dele quanto por ele. Mas a menos que se disponha de dinheiro para contratar um pequeno exército de policiais particulares, como aquele cara do Texas, encontrar pessoas no caos de hoje em dia é praticamente impossível. O fato de eu ter encontrado Marcus foi um acidente. De qualquer modo, Dan voltou para casa sozinho, coitado.

Noite fria. Todos tínhamos ido para a cama, exceto os primeiros vigilantes noturnos.

Os vigilantes eram Gray Mora e Zahra Balter.

Zahra foi quem viu os invasores. Como ela me contou depois, viu duas pessoas correndo, tropeçando, às vezes parecendo apoiar uma à outra. Não fossem os tropeços, ela talvez tivesse dado um tiro de alerta, pelo menos. Mas antes de revelar a si mesma, queria ver de quem ou do que os corredores tentavam fugir.

Enquanto observava as montanhas para além deles, ela apertou o botão de emergência de seu telefone.

Havia cinco pessoas perseguindo os corredores atrapalhados – pelo menos foi quantos ela viu com os óculos de visão noturna. E continuou procurando outros.

Um dos cinco gritou e então caiu, e Zahra percebeu que aquele devia ter se ferido na nossa cerca de espinhos. No escuro, alguns dos arbustos de espinhos não parecem muito ameaçadores. São belos se não forem tocados. Alguns até estarão cobertos de flores em breve. Mas agarram roupas, carne, e rasgam.

Os quatro companheiros do homem ferido diminuíram a velocidade, pareceram hesitar e então voltaram a acelerar enquanto o ferido mancava atrás deles.

Zahra colocou o fuzil no modo automático e deu um tiro na direção dos dois à frente. Eles pararam no mesmo instante e mergulharam nos arbustos de espinhos e nos cactos. Um deles começou a atirar na direção de Zahra. Gritos de dor e palavrões foram ouvidos. Depois, os cinco começaram a atirar. Mesmo sem o telefone, teríamos percebido que a confusão vinha da área de onde Zahra fazia guarda.

Zahra e Harry são meus amigos mais antigos, e sou irmã de Mudança para eles e tia de Mudança de seus filhos, Tabia e Russell. Por esse motivo, não dei ouvidos a Bankole quando ele me pediu para ficar dentro de casa. Não parava de pensar que se aquela fosse uma invasão como a de Dovetree, ficar dentro de casa seria pedir para morrer incendiada.

Mas aquilo não parecia o que havia acontecido em Dovetree. Não era tão barulhento. Não eram muitos invasores. Parecia só um ataque de gangue pequena, como há muitos anos não víamos.

Bankole e eu saímos da casa juntos e seguimos em direção ao trailer. Durante a maior parte da corrida, ficamos protegidos pela nossa casa, primeiro, e depois pela escola. Acho que foi por isso que Bankole não insistiu tanto para que eu ficasse em casa. Deixamos o trailer estacionado em seu lugar de sempre do lado sul da escola. Ele fica protegido ali, no centro da comunidade, e, durante o dia, podemos abrir seus painéis solares e deixar que as baterias recarreguem.

Harry Balter alcançou o trailer ao mesmo tempo que Bankole e eu. Abriu a porta lateral, e nós três entramos depressa.

Harry e eu estávamos à vontade com os computadores do trailer. Em nossa vida anterior no sul, nós dois usávamos o computador de nossos pais. Somos incomuns. A maioria dos adultos em Bolota nunca tocou nem viu um computador na vida. E outros têm medo de computadores. Por ora, apesar de estarmos passando nosso conhecimento, ainda estamos entre os poucos que se aproveitam totalmente do que o trailer pode fazer com suas armas, capacidade de manobra e sistemas sensoriais.

Ligamos tudo, e Bankole conduziu o veículo em direção ao ponto atual de vigilância de Zahra. Conforme seguíamos, usamos o localizador infravermelho do trailer para ver cada um dos invasores. Bankole dirige bem e com firmeza, e confia na proteção do trailer. Ele não parecia nem um pouco incomodado com o fato de estarem atirando em nós. Na verdade, era bom que os invasores estivessem gastando munição conosco. Isso dava certo alívio a Zahra.

Então, olhamos ao redor e decidimos que um dos invasores estava perto demais de Zahra – se aproximando mais e mais. Poderia estar tentando fugir, mas não estava. Nenhum deles estava. Verificamos para ter certeza de que os alvos que tínhamos identificado eram alvos, de fato, e não nossa própria gente. Quando tivemos certeza, os marcamos na interface do trailer e permitimos que ele abrisse fogo. Além da capacidade do trailer de "ver" no escuro utilizando luz ambiente, luz infravermelha ou radar, ele também tem boa "audição", e uma função incorretamente chamada de "olfato". Ela se baseia em análise espectroscópica e não no cheiro de fato, mas é uma espécie de análise química à distância. Poderia ser usada em qualquer coisa que emitisse ou refletisse radiação eletromagnética – luz – de algum tipo.

E o trailer tinha muita memória. Pôde registrar, e tinha registrado, tudo o que foi possível de cada um de nós – nossas vozes, impressões digitais e pegadas, impressões de retina, sons corporais e nossas formas em várias posições para ajudar no nosso reconhecimento e, assim, não atirar em nós.

Quando o trailer começou a atirar, deixei os monitores da frente com Harry. Não precisava ver nada que me tornasse inútil, e o trailer não precisava mais da minha ajuda. Assim que nos posicionamos entre Zahra e os invasores, olhei para Zahra por uma tela da parte de trás. Ela estava viva e ainda em seu posto. A maior parte de seu corpo estava escondida dentro da depressão e atrás do abrigo de pedras que servia para protegê-la. Um pouco mais longe, Gray Mora ainda estava em seu posto e ainda estava vivo. Não estava envolvido naquilo, e seu dever era manter a posição e guardar o outro ponto mais provável de abordagem a Bolota. Nós tínhamos demorado um tempo para aprender a não nos deixar distrair por pessoas que poderiam chacoalhar a porta da frente enquanto seus amigos entravam discretamente pelos fundos.

O invasor mais próximo a Zahra estava morto. De acordo com o trailer, ele não estava mais mudando a química do ar ao redor dele de modo que indicasse respiração, e também não estava se mexendo. Quando o trailer ficava parado, sua capacidade de detectar movimento era tão boa quanto sua audição. Juntos, poderíamos detectar respiração e batimentos cardíacos... ou a ausência deles. Tentamos enganá-lo com um de nós se fingindo de morto, mas nunca conseguimos. Isso é reconfortante.

— Certo — disse Harry —, desviando o olhar da tela. — Como está a Zee?

— Viva — falei para ele. — Todos os atiradores foram derrubados?

— Derrubados e mortos, os cinco. — Ele respirou fundo. — Bankole, vamos pegar Zahra.

— Alguém sinalizou ao Gray que o confronto acabou? — perguntei.

— Eu fiz isso — respondeu Bankole. — Eu sou o próximo a vigiar. Daqui uma hora, eu ficaria no lugar de Zahra.

— Pelo resto da noite — falei —, quem montar vigilância deveria fazê-lo de dentro do trailer. Independentemente de quem sejam esses caras, pode ser que tenham amigos.

Bankole assentiu.

Ele parou com o trailer o mais próximo possível do posto de vigilância de Zahra. Todos olhamos ao redor mais uma vez, e então Harry abriu a porta. Antes que pudéssemos chamá-la, Zahra saiu de onde estava e pulou para dentro do trailer. Ela sangrava na lateral do rosto e no pescoço, e isso me pegou de surpresa. Imediatamente, senti uma dor no rosto e no pescoço, mas consegui não reagir. Hábito. Harry agarrou Zahra e gritou para chamar Bankole.

— Estou bem — disse Zahra. — Só fui atingida por lascas de pedra quando os caras estavam atirando. Pedras voavam para todos os lados.

Fui ocupar o lugar de Bankole e ele foi examinar Zahra. Agora sou uma motorista consideravelmente boa, então nos levei para casa.

— Vou cumprir o resto do período de vigilância de Zahra. E o seu período também, Bankole, acho que você vai estar ocupado.

— Vigie de dentro do trailer! — Bankole deu a ordem como se eu não tivesse acabado de fazer a mesma sugestão.

— Mas é claro.

— O que aconteceu com as duas pessoas que aqueles atiradores estavam perseguindo? — perguntou Zahra.

Todos olhamos para ela.

— Eles estavam caminhando em direção a Bolota — disse ela. — Não podem ter ido longe demais. Não atirei neles. Eles já estavam feridos.

Foi essa a primeira informação que tivemos dos dois. Zahra achava que os dois estavam feridos, e que eram dois homens. Mas não os tínhamos visto. Claro que não tínhamos olhado na direção de Bolota para encontrar mais invasores. Eu nem sequer tinha olhado as telas da traseira do trailer. Que estupidez a minha.

Procuramos em Bolota, e encontramos os sinais normais de vida: muito calor e algum som vindo das casas. As pessoas sem dúvida estavam observando, mas na calada da noite não sairiam correndo sem antes receber um aviso nosso de que era seguro. As crianças maiores cuidariam das meninas e os adultos nos observariam. Não havia ninguém com luz nem andando onde poderiam ser vistos. O único som mais alto era o de um bebê chorando na casa dos Douglas. Até mesmo isso foi interrompido abruptamente.

Se tivesse sido um teste, teria sido um bom teste.

Mas onde estavam os dois homens? Escondidos? Teriam entrado na escola ou em uma das casas? Estavam agachados atrás de uma das árvores?

Estavam armados?

— Acho que eles não têm armas — disse Zahra quando perguntei para ela.

Então, eu os vi... ou vi alguma coisa. Dirigi na direção do que vi, que, aliás, era em direção à nossa casa – a de Bankole e a minha.

— O trailer indica que eles ainda estão vivos — falei.
— Não estão se mexendo muito, e Zee tem razão. Não estão armados. Mas estão vivos.

Os fugitivos eram Dan Noyer e uma garota. Assim que eu a vi – alta como Dan, mas mais magra, bonita, de cabelos pretos e um queixo bem desenhado como o de Mercy – sabia que ela só podia ser uma das irmãs dele. E, de fato, era Nina Noyer.

O irmão e a irmã tinham sido agredidos com socos e com mais alguma coisa. Bankole disse que eles pareciam ter sido açoitados.

— Acredito — disse ele com grande amargura —, que as pessoas que não têm acesso a coleiras de presos tenham que lançar mão de métodos mais antigos de tortura.

O irmão e a irmã têm feridas causadas por cordas nos braços, tornozelos e pescoços. Além disso, Bankole diz que eles sofreram muito abuso sexual. A menina disse a ele que eram forçados a "fazer com desconhecidos por dinheiro". Dan sofreu ainda mais agressões do que Nina, e os dois apresentam o que Bankole chama de "infecções e ferimentos típicos desses casos". Nina diz que engravidou, mas que, em uma noite no cativeiro, sofreu um aborto espontâneo. Ela não sabia o que estava acontecendo, mas uma das outras escravas explicou. Bem, acho que surpreendente seria se ela não tivesse engravidado. Para o bem dela, fico contente pela gravidez ter sido interrompida.

E Dan a encontrou, de alguma forma, e a resgatou, trazendo-a para casa apesar dos sujeitos armados que os perseguiram até nosso vale. Como era possível que um garoto de quinze anos tivesse feito tanto?

E no fim, quanto custaria a ele? No fim, isso importava?

Sexta-feira, 18 de março de 2033

— Isto não é vida — disse Bankole para mim quando veio para casa depois de atender Dan e Nina pela manhã. Ele se sentou à mesa e apoiou a cabeça nos braços.

Eu havia assumido seu posto de vigilância, conforme o prometido, para que ele ficasse livre e fizesse o possível por Dan e Nina. Allie e May o estavam ajudando, uma vez que agora praticamente eram da família Noyer, depois de tanto tempo cuidando de Kassia e de Mercy.

Bankole havia passado a maioria do tempo com seus dois pacientes, e mais uma vez se viu lutando pela vida de Dan. O garoto parou de respirar duas vezes, e Bankole o reanimou. Mas no fim, o jovem corpo, antes forte e saudável, simplesmente cedeu. Tinha sofrido muitas agressões nos últimos meses.

— O coração dele simplesmente parou — disse Bankole. — Se eu tivesse equipamento mais moderno, talvez... Que inferno, Olamina, você consegue entender agora por que eu preciso sair daqui e tirar você daqui?

— Ele morreu mesmo? — sussurrei, sem acreditar, sem querer acreditar.

— Ele morreu. É absurdo! Um garoto novo como ele.

— E a irmã dele?

— Ela não foi tão agredida quanto ele. Acredito que ficará bem.

Ficaria mesmo, depois de tudo o que tinha acontecido? Eu duvidava. Bankole e eu ficamos sentados em silêncio por um tempo, ruminando pensamentos. Qual seria a importância para Dan ter salvado a irmã, ainda que não tivesse conseguido salvar a si mesmo? Ele teria imaginado aquilo? De algum modo, ficaria bem? Teria sido o bastante?

— Onde está a outra irmã... Paula? — perguntei. — O que aconteceu com ela?

Bankole suspirou.

— Morreu. Eles tiveram algum problema na estrada ao norte, perto de Trinidad. Três homens tentaram roubá-la. Foram pegos. Os donos dela e os ladrões trocaram tiros, e ela estava no meio. Nina disse que os donos dela simplesmente a xingaram por ter entrado no meio e ter sido morta. Deixaram o corpo entre as pedras perto do mar. Nina disse que Paula amou o mar quando a família o viu pela primeira vez ano passado. Disse que esperava que a maré subisse para levá-la embora.

Balancei a cabeça, inconformada. Bankole se levantou e foi se deitar na cama.

— Mas Dan conseguiu — falei mais para mim mesma do que para ele. — Ele encontrou a irmã, e a trouxe para casa. Era *impossível*, mas ele conseguiu!

— Merda — disse Bankole, e virou o rosto para a parede.

Agora, o dia comprido terminou.

Limpamos o campo de batalha na encosta e jogamos pimenta moída em partes dele de modo que qualquer cheiro de sangue que ainda seja sentido ali não atraia cães selvagens.

Recolhemos os mortos, revistamos seus corpos e, quando escureceu, os cercamos com serragem, jogamos querosene sobre eles e ateamos fogo. Fizemos um trabalho minucioso, e a fumaça é menos percebida à noite – chama menos atenção de vasculhadores e de curiosos.

Detesto fazer isso, queimar os mortos. Claro, independentemente de serem nossos mortos ou de outras pessoas, tem que ser feito, mas detesto. Queimamos Dan separado de seus agressores. Eu acendi essa pira sozinha. Allie escolheu a estrofe e a leu. Faremos uma cerimônia completa para Dan quando Nina estiver bem o suficiente para participar. Mas, por ora, acho que Allie escolheu bem.

> Como vento,
>
> como água,
>
> como fogo,
>
> como vida,
>
> Deus
>
> É criativo e destrutivo,
>
> Exigente e generoso,
>
> Escultor e argila.
>
> Deus
>
> É Potencial Infinito.
>
> Deus
>
> É Mudança.

Os outros mortos – os invasores – eram quatro homens e uma mulher, todos na casa dos vinte anos ou com pouco mais de trinta. Estavam sujos e cheios de arranhões, mas bem vestidos, bem armados e bem preparados. Tinham muito dinheiro canadense nos bolsos. Eram donos de escravos? Traficantes? Ladrões? Filhos ricos andando com pobres? Nem mesmo Nina tinha certeza. Ela e Dan tinham fugido de seus captores originais e estavam na estrada, indo para Bolota, quando o novo grupo os viu e foi atrás deles.

Os invasores não portavam identificação nem muda de roupa. Isso quer dizer que eles tinham casa ou uma base de algum tipo por perto. Pensamos nisso e decidimos incendiar as roupas junto aos corpos deles. São de qualidade muito superior às nossas – mais novas, mais modernas e mais caras. Se nós as usarmos, podem ser reconhecidas em uma feira de rua. E mais uma coisa: dois dos invasores usavam moletons pretos com cruzes bordadas – bordadas, não impressas. Não eram as túnicas compridas mencionadas por Aubrey Dovetree, mas eram imitações interessantes. Os invasores eram valentões de algum tipo que acharam bacana parecer apoiadores de Jarret.

As armas dos invasores, como as nossas, são de boa qualidade, fuzis bem mantidos com mira a laser. Uma é alemã, outra é americana, e as três mais novas são russas. São muito ilegais e tão comuns quanto laranjas. Vamos deixá-las em nossos esconderijos espalhados pelas montanhas. A única coisa que eles tinham que manteremos e usaremos, conforme a necessidade, é um pouco de dinheiro. A maior parte vai para os esconderijos também. Está todo amassado, puído e não identificável. O fato de haver grande quantidade – mais por pessoa do que qualquer grupo levaria – indica que aquelas pessoas eram ricas, estavam envolvidas em alguma atividade ilegal ou as duas coisas.

Bem, agora elas se foram. As pessoas desaparecem no mundo. Até mesmo as pessoas ricas se divertindo e lucrando desaparecem. Acontece o tempo todo.

10

Podemos,

Cada um de nós,

Fazer o impossível

Desde que possamos nos convencer

de que foi feito antes.

— **Semente da Terra: os livros dos vivos**

A vida em Bolota envolvia muito trabalho físico. Diz muito sobre o mundo do início dos anos 2030 que a maioria das pessoas que chegavam à comunidade decidia entrar para a Semente da Terra e ficar. Pode ser que haja mais motivos do que os dados por minha mãe para explicar por que elas partiam, mas não consegui encontrar evidência disso. Talvez os Peralta realmente discordassem das ideias religiosas e políticas do restante de Bolota. Talvez eles também tivessem medo do caminho que a situação política no país tomava. Tinham motivos para temer.

Por outro lado, não estou nem um pouco surpresa por saber que o tio Marc foi embora. Não havia lugar para ele em Bolota, de fato. Ele era o "irmão mais novo de Olamina", ou, como minha mãe dizia, um bom garoto. Ele poderia ter se casado e constituído família em outra casinha. Isso teria sido intolerável para ele. Era um salvador do mundo, afinal, como a minha mãe. Ou diferente dela, já que ele só se interessava pelo planeta Terra. Como os Peralta, ele não concordava com as ideias religiosas e políticas pregadas em Bolota e, como os Peralta, provavelmente foi sábio por partir quando partiu.

Eu tinha a impressão de que minha mãe não dava muita atenção ao fato de estar grávida. Não que ela se ressentisse, mas simplesmente ignorava. Eu nasceria em julho. Entre brigar com os valentões que perseguiram Dan e Nina Noyer e me dar à luz, ela se esforçou muito para aumentar os negócios de atacado e varejo de Bolota. Ela foi tão bem-sucedida nisso que, quando eu nasci, a comunidade estava negociando para comprar outro trailer. Eles o compraram, por fim. A maioria das pessoas ficava tensa por ter apenas um trailer. Travis e seus ajudantes tinham mantido o velho trailer em bom funcionamento, e não tinham gastado muito dinheiro nele, já que tinham feito consertos por conta própria, mas um grande acidente traria falência à comunidade toda (ou, no mínimo, tiraria a comunidade dos novos negócios).

Com dois caminhões, o início de uma frota, minha mãe estava esperando pelo que via como um futuro agradável e razoavelmente seguro. Ela começou a se preocupar menos com Bolota e mais com a Semente da Terra, pensando em como espalhar a Semente da Terra para grupos inteiros de pessoas novas. Mais de uma vez, ela escreveu no diário que pretendia usar missionários para fazer conversões em cidades próximas e construir comunidades novas inteiras de Semente da Terra — clones de Bolota. Acho que ela gostava bastante dessa última ideia. Até imaginou nomes para os clones de Bolota, como uma garota pensando em nomes para filhos imaginários que ela espera ter um dia. Havia Avelã, Pinha, Manzanita, Girassol, Amêndoa... "Devem ser comunidades pequenas", disse ela. "No máximo algumas centenas de pessoas, nunca mais do que mil. Uma comunidade cuja população passe de mais de mil habitantes deve ser dividida e 'dar à luz' uma nova comunidade."

Em pequenas comunidades, ela acreditava, as pessoas têm mais a responder umas às outras. É mais difícil sair impune de atos graves, mais difícil até de começá-los quando todo mundo que te vê sabe quem você é, onde vive, quem sua família é, e se pode fazer o que está fazendo.

Minha mãe não era uma mulher extravagante, tirando sua crença na Semente da Terra. Isso, acredito, era porque as pessoas de Bolota confiavam nela. Ela era prática, direta, justa, honesta e gostava das pessoas. Gostava de trabalhar com elas. Era uma líder de comunidade acima da média. Mas, por baixo de tudo, estava sempre a Semente da Terra e um desejo, uma obsessão muito mais forte do que as pessoas pareciam notar. As pessoas que são inteligentes, ambiciosas e, ao mesmo tempo, donas de obsessões estranhas, podem ser perigosas. Quando surgem, inevitavelmente perturbam a ordem das coisas.

Em *O primeiro livro dos vivos*, minha mãe diz:

> Prodígio é, em sua essência, uma capacidade de adaptação e obsessão positiva e persistente.

Sem persistência, o que sobra é um entusiasmo do momento. Sem capacidade de adaptação, o que sobra pode ser canalizado para um fanatismo destrutivo. Sem obsessão positiva, não existe absolutamente nada.

De *Os diários de Lauren Oya Olamina*
Sexta-feira, 22 de julho de 2033

No dia 20 de julho, completei 24 anos. Mais importante, no mesmo dia minha filha Larkin Beryl Ife Olamina Bankole nasceu.

Demos esse nome comprido a ela, coitadinha. "Larkin" tem a mesma origem de "Lauren" e do nome de meu pai, "Laurence". Os três nomes vinham de "Laurel", que, por sua vez, vem do antigo hábito grego de recompensar os vitoriosos coroando-os com folhas de louros. E existe uma semelhança agradável entre "Larkin" e "lark" – o nome em inglês da cotovia, ave que nem Bankole nem eu vimos nem ouvimos grasnar, mas cuja voz é linda, pelo que já lemos. Eu havia planejado dar à nossa filha o nome de Larkin antes mesmo de ela nascer no meu aniversário e também no dia do aniversário do meu pai. Que conexão adorável! Três gerações de início no dia 20 de julho é mais do que só uma coincidência. É quase uma tradição.

"Beryl" era o nome da mãe de Bankole. Bankole e eu vínhamos discutindo isso há meses, e eu sabia que acabaria fazendo parte do nome da nossa filha. Desde que não fosse o primeiro nome, era suportável. Tem uma boa denotação. "Beryl" é berilo, um mineral muito transparente ou nebuloso que, quando adequadamente moldado e polido, pode ficar muito lindo. A esmeralda é um tipo de berilo.

"Ife" é o nome em iorubá que escolhemos para combinar com nossos dois sobrenomes iorubás, uma vez que meu avô e o pai de Bankole tinham decidido adotar sobrenomes em iorubá nos anos 1960. "Ife" foi ideia de Bankole. Eu não me lembrava desse nome. Tínhamos revirado nossas memórias por nomes iorubá, e assim que Bankole disse "Ife", pareceu o mais adequado para nós dois. Significa "amor", segundo Bankole.

E, claro, ela recebeu "Olamina" e "Bankole". Tantos nomes para uma menininha. Quando for mais velha, sem dúvida vai escolher alguns deles e deixar os outros.

Ela é perfeita, linda e saudável, e a amo mais do que imaginava ser possível. Ainda estou dolorida e cansada, mas não importa. Ela pesa três quilos e meio, tem um baita apetite e um vozeirão.

Bankole, agora, está sentado com ela adormecida no colo. Ele a segura e a observa, ninando-a na linda cadeira de balanço de madeira entalhada que Gray Mora encomendou com Allie Gilchrist. Gray gosta de construir coisas grandes: cabanas, depósitos, construções de qualquer tipo. Ele as desenha, organiza a construção e coloca mãos à obra. Enquanto está construindo coisas, sente-se feliz. A escola é um feito dele, e se ele se sentisse mais orgulhoso dela do já se sentia, seria impossível lidar com ele. Mas ele deixa o projeto e a construção de coisas pequenas, principalmente de móveis, para Allie Gilchrist. Ela aprendeu seu ofício não apenas lendo livros velhos, mas desmontando mobília velha para ver como foi feita. Agora, em feiras livres, ela vende as cadeiras, as mesas, os armários, as cômodas, os brinquedos, as ferramentas e itens decorativos que faz, e recebe um bom dinheiro por elas. Seu filho, Justin, tem apenas nove anos, mas ele já a deixou muito satisfeita aprendendo o ofício com ela e pegando gosto por ele. May e as meninas Noyer também estão começando a aprender a profissão, apesar de May se interessar mais por tecer tapetes, cestos e bolsas usando mato, raízes, casca de árvore e outras fibras.

Quatro anos atrás, depois de Bankole fazer o parto do primeiro filho de Gray, Gray pagou para Allie fazer uma bela cadeira de balanço para "o médico". Gray e Bankole não tinham se dado muito bem a princípio; culpa de Gray, que sabia disso. Ele fingia desdenhar de Bankole – "um velho safado!" – quando, na verdade, a idade, a educação e a dignidade pessoal de Bankole o intimidavam. Até a esposa de Gray engravidar do primeiro filho, os dois homens mal se falavam. Isso mudou quando Bankole cuidou de Emery durante sua gravidez e durante o parto difícil de Joseph (ele estava sentado). Depois disso, a bela cadeira de carvalho, entregue em silêncio imperturbável, havia servido como uma oferta de paz por parte de Gray. Agora, Bankole está sentado nela e se balança, olhando para o rosto da filha que dorme, tocando-o como se não conseguisse acreditar que é de verdade e, ao mesmo tempo, como se fosse mais real e mais importante do que qualquer outra coisa no mundo.

Ele parece agir assim por causa de Adela Ortiz. Ele diz que Larkin se parece com sua irmã mais nova quando era bebê. É a irmã cujos ossos encontramos quando chegamos aqui. Seus ossos, os de seu marido e os de seus filhos. Depois das mortes, Bankole deve ter se sentido apagado do futuro, da imortalidade da carne, dos genes. Ele não tinha outros parentes. Agora, ele tem uma filha. Acho que ele nem se deu conta do tempo que passou sorrindo nos últimos dias.

Domingo, 24 de julho de 2033

Hoje, demos as boas-vindas a Larkin na comunidade – em Bolota e na Semente da Terra.

Até agora, tenho sido a pessoa a dar as boas-vindas a cada novo membro, adulto ou criança. Não realizo todas as Reuniões aos domingos, mas dou as boas-vindas a todos os novos. A essa altura, é o esperado – algo que *devo* fazer. Mas dessa vez, pedi para Travis realizar a cerimônia. E, claro, pedimos a Harry e a Zahra para ficarem conosco. Bankole e eu já somos tio e tia de Mudança de seus filhos. E agora a recíproca é verdadeira. Todos ficamos a postos para cuidar dos filhos uns dos outros. Os Balter são meus amigos mais antigos e confio neles, mas espero que as promessas que trocamos nunca tenham que ser cumpridas.

Isso nos torna uma comunidade mais real, de certo modo, agora que muitos de nós tiveram filhos aqui... agora que eu tive uma filha aqui.

> Larkin Beryl Ife Olamina Bankole,
> Nós, seu povo,
> Damos as boas-vindas a você...

Sábado, 30 de julho de 2033

— Acho que você não entende de verdade como eu me sinto — Bankole disse para mim ontem à noite quando se sentou para jantar a comida que eu tinha mantido aquecida para ele. Ele havia feito a vigília da noite, sentado com binóculos no ponto de observação de um monte onde conseguia ver se uma nova gangue de valentões estava se aproximando para destruir sua família. Ele está levando mais a sério do que nunca nossa vigília de 24 horas, mas, para todos nós, fazer vigília ainda é uma tarefa cansativa. Não esperava que ele voltasse para casa de bom humor, mas ele ainda estava feliz o suficiente com a novidade da paternidade para não ficar muito mal-humorado.

"Espere até Larkin começar a acordá-lo com mais frequência", Zahra me alertara.

Sem dúvida, ela tem razão.

Bankole se sentou à mesa e suspirou.

— Antes de te conhecer — disse ele —, havia momentos em que eu tinha a impressão de já estar morto. — Ele olhou para mim, e então para o berço de Larkin, no qual ela dormia, com a barriga cheia de leite e, até aquele momento, com a fralda seca. — Acho que você me salvou — disse ele. — Gostaria que permitisse que eu salvasse você.

Aquela conversa, de novo. As pessoas de Halstead tinham encontrado outro médico, mas não gostaram dele. Não sabiam ao certo se ele era mesmo médico. Bankole achava possível que ele tivesse um certo conhecimento de medicina, mas que não fosse formado. O homem tinha apenas 35 anos, e, agora, quase todos os médicos jovens – ou seja, com menos de 50 anos – trabalhavam em cidades privatizadas ou de propriedade de estrangeiros, ou em fazendas de grande porte. Nesses locais, eles poderiam receber dinheiro suficiente para dar boa vida a suas famílias e a política da empresa os mantinha seguros, sem ficarem à mercê de bandidos ou de pobres desesperados. Só podia haver algo de errado com um médico de 35 anos ainda à procura de um lugar para clinicar.

Bankole dizia acreditar que uma pessoa enferma ou ferida estaria mais segura nas mãos de Natividad ou de Michael do que nas do novo "médico" de Halstead, Babcock. Ele havia alertado muitos de seus amigos em Halstead, que deixaram claro que ele ainda era bem-vindo. Ninguém ali duvidava de seu conhecimento como médico e prefeririam que ele os atendesse. E Bankole ainda queria me salvar me levando para viver com eles.

— Bolota é uma comunidade de pessoas que salvaram umas às outras de todas as maneiras possíveis — eu disse a ele. — Bolota é minha casa.

Ele olhou para mim de novo, e passou a dar atenção ao jantar. Estava tarde, e eu já tinha comido. Eu havia pegado a bebê e ido comer com Zahra, Harry e seus filhos. Mas agora, eu estava com ele, bebericando chá de hortelã quente com mel e aproveitando o sossego. O fogo em nosso fogão a lenha antigo e resgatado já tinha quase se apagado, mas a estrutura de ferro forjado ainda estava quente, e a noite de julho não estava fria. Estávamos usando apenas três lamparinas para iluminar o local. Não havia a necessidade de desperdiçar eletricidade. A luz da lamparina estava fraca e tremelicante.

Olhei em direção às sombras, aproveitando o silêncio, o momento em família, satisfeita e sonolenta, até Bankole voltar a falar.

— Sabe — disse ele —, demorei muito tempo para confiar em você. Você me parecia tão jovem... tão vulnerável e idealista, mas, ainda assim, tão perigosa e esperta.

— O quê? — perguntei.

— Verdade. Você era uma grande contradição. E ainda é. Pensei que você superaria isso. Mas fui eu quem me acostumei... quase.

Nós nos conhecemos muito bem depois de seis anos. Consigo, com frequência, ouvir não só o que ele diz, mas o que ele não diz.

— Também te amo — falei, mas sem exatamente sorrir. Ele também não se permitiu um sorriso. Inclinou-se para a frente, com os braços sobre a mesa, e disse com muita intensidade:

— Fale comigo, menina. Diga exatamente o que você quer fazer neste lugar, com essas pessoas. Deixe de lado a teologia, dessa vez, e me dê planos detalhados, alguns resultados materiais que pretende alcançar.

— Mas você sabe — protestei.

— Não sei bem se sei. Não sei bem se *você* sabe. Diga.

Entendi, naquele momento, que ele estava procurando motivos para reavaliar sua posição. Ainda acreditava que deveria deixar Bolota, que poderíamos ficar mais seguros em uma cidade maior, mais rica e mais estabelecida. O que ele estava dizendo naquele momento era "Me convença".

Respirei fundo, trêmula.

— Quero o que está acontecendo — falei. — Quero que continuemos crescendo, nos tornando mais fortes, mais ricos, educando a nós e a nossos filhos, melhorando nossa comunidade. São essas as coisas que deveríamos estar fazendo agora e para o futuro próximo. Conforme crescermos, quero enviar nossas crianças mais inteligentes e capazes para a faculdade e para escolas profissionalizantes, para que elas possam nos ajudar, a longo prazo, a ajudar o país, o mundo, a se preparar para o Destino. Ao mesmo tempo, quero mandar para o mundo fiéis que tenham tendências missionárias; enviá-los em grupos familiares para abrir Casas de Reuniões da Semente da Terra em comunidades que não conheçam a Semente da Terra.

"Eles darão aulas, prestarão cuidados médicos, moldarão novas comunidades da Semente da Terra dentro de bairros e cidades existentes, e tornarão pessoas ao redor delas concentradas no Destino. E eu quero fundar novas comunidades da Semente da Terra como Bolota: compostas por pessoas reunidas de estradas, de assentamentos, de qualquer lugar. Algumas pessoas desejarão permanecer onde estão e se unir à Semente da Terra como poderiam se unir aos metodistas ou aos budistas. Outras precisarão se unir a uma comunidade mais fechada, uma unidade intelectual, emocional e geográfica."

Parei e respirei fundo.

Por algum motivo, nunca havia me arriscado a contar tanto de meus planos a nenhum pessoa. Eu os desenvolvia em minha mente, escrevendo sobre eles, falando um pouco sobre parte deles ao grupo na Reunião, mas nunca expondo tudo. Talvez fosse um erro. O problema era que tínhamos passado muito tempo concentrados na sobrevivência imediata, em resolver problemas óbvios, em fazer negócios, em se preparar para o futuro próximo. E temia assustar as pessoas com vários planos muito grandes. O pior de tudo é que tenho medo de parecer ridícula. *É* ridículo que alguém como eu pretenda fazer as coisas que pretendo. Sei disso. Sempre soube disso. Isso nunca me impediu.

— Somos um início — falei, pensando enquanto falava. — É como se a Semente da Terra fosse apenas um bebê, como Larkin. "Uma semente pequena". No momento, seria muito fácil acabarem conosco. Isso me aterroriza. Por isso temos que crescer e nos espalhar: para nos tornarmos menos vulneráveis.

— Mas se você fosse a Halstead — ele começou —, se você se mudasse para lá...

— Se eu fosse para Halstead, talvez a semente daqui morresse. — Fiz uma pausa, franzi o cenho, e então disse: — Amor, não saio de Bolota, assim como não deixo Larkin.

Isso pareceu irritá-lo um pouco. Não sei por quê, depois de tudo o que eu já disse. Ele balançou a cabeça, ficou ali olhando para mim por vários segundos.

— E o presidente Jarret?

— O que tem ele?

— Ele é perigoso. O fato de ele ser presidente vai fazer diferença, até mesmo para nós. Tenho certeza.

— Não somos nada para ele, tão pequenos, tão insignificantes...

— Lembre-se de Dovetree.

Dovetree era a última coisa de que eu queria me lembrar. Assim como o candidato ao senado que Marc mencionou. Ambos eram reais, e talvez ambos fossem um perigo para nós, mas o que eu poderia fazer a respeito deles? E como poderia permitir que o medo que sentia deles me detivesse?

— Este país tem mais de 250 anos — falei. — Já teve outros líderes ruins. E sobreviveu a eles. Teremos que observar o que Jarret faz, mudar quando preciso for, talvez nos mantermos um pouco mais calados do que temos feito. Mas sempre tivemos que nos adaptar a mudanças. Sempre teremos que fazer isso. Deus é Mudança. Se tivermos que começar a dizer "Vida longa a Jarret" e "Deus abençoe a América Cristã", que assim seja. Ele é temporário.

— Assim como nós. E viver com ele não será tão simples.

Eu me inclinei para ele.

— Faremos o que tivermos que fazer, independentemente de quem estiver esquentando a cadeira na Sala Oval. Que opção temos? Ainda que fujamos e nos escondamos em Halstead, ainda assim estaremos sujeitos a Jarret. E não teremos bons amigos por perto para nos ajudar; para mentir por nós, se necessário; para correr riscos por nós. Em Halstead, seremos desconhecidos. Seremos alvos fáceis para que as pessoas apontem, culpem e machuquem. Se malucos obsessivos ou mesmo policiais chegarem fazendo perguntas sobre nós ou nos acusando de bruxaria ou coisa assim, Halstead pode decidir que não vale a pena nos proteger. Se as coisas ficarem ruins, quero ter meus amigos por perto. Aqui em Bolota, se não conseguirmos salvar nada, pelo menos podemos trabalhar juntos para salvar uns aos outros. Já fizemos isso outras vezes.

— Isto agora é diferente de tudo o que enfrentamos antes. — os ombros de Bankole caíram com um suspiro. — Acho que este país nunca teve um líder tão ruim quanto Jarret ou tão ruim quanto Jarret pode se tornar. Não se esqueça disso. Agora que você é mãe, tem que parar de pensar tanto na Semente da Terra e pensar mais em sua filha. Quero que você olhe para Larkin e pense nela sempre que quiser tomar uma grande decisão.

— Não tenho como não fazer isso — falei. — Não tem a ver com grandes decisões, tem a ver com ela e com o futuro dela. — Terminei de beber meu chá. — Olha, por muito tempo, me aterrorizou, de verdade, a ideia de que o Destino em si era muito grande, muito complexo, muito distante da vida que eu estava vivendo ou de qualquer coisa que poderia conseguir sozinha, muito distante de tudo que sequer parecesse possível. Lembro de meu pai dizendo achar que até mesmo o programa espacial pequeno e sofrível que havíamos acabado de abandonar era idiota, errado e um enorme desperdício de dinheiro.

— Ele tinha razão — disse Bankole.

— Ele *não tinha* razão! — sussurrei, com os sentimentos à flor da pele. Depois de um instante, falei: — Precisamos das estrelas, Bankole. *Precisamos de propósito!* Precisamos da imagem que o Destino nos dá de nós mesmos como espécie em desenvolvimento, com propósito. Precisamos nos tornar a espécie adulta que o Destino pode nos ajudar a nos tornar! Se quisermos ser algo além de dinossauros calmos que se desenvolvem, se especializam e morrem, precisamos das estrelas. É por isso que o Destino da Semente da Terra é criar raízes entre as estrelas. Sei que você não quer ouvir os versos agora, mas aquele é... essencial para nós, para os seres humanos, digo. Quando não temos propósito difícil de longo prazo pelo qual lutar, lutamos uns contra os outros. Destruímos a nós mesmos. Temos momentos caóticos e apocalípticos de loucura assassina. — Parei um pouco e então me permiti dizer o que nunca tinha dito a ninguém. Ele tinha o direito de ouvir. — No começo, quando eu contava às pessoas sobre o Destino, e a maioria ria, eu sentia medo. Ficava preocupada pensando que não conseguiria fazer isso, que não conseguiria envolver as pessoas e ajudá-las a ver a verdade. Depois, quando as pessoas de Bolota começaram a aceitar todos os ensinamentos da Semente da Terra, menos o Destino, fiquei mais preocupada ainda. As pessoas parecem dispostas a acreditar em muitas coisas idiotas: em magia, no sobrenatural, em bruxaria... mas eu não conseguia fazer com que elas acreditassem em algo real, algo que elas podiam tornar realidade com as próprias mãos. Agora... agora a maioria das pessoas daqui aceitam o Destino. Elas acreditam em mim e me seguem e... quem disse que eu não me preocupo mais ainda?

— Você nunca me disse isso. — Bankole estendeu as mãos para segurar as minhas.

— O que eu poderia dizer? Que acredito na Semente da Terra mas duvido de minhas próprias habilidades? Que sinto medo o tempo todo? — suspirei. — Acho que é nesse ponto que a fé entra. Ela sempre vem, mais cedo ou mais tarde, em todos os sistemas de crenças. Nesse caso, é ter fé e trabalhar muito. Ter fé e fazer um monte de pessoas trabalhar muito. Sei de tudo isso, mas ainda tenho medo.

— Acha que alguém espera que você saiba tudo?

Sorri.

— Claro que esperam. Os outros não acham que eu sei tudo, e não gostariam muito de mim se eu soubesse, mas de algum modo esperam isso. Não existe lógica em sentimentos desse tipo.

— Não existe. Suspeito de que também não haja lógica em tentar fundar uma nova religião e ter dúvidas a respeito dela.

— Minhas dúvidas são pessoais — falei. — Você sabe disso. Duvido de mim mesma, não da Semente da Terra. Me preocupo achando que não vou conseguir fazer da Semente da Terra nada além de outra seita pequena. — Balancei a cabeça. — Poderia acontecer. A Semente da Terra é verdade, é uma coleção de verdades, mas não existe lei que diga que ela tem que ser bem-sucedida. Podemos acabar estragando as coisas. Há tanto a ser feito!

Bankole continuou segurando minhas mãos, e eu me permiti continuar falando, pensando alto.

— Às vezes, duvido que vá conseguir. Pode ser que eu envelheça e morra sem ver a Semente da Terra crescer como deveria, sem sair da Terra nem ver outros saírem, talvez até mesmo sem dar a devida atenção ao Destino. Há muitas pequenas seitas por aí, como minhocas, retorcendo-se e se alimentando, formando-se e dividindo-se, e não chegando a lugar nenhum.

— Vou morrer sem ver o resultado da maioria dos seus esforços — disse Bankole.

Eu me sobressaltei, olhei para ele e disse:

— O quê?

— Acho que você me escutou, menina.

Nunca sei o que dizer quando ele começa a falar essas coisas. Me assusta porque, claro, é verdade.

— Olha — disse ele. — Você acha mesmo que pode passar a vida, *sua vida*, lutando e se arriscando, colocando sua filha em risco por uma... uma causa cuja realização você... provavelmente não verá? Deveria fazer isso?

— Percebi que ele se continha, tentando me desmotivar a todo custo, mas sem me ofender.

Ele soltou minhas mãos e então aproximou a cadeira de mim. Me abraçou.

— É um sonho bom, menina, mas é só isso. Você sabe disso tão bem quanto eu. Você é inteligente. Sabe a diferença entre a realidade e a fantasia.

Eu me recostei nele.

— É mais do que um sonho bom, querido. É certo. É verdadeiro! E é tão grande e tão lindo, algo em tão longo prazo, e, no que diz respeito a dinheiro, tão potencialmente sem lucro, que exigirá toda a forte fé religiosa que nós, seres humanos, podemos reunir para fazer dar certo.

É diferente de tudo o que a humanidade já fez. E mesmo que eu não consiga tê-lo, que não consiga fazer com que aconteça... — Para minha surpresa, eu me senti à beira das lágrimas. — Se eu não conseguir dar o empurrão de que ela precisa, se não viver para vê-la prosperar... — Parei, engoli em seco. — Se eu não conseguir viver para ver seu sucesso, talvez a Larkin consiga! — Para mim, foi quase impossível dizer aquilo. Não era uma ideia nova para mim que talvez eu não vivesse para ver o Destino se realizar. Mas pareceu nova. Agora, Larkin fazia parte dela, e parecia nova e real. Parecia verdadeira. A ideia me deixou agitada por dentro, meus pensamentos fervilhavam. Eu tive a sensação de não saber o que fazer. De repente, senti vontade de ir até o berço de Larkin e olhar para ela, segurá-la. Não me mexi; apenas me recostei em Bankole, inquieta, trêmula.

Depois de um tempo, Bankole disse:

— Bem-vinda à vida adulta, menina.

E, então, eu chorei. Fiquei ali, com lágrimas escorrendo por meu rosto. Não conseguia parar. Não fiz barulho, mas, claro, Bankole viu e me abraçou. A princípio, fiquei abismada e incomodada comigo mesma. Não faço essas coisas. Não choro no ombro das pessoas. Nunca fui assim. Tentei me afastar de Bankole, mas ele me segurou. É um homem grande.

Sou alta e forte, mas ele simplesmente me envolveu com seus braços de modo que eu não pudesse sair de perto dele sem machucá-lo. Depois de um tempo, decidi que era onde eu queria estar. Se tivesse que chorar nos ombros de alguém, bem, os dele eram grandes e largos.

Depois de um tempo, parei, tendo chorado tudo o que tinha para chorar, exausta, pronta para me levantar e ir para a cama. Sequei o rosto em um guardanapo e olhei para ele.

— Será que é depressão pós-parto ou algo assim?

— Pode ser que sim — disse ele, sorrindo.

— Não importa — falei para ele. — Fui sincera em tudo o que disse.

Ele assentiu.

— Acho que sei disso.

— Então, vamos para a cama.

— Ainda não. Ouça o que tenho a dizer, Olamina.

Fiquei sentada e escutei.

— Se ficarmos aqui, se eu concordar que você, Larkin e eu fiquemos aqui, este lugar não vai ser só mais um aglomerado de barracos em um assentamento.

— Nunca foi isso!

Ele levantou a mão.

— Minha filha não vai crescer tentando viver entre as ruínas de casas alheias e de montes de lixo. Este lugar será uma cidade, uma cidade do século XXI. Será um lugar decente para se criar uma criança, um lugar com esperança de sobrevivência e sucesso. Independentemente das outras coisas grandes que façamos ou não façamos, construiremos essa cidade.

— É uma Bolota — falei, acariciando o rosto dele, sua barba. — Vai crescer.

Ele quase sorriu. Em seguida, ficou sério de novo.

— Se eu aceitar isso, vai ser para valer! Se você mudar de ideia depois de alguns períodos difíceis...

— Eu costumo fazer isso, querido? Eu sou assim?

Ele olhou para mim com intensidade, analisando.

— Ajudei você a construir esta casa — falei, referindo-me ao sentido literal de seu nome, "ajude-me a construir uma casa". — Eu te ajudei a construí-la. Agora há muito mais trabalho a fazer.

11

Escolha seus líderes
com sabedoria e consideração.
Ser liderado por um covarde
é ser controlado
por tudo que o covarde teme.
Ser liderado por um tolo
é ser liderado
pelos oportunistas
que controlam o tolo.
Ser liderado por um ladrão
é oferecer
seus tesouros mais preciosos
para serem roubados.
Ser liderado por um mentiroso
é pedir
para ouvir mentiras.
Ser liderado por um tirano
é vender a si mesmo
e a quem você ama
à escravidão.

— Semente da Terra: os livros dos vivos

Não sei bem como escrever a respeito do próximo acontecimento na vida de meus pais e na minha. Fico feliz por não me lembrar. Eu tinha só dois meses quando aconteceu.

É tudo muito estranho, muito ruim, muito confuso. Se ao menos minha mãe tivesse concordado em partir com meu pai para viver na paz e normalidade de Halstead, isso não teria acontecido. Ou, pelo menos, não teria acontecido conosco.

De *Os diários de Lauren Oya Olamina*
Segunda-feira, 26 de setembro de 2033

Eles não entraram atirando. Parece que não pretendem nos matar. Por enquanto. Eles mudaram desde Dovetree. O líder deles ganhou o poder. Eles adquiriram... senão legitimidade, pelo menos um resquício de sofisticação. Entrar com brutalidade, atirando em todos e pondo fogo em tudo talvez seja grosseiro demais para eles agora. Ou talvez não seja tão divertido.

Escrevo sem saber por quanto tempo conseguirei escrever. Escrevo porque eles ainda não nos roubaram tudo. Nossa liberdade se foi, nossos dois caminhões, nossos negócios, nossas casas foram levadas, tomadas de nós. Mas, de alguma forma, eu ainda tenho papel, canetas e lápis. Nenhum de nossos captores valoriza essas coisas, por isso ninguém os tirou de mim ainda. Todas as posses serão levadas. Eles vão nos tirar tudo. Deixaram isso bem claro. Eles vão nos destruir, vão nos remoldar, nos ensinarão como é amar o país deles e temer o Deus deles.

Nossas várias reservas secretas de comida, armas, dinheiro, roupas e registros não foram encontradas. Pelo menos, não acredito que tenham sido. Ninguém ouviu dizer que elas foram descobertas.

Estamos fechados em dois dos cômodos da escola. Nossos livros ainda estão aqui nas estantes. Os diversos projetos de nossos alunos ainda estão aqui. Nossos vários telefones e nossos cinco computadores de aula foram levados. Eles têm valor como moeda forte. Além disso, eram um meio de nos comunicarmos com o lado de fora. Não temos permissão para fazer isso, pois inibiria nossa reeducação.

Preciso fazer um registro de tudo isso. Não quero, mas preciso. E eu devo esconder esse registro de modo que, um dia, a Semente da Terra saiba a que a Semente da Terra sobreviveu.

Faremos isso. Vamos sobreviver. Ainda não sei como. O "como" é sempre um problema. Mas vamos, de fato, sobreviver.

Vou contar o que aconteceu.

No fim da tarde de terça-feira na semana passada, eu estava desenhando dois dos filhos dos Faircloth e falando com eles a respeito do projeto que eles queriam realizar para a escola. No estudo de história que tinham que fazer, acabaram descobrindo a Segunda Guerra Mundial, e eles queriam construir modelos dos navios de guerra, submarinos e aviões da época. Queriam falar sobre as grandes batalhas e descobrir mais sobre as bombas atômicas lançadas em Hiroshima e Nagasaki. Ficaram fascinados com todos os acontecimentos barulhentos e explosivos da Guerra, mas não tinham ideia do assunto enorme que escolheram ou, com exceção de algumas noções vagas, por que a Guerra tinha acontecido. Eu havia decidido desenhá-los enquanto os três falavam sobre isso e resumiam as coisas.

A família Faircloth sempre tinha sido pobre. Viviam em um assentamento antes de chegarem a nós. Alan Faircloth tinha fotos de papel pequenas e amassadas dos meninos quando eram bebês, mas nada recente. Ele tinha me deixado mais feliz do que eu teria sido capaz de admitir quando me pediu para desenhar os dois. Eu havia me tornado vaidosa com meus desenhos. Finalmente estavam ficando bons. Até mesmo Harry, Zahra e Allie tinham dito isso, e foram eles quem mais se divertiram com meus esforços anteriores.

Os meninos e eu estávamos fora, atrás da escola, aproveitando um dia quente e calmo. Larkin estava deitada ao meu lado, adormecida em seu berço apesar do barulho que os meninos faziam. Ela já estava acostumada com barulhos. Os meninos tinham onze e doze anos, eram pequenos para suas respectivas idades, faziam bastante barulho e eram incapazes de ficar parados por mais de dois ou três minutos por vez. Primeiro, eles deram uma olhada em Larkin, e então perderam interesse e gritaram primeiro um com o outro, depois comigo, falando sobre armas e batalhas, bombardeiro de mergulho e porta-aviões, Hitler, Churchill, Tojo, Londres, Stalingrado, Tóquio, e assim por diante. Interessante que uma coisa tão terrível e tão enorme como uma guerra mundial pudesse parecer incrível e empolgante para dois garotos pré-adolescentes, cujos avós tinham nascido tarde demais para vivê-la, embora eles tivessem avós paternos que nasceram e cresceram em Londres.

Eu esbocei os meninos depressa enquanto ouvia o entusiasmo deles e fazia sugestões. Estava terminando os desenhos quando os vermes chegaram.

Um verme, apelidado por sua forma feia, é algo menos do que um tanque, e mais do que um trailer. É um veículo grande, blindado e armado, que percorre qualquer tipo de terreno, com tração em todas as rodas. Policiais particulares e militares os usam, e as pessoas muito endinheiradas os dirigem como carros particulares. Os vermes podem ir a quase qualquer lugar, por cima, ao redor e através de quase qualquer coisa. O povo de Halstead tem um. Eles o usaram algumas vezes para pegar Bankole. Várias cidades pequenas têm um ou dois deles para sua polícia ou para busca e resgate nas montanhas. Mas eles consomem muito combustível... são caros de se manter.

Naquela sexta-feira, sete vermes saíram rastejando das montanhas e passaram por nossa cerca de espinho, em nossa direção. Não houve nenhum tipo de alerta vindo dos vigilantes. Nada, mesmo. Foi esta a primeira coisa em que pensei quando os vi chegando: onde estavam Lucio Figueroa e Noriko Kardos? Por que eles não tinham nos alertado? Estavam bem?

Sete vermes! Seria o triplo ou o quádruplo do poder de fogo do que poderíamos reunir se usássemos todas as nossas armas. Apenas nossas armas mais pesadas teriam alguma chance de deter um verme.

Sete daquelas coisas!

— Pra casa de vocês! — eu disse aos meninos. — Diga a seu pai e às suas irmãs para saírem daqui. Não é teste. É de verdade! Fujam, depressa e em silêncio. Corram!

Os dois meninos correram.

Peguei meu telefone do bolso e digitei o sinal de emergência. Já fizemos exercícios de emergência. Eu os chamava de exercícios de "fundir-se com as montanhas". E, naquele momento, enfrentávamos a coisa real. Só podia ser real. Ninguém vinha para uma visita com sete vermes armados e blindados.

Agarrei minha Larkin o mais rápido possível e corri para as montanhas. Tentei manter a escola entre nós duas e os vermes mais próximos. Eles estavam vindo em nossa direção no que poderia ter sido uma formação militar. Poderiam nos atropelar, atirar, fazer o que quisessem. A única coisa que poderíamos fazer que eles não conseguiriam era desaparecer nas montanhas. Mas será que conseguiríamos fazer isso? Se ficássemos parados, o equipamento de sensor dos vermes nos localizaria. E, se corrêssemos, as rochas, árvores e arbustos de espinhos não nos dariam tanta proteção das armas dos vermes. Mas o que poderíamos fazer além de correr? Desde que ninguém saísse dos vermes, não tínhamos nada em que atirar.

Onde estava Bankole? Eu não sabia. Bem, tínhamos pontos de encontro. Poderíamos nos encontrar. A ideia era *não* perder tempo correndo à procura de membros da família. Com exceção de bebês e crianças muito pequenas, todo mundo sabia, com os exercícios, que uma ordem para sair significava exatamente isto: "Saia agora!"

E deveríamos nos espalhar em todas as direções. Não deveríamos seguir pessoas nem nos reunir para não nos tornarmos alvos grandes e fáceis para nossos inimigos. Tínhamos que pôr o máximo possível de árvores e elementos geográficos entre nós mesmos e o inimigo.

Mas o que fazer se o inimigo estiver em todos os lados?

Então, no mesmo instante, os sete vermes começaram a atirar. Demorei um tempo para perceber que eles não estavam atirando balas; que, talvez, não estivéssemos prestes a ser mortos. Estavam atirando latas de gás. Continuei correndo, torcendo para que os outros estivessem fazendo a mesma coisa. Independentemente do que fosse o gás, não tinha o intuito de nos fazer bem.

Segui pelos carvalhos novos que eram nosso cemitério em direção à dobra de uma montanha que eu esperava ser capaz de me abrigar e me fornecer um caminho mais fácil para subir a primeira montanha.

E, então, logo à minha frente, uma lata caiu. Antes de chegar ao chão, começou a soltar gás.

E minhas pernas não me sustentaram. Eu estava correndo. Comecei a me sentir caindo. Fiz um esforço para não cair em cima da bebê, mas permitir que ela caísse em cima de mim. Ouvi quando ela começou a chorar: um choro fino e diferente do dela. Acho que não gritei. Sei que não perdi a consciência. Era um gás terrível. Ainda não sei o nome dele. Tirou a maior parte da minha capacidade de me mover, mas me deixou muito desperta, capaz de ver e de ouvir, capaz de saber que meu povo estava sendo reunido como lenha, sendo levado ou arrastado por homens uniformizados.

Alguém chegou perto de mim, se curvou e pegou Larkin de meus braços. Não consegui mexer a cabeça para ver o que a pessoa fez com ela. Não consegui lutar, protestar nem implorar. Não consegui nem mesmo gritar.

Alguém me pegou pelos pés e me arrastou pelo chão, monte abaixo, até a escola. Eu estava vestindo calça jeans e uma camisa de algodão leve, e senti minhas costas raspando nas pedras e no mato. Conseguia sentir a pressão – batidas e solavancos. Não doeu conforme acontecia, mas eu sabia que ficaria dolorida. Todos os adultos e as crianças maiores tinham sido carregados ou arrastados até a escola. Pude ver vários deles deitados no chão onde seus captores os tinham deixado. Não via os bebês nem as crianças pequenas.

Não via minha Larkin.

Em determinado momento, ouvi tiros do lado de fora. Vinham do lado sul da escola, não muito longe. Pareciam as armas de nosso trailer mais velho. Talvez um de nós tivesse chegado ao trailer e tentado usá-lo como Bankole, Harry e eu tínhamos feito quando Dan e Nina Noyer chegaram a Bolota. Não seria a solução. Nosso antigo trailer não teria sido páreo nem mesmo para um único verme. Então, escutei uma forte explosão. Depois dela, silêncio.

O que tinha acontecido? As crianças tinham sido afetadas? Não saber foi uma tortura agonizante. A total impotência era ainda pior. Eu conseguia respirar. Conseguia contrair uma mão ou um pé. Conseguia piscar. Nada além disso.

Depois de um tempo, consegui choramingar um pouco.

Alguns instantes depois, um homem usando o uniforme da época – calça preta e uma túnica preta com cinto e uma cruz branca na frente – chegou para fazer algo conosco, com cada um de nós. Só consegui ver o que ele estava fazendo quando chegou perto de mim, desabotoou três botões da minha camisa, levantou minha cabeça e prendeu a coleira de escravo no meu pescoço.

Foi fácil assim. Eles tomaram Bolota, que agora se chama Campo Cristão. Nós, os cativos, não conseguimos fazer nada além de nos remexer, piscar ou gemer por mais de uma hora. Foi tempo suficiente para colocarem a coleira na maioria de nós.

Ninguém colocou a coleira em Gray Mora. Ele já tinha sido escravo. Nunca tinha usado uma coleira, mas passara a infância e a adolescência como propriedade de pessoas que não davam a ele tratamento melhor do que aquele dado ao gado. Eles haviam tomado a esposa dele e a vendido a um homem abastado que a viu e quis tê-la. De acordo com Gray, ela era uma mulher baixa, esguia e muito bela, e valeu um bom dinheiro. Seu novo dono a usou como objeto sexual e então, de alguma maneira, por acidente ou não, a matou. Quando Gray ficou sabendo disso, pegou sua filha Doe e partiu. Nunca nos contou exatamente como havia se libertado. Sempre imaginei que ele matou um ou mais de seus senhores, roubou seus pertences e partiu. Eu teria feito isso.

Mas agora não havia como escapar. E, ainda assim, Gray não seria escravo de novo.

Mais tarde, eu soube que ele conseguiu chegar ao trailer, trancou-se ali dentro e atirou em alguns dos vermes, arranhando-os bastante. Então, conforme os vermes começaram a atirar nele e a desfazer a blindagem do trailer, ele foi para cima de um deles. Bateu nele. Houve uma explosão. Não deveria ter havido.

O trailer era seguro. Fazê-la explodir exigia um esforço consciente – a menos que tenha sido o verme que explodira. Não tenho certeza. Mas conhecendo Gray como conhecia, desconfio de que ele tenha feito algo para causar a explosão. Acredito que ele tenha escolhido morrer.

Ele está morto.

Não acredito que isso seja verdade. Quero dizer... tem que haver uma maneira diferente de escrever sobre essas coisas – uma maneira que pelo menos chegue perto de expressar a insanidade e a dor terrível e enorme de tudo isso. Bolota sempre foi repleta de histórias horríveis. Não havia um adulto entre nós que não tivesse uma. Mas tínhamos nos unido, vivido juntos, ajudado uns aos outros, sobrevivido, lutado, tínhamos feito isso! *Tínhamos feito tudo isso!*

Tínhamos construído uma boa casa para nós, estávamos levando a vida honestamente. Agora pessoas com cruzes vieram e colocaram coleiras de escravos em nós.

E onde está minha bebê? Onde está Larkin?

Eles separaram as mulheres e as meninas mais velhas dos homens e meninos mais velhos enquanto estávamos paralisados. Deixaram os homens na sala maior da escola e arrastaram as mulheres para uma das menores. Não pensei nisso naquele momento, mas foi algo estranho a se fazer porque havia mais mulheres do que homens na comunidade. Fomos jogados no chão de madeira, meio uns em cima dos outros, e deixados ali. As janelas estavam abertas, e eu me lembro de ter achado esquisito que ninguém as tivesse coberto com tábuas ou até mesmo fechado.

A única coisa boa foi que, enquanto eu era meio erguida e meio arrastada, vi Bankole. Acho que ele não me viu. Ele estava deitado de barriga para cima, olhando para o céu, com uma mão arranhada e ensanguentada sobre o peito. Eu o vi piscar. Por ter visto isso, soube que ele estava vivo. Se ao menos ele tivesse escapado. Ele teria tido mais chance do que qualquer outra pessoa de encontrar uma maneira de ajudar todos os outros. Além disso, o que nossos captores farão com um homem da idade dele? Eles se importariam com o fato de ele ser velho? Não. Pela cara dele, estava claro que tinha acabado de ser arrastado pelo chão como eu. Eles não estavam nem aí.

Eles se importariam com o fato de minha Larkin ser apenas um bebê? E onde estava ela? *Onde estava ela?*

Eu ficava aterrorizada sempre que alguém se aproximava de mim. Todos os nossos captores eram rapazes, e eu tinha visto dois ou três bravos e ensanguentados. Na época, eu não sabia que tinha sido por causa de Gray. Eu não sabia de nada. Eu só conseguia pensar em Larkin, Bankole, no meu povo, e na maldita coleira de escravo no meu pescoço.

Quando o sol se pôs, meu corpo começou a doer: minhas costas, mãos e braços queimavam onde tinham sido ralados no chão enquanto eu era arrastada. Minha cabeça estava pesada e sensível ao toque. Também doía muito por dentro, latejava, só podia ter algo a ver com o gás.

Estava escuro quando comecei a tentar me mexer. Por muito tempo, só consegui me debater um pouco. Alguém na sala resmungou. Outra pessoa começou a chorar. Alguém arfou, engasgou e começou a tossir. Outra mulher falava sem parar: "Ah, merda!", e eu reconheci a voz de Allie Gilchrist.

— Allie? — chamei. Falei com dificuldade, parecia bêbada aos meus próprios ouvidos, mas ela me ouviu.

— Olamina?

— Isso.

— Olha, você viu o Justin antes de ser arrastada para cá?

— Não. Sinto muito. Você viu a Larkin?

— Não. Sinto muito.

— Também levaram meu bebê — disse Adela Ortiz com uma voz meio rouca. — Eles o levaram e não sei onde ele está. — Ela começou a chorar.

Eu também queria chorar. Queria ficar ali, deitada e chorando, porque sentia muita dor, muitas dores diferentes. Eu me sentia muito fraca e descoordenada para fazer algo além de chorar. Mas me sentei, trombei com alguém, pedi desculpa, permaneci atordoada por um tempo, e então consegui perguntar:

— Quem mais está aqui? Um por um, digam seus nomes.

— Noriko — disse alguém à minha esquerda. — Eles levaram Deborah e Melissa. Eu estava com a Melissa, e Michael com a Deborah. Estávamos correndo, pensei que conseguiríamos. E então veio aquele maldito gás. Nós caímos no chão, e em seguida alguém veio e tirou as duas meninas de nós. Não consegui ver nada além de mãos e de braços pegando-as.

— E meus bebês — disse Emery Mora. — Meus bebês… — Ela estava chorando, quase sem fazer sentido. — Meus menininhos. Meus filhos. Eles pegaram meus filhos de novo. *De novo!* — Ela tivera dois filhos quando era escrava, anos antes, e eles tinham sido vendidos. Ela era uma escrava de dívidas: uma pessoa legalmente presa pelas dívidas não pagas de sua família. As dívidas tinham se acumulado porque ela trabalhava para uma corporação de agronegócio que pagava pouco a seus funcionários com letras de câmbio da empresa em vez de dinheiro, e então cobrava muito deles por comida e casa, de modo que ficassem presos a dívidas cada vez maiores. Era contra a lei a empresa desfazer famílias vendendo as crianças menores, tirando-as de seus pais, ou vender maridos, tirando-os de suas esposas. Era contra a legislação local e a federal, então não deveria ter acontecido. Assim como não deveria ter acontecido o que nos aconteceu agora.

Pensei na filha mais velha e na enteada de Emery.

— E Tori e Doe? — perguntei. — Elas estão aqui? Tori? Doe?

A princípio, ninguém respondeu, e pensei em Nina e em Paula Noyer. Não queria pensar nelas, mas Doe e Tori

Mora tinham catorze e quinze anos; há muito não eram mais bebês. Se não estavam aqui, onde estavam?

Então, ouvimos uma voz bem baixa.

— Estou aqui. Saia de cima de mim.

— Estou tentando sair de cima de você — disse uma voz mais forte. — Não tem espaço aqui. Mal consigo me mexer.

Tori e Doe, vivas, e tão bem quanto o resto de nós. Fechei os olhos e respirei longa e profundamente, com gratidão.

— Nina Noyer? — perguntei.

Ela começou a responder, mas então tossiu muitas vezes.

— Estou aqui — disse ela, finalmente —, mas minhas irmãzinhas... Não sei o que aconteceu com elas.

— Mercy? — chamei. — Kassi?

Ninguém respondeu.

— May?

Ninguém respondeu. Ela não tinha como falar, mas teria feito um barulho para indicar que estava ali.

— Ela estava com Kassia e com Mercy — disse Allie. — Ela é forte e rápida. Talvez tenha conseguido garantir a fuga delas. Ela as amava como se fossem suas filhas.

Suspirei.

— Aubrey Dovetree? — perguntei.

— Estou aqui — disse ela. — Mas não consigo encontrar Zoë nem as crianças... Zoë estava com as três.

E Zoë tinha problemas cardíacos, pensei. Talvez estivesse morta, mesmo que ninguém tivesse tentado matá-la. Sem saber o que mais fazer, continuei fazendo a chamada.

— Marta Figueroa?

— Sim — sussurrou ela. — Sim, estou aqui, sozinha. Meu irmão... Meus filhos... Se foram.

— Diamond Scott? Cristina Cho?

— Estou aqui — disseram duas vozes de uma vez, uma em inglês e a outra em espanhol. O inglês de Cristina era bom, mas, sob estresse, ela ainda voltava a falar espanhol.

— Beatrice Scolari? Catherine Scolari?

— Estamos aqui — disse Catherine Scolari. Ela parecia estar chorando. — O Vincent morreu. Ele caiu em cima de uma pedra, bateu a cabeça. Ouvi dizerem que ele estava morto. — Vincent era o marido dela, irmão de Beatrice. Ele só tinha um braço por conta de um acidente sofrido antes de se unir a nós. Talvez ele fosse a pessoa com mais chance de perder o equilíbrio quando o gás o derrubasse. Mas ainda assim...

— Pode ser que ele não esteja morto — falei.

— Está, sim. Nós o vimos... — Ouvimos mais sons de choros. Eu não sabia o que dizer para elas. Só conseguia pensar que Larkin também podia estar morta. E Bankole? Eu não queria pensar em morte. Não queria pensar em nada.

— Channa Ryan? — chamei.

— Estou aqui. Minha nossa, gostaria de não estar.

— Beth Faircloth? Jessica Faircloth?

Não ouvi nada, a princípio. Depois, ouvi apenas sussurros quase indecifráveis.

— Estamos aqui. Nós duas estamos aqui.

— Natividad? — chamei. — Zahra?

— Estou aqui — disse Natividad, em espanhol. E continuou: — Se eles tiverem machucado meus bebês, corto a garganta deles. Vou matar todos eles. Não me importa o que fizerem comigo. — Ela começou a chorar. É forte, mas seus filhos são mais importante para ela do que a própria vida. Ela tinha um marido e três filhos. Agora, todos foram levados.

— Todos os nossos bebês foram tomados — falei. — Temos que descobrir onde eles foram colocados e quem está tomando conta deles e... e o que vai acontecer com eles. — Eu me remexi, tentando ficar mais confortável, mas isso era impossível. — Minha Larkin deveria estar mamando agora. Neste exato momento. Temos que descobrir o que pudermos.

— Eles colocaram coleiras de escravos em nós — disse Marta Figueroa, quase gemendo. — Pegaram nosso filhos e nossos homens, e colocaram coleiras de escravos em nós! O que mais precisamos saber além disso?

— Temos que saber o máximo que pudermos — respondi. — Eles não estão nos matando. Poderiam ter acabado conosco. Eles nos separaram dos homens e das crianças pequenas, mas estamos vivas. Temos que encontrar uma maneira de resgatar nossas crianças. Seja o que for que possamos fazer para reaver nossos filhos, temos que fazer! — Eu me sentia entrando em histeria, quase gritando e chorando. Meu corpo estava tenso. O leite vazava de meus seios para a minha camisa, encharcando a parte da frente, e eu sentia dores.

Por muito tempo, ninguém disse nada. E então Teresa Lin, que não tinha falado antes, sussurrou:

— Aquela janela está aberta. Consigo ver as estrelas.

— Colocaram uma coleira em você? — Ouvi eu mesma perguntar. Na minha opinião, eu falava quase normalmente. Minha voz estava baixa e calma.

— O quê? Essa coisa larga e chata? Colocaram em mim. Não me importa. Aquela janela está aberta! Vou sair daqui!

— E ela começou a passar por cima das pessoas em direção à janela. Alguém gritou de dor. Várias vozes a xingaram.

— Todo mundo deitado — falei. — Todas deitadas de bruços!
Não dava para ver quem tinha me obedecido. Torcia para que todas as compartilhadoras tivessem me obedecido. Eu não sabia ao certo o que a coleira faria com Teresa quando ela tentasse sair pela janela. Talvez fosse uma coleira falsa. Talvez nada acontecesse. Talvez a impedisse de respirar. Talvez a derrubasse, causando grande dor.

Ela se jogou pra fora da janela. É uma mulher magra, rápida e ágil como um garoto. Olhei para cima a tempo de vê-la sair pela janela como se esperasse pousar em algo macio ou cair na água.

Em seguida, ela começou a gritar, gritar sem parar. Allie Gilchrist se levantou, foi até a janela e a observou. Em seguida, tentou subir na janela para ajudá-la. Assim que Allie tocou a janela, gritou e caiu de costas na nossa sala-prisão. Allie deitou de lado perto de mim, encolhida, e grunhiu várias vezes – grunhidos fortes e agonizantes. Eu virei o rosto para o outro lado; a dor que ela sentia me tomava. Pelo menos eu não tinha conseguido ver Teresa quando ela caiu da janela, mas já estava sentindo um pouco da dor dela também.

Do lado de fora, Teresa não parava de gritar.

— Não tem ninguém por perto — disse Allie, ainda arfando. — Ela está ali no chão, gritando e se retorcendo. Ninguém nem saiu para ver.

Ela ficou ali a noite toda. Não podíamos ajudá-la. Sua voz foi dos gritos guturais, como costumamos gritar de medo e dor, a gemidos terríveis. Ela não desmaiou; ou, melhor dizendo, desmaiou, mas recobrou a consciência várias vezes e, nesses momentos, emitia seus sons assustadores.

Aproximar-se da porta significava sentir dor. Aproximar-se da janela significava sentir dor. Mesmo sem tentar sair, só estar ali causava dor, e muita. Diamond Scott se ofereceu para se rastejar pelo chão, deixando sua coleira indicar o que era proibido. As pessoas reclamavam quando ela passava por cima delas, mas pedi para terem paciência, Di se desculpou e as reclamações pararam. Ainda éramos seres humanos, ainda civilizados. Me perguntei por quanto tempo isso duraria.

— Tem alguém aqui! — disse Di. Ela quase gritou. — Tem alguém morto aqui!

Ai, não. Não, não.

— Quem é? — perguntei.

— Não sei. A pessoa está fria. Não fria ainda, mas... tenho certeza de que está morta!

Segui a voz de Di e vi sua silhueta, uma forma mais escura na escuridão. Ela estava se movendo mais do que os outros, afastando-se da pessoa que ela tinha certeza de que estava morta.

Quem era?

Então, eu engatinhei em direção ao corpo, tentando tomar cuidado, tentando não machucar ninguém, e tive uma sensação, uma lembrança. Temia saber quem era.

O corpo estava sentado num canto, encostado na parede. Era pequeno... como o de uma criança. Era o corpo de uma mulher negra: cabelos, nariz e boca de mulher negra. Mas tão pequeno...

— Zahra?

Ela não tinha respondido quando a chamei antes. Era uma mulher pequena, mas forte e sem papas na língua, e não teria se mantido calada durante tudo aquilo. Ela talvez tivesse tentado sair pela janela antes da pobre Teresa... se tivesse tido a chance.

Estava morta. O corpo ainda não estava rígido, mas em breve ficaria. Estava esfriando. Não estava respirando. Segurei as mãos pequenas entre as minhas e senti a aliança que Harry havia se esforçado tanto para comprar para ela. Harry é um homem à moda antiga, apesar de ter a minha idade. Queria que a esposa usasse a aliança para que ninguém cometesse um erro. Quando Zahra era a mulher mais linda em Robledo, ela estava além do alcance dele, casada com outro homem. Mas quando esse outro homem morreu e Harry viu uma oportunidade, não perdeu tempo. Eles eram muito diferentes... negra e branco, pequenininha e alto, criada na rua e classe média. Ela era três ou quatro anos mais velha do que ele. Nada disso importava. Eles tinham conseguido, de alguma forma, ter um bom casamento.

E agora ela estava morta.

E onde estavam seus filhos? Outro pensamento repentino e terrível me ocorreu. Procurei ferimentos nela, encontrei arranhões e sangue seco, mas nenhum ferimento profundo, nenhuma parte tenebrosamente mole em sua cabeça. Ela tinha sido levada até ali como todas nós. O provável é que ela estivesse viva quando chegou. Nossos captores não teriam notado se ela estivesse morta? Fomos todas jogadas na sala, trancadas e encoleiradas durante os mesmos poucos minutos.

Depois disso, ninguém tinha entrado.

Talvez, então, tivesse sido o gás que havia sido usado em nós. Seria possível que ela tivesse morrido por isso? Ela era a menor adulta da comunidade, menor até do que Nina, Doe e Tori. Seria possível que ela tivesse inalado gás demais para seu corpo pequeno e isso a tivesse matado?

E, nesse caso, o que isso dizia a respeito de nossos filhos?

De algum modo, o tempo passou. Eu permaneci sentada e imóvel ao lado do corpo da minha amiga, e não conseguia pensar nem falar. Chorei. Chorei de pesar, terror e ira. As pessoas me contaram, depois, que eu não emiti som nenhum, mas, por dentro, eu gritava. Dentro de mim mesma, eu gritava com Teresa e chorei, chorei, chorei.

Depois de algum tempo, eu me deitei no chão, ainda chorando, mas sem fazer barulho. Conseguia ouvir as pessoas ao meu redor gemendo, chorando, xingando, falando, mas suas palavras não faziam sentido para mim. Era como se fossem ditas em outro idioma. Eu não conseguia pensar em nada, apenas que queria morrer. Tudo pelo que tinha me esforçado para construir não existia mais. Tinha tudo sido roubado ou morto, e eu queria estar morta também. Minha bebê estava morta. Só podia estar. Se eu pudesse me matar, teria feito isso naquele momento, com prazer. Acordei e vi a luz do sol entrando pela janela. Eu tinha dormido. Como havia conseguido dormir?

Acordei com a cabeça no colo de alguém. No colo de Natividad. Ela havia se aproximado para se sentar encostada na parede ao lado do corpo de Zahra, havia erguido minha cabeça do chão e acomodado-a em seu colo. Eu me sentei, piscando e olhando ao redor. Natividad também estava dormindo, mas meu movimento a acordou. Ela olhou para mim, e então para o corpo de Zahra, e de novo para mim, como se estivesse voltando a enxergar o mundo com foco, cada vez mais perturbada a cada segundo. Seus olhos estavam marejados. Eu a abracei por muito tempo, e então beijei seu rosto.

A sala estava tomada por mulheres e meninas adormecidas. Contei dezenove pessoas, incluindo eu e... sem incluir Zahra e Teresa. Todas estavam sujas, arranhadas e abaladas, espalhadas em todas as posições imagináveis: algumas deitadas no chão, sozinhas, outras em pares ou grupos maiores, apoiando a cabeça no colo, no ombro ou nas pernas de alguém.

Meus seios doíam, vazavam e eu me sentia mal. Precisava ir ao banheiro. Queria minha filha, meu marido, minha casa. Perto de mim, Zahra estava fria e rígida, com os olhos fechados e o rosto lindo e calmo, mas acinzentado.

Eu me levantei e passei por cima das pessoas conforme elas começaram a se levantar. Fui a um canto vazio que eu sabia precisar de reforma. Um leve terremoto alguns meses antes havia causado uma leve separação entre a parede e o chão naquele canto. Não dava para ver de longe, mas formigas entravam por ali, e água derramada ali escorria para fora. Gray havia prometido consertar, mas não tinha parado para fazê-lo.

Eu afastei as pessoas dali, dizendo a elas o que estava fazendo e o porquê. Elas assentiram e não contestaram. Eu não era a única com a bexiga cheia. Agachei ali e urinei. Quando terminei, outras fizeram a mesma coisa.

— A Teresa ainda está lá? — perguntei a Diamond Scott, que estava mais perto da janela.

Di assentiu.

— Está inconsciente... ou talvez morta. — Sua voz saiu sem vida.

— Estou faminta — disse Doe Mora.

— Esqueça a fome — disse Tori. — Queria só um pouco de água.

— Silêncio — falei para elas. — Não falem sobre isso. Só piora as coisas. Alguém viu nossos captores hoje?

— Estão construindo uma cerca — disse Diamond Scott. — Dá para vê-los daqui. Apesar das coleiras que prenderam em nós, estão construindo uma cerca.

Olhei e vi vermes sendo usados para passar fios atrás de várias casas, subindo a colina. Quando olhei, eles estavam destruindo nosso cemitério, derrubando algumas das árvores mais novas que plantamos em homenagem a nossos mortos. Os vermes tinham um nome adequado. Eles pareciam larvas enormes de insetos, dentro de casulos amplos e sufocantes.

Nossos captores ficariam com a nossa terra, então. Até aquele momento, isso não tinha me ocorrido. Eles não estavam ali apenas para roubar ou incendiar, escravizar ou matar. Era isso o que os criminosos sempre tinham feito antes. Era o que tinham feito em meu antigo bairro em Robledo, no bairro de San Diego, de Bankole, e em todos os outros lugares. Um monte de outros lugares. Mas aqueles ficariam, estavam construindo uma cerca. Por quê?

— Ouçam — falei.

A maior parte das pessoas não prestou atenção em mim. As pessoas estavam concentradas em suas tristezas ou nos vermes.

— Ouçam! — falei, colocando o máximo de urgência possível em minha voz. — Há coisas sobre as quais precisamos conversar.

A maioria se virou para olhar para mim. Nina Noyer e Emery Mora ainda estavam olhando pela janela.

— Ouçam — falei mais uma vez, querendo gritar, mas sem arriscar fazê-lo de fato. — Mais cedo ou mais tarde, nossos captores virão aqui. Quando entrarem, precisamos estar prontas para eles. O mais prontas possível. — Parei, respirei fundo, e vi que agora todas estavam olhando para mim, prestando atenção.

— Precisamos fingir cooperação, o máximo que pudermos — continuei. — Precisamos obedecê-los e observá-los, entender o que eles são e o que querem, e seus pontos fracos!

As pessoas olhavam para mim ou como se acreditassem que eu tivesse enlouquecido ou como se fosse uma notícia boa e positiva a de que nossos captores pudessem talvez ter pontos fracos.

— Qualquer coisa que eles nos disserem pode ser mentira — falei. — Provavelmente será. Quem de nós conseguir, deve espiar e ouvir conversas, além de dividir informações com os outros. Podemos escapar deles ou matá-los se os conhecermos e unirmos nosso conhecimento. Descubram coisas sobre as coleiras também. Qualquer coisinha pode ajudar. E mais importante, mais essencial: descubram onde estão as crianças.

— Eles vão nos estuprar — disse Adela, quase choramingando. — Você sabe disso. — *Ela* sabia que fariam isso... ela que já tinha sofrido tantos estupros. Ela, Nina, Allie e Emery. O resto de nós tinha tido sorte... até agora. Agora, estamos sem sorte. De alguma forma, teremos que lidar com isso.

— Não sei — falei. — Eles já poderiam ter nos estuprado, e ainda não o fizeram. Mas... desconfio que você esteja certa. Quando os homens têm absoluto poder sobre mulheres desconhecidas, eles estupram. E estamos encoleiradas. — Olhei para a janela pela qual Teresa havia mergulhado, em pânico. — Se alguém decidir estuprar uma de nós, não conseguiremos detê-lo. — Parei de novo. — Eu acho... que se não conseguirmos convencer um cara a não fazer isso, ou implorar, chorar, fazer com que ele sinta pena ou convencê-lo de achar que temos uma doença, então teremos que aguentar. — Fiz uma pausa, e me senti inadequada e idiota. Eu não deveria estar dando esse tipo de conselho a essas mulheres. Eu, que nunca tinha sido estuprada, não tinha direito a dizer nada a elas. Mas disse a elas: — *Aguentem!* Não joguem sua vida fora. Não acabem como Teresa. Aprendam tudo o que puderem com essas pessoas, e tragam o que puderem para as outras de nós. Até mesmo as coisas feias e idiotas que eles dizem e fazem podem ser importantes. As promessas mentirosas deles podem esconder uma verdade. Se reunirmos o que virmos e ouvirmos, se ficarmos unidas, trabalharmos juntas e apoiarmos umas às outras, virá o momento em que poderemos ganhar nossa liberdade, matá-los ou as duas coisas!

Fizemos um longo silêncio. Elas só ficaram olhando para mim. E então alguém começou a chorar. Era Nina Noyer.

— Era para eu estar livre — disse ela entre lágrimas. — Tudo isso era pra ter terminado. Meu irmão morreu para me trazer para cá.

E, de repente, eu senti uma vergonha *enorme*. Senti vontade de me deitar no chão, encolhida, com minha impotência e meus seios doloridos, gritar e gritar. E não podia. Não podia me permitir falhar com meu povo de mais uma maneira trágica.

E aquele era meu povo – *meu povo*. Eles tinham confiado em mim, e agora eram cativos. E eu não podia fazer nada... nada além de dar a eles conselhos atrevidos e tentar despertar um pouco de esperança.

— Deus é Mudança — eu me ouvi dizer. — Nossos captores estão por cima agora, mas se fizermos as coisas direito, vamos derrotá-los. É isso ou... morrer.

— Não pude tomar meu remédio — disse Beatrice Scolari quando o silêncio era quase total. — Talvez eu morra. — No último ano, ela havia desenvolvido pressão alta e Bankole receitou um remédio. Nina ainda estava chorando, agora agarrada a Allie, que a ninava lentamente como se ela fosse muito mais jovem. A própria Allie chorava, mas totalmente em silêncio. Beatrice Scolari olhou para mim como se eu pudesse fazer seu remédio surgir.

— Seu remédio é uma das primeiras coisas que vamos pedir quando eles começarem a falar conosco — disse a Beatrice. — A primeira coisa de que precisamos é de ajuda para a Teresa... se não for tarde demais. — Mas eles devem ter visto Teresa. Devem tê-la ouvido gritar mais cedo. Talvez não tenham se importado. Eles sabiam que ela não poderia escapar. Talvez eles quisessem usá-la para nos fazer compreender nossa posição. — Vamos pedir nossos filhos e seu remédio, Beatrice — continuei. — E então... então talvez eles nos deixem... cuidar de Zahra.

Esperamos até a tarde, com fome, com sede, assustadas, arrasadas, preocupadas com nossos filhos e querendo saber onde nossos homens estavam. Ninguém nos deu atenção. Vimos os invasores entrando e saindo de nossas casas, terminando a cerca e comendo nossa comida, mas nós só os víamos de longe. Até mesmo Teresa, deitada no chão do lado de fora, foi ignorada.

As mais jovens choravam, brigavam e reclamavam. O resto de nós permanecia em silêncio a maior parte do tempo. Todas tínhamos enfrentado algum tipo de inferno. Todas tínhamos sobrevivido o suficiente para saber que chorar, reclamar e brigar não resolviam nada. Talvez esquecêssemos isso depois de um tempo, mas ainda não era o caso.

Perto das duas ou três da tarde, a porta de nossa prisão foi aberta. Um homem enorme e barbado apareceu tampando a entrada, e olhamos para ele. Usava o uniforme comum – túnica preta com cruz branca e calça preta – e media dois metros, no mínimo. Ele olhou para nós como se estivéssemos fedendo – de fato, estávamos – e como se isso fosse nossa culpa.

— Você e você — disse ele, apontando para mim e para Allie. — Venham aqui para pegar esse cadáver.

Por reflexo, Allie fez cara de teimosa, mas nós duas nos levantamos.

— Ela também está morta — falei, apontando para Zahra.

Não vi o homem mexer a mão, mas deve ter feito algo. Gritei, me convulsionei e caí no chão com uma onda de dor que parecia vir, ao mesmo tempo, de nenhum lugar e de todos os lugares. Eu me sentia em chamas. Depois sumiu num instante. Uma dor lancinante e, logo em seguida, não sentia nada.

O homem esperou eu conseguir olhar para ele, e eu olhei.

— Vocês não falam a não ser que alguém fale com vocês — disse ele. — Façam o que mandarem vocês fazerem e na hora que mandarem, e fiquem de boca fechada!

Eu não disse nada. Mas consegui assentir. Imaginei que deveria assentir.

Allie deu passos em minha direção para me ajudar a me erguer, já com as mãos estendidas. Então, dobrou-se de dor. Ecos de sua dor me tomaram, e eu fiquei paralisada, com os dentes travados. Fiquei desesperada para não deixar evidente minha vulnerabilidade especial, meu compartilhamento. Se eu permanecesse muito tempo como cativa, eles descobririam. Eu sabia disso. Mas não naquele momento. Ainda não.

O homem não pareceu ter reparado em mim. Ele observou nós duas e esperou, aparentemente paciente, até Allie olhar para a frente, assustada e irada.

— Faça o que mandarem e só o que mandarem — disse ele. — Vocês não devem se tocar. Seja lá qual fosse a baixaria com a qual estavam acostumadas, acabou. Está na hora de vocês aprenderem a se comportar como mulheres cristãs decentes... se tiverem cérebro para aprender.

Então era isso. Éramos um culto imundo de amantes livres, e eles tinham vindo para nos endireitar. Para nos educar.

Acredito que Allie e eu fomos escolhidas porque éramos as mulheres mais altas. Eles nos mandaram carregar Zahra, e depois Teresa, até uma área sem mato onde plantávamos jojoba para fazer óleo. Ali, nos deram pás, picaretas, e nos mandaram abrir covas – buracos compridos e profundos – entre as jojobas. Não tínhamos comido nem bebido nada. Só recebíamos uns choques doloridos quando diminuíamos o ritmo mais do que nosso supervisor estava disposto a permitir. O solo era ruim – rochoso e duro. Por isso o usávamos para plantar jojoba. É uma planta resistente. Não precisa de muito. Naquele momento, parecia que nós não precisávamos de muito. Pensei que não seria capaz de cavar o maldito buraco. Fazia muito tempo que não me sentia tão mal de todas as maneiras possíveis, tão péssima, tão assustada. Depois de um tempo, só conseguia pensar em água, em dor e na minha bebê. Perdi a noção de todo o resto.

Eu estava cavando a cova de Zahra, e não conseguia sequer pensar nisso. Só queria que a escavação terminasse. Ela era minha melhor amiga, minha irmã de Mudança, e estava ali, exposta, esperando ao lado do buraco enquanto eu cavava, e não importava. Eu não conseguia me concentrar nisso.

As outras mulheres foram levadas para fora da escola e foram obrigadas a nos observar cavando. Eu sabia disso porque notei o movimento repentino de pessoas se aproximando em silêncio. Olhei para a frente e vi as mulheres pastoreadas na nossa direção por três homens vestindo túnicas pretas e cruzes. Algum tempo depois, percebi que os homens também tinham sido levados até ali. Foram mantidos separados das mulheres, e parecia que alguns deles também estavam cavando.

Fiquei paralisada, olhando para eles, procurando Bankole... e Harry.

A dor repentina me fez gemer. Caí de joelhos dentro do buraco que estava cavando.

— Trabalhe! — disse meu feitor. — Está na hora de vocês, pagãos, aprenderem a trabalhar um pouco.

Eu não tinha visto quem os homens estavam enterrando. Vi Travis, sem camisa, abrindo o buraco no solo duro. Vi Lucio Figueroa cavando outro buraco e Ted Faircloth cavando um terceiro. Então, eles tinham três mortos e nós, duas. Quem eram os mortos deles? Quais de nossos homens aqueles desgraçados tinham matado?

Onde estava Bankole?

Eu não o tinha visto. Tive tão pouco tempo para olhar. Consegui olhar mais vezes enquanto tirava terra do buraco. Entre os homens, vi Michael, depois Jorge, depois Jeff King. E, então, a dor veio de novo. Dessa vez, não caí. Eu me segurei à enxada e me recostei na lateral do buraco que estava cavando.

— Cave! — disse o filho da puta ao lado do buraco. — Não pare de cavar!

O que ele faria se eu desmaiasse? Será que acionaria a coleira até que eu morresse, como Teresa? Ele estava se divertindo? Não sorria enquanto me machucava. Mas continuava me machucando, apesar de eu não ter mostrado sinais de rebeldia.

A submissão não nos protegia. Para alguém de nós sobreviver, tínhamos que fugir daqueles homens o mais rápido possível.

O feitor grande e barbado e cerca de mais trinta homens como ele se posicionaram ao nosso redor enquanto estávamos ao redor das covas. Tivemos que passar por cada cova e olhar para os mortos. Foi assim que Harry soube que Zahra estava morta e foi assim que Lucio Figueroa, que neste mesmo ano havia começado a se interessar por Teresa Lin, soube da morte dela. Foi assim que eu soube que Vincent Scolari estava morto, como sua esposa e sua irmã acreditavam ter acontecido. E Gray Mora estava morto – ensanguentado, destroçado e morto. E foi assim que eu soube que meu Bankole estava morto.

Houve caos. Emery Mora e suas duas filhas começaram a gritar quando viram o corpo estraçalhado de Gray. Natividad e Travis correram para se abraçar. Lucio Figueroa caiu de joelhos ao lado da cova de Teresa, e sua irmã Marta tentou consolá-lo. As duas Scolari tentaram descer dentro da cova para tocar Vincent, beijá-lo, dizer adeus. Todos fomos castigados eletronicamente por falar, gritar, chorar, xingar e exigir respostas.

E eu fui castigada até perder a consciência por tentar matar meu feitor barbado com uma enxada. Qualquer nível de dor teria valido a pena se ao menos eu tivesse conseguido.

12

Cuidado:
A ignorância
Se protege.
A ignorância
Promove a desconfiança.
A desconfiança
Gera medo.
O medo cede,
Irracional e cego,
Ou o medo assoma,
Desafiador e fechado.
Cego, fechado,
Desconfiado, temeroso,
A ignorância
Se protege,
E protegida,
A ignorância cresce.

— **Semente da Terra: os livros dos vivos**

Sinto saudade de Bolota. Não tenho lembranças de lá, claro, mas foi onde meus pais ficaram juntos e foram felizes durante o breve casamento deles. Foi onde fui concebida, onde nasci e onde fui amada pelos dois. Poderia ter sido, deveria ter sido, onde cresci... já que foi onde minha mãe insistiu em ficar. E mesmo se, apesar das intenções de meu pai e dos sonhos de minha mãe, o lugar tivesse se tornado algo mais parecido com um vilarejo agrícola do século XIX do que com um passo em direção ao Destino, eu não teria me importado. Não poderia ser pior do que o lugar onde eu cresci.

Com a chegada dos Cruzados de Jarret — era assim que eles se identificavam —, minha vida se afasta de Bolota e de minha mãe. A única coisa surpreendente foi o fato de termos nos encontrado de novo.

Minha mãe tinha razão a respeito do gás. Tinha o propósito de impedir protestos e subjugar massas de pessoas violentas. Diferentemente de gases que matam ou causam danos permanentes e gases que causam lágrimas e sufocamento ou náusea, aquele supostamente era misericordioso. Era chamado de misericordioso. Era um gás paralisante. Na maior parte do tempo, agia depressa e não causava dor, e também não tinha efeitos colaterais graves. Mas, às vezes, crianças e adultos de corpo pequeno morriam por causa dele. Por isso, um antídoto foi desenvolvido para ser administrado a pessoas pequenas afetadas por ele. Recebi esse antídoto, assim como as outras crianças pequenas de Bolota. Por algum motivo, não foi administrado a Zahra Balter. Obviamente, ela era adulta, apesar do tamanho pequeno. Talvez os Cruzados pensassem que a idade era mais importante do que o tamanho. Não havia médicos entre eles. Não havia nenhum tipo de profissional de saúde. Eles eram pessoas de Deus prontas para levar a verdadeira fé aos pagãos das seitas. Imagino que se alguns pagãos morressem com o gás, não importava muito.

De *Os diários de Lauren Oya Olamina*
Quinta-feira, 24 de novembro de 2033

Dia de Ação de Graças.

Devo sentir gratidão por ainda estar viva? Não sei bem.

Hoje é como se fosse domingo... melhor do que domingo. Recebemos mais comida e mais descanso, e quando a missa terminou hoje cedo, ficamos sozinhos. Sou grata por isso. Eles enfim não estão nos observando. Não querem passar o feriado nos vigiando nem nos "ensinando", como dizem. Isso quer dizer que hoje posso escrever. Na maioria dos dias, eles só nos deixam em paz quando está escuro demais para escrever e já estamos exaustos. Depois do nosso trabalho lá fora, somos vigiados e temos que memorizar e recitar trechos da Bíblia até não mais conseguirmos pensar nem manter os olhos abertos. Sou grata por estar escrevendo e sou grata por não ouvir minha voz entoando algo como "À mulher ele disse: Eu multiplicarei grandemente o teu sofrimento e a tua concepção. Com sofrimento terás filhos; e o teu desejo será para o teu marido, e ele governará sobre ti".

Não podemos conversar na presença de nossos "professores", mas também não podemos ficar calados e descansar.

Preciso agora encontrar uma maneira de escrever a respeito das últimas semanas, para contar o que tem nos acontecido – só contar como se fosse algo razoável e racional. Farei isso, ainda que não seja por nenhum outro motivo além do de ordenar meus pensamentos espalhados. Preciso muito escrever sobre... sobre Bankole.

Todas as nossas crianças pequenas se foram. Todas elas. Desde Larkin, a mais nova, até os meninos dos Faircloth, os mais velhos, todos desapareceram.

Agora, dizem que nossos filhos foram salvos de nossas maldades. Que receberam "bons lares cristãos". Não os veremos de novo, a não ser que deixemos nosso "paganismo" de lado e provemos que nos tornamos pessoas confiáveis o suficiente para sermos deixados próximos de crianças cristãs. Por gentileza e amor, nossos captores – somos obrigados a nos referir a cada um deles como "Professor" – cuidaram de nossos filhos. Colocaram nossos filhos para andar no caminho da boa e útil cidadania americana aqui na Terra e no caminho do céu quando morrerem. Agora, nós, os adultos e as crianças maiores, temos que aprender a trilhar o mesmo caminho. Precisamos ser reeducados. Devemos aceitar Jesus Cristo como nosso Salvador, os Cruzados de Jarret como nossos professores, Jarret como o restaurador da grandeza americana escolhido por Deus e a Igreja da América Cristã como nossa igreja. Só então seremos patriotas cristãos dignos de criar filhos.

Não lutamos contra isso. Nossos captores nos obrigam a ajoelhar, rezar, cantar, testemunhar, e fazemos isso. Deixei claro aos outros, por meio de meu comportamento, que devemos obedecer. Por que alguém resistiria correndo o risco de ser torturado e morto? De que nos serviria isso? Vamos mentir para esses assassinos, esses sequestradores, esses ladrões, esses escravizadores. Diremos a eles o que eles quiserem ouvir, faremos tudo o que eles exigirem que façamos. Um dia, eles se descuidarão ou os equipamentos deles falharão ou encontraremos ou criaremos uma fraqueza, um ponto cego. E, então, nós os mataremos.

Mas apesar de obedecermos, os Cruzados devem se divertir. Com toda sua gentileza amorosa, eles usam as coleiras para nos perturbar. "Isso não é nada perto do fogo do inferno", dizem para nós. "Aprendam a lição ou sofrerão desse modo por toda a eternidade!" Como é possível que façam o que fazem se acreditam no que dizem acreditar?

Eles comem nossa comida e nos dão seus restos, que ou são servidos em tigelas, deixando claro que são migalhas da mesa, ou fervidas em uma sopa aguada com nabos ou batatas de nossas hortas. Vivem em nossas casas e dormem em nossas camas enquanto nós dormimos no chão da escola, homens em uma sala, mulheres em outra, sem comunicação entre os dois grupos.

Nenhum de nós tem um casamento decente, aparentemente. Não fomos casados por um ministro da Igreja da América Cristã. Assim, temos vivido em pecado – "fornicando como cães!", ouvi um Cruzado dizer. Esse mesmo Cruzado arrastou Diamond Scott para seu quarto semana passada e a estuprou. Ela disse que ele afirmou que não tinha nada de errado com isso. Ele era um homem de Deus, e ela deveria se sentir lisonjeada. Depois do ato, ela não parava de chorar e de vomitar. Disse que vai se matar se estiver grávida.

Só um de nós fez isso até agora; só um cometeu suicídio. Emery Mora. Ela se vingou pelo que aconteceu com seu marido e pelo sequestro de seus dois filhos pequenos. Seduziu um dos Cruzados – um dos que tinham se mudado para a casa dela. Ela o convenceu de que estava disposta e interessada em dormir com ele. Em algum momento da noite, ela cortou a garganta dele com uma faca que ela sempre manteve embaixo do colchão. Então, foi até o Cruzado que dormia no quarto das filhas dela e cortou a garganta dele. Depois disso, ela se deitou na cama ao lado de sua primeira vítima e cortou os próprios pulsos. Os três foram encontrados mortos na manhã seguinte. Assim como Gray, Emery havia se vingado.

Por ela e pelas filhas dela, gostaria que ela tivesse escolhido viver. Eu sabia que ela estava deprimida, e tentei incentivá-la a resistir. À noite, quando éramos trancafiadas na sala, todas conversávamos, trocávamos informações e tentávamos incentivar umas às outras. Mas, na verdade, se Emery tinha que morrer, ela escolheu a melhor maneira de fazer isso. Mostrou que podemos matar nossos captores. Nossas coleiras não nos impediriam. Se Emery não estivesse limitada, por sua coleira, a apenas aquela casa, talvez ela tivesse conseguido matar mais captores.

Mas *por que* a coleira dela não a havia impedido de matar? De acordo com o que Marc me disse a respeito do cativeiro dele, as coleiras protegiam os agentes das unidades de controle. Era possível que a coleira dela fosse diferente? Talvez. Não tínhamos como saber. Nenhuma informação que tínhamos reunido e compartilhado na noite tinha a ver com tipos diferentes de coleiras. O que tínhamos aprendido era que todas as nossas coleiras estavam interligadas de algum modo, em uma espécie de rede de coleiras. Tudo podia ser controlado pelas unidades que nossos captores usavam como cintos, mas os cintos em si eram acionados ou coordenados ou, de algum modo, controlados a partir de uma unidade mestra maior que Diamond Scott acreditava ser mantida em um dos vermes sempre presentes. Coisas que o estuprador de Di havia dito enquanto ela estava com ele esperando para ser estuprada de novo fizeram com que ela tivesse certeza disso.

Uma unidade mestra de controle protegida pelas armas, travas e blindagem de um verme estava além do nosso alcance, por enquanto. Tínhamos que saber mais a respeito disso. Mas me ocorreu que era simples o motivo pelo qual a unidade do cinto do estuprador de Emery não tinha salvado seu dono: ele o havia tirado. Que homem ia para a cama de cinto? Os dois homens mortos por Emery tinham tirado os cintos. Por que não? Emery era uma mulher pequena e magra. Um homem de tamanho comum não duvidaria de sua habilidade de controlá-la com ou sem coleira.

Depois de matar os homens, Emery teria tentado usar as unidades dos cintos para se libertar: ou para escapar, ou para tentar nos soltar, ou até para se vingar ainda mais. Teria tentado. Tenho certeza disso. E teria fracassado por não ter as impressões digitais certas ou por não ter alguma chave necessária. Era importante saber disso, mas havia mais coisas: ela havia tentado mexer nas unidades, sem dúvida havia sofrido dor, mas não havia ativado nenhum alarme. Talvez não houvesse alarmes. Isso poderia ser muito importante algum dia.

Todas nós fomos açoitadas pelo que Emery fez. Os homens foram obrigados a assistir.

Fomos levadas para fora da escola e açoitadas enquanto éramos obrigadas a ajoelhar e rezar, a gritar nossos pecados, implorar por perdão e dizer os versículos da Bíblia que eles especificassem. Eu não parava de pensar que eles cometeriam um erro e matariam algumas de nós. Aquilo era uma orgia de abuso e humilhação. Continuou por horas e mais horas com nossos "professores" se revezando, trocando de lugar, gritando o ódio deles para nós, e chamando tudo isso de amor. Quando terminou, eu já não tinha mais voz. Estava toda dolorida. Uma surra de verdade não teria me deixado pior. E se alguém estivesse prestando atenção em mim, teria visto que eu era uma compartilhadora. Perdi o controle. Não consegui esconder nada.

Eu me lembro de ter desejado morrer. Ficava me perguntando se, no fim, eles nos forçariam a seguir pelo mesmo caminho de Emery, cada uma de nós levando alguns deles conosco.

Pessoas novas foram trazidas para viver entre nós; homens e mulheres de assentamentos e de cidades próximas. A maioria delas parece ser apenas gente pobre comum. Algumas eram como os Dovetree. Produziam e vendiam drogas ou bebidas caseiras – cerveja, vinho ou uísque. E nossos vizinhos, os Sullivan e os Gama, foram capturados e trazidos para cá. Alguns dos filhos deles frequentavam nossa escola, mas nenhum deles foi pego conosco. Não vi nenhum deles desde nossa captura. Por que eles foram pegos e trazidos para cá? Parece que ninguém sabe.

As novas mulheres foram enfiadas na mesma sala em que estamos ou levadas para a terceira sala vazia da escola – a sala que antes era nossa clínica. Os homens foram levados para a sala grande com nossos homens.

Preciso escrever sobre Bankole.

Pretendia fazer isso quando comecei. Preciso, mas não quero. É que dói demais.

Os Cruzados estão nos fazendo aumentar nossa prisão e ampliar nossas casas, que agora são as casas deles. E trabalhamos nos campos, como antes. Damos comida aos animais e limpamos seus cercados. Estamos cuidando da compostagem, estamos plantando ervas, estamos colhendo frutas de inverno, legumes e ervas e arrancando arbustos das montanhas. Temos que alimentar a nós mesmos e aos nossos captores. Eles comem melhor do que nós, claro. Afinal, devemos a eles mais do que jamais conseguiremos pagar, já que eles estão nos ensinando a abandonar nossos pecados. Não param de falar que vão nos ensinar o que significa trabalhar duro. Dizem que não somos mais invasores, parasitas e ladrões. Ganhei mais de um açoite por dizer que meu marido e eu somos donos dessa terra, que sempre pagamos nossos impostos nela, e que nunca roubamos nada de ninguém.

Eles queimaram nossos livros e nossos documentos.

Queimaram tudo o que conseguiram encontrar de nosso passado. Dizem que tudo é lixo profano. Eles nos obrigaram a reunir e carregar as coisas, a empilhar e a amontoar tantas das coisas que amamos. E nos observaram, com as mãos nos cintos. Todos os livros em papel e em discos. Todas as coleções que nossas crianças tinham reunido de minerais, sementes, folhas, fotos... Todos os relatórios, modelos, esculturas e pinturas que nossas crianças maiores fizeram. Todas as músicas que Travis e Gray compuseram. Todas as peças que Emery escreveu. Todas as partes de meus diários que encontraram. Todos os documentos, incluindo certidões de casamento, recibos de impostos pagos e o contrato da propriedade de Bankole. Todas essas coisas, nossos "professores" cobriram com querosene e incendiaram, e então remexeram com rastelos e incendiaram de novo.

Na verdade, eles só queimaram cópias dos documentos. Não sei se isso importa, mas é verdade. Desde que conseguimos nosso primeiro trailer, mantemos os originais em uma caixa-depósito em Eureka – isso foi ideia de Bankole. E mantemos outras cópias em nossos outros muitos esconderijos, juntamente com alguns livros, dinheiro e roupas. Eu vinha escaneando os textos de Bankole e meus cadernos do diário e escondendo cópias deles em discos, dentro dos esconderijos também. Não sei por que fiz isso. No caso de meus diários, é uma indulgência da qual sempre me envergonhei um pouco, a de gastar dinheiro fazendo cópia de minhas coisas. Mas eu me lembro de me sentir muito melhor quando comecei a fazer isso. Só me arrependo de não ter escaneado as peças de Emery e as músicas de Travis e Gray. Pelo menos, até onde sei, os esconderijos ainda estão seguros.

Tenho escondido meus papéis, canetas e lápis em nossa sala da prisão. Allie e Natividad me ajudaram a soltar algumas tábuas do piso perto da janela. Usando apenas pedras afiadas e alguns pregos, fizemos um compartimento pequeno abrindo um vão em uma das vigas-mestra de madeira que sustentam as traves do piso. As traves em si eram muito finas e muito óbvias se alguém visse uma tábua solta. Torcemos para que nenhum "professor" espie na escuridão para ver se há alguma coisa dentro da viga. Natividad colocou sua aliança de casamento ali também, e Allie colocou alguns desenhos que Justin tinha feito. Noriko guardou uma pedra verde, lisa e oval. Ela e Michael a haviam encontrado quando saíram para recolher coisas juntos; da época em que podiam ficar juntos.

Foi interessante ver que conseguimos mexer na viga sem que as coleiras nos causassem dor. Allie achou que significava que poderíamos escapar soltando mais tábuas do chão e rastejando por baixo da escola. Mas quando colocamos Tori Mora, a mais magra de todas nós, para tentar descer, ela começou a se retorcer de dor assim que encostou o pé no chão. Ela teve uma convulsão e tivemos que puxá-la de volta.

Então, sabemos mais uma coisa. É algo negativo, mas precisávamos saber.

Muita coisa se foi. Muito foi retirado de nós e destruído. Se não conseguimos escapar, pelo menos encontramos uma maneira de manter algumas coisas. Às vezes me pego pensando que eu poderia aguentar melhor tudo isso se ainda tivesse Larkin e Bankole, ou se eu pudesse ver Larkin e saber que ela está viva e bem. Se eu ao menos pudesse vê-la...

Não sei se as atitudes desses tais Cruzados têm alguma legalidade. É difícil acreditar que possam ter – que se possa roubar a terra e a liberdade de pessoas que obedecem à lei, lutaram para ter o que têm e não mexeram com ninguém. Não acredito que até mesmo Jarret tenha mexido tanto na constituição a ponto de tornar essas coisas legais. Pelo menos, ainda não. Então, como é possível que um grupo de vigilantes tenha a coragem de montar um campo de "reeducação" e administrá-lo com pessoas encoleiradas de forma ilegal? Estamos aqui há mais de um mês e ninguém notou. Nem mesmo nossos amigos e clientes parecem ter percebido. Os Gama e os Sullivan não são ricos nem poderosos, mas estão nessas montanhas há algumas gerações. Ninguém apareceu fazendo perguntas sobre eles?

Talvez sim. E quem respondeu às perguntas? Cruzados com suas próprias identidades como patriotas comuns e obedientes à lei? Acho que não é demais pensar que eles tenham tais identidades. Quais mentiras contaram? Um grupo suficientemente abastado para ter sete vermes, para sustentar pelo menos várias dezenas de homens, e para ter o que parece ser um número sem fim de coleiras caras pode ser capaz de espalhar as mentiras que quiserem espalhar. Talvez nossos amigos do lado de fora tenham ouvido mentiras que julgaram críveis. Ou talvez estejam em silêncio apenas por medo, sabendo que não devem fazer perguntas demais para não terem problemas. Ou talvez seja que nenhum de nós tenha amigos suficientemente poderosos. Não somos ninguém, e nosso anonimato, em vez de nos proteger, nos tornou mais vulneráveis.

Nós, de Bolota, fomos atacados e escravizados sob o pretexto de sermos uma seita pagã. Mas os Gama e os Sullivan não têm uma seita. Perguntei para mulheres das duas famílias por que elas foram atacadas, mas elas também não sabem.

Os Gama e os Sullivan eram donos de suas terras assim como nós e, diferentemente dos Dovetree, os Gama e os Sullivan nunca tinham cultivado maconha nem vendido bebidas alcoólicas. Cuidavam da terra e aceitavam trabalhos nas cidades sempre que surgia uma oportunidade. Eles trabalhavam muito e se comportavam. E, no fim, de que adiantou? Todo o trabalho deles, e o nosso, toda a atenção de Bankole a leis há muito extintas e toda a minha esperança para a minha Larkin e para a Semente da Terra… Não sei o que vai acontecer. Vamos sair dessa! Faremos isso, de algum modo! Mas e depois? Pelo que consegui ouvir, alguns de nossos "professores" são de famílias importantes das Igrejas da América Cristã em Eureka, Arcata e cidades menores adjacentes. Essa terra agora é minha. Bankole, com sua crença na lei e na ordem, fez um testamento, eu o li. A cópia que guardamos aqui foi destruída, claro, mas a original e outras cópias ainda existem. A terra é minha, mas como poderei reavê-la? Como podemos reconstruir o que tínhamos?

Quando nos livrarmos de nossos "professores", vamos matar pelo menos alguns deles. Não vejo como evitar isso. Se for necessário, e se eles tiverem capacidade, vão nos matar para impedir nossa fuga. O modo com que eles nos estupram, o modo com que eles nos açoitam, o modo com que eles deixam alguns de nós morrer... tudo isso me diz que não valorizam nossa vida. As famílias deles sabem do que estão fazendo? A polícia sabe? Seriam alguns desses "professores" eles próprios policiais ou parentes de policiais?

Muitas pessoas têm que saber que *alguma coisa* está acontecendo. Cada turno de nossos "professores" dura pelo menos uma semana, e então eles partem e se ausentam por outra semana. Para onde eles dizem que vão às outras pessoas? A região deve estar cheia de gente que sabe, pelo menos, que algo incomum está acontecendo. É por isso que, quando formos libertados, não vejo possibilidade de permanecermos aqui. Muitas pessoas aqui nos odiarão porque nós matamos seus homens em nossa fuga ou porque não conseguirão nos perdoar pelos erros que eles, suas famílias ou seus amigos, cometeram conosco.

A Semente da Terra vive. Muitos de nós a conhecem e acreditam nela, de modo que ela vive em nós. A Semente da Terra vive e viverá. Mas os Cruzados de Jarret sufocaram Bolota. Bolota está morta.

Não paro de falar que preciso escrever sobre Bankole, e continuo sem escrever. Eu me tornei uma zumbi por dias depois de ver o corpo dele jogado no buraco que eles obrigaram Lucio Figueroa a fazer. Não fizeram nenhuma oração por ele e, claro, não permitiram que nós fizéssemos o velório dele.

Eu o vi vivo no dia em que os Cruzados invadiram. Sei que vi. O que aconteceu? Ele era um homem saudável, e não era tolo. Não teria provocado homens armados para que estes o matassem. Não podemos falar com nossos homens, mas eu tinha que descobrir o que havia acontecido. Fiquei tentando até que consegui um momento para falar com Harry Balter. Queria que fosse Harry para poder contar a ele sobre Zahra.

Conseguimos nos encontrar no campo enquanto trabalhávamos apenas com membros de nossa comunidade por perto. Estávamos colhendo – normalmente na chuva – folhas, cebolas, batatas, cenouras e abóboras, tudo plantado e cultivado pela comunidade de Bolota, claro. Nós também deveríamos estar colhendo bolotas – já deveríamos tê-las colhido –, mas não tínhamos permissão para isso. Alguns de nós estávamos sendo forçados a cortar tanto os carvalhos e pinheiros maduros como as árvores novas que tínhamos plantado. Aquelas árvores não só eram uma homenagem a nossos mortos e fonte de muita proteína, mas também ajudavam a manter a encosta perto de nossas casas no lugar. Por algum motivo, nossos "professores" passaram a pensar que venerávamos árvores, por isso não podemos ter árvores por perto, exceto aquelas que produzem frutas e castanhas que nossos "professores" gostam de comer. Engraçado isso. Os pés de laranja, de limão, de toranja, caqui, pera, castanhas e abacate eram bons. Todos os outros eram tentações do mal.

Foi isso o que Harry me contou, tintim por tintim, durante as vezes em que conseguimos estar perto um do outro em nosso trabalho.

— Eles usaram as coleiras, sabe? — disse ele. — Naquele primeiro dia, eles esperaram todos ficarem conscientes. Então, entraram e um deles disse: "Não queremos que vocês cometam erro nenhum. Queremos que vocês entendam como isso vai ser". E, então, começaram com Jorge Cho, que gritou e se remexeu como uma minhoca no anzol. E, depois, pegaram Alan Faircloth, depois Michael e, então, Bankole.

"Bankole estava acordado, mas não muito alerta. Estava sentado no chão, com as mãos na cabeça, olhando para baixo. Eles já tinham colocado toda a mobília para fora, e a amontoado perto dos caminhões. Então não caímos em cima de nada. Quando usaram a coleira nele, ele não emitiu nenhum som. Só tombou de lado e se debateu, convulsionou-se um pouco. Não gritou, não disse nada. Mas suas convulsões ficaram piores do que as dos outros. E então morreu. E foi isso. Michael disse que a coleira causou um infarto fulminante."

Harry não disse mais nada por muito tempo – ou talvez tenha dito, mas eu não ouvi. Eu chorava, o que era tão atípico em mim. Conseguia não fazer barulho, mas não conseguia conter as lágrimas. Então, eu o ouvi sussurrar, quando voltamos a passar um pelo outro:

— Sinto muito, Lauren. Meu Deus, sinto muito. Ele era um homem bom.

Bankole havia feito o parto dos dois filhos de Harry. Bankole havia feito o parto dos filhos de todo mundo, incluindo o de sua própria filha. Mesmo não acreditando na

Semente da Terra, nem mesmo em Bolota, ele havia permanecido e trabalhado muito para fazer tudo dar certo. Havia tentado mais do que qualquer outra pessoa para fazer dar certo. Era muito absurdo e sem nexo que ele tivesse morrido nas mãos de homens que não o conheciam e não se importavam com ele e que nem mesmo quiseram matá-lo. Eles simplesmente não sabiam como usar as armas poderosas que tinham. Mataram Zahra sem querer porque não levaram o porte dela em consideração. Deram um choque em Bankole e causaram um infarto fulminante sem querer porque não levaram a idade dele em consideração. Só pode ter sido por causa da idade. Ele nunca tivera problemas cardíacos. Era um homem forte e saudável que deveria ter vivido e visto a filha crescer e, talvez, posteriormente, tido um filho ou outra filha.

Eu só queria me deitar entre as fileiras das plantações e ali ficar, gemendo e chorando. Mas me mantive de pé e, de alguma maneira, consegui não atrair a atenção de nossos "professores".

Depois de um tempo, contei a ele sobre Zahra.

— Acredito mesmo que tenha sido devido ao tamanho dela — concluí. — Talvez essas pessoas não entendam muito sobre suas armas. Ou talvez simplesmente não se importem. Talvez as duas coisas. Nenhum deles mexeu um dedo para ajudar Teresa.

Fizemos um longo silêncio, bem longo. Trabalhamos e Harry se controlou. Quando voltamos a falar, sua voz estava firme.

— Olamina, temos que matar esses desgraçados!

Ele quase nunca me chamava de Olamina. Nós nos conhecíamos desde que usávamos fraldas. Ele me chamava de Lauren, exceto nas cerimônias mais importantes nos dias de Reunião. Ele havia me chamado de Olamina pela primeira vez quando dei as boas-vindas ao seu primogênito na comunidade de Bolota, e na Semente da Terra. Era como se, para ele, o nome fosse um título.

— Primeiro, temos que nos livrar dessas coleiras — falei. — Depois, temos que descobrir o que aconteceu com as crianças. Se... se elas estiverem vivas, temos que descobrir onde estão.

— Você acha que elas estão vivas?

— Não sei. — Respirei fundo. — Eu daria quase qualquer coisa para saber onde minha Larkin está e se está bem. — Mais uma pausa. — Essa gente mente a respeito de quase tudo. Mas deve haver registros em algum lugar. Deve haver *algo*. Temos que tentar descobrir. Reunir informação. Procurar pontos fracos. Observe, espere e faça o que tiver que fazer para permanecer vivo!

Um "professor" estava andando na nossa direção. Ou ele havia nos visto cochichando enquanto trabalhávamos ou estava apenas observando. Deixei Harry passar por mim. Nossos poucos momentos de conversa tinham terminado.

13

Quando a visão falha
Perde-se a direção.

Quando a direção é perdida
O propósito pode ser esquecido.

Quando o propósito é esquecido
A emoção domina soberana.

Quando a emoção domina soberana,
Destruição... destruição.

— **Semente da Terra: os livros dos vivos**

De Bolota, eu fui levada a um campo de reeducação que ficava dentro de uma antiga prisão de segurança máxima no condado de Del Norte, ao norte de Humboldt. O lugar se chamava Prisão Estadual de Pelican Bay. E se tornou Campo de Reeducação Cristã de Pelican Bay. Fico feliz em dizer que não me lembro dele, mas as pessoas que passaram algum tempo ali, já adultas ou crianças maiores, me disseram que apesar de não mais ser chamado de prisão, fedia a sofrimento. Devido a sua estrutura de prisão, era mais eficaz do que Bolota para isolar as pessoas, não apenas da sociedade, mas umas das outras. Também oferecia espaço suficiente para um berçário totalmente separado dos presos pagãos que poderiam contaminar as crianças. Passei vários meses no berçário de Pelican Bay. Sei disso porque registraram minhas impressões digitais das mãos e dos pés, e também registraram meus genes, e tais registros foram arquivados na Igreja Americana Cristã de Crescent City. Deveriam ser acessados apenas pelas autoridades do campo — que me impediriam de ser adotada por meus pais biológicos pagãos — e por quem me adotasse, de fato. Além disso, recebi um nome ali: Asha Vere. Asha Vere era o nome de um personagem em um programa popular de Máscaras de Sonhos.

Máscaras de Sonhos — também conhecidas como jaulas de cabeça, livros de sonhos ou apenas como Máscaras — eram novas, na época, e estavam começando a lançar algumas coisas relacionadas à realidade virtual. Até mesmo as primeiras eram baratas: equipamentos parecidos com grandes máscaras de esqui, com óculos sobre os olhos. As pessoas que as usavam ficavam parecendo seres de outro mundo. Mas as Máscaras tornavam sonhos guiados e estimulados por computador disponíveis ao público, e as pessoas as adoravam. As Máscaras de Sonhos tinham relação com antigos detectores de mentira, coleiras de escravos e a uma forma assustadoramente eficiente de sugestão audiovisual subliminar. Apesar da aparência, eram muito leves e confortáveis, parecendo tecido. Elas ofereciam a quem as usava uma série de aventuras nas quais as pessoas podiam se identificar com qualquer um dos vários personagens. Eles podiam levar a vida fictícia completa do personagem com uma sensação realista. Podiam submergir em outras vidas mais simples e mais felizes. Os pobres podiam viver a ilusão da riqueza, os feios podiam ser bonitos, os doentes podiam ser saudáveis, os tímidos podiam ser corajosos...

O povo de Jarret receava que esse novo entretenimento seria como uma droga para os "moralmente fracos". Para evitar a censura, a Dreamasks International, que fazia as Máscaras de Sonhos, criou vários programas religiosos — programas que exibiam especialmente personagens americanos cristãos. Asha Vere era um desses personagens.

Asha Vere era uma bela mulher alta, negra e cristã, parecida com uma amazona, que partia resgatando pessoas de cultos pagãos, de tramas anticristãs e de cafetões de assentamentos. Imagino que alguém acreditava que dar a mim o nome de uma personagem tão correta poderia pôr fim a qualquer tendência hereditária que eu tivesse ao paganismo. Então, acabei recebendo esse nome. Assim como muitas outras mulheres, aliás. Personagens femininas fortes estavam fora de moda na ficção da época. O presidente Jarret e seus apoiadores na América Cristã acreditavam que uma das coisas que tinham dado errado no país era a intrusão das mulheres em "coisas de homens". Já vi registros dele dizendo isso e multidões de homens e mulheres comemorando e aplaudindo sem parar. Na verdade, descobri que Asha Vere era para ser homem, originalmente Aaron Vere, mas um executivo da Dreamask convenceu seus colegas de que estava na hora de haver uma série de sucesso protagonizada por uma mulher americana cristã durona, mas sensível. Ele tinha razão. Havia uma demanda tão grande por personagens femininas interessantes que, por mais tolas que fossem as histórias de Asha Vere, as pessoas gostavam delas. E números surpreendentes de pessoas deram a suas filhas o nome "Asha" ou "Vere", ou "Asha Vere".

Meu nome, por fim, acabou sendo Asha Vere Alexander, filha de Madison Alexander e Kayce Guest Alexander. Eram membros negros da classe média da Igreja da América Cristã em Seattle. Eles me adotaram durante a guerra de Al-Can, quando eles se mudaram de Seattle — que tinha sido atingida por vários mísseis — para Crescent City, onde a mãe de Kayce, Layla Guest, morava. Ironicamente, Layla Guest era refugiada de Los Angeles. Mas ela era uma refugiada muito mais rica do que minha mãe tinha sido. Crescent City, uma cidade grande e em expansão entre as sequoias, era tão perto de Pelican Bay que Layla se apresentou como voluntária no berçário de Pelican Bay. Foi Layla quem uniu Kayce e eu. Kayce não me queria, de fato. Eu era uma bebê grande, séria e de pele escura, e ela não gostava da minha aparência. "Ela era uma coisinha séria, de cara brava", ouvi ela contar a seus amigos, um dia. "E era comum como uma pedra. Eu temia por ela; temia que, se eu não a levasse, ninguém a levaria."

Tanto Kayce como Layla acreditavam que era tarefa dos bons americanos cristãos dar casa às muitas crianças órfãs de assentamentos e de seitas pagãs. Se não dava para ser uma Asha Vere, resgatando todos os tipos de pessoas, dava pelo menos para resgatar uma ou duas crianças infelizes e criá-las direito.

Cinco meses depois, Layla apresentou a filha a mim, e os Alexander me adotaram. Não me tornei filha deles, exatamente, mas eles queriam cumprir sua obrigação: me criar direito e me salvar da vida depravada que eu poderia ter tido com meus pais biológicos.

De *Os diários de Lauren Oya Olamina*
Domingo, 4 de dezembro de 2033

Eles começaram a nos deixar mais sozinhos aos domingos depois da missa. Acho que eles estão cansados de passar seus domingos nos obrigando a decorar capítulos da Bíblia. Depois de cinco ou seis horas de missa e de uma refeição de legumes cozidos, eles nos mandam descansar em nossos aposentos e agradecer a Deus por essa bondade conosco.

Não podemos fazer nada. Para eles, fazer qualquer coisa além de estudar a Bíblia seria "trabalho", e uma violação ao Quarto Mandamento. Temos que ficar parados, sem falar, sem costurar roupas e sapatos (estamos em trapos desde que ficamos com apenas duas mudas de roupa, com o resto todo confiscado). Podemos ler a Bíblia, rezar e dormir. Se formos pegos fazendo algo além disso, somos açoitados.

Claro que assim que nos deixam em paz, fazemos o que queremos. Conversamos aos sussurros, limpamos e consertamos nossas coisas da melhor maneira possível, dividimos informações. E eu escrevo. Só aos domingos conseguimos fazer essas coisas à luz do dia.

Não nos concedem energia elétrica nem lamparinas a óleo, então temos apenas a janela para nos iluminar. Durante a semana, está escuro quando levantamos e escuro quando somos trancados para dormir. Durante a semana, somos máquinas... ou animais domésticos.

As únicas conveniências permitidas são um balde galvanizado que devemos todos usar como vaso sanitário e uma garrafa de plástico de 20 litros de água com um sifão de plástico simples. Cada um de nós tem uma tigela de plástico na qual comemos e bebemos. As tigelas são estranhas. Têm tons azuis, vermelhos, amarelos, verdes e cor de laranja. São as únicas coisas coloridas em nossa sala – mentiras reluzentes e alegres. São a primeira coisa que se vê ao entrar. Mary Sullivan diz que são nossas tigelas de cachorro. Nós as odiamos, mas as usamos. Que escolha temos? Nossos únicos pertences individuais "legais" são nossas tigelas, nossas roupas, nossos cobertores – um para cada – e nossas Bíblias King James de papel dadas pelo Campo Cristão.

Aos domingos, quando temos a sorte de nos deixarem em paz cedo, eu pego papel e lápis e uso minha Bíblia como mesa.

Escrever é uma maneira que tenho de lembrar a mim mesma que sou humana, que Deus é Mudança, e que vou fugir deste lugar. Por mais irracional que isso seja, escrever me conforta.

Outras pessoas encontram outros confortos. Mary Sullivan e Allie unem seus cobertores e fazem amor na calada da noite. Isso as conforta. Elas se deitam perto de mim, e eu as escuto. Não são as únicas que fazem isso, mas são o único casal, até agora, que permanece unido.

— Você sente nojo? — sussurrou Mary Sullivan para mim, certa manhã, com sua franqueza de sempre. Tínhamos sido despertadas mais tarde do que o normal e conseguíamos ver uns aos outros à meia-luz. Dava para ver Mary sentada ao lado de Allie, que ainda dormia.

Olhei para ela, surpresa. Ela é uma mulher alta – quase do meu tamanho – de rosto bem desenhado e ossos grandes, mas com um rosto expressivo e interessante. Ela passava a impressão de sempre ter tido muito trabalho físico pesado para fazer, mas pouco para comer.

— Você ama minha amiga? — perguntei a ela.

Ela hesitou, se retraiu como se estivesse prestes a me mandar cuidar da minha vida ou ir para o inferno. Mas, depois de um momento, disse com a voz áspera:

— Claro que amo!

Consegui sorrir, mas não sei se ela viu, e assenti.

— Então, cuidem uma da outra — falei. — E se houver algum problema, você e suas irmãs devem ficar conosco, com a Semente da Terra. — Somos o grupo mais forte entre as prisioneiras. Os Sullivan e os Gama têm se unido a nós, apesar de nada ter sido dito. Bem, agora eu disse algo, pelo menos para Mary Sullivan.

Depois de um tempo, ela assentiu, sem sorrir. Não era uma mulher de riso fácil.

Temo que alguém se dissocie das demais e denuncie Allie e Mary, mas, até o momento, ninguém denunciou ninguém por nada, apesar de nossos "professores" ficarem nos convidando a denunciar os pecados umas das outras. Houve conflitos algumas vezes. Mulheres de assentamentos se envolveram em brigas por alimentos ou objetos, e o resto de nós impediu que as coisas piorassem – antes que um "professor" chegasse e exigisse saber o que estava acontecendo e quem eram as responsáveis.

E há uma jovem de assentamento, Crystal Blair, que parece ser valentona. Agride ou empurra as pessoas, pega comida e pequenos pertences dos outros. Diverte-se contando mentiras para causar brigas ("Sabe o que ela disse sobre você? Eu ouvi! Ela disse..."). Ela pega coisas das pessoas, às vezes sem fazer questão de esconder o ato. Ela não quer esses pertences patéticos. De vez em quando, quebra as coisas roubadas explicitamente. Quer mostrar para as outras mulheres que pode fazer o que bem entender, e que elas não podem impedi-la. Ela tem poder; as outras, não.

Avisamos que ela deve deixar as mulheres da Semente da Terra, assim como nossos pertences, em paz. Nós nos reunimos e avisamos que estamos dispostas a tornar a vida dela ainda pior do que já é. Descobrimos, por acaso, que só precisávamos pressioná-la contra o chão ou puxar sua coleira. A coleira a castiga — e me castiga e castiga às outras compartilhadoras entre nós se formos tolas e a observarmos sofrendo —, mas não deixa marcas. Se usarmos as roupas delas para amarrá-la e amordaçá-la, então com apenas um puxão, vez ou outra, podemos transformar a noite dela num inferno. Quando fizemos isso uma noite, ela nos deixou em paz. Atormentou outras mulheres. Atormentar pessoas era algo de que ela gostava muito.

Nós nos preocupamos com ela. É mais maluca do que a maioria de nós, e causa problemas, mas ela detesta nossos "professores" mais do que nós. Não os procura quando precisa de ajuda. Mas, com o tempo, pode ser que uma de suas vítimas faça isso. Nós a observamos. Tentamos impedi-la de ir longe demais.

Domingo, 11 de dezembro de 2033

Mais pessoas novas foram trazidas para cá – pessoas esqueléticas e em farrapos, todas desconhecidas. Todos os dias desta semana, um verme chegou para descarregar mais pessoas em grupos de três, quatro ou cinco. Terminamos de construir uma extensão comprida para a escola, parecida com um depósito e construída com madeira que os "professores" trouxeram. Essa extensão é formada por quatro quartos enxutos com beliches, com capacidade para abrigar 30 pessoas em cada um. Cada parede está coberta com três camadas de prateleiras, além de uma escada ou duas de acesso. Cada estante deve ser considerada uma cama estreita comprida, na qual dormirão duas pessoas, normalmente pé com pé ou cabeça com cabeça. As pessoas novas recebem o que temos: um cobertor, uma tigela de plástico, uma Bíblia e uma estante onde devem dormir e guardar suas coisas. Ainda dormimos no chão em nossos quartos, mas todo o resto está igual.

Assim como nós, as pessoas novas estão usando baldes como vaso sanitário. Alguns de nós estão tendo que cavar fossas. Tomei chicotadas por comentar que estavam sendo abertas em um lugar ruim. Poderia contaminar a água subterrânea que alimenta nossos poços. Isso deixaria todos nós doentes, incluindo nossos "professores".

Mas nossos "professores" sabem de tudo. Eles não precisam de conselhos de uma mulher, e de uma mulher pagã, ainda por cima. Foi uma decisão totalmente deles, alguns dias depois, abrir a fossa mais para baixo e longe dos poços.

Alguém colocou uma placa na entrada da estrada: "Campo Cristão – Unidade de Reeducação". Os Cruzados cercaram o local com arame laminado, então não existe entrada nem saída segura que não seja no portão. O arame laminado é feito com fios tão finos que são difíceis de ver. Eles cortam a pele de animais selvagens que encostam neles.

Perguntei a alguns dos desconhecidos o que aconteceu do lado de fora. As pessoas sabem o que é um campo de reeducação? Existem outros campos? Há resistência? O que Jarret está fazendo? O que está acontecendo?

A maioria das pessoas novas não conversa comigo. São pessoas cansadas, assustadas, desgastadas. As que estão dispostas a conversar sabem apenas que foram presas ou raptadas da vida que tinham como invasores, andarilhos ou criminosos.

Muitas das pessoas novas são compartilhadoras. "Joio, se é que existe joio", dizem nossos "professores". "Os filhos pagãos de viciados em drogas." Eles tratam os compartilhadores como alvos de desconfiança, desdém e escárnio. São fáceis de atormentar. Sem desafios.

Nós, compartilhadores da Semente da Terra, ainda não deixamos que eles descobrissem que somos compartilhadores. Temos nos esforçado muito para nos esconder e, admito, temos tido sorte. Nenhum de nós foi levado além do limite em um momento em que nossos "professores" poderiam perceber. Todos nós passamos anos nos escondendo em público, então temos experiência. Até mesmo as meninas da família Mora, de apenas catorze e quinze anos, têm conseguido esconder.

Continuei procurando alguém que pudesse me contar pelo menos um pouco a respeito das coisas lá fora.

Acabei não encontrando meu informante. Ele me encontrou. Era um jovem negro, magro, bem magro, cheio de cicatrizes, cuidadoso, mas não debilitado. O nome dele era David Turner.

— Day — disse ele quando nos encontrou cavando lado a lado no fosso idiota e perigoso que posteriormente foi abandonado. Acho agora que ele só conversou comigo porque não deveríamos conversar.

Olhei para ele sem entender enquanto tirava uma pá de terra de dentro do buraco.

— O meu nome é David — disse ele. — Pode me chamar de Day.

— Olamina — disse sem pensar.

— É mesmo?

— Sim.

— Nome diferente.

Suspirei, olhei para ele, gostei de sua cara de teimoso e de duro na queda, e disse:

— Lauren.

Ele abriu um breve sorriso.

— As pessoas te chamam de Laurie?

— Não se esperam que eu vá responder.

Acho que fomos meio descuidados. Lá de cima, um dos nossos "professores" me açoitou com força, e eu me convulsionei e caí. Já notei que quando um homem e uma mulher encoleirados estão conversando, é a mulher quem costuma ser castigada. As mulheres são sedutoras, sabe? Colocamos homens inocentes em apuros. Desde a época de Adão e Eva, as mulheres colocam os homens em apuros. Bem, fui açoitada com força, mas só uma vez. Depois disso, tomei mais cuidado.

Ser açoitada pela coleira várias vezes é o suficiente para causar problemas temporários de coordenação e perda de memória. Day me contou mais tarde que já tinha visto um homem ser açoitado até não saber mais o próprio nome. Acredito nele. Sei que quando vi o corpo de Bankole, e ataquei o guarda barbado, nunca tinha sentido tanta vontade de matar alguém. Acabei sendo derrubada no ato com um choque forte, e então açoitada várias outras vezes, e Allie diz que pelo modo com que eu me debati no chão, ela pensou que eu acabaria com os ossos quebrados. Acordei com muita dor, com o corpo tomado de hematomas, torções, arranhões e cortes causados pelas pedras, mas isso não foi o pior.

O pior foi como me senti depois. Não me refiro à dor física. Aqui é uma universidade da dor. Fui sincera no que escrevi antes. Passei vários dias depois dos açoites de choque como um zumbi. No começo, sequer conseguia me lembrar de que Bankole estava morto. Natividad e Allie tiveram que me contar tudo de novo mais de uma vez. E não conseguia me lembrar do que tinha acontecido com Bolota, por que estávamos todos trancadas em uma sala de nossa própria escola, onde estavam os homens, onde estavam as crianças...

Não escrevi sobre isso ainda. Quando entendi tudo, fiquei morrendo de medo. Me assustou a ponto de eu me encolher em um canto como uma criancinha assustada.

Depois de sobreviver a Robledo, eu sabia que desconhecidos poderiam aparecer para roubar ou destruir tudo e todos que eu amava. Pessoas e pertences poderiam ser tomados. Mas, de alguma forma, não havia me ocorrido que... que *pedaços da minha mente* poderiam ser roubados também. Eu sabia que podia ser morta. Nunca mantivera ilusões em relação a isso. Poderia ficar com uma deficiência física. Também sabia disso. Mas nunca pensei que outra pessoa, simplesmente apertando um botãozinho, sorrindo e apertando de novo e de novo...

Ele sorriu, meu professor barbado. Eu me lembrei disso mais tarde. Me lembrei de tudo. E quando me lembrei... Bem, foi quando me recolhi num cantinho, chorando e gemendo. O filho da puta sorriu e apertou o botão muitas vezes, como se estivesse me fodendo, e sorriu enquanto me observava gemendo e me debatendo.

Meu irmão disse que uma coleira faz com que sintamos inveja dos mortos. Por pior que isso pareça, não deixou claro para mim, e nem tinha como deixar, a maneira que uma coleira nos faz sentir ódio. Ela nos ensina novas magnitudes de puro ódio. Eu não sabia quase nada de ódio até colocarem essa coisa no meu pescoço. Agora, às vezes, tenho que me esforçar muito para não tentar de novo matar um deles e depois morrer, como Emery.

Tenho conversado com Day Turner, de vez em quando. Sempre que possível, quando passamos um pelo outro ou quando nos colocam para trabalhar na mesma área, conversamos. Incentivei Travis, Harry e os outros homens a falarem com ele. Acho que ele vai nos dizer qualquer coisa que possa nos ajudar. Aqui está um resumo do que ele nos disse até agora:

Day havia atravessado as Sierras depois de sair de seu último emprego estagnante e de salário baixo em Reno, Nevada. Havia andado pelo norte e pelo oeste, tentando encontrar pelo menos uma oportunidade de sair da pobreza. Não tinha família, mas, para se proteger, andava com dois amigos. Tudo estava bem, até que ele e os amigos chegaram a Eureka. Lá, eles ficaram sabendo que uma das igrejas oferecia abrigo noturno e refeições, além de trabalho temporário para homens dispostos a trabalhar. A igreja era, obviamente, a Igreja da América Cristã.

O trabalho envolvia ajudar a consertar e pintar algumas casas antigas que a igreja pretendia usar como parte do abrigo para crianças órfãs. Não havia órfãos ali – pelo menos, nenhum que Day tivesse visto; caso contrário, teríamos enchido Day de perguntas sobre os nossos filhos. Seria de se pensar que já havia órfãos demais nesse mundo nojento. Como algo que dizia ser uma igreja tinha a audácia de fazer novos órfãos com seus vermes e suas coleiras?

Bem, Day e seus amigos gostaram da ideia de fazer algo pelas crianças e de ganhar uns dólares, além de cama e algumas refeições. Mas tiveram muito azar. Enquanto dormiam, na primeira noite deles no quarto de homens da igreja, um grupo pequeno entre os homens tentou roubar o lugar. Day afirma não ter tido nada a ver com o roubo. Disse não se importar nem um pouco se acreditamos nele ou não, mas que nunca roubou a não ser que fosse para comer e que nunca na vida tinha roubado de uma igreja. Tinha sido criado por um tio e uma tia muito religiosos, já falecidos, e graças ao que eles ensinaram a ele havia algumas coisas que simplesmente se recusava a fazer. Mas disseram que os ladrões eram negros, e Day e seus amigos eram negros, por isso foram considerados culpados.

Eu me peguei acreditando nele. Talvez seja uma estupidez da minha parte, mas gosto dele e não me parece que seja mentiroso nem ladrão de igrejas.

Ele conta que os seguranças da igreja invadiram os quartos, e os homens acordaram e fugiram para todos os lados. Eram todos homens pobres e livres. Quando surgiu esse problema, e nenhum lucro a ser recebido, a maioria deles não pensou em nada além de fugir – principalmente quando o tiroteio começou.

Day não tinha arma. Um de seus amigos tinha, mas os três foram separados. E, então, todos foram pegos.

Ele e outros dezoito ou vinte homens foram pegos, e todos os negros foram presos. Alguns foram acusados de crimes violentos – assalto à mão armada e agressões. O resto foi acusado de vadiagem – que é um crime muito mais sério do que antes. Os sem-teto foram condenados e mandados à Igreja da América Cristã. Os amigos de Day foram acusados de crimes violentos como parte do primeiro grupo porque foram encontrados juntos e um deles estava armado. Day estava no grupo dos sem-teto. Ele tinha sido condenado a trabalhar por trinta dias para a igreja. Já tinha sido transferido e forçado a trabalhar por mais de dois meses. E foi eletronicamente açoitado quando reclamou dizendo que a pena já tinha sido cumprida. A princípio, disseram que ele poderia ganhar liberdade se conseguisse provar que tinha um emprego à sua espera do lado de fora. Claro que, como ele era um desconhecido na região, e como não tinha tempo livre para procurar um emprego, foi impossível conseguir um trabalho fora dali. Mas os sem-teto da área, por outro lado, foram, um a um, resgatados por parentes e amigos que prometiam empregos ou prometiam alimentá-los e abrigá-los para que não voltassem para a rua.

Day havia trabalhado com construção, pintura, jardinagem e serviços gerais. Havia sido submetido a um exame físico completo e teve que doar sangue duas vezes. Ele tinha sido incentivado a se oferecer para doar um rim ou uma córnea, e depois disso poderia se recuperar do procedimento e ficar livre. Isso o aterrorizava. Ele se recusou, mas não tinha como não considerar que seus órgãos e, na verdade, sua vida, poderiam ser tirados dele a qualquer momento. Quem saberia? Quem se importaria? Ele se perguntava por que eles não o haviam matado ainda.

E, então, eles o levaram ao Campo Cristão para ser reeducado. Disseram que havia esperança para ele; que podia, se quisesse, aprender a ser um servo de Deus e da verdadeira igreja de Deus e um cidadão leal ao melhor país do mundo. Ele disse que já era um cristão. Eles disseram: "Prove". Disseram que ele seria aceito entre eles se o julgassem penitente e educado com as verdades da Bíblia.

Então, Day citou de Êxodo 21:16: "E aquele que furtar um homem e o vender, ou se for encontrado em sua mão, certamente será morto". Day foi açoitado pela escolha do versículo, claro, e disseram a ele que o povo da América Cristã sabia bem que o demônio conseguia citar as escrituras.

A maioria das pessoas não sabe sobre os campos, segundo Day. Ele aprendeu, conversando com os outros homens encoleirados, que existem alguns campos pequenos, como o nosso Campo Cristão, e pelo menos dois grandes – muito maiores do que o nosso. Um dos grandes fica em uma prisão abandonada no condado de Del Norte e o outro, no condado de Fresno. As pessoas não se dão conta de como os pobres livres e sem-teto estão sendo tratados, mas teme que, mesmo se eles soubessem, não se importariam. O provável é que pessoas com residência legal ficariam felizes ao ver uma igreja dando um jeito nos ladrões, drogados, traficantes e transmissores de doenças que eram os pobres livres e desabrigados.

— Quando eu vivia com meus tios, era assim que eles pensavam — disse Day. — Andamos pelas estradas, pedindo dinheiro e revirando lixo, e isso faz as pessoas lembrarem que o que aconteceu conosco pode acontecer com elas. Elas não gostam de pensar em coisas assim, então ficam bravas conosco. Fazem os policiais nos prenderem ou nos expulsarem da cidade. Elas nos xingam e gostariam que alguém fizesse algo para que nós desaparecêssemos. E, agora, tem alguém fazendo exatamente isso!

Ele tem razão. Há muitas pessoas que pensariam que a Igreja estava fazendo algo generoso e necessário – ensinando malandros a trabalhar e a ser bons cristãos. Ninguém veria problema até que os campos fossem bem maiores e as pessoas neles não fossem apenas andarilhas ou invasoras de propriedade. Para nós, da Semente da Terra, isso já aconteceu, mas quem somos nós? Apenas membros esquisitos de seitas que praticam rituais estranhos, então sem dúvida existem pessoas comuns e simpáticas que ficariam felizes em nos ver aprendendo a nos comportar também.

Quantas pessoas, me pergunto, podem ser presas e atormentadas – reeducadas – até a maioria dos americanos se importar? O que pensam os outros países sobre o fato de as pessoas estarem sendo presas? Eles sabem? Se importariam? Há coisas piores acontecendo aqui nos Estados Unidos e em outros lugares, eu sei. Tem a guerra, por exemplo.

Estamos efetivamente em guerra. Os Estados Unidos estão em guerra com o Alasca e com o Canadá. As pessoas estão chamando o conflito de guerra de Al-Can. Eu sei que Jarret queria uma guerra, mobilizou-se para dar início a uma. Mas até Day me contar, eu não tinha percebido que ela havia começado. Já houve troca de mísseis e algumas batalhas de fronteira sangrentas. Mais tarde contei sobre isso a Allie, que pensou por um tempo.

— Quem está ganhando? — perguntou ela.

Balancei a cabeça.

— Day não me contou. Caramba, eu nem perguntei.

Ela deu de ombros.

— É, não importa muito para nós, não é?

— Não sei — falei.

Somos cerca de 250 presos, e, pela minha conta mais recente, há 20 guardas. Pense: se todos conseguirmos nos movimentar ao mesmo tempo, 10 ou 12 pessoas por guarda, pode ser que consigamos...

Pode ser que consigamos morrer como Teresa. Um só "professor" poderia, com um só dedo, nos deixar rolando e nos retorcendo no chão. Talvez consigamos morrer, todos nós, sem fazer muito mais do que assustar nossos guardas.

Domingo, 18 de dezembro de 2033

Agora eu também fui estuprada.

Aconteceu duas vezes. Uma vez na segunda, e de novo ontem. É meu presente de Natal da América Cristã.

Domingo, 25 de dezembro de 2033

Preciso escrever o que tem acontecido comigo. Não quero, mas preciso.

Ser uma compartilhadora é sentir o prazer e a dor – o prazer e a dor aparentes – das outras pessoas. Houve vezes em que senti o prazer de um de nossos "professores" quando ele açoitou alguém. Na primeira vez em que aconteceu – ou melhor, na primeira vez em que compreendi o que estava acontecendo –, vomitei.

Quando alguém grita de dor, tomo o cuidado de não olhar. Se por acaso vejo alguém se retorcer de dor, até agora consegui me recostar numa parede, numa ferramenta, num amigo ou numa árvore. Mas nunca me ocorreu que eu teria que me proteger dos prazeres de nossos "professores".

No entanto, há alguns homens aqui, alguns "professores", que nos açoitam até atingirem o orgasmo. Nossos gritos, convulsões, pedidos e choros são o que esses homens precisam para se sentir satisfeitos sexualmente. Sei de três deles que aparentemente precisam açoitar alguém para sentir prazer sexual. Com frequência eles açoitam uma mulher e depois a estupram. Às vezes, só os açoites bastam para eles. Não quero saber disso com a clareza com que agora sei, mas não tenho como evitar. Esses homens se esbaldam em nossa dor – e ainda nos chamam de parasitas.

O estupro é feito com falso sigilo. Afinal, esses homens vêm ao Campo e fazem uma ronda padrão. Então, pelo menos alguns deles devem voltar para casa para ficar com as esposas e os filhos. Com exceção do reverendo Joel Locke e de seus três principais assistentes, que trabalham aqui em período integral, os homens que vêm aqui ainda vivem no mundo real. Estupram, mas fingem não estuprar. Dizem ser religiosos, mas o poder corrompeu até mesmo os melhores entre eles. Não gosto de admitir, mas alguns deles são, por mais estranho que pareça, homens comuns e decentes. Com isso, quero dizer que eles acreditam no que estão fazendo. Não são todos sádicos e psicopatas. Alguns deles realmente parecem pensar que pegar delinquentes e levá-los a lugares como Campo Cristão é certo e necessário para o bem do país. Não aprovam o estupro e os açoites desnecessários, mas acreditam que os presos são, de algum modo, inimigos da pátria. Seus superiores dizem a eles que parasitas e pagãos como nós derrubaram "a poderosa América". Os Estados Unidos eram o país mais forte da Terra, mas pessoas como nós foram seduzidas por religiões estrangeiras e se recusaram a cumprir sua obrigação como cidadãos. Nós mulheres perdemos todo o pudor e nos oferecemos nas ruas, e os homens que deveriam ter nos controlado se tornaram nossos cafetões.

Esse é o resumo de como somos ruins e por que precisamos ficar encoleirados. O outro lado dessa imagem é como nossos "professores" – que se esforçam e que há muito sofrem – estão tentando nos "ajudar".

Um dos homens que anda atrás de Cristina, a irmã de Jorge, se especializou nessa atitude estranha e autopiedosa. Conversou com ela sobre a esposa presa a uma cadeira de rodas, sobre os filhos que não o respeitam, sobre como todos eles são pobres. Ela diz que implorou para que ele a deixasse em paz, e que ele a jogou no chão e a forçou. Ele afirmou ser um americano cristão leal e trabalhador, e por isso tinha direito a algum prazer na vida. Mas, quando terminou, implorou para que ela o perdoasse. Insanidade.

Meu estupro aconteceu no fim de um dia muito frio e chuvoso. Eu havia recebido a ordem para cozinhar. Isso significava que poderia me lavar, ficar aquecida e seca e, pela primeira vez em muito tempo, comer bem. Estava me sentindo grata por isso e envergonhada de minha gratidão. Trabalhei com Natividad e com duas das mulheres da família Gama, Catarina e Joan, e, no fim do dia, todas fomos levadas para casas e estupradas.

De nós quatro, só eu era uma compartilhadora. De nós quatro, só eu enfrentei não só minha própria dor e humilhação, mas o prazer intenso de meu estuprador. Não há palavras que expliquem a feiura doentia e esquizoide disso.

Não podemos tomar banho com frequência. Ficamos sem água quente e com pouco sabonete se não estivermos cumprindo as obrigações na cozinha. Se pedirmos para tomar banho, dizem que é vaidade. Mas, ainda assim, somos vistas com nojo e desdém se estivermos cheirando mal. Dizem que "o pecado fede".

Então, que seja.

Decidi feder como um cadáver. Decidi que prefiro pegar uma doença por estar imunda do que por ter atraído a atenção desses homens. Serei imunda. Vou ficar fedendo. Não darei atenção a meus cabelos nem às minhas roupas.

Preciso fazer isso ou vou me matar.

O Eu é.

O Eu é corpo e percepção corporal. O Eu é pensamento, memória, crença. O Eu cria. O Eu destrói. O Eu aprende, descobre, se torna. O Eu molda. O Eu se adapta. O Eu inventa seus motivos para ser. Para moldar Deus, molde o seu Eu.

— **Semente da Terra: os livros dos vivos**

14

Busque conforto.

Cada ação em direção ao Destino,

Cada realização do Destino,

Deve significar novos inícios,

Novos mundos,

Um renascimento da Semente da Terra.

Sozinho,

Cada um de nós é imortal.

Mas por meio da Semente da Terra,

Por meio do Destino,

Nós nos unimos.

Ganhamos propósito,

Imortalidade,

Vida!

— Semente da Terra: os livros dos vivos

De alguma maneira, minha mãe conseguiu aguentar mais de um ano de escravidão no Campo Cristão. Como ela conseguiu, como sobreviveu, só dá para tentar imaginar pelo que ela escreveu em 2033 e 2035. Os registros dela de 2034 se perderam. Ela escreveu ao longo de 2034. Não tenho dúvida disso. Não teria como ela ter passado um ano sem escrever. Já encontrei referências ocasionais a registros feitos nesse ano. Sem dúvida, ela escrevia em qualquer pedaço de papel que conseguisse encontrar.

Obviamente, ela gostava de guardar o que escrevia quando podia, mas acho que escrever a ajudava independentemente de ela conseguir guardar seus registros ou não. O ato de escrever em si era um tipo de terapia.

A perda mais importante foi esta: houve pelo menos uma tentativa de fuga. As pessoas de Bolota não participaram dela, mas claro que sofreram por isso mais tarde, assim como o resto do Campo Cristão. Seu líder era o mesmo David Turner que minha mãe tinha conhecido e de quem havia gostado em 2033. Sei disso porque conversei com pessoas que estavam lá, que sobreviveram e que se lembram do sofrimento.

Minha melhor informante era uma mulher faladeira chamada Cody Smith, que, em dezembro de 2034, tinha sido presa por vadiagem em Garberville e levada ao Campo Cristão. Ela foi uma das sobreviventes da rebelião, mas, como resultado, sofreu danos neurais e acabou ficando cega. Ela apanhou, levou chutes e recebeu açoites eletrônicos. Aqui está a história, conforme ela contou a mim:

O pessoal de Day Turner tinha certeza de que poderiam vencê-los se fossem em trios ou em maior número para cima de cada um. Acreditavam poder matar os guardas antes que as coleiras os deixassem incapacitados. Lauren Olamina disse não. Disse que os guardas nunca ficavam todos juntos, nunca ficavam do lado de fora ao mesmo tempo. Ela disse que um único guarda que escapasse poderia matar todos nós com apenas um dedo. Day gostava dela. Não sei por quê. Ela era grande como um homem e não era bonita, mas ele gostava dela. Só não acreditava que ela tivesse razão em relação àquele assunto. Achava que ela estava com medo. Mas ele a perdoou porque ela era mulher. Aquilo a deixou irada. Quanto mais ela tentava convencê-lo a abandonar aquela ideia, mais determinado ele se sentia a seguir em frente. Então, ele perguntou se ela o deduraria, e ela ficou tão calada e tão irada que ele acabou dando um passo para trás. Ela era assim. Não gritava quando ficava brava, ficava bem calada. E assustava as pessoas.

Ela perguntou quem diabos ele pensava que ela era, e ele respondeu que começava a não ter certeza. Depois disso, ficou um clima ruim. Ela parou de falar com ele e começou a falar com seu próprio povo. Era difícil falar, perigoso falar. Era contra as regras lá. As pessoas tinham que sussurrar, murmurar e falar sem mover os lábios e sem olhar para as pessoas com quem estavam falando. Quem fosse pego era açoitado. As mensagens eram passadas de uma pessoa a outra. Às vezes, elas acabavam sendo confundidas ou mudadas e não dava para saber o que as pessoas estavam tentando dizer. Às vezes, alguém contava aos guardas. Pessoas novas trazidas das estradas faziam isso: contavam coisas que não eram da conta delas. Ganhavam um pouco mais de comida, um agasalho ou algo assim quando decidiam falar. Mas se nós as flagrássemos falando, elas nunca mais repetiam a traição. Cuidávamos para que não fizessem isso. Mas sempre havia quem falasse. Faziam isso em busca de recompensa ou porque sentiam medo, ou até porque tinham começado a acreditar em todos aqueles sermões e nas aulas da Bíblia, nas reuniões para oração e outras coisas que eles nos obrigavam a ouvir de pé ou sentados quando estávamos quase cansados demais para viver. Acho que algumas mulheres faziam isso para que os guardas as tratassem melhor na cama. Alguns guardas gostavam de machucar as mulheres. Então, para nós, falar era perigoso mesmo se nenhum guarda nos visse falando.

Bem, aparentemente ninguém havia denunciado Day Turner. Lauren Olamina apenas disse a sua gente que, quando acontecesse, eles deveriam se deitar de bruços no chão com as mãos atrás do pescoço. Algumas pessoas não queriam fazer isso. Achavam que Day tinha razão. Mas ela insistiu, forçando, perguntando a respeito dos açoites que eles já tinham visto; um guarda açoitando oito ou nove pessoas ao mesmo tempo com apenas um dedo... Ela era açoitada muitas vezes, tentando falar com eles, principalmente com os homens de seu grupo. Acho que Day tentava convencê-los à noite quando homens e mulheres eram trancados separadamente. Você sabe as bobagens que os homens dizem uns aos outros quando querem fazer com que outros homens parem de dar ouvidos a uma mulher. Pelo que soube, Travis Douglas era quem mantinha os homens de Olamina no eixo. Ele não era muito grande, mas tinha uma presença. As pessoas confiavam nele, ouviam o que dizia, gostavam dele. E, por algum motivo, Travis confiava em Olamina. Ele não gostava do que ela estava ordenando que eles fizessem, mas ele... era como se ele acreditasse nela, sabe como é.

Quando aconteceu a fuga, a maioria da gente de Olamina fez o que ela tinha orientado. Isso salvou as pessoas de levarem tiros ou de apanharem tanto quanto os outros que não se abaixaram depressa, como eu. O grupo de Day começou a agarrar os guardas, e o grupo de Bolota caiu no chão como pedras. Quando a dor veio, todos começaram a cair no chão, todos, menos um homem chamado

King – Jeff King, um homem grande, loiro e bonito – e três mulheres. Duas delas tinham o sobrenome Scolari – eram irmãs, aparentemente – e a outra era Channa Ryan. Eu conhecia Channa Ryan. Ela não aguentava mais. Estava grávida, mas ainda não dava para perceber muito. Pensou que se morresse levando um dos guardas e o bebê de um dos guardas consigo, seria bom. Havia esse homem – um filho da puta feio que talvez tomasse banho só uma vez por semana – que costumava fazer com que ela fosse à casa dele duas ou três vezes por semana. E se divertia com ela. Ela queria matá-lo, mas não matou.

O grupo de Day matou um guarda. Só um, e foi uma mulher quem o matou: aquela cadela malvada, Crystal Blair. Ela morreu por isso, mas o matou. Não sei por que ela detestava tanto os guardas. Eles não a estupravam, não prestavam muita atenção nela. Acho que era por eles terem tirado sua liberdade. Ela era insuportável enquanto estava viva, mas as pessoas meio que a respeitavam depois de sua morte. Ela rasgou o pescoço daquele guarda com os próprios dentes!

O grupo de Day machucou mais alguns guardas, mas acabaram perdendo quinze pessoas. Quinze mortos só para começar. Alguns outros foram açoitados até morrer ou até quase morrer mais tarde. Alguns foram chutados e pisados e também foram açoitados. Eu também fui porque estava muito perto de Crystal Blair quando ela matou um daqueles guardas. Day também foi morto, mas só depois. Eles o enforcaram. A essa altura, ele estava tão machucado que duvido que tenha entendido o que estava acontecendo. O resto de nós se feriu, mas não muito. Os que conseguiam andar tiveram que ir trabalhar no dia seguinte. Não importava se estávamos com dor de cabeça, com os dentes quebrados devido a chutes, com escoriações ou hematomas por termos sido pisados com botas. Os guardas disseram que, se não conseguiam tirar o demônio de dentro de nós com as agressões, fariam isso nos obrigando a trabalhar. Aqueles que não conseguiam andar desapareceram. Não sei o que aconteceu com eles. Talvez tenham sido mortos, talvez tenham sido levados para tratamentos. Nunca mais os vimos. Todos os outros trabalharam dezesseis horas sem parar. E eram açoitados se parassem para urinar. Tínhamos que fazer na roupa e continuar trabalhando. Eles fizeram isso por três dias seguidos. Trabalhar dezesseis horas. Cavar um buraco. Encher o buraco. Cortar árvores. Rachar lenha. Cavar mais um buraco. Encher o buraco. Pintar as cabanas. Cortar ervas daninhas. Cavar um buraco. Encher o buraco. Tirar pedras dos montes. Quebrá-las para transformá-las em pedregulhos. Cavar um buraco. Encher o buraco.

Algumas pessoas enlouqueceram. Uma mulher simplesmente caiu no chão e começou a gritar e a chorar. Não parava. Outro, um homem grande com cicatrizes por todo o rosto, começou a correr e a gritar. Não ia a lugar nenhum, corria em círculos. Estes também desapareceram. Três dias. Não recebemos muita comida. Ninguém nunca comia muito se não estivesse trabalhando na cozinha. Todas as noites, eles pregavam sobre o fogo do inferno e sobre expiação e nos faziam memorizar versículos bíblicos durante pelo menos uma hora, e só depois nos deixavam dormir. E, então, era como se não tivéssemos dormido nada, pois logo eles vinham nos acordar para fazer tudo de novo. Era um inferno. O verdadeiro inferno. Nenhum demônio teria conseguido fazer um inferno pior.

Cody Smith. Ela era uma idosa quando eu a conheci — analfabeta, pobre e sofrida. Se a versão que ela deu da tentativa de fuga e do que ocorreu depois for verdadeira, não surpreende que minha mãe não tenha escrito muito sobre isso depois de ser solta. Nunca encontrei ninguém que a tenha ouvido falar muito sobre o assunto.

Mas pelo menos ela reuniu a maior parte de sua gente graças à rebelião. Perdeu apenas três, e mais duas — as irmãs Mora — tinham deixado transparecer que eram compartilhadoras. Fico muito surpresa por saber que nem todos os compartilhadores foram descobertos. Por outro lado, quando todo mundo está gritando, acho que os gritos de compartilhadores não chamam muita atenção. Não sei como as Mora deixaram transparecer, mas Cody Smith e outros informantes me disseram que foi o que aconteceu. Pode ter sido por isso que, depois da rebelião, elas passaram a ser estupradas com mais frequência do que as outras mulheres. Elas nunca entregaram outros compartilhadores.

Assim foi a vida de minha mãe em 2034. Eu não desejaria isso a ela. Eu não desejaria isso a ninguém.

O que foi feito com a minha mãe e com as outras pessoas presas naquela época foi ilegal sob quase todos os aspectos. Nunca foi legal encoleirar pessoas que não tenham cometido crimes, nunca foi legal confiscar propriedade nem separar marido e esposa, nem forçá-los a trabalharem sem qualquer tipo de pagamento. A questão de separar filhos de pais, no entanto, poderia ter sido encarada quase como algo legal.

As leis contra os sem-teto foram muito expandidas, e os adultos desabrigados com filhos podiam perder a guarda deles, a menos que conseguissem estabelecer lares para eles dentro de um período específico. Em alguns condados, igrejas e empresas locais ajudavam na recolocação profissional, e os empregos tinham que oferecer, pelo menos, moradia e alimentação para a família, ainda que não houvesse salário. Mulheres sem-teto com frequência se tornavam empregadas domésticas sem salário ou cuidadoras mal remuneradas de crianças. Em outras regiões, não havia nenhuma ajuda para desabrigados. Tinham que prover um lar adequado para seus filhos, caso contrário as crianças eram retiradas de suas mãos inadequadas e incapazes.

Não era de surpreender que as crianças fossem "resgatadas" dessa maneira com muito mais frequência dos sem-teto considerados pagãos do que daqueles vistos como cristãos aceitáveis. E os "pagãos" que eram pobres, mas não verdadeiramente desabrigados, podiam acabar sendo reclassificados como sem-teto para que seus filhos pudessem ser levados a bons lares da América Cristã. A ideia, claro, era fazer com que eles se tornassem bons americanos cristãos apesar da maldade ou, no mínimo, do erro de seus pais.

É difícil acreditar que algo assim tenha acontecido aqui, nos Estados Unidos, no século XXI, mas aconteceu, sim. *Não deveria* ter acontecido, apesar de todo o caso que havia ocorrido antes. As feridas estavam se fechando. Pessoas como a minha mãe estavam abrindo pequenos negócios, vivendo de modo simples, tornando-se mais prósperos. A taxa de criminalidade estava caindo, apesar das coisas tristes que aconteceram com a família Noyer e com o tio Marc. Até mesmo a minha mãe disse que as coisas estavam melhorando. Mas, ainda assim, Andrew Steele Jarret conseguia assustar, dividir e intimidar as pessoas, fazendo com que primeiro o elegessem presidente e depois permitissem que ele consertasse o país para elas. Ele não conseguiu fazer tudo o que queria fazer. Era capaz de um fascismo muito maior. Assim como seus seguidores mais ávidos.

Para pessoas como minha mãe, os seguidores fanáticos de Jarret eram o principal perigo. Durante o primeiro ano de Jarret na presidência, seus piores seguidores ficaram descontrolados. Tomados por um senso de superioridade justiceiro e populares entre os muitos cidadãos comuns e assustados que só queriam ordem e estabilidade, os fanáticos montaram os campos. Enquanto isso, Jarret se ocupou com a ridícula e obscena guerra de Al-Can. Os capangas de Jarret que não estavam encoleirando pessoas eram seduzidos pelo próprio Jarret para que se alistassem no exército e alimentassem o que acabou sendo um exercício inútil e idiota de destruição. O país, já enfraquecido, quase ruiu. Muitos americanos, independentemente de serem da América Cristã ou não, tinham amigos e familiares no Canadá e no Alasca. As pessoas deixaram ou abandonaram o país para evitar o recrutamento militar compulsório (que ocorreu, no fim das contas). Diziam, durante a guerra, que os rapazes saudáveis eram o principal produto de exportação dos Estados Unidos.

Houve muita matança dos dois lados da fronteira com o Canadá e houve ataques aéreos e navais nas cidades costeiras do Alasca. A guerra foi como uma versão exagerada da tentativa de fuga no Campo Cristão. Muito sangue foi derramado, mas pouco foi conquistado. A guerra começou com raiva, amargura e inveja de nações que pareciam estar subindo ao mesmo tempo que nosso país parecia estar despencando.

Então, a guerra foi perdendo a força. A princípio, houve muito conflito, muita destruição, muitos gritos e muitas bandeiras sendo balançadas. Depois, gradualmente, ao longo de 2034, uma fadiga terrível e amarga pareceu tomar as pessoas. Famílias pobres viram seus filhos sendo recrutados e mortos, como elas diziam, "por nada!". Comprar comida decente ficou mais difícil do que nunca. Afinal, a maior parte dos grãos que consumíamos durante os anos de mudança climática e de caos tinha sido importado do Canadá. Por fim, no final de 2034, as conversas sobre paz começaram. Depois disso, com exceção da mágoa e de incidentes ruins ocasionais, a guerra havia terminado. A fronteira entre Canadá e Estados Unidos ficou onde sempre tinha sido, e o Alasca permaneceu como um país independente. Foi o primeiro estado a conseguir se separar oficial e completamente da nação. As pessoas diziam que o estado natal de Jarret, o Texas, seria o próximo.

Em menos de um ano, Jarret deixou de ser nosso salvador, quase Cristo retornado para algumas pessoas, e passou a ser um filho da puta incompetente que estava gastando nossos recursos em coisas que não importavam. Não estou dizendo, com isso, que todos mudaram de opinião em relação a ele. Muitas pessoas não mudaram. Meus pais adotivos não mudaram, apesar de Jarret ter custado a eles uma linda filha, inteligente e amada. Cresci ouvindo falarem dessa filha o tempo todo. Ela se chamava Kamaria e era perfeita. Sei disso porque minha mãe me contava sobre ela pelo menos uma vez todos os dias de minha infância. Nunca fui capaz de ficar tão linda quanto Kamaria, nem de arrumar meu quarto tão bem ou me sair tão bem nos estudos ou sequer lavar uma privada tão bem — apesar de achar difícil de acreditar que a vaquinha perfeita tivesse lavado uma privada alguma vez na vida... ou sequer usado uma.

Eu não sabia que ainda tinha ressentimento suficiente para escrever algo assim. Não deveria. É muita tolice odiar alguém que nunca vimos, alguém que nunca nos fez mal. Agora acredito que eu tenha canalizado esse ressentimento de modo seguro para Kamaria, que não existia, de modo que, pelo menos até minha adolescência, consegui amar Kayce Alexander. Afinal, ela era a única mãe que eu tinha.

Kamaria Alexander morreu em um ataque de mísseis em Seattle quando tinha onze anos de vida, e meus pais adotivos nunca deixaram de culpar — nem de odiar — os canadenses, no luto por ela. Mas nunca culparam Jarret — "aquele bom homem", "aquele homem decente", "aquele homem de Deus". Kayce falava desse jeito. Assim como os amigos dela, quando ela finalmente voltou a morar perto deles em Seattle, onde seu bairro e sua igreja foram atingidos, mas continuaram de pé. Madison Alexander quase não falava. Ele murmurava concordando com o que Kayce dizia, e me tocava muito, mas, tirando isso, estava sempre calado. Minha lembrança mais forte dele é de quando eu tinha quatro ou cinco anos, e ele me pegava, me sentava em seu colo e me tocava. Eu não sabia por que não gostava daquilo. Só aprendi desde cedo a ficar longe dele o máximo possível.

De *Os diários de Lauren Oya Olamina*
Domingo, 25 de fevereiro de 2035

Tenho sentido muito frio, muita tristeza e muito mal-estar para escrever. Todos ficamos gripados. Mas temos que trabalhar mesmo assim. Quatro pessoas morreram semana passada, durante uma chuva prolongada e gelada. Uma delas estava grávida. Deu à luz sozinha na lama. Ninguém pôde ajudá-la. Ela e o bebê morreram. Dois trabalharam até cair. Quando caíram, os "professores" os chamaram de parasitas preguiçosos e os açoitaram. À noite, eles morreram. Eram dois homens. Eram desconhecidos, pessoas da estrada, "vagabundos" que tinham sido forçados a virem ao Campo. Estavam doentes e quase mortos de fome quando chegaram. Graças ao tempo frio e úmido, à falta de calor em nosso alojamento e à dieta pobre, todos nós pegamos qualquer doença contagiosa que chegue a nós vinda da estrada ou dos bairros. Até mesmo nossos "professores" estão sofrendo com resfriados e gripes. E quando sofrem, descontam seu sofrimento em nós.

Tudo isso e mais uma coisa nos fez decidir que está na hora de fugir – ou de morrer tentando.

Temos informação. Algumas de nós ficam sabendo de coisas ditas por nossos estupradores, e outros, só por terem mantido olhos e ouvidos abertos. Além disso, temos 23 facas – para ser mais precisa, a Semente da Terra, os Sullivan e os Gama têm 23 facas. É mais do que uma para cada guarda. Algumas delas nós roubamos do monte de lixo onde nossos "professores" nos ensinam sobre desperdício e desmazelo. Outras facas são apenas pedaços afiados de metal que encontramos e envolvemos com fita ou tecido para proteger nossas mãos. São rudimentares, mas capazes de cortar o pescoço de alguém. Assim que desativarmos as coleiras, vamos usar as facas. Se formos rápidos e se agirmos juntos, como planejamos, conseguiremos surpreender muitos de nossos guardas antes de eles sequer pensarem em usar seus vermes contra nós.

Sabemos que alguns de nós morreremos nisso. Talvez todos morreremos. Mas, pelo modo com que as coisas estão indo, já morreríamos de qualquer forma. Nenhum de nós sabe por quanto tempo ficaremos encoleirados. Ninguém que veio para cá foi solto. Até mesmo as poucas pessoas que tentam puxar o saco dos "professores" mesmo sem necessidade ainda estão aqui, ainda estão encoleiradas. Nenhum de nós sabe o que aconteceu com nossos filhos. E a maioria de nós está doente. Ninguém da Semente da Terra morreu desde a rebelião de Day, mas estamos doentes. E Allie... pode ser que ela morra. Ou pode ficar com danos cerebrais permanentemente. Ela é um dos motivos pelos quais decidi que temos que correr o risco de escapar em breve.

Allie e sua namorada, Mary Sullivan, foram descobertas domingo passado.

Não, retiro o que disse. Não foram descobertas. Foram traídas. Foram traídas por Beth e por Jessica Faircloth. Isso é o pior. Foram traídas por pessoas que eram parte de nós, parte da Semente da Terra. Foram traídas por pessoas que Allie e o resto de nós havíamos ajudado a resgatar da fome e da escravidão quando elas não tinham nada. Nós as recebemos, e depois que a família delas decidiu se unir à Semente da Terra, depois de cumprirem o ano de teste, nós demos as boas-vindas a elas.

Eu vi a traição. Não pude evitá-la. Não pude fazer nada. Ando impotente ultimamente, inútil.

Domingo passado, tivemos as seis horas de pregação, como sempre, dessa vez sobre o mau do pecado sexual. Primeiro, escutamos o reverendo Locke, o homem que administra este lugar. Depois, escutamos o reverendo Chandler Benton, um ministro de Eureka, que às vezes aparece para nos castigar com sua presença. Benton fez um sermão cruel e escandaloso sobre o demônio, maldade, depravação, zoofilia, incesto, pedofilia, homossexualidade, lesbianismo, pornografia, masturbação, prostituição e adultério. Durou muito tempo, com notícias dos jornais, histórias da Bíblia, citações compridas de leis e castigos do Antigo Testamento, incluindo morte por apedrejamento, destruição de Sodoma e Gomorra, a vida e morte de Jezebel, doenças, fogo do inferno, entre outras coisas.

Mas absolutamente nada foi dito sobre estupro. O bom reverendo Benton, em visitas anteriores, fez uso tanto de Adela Ortiz como de Cristina Cho. Ele vai à casa que antes era dos Balter, agora reservada para visitas importantes, e faz com que a mulher que ele escolheu seja levada até ele.

Aguentamos esses sermões. Eles nos dão a chance de nos abrigar da chuva. Podemos ficar sentados sem trabalhar. Não sentimos frio porque nossos "professores" não querem sentir frio. Eles acendem a grande lareira da escola uma vez por semana. E assim, durante algumas horas aos domingos, ficamos aquecidos, secos, e quase confortáveis em nossas fileiras no chão. Continuamos famintos, mas sabemos que logo comeremos. Ficamos em um estado zonzo e passivo. Sem o descanso que temos aos domingos, muitos outros de nós já teriam morrido. Tenho certeza disso. De qualquer modo, ouvimos sermões enquanto estamos naquele estado zonzo e passivo. Às vezes, acabo pescando, apesar de sermos açoitados se nos pegarem dormindo. Eu me sento com a coluna reta, recosto numa parede e me permito pescar.

Não tinha percebido, mas as duas Faircloth, aparentemente, tinham começado a escutar. Pior: tinham começado a acreditar, a temer, a serem convertidas. Ou talvez não. Talvez tivessem outros motivos.

Estamos sempre sendo chamados para testemunhar, para agradecer publicamente por toda a gentileza e generosidade que Deus demonstrou ter conosco, apesar de não sermos dignos. E devemos confessar nossa indignidade, dizer que nos arrependemos e implorar pela misericórdia de Deus. Cada um de nós já recebeu a ordem para fazer isso muitas vezes. Quanto mais cedemos, mais somos forçados a ceder. Nossos "professores" sabem que não estamos sendo sinceros, sabem que agimos por medo da dor. Simplesmente fazemos o que eles nos mandam fazer. Eles nos odeiam por isso. Olham para nós com ódio, nojo e desdém inconfundíveis, e insistem em dizer que sentem amor. O Deus deles exige que eles nos amem, afinal. E é só o amor que faz com que eles se esforcem tanto para nos ajudar a ver a luz. Eles dizem que estamos cegos por nossa teimosia pecaminosa e não enxergamos o amor e a ajuda que eles oferecem. "Aquele que poupa a sua vara odeia o seu filho", eles dizem, e somos, no máximo, crianças, no que diz respeito à moralidade.

Sei.

Bem, o reverendo Benton nos chamou para testemunhar. Três pessoas tinham sido chamadas a testemunhar. Eu fui uma delas. Não sei como acabei sendo escolhida, mas um "professor" magricela com dentes podres havia apoiado a mão em meu ombro antes da missa começar e me deu a ordem para que eu fizesse um testemunho. Os outros dois chamados foram Ed Gama e uma mulher ruiva, de um braço só, recém-trazida da estrada. Ela se chamava Teal, estava conosco havia menos de uma semana e sentia medo até da própria sombra. Ed e eu já fizemos isso antes, por isso fomos na frente para mostrar à desconhecida o que fazer. Costumava ser assim. Eu agradeci por minhas muitas bênçãos, e então confessei pensamentos pecaminosos, raiva e resistência aos "professores" que só estavam tentando me ajudar. Pedi perdão muitas e muitas vezes a Deus e a todos os presentes, por ter sido má. Implorei perdão, implorei para ter força e sabedoria para fazer a vontade de Deus.

É assim que se faz. É assim que tenho feito há mais de um ano.

Quando terminei, Ed fez praticamente a mesma coisa. Ele tinha sua própria lista ensaiada de pecados e de pedidos de desculpa. Teal foi esperta o suficiente para fazer como nós tínhamos feito, mas estava muito assustada. Sua voz estava trêmula, e ela praticamente só sussurrava.

Com a voz alta e nojenta, o reverendo Benton disse:

— Fale alto, irmã. Deixe a igreja ouvir seu relato.

Lágrimas rolavam dos olhos da mulher, mas ela conseguiu ficar de pé, afirmar estar arrependida e pedir perdão por "todas as coisas que fiz de errado". Ela deve ter se esquecido das coisas que os sermões tinham "sugerido" que ela confessasse, porque caiu de joelhos e começou a chorar, sem controle, aterrorizada, implorando:

— Não me machuquem. Por favor, não me machuquem. Faço qualquer coisa.

Se eu tivesse tentado ir até ela para levantá-la e levá-la a seu lugar no chão, eu teria sido açoitada. Decência humana é um pecado aqui. Ed e eu nos entreolhamos, mas nenhum de nós ousou tocá-la. Pensei que algum "professor" a ajudaria a voltar a seu lugar. Açoitá-la para que voltasse ao seu lugar não seria o mais adequado naquelas circunstâncias.

Mas houve uma interrupção. Beth e Jessica Faircloth tinham se levantado e estavam caminhando para a frente, passando pela congregação, tentando não pisar em ninguém, seguindo em direção ao altar. Quando chegaram, caíram de joelhos. As pessoas às vezes faziam isso, davam testemunhos voluntários na esperança de agradar aos "professores". Era algo inofensivo... ou sempre tinha sido inofensivo até então. Também poderia render um pedaço de pão ou uma maçã posteriormente. Na verdade, as Faircloth já tinham feito isso várias vezes. Alguns de nós as desdenhavam por isso, mas eu nunca tinha dado importância. Como fui tola.

— Também pecamos — gritou Beth. — Pecamos sem querer. Não sabíamos o que fazer. Sabíamos que era errado, mas sentimos medo.

Elas não foram açoitadas. Vi o reverendo Benton erguer a mão, sem dúvida, dizendo para os "professores" as deixarem em paz.

— Falem, irmãs — disse ele. — Confessem seu pecado. Deus ama vocês. Deus perdoará vocês.

Elas não seguiram o padrão, dessa vez. Falaram como falam quando sentem medo, quando sabem que fizeram algo de que outras pessoas podem não gostar, quando estão unidas contra outras pessoas. Elas não são gêmeas. Na verdade, são irmãs de dezoito e dezenove anos, mas sob estresse agem como se fossem muito mais novas, e agem como gêmeas, uma completando as frases da outra, falando em uníssono ou uma repetindo o que a outra diz. O testemunho delas foi assim.

— Nós as vimos fazendo — disse Beth.

— Elas fazem há bastante tempo — acrescentou Jessica.

— Nós vimos.

— À noite — continuou Beth. — Sabíamos que era errado.

— É sujo, imundo e uma perversão! — disse Jessica.

— Dá para escutar as duas se beijando e fazendo barulhos — disse Beth, fazendo uma careta para mostrar o nojo que sentia. — Pervertidas!

— Nunca pensei que a Allie fosse assim, mas mesmo antes de os senhores chegarem para nos ensinar, ela vivia com outra mulher — disse Jessica. — Pensei que ela fosse normal porque tinha um menininho, mas agora sei que ela não é.

— Ela deve ter feito isso com as mulheres desde sempre — completou Beth.

— Agora, ela está fazendo com Mary Sullivan — Jessica tinha começado a chorar. — É errado, mas antes tínhamos medo de contar.

— Ela é forte como um homem e malvada — disse Beth. — Temos medo dela.

E eu pensei *Ah, não, inferno!*. Nossos "professores" nos maltratam todos os dias, nos humilham e nos perseguem.

Mas o sofrimento já dura muito tempo, e os sermões acontecem há muito tempo, e estamos juntas contra tudo isso...

Mas acho que algo como aquilo aconteceria, mais cedo ou mais tarde. Só queria que as traidoras fossem pessoas de fora. Isso já havia acontecido antes em menor escala, mas depois de uma ou duas noites, sempre conseguimos ensinar às pessoas de fora que elas deveriam ficar caladas a respeito de qualquer coisa que vissem entre os demais presos. Nenhum membro da Semente da Terra nunca nos traiu de nenhuma maneira... até então.

Enquanto Allie era arrastada para a frente da sala para ser punida, ela gritou para Beth e para Jessica:

— Eles ainda vão estuprar vocês, e ainda assim vão açoitar vocês, e, quando terminarem, ainda vão matar vocês!

E eu gritei para elas:

— Ela lhes deu comida quando vocês estavam famintas!

Então os "professores" me açoitaram também.

Mas o que eles fizeram com Allie e com Mary Sullivan não parou. Arthur, o pai de Mary Sullivan, implorou para que eles parassem, conseguiu acertar um deles e o derrubou. Então, claro que ele foi açoitado. Mas não conseguiu misericórdia para a filha. Mary estava tendo convulsões terríveis, e eles seguiram aplicando os açoites. Açoitaram as duas mulheres até elas não conseguirem mais gritar. E nos fizeram assistir. Eu não olhei. Para sobreviver, mantive a cabeça baixa, com os olhos meio fechados. Já fui punida por esse comportamento algumas vezes, mas hoje não. Hoje, toda a atenção estava voltada para as duas "pecadoras".

Eles açoitaram Allie e Mary até Mary morrer.

Eles as açoitaram até Allie ficar perdida em algum ponto dentro de si mesma. Ela não disse nenhuma frase completa desde os açoites.

Como eu falei em favor de Allie, fui forçada a abrir a cova de Mary. Antes eu do que o pai de Mary. Ele também não está bem. Foi obrigado a ver sua filha ser torturada até morrer. Ele anda de um lado a outro, encarando as pessoas. Nossos "professores" o açoitam e ele grita de dor, mas quando terminam, ele não muda o comportamento. Eles parecem achar que podem torturá-lo a ponto de ele se esquecer de seu enorme pesar e de seu ódio.

Não suporto isso. Não suporto. Não me importa se eles me matarem. Vou me livrar disso ou vou morrer.

As irmãs Faircloth receberam um quarto no que antes era a casa dos King. Agora têm um quarto inteiro para elas em vez de um quarto dividido com outras trinta mulheres. Ainda usam coleiras, mas agora têm a tarefa permanente de cozinhar. Não têm que rachar lenha, trabalhar no campo, fazer trabalho de construção nem arrancar ervas daninhas nem cavar poços ou covas, nem realizar nenhuma das tarefas pesadas e sujas que o resto de nós deve fazer. E elas não sabem cozinhar. Sabe-se lá como, nunca aprenderam a preparar uma refeição decente. Por isso, não cozinham para nossos "professores". Só cozinham para nós. Claro, são odiadas. Ninguém conversa com elas, mas ninguém faz nada com elas. Já nos alertaram para que as deixemos em paz. E elas ganharam um certo poder sobre nós. Podem temperar nossa comida com cuspe, terra ou merda, e sabemos disso. Talvez estejam fazendo isso, e é por isso que a comida está muito pior do que antes. Não pensei que fosse possível... que a comida pudesse piorar. As Faircloth tinham conseguido estragar o que já era lixo. Os irmãos e irmãs Sullivan poderiam matar as duas irmãs Faircloth se tivessem oportunidade. O velho Arthur Sullivan foi mandado embora. Não sabemos para onde. Ele está fora de si e nossos "professores" não conseguiram açoitá-lo a ponto de ele recobrar a sanidade, por isso se livraram dele.

Soubemos que a unidade mestra, a unidade que domina ou controla todas as coleiras em Campo Cristão, está em minha antiga casa. Durante meses, a unidade foi mantida dentro de um dos vermes – pelo menos foi o que ouvimos dizerem. Tivemos que unir pistas, rumores e comentários ouvidos por acaso, os quais poderiam todos ser mal interpretados ou falsos. Mas, finalmente, acho que temos a informação certa.

Os dois assistentes do reverendo Locke vivem na minha casa e, de vez em quando, algumas de nós somos levadas para lá para passar a noite. Quando acontecer de novo, faremos nosso ataque.

As mulheres que são levadas até lá com mais frequência são Noriko, Cristina Cho e as meninas Mora.

"Eles dizem gostar de mulheres pequenas, delicadas", dissera Noriko com terrível amargura. "Aqueles homens feios, flácidos. Eles gostam de nós porque somos fáceis de machucar. Gostam de usar as mãos, deixam hematomas e nos fazem implorar para que eles parem."

Ela, Cristina e as Mora dizem que preferem correr risco de morrer a deixar as coisas continuarem como estão. Qualquer uma delas que for levada à minha casa na próxima vez vai cortar a garganta dos estupradores durante a noite. Conseguem fazer isso agora. Acho que não conseguiriam fazer isso meses atrás. Então, elas tentarão encontrar e desativar a unidade mestra. O problema é que não sabemos como é a unidade mestra. Nenhum de nós a viu.

Tudo o que sabemos – ou pensamos saber – obtivemos com as pessoas que já tinham sido encoleiradas. Dizem que assim que a unidade mestra é desativada, as unidades menores não funcionam. A única maneira de conseguir entender é comparando a um dos telefones que havia na casa dos Balter no sul, em Robledo, há muito tempo. Era um telefone antigo, jurássico, "sem fio". Era preciso plugar a base a uma tomada e a um fio telefônico. Então, era possível andar pela casa e pelo quintal com a unidade de mão. Mas se os dois fios da base fossem desplugados, a unidade de mão deixava de funcionar. Já me disseram que isso é mais ou menos o que acontece no caso de uma rede de coleiras.

Não tenho certeza de nada. Só acredito em parte que conseguiremos fazer o que acreditamos conseguir e sobreviver. Mexer na unidade mestra pode matar a mulher que tentar. Pode matar todos nós. Mas a verdade é que não conseguiríamos durar muito tempo, independentemente do que aconteça. Somos apenas humanos agora... a maioria de nós. Eu disse isso para as pessoas em quem confio, pessoas que me ajudavam a reunir as informações que temos. Já perguntei a cada uma delas se estão dispostas a correr o risco.

Elas estão. Todos estamos.

Quarta-feira, 28 de fevereiro de 2035

Antes de ontem, caiu uma tempestade terrível; terrível, mesmo. E, ainda assim, foi maravilhoso: vento, chuva e frio... e um deslizamento de terra. O monte no qual nosso cemitério ficava, com todas as árvores novas e antigas, deslizou para dentro do vale. Nossos "professores" tinham nos obrigado a cortar as árvores mais antigas para lenha, para madeira de construção e para Deus. Nunca descobri como eles passaram a acreditar que nós rezávamos para árvores, mas continuaram pensando assim. Imploramos para que eles deixassem o monte em paz, dissemos que era nosso cemitério, e eles nos açoitaram. Como eles nos forçaram a fazer isso, o monte deslizou em cima de nós. Enterrou um verme e três casas, incluindo a casa que Bankole e eu tínhamos construído e na qual vivemos nos breves seis anos que passamos juntos.

Além disso, soterrou os homens que dormiam sozinhos naquela casa. Sinto muito em dizer que havia duas mulheres em cada uma das outras casas. Eram de assentamentos. Natividad tinha amizade com uma delas, mas eu não as conhecia. Mas estão mortas, mortas e enterradas. No final, as baixas do deslizamento foram seis "professores", quatro mulheres cativas *e todas as nossas coleiras*. Domingo passado, havíamos decidido nos libertar ou morrer tentando. Mas agora, o clima e a própria estupidez de nossos "professores" nos libertaram.

Vou contar o que aconteceu.

A tempestade começou como uma chuva fria trazida por um vento forte na tarde de segunda, e, por um tempo, tivemos que continuar trabalhando. Mas, por fim, nossos "professores", que gostam muito mais de causar sofrimento do que de sofrer, nos levaram de volta a nossos quartos frios e úmidos para que pudessem ir para nossas casas, acender as lareiras e comer.

Depois de um tempo, o "professor" mais novo apareceu com Beth e Jessica Faircloth com nosso jantar nojento: muito repolho meio estragado cozido com batatas.

Tínhamos colocado Allie onde as Faircloth não teriam como não vê-la, sendo confrontadas por ela quando entrassem. Allie está um pouco melhor. Tenho cuidado dela da melhor maneira possível. Caminha como uma idosa encurvada, fala usando monossílabos e nem sempre compreende quando falamos com ela. Acho até que nem se lembra do que as Faircloth fizeram, mas parece confiar em mim. Pedi para ela olhar para as duas – olhar para as duas sem parar. Ela olhou.

As Faircloth estremeceram e tropeçaram uma na outra, servindo panelas de comida péssima e indo embora. Todas ficamos olhando para elas em silêncio, mas desconfio de que elas só viram a Allie.

Depois do jantar, descansamos da melhor maneira que conseguimos, com frio, tensas, tristes, sentindo umidade no chão de madeira sem proteção e enroladas em nossos cobertores imundos. Algumas de nós dormiram, mas a tempestade piorou muito, chacoalhando o prédio e fazendo-o estalar. A chuva batia na janela e levava telhados das casas, galhos de árvores e lixo do lixão que os "professores" tinham nos obrigado a fazer. Não tínhamos lixão antes. Tínhamos uma pilha de restos e uma pilha de compostagem. Nenhum deles era lixo. Não podíamos desperdiçar. Nossos "professores" transformaram toda a nossa comunidade em lixo.

Às vezes, havia raios e trovões, às vezes, apenas uma chuva pesada. Durou a noite toda, desfazendo o mundo por fora. E então, em algum momento antes do amanhecer, fui despertada por um barulho muito alto. Não parecia um trovão – era diferente de tudo o que já ouvi. Era um ronco muito alto, chacoalhante.

Reagi sem pensar. Durmo perto da janela, então me levantei e olhei para fora. Encostei no batente da janela e espiei na escuridão. Um instante depois, um raio iluminou tudo e eu vi pedras e terra onde minha casa deveria estar. Pedras e terra.

Demorei um tempo para entender aquilo. Então, me dei conta de que estava encostada na janela, mas com metade do corpo para fora dela. E não tinha sofrido uma convulsão nem caído no chão. Não senti nenhuma dor. Nada daquele sofrimento horroroso que tornava todos nós escravos.

Toquei minha coleira. Ainda estava ali, ainda capaz de causar dor. Mas por algum motivo, não mais importava o fato de eu estar recostada na janela. Na sala escura, procurei Natividade. Ela dormia de um lado e Allie dormia do outro. Natividade confia em mim e sabe se manter em silêncio.

— Liberdade! — sussurrei. — As coleiras pararam de funcionar! Pararam!

Ela me deixou levá-la até a porta entre a nossa sala e a dos homens. Conseguimos chegar lá, fomos acordando as pessoas pelo caminho, sussurrando para elas, mas sem pisar em ninguém, tomando cuidado. Na porta, Natividade me puxou um pouco para trás, então me deixou tomar a frente. A porta nunca estava trancada. As coleiras eram sempre o suficiente para impedir que as pessoas chegassem perto dela. Mas não dessa vez.

Sem dor.

Acordamos os homens que ainda estavam dormindo. Não conseguíamos enxergar bem o suficiente para acordar apenas os homens em quem confiávamos. Acordamos todos eles. Não conseguimos fazer isso em silêncio absoluto. Fomos silenciosos, mas eles acordavam confusos, em meio ao caos. Alguns já estavam acordados, confusos e me agarravam, notando depois que eu era uma mulher. Bati em um que não queria me soltar, um desconhecido trazido da estrada.

— Liberdade! — sussurrei perto do rosto dele. — As coleiras pararam de funcionar! Podemos fugir!

Ele me soltou e engatinhou até a porta. Eu voltei e reuni as mulheres. Quando as levei até a sala dos homens, esses já estavam saindo da construção. Nós os acompanhamos, saindo pelas portas grandes. Travis e Natividad, Mike e Noriko, outros da Semente da Terra, os Gama e os Sullivan acabaram se encontrando. Todos nos unimos, homens e mulheres de famílias se cumprimentavam e se abraçavam chorando. Eles não tinham conseguido nem mesmo tocar uns aos outros na eternidade de nosso cativeiro. Dezessete meses. Eternidade.

Abracei Harry porque eu e ele não tínhamos mais ninguém. Em seguida, nós dois ficamos ali observando os outros, provavelmente sentindo a mesma mistura de alívio e dor. Zahra havia morrido. Bankole havia morrido. E onde estavam nossos filhos?

Mas não havia tempo para alegria nem para luto.

— Precisamos entrar nas casas agora — falei, praticamente pastoreando a todos para ficarem diante de mim. — Temos que impedi-los de consertar as coleiras. Temos que pegar as armas deles antes que percebam o que está acontecendo. Eles perderão tempo tentando nos açoitar. Grupos de quatro ou mais pessoas em cada casa. Vamos!

Todos sabemos como trabalhar juntos. Passamos anos trabalhando juntos. Nós nos separamos e fomos para as casas. Travis, Natividad e eu pegamos as meninas Mora e entramos no que antes era a casa dos Kardos quando os gritos do lado de fora começaram.

Alguns de nossos "professores" saíram correndo das casas para ver o que estava acontecendo, e foram despedaçados pelas pessoas de quem tanto tinham gostado de atormentar.

Alguns dos cativos, desesperados para fugir enquanto podiam, tentaram passar pela cerca laminada no escuro, e o fio cortou a carne deles até o osso quando bateram nela.

A Semente da Terra não cometeu esse erro letal. Entramos nas casas para nos armar, para nos livrarmos de nossos "professores" e para nos livrarmos das malditas coleiras.

Meu grupo foi para cima de dois "professores" que estavam ali, fora da cama, um deles vestindo calça e camisa e o outro só de roupa íntima. Eles poderiam ter atirado em nós. Mas estavam tão acostumados a depender de seus cintos para protegê-los que foi aos cintos que levaram suas mãos.

Um deles ficou de pé e perguntou:

— O que está acontecendo?

O outro partiu para cima de Natividad e de mim gritando, sem dizer nada.

Nós nos atracamos com eles, os derrubamos e estrangulamos. Simples assim. Simples até para mim. Senti dor quando eles me atacaram. Senti dor quando os ataquei. E não importou nem um pouco! Assim que peguei um deles, apenas fechei os olhos e fiz o que tinha que fazer. Não senti a morte dos dois. E nunca me senti tão disposta e feliz pra matar pessoas.

Não conseguíamos vê-los direito dentro da casa escura, mas conferimos se eles estavam mortos mesmo. Só os soltamos quando eles estavam muito, muito mortos. Nossas facas improvisadas ainda estavam nas paredes e no chão de nosso quarto, mas nossas mãos cuidaram da tarefa.

E, então, pegamos as armas. Usamos uma cadeira e depois uma mesa de canto para estourar o armário de armas. Mais importante, pegamos os cortadores de fios.

Tori Mora encontrou os cortadores no que antes era a gaveta de talheres de Noriko Kardos. Agora, estava cheia de ferramentas manuais pequenas. Nós nos revezamos para cortar as coleiras. Enquanto as estivéssemos usando, corríamos um grande risco. Eu senti medo o tempo todo, já esperando a dor e as convulsões que poderiam pôr fim à nossa liberdade e dar início à nossa tortura final. Nossos "professores" nos matariam se retomassem o controle sobre nós. Eles nos matariam muito, muito lentamente. As coleiras em si nos matariam se, de algum modo, voltassem a funcionar enquanto estivéssemos tentando cortá-las e retorcê-las. Ao longo dos meses, eu aprendi que não havia nada mais forte do que uma coleira em bom funcionamento.

Cortei a coleira das Mora e Tori cortou a minha. Travis e Natividad fizeram a mesma coisa um para o outro. E, então, ficamos livres. Com isso, independentemente de todas a coisas, estávamos realmente livres. Todos nos abraçamos de novo. Ainda havia perigo, ainda havia trabalho a ser feito, mas estávamos livres. Nós nos permitimos aquele momento de intenso alívio.

Então, saímos e vimos que nossa gente e alguns dos outros tinham terminado o trabalho. Os "professores" estavam todos mortos. Vi que alguns dos presos ainda usavam coleiras, então voltei ao armário dos Kardos para pegar os cortadores de fios. Assim que viram o que eu estava fazendo – cortando coleiras –, tanto as pessoas de fora como as da comunidade Semente da Terra formaram uma fila à minha frente. Passei os vários minutos seguintes cortando coleiras. Estava frio, o vento soprava, mas, pelo menos, tinha parado de chover. O céu ao leste começava a clarear; amanhecia. Éramos pessoas livres, todos nós.

E agora?

Tiramos o que conseguimos das casas. Tínhamos que fazer isso. As pessoas que não eram da comunidade saíram correndo e pegando coisas, estragando ou destruindo tudo o que não queriam, gritando, comemorando, arrancando cortinas das janelas, quebrando vidros, pegando comida e bebida. Foi impressionante ver quanto álcool nossos "professores" tinham.

Pegamos as armas primeiro. Não tentamos interromper a orgia de destruição das pessoas que não faziam parte de nossa comunidade, mas protegemos as coisas que reunimos: armas, munição, roupas, sapatos, comida. E eles entenderam isso. Estávamos como eles, pegando o que queríamos e protegendo. Alguns deles tinham encontrado armas também, mas havia uma cautela respeitosa entre nós. Nem mesmo pessoas que ficaram muito embriagadas vieram atrás de nós.

Alguém atirou nas travas do portão, e as pessoas começaram a sair.

Várias pessoas tentaram entrar no verme que não tinha sido soterrado, mas ele estava trancado e nossos esforços não davam resultado. Na verdade, se apenas um de nossos "professores" tivesse dormido dentro do verme, ele teria impedido nossa fuga. Poderia ter matado todos nós.

Os nossos caminhões tinham sido levados há muito tempo. Um deles foi destruído quando Gray Mora disse seu último "não" à escravidão. O outro tinha sido levado para longe. Não sabíamos para onde.

Quando clareou, contei sete mortos na cerca laminada. Desconfio de que a maioria morreu de hemorragia, apesar de dois estarem com a barriga aberta por terem escorregado de frente, impulsionados pelo desejo irrefreável de alcançar a liberdade. É impossível ver a cerca laminada à noite quando está chovendo, e até mesmo um indigente morador de rua conhecia os perigos dela. Quando estávamos prontos para partir, busquei Allie, que havia ficado dentro da escola e olhando pela janela, para nós. Cortei sua coleira e então pensei nas Faircloth. Eu não tinha cortado a coleira delas. Elas não tinham se aproximado de mim. Os dois filhos da família Faircloth, claro, tinham sido levados com as outras crianças pequenas. Alan Faircloth, o pai de Beth e de Jessica, provavelmente tinha levado as filhas e fugido – ou talvez os Sullivan as tivessem encontrado e se vingado.

Suspirei. Ou as meninas estavam mortas ou estavam com Alan. Era melhor não dizer nada. Muitas mortes já tinham acontecido.

Reuni o que sobrou da comunidade da Semente da Terra ao meu redor. Não dava para ver o sol pelas nuvens, mas o vento estava mais calmo, e o céu com um tom acinzentado. Estava frio, mas pela primeira vez, com nossas roupas recém-vestidas, estávamos aquecidos.

— Não podemos ficar aqui — falei à minha gente. — Vamos ter que pegar o máximo que pudermos carregar e partir. A igreja mandará pessoas para cá, mais cedo ou mais tarde.

— Nossos lares — disse Noriko Kardos em uma espécie de lamento.

Meneei a cabeça.

— Eu sei. Mas eles já foram destruídos. Foram destruídos há muito tempo. — E um trecho específico de *Semente da Terra* me ocorreu.

Para ressurgir

Das próprias cinzas

Uma fênix

Deve

Primeiro

Queimar.

Eram bons versos de *Semente da Terra*, mas não eram consoladores. O problema com a *Semente da Terra* sempre foi o fato de não ser um sistema de crenças muito reconfortante.

— Vamos dar mais uma olhada nas casas — falei. — Precisamos procurar pistas do que eles fizeram com nossos filhos. Essa é a coisa mais importante que podemos fazer agora: encontrar as crianças.

Deixei Michael e Travis protegendo os itens que tínhamos reunido, e o resto de nós foi, em grupos, vasculhar as ruínas das casas.

Mas não encontramos nada relacionado às crianças. Havia dinheiro escondido em alguns pontos pelas casas, despercebidos pelos presos saqueadores. Havia pilhas de documentos religiosos, Bíblias, listas de "presos" trazidos de Garberville, Eureka, Arcata, Trinidad e outras cidades próximas. Havia um plano para plantio na primavera, alguns livros escritos pelo presidente Jarret ou por algum *ghost-writer*. Havia documentos pessoais, mas nada a respeito de nossos filhos e nenhum endereço. Nenhum. Nada. Isso só podia ser proposital. Eles temiam ser descobertos. Eles temiam a nós ou a outras pessoas?

Procuramos até quase meio-dia. Depois disso, sabíamos que também tínhamos que partir. As estradas estavam tomadas por lama e água, e era improvável que alguém tentasse passar por ali hoje, mas precisávamos avançar o quanto antes. Em especial, eu queria ir até nossos esconderijos secretos onde tínhamos não só itens de primeira necessidade, mas também cópias de registros, diários e, em dois lugares, as impressões das mãos e dos pés de nossos filhos. Bankole tirava impressões das mãos e dos pés de todos os bebês cujos partos realizava. Ele as etiquetava, dava uma cópia aos pais e mantinha uma cópia consigo. Eu havia distribuído essas cópias entre dois de nossos esconderijos – aqueles sobre os quais poucos de nós sabíamos. Não sei se as impressões nos ajudarão a resgatar nossos filhos. Quando paro para pensar nisso, tenho que admitir que nem sequer sei se nossos filhos estão vivos. Só sei que agora preciso chegar a esses dois esconderijos. Eles estão nas montanhas, na direção do mar, não na direção da estrada. Podemos desaparecer ali. Há lugares por lá onde podemos nos abrigar e decidir o que fazer. Uma coisa é dizer que precisamos encontrar nossos filhos, e outra é descobrir como fazer isso, como começar. Em quem confiar?

Incendiamos Bolota. Não. Não, incendiamos o Campo Cristão para que ele não pudesse mais ser usado como Campo Cristão. Se a América Cristã ainda quiser a terra que roubou de nós, terá que fazer uma grande reconstrução. Espalhamos querosene e óleo diesel dentro das casas que construímos com a madeira das árvores que cortamos e com as pedras e o concreto que reunimos. Espalhamos querosene na escola que Grayson Mora havia criado e na qual todos trabalhamos com muito afinco para erguer e deixar bonita. Espalhamos querosene sobre os corpos de nossos "professores". Tudo o que não pudemos levar conosco, tudo o que os outros presos não tinham pegado nem destruído, incendiamos. Talvez as construções não cheguem a vir ao chão, porque a chuva havia encharcado tudo, mas ficariam abaladas, inseguras. A mobília que tínhamos construído ou resgatado queimaria. A carne odiada queimaria.

Então, mais uma vez, vimos nossas casas queimarem. Fomos para os montes, afastando-nos dos últimos colegas de cativeiro, que seguiram o caminho de volta para a estrada ou para onde quisessem ir. Dos montes, por um tempo, observamos. A maioria de nós tinha visto nossas casas em chamas antes, porém não fomos nós quem as incendiamos. Mas, dessa vez, era tarde demais para que o fogo fosse o destruidor de que nos lembrávamos. As coisas que tínhamos criado e amado já tinham sido destruídas. Dessa vez, o fogo só fez uma limpeza.

15

Já vivemos antes.

Viveremos de novo.

Seremos seda,

Pedra,

Mente,

Estrela.

Seremos espalhados,

Reunidos,

Moldados,

Testados.

Viveremos

E serviremos a vida.

Moldaremos Deus

E Deus nos moldará

De novo,

Sempre de novo,

Para sempre.

— **Semente da Terra: os livros dos vivos**

Os Cruzados separavam irmãos de propósito porque, se eles ficassem juntos, poderiam apoiar uns aos outros em práticas ou crenças pagãs secretas. Mas se cada criança fosse isolada e deixada em uma família de bons americanos cristãos, então ambas seriam mudadas. Pressão dos pais, pressão do grupo e o tempo fariam com que se tornassem bons americanos cristãos.

Às vezes acontecia, mesmo entre as crianças maiores de Bolota. Os filhos dos Faircloth, por exemplo. Um se tornou um ministro da América Cristã. O outro rejeitou a igreja totalmente. E, às vezes, a divisão era completamente destrutiva. Alguns de nós morríamos em decorrência dela. Ramon Figueroa Castro cometeu suicídio porque, de acordo com um de seus irmãos de criação, "Ele era teimoso demais para tentar se ajustar e se esquecer de seu passado de pecado". A América Cristã era, a princípio, muito mais um refúgio para os ignorantes e intolerantes do que deveria ter sido. Até mesmo pessoas que nunca agrediriam nem queimariam outra pessoa de repente podiam passar a tratar crianças órfãs ou sequestradas com crueldade, frieza e ar de superioridade.

"Aceitem", dizia minha mãe aos adultos de Bolota. "Façam o que mandarem e se mantenham na linha. Não deem a eles desculpas para que machuquem vocês. Prestem atenção. Observem seus captores. Ouçam-nos. Reúnam informação, organize-a e use-a contra eles." Mas nós, as crianças, nunca ouvimos nada disso. Fomos levadas e entregues às mãos de pessoas que acreditavam ter a obrigação de nos desmontar e remontar à imagem da América Cristã. E, claro, desmontar pessoas é muito mais fácil do que montá-las de novo.

Tanta dor causada, tanto mal feito em nome de Deus.

E, apesar disso, a América Cristã tinha começado tentando ajudar e curar, além de converter. Muito antes de Jarret ser eleito presidente, sua igreja tinha começado a resgatar crianças.

Mas, naqueles tempos, só resgatavam crianças que de fato precisavam de ajuda. Pela Costa do Golfo, onde Jarret começou seu trabalho, havia várias casas de crianças americanas cristãs que, em 2032, tinham mais de uma década de existência. Tais casas reuniam órfãos de rua e os alimentavam, ofereciam cuidados e os criavam para que fossem "o bastião da América Cristã". Apenas mais tarde os fanáticos assumiram o poder e começaram a roubar os filhos de "pagãos" e a causar danos terríveis.

Durante minha pesquisa para escrever este livro, conversei com muitas pessoas que foram criadas em orfanatos da AC ou que foram adotadas desses orfanatos por famílias da AC. O que elas me contaram fez com que eu me lembrasse de minha vida com os Alexander. Os orfanatos e as famílias adotivas não tinham a intenção de ser cruéis. Mesmo nos orfanatos não havia coleiras, exceto como castigo para as crianças maiores, e só depois que os alertas e os castigos mais brandos fracassassem. Os orfanatos não eram administrados por sádicos ou pervertidos, mas pelas pessoas que acreditavam profundamente no que estavam fazendo — ou, pelo menos, por funcionários que queriam muito agradar a seus empregadores e, assim, manter seu emprego. Os crentes queriam que "suas" crianças acreditassem piamente em Deus, em Jarret e em ser um bom soldado americano cristão, pronto para lutar contra todos os tipos de paganismo antiamericano. Era mais fácil agradar aos mercenários. Esses não queriam, enquanto trabalhavam, que crianças fossem feridas ou mortas. Queriam que as lições necessárias fossem aprendidas, queriam que fossem aprovados nos testes necessários. Queriam paz.

Os Alexander eram como uma combinação do crente e do mercenário. Os Alexander queriam que eu acreditasse, e, se não me amaram, no mínimo cuidaram de mim. Quando tinha idade suficiente para frequentar a escola — uma escola americana cristã, claro —, já tinha aprendido a ficar calada e não atrapalhar. Quando fazia isso, Kayce e Madison me recompensavam me deixando em paz. Kayce parou de dizer que eu era muito inferior a Kamaria. Madison parou de tentar enfiar as mãos suadas por baixo do meu vestido. Eu levava um livro a um canto silencioso da casa ou do quintal e lia. Meus primeiros livros eram todos histórias da Bíblia ou histórias de heróis americanos cristãos que, como Asha Vere, realizaram grandes feitos em nome da fé. Eles me influenciaram. Como poderiam não ter influenciado? Eu sonhava em realizar grandes feitos. Sonhava em deixar Kayce muito orgulhosa de mim, em fazer com que ela me amasse como amava Kamaria. Meus pais biológicos eram ambos pessoas grandes e fortes. Graças a eles, eu sempre fui grande para a minha idade, e forte (mais um ponto negativo para mim, já que Kamaria tinha sido "pequena e delicada"). Eu sonhava em fazer coisas grandes e heroicas, mas o que fazia, na verdade, era tentar me esconder, desaparecer e me tornar invisível.

Deveria ser difícil para uma criança grande como eu se esconder daquele modo, mas não era. Se fizesse minhas tarefas e minha lição de casa, era incentivada a desaparecer — ou melhor, não era incentivada a fazer mais nada.

No meu bairro, havia apenas algumas crianças, todas mais velhas do que eu. Para elas, eu era um incômodo ou uma peça manipulável. Ou me ignoravam ou me colocavam em apuros. Kayce e suas amigas não gostavam quando eu tentava participar das conversas de adultos delas. Mesmo quando estava sozinha, Kayce não se interessava por nada do que eu tivesse para dizer. Ou ela me contava mais coisas do que eu queria saber sobre Kamaria ou me castigava por eu fazer perguntas sobre qualquer outra coisa.

Ficar calada era bom. Questionar era ruim. As crianças deveriam ser vistas, não ouvidas. Deveriam acreditar no que os mais velhos diziam a elas, e ficar satisfeitas em isso ser tudo o que precisavam saber. Se houve alguma brutalidade no modo como fui criada, foi essa. A fé burra era boa. Pensar e questionar era ruim. Eu tinha que ser como um cordeiro no rebanho de Cristo... ou no rebanho de Jarret. Tinha que ficar calada e ser submissa. Depois que aprendi isso, minha infância se tornou confortável, pelo menos fisicamente.

De *Os diários de Lauren Oya Olamina*
Domingo, 4 de março de 2035

Muita coisa aconteceu...

Não, isso é mentira. As coisas não aconteceram, simplesmente. Eu fiz com que acontecessem. Preciso voltar ao normal, voltar a saber e admitir, pelo menos para mim mesma, quando faço as coisas. Os escravos sempre ouviam dizerem que eles fizeram algo ruim, algo pecaminoso, erros idiotas. Coisas boas eram os atos de nossos "professores" ou de Deus. Coisas ruins eram nossa culpa. Ou tínhamos feito algo de errado ou Deus estava tão insatisfeito conosco que Ele estava punindo o campo todo.

Quando ouvimos bobagens assim com frequência por muito tempo, começamos a acreditar. Você assume culpa por todo sofrimento do mundo. Ou você decide que é uma vítima inocente. Seus mestres têm culpa ou Deus ou Satanás, ou talvez as coisas apenas aconteçam sozinhas. Os escravos protegem uns aos outros de todas as maneiras.

Mas não somos mais escravos.

O que fiz: mandei minha gente embora. Sobrevivemos juntos à escravidão, mas eu não achava que poderíamos sobreviver juntos à liberdade. Desfiz a comunidade Semente da Terra e mandei partes dela para muitos lugares. Acho que era a coisa certa a se fazer, mas mal consigo pensar nisso. Assim que escrever isso, pode ser que eu comece a fechar a ferida. Não sei. Só sei que estou com um buraco enorme dentro de mim. Mandei embora as pessoas mais importantes para mim. Elas eram tudo o que havia me restado, e sei que talvez nunca mais as veja.

Na terça-feira, fugimos do Campo Cristão, incendiando-o e nossos captores antes de partir. Deixamos para trás os ossos e nossos mortos e o sonho de Bolota como a primeira comunidade da Semente da Terra. Os Sullivan e os Gama seguiram seu caminho. Não teríamos pedido para eles irem embora, mas fiquei feliz quando se foram. Tínhamos, ao todo, apenas o dinheiro em nossos esconderijos e o dinheiro que tínhamos pegado de nossos "professores". Já que estamos todos sem casa, sem emprego e a pé, esse dinheiro não vai durar muito.

Pedi às duas famílias que ficariam com os parentes ou amigos para conseguirem todas as informações que pudessem encontrar sobre as crianças, sobre a legalidade do campo, sobre a existência de outros campos. Todos devemos descobrir o que pudermos. Pedi para eles para deixarem informações com a família Holly. Os Holly eram vizinhos, mais distantes do que os Sullivan e os Gama, mas vizinhos. Eram amigos dos Sullivan, e não havia rumores de que eles tinham sido escravizados. Temos que tomar o cuidado de não nos envolvermos em problemas, mas se formos cuidadosos, e se conversamos com eles de vez em quando, poderemos trocar informações.

O problema é que não nos arriscamos a pegar nenhum dos telefones do Campo Cristão. As pessoas de fora da comunidade levaram alguns deles, mas tivemos medo de acabarmos sendo rastreados se decidíssemos usá-los. Não podemos correr o risco de sermos encoleirados novamente. Podemos acabar escravizados para sempre ou executados porque matamos bons cidadãos americanos cristãos. O fato de tais cidadãos terem roubado nossas casas, nossa terra, nossa liberdade e nossos filhos poderia perder importância se eles fossem suficientemente influentes. Acreditamos que poderia acontecer. Afinal, era só ver o que já tinha acontecido! Estamos todos com medo.

Entre nós – só da Semente da Terra – combinamos um lugar que podemos usar para a troca de mensagens. Fica perto do que sobrou do Parque Nacional Humboldt Redwoods.

Ali, qualquer um de nós pode deixar informações para serem lidas, copiadas ou utilizadas para agirmos. É um bom lugar por todo mundo saber onde fica e por ser isolado. Chegar lá não é fácil. Não arriscaremos a deixar informações nem a nos encontrarmos em grupos em algum lugar mais conveniente perto da estrada ou perto de ruas da região, e precisamos de uma maneira de nos comunicarmos sem depender dos Holly. Falaremos com eles, mas ninguém sabe o que pensam sobre nós a essa altura. Vamos nos comunicar deixando mensagens em nosso lugar secreto, e talvez nos encontrando ali.

Mas estou indo rápido demais. Passamos um tempo juntos depois de sair do Campo Cristão.

Caminhamos para a parte mais profunda das montanhas, longe das estradas pavimentadas, a sul e a oeste do maior de nossos esconderijos, onde sabíamos haver o abrigo de uma pequena caverna. Na caverna, descansamos e dividimos os alimentos que tínhamos tirado do Campo Cristão. Então, pegamos as provisões que tínhamos colocado dentro de sacos plásticos pesados, termicamente selados, e escondido ali. Assim, possuíamos pacotes de alimentos secos e desidratados – frutas, castanhas, feijões e ovos e leite em pó – além de cobertores e munição. Mais importante, entreguei aos pais as impressões das mãos e dos pés dos bebês, registros que tinham sido guardados especificamente naquele esconderijo. Dei às meninas Mora as impressões de seus irmãos menores e elas ficaram olhando, cada uma com uma impressão. Os pais dela morreram. Elas só têm uma à outra e os irmãos pequenos, se conseguirem encontrá-los.

— Eles deveriam estar conosco! — disse Doe, bem baixinho. — Ninguém tem o direito de tirá-los de nós.

Adela Ortiz dobrou as impressões de seu filho e as colocou dentro da camisa. Em seguida, ela cruzou os braços à frente do peito como se estivesse aninhando um bebê. As impressões de Larkin e as dos filhos de Travis e de Natividad estavam em um local diferente, mas encontrei as impressões dos filhos de Harry – Tabia e Russell – e as entreguei a ele. Harry ficou ali sentado, olhando para elas, franzindo o cenho e balançando a cabeça. Parecia que ele estava tentando encontrar uma explicação nelas sobre o que havia acontecido com ele. Ou talvez ele estivesse vendo o rosto de seus filhos e o rosto de Zahra, tão distantes agora.

Ficamos nos aquecendo ao redor da fogueira que finalmente nos arriscamos a acender. Havíamos reunido madeira durante a última hora de luz do dia, mas esperamos até escurecer para tentar usá-la. A madeira estava úmida e o fogo não pegava. Quando conseguimos manter um fogo baixo, parecia haver mais fumaça do que calor. Esperávamos que ninguém visse a fumaça saindo da caverna, ou que, se alguém visse, pensasse estar vindo de um dos muitos assentamentos nas montanhas. No inverno, essas montanhas eram lugares frios, úmidos e desconfortáveis, lugares difíceis de se viver sem conveniências modernas, mas também são lugares nos quais pessoas sensatas cuidam cada uma de sua vida.

Eu me sentei com Harry e ele continuou olhando para as impressões e balançando a cabeça. Em seguida, começou a balançar para a frente e para trás. Sua expressão à luz do fogo parecia abrir, se desfazer, incapaz de se manter firme.

Eu o puxei para mim e o abracei enquanto ele xingava e chorava em um sussurro rouco e contido. Notei, em algum momento, que eu também estava chorando. Acho que nós dois gritávamos por dentro, mas, de alguma forma, não emitimos nada além de um sussurro esganiçado. Eu sentia o uivo tentando sair da garganta, os gritos que se manifestavam como choro contido, os dele e os meus. Não sei por quanto tempo ficamos juntos, abraçados, enlouquecendo dentro de nós mesmos, chorando e gemendo pelos mortos e pelos perdidos, incapazes de conter, por mais um minuto que fosse, os 17 meses de humilhação e dor.

Choramos até dormir, como crianças cansadas. No dia seguinte, Natividad me disse que ela e Travis tinham feito a mesma coisa. Os outros, sozinhos ou em grupos, tinham encontrado consolo no choro catártico, no sono profundo ou no sexo furtivo e frenético no fundo da caverna. Finalmente estávamos juntos, confortando um ao outro, e, ainda assim, acho que cada um de nós estava sozinho, buscando apoio, com uma parte de nós ainda presa na incerteza e no medo, na dor e na desolação do Campo Cristão. Procurávamos uma forma de extravasar, algum contato humano, uma maneira de acessar o sofrimento normal e humano que nos havia sido negado por tanto tempo. Fico impressionada por pensar que conseguimos agir de modo tão são.

Na manhã seguinte, Lucio Figueroa e Adela Ortiz acordaram abraçados no fundo da caverna. Eles olharam um para o outro com horror e confusão, depois com profundo constrangimento, depois com resignação. Ele a abraçou, envolveu-a com um dos cobertores que tínhamos guardado e ela se recostou contra ele.

Jorge Cho e Diamond acordaram de modo parecido, apesar de não parecerem surpresos nem envergonhados.

Michael e Noriko acordaram juntos e permaneceram unidos por muito tempo, sem nada dizer, sem nada fazer. Parecia suficiente para os dois finalmente poderem acordar abraçados.

As meninas Mora acordaram juntas, com o rosto ainda marcado pelas lágrimas choradas na noite anterior.

De algum modo, Aubrey Dovetree e Nina Noyer se encontraram durante a noite, apesar de nunca terem prestado muita atenção uma na outra. Quando acordaram, afastaram-se obviamente incomodadas.

Só Allie acordou sozinha, encolhida em posição fetal sob seu cobertor. Eu havia me esquecido dela. E ela não tinha perdido ainda mais do que o resto de nós?

Eu a coloquei entre Harry e mim, e acendemos uma fogueira de café da manhã com a madeira que tínhamos deixado ali na noite anterior. Preparamos um café da manhã improvisado, e Harry e eu a fizemos comer. Peguei emprestado um pente de Diamond Scott, que havia, com sua atenção para organização e limpeza, conseguido encontrar um antes de sairmos do Campo Cristão. Com ele, penteei os cabelos de Allie, e depois os meus. Coisas assim tinham começado a ter importância de novo, de alguma forma. Todos começaram a tentar fazer com que nos asseássemos como seres humanos respeitáveis de novo. Por muito tempo, tínhamos sido escravos imundos vestindo trapos e cultivando hábitos nojentos na esperança de evitar estupros ou açoites. Eu me peguei desejando uma banheira de água quente e limpa. Graças a nossos "professores", a imundície e a degradação tinham se tornado tão comuns que às vezes nos esquecíamos de que estávamos em frangalhos e de que fedíamos. Em meio a nossa exaustão, medo e dor, passamos a valorizar os momentos em que podíamos simplesmente nos deitar e esquecer, nos quais ninguém nos estava machucando, nos quais tínhamos algo para comer. Tais confortos animalescos eram tudo o que podíamos ter. Lembrar não era seguro. Lembrando, poderíamos enlouquecer.

Meus ancestrais neste hemisfério eram, pela lei, escravos. Nos Estados Unidos, eles foram escravos por dois séculos e meio – pelo menos dez gerações. Eu achava que sabia o que isso significava. Agora, percebo que não consigo nem começar a imaginar as muitas coisas terríveis pelas quais eles devem ter passado. Como sobreviveram a tudo isso mantendo a humanidade? Com certeza, ninguém queria que eles mantivessem sua humanidade, como não queriam que mantivéssemos a nossa.

— Hoje ou amanhã, precisamos nos separar — falei. — Precisamos sair daqui em grupos pequenos. — O café da manhã tinha terminado, e todos nós tínhamos ficado um pouco mais apresentáveis. Percebi que os demais tinham começado a olhar uns para os outros, começado a se perguntar o que fazer em seguida. Eu sabia o que tínhamos que fazer. Já sabia, quase desde o momento em que tínhamos sido encoleirados, que mesmo se conseguíssemos nos libertar, não conseguiríamos ficar juntos.

— A Semente da Terra continua — falei, cortando o silêncio —, mas Bolota morreu. Somos muitos. Seria muito fácil que nos vissem e nos recapturassem ou nos matassem.

— O que podemos fazer? — perguntou Aubrey Dovetree.

E Harry Balter disse sem ânimo:

— Precisamos nos separar. Temos que seguir caminhos diferentes e encontrar nossos filhos.

— Não — sussurrou Nina Noyer, e então mais alto: — Não! Todo mundo se foi, e agora você quer que eu siga sozinha de novo? — Já estava gritando.

— Sim — disse a ela, apenas para ela, com a voz mais delicada que consegui. — Nina, você vem comigo. Minha família também se foi. Venha comigo. Vamos procurar suas irmãs, minha filha e o filho de Allie.

— Quero que todos fiquemos juntos — sussurrou ela, que então começou a chorar.

— Se ficarmos juntos, seremos encoleirados ou mortos em pouco tempo — disse Harry. Em seguida, ele olhou para mim. — Eu também vou com vocês. Vocês vão precisar de ajuda. E... Eu quero meus filhos de volta. Estou morrendo de medo do que pode estar acontecendo com eles. Só consigo pensar nisso agora. Só me importo com isso.

E Allie apoiou a mão no ombro dele, tentando consolá-lo.

— Ninguém deve partir sozinho — falei. — É perigoso demais ficar sozinho. Mas não se reúnam em grupos de mais de cinco ou seis pessoas.

— Mas e nós? — perguntou Doe Mora, segurando a mão da irmã. Foi difícil, naquele momento, lembrar que as duas não eram irmãs consanguíneas. Dois ex-escravos solitários e assustados se encontraram e se apaixonaram, casando-se, e as filhas de cada um, Doe e Tori, se tornaram irmãs. E agora são irmãs órfãs e solitárias. Invejo a proximidade delas, e temo pelas duas. Ainda são meninas e sofreram abusos que quase foram além do que poderiam suportar no Campo Cristão. Parecem famintas e assombradas. De uma forma que não consigo descrever exatamente, elas parecem velhas. Nossos "professores" perceberam que elas eram compartilhadoras na rebelião de Day, e abusaram delas ainda mais por isso, mas as meninas nunca revelaram o resto de nós. Porém, apesar da coragem que tiveram, seria fácil que terminassem com novas coleiras. Ou poderiam acabar decidindo se prostituir, só para conseguir comer.

— Vocês devem vir conosco — disse Natividad. — Pretendemos encontrar nossos filhos. Se conseguirmos, encontraremos seus irmãos também.

Doe mordeu os lábios.

— Estou grávida — disse ela. — Tori não está, mas eu estou.

— É surpreendente que nós todas não estejamos — falei. — Éramos escravas. Agora, estamos livres. — Olhei para ela. É uma garota esguia, de aparência delicada e olhos grandes. — O que você quer fazer, Doe?

Doe engoliu em seco.

— Não sei.

— Vamos cuidar dela — disse Travis. — Independentemente do que ela decidir fazer, vamos ajudá-la. Seu pai era um bom homem. Era amigo meu. Vamos cuidar dela.

Assenti, aliviada. Travis e Natividad são duas das pessoas mais competentes e confiáveis que conheço. Eles vão sobreviver, e se as meninas estiverem com eles, também sobreviverão.

Outras pessoas começaram a se unir em grupos. Adela Ortiz, que a princípio achava que deveria se unir a Travis, Natividad e às Mora, acabou decidindo ficar com Lucio Figueroa e a irmã dele. Não sei bem como ela e Lucio acabaram abraçados ontem à noite, mas acho agora que Adela pode estar à procura de um relacionamento fixo com Lucio. Ele é muito mais velho e acho que ela torce para que ele queira ficar com ela e cuidar dela. Mas Adela também está grávida. A barriga ainda não aparece, mas de acordo com o que ela me disse, acredita estar de pelo menos dois meses.

Além disso, Lucio ainda não conseguiu superar a perda de Teresa Lin. Sua morte e o modo como ela morreu o deixaram muito, muito calado – gentil, mas distante. Ele não era assim em Bolota. Sua esposa e seus filhos foram mortos antes de ele nos encontrar. Havia investido todo o tempo e a energia que tinha em ajudar a irmã e os filhos dela. Havia acabado de começar a se aproximar das pessoas quando Teresa chegou. Agora... agora talvez ele tenha decidido que dói demais começar a se importar com alguém e depois perder a pessoa.

Dói, sim. É terrível. Mas eu também conheço Adela. Ela precisa que precisem dela. Lembro que ela detestou engravidar da primeira vez, odiava os homens que a haviam estuprado em grupo. Mas adorava cuidar de seu bebê. Era uma mãe atenta e amorosa, e era feliz. Não sei o que espera por ela agora.

E, ainda assim, apesar dos temores que sinto em relação a meus amigos, à minha gente, apesar de meu desejo de manter unida uma comunidade que precisa se dividir, tudo foi mais fácil do que pensei que seria – mais fácil do que pensei *ser possível*. Todos tínhamos trabalhado tão bem juntos por seis anos, e tínhamos passado por muitas coisas como escravos. Agora estávamos nos separando, decidindo seguir caminhos diferentes. Não quero dar a entender que foi fácil – apenas não foi tão difícil quanto eu esperava. Deus é Mudança. Ensino isso há seis anos. É verdade, e acho que esse ensinamento pavimentou o caminho para nós agora. A Semente da Terra nos prepara para viver no mundo que existe e tenta moldar o mundo que queremos. Mas nada disso é fácil, na realidade.

Passamos o resto do dia indo até os outros esconderijos e dividindo as coisas que tínhamos deixado neles, reunindo os outros conjuntos de impressões de mãos e de pés de crianças. Assim, passamos mais uma noite juntos. Depois de irmos em todos os esconderijos – um deles tinha sido saqueado, mas os demais estavam intactos –, passamos a noite em outra caverna. Estava chovendo de novo, e fazia frio. Isso era bom, porque seria quase impossível que nos rastreassem. Nessa última noite, depois de comermos, logo adormecemos. Havíamos passado o dia percorrendo as montanhas, carregando pacotes que ficavam mais pesados a cada parada, e estávamos cansados. Mas na manhã seguinte, antes de nos separarmos, realizamos uma Reunião final. Entoamos versos da Semente da Terra, nas melodias que Gray Mora e Travis tinham composto. Lembramos nossos mortos, incluindo nossa falecida Bolota. Todos falaram sobre isso, sobre lembrar.

— Vocês são a Semente da Terra — eu disse a eles, por fim. — Sempre serão. Amo vocês. Amo todos vocês. — Parei por um momento, me esforçando para manter o que restava de meu autocontrole.

De algum modo, prossegui.

— Nem todo mundo neste país está do lado de Andrew Jarret — falei. — Sabemos disso. Jarret passará, e ainda estaremos aqui. Sabemos mais sobre sobrevivência do que a maioria das pessoas. A prova é que sobrevivemos. Temos ferramentas que as outras pessoas não têm, e de que precisam. Chegará o momento novamente em que poderemos compartilhar o que sabemos. — Fiz uma pausa, hesitei. — Fiquem bem. Cuidem uns dos outros.

Concordamos que iríamos ao ponto de informação recém-determinado, Humboldt Redwoods, a cada um ou dois meses durante um ano – pelo menos, por esse tempo. Concordamos que era melhor que cada grupo não soubesse ainda para onde os outros grupos estavam indo – de modo que se um grupo fosse pego, não poderia ser forçado a trair os outros. Concordamos que era melhor não ficarmos na região de Eureka e Arcata porque era onde a maioria de nossos captores vivia, tanto os que estavam vivos quanto os que tinham morrido. Em toda cidade havia uma grande igreja da América Cristã e várias organizações afiliadas. Talvez tivéssemos que ir a essas cidades para procurar nossos filhos, mas quando os encontrássemos e os pegássemos de volta, deveríamos partir para viver em outro lugar.

— E mudar nossos nomes — falei. — Assim que puderem, comprem identidades novas. Depois, relaxem. Vocês são pessoas honestas. Se alguém disser o contrário, ataquem a credibilidade dessa pessoa. Acusem-na de ser membro de uma seita secreta, bruxa, satanista, ladra. O que acharem que colocará o acusador em risco, digam! Não se defendam, apenas. Ataquem. E continuem atacando até assustarem seus acusadores. Observem-nos. Prestem atenção na linguagem corporal deles. As reações que eles tiverem mostrarão a melhor maneira de prejudicá-los ou assustá-los.

"Não acho que vocês terão que fazer muito disso. São pequenas as chances de encontrarmos pessoas que tenham nos conhecido no Campo Cristão. É só que precisamos estar mentalmente preparados para isso quando acontecer. Deus é Mudança. Cuidem-se."

E seguimos caminhos diferentes. Travis disse que seria melhor se não caminhássemos pela estrada, a menos que pudéssemos nos misturar a uma multidão. Se não houvesse aglomeração de pessoas, segundo ele, deveríamos ir pelos montes. Seria mais difícil, mas mais seguro. Concordei.

Nós nos abraçamos. Foram necessários muitos abraços. Foi necessária a esperança na possibilidade de nos reunirmos de novo um dia em outro estado ou em outro país, nos Estados Unidos pós-Jarret. Foram necessárias lágrimas, medo e esperança. Foi terrível, aquela despedida. Decidir que tínhamos que nos separar foi mais fácil do que pensei. A separação de fato foi muito mais difícil. Foi a coisa mais difícil que já tive que fazer.

Então, fiquei sozinha com Allie, Harry e Nina. Nós quatro atravessamos a lama, seguindo em direção ao norte. Passamos por montes conhecidos, até as margens de Eureka e, por fim, chegamos a Georgetown. Fui eu quem sugeriu Georgetown quando nos separamos dos outros.

— Por quê? — perguntou Harry com uma voz fria que não se parecia com sua voz normal.

— Porque é um bom lugar para se conseguir informações — falei. — E porque conheço Dolores Ramos George. Pode ser que ela não consiga nos ajudar, mas não vai comentar que estivemos lá.

Harry assentiu.

— O que é Georgetown? — perguntou Nina.

— É um assentamento — falei. — Um assentamento enorme e hostil. Fomos até lá enquanto procurávamos você e sua irmã. Dá para se perder ali. As pessoas não são intrometidas, e os George são boa gente.

— Eles são boa gente — Allie concordou. — Não entregam as pessoas. — Aquelas foram suas primeiras palavras, ditas espontaneamente, desde sua tortura. Olhei para ela, e ela repetiu: — Eles são boa gente. Podemos procurar Justin em Georgetown.

16

O Destino da Semente da Terra
É criar raízes entre as estrelas.

É viver e prosperar
Em novos mundos.

É nos tornar novos seres
E pensar em novas perguntas.

É saltar para o céu
De novo e de novo.

— **Semente da Terra: os livros dos vivos**

Minha lembrança mais antiga é de uma boneca. Eu tinha cerca de três anos, talvez quatro. Não sei de onde a boneca veio. Ainda não sei. Nunca tinha visto uma boneca. Ninguém nunca tinha me dito que elas eram pecaminosas, proibidas e nem mesmo que existiam. Desconfio agora que aquela boneca tenha sido jogada por cima da cerca e abandonada. Eu a encontrei aos pés do grande pinheiro que havia em nosso quintal.

A boneca tinha sido feita para se parecer com uma adolescente loira e de olhos azuis. Eu me lembro que ela era muito reta e magra. Sua roupa era um pedaço de tecido cor-de-rosa. Eu me lembro que sentia o nó nas costas dela, onde três pontas do tecido eram amarradas em um dos ombros e envolvendo a cintura. O nó era uma protuberância macia contra o plástico rígido do corpo da boneca e, assim que meus dedos o encontraram, comecei a mexer nele. E a mordê-lo. E então, observei os cabelos loiros e grossos. Pareciam cabelos, mas, ao toque, eram estranhos. E me incomodava que as pernas não se mexessem. Eram duras e os pés tinham dedos unidos. Eu não sabia brincar de boneca, mas sabia observá-la, tocá-la, senti-la, arquivá-la em minha mente como uma das coisas novas e incomuns que entravam em meu mundo.

Logo apareceu Kayce para tirar a boneca de mim. Quando estiquei o braço para pegá-la de volta, ela me deu um tapa. Havia se aproximado por trás, viu o que eu segurava e, irada, perdeu o controle. Era bem rígida, mas raramente me batia. Para ser justa, aquela foi a única vez de que me lembro em que ela simplesmente me atacou daquele jeito, com raiva. Talvez seja por isso que eu me lembre tão bem.

Um homem que cresceu no Orfanato Americano Cristão de Pelican Bay me contou sobre uma matrona que teve um acesso de raiva parecido e matou uma criança.

A vítima foi um menino de sete anos que tinha síndrome de Tourette. O homem contou o seguinte:

Nós, as crianças, nada sabíamos sobre a síndrome de Tourette, mas sabíamos que aquele menino específico não conseguia parar de gritar ofensas e de fazer barulho. Não era de propósito. Alguns de nós não gostavam dele. Alguns achavam que ele era louco. Mas todos sabíamos que ele não gritava aquelas coisas porque queria. Sabíamos que ele não conseguia controlar. Mas a mulher disse que ele tinha o diabo no corpo, e sempre gritava com ele, todos os dias.

Até que, um dia, ela o agrediu, e o jogou contra a quina de um armário da cozinha. Ele bateu a cabeça no armário e morreu.

Acho que a senhora não foi julgada e encoleirada, mas foi demitida. Espero que ela não tenha conseguido encontrar nenhum outro emprego e que tenha virado escrava por dívidas. De qualquer modo, alguém como ela merecia acabar encoleirada.

Alguns americanos cristãos eram extremamente rígidos – e eram esses os que mais faziam mal. Eles tinham tanta certeza de que estavam certos que, como inquisidores medievais, matavam pessoas e até mesmo torturavam-nas até a morte para salvar a alma delas. Kayce não era tão ruim, mas era mais rígida e mais literal do que qualquer ser humano com inteligência normal deveria ser, e eu sofria por isso.

Bem, ela pegou a boneca da minha mão e começou a me dar tapas na cara. Ao mesmo tempo, gritava comigo. Senti tanto medo e gritava tanto que não ouvi o que ela disse. Analisando agora, sei que deve ter sido algo relacionado a idolatria, paganismo ou imagens. A América Cristã tinha criado novas categorias de pecado e expandido as antigas. Não podíamos ter fotos de nenhum tipo. Filmes e televisão eram proibidos, mas por algum motivo as Máscaras de Sonhos não eram – apesar de apenas assuntos religiosos serem permitidos. Posteriormente, quando eu estava na escola, crianças maiores trocavam Máscaras seculares que ofereciam histórias de aventura, guerra e sexo. Tive minha primeira experiência sexual prazerosa usando uma Máscara de Sonhos com uma sinopse propositalmente errada. Nela, estava escrito: "A história de Moisés". Na verdade, era a história de uma garota que fazia sexo intenso com seu pastor, com os diáconos e com todo mundo que conseguisse seduzir. Eu tinha onze anos quando descobri aquela Máscara. Se Kayce tivesse tomado conhecimento do que se tratava, poderia ter feito muito mais do que me estapear. Eu mantinha a Máscara indecente bem escondida.

Mas aos três anos, não sabia que precisava esconder a boneca. Só a reação de Kayce me fez perceber que ter a boneca era algo terrível. Ela me obrigou a observá-la abrindo um buraco no quintal, colocando a boneca dentro dele e cobrindo-a com óleo de cozinha e jornais velhos, para depois queimá-la. Ela me disse que aquilo era o que aconteceria comigo se eu continuasse desafiando Deus e trabalhando para Satanás. Eu iria para o inferno, e o que ela tinha feito com a boneca, o diabo faria comigo. Eu me lembro que ela me forçou a olhar para o monte de plástico sem forma e preto no qual a boneca tinha se transformado. Ela me fez segurar aquilo, e eu chorei porque ainda estava quente e queimou minha mão.

— Se acha que isso dói, espere para ver como é o inferno — disse ela.

Anos depois, quando eu já era uma mulher adulta, a filha pequena de um amigo me mostrou sua boneca. Eu me controlei o suficiente para levantar depressa e sair da casa. Não gritei nem joguei a boneca longe. Só fugi. Entrei em pânico ao ver a boneca de uma menininha – pânico de verdade. Tive que me esforçar para lembrar antes que conseguisse entender o porquê.

O propósito da América Cristã era fazer dos Estados Unidos o grande país cristão que deveria ser, prepará-lo para um futuro de força, estabilidade e liderança mundial, e preparar seu povo para a vida eterna no céu. Mas agora, quando penso na América Cristã e em tudo o que fez quando deteve poder sobre tantas vidas, não penso em ordem, estabilidade e grandeza, ou em lugares como o Campo Cristão ou o Pelican Bay. Penso nos outros extremos, nos muitos extremos pequenos, tristes e tolos que constituíam boa parte da vida dos americanos cristãos. Penso na boneca de uma menininha e tento afastar as sombras de pânico que ainda não consigo deixar de sentir ao ver uma.

De *Os diários de Lauren Oya Olamina*
Quarta-feira, 28 de março de 2035

Acabamos de encontrar Justin Gilchrist – ou melhor, ele nos encontrou. Nas semanas que estamos em Georgetown, essa foi a melhor coisa que nos aconteceu.

Trabalhamos para os George em troca de abrigo e comida enquanto recuperávamos nossa saúde, tentávamos descobrir onde nossos filhos podiam estar, nos atualizávamos em relação às notícias e tentávamos encontrar maneiras de nos encaixar no mundo que temos agora. Como trabalhamos por nossa hospedagem, temos ainda a maior parte do dinheiro com que chegamos. Até consegui ganhar um pouco mais lendo e escrevendo para as pessoas. A maioria das pessoas em Georgetown é analfabeta. Comecei a ensinar leitura e escrita aos poucos que querem aprender. Isso está rendendo algum dinheiro. E passei a vender esboços feitos a lápis dos filhos ou entes queridos das pessoas. Quanto a esse último trabalho, preciso ser cuidadosa. Parece que os sujeitos mais raivosos da América Cristã determinaram que um retrato de seu filho pode ser considerada uma imagem para adoração. Isso parece ser exagerado demais para ser adotado pela maioria das pessoas, apesar de Jarret ser muito querido em Georgetown. Muitas pessoas aqui têm filhos, irmãos, maridos ou outros parentes do sexo masculino que foram feridos ou mortos na guerra de Al-Can, mas, ainda assim, elas amam Jarret.

Na verdade, aqui, Jarret é amado e odiado. Os pobres religiosos que são ignorantes, temerosos e desesperados para melhorar sua situação gostam de ver um "homem de Deus" na Casa Branca. E é isto o que ele é para elas: um homem de Deus.

Até mesmo algumas das pessoas menos religiosas o apoiam. Dizem que o país precisa de pulso firme para restabelecer a ordem, trazer de volta os bons empregos, os policiais honestos e as escolas gratuitas. Dizem que ele precisa de muito tempo e de liberdade para poder consertar as coisas.

Mas as pessoas dedicadas a outras religiões e aquelas que não são nem um pouco religiosas reclamam de Jarret e o chamam de hipócrita. Eles o desprezam, o odeiam, mas também o temem. Eles o veem como o tirano que é. E os bandidos o veem como um deles. Eles o invejam. Jarret é um ladrão, assassino e escravizador muito mais bem-sucedido.

Os trabalhadores pobres que adoram Jarret querem ser enganados, precisam ser enganados. São pessoas que se esforçam muito para ganhar a vida, que passam horas e horas trabalhando pesado, em trabalhos perigosos e sujos, e precisam de um salvador. As coitadas das mulheres, em especial, costumam ser muito religiosas e mais do que dispostas a ver Jarret como a segunda vinda de Cristo. Elas só têm a religião. Seus empregadores e maridos abusam delas. Têm mais filhos do que conseguem sustentar. Aturam o desdém de todos.

E, ainda assim, independentemente de os apoiadores extremistas considerarem pecado ou não, elas querem retratos de seus pequenos. E eu cobro menos do que os fotógrafos da região. Também sou mais gentil do que eles. Nunca desenho a sujeira, os hematomas nem os trapos de uma criança. Isso não é necessário. Já deixei garotos comuns mais bonitos e garotas comuns mais belas para seus parceiros ou seus pais. Já até consegui, depois de muito tentar, desenhar os falecidos, orientada pela lembrança amorosa de um parente ou amigo. Claro que não sei se os desenhos são fiéis, mas agradam às pessoas.

Acho que vou conseguir ganhar a vida desenhando, lecionando, lendo e escrevendo para as pessoas enquanto estiver nos assentamentos e em partes pobres das cidades. E há uma vantagem a mais se eu fizer amizade com as pessoas desses lugares. Muitas das que vivem em assentamentos trabalham nos jardins e nas casas de pessoas de melhores condições nas cidades. Cuidam de jardins, limpam as casas, pintam, trabalham com madeira, cuidam de crianças, até realizam trabalhos de encanamento e de eletricidade. Atendem pessoas que têm casas ou apartamentos nos quais viver, mas que não conseguem manter nem mesmo empregados que não tenham salários e apenas recebam como pagamento um local para dormir. Essas pessoas pagam pouco ou oferecem comida ou roupa para conseguirem o serviço prestado. Os moradores de assentamentos que realizam esses trabalhos têm a oportunidade de ver e ouvir muitas coisas úteis. Se, por exemplo, crianças novas aparecessem na casa de um empregador ou em uma casa nas redondezas, os que sempre ganham por diária da área ficam sabendo. E, por um preço, eles contam o que sabem. A informação está tão à venda aqui quanto qualquer outra coisa.

Apesar de meus esforços, no entanto, não encontramos Justin por comprarmos informação, mas porque ele fugiu da casa de sua nova família e saiu à nossa procura. Tem onze anos agora; grande o suficiente para decidir sozinho o que é verdade ou não, e grande o suficiente para que lhe digam que a mulher a quem ele chamou de mãe por oito de seus onze anos era má e adoradora do demônio.

Eu havia acabado de terminar um desenho feito a caneta de uma mulher e de seus dois filhos menores, sentados do lado de fora de seu barraco de madeira e plástico. Estava voltando para o meu quarto no hotel. As ruas de Georgetown são todas trilhas de terra ou covas lotadas de lixo – esgotos expostos – onde é possível pisar em coisas de todos os tipos. Os George foram sensatos o bastante para montar seu negócio no alto, acima de onde há mais sujeira, mas só consigo fazer meu trabalho indo até onde a maioria das pessoas está. Não comprei muitas coisas desde que cheguei aqui, mas investi em um bom par de botas impermeáveis.

Enquanto caminhava, pensava na mulher que eu havia acabado de desenhar e em seu bebê de dezoito meses. A mãe não tem nem trinta anos, mas parece ter cinquenta.

Tem nove filhos, é magra, com cabelos grisalhos e quase não tem dentes. Eu tinha a sensação de ter voltado no tempo. Para um passado bem distante. Em Bolota, estávamos no século xix. Em que século estamos, afinal? xviii? E me peguei tomada de inveja. Às vezes eu olho para essas mulheres tristes e pobres e quase me sinto mal de tanta inveja. *Pelo menos elas têm os filhos.* Mesmo se não tiverem mais nada, têm os filhos. Olho para as crianças e as desenho, e mal consigo suportar.

Enquanto subia o monte em direção ao meu quarto no George's, vi um menininho agachado no caminho, com as mãos na cabeça. Era só mais uma criança pequena e magricela usando trapos. Pensei que o nariz dele pudesse estar sangrando, e senti vontade de passar correndo por ele. Minha hiperempatia faz de mim uma covarde, às vezes. Mas também faz com que eu resista à covardia.

Parei.

— Você está bem, querido? — perguntei.

Ele se sobressaltou ao ouvir minha voz, e então olhou para mim. Não estava sangrando, mas os lábios estavam cortados, inchados, e ele tinha um corte já seco no rosto e um inchaço roxo no lado esquerdo da testa. Fiquei paralisada como fazia quando me vejo diante da dor inesperada, e a criança murmurou algo que eu não entendi, porque sua boca estava muito inchada. Em seguida, ele se jogou em mim.

A princípio, pensei se tratar de um ataque. Pensei que ele tivesse uma faca ou uma lâmina de barbear antiga, ou até mesmo um adesivo com veneno ou alguma droga. Não há nada de novo em crianças que roubam ou matam. Em um assentamento grande como Georgetown, havia muitas assim, apesar de elas normalmente irem atrás dos pequenos, fracos ou debilitados. E costumavam viajar em grupos. E então, de algum modo, antes de o menino me tocar, eu o reconheci. Reconheci seu rosto ferido e distorcido, apesar da dor que ele estava me causando.

Justin! Justin, agredido e ferido, mas vivo. Eu o abracei, ignorando as pessoas ao nosso redor que nos observavam e cochichavam. Justin é pequeno e magro. Desconfio que ele ainda vá crescer muito. É branco, ruivo e tem sardas. Resumindo, não se parece com alguém que estaria me abraçando. Mas em Georgetown, por mais que as pessoas olhem, elas não interferem. Cuidam da própria vida. Não querem saber dos problemas dos outros.

Eu o segurei um pouco longe de meu corpo para poder observá-lo. Ele estava imundo e ensanguentado, e não parecia ter comido muito ultimamente. Os cortes em seu rosto e em seus lábios e a cabeça ferida não eram os únicos machucados. Ele se movimentava como se sentisse dor em outra parte do corpo.

— Minha mãe também está aqui? — perguntou ele.

— Ela está aqui — respondi.

— Onde?

— Vou levar você até ela. — Começamos a caminhar juntos em direção ao complexo dos George.

— O médico também está aqui?

Parei, olhando em direção à construção, e olhei para baixo, esperando até conseguir firmar a voz.

— Não, Jus, ele não está aqui.

O Justin que eu conhecia antes do Campo Cristão teria simplesmente aceitado minha resposta. Talvez até perguntasse onde Bankole estava, mas não teria dito o que aquela criança mais velha, ferida e muito mais sábia disse.

— Moldadora?

Há muito eu não ouvia esse título. Na verdade, há muito não ouvia meu nome. Em Georgetown, eu me apresentava como Cory Duran. Era o nome de solteira de minha madrasta, e eu o usava na esperança de chamar atenção de meu irmão se, por acaso, ele estivesse por perto. O nome falso é aceito aqui porque, apesar de eu ter vindo a Georgetown muitas vezes antes da destruição de Bolota, entre os residentes permanentes apenas Dolores George e seu marido sabiam meu nome. E os George não fazem fofoca.

Quanto ao título, em Bolota, todas as crianças me chamavam de "Moldadora". Era o título que mais parecia adequado para alguém ensinando a Semente da Terra. Travis também era chamado de Moldador. Assim como Natividade.

— Moldadora?

— Sim, Jus.

— O médico morreu?

— Sim, ele morreu.

— Ah. — Ele começou a chorar. Não estava chorando por causa de seus machucados, mas chorou pelo meu Bankole. Segurei a mão dele e caminhamos até o George's.

Assim como todos nós, Allie tem trabalhado para Dolores George. Eu nunca me preocupei com minha capacidade de me sustentar. Me preocupava com a depressão de Harry, mas não com sua engenhosidade. Ele não teria muito problema. Nina Noyer não me deu tempo de me preocupar com ela. Chegou a Georgetown e quase imediatamente se apaixonou por um dos filhos mais novos dos George. Apesar de ter duas irmãs perdidas, apesar da desaprovação de Dolores George, Nina e o garoto são tão intensos, e estão tão apaixonados, que Dolores sabe que sua objeção apenas a afastaria do filho. Ela torce para que a paixão repentina passe. Não sei bem se é o que vai acontecer.

Mas me preocupava com Allie. Ela está se recuperando. Voltou a falar tanto quanto antes – ou seja, não muito. Consegue pensar e raciocinar. Mas sua memória não voltou completamente. Por esse motivo, contei a Dolores parte da história dela e disse que esperava que ela encontrasse um trabalho. Dolores, a princípio, deu a ela pequenas tarefas comuns para fazer: limpar o chão, consertar degraus, pintar corrimãos... Quando percebeu que Allie trabalhava bem e não dava trabalho, disse que ela poderia ficar ali por quanto tempo quisesse. Sem salário, mas com casa e comida.

Parei em um toco de árvore no meio do monte, me sentei e segurei as duas mãos de Justin. Seu rosto estava feio, e era difícil olhar para ele, mas eu me forcei a fazer isso.

— Jus, machucaram sua mãe.

Ele começou a parecer assustado.

— Como?

— Colocaram uma coleira nela. Colocaram coleiras em todos nós. Eles a machucaram com a coleira. Não sei se você já viu...

— Já vi. Já vi pessoas de coleiras trabalhando na estrada e em Eureka, fechando buracos, arrancando ervas daninhas, coisas assim. Vi como uma coleira pode machucar e te fazer cair, se debater e gritar.

Assenti.

— As coleiras fazem mais do que isso. Uma pessoa ficou muito brava com sua mãe e usou a coleira para machucá-la muito. Agora ela está quase boa, mas ainda está tendo dificuldade com a memória.

— Amnésia?

— Sim. A maior parte do que ela se esqueceu tem a ver com o que aconteceu nas semanas e meses antes de ser machucada. Foi uma época ruim para todos nós, e pode ser bom ela ter se esquecido disso. Mas não se assuste se perguntar alguma coisa e ela não se lembrar. Não é culpa dela.

Ele pensou no que eu disse por um tempo, e então perguntou, quase sussurrando:

— Ela vai se lembrar de mim?

— Sem dúvida. Temos falado com muitas pessoas tentando descobrir onde você e os outros estavam. — E então, não consegui me conter. — Justin, você esteve com alguma das outras crianças? Esteve com a Larkin?

Ele balançou a cabeça negativamente.

— Eles nos levaram para Arkata, para a igreja de lá. E, então, nos separaram. Disseram que ficaríamos com novas famílias americanas cristãs. Disseram... Disseram que vocês todos tinham morrido. No começo, acreditei neles e não sabia o que fazer. Mas depois percebi que eles mentiam sempre que queriam. Diziam coisas sobre nós e sobre Bolota que não passavam de mentiras. Então eu não sabia em que acreditar.

— Sabe para onde mandaram Larkin... ou algum dos outros?

Ele balançou a cabeça de novo.

— Eles me mandaram com outras pessoas que tinham um filho e uma filha também. Fui quase o primeiro a ir. Não pude ver com quem as outras crianças ficaram. Acho que ficaram com outras famílias. Da família que ficou comigo, o homem era um diácono. Disse que era obrigação dele ficar comigo. Acho que era obrigação dele me bater também!

— Foi ele quem fez isso com seu rosto?

Justin assentiu.

— Ele e o filho dele, Carl. Carl disse que minha mãe era uma adoradora do diabo e uma bruxa. Ele sempre dizia isso. Tem doze anos e acha que sabe tudo. Então, há alguns dias, ele disse que ela era uma... uma puta. E eu bati nele. Nós começamos a brigar e o pai dele saiu e me chamou de ingrato desgraçado e adorador do diabo. E os dois me surraram. Eles me trancaram em meu quarto e eu fugi pela janela. Depois disso, eu não sabia para onde ir, então fui para o sul, saí da cidade, fui na direção de Bolota. O diácono disse que a comunidade não existia mais, mas eu tinha que ver com meus próprios olhos. Então, uma mulher me viu na estrada e me trouxe até aqui. Ela me deu um pouco de comida e colocou um pouco de remédio no meu rosto. Ela tinha muitos filhos, mas me deixou permanecer na casa dela durante uns dias. Acho que ela teria me deixado morar ali. Mas eu queria ir para casa.

Ouvi tudo isso e então suspirei.

— Bolota realmente não existe mais — falei. — Quando finalmente nos libertamos, incendiamos o que sobrou.

— *Vocês* incendiaram?

— Sim. Não poderíamos ficar ali. Poderíamos ter sido pegos e encoleirados de novo ou mortos. Então, pegamos o que conseguimos carregar e queimamos o resto. Pra que deixar as coisas ali para serem roubadas e usadas por eles? Preferimos queimar!

Ele se afastou um pouco de mim, e eu fiquei com medo de tê-lo assustado. Justin é um menino forte, mas tinha passado por muita coisa. Eu me senti envergonhada por ter deixado meus sentimentos mais expostos do que deveria.

Então, ele se aproximou e sussurrou:

— Você matou eles? — Então, ele não estava assustado. Seu rosto fino e abatido foi tomado pela raiva e tinha muito mais ódio do que o rosto de uma criança deveria ter.

Só assenti.

— Os homens que machucaram minha mãe... você matou eles também?

— Sim.

— Ainda bem!

Nós nos levantamos e eu o levei a Allie. Eu observei o encontro dos dois, vi as lágrimas de alegria, ouvi o choro. Quase não aguentei, mas observei.

Depois disso, Harry formulou uma hipótese de onde as crianças poderiam estar. Ele havia conseguido trabalho dirigindo um dos caminhões dos George ou ocupando o banco do copiloto – algo em que ele adquiriu muita experiência em Bolota. Ele até conseguiu fazer amizade com os homens do clã dos George. Nunca seria um deles, mas tinha a simpatia deles, e quando provou seu valor localizando e ajudando a impedir uma tentativa de sequestro, os rapazes passaram a confiar nele. Isso permitiu a ele ver mais do estado do que poderia fazer só andando a pé. Mas também o mantinha no trabalho, com os caminhões, na maior parte do tempo. Não podia procurar os filhos sozinho – não poderia passar pelas cidades pequenas e ficar olhando crianças enquanto essas trabalhavam ou brincavam. Se fizesse isso, provavelmente entraria em apuros.

Justin havia nos dado duas informações tristes e úteis. Primeiro, que o nome de todas as crianças tinha sido mudado. Justin vinha sendo chamado de Matthew Landis, só mais um dos filhos do Diácono Landis. As crianças maiores, como Justin, se lembrariam de seus nomes verdadeiros e de seus pais, mas as menores, os bebês, minha Larkin...

A segunda informação foi a de que grupos de irmãos eram sempre separados. Isso parecia um sadismo desnecessário, mesmo para a Igreja da América Cristã. Justin não sabia por que isso era feito, não tinha visto fazerem, mas ouvira o diácono falando sobre isso com outro homem. Então, as crianças que já tinham perdido seus lares e seus pais ou guardiões também tiveram irmãos, irmãs e até seus nomes tirados delas.

Com tudo isso, como vou encontrar Larkin?

Como vou encontrar minha filha? Já pedi a todos os diaristas que procurassem uma menina negra, de pele escura, que ainda não tenha dois anos, mas que provavelmente é grande para a idade, que de repente tenha aparecido em uma casa de família onde não havia ninguém grávida, em uma casa onde talvez não houvesse negros ou em um orfanato. Já fingi ser diarista e substituí duas faxineiras para poder ver duas crianças sobre as quais eu havia recebido informação e que podiam ser minha filha. Nenhuma delas era Larkin.

Mas será que a Larkin continua como eu me lembro? Como ela pode estar? Os bebês crescem e mudam muito depressa. Ela tinha só dois meses quando a levaram. Tenho medo de não reconhecê-la agora. Mas ainda tenho as impressões das mãos e dos pés. Fiz cópias para que sempre estivesse carregando uma. Até fui à polícia – ao xerife do condado de Humboldt – com meu nome falso e contei a ele uma história falsa sobre como minha filha havia sido raptada enquanto eu caminhava pela rodovia. Deixei com eles uma cópia das impressões e paguei a "taxa dos serviços policiais" que é preciso pagar para qualquer coisa que não seja emergência. Não sei se isso foi sábio ou útil, mas foi o que fiz. Estou fazendo tudo o que me ocorre.

É por isso que não julgo Harry pelo que ele fez. Gostaria muito que ele não tivesse feito, mas não o julgo. Quando estamos desesperados, fazemos coisas desesperadas.

Harry veio falar comigo há dois dias.

Ele tinha acabado de voltar de uma viagem de três dias pelo Oregon, passando por Tahoe e voltando. O normal depois de uma viagem assim seria que ele fosse comer alguma coisa e dormisse.

Mas ele veio ao meu quarto para conversar comigo. Eu estava trabalhando a uma mesa bamba que tinha comprado. Havia feito um desenho de uma mãe e de seus três filhos e pedi para receber a mesa como pagamento. Meu quarto era pequeno como um armário e tinha uma janela, um pedaço de madeira para mantê-la aberta ou para fechá-la com uma barra, uma cama estreita, muita terra e alguns insetos. Eu havia comprado um jarro e uma pia para lavagens rápidas, um pouco de sabonete, uma cadeira e uma mesa para trabalhar, e um jarro com o melhor purificador de água para água potável. E um inseticida em spray.

"Chique", dissera Dolores quando ela veio olhar. "Por que diabos você não vai para um quarto decente? Você teria como pagar."

"Quando eu encontrar minha filha, talvez eu consiga pensar nesse tipo de coisa", falei. "Não sei o quanto custará para encontrá-la, e talvez comprá-la. Não sei o que posso ter que fazer." E não disse, mas sabia, que talvez tenha que raptá-la e fugir. Talvez eu tenha que pagar aos George para viajar atravessando um ou dois estados. Talvez qualquer coisa. Não podia desperdiçar dinheiro.

"Sim", disse ela. "Não ouvi mais nada, mas minha gente está prestando atenção."

Eles ainda estão prestando atenção. Assim como os *freelancers* a quem eu havia pagado um pouco e prometido muito – pessoas como Puma, infelizmente, mas que negociam crianças ainda menores. Eu me sinto suja sempre que tenho que falar com um deles. Se há alguém que merece ser encoleirado e colocado para trabalhar, são eles, e, ainda assim, não houve nenhuma repressão da América Cristã para eles.

Aparentemente, representamos o maior perigo aos Estados Unidos de Jarret. O que fizeram conosco era ilegal, a propósito. Confirmamos isso. Não foi criada nenhuma lei nova para legalizar tudo aquilo. Mas, como Day Turner disse há muito tempo, muitas pessoas estão convencidas de que perseguir pobres e diferentes é uma boa ideia. Agora há vários casos legais – hindus, judeus, muçulmanos e outros que conseguiram não ser pegos quando os Cruzados foram atrás deles. Mas mesmo entre essas pessoas, as crianças pequenas que são levadas não costumam retornar. Acusações e mais acusações de negligência e agressão são feitas contra os pais ou guardiões. Inclusive, os pais ou guardiões podem acabar sendo encoleirados legalmente pelas coisas horríveis que podem ter feito com seus filhos. Às vezes, crianças aterrorizadas ou que passaram por lavagem cerebral são forçadas a prestar depoimento contra pais biológicos que eles não veem há meses ou anos. Eu não sabia o que pensar disso. Justin não tinha se virado contra

Allie, independentemente do que diziam sobre ela. Que tipo de lavagem cerebral faria um filho se voltar contra os próprios pais?

Então, a estrada da legalidade parece não levar a um retorno das crianças sequestradas – pelo menos, não levou até agora. Nem sequer levou a um fim dos campos. Os campos são citados nas redes e nos discos como sendo apenas para a reabilitação e reeducação de criminosos de delitos menores – sem-teto, ladrões, viciados e prostitutas. Só isso. Sem problema.

Estamos sozinhos, como sempre estivemos.

— Pedi demissão hoje — Harry me disse. Ele se sentou na minha cama e se inclinou sobre minha mesa, olhando para mim com uma intensidade perturbadora. — Vou embora.

Deixei de lado as lições que estava escrevendo para um de meus alunos – uma mulher que queria aprender a ler para poder ensinar a seus filhos. Meus alunos não podem ou não querem comprar nenhum livro. Escrevo lições para eles em folhas de papel que eles compram com os George e trazem para mim. Já os ensinei a praticar primeiro letras e depois palavras escrevendo-as no chão de terra. Eles escrevem com os dedos indicadores para aprender a sentir as formas das letras e das palavras. Depois, peço para que escrevam com gravetos finos e afiados para poderem se acostumar a manusear um lápis ou caneta.

Parece que sempre dei aula. Com quatro irmãos mais novos, a sensação que tenho é de que nasci ensinando. Gosto disso. Só não sei bem se serve para alguma coisa. O que serve para alguma coisa agora?

— O que você descobriu? — perguntei a Harry.

Ele olhou para o lado, para fora da minha janela.

Estiquei o braço para pegar a mão dele.

— Diga, Harry.

Ele olhou para mim e tentou, acredito, sorrir um pouco.

— Fiquei sabendo que há um orfanato de crianças grandes gerenciado pela América Cristã no condado de Marin — disse ele —, e mais um no condado de Ventura. Não tenho os endereços, mas vou encontrá-los. A verdade é que soube que há muitos orfanatos gerenciados pela AC. Mas esses são os únicos dois na Califórnia dos quais tomei conhecimento. — Ele fez uma pausa e olhou pela janela de novo. — Não sei se eles mandariam nossos filhos a um desses lugares. Justin disse não ter ouvido nada a respeito de casas para crianças ou orfanatos. Diz que só ouviu que ele e outras crianças iriam para novas famílias para serem criados do jeito certo como americanos cristãos patriotas.

— Mas você vai a Ventura e Marin para ter certeza?

— Tenho que fazer isso.

Pensei no que ele disse, e balancei a cabeça.

— Não acho que eles mandariam crianças tão pequenas quanto as nossas para lá. Devem tê-las colocado para adoção ou tutela por aqui, em algum lugar. Na pior das hipóteses, eles ficariam aqui em pequenos grupos. A casa de Ventura receberia crianças de todo o sul da Califórnia. A casa de Marin estaria cheia de crianças de Sacramento e da região da baía de São Francisco.

— Então, vá procurar lá — disse ele. — Quero que vá. Se encontrar nossos filhos, será tão bom como se eu os tivesse encontrado. Eles não estarão nas mãos de gente louca, dos assassinos da mãe deles.

— Só faz sentido procurar *aqui*! — falei. — Se a AC estiver fazendo a movimentação de crianças, é provável que seja do sul para o norte. Lá ainda está lotado – com toda a imigração da América Latina e as pessoas do Arizona e de Nevada, além daquelas que já estavam lá.

— Preciso ir — disse ele. — Sei que você está certa, mas não importa. Não sei onde procurar aqui. Casas de adoção, orfanatos, até mesmo grupos pequenos não chamam atenção o suficiente para si mesmos. Nós temos checado todos, um por um, e continuaríamos fazendo isso por anos. Mas se as crianças estiverem no sul, pode ser que eu consiga trabalho na primeira, depois na outra das casas maiores, e que consiga vê-las.

Eu me recostei, pensando.

— Acho que você está enganado — falei. — Mas se insiste em ir...

— Eu vou.

— Não deveria ir sozinho. Precisa de alguém para ser seu apoio.

— Não quero você comigo. Quero você aqui, procurando. — Ele pegou dois telefones pequenos de dentro do bolso da jaqueta, e entregou um deles a mim. Eram uma versão barata do tipo de telefone por satélite renovável e pré-pago que costumávamos usar em Bolota. — Comprei estes ontem. Paguei por cinco horas de uso doméstico. São baratos, simples e anônimos. Só é possível fazer e receber ligação; só áudio. Não há tela, não há acesso à rede, não há armazenamento de mensagens. Mas pelo menos poderemos nos comunicar.

— Mas suas chances de sobreviver sozinho na estrada...

Ele se levantou e caminhou em direção à porta.

— Harry! — falei, ficando de pé.

— Estou cansado — disse ele. — Preciso dormir. Estou quase morto.

Deixei que ele fosse embora. Sua depressão já era ruim o suficiente. Depressão e cansaço juntos eram coisa demais para se enfrentar. Ele não vinha agindo normalmente desde a morte de Zahra. Eu deixaria que ele descansasse, e então tentaria fazer com que ele pensasse com calma. Não tentaria fazer com que ele ficasse, mas partir sozinho era suicídio. Ele sabia disso. Quando descansasse, conseguiria admitir isso.

Mas no dia seguinte – hoje –, Harry partiu.

Ele saiu do George's hoje cedo, pagou por uma carona em um trailer que estava indo para Santa Bárbara. Só soube quando vi Dolores hoje cedo. Ela me deu o bilhete que Harry havia deixado para mim.

"Preciso ir, Lauren. Mantenha o telefone com você e fique atenta. Vou voltar. Se eu não encontrar as crianças no sul, ajudo você a continuar procurando aqui. Não se preocupe, e cuide-se."

Durante toda a vida, ele tinha sido uma pessoa engraçada, gentil e inteligente com um pouco de seriedade. Nós nos conhecemos desde sempre, e nos sentíamos à vontade o suficiente um com o outro a ponto de nos considerarmos irmãos. Ele e Zahra eram meus melhores amigos. Perdi a conta de quantas vezes salvamos a vida um do outro.

E agora, acabou. Acabou, mesmo. Zahra morreu. Harry se foi. Todo mundo se foi. Allie queria viver em Georgetown com Justin. Ela tinha a única coisa que importava: seu filho. E Nina Noyer queria se casar e se ajeitar com pessoas que cuidariam dela e a protegeriam. Não posso julgá-la, mas, quando paro pra pensar, não gosto muito dela. As irmãzinhas dela podem estar usando coleiras agora ou vivendo com pessoas que abusam delas ou as aterrorizam em nome de Deus. Ou pode ser que estejam em um depósito enorme de uma casa de crianças, perdidas na multidão, mas separadas uma da outra; se Justin estava certo, longe de todo mundo que já as amou.

Não é que Nina não se importe. Ela só acha que não pode fazer nada para ajudá-las. "Não sou o Dan", disse mais de uma vez. "Talvez isso signifique que sou fraca, mas não consigo evitar. Não posso fazer o que ele fez. Não posso! Não é justo esperar isso de mim. Ele era um garoto, quase um homem! Eu só quero me casar e ser feliz!"

Ela tem dezesseis anos. O irmão dela tinha só quinze quando a resgatou e a levou para viver conosco. Mas, como ela diz, ela não é ele.

17

Todas as orações são para o Eu

E, de um jeito ou de outro,

Todas as orações são ouvidas.

Reze,

Mas tome cuidado.

Seus desejos,

Quer você os alcance ou não,

Determinarão quem você se tornará.

— **Semente da Terra: os livros dos vivos**

Fico me perguntando como minha vida teria sido se minha mãe tivesse me encontrado. Não duvido que ela tivesse me roubado dos Alexander — ou morresse tentando. Mas e depois? Quanto tempo demoraria até que ela me trocasse pela Semente da Terra, sua outra filha? A Semente da Terra nunca ficou muito tempo longe de seus pensamentos. Se não a confortou durante seu cativeiro — e acho que confortou — pelo menos a sustentou. Permitiu que ela sobrevivesse sem desistir ou ceder diante de seus captores. Eu não teria conseguido ajudá-la. Eu era sua fraqueza. A Semente da Terra era a força dela. Não à toa era a filha favorita.

De *Os diários de Lauren Oya Olamina*
Domingo, 8 de abril de 2035

Estou sozinha.

Saí de Georgetown, deixei meus alunos jovens e velhos, deixei meu quarto mobiliado com lixo. Deixei parte do meu dinheiro e uma das minhas armas com Allie para poder ter algo para voltar e buscar se for roubada. Primeiro, vim ao ponto de encontro para mensagens – dois dias de caminhada – para ver se alguma coisa foi deixada. Estou nele agora. Vou dormir no abrigo de uma sequoia que o tempo e a deterioração deixaram oca o bastante para fazer caber um ser humano ou três. Encontrei mensagens não assinadas de Travis e Natividad e também de Michael e Noriko. As duas duplas se identificaram fazendo referência a acidentes de que qualquer membro da comunidade se lembraria e compreenderia, mas que nada significariam para desconhecidos. Fiz a mesma coisa na mensagem que deixei.

Nenhum dos casais encontrou as crianças. Ambos deixaram números. Eles compraram telefones novos – do tipo pré-pago de ouvir e falar, como o de Harry e o meu. Deixei três números – o meu, o de Harry e um onde é possível encontrar Allie. Em seguida, escrevi uma mensagem a quem possa vir depois.

"Justin está conosco de novo! Ele está bem. Há esperança. Deus é Mudança!"

Deus é Mudança. Escrevi isso, e então me recostei para pensar a respeito. Descobri que não tenho pensado muito sobre a Semente da Terra nos últimos meses. Acredito que seus ensinamentos me ajudaram, ajudaram todos nós a sobreviver ao Campo Cristão. Deus é Mudança. Não perdi nada da minha crença. Tudo o que disse a Bankole tanto tempo atrás – dois anos atrás – ainda é verdade.

Muita coisa foi destruída, mas ainda é verdade. A Semente da Terra é verdade. O Destino é um propósito humano tão significativo quanto sempre foi. Só Bolota desapareceu. Bolota era preciosa, mas não era essencial.

Estou aqui agora, tentando pensar, planejar. Tenho que encontrar minha filha, tenho que ensinar a Semente da Terra, tornar a Semente da Terra tão real para o máximo de pessoas que puder alcançar, e então mandá-las para que ensinem outras.

Para dizer a verdade, quando ensinava as pessoas a lerem, usava alguns versos simples da Semente da Terra. Era o que eu fazia em Bolota, e automaticamente fiz o mesmo em Georgetown. Por mais estranho que pareça, ninguém achou ruim. Às vezes, as pessoas pareciam confusas, às vezes discordavam ou concordavam com entusiasmo, mas ninguém reclamava. Algumas pessoas até pareciam achar que o que eu lia eram versículos da Bíblia. Não conseguia deixar que elas ficassem pensando isso.

"Não", eu dizia. "É de um outro livro chamado *Semente da Terra: os livros dos vivos*." E mostrava a elas uma das poucas cópias sobreviventes, retirada de um dos esconderijos. Já que tenho me apresentado como Cory Duran, ninguém me relacionou àquela autora de nome esquisito, Lauren Oya Olamina.

Versos como os familiares:

> "Tudo o que você toca,
> Você Muda..."

e

"Para se entender com Deus
Pondere as consequências de seu comportamento."

e

"A fé
Inicia e guia ações...
Ou não faz nada."

e

"Gentileza facilita a Mudança."

As pessoas pareciam gostar de fragmentos de poesia ou de versos ritmados porque estes são mais fáceis de memorizar. E memorizar versos facilitava encontrar palavras e aprender a reconhecê-las em sua forma escrita. Desse modo, acho que nunca parei de ensinar a Semente da Terra. Mas sem o Destino, sem uma compreensão mais completa do sistema de crença, o que eu ensinei não passava de poucos versos espalhados e aforismos. Nada os unifica.

Preciso encontrar pelo menos algumas pessoas dispostas a aprender mais, e que depois ficarão dispostas a ensinar o que aprenderam. Devo construir... não uma comunidade física dessa vez. Acho que compreendo, finalmente, como é fácil destruir uma comunidade assim. Preciso criar algo de amplo alcance e mais difícil de matar. É por isso que devo ensinar os professores. Devo criar não apenas um pequeno e dedicado grupo de seguidores, não só uma coleção de comunidades que outrora imaginei, mas um movimento. Devo criar uma nova tendência na fé – uma tendência que pode se tornar uma nova religião, uma nova força orientadora, que pode ajudar a humanidade a colocar sua grande energia, competitividade e criatividade em ação fazendo o trabalho deveras amplo de satisfazer o Destino.

Mas, primeiro, preciso dar um jeito de encontrar minha filha.

Estou sozinha, e sei que isso é idiota. Viajar sozinha é fazer-se mais vulnerável do que o necessário. Gostaria de ter convencido o Harry a trabalhar comigo. Ele está se colocando em risco e perdendo tempo no sul da Califórnia e na região da baía. Não acredito que seja possível que nossos filhos tenham sido mandados para lá. Eles estão aqui. E os filhos dele e a minha são tão pequenos que com certeza foram adotados. Minha Larkin poderia crescer acreditando ser a filha de um de seus sequestradores. Os filhos dele tinham quatro e dois anos quando foram levados, então imagino que a mesma coisa poderia ocorrer com eles... se deixarmos.

Amanhã, começarei a caminhar em direção a Eureka. Estou armada. Estou com a .45 semiautomática que eu trouxe de Robledo. Eu a havia colocado dentro de um dos esconderijos, pensando que não mais precisaria dela. Além disso, fiz tudo o que parecia razoável para parecer que sou pobre e homem. Sou grande e comum. É uma boa camuflagem, pelo menos. Não é proteção, mas é o melhor que posso fazer. Se alguém atirar em mim, não tenho ninguém pra me apoiar, então provavelmente vou morrer. Mas não sou a única caminhante solitária aqui, e talvez os ladrões e os malucos partam para cima dos menores que parecem dar menos trabalho. E há menos ladrões e malucos. Ou havia. Em Georgetown e no caminho para cá, vi cada vez mais homens em uniformes militares... ou partes de uniformes. Eles ajudaram a lutar a guerra idiota de Al-Can. Agora, muitos deles estão tendo dificuldade para ganhar a vida, e normalmente estão sempre bem armados.

Há mais escravizadores agora que os Cruzados de Jarret se uniram a Puma e seus amigos na brincadeira de encoleirar pessoas e pegar seus filhos. Estou querendo me tornar invisível para eles. Quero ficar quieta, fazer meu trabalho, e parecer louca o bastante para incentivar as pessoas a me deixarem em paz. Mas, como homem, preciso tomar cuidado em relação a como sigo as novas pistas que tenho acerca das crianças negras que apareceram repentinamente em famílias nas quais nenhuma mulher engravidou. Não quero ser confundida com um molestador ou sequestrador de crianças.

Espero trabalhar em troca de refeições em Eureka e em Arcata – fazer um pouco de trabalho de jardinagem, de pintura, de carpintaria, cortando madeira... se eu me mantiver longe dos bairros mais abastados, ficarei bem. As pessoas abastadas não precisariam me contratar, de qualquer modo. Elas mantêm alguns empregados trabalhando em troca de casa e comida. Eu trabalharia para o que ainda resta da classe média. Seria apenas mais uma trabalhadora se esforçando pela próxima refeição.

No sul e na região da baía de São Francisco, a vida de um trabalhador seria mais difícil. As pessoas são muito desconfiadas umas das outras, com muitos muros entre elas se puderem erguê-los. Mas, aqui em cima, os homens são contratados e depois, pelo menos, são alimentados decentemente. Podem até conseguir dormir dentro de um abrigo, uma garagem ou um celeiro. E podem cuidar das crianças da família – e muitas vezes cuidam. Podem ouvir coisas que mais tarde se mostram úteis – e muitas vezes ouvem. Para a maioria dos trabalhadores, "coisas úteis" significa que eles podem ser levados a outros trabalhos ou para longe de problemas, ou podem saber onde as pessoas deixam seus pertences de valor. Para mim, significa rumores sobre adoção, guarda e orfanatos.

Permanecerei no complexo Eureka-Arcata e cidades adjacentes por quanto tempo conseguir. Allie prometeu sair em busca de informação para mim, e ela disse que posso ir para o quarto dela em Georgetown quando precisar descansar em uma cama de verdade. Além disso, se eu for pega e encoleirada, Dolores vai me ajudar – mediante uma taxa, claro. Ela sabe o que estou fazendo. Acha que eu não tenho a menor chance de me dar bem, mas tem filhos e netos, então sabe que tenho que fazer isso.

"Eu faria a mesma coisa também", disse ela quando conversamos. "Faria tudo o que pudesse. Malditas sejam essas pessoas que se dizem religiosas. Ladrões e assassinos, é isso que são. Tinham que estar encoleiradas. Deveriam assar no inferno!"

Algumas vezes, gostaria de acreditar em inferno – digo, além dos infernos que criamos uns para os outros.

Domingo, 15 de abril de 2035

Passei minha primeira semana fazendo o trabalho básico dos outros. Estranho como esses trabalhos são familiares: ajudar a plantar hortas e jardins, cortar madeira, aparar arbustos e árvores pequenas, retirar o acúmulo de lixo do inverno, consertar cercas e assim por diante. Essas coisas todas eu fazia em Bolota onde todo mundo fazia tudo. As pessoas parecem felizes e um pouco surpresas por eu fazer um bom trabalho. Ganhei algum dinheiro sugerindo trabalhos extras que eu estava disposta a fazer mediante o pagamento de um valor. A maior parte do tempo, as pessoas alertam os filhos para que se mantenham longe de mim, mas consigo ver as crianças, desde os bebês nos braços das mães até as crianças de dois ou três anos, e também as maiores e as da vizinhança. Ainda não vi nenhum rosto familiar, mas claro, acabei de começar. Fui ao máximo possível de famílias negras ou mestiças. Não sei qual tipo de pessoa eu deveria conferir, mas pareceu melhor começar por essas. Se elas se mostram simpáticas, pergunto se têm amigos que poderiam me contratar. Até agora, isso me rendeu alguns trabalhos.

Minha dificuldade acabou sendo encontrar um lugar onde dormir. Um cara me ofereceu um espaço em sua garagem para eu dormir na primeira noite se fizesse sexo oral nele.

Não tive certeza se ele pensou que eu era um homem ou se percebeu que eu era mulher, e não me importei com isso. Naquela noite, eu me ajeitei em um parque abandonado onde algumas sequoias sobrevivem. Ali, em meio a algumas outras pessoas desabrigadas, eu dormi em segurança e acordei cedo para evitar a polícia. As pessoas em Georgetown me alertaram que a polícia encoleira moradores de rua quando precisam prender algumas pessoas para fazer jus a seu salário. Também é o que os mais malvados fazem quando estão há um tempo sem diversão.

Estava frio, mas eu tenho roupas quentes e leves e um saco de dormir velho, mas confortável, que usei na viagem de Robledo para cá. Acordei meio dolorida por causa do chão desnivelado, mas, tirando isso, estava bem. Precisava de um banho, mas em comparação com a sujeira que costumava acumular no Campo Cristão, estava quase apresentável. Já tinha decidido que me lavaria quando pudesse e que dormiria abrigada quando pudesse. Não posso me dar ao luxo de me preocupar com esse tipo de coisa.

Na terça-feira, pude dormir em um depósito de jardim, o que foi bom, porque choveu forte.

Na quarta-feira, voltei ao parque, apesar de a mulher para quem trabalhei ter me dito que eu deveria ir ao abrigo no Centro da América Cristã, na Fourth Street.

Mas que ideia! Há semanas sei que o lugar existe, e tenho me mantido bem longe dele. Trabalhadores de Georgetown dizem que evitam o local. Pessoas já desapareceram dali. Mas receio que um dia tenha que ir lá. Preciso saber mais a respeito do que as pessoas da AC fazem com os órfãos. O problema é que não sei como vou fazer para aguentar. Odeio muito aqueles desgraçados. Às vezes, penso que mataria todos, se pudesse. *Eu os odeio.*

E morro de medo deles. E se alguém me reconhecer? É pouco provável, mas e se acontecer? Ainda não posso ir ao Centro da AC. Eu me obrigarei a fazer isso em breve, mas ainda não. Preferiria estourar meus miolos a usar uma coleira de novo.

Na quinta, fiquei no parque, mas na sexta e no sábado dormi na garagem de uma senhora que queria a cerca consertada e pintada e os parapeitos lixados e pintados. A vizinha dela não parava de aparecer "para conversar".

Entendo que a vizinha estivesse apenas cuidando para ter certeza de que eu não assassinaria a amiga dela e não me importei. No fim, deu tudo certo. A própria vizinha acabou me contratando para arrancar ervas daninhas, preparar o solo e fazer a horta e o jardim. Foi bom porque ela era o motivo pelo qual fui à sua parte na cidade. Ela era uma mulher loira que tinha um marido loiro, e eu tinha tomado conhecimento, pelos meus contatos em Georgetown, que ela tinha duas crianças pequenas de cabelos e pele negros.

A mulher não tinha condições financeiras boas, mas ainda assim me deu alguns dólares, além de duas boas refeições pelo trabalho que realizei. Gostei dela, e fiquei feliz quando vi que as duas crianças que ela tinha adotado eram desconhecidas. Agora, estou escrevendo na garagem dela, onde tem uma lâmpada e uma cama dobrável. Está frio, claro, mas estou enrolada no cobertor e aquecida o suficiente, com exceção das mãos. Agora, preciso escrever mais do que nunca, porque não tenho ninguém com quem conversar, mas escrever é um trabalho gelado em noites como esta.

Domingo, 13 de maio de 2035

Fui ao Centro da América Cristã. Finalmente me forcei a ir lá. Foi como me obrigar a pisar em um grande ninho de cobras, mas fui. Não consegui dormir lá. Mesmo sem a experiência de Day Turner para me guiar, não teria dormido no ninho de serpentes. Mas já comi lá três vezes, tentando escutar o que conseguisse. Eu me lembro de quando Day Turner me disse que ofereceram uma cama, refeições e alguns dólares para que ele ajudasse a pintar e consertar duas casas que faziam parte de uma casa da AC para crianças órfãs. Ele não sabia o endereço das casas. Nem tampouco conhecia Eureka bem o suficiente para me dar uma ideia de onde as casas poderiam ficar, e isso foi uma lástima. Talvez nossos filhos não estivessem ali, se é que tinham passado por lá. Mas eu poderia ficar sabendo algo sobre o lugar. Poderia haver registros que eu poderia roubar ou boatos, lembranças e histórias a escutar. E se muitas de nossas criança tivessem sido mandadas para lá, talvez eu ainda conseguisse encontrar uma ou duas delas.

Esse último pensamento me assustou um pouco. Se eu encontrasse alguns de nossos filhos, não poderia deixá-los nas mãos da AC. De um jeito ou de outro, teria que libertá-los ou tentar reuni-los com suas famílias. Isso chamaria tanta atenção para mim que eu teria de sair da região e, desconfio, abandonar minha Larkin. Isso se eu conseguisse sair, se não acabasse encoleirada de novo.

A comida no Centro da AC era comestível – algumas fatias de pão e um ensopado grosso de batatas e legumes com sabor de carne, apesar de eu não ter encontrado nenhum pedaço de carne ali. As pessoas ao meu redor reclamavam da falta de carne, mas eu não me incomodei. Nos últimos meses, aprendi a comer o que tiver, e ficar feliz. Se conseguisse engolir e se tivesse o suficiente para encher minha barriga, eu já me considerava sortuda. Mas fiquei surpresa por conseguir manter a comida no estômago enquanto estava tão perto dos meus inimigos no Centro da AC.

Minha primeira visita foi a pior. Minha lembrança dela não é tão clara quanto deveria ser. Sei que fui lá. Me sentei e comi com muitos outros homens desabrigados. Consegui não enlouquecer quando alguém começou a pregar para nós. Sei que fiz tudo isso, e sei que, depois, precisei de uma caminhada longa, bem longa, até o parque para colocar minha cabeça no lugar de novo. Caminhar, assim como escrever, ajuda.

Fiz tudo isso cegada pelo terror. Não sei qual era a impressão que passava às pessoas. Acho que devia parecer louca até mesmo para conversar. Ninguém tentava conversar comigo, apesar de alguns dos homens estarem conversando. Entrei na fila e, depois disso, passei a andar automaticamente, fazia o que os outros faziam. Quando me sentei com minha comida, me vi curvada sobre ela, protegendo-a, comendo como um gavião que pegou uma pomba. Eu costumava ver as pessoas fazendo isso no Campo Cristão. Às vezes, passávamos tanta fome ali que quase enlouquecíamos. Mas naquele momento não me importava com a comida. Não estava tão faminta. E se quisesse, poderia ter trocado de roupa, ido a um restaurante decente e comprado uma refeição de verdade. É só que, de alguma maneira, se eu me concentrasse na comida e preenchesse tanto minha mente como meu corpo, poderia ficar parada e não me levantar e correr, aos gritos, para fugir daquele lugar.

Nunca tive tanto medo estando livre. As pessoas se afastavam de mim. Loucos, viciados, prostitutas e ladrões se afastavam de mim. Não dei importância a isso naquele momento. Não pensei em nada. Fico surpresa por me lembrar disso agora. Passei por ali tomada pelo terror e prontíssima para matar.

Eu havia enrolado minha arma nas peças de roupa e a coloquei no fundo da bolsa. Fiz isso de propósito para que não houvesse uma maneira rápida de pegá-la. Não queria me sentir tentada a usá-la. Se precisasse dela dentro do Centro da AC, já estaria morta. Não poderia deixá-la em qualquer lugar, mas poderia descarregá-la. Naquela noite, demorei muito tempo descarregando-a e enrolando-a, observando a mim mesma enrolando-a para que, mesmo no mais profundo pânico, eu soubesse que não poderia pegá-la. Deu certo. Foi necessário e deu certo.

Anos atrás, quando meu bairro em Robledo foi incendiado, quando uma grande parte de minha família foi incendiada, tive que voltar. Escapei à noite, e no dia seguinte, tive que voltar. Tinha que recuperar o que fosse possível daquela parte da minha vida que tinha acabado, e eu tinha que me despedir. Tinha que fazer isso. Até aquele momento, e por muito tempo depois, voltar para meu bairro em Robledo tinha sido a coisa mais difícil que tivera que fazer. Isto foi pior.

Quando fui ao Centro da AC pela segunda vez vários dias depois, não foi tão ruim. Conseguia observar, pensar e ouvir. Não tenho lembrança de nenhuma palavra dita durante a primeira visita. Tentei escutar, mas não consegui captar nada. Mas, na segunda, ouvi pessoas falarem sobre comida, sobre empregadores que não pagavam, sobre mulheres (eu estava na parte dos homens), sobre lugares no norte, no leste, no sul onde havia trabalho, sobre articulações doloridas, sobre a guerra... escutei e observei. Depois de um tempo, eu me vi. Vi um homem curvado sobre a comida, enfiando colheradas na boca com muita concentração. Seus olhos, quando ele olhou para a frente, ao redor, eram vagos e assustadores. Na fila, ele mais se arrastava do que andava. Quando alguém se aproximava, ele fazia cara de louco e de raiva. Quase não parecia humano. As pessoas se mantinham longe dele. Talvez estivesse aprontando alguma coisa. Era um sujeito grande. Podia ser perigoso. Mas ele era eu alguns dias antes. Eu não soube quais eram os problemas dele, mas sei que eram tão terríveis para ele quanto os meus são para mim.

Não escutei quase nada sobre crianças órfãs nem sobre os Cruzados de Jarret. Alguns homens disseram que tinham filhos. A maioria não fala muito, mas alguns não param de falar: sobre seus lares há muito perdidos, mulheres, dinheiro, feitos corajosos e sofrimento durante a guerra... Nada de útil.

Mas eu voltei pela terceira vez ontem à noite. Mesma comida. Eles colocam legumes diferentes – o que quer que tenham, imagino. O único ingrediente inevitável no ensopado é a batata, mas o jantar é sempre ensopado de legumes e pão. E, depois da refeição, sempre tem pelo menos uma hora de sermão para aturar. As portas são fechadas. Você come, e então escuta. Depois, pode sair ou tentar conseguir uma cama.

Não consigo me lembrar do primeiro sermão de jeito nenhum. O segundo foi sobre Cristo curando os doentes e estar disposto a nos curar se pedíssemos. O terceiro foi sobre Jesus Cristo, o mesmo ontem, hoje e eternamente.

O ministro leigo que realizou o terceiro sermão foi Marc.

Era ele, meu irmão, um ministro leigo na Igreja da América Cristã.

Com medo e surpresa, eu abaixei a cabeça, me perguntando se era possível que ele tivesse me visto. Havia cerca de duzentas outras pessoas no refeitório dos homens naquela noite, homens de todas as raças, etnias e níveis de sanidade. Eu me sentei mais para o fundo do salão e à esquerda do palanque, púlpito, ou o que quer que fosse. Depois de um tempo, olhei para a frente sem levantar a cabeça. Nada na linguagem corporal de Marc indicava que ele tivesse me visto. Mas enquanto iniciava o sermão, disse que tinha uma irmã afundada no pecado, uma irmã que tinha sido criada no caminho do Senhor, mas que havia se permitido ser puxada para baixo por Satanás. Essa irmã, por meio da influência de Satanás, havia causado uma grande dor nele, disse, mas ele a havia perdoado. Ele a amava. Sofria muito por ver que ela não sairia do pecado. Sofria muito por ter tido que se afastar dela. Derramou algumas lágrimas e balançou a cabeça. Por fim, disse:

— Jesus Cristo foi seu Salvador ontem. Ele é seu Salvador hoje. Será seu Salvador para sempre. Sua irmã pode te abandonar. Seu irmão pode te trair. Seus amigos podem tentar puxá-lo para o pecado. Mas Jesus sempre estará do seu lado. Por isso, segure-se ao Senhor! Segure-se! Permaneça firme em sua fé. Seja corajoso. Seja forte. Seja um soldado de Cristo. Ele vai dar ajuda e proteção. Ele vai te erguer e nunca, nunca vai te decepcionar!

Quando acabou, comecei a sair com a multidão. Precisava pensar. Tinha que encontrar uma maneira de me aproximar de Marc fora do Centro da AC. Por fim, voltei e deixei um bilhete para o ministro leigo com um dos atendentes. Escrevi: "Ouvi sua pregação hoje. Não sabia que você estava aqui. Preciso te ver. Amanhã à noite, onde a fila para o jantar se forma". E assinei como Bennett O.

Um de nossos irmãos se chamava Bennett Olamina. Olamina era um sobrenome incomum. Alguém na América Cristã poderia notá-lo e se lembrar dele dos registros dos presos no Campo Cristão. Além disso, me ocorreu que assinar com o nome que eu estava usando, "Cory Duran", poderia ser cruel. Afinal, Cory era a mãe de Marc, não a minha. Não queria fazer com que ele se lembrasse da dor de tê-la perdido nem dar a entender que ela poderia estar viva. E se eu tivesse escrito Lauren O., acreditava que Marc poderia decidir não me encontrar. Não tínhamos nos despedido num clima amigável, afinal. Talvez também fosse cruel dar a entender que um de nossos dois irmãos mais novos pudesse ainda estar vivo. Talvez ele saiba ou imagine que eu escrevi o bilhete. Mas tive que usar um nome que chamaria a atenção dele. Preciso falar com ele. Ele, no mínimo, certamente vai me ajudar a encontrar Larkin. Ele não deve estar sabendo o que aconteceu conosco. Não acho que ele teria entrado para a AC se soubesse que ela é formada por ladrões, sequestradores, escravizadores e assassinos. Ele queria liderar, ser importante, ser respeitado, mas ele próprio tinha sido um prostituto escravizado. Por mais que estivesse com raiva de mim, não desejaria que eu fosse cativa e encoleirada. Pelo menos, não acho que ele desejaria isso.

Na verdade, não sei em que acreditar.

Um senhor está me deixando dormir em sua garagem hoje. Cortei ervas daninhas e tirei o lixo para ele. Agora, estou satisfeita. Espalhei algumas tábuas sobre o concreto e cobri as tábuas com trapos. Dentro do saco de dormir em cima dessas tábuas, estou bem confortável. Tem até um vaso sanitário velho e imundo e uma pia com água na torneira aqui; um verdadeiro luxo. Eu me lavei. Agora, quero dormir, mas só consigo pensar no Marc *naquele lugar*, Marc com *aquelas pessoas*. Talvez ele até estivesse ali na minha primeira visita. Talvez tenhamos nos visto sem perceber. Fico tentando imaginar o que ele teria feito se tivesse me reconhecido.

18

Cuidado:

Com frequência,

Dizemos

O que ouvimos outros dizerem.

Pensamos

O que nos dizem que pensamos.

Vemos

O que nos permitem ver.

Pior!

Vemos o que nos dizem que vemos.

A repetição e o orgulho são as chaves disso.

Ouvir e ver

Mesmo uma mentira óbvia

De novo

E de novo, e de novo

Pode ser dizê-la,

Quase por reflexo

E então defendê-la

Porque a dissemos

E finalmente aceitá-la

Porque a defendemos

E porque não podemos admitir

Que aceitamos e defendemos

Uma mentira descarada.

E assim, sem pensar,

Sem querer,

Criamos

Simples ecos

De nós mesmos...

E dizemos

O que ouvimos os outros dizerem.

— **Semente da Terra: os livros dos vivos**

De *Guerreiro,* por Marcos Duran

Sempre acreditei no poder de Deus, distante e profundo. Mas, mais imediatamente, acredito no poder da religião em si como uma grande condutora das massas. Fico me perguntando se isso é estranho no filho de um ministro batista. Acho que meu pai de fato acreditava que a fé em Deus bastava. Ele vivia como se acreditasse. Mas isso não o salvou.

Comecei a pregar quando era criança. Rezava pelos enfermos e vi alguns deles se curarem sob minhas mãos. Eu recebia quantias em dinheiro e também comida de pessoas que não tinham o suficiente para comer. Pessoas com idade para serem meus pais me procuravam pedindo conselho, confirmação e conforto. Eu conseguia ajudá-las. Eu conhecia a Bíblia. Eu tinha minha própria versão do modo calado, carinhoso e confiante de meu pai. Era apenas um adolescente, mas achava as pessoas interessantes. Gostava delas e entendia como chegar a elas. Sempre fui bom imitador, e tinha estudado mais do que a maioria das pessoas com quem lidava. Em alguns domingos na minha igreja em ruínas em Robledo, via até duzentas pessoas ouvindo enquanto eu pregava, ensinava, orava e passava o prato.

Mas quando as autoridades da cidade decidiram que não passávamos de lixo a ser varrido para fora de nossas casas, minhas orações não puderam detê-las. As autoridades da cidade eram mais fortes e mais ricas.

Elas tinham mais armas, armas melhores. Tinham o poder, o conhecimento e a disciplina para nos enterrar.

Os governos, a cidade, a região, o estado e o país, além das empresas grandes e ricas, eram as fontes de dinheiro, informação, armas... força física real. Mas na América pós-Praga, igrejas bem-sucedidas eram apenas fontes de influência. Ofereciam às pessoas catarse emocional segura, senso de comunidade e maneiras de organizar seus desejos, esperanças e medos em sistemas éticos. Tais coisas eram importantes e necessárias, mas não eram o poder. Se este país quisesse voltar a ser grande, não seriam os pregadores comuns que conseguiriam fazer isso.

Andrew Steele Jarret sabia disso. Quando ele criou a América Cristã, saiu do púlpito e foi para a política, quando uniu religião e governo e fortaleceu esse elo com dinheiro de homens de negócios abastados, criou o que deveria ter sido uma marcha impossível de ser parada rumo à restauração do país. E se tornou meu professor.

Eu amo meu tio Marc. Houve momentos em que era mais do que um pouco apaixonada por ele. Ele era muito bonito, e uma pessoa bonita, seja homem ou mulher, pode sair ilesa depois de dizer e fazer coisas que arruinariam alguém mais comum. Nunca deixei de amá-lo. Até mesmo minha mãe, acredito, amava meu tio apesar de tudo o que pensava dele.

Aquilo pelo que tio Marc passou como escravo o marcou, tenho certeza, mas não sei quanto.

Como saber como um homem seria se tivesse crescido sem as marcas do horror? O que o tempo que minha mãe passou sendo uma escrava agredida, roubada e estuprada fez com ela? Ela sempre foi uma mulher com um propósito obsessivo e grande coragem física. Sempre se dispôs a sacrificar os outros pelo que acreditava ser certo. Ela reconhecia essa última característica no tio Marc, mas acho que nunca a viu com clareza em si mesma.

De *Os diários de Lauren Oya Olamina*
Segunda-feira, 14 de maio de 2035

Me encontrei com meu irmão hoje à noite.

Passei o dia ajudando meu mais novo empregador, um senhor simpático, cheio de histórias de suas aventuras como jovem nos anos 1970. Era cantor e guitarrista de uma banda. Eles viajavam pelo mundo, tocavam música barulhenta e faziam sexo selvagem com centenas, talvez milhares, de jovens interessadas. Mentiras, imagino.

Fizemos uma horta e cortamos alguns galhos secos das árvores frutíferas. Não fomos "nós", claro. Ele dizia: "E então, o que acha de fazermos isso?" ou "Você acha que podemos fazer isso?". E tentava ajudar, e tudo bem. Ele precisava se sentir útil, assim como precisava de alguém que ouvisse suas histórias ousadas. Ele me disse ter 88 anos. Seus dois filhos morreram. A neta de meia-idade e os muitos bisnetos pequenos vivem em Edmonton, Alberta, no Canadá. Ele vive sozinho, só tem uma senhora, sua vizinha, que confere como ele está de vez em quando. E ela tem 74 anos.

Ele disse que eu poderia ficar o quanto quisesse desde que o ajudasse na casa e fora dela. A casa não estava boa. Passou anos sem receber cuidados. Eu não poderia ter feito todos os reparos, claro, mesmo se ele pudesse comprar todos os materiais. Mas decidi ficar durante alguns dias para fazer o que pudesse. Não arrisquei ficar tempo demais para que ele começasse a depender de mim, mas só alguns dias.

Pensei que isso me daria uma base para trabalhar enquanto me aproximasse de meu irmão de novo.

Estou tentando decidir como falar sobre meu encontro com Marc. A caminhada na volta para a casa do meu empregador me ajudou a relaxar um pouco, me acalmar um pouco. Mas não o suficiente.

Marc estava esperando perto da longa fila para o jantar quando cheguei. Ele estava lindo e à vontade com suas roupas limpas, casuais e modernas. Na noite anterior, quando pregou, usava um terno azul marinho, e conseguira estar lindo, mesmo enquanto contava a uns duzentos ladrões e alcoólatras como eu era uma pessoa terrível.

— Marc — falei.

Ele se sobressaltou, e então se virou para mim. Já tinha passado os olhos por mim, mas era óbvio que só me reconheceu quando falei com ele. Estava incentivando um homem na fila à minha frente a aceitar Jesus Cristo como seu salvador pessoal e a deixar Jesus ajudá-lo com seu alcoolismo. Parecia que o Centro da AC tinha um programa rigoroso de recuperação, e vi Marc se esforçando muito para divulgá-lo.

— Vamos dar uma volta no quarteirão para conversar — falei, e, antes que ele pudesse se recompor ou responder, me virei e me afastei, certa de que ele me acompanharia. E acompanhou. Já estávamos bem longe da fila e bem longe de alguém que pudesse escutar quando ele me alcançou.

— Lauren! — disse ele. — Meu Deus, Lauren, é você? O que diabos você está...?

Dobrei a esquina com ele, longe dos olhos das pessoas da fila, entrando em uma ruazinha lateral suja que levava à baía. Entrei um pouco naquela rua, e então parei, me virei e olhei para ele.

Ele ficou ali, franzindo o cenho, parecendo inquieto, surpreso, quase bravo. Não demonstrava embaraço nem atitude defensiva. Isso era bom. A reação dele ao me ver teria sido diferente, com certeza, se soubesse o que seus amigos do Campo Cristão tinham feito comigo.

— Preciso da sua ajuda — falei. — Preciso que você me ajude a encontrar minha filha.

Aquilo não deixou as coisas claras para ele, mas o afastou da raiva, e era isso o que eu queria.

— O quê? — perguntou ele.

— Sua gente está com ela. Eles a levaram. Eu não... não acredito que eles a tenham matado. Não sei o que fizeram com ela, mas desconfio de que um deles a tenha adotado. Preciso que você me ajude a encontrá-la.

— Lauren, do que você está falando? O que está fazendo aqui? Por que está tentando se parecer com um homem? Como me encontrou?

— Ouvi sua pregação ontem à noite.

E de novo, ele se limitou a perguntar:

— O quê?

Só que, dessa vez, ele parecia um pouco constrangido, um pouco apreensivo.

— Tenho vindo aqui na esperança de descobrir o que a AC faz com as crianças que leva.

— Mas essa gente não leva crianças! Digo, eles resgatam órfãos das ruas, mas não...

— E eles "resgatam" filhos de pagãos, não é? Pois bem, eles "resgataram" minha filha Larkin e todas as outras crianças pequenas de Bolota! Mataram meu Bankole! E Zahra! Zahra Moss Balter, de Robledo! Eles a mataram! Encoleiraram a mim e a minha gente. A AC fez isso! Então, aqueles cristãos sagrados nos fizeram trabalhar como escravos todos os dias e nos usavam como putas à noite! Foi o que fizeram. É o tipo de pessoas que são. Agora, preciso da sua ajuda para encontrar minha filha! — Eu disse tudo isso de uma vez, num sussurro feio e áspero, com o rosto perto do dele, minhas emoções quase sem controle. Eu não pretendia cuspir tudo na cara dele daquele jeito. Eu precisava dele. Pretendia contar tudo, mas não assim.

Ele ficou olhando para mim como se eu estivesse falando grego. Apoiou a mão em meu ombro.

— Lauren, entre. Coma alguma coisa, tome um banho, deite em uma cama limpa. Entre. Precisamos conversar.

Fiquei parada, sem deixar que ele me tirasse dali.

— Ouça — disse com uma voz mais humana. — Ouça, sei que estou despejando muita coisa em você, Marc, e sinto muito. — Respirei fundo. — É só que você é a única pessoa em quem eu senti que poderia despejar tudo isso. Preciso de sua ajuda. Estou desesperada.

— Vamos entrar. — Ele não estava querendo me agradar. Parecia estar em negação, mas evitando o assunto. Estava tentando me distrair, me atrair com confortos sem sentido.

— Marc, se for possível, nunca mais pisarei neste lugar amaldiçoado. Agora que encontrei você, não devo precisar voltar.

— Mas essas pessoas vão te ajudar, Lauren. Você está cometendo algum erro. Não entendo como, mas você está. Preferimos levar famílias inteiras a separá-las. Trabalhei nos apartamentos que estamos reformando para ajudar a tirar as pessoas das ruas. Eu sei...

Agora, ele estava querendo me agradar.

— Já ouviu falar de um lugar chamado Campo Cristão? — perguntei, deixando minha voz voltar a ficar ríspida. Ele ficou em silêncio por um instante, mas eu soube, antes de ele falar, que a resposta à minha pergunta era "sim".

— Eu não teria dado esse nome — disse ele. — É um campo de reeducação; um dos lugares para onde as piores pessoas com quem lidamos são mandadas. São as pessoas que iriam para a cadeia se não as levássemos. Na maior parte, são pequenos infratores: ladrões, viciados, prostitutas, esse tipo de gente. Tentamos nos aproximar, ensinar habilidades e autodisciplina para elas, impedir que acabem em prisões de verdade.

Escutei, balançando a cabeça para discordar. Ou ele era um ótimo ator ou acreditava no que estava dizendo.

— O Campo Cristão *era* uma prisão — falei. — Durante dezessete meses, foi uma prisão. Antes disso, era Bolota. Minha gente e eu construímos Bolota com nossas próprias mãos, e então a sua América Cristã a tomou, a roubou de nós e a transformou em um campo prisional.

Ele ficou ali, olhando para mim como se não soubesse no que acreditar ou o que fazer.

— Em setembro — falei, mantendo a voz baixa e constante. — Em setembro de 2033, eles vieram com sete vermes, derrubando nossa cerca de espinhos, eliminando nossos vigias. Eu sabia que não poderíamos lutar contra uma força como aquela. Fiz sinal para que todos corressem sem parar, para que se espalhassem. Você sabe que tínhamos treinamento: treinamento para lutar e treinamento para desaparecer nos montes. Nada disso ajudou. Eles nos paralisaram com gás. Pode ser que três pessoas tenham conseguido escapar: a mulher muda chamada May e as duas meninas da família Noyer. Não sei. Elas são as únicas sobre as quais não tivemos mais notícias. O restante de nós foi capturado, encoleirado e usado para trabalho e para sexo. Nossas crianças pequenas foram levadas. Ninguém nos disse para onde foram. Meu Bankole, Zahra Balter, Teresa Lin e alguns outros foram mortos. Se perguntássemos algo, éramos punidos com as coleiras. Se nos pegassem falando qualquer coisa, éramos castigados. Dormíamos no chão ou em estantes na escola. Seus homens abençoados tomaram nossas casas. E nos tomavam também, quando tinham vontade. Ouça!

Ele tinha parado de olhar para mim e havia começado a olhar para além de mim, sobre meu ombro direito.

— Eles trouxeram pessoas das ruas, viajantes e pequenos infratores, além de outras famílias das montanhas, e também os encoleiraram — falei. — Marc! Você está me ouvindo?

— Não acredito em você — disse ele, por fim. — Não acredito em nada disso!

— Vá ver o que restou de Bolota. Veja com seus próprios olhos. Vá a um dos tais campos de reeducação. Aposto que eles são igualmente ruins. Confira.

Ele começou a balançar a cabeça, negando.

— Isso não é verdade! Eu conheço essas pessoas! Elas não fariam isso do que você as acusa.

— Talvez algumas delas, não. Mas outras fizeram. Eles roubaram tudo o que construímos.

— Não acredito em você — disse. Mas acreditava, sim. — Você está enganada.

— Vá ver com seus próprios olhos — repeti. — Cuidado com o modo com que fizer perguntas. Não quero que você entre em apuros. São pessoas perigosas, maldosas. Vá ver.

Ele não disse nada por alguns segundos. Fiquei incomodada por ele estar franzindo o cenho e, de novo, não estar olhando para mim.

— Você foi encoleirada? — perguntou, finalmente.

— Por dezessete meses. Uma eternidade.

— Como saiu de lá? Sua pena foi cumprida?

— O quê? Que pena?

— Quero saber se eles soltaram você.

— Eles nunca soltaram ninguém. Mataram vários de nós, mas nunca libertaram ninguém. Não sei quais planos eles tinham a longo prazo para nós, se é que tinham algum, mas não acho que eles teriam ousado nos soltar depois do que fizeram conosco.

— Como você se libertou? Não dá para escapar quando colocam uma coleira em nosso pescoço. Não há como fugir com uma coleira.

A menos que alguém faça um pacto com o diabo e compre sua liberdade, pensei. Mas não disse isso.

— Houve um deslizamento de terra — falei. — Atingiu a casa onde a unidade de controle ficava. A minha casa. A unidade de controle comandava todos os cintos das unidades de controle individuais, não sei como. Talvez até comandasse as próprias coleiras. Não tenho certeza. Bom, quando o deslizamento ocorreu e cobriu a casa, as coleiras pararam de funcionar, e entramos nas nossas casas e matamos os guardas que ainda estavam vivos, os que não tinham morrido no deslizamento. E, então, queimamos nossas casas com os corpos deles lá dentro. Nós as incendiamos. Eram nossas! Construímos cada uma delas com nossas mãos!

— Você matou pessoas...?

— Eles se chamavam Puma, Marc. Todos eles se chamavam Puma!

Ele se virou – girou com dificuldade como se tivesse que se desenraizar do chão para se mover – e voltou a caminhar em direção à esquina.

— Marc!

Ele continuou andando.

— Marc! — Segurei o braço dele e o puxei para trás para que olhasse para mim. — Não falei isso para te magoar. Sei que te magoei e peço desculpas, mas estes malditos estão com minha filha! Preciso da sua ajuda para recuperá-la. Por favor, Marc.

Ele me bateu.

Eu não esperava aquilo, não tive como me preparar. Nem mesmo na infância, ele e eu nunca nos agredíamos.

Dei um passo para trás, mais assustada do que magoada. E ele se foi. Quando cheguei à esquina, ele já tinha entrado no Centro da AC.

Tive medo de ir atrás dele. No atual estado em que ele se encontrava, poderia me entregar. Como vou vê-lo de novo? Ainda que ele decida me ajudar, como vou entrar em contato com ele? Com certeza ele vai decidir me ajudar quando tiver tempo para pensar. Com certeza.

Domingo, 3 de junho de 2035

Saí da região de Eureka-Arcata.

Voltei à árvore das mensagens para passar a noite. Trouxe uma lanterna para poder ter iluminação onde eu quisesse sem me arriscar com fogo. Agora, cobrindo minha luz, estou lendo o que foi deixado aqui. Jorge e Di deixaram um número, e Jorge disse que encontrou seu irmão Mateo. Na verdade, assim como Justin, seu irmão o encontrou. No lado norte de Garberville, onde ainda há sequoias enormes, Mateo encontrou o grupo de Jorge adormecido no chão. Ele os havia procurado por meses. Assim como Justin, ele tinha fugido do abuso, mas em seu caso o abuso era sexual. Agora, está ferido e amargurado, mas está com o irmão de novo.

Não havia notícias de Harry. Muito cedo para ele ter voltado, acho. Liguei para ele várias vezes, mas não recebi resposta. Estou preocupada com ele.

Escrevi um bilhete, alertando os outros para que evitem o Centro da AC em Eureka. Escrevi que Marc estava lá, mas que não era de confiança.

Ele não é de confiança.

Eu me obriguei a voltar ao Centro da AC na quarta-feira da semana passada. Voltei como uma mulher sã, mas maltrapilha, e não como um homem sujo e maluco. Demorei para reunir coragem para fazer isso – para ir. Temia que Marc pudesse ter alertado seus amigos da AC a meu respeito. Não conseguia acreditar que ele teria feito isso, mas era possível, e eu havia tido pesadelos nos quais eles me agarravam assim que eu aparecia. Conseguia senti-los colocando a coleira em mim. Acordei encharcada e morrendo de medo.

Por fim, fui a uma loja de roupas usadas e comprei uma saia preta e uma blusa azul. Em uma lojinha barata, comprei um pouco de maquiagem e um lenço para meus cabelos. Eu me vesti, maquiei e me sujei um pouco, como se pudesse ter rolado no chão com alguém.

No Centro da AC, formei fila com outras mulheres e comi na pequena seção murada das mulheres. Ninguém parecia prestar atenção em mim, apesar de minha altura se destacar muito mais quando eu estava apenas entre mulheres. Eu me curvei um pouco e mantive a cabeça baixa enquanto estava de pé. Tentei parecer cansada e toda suja em vez de furtiva, mas descobri que parecer furtiva não era tão incomum. A maioria das mulheres, como a maioria dos homens, eram impassíveis, indiferentes, persistentes. Mas algumas eram malucas que não paravam de falar, resmungar ou se retrair como bichinhos assustados. Também havia uma mulher gorda com apenas um olho que observava o local e tentava pegar o pão das mãos das outras enquanto comiam. Ela era louca, claro, mas sua loucura específica a tornava cruel e potencialmente perigosa. Ela não mexeu comigo, mas perturbou várias das mulheres menores, até uma mulher pequena e irritada puxar uma faca e apontar para ela.

Então, os atendentes chamaram a segurança, homens saíram dos fundos do salão e pegaram as duas mulheres pelas costas.

Fiquei muito incomodada por eles terem levado as duas mulheres. A mulher gorda e louca podia fazer o que quisesse até alguém resistir. Depois, tanto a vítima como a agressora foram tratadas como igualmente culpadas.

Fiquei ainda mais incomodada porque as mulheres não foram postas para fora. Foram levadas. Para onde?

Não voltaram. Ninguém com quem falei sabia o que tinha acontecido com elas.

O mais preocupante de tudo foi eu ter reconhecido um dos seguranças. Ele estivera em Bolota. Ele tinha sido um dos nossos "professores" de lá. Eu o vira levar Adela Ortiz para estuprá-la. Eu conseguia fechar os olhos e vê-lo arrastando-a para a casa que ele usava. Ainda devia haver muitos homens como ele vivos e livres, homens que não estavam no Campo Cristão quando recuperamos nossa liberdade e nos vingamos. Mas aquele foi o primeiro que vi.

Meu medo e meu ódio voltaram com força total e quase me sufocaram. Precisei de todo o meu autocontrole para ficar parada, comer e continuar sendo a idiota que tinha que parecer ser. Day Turner tinha sido encoleirado depois de uma briga na qual ele disse não ter se envolvido. Os oficiais da América Cristã se faziam de juízes, júri e, quando queriam, executores. Não desperdiçavam esforços tentando ser justos. Eu ouvi em uma das primeiras visitas que fiz que a Força de Segurança do Centro da AC, que só tinha homens, era formada por policiais aposentados ou fora de serviço. Isso, se fosse verdade, era assustador. Isso me deu ainda mais certeza de que estava certa em não ter ido à polícia com a história verdadeira do que tinha sido feito comigo e com Bolota. Caramba, eu sequer fora capaz de fazer com que meu irmão acreditasse em mim. Qual seria minha chance de convencer os policiais se alguns deles estivessem trabalhando para a América Cristã?

Depois do jantar, depois do sermão, consegui me obrigar a ir a um dos atendentes – uma mulher loira com uma cicatriz vermelha e comprida na testa. Ela era uma das poucas que riam e falavam conosco ao servir ensopado nas tigelas e distribuir pão. Pedi para ela entregar meu bilhete ao ministro leigo Marcos Duran. Por acaso, ela o conhecia.

— Ele não está mais aqui — disse ela. — Foi transferido para Portland.

— Oregon? — perguntei, e então me senti uma idiota. Claro que ela se referia a Portland, Oregon.

— Sim — disse a moça. — Ele partiu há alguns dias. Recebeu a oportunidade de pregar mais em nosso novo centro em Portland e sempre quis isso. Ele é um ótimo rapaz. Sentimos muito por perdê-lo. Você já o ouviu pregando?

— Algumas vezes — disse. — Tem certeza de que ele se foi?

— Sim. Fizemos uma festa para ele. Ele será um grande ministro, no futuro. Um grande ministro. Ele é tão espiritualizado. — Ela suspirou.

Talvez "espiritualizado", para ela, seja outra palavra para incrivelmente lindo. Bem, ele não estava mais ali. Em vez de me ajudar a encontrar Larkin ou de pelo menos me encontrar de novo, ele havia partido.

Agradeci à moça e saí em direção à casa do homem de 88 anos na qual eu estava ficando. Havia deixado minha troca de roupa e meu saco de dormir na garagem dele. Para variar, eu estava viajando com poucas coisas. Minha mochila estava meio vazia. Caminhava distraidamente, sem pensar muito para onde estava indo. Estava pensando se poderia encontrar Marc de novo, se seria bom encontrá-lo. O que ele faria se eu aparecesse em Portland? Fugiria para Seattle? Por que ele havia fugido, afinal? Eu não iria machucá-lo – não iria dizer nem fazer nada que pudesse ferir sua reputação de ministro leigo. Ele tinha partido por eu ter falado de Puma? Talvez tivesse sido um erro meu contar a ele o que havia acontecido conosco, com Bolota. Talvez eu devesse ter contado a ele a mesma coisa que contei à polícia. "Bom, eu estava andando em direção ao norte na U.S. 101, em direção a Eureka, quando uns caras..."

Seria tão essencial para ele ser importante na América Cristã a ponto de não se importar com as coisas ruins que a AC estava fazendo, a ponto de nem sequer se importar com o que a AC fizera com a única pessoa que restava de sua família?

De repente, apareceu um homem na minha frente; um homem enorme, alto, largo, usando um uniforme do Centro de Segurança da AC. Parei um pouco antes que trombasse com ele. Dei um salto para trás. Meu impulso era de correr como nunca. Aquele cara parecia assustador o suficiente para fazer qualquer pessoa correr. Mas, na verdade, eu estava congelada de medo. Não conseguia me mexer. Só fiquei olhando para ele.

Ele enfiou a mão enorme dentro da jaqueta do uniforme, e eu imaginei que dali tiraria uma arma – não que aquele cara precisasse de uma arma para me matar. Ele era gigantesco.

Mas ele tirou a mão da jaqueta com um envelope – um envelope de papel pequeno e branco, como aqueles de cartas comuns, de antigamente. Quando morávamos em Robledo, meu pai às vezes chegava em casa com correspondência da faculdade em envelopes como aquele.

— O reverendo Duran pediu para que eu entregasse isto a uma pessoa negra e alta que o procurasse pelo nome — disse o gigante. Ele tinha uma voz suave, calma, que deixava sua aparência um pouco menos assustadora. — Parece que você é essa pessoa.

Eu precisei me forçar a estender a mão e pegar o envelope.
O gigante ficou olhando para mim por um momento,
e então disse:

— Ele me disse que você é irmã dele.

Assenti.

— Ele disse que talvez você estivesse vestida como homem.

Não respondi. Ainda não conseguia formar palavras.

— Ele pediu desculpas. Me pediu para dizer que você poderia conseguir uma cama no Centro por quanto tempo precisasse. Estarei por perto. Ele é meu amigo. Cuidarei de você.

— Não — falei, finalmente conseguindo fazer minha voz funcionar. — Mas obrigada. — Me endireitei, sem saber quando eu havia me encurvado de medo. Estendi a mão, que o gigante pegou e apertou. — Obrigada — repeti, e ele se foi, caminhando de volta em direção ao Centro.

Eu não parei para pensar. Enfiei o envelope de Marcus dentro da blusa e segui caminhando. Ninguém parava para abrir coisas em ruas escuras naquela parte da cidade. Eu mantive os ouvidos atentos e prestei atenção ao meu redor. O gigante havia me alcançado, passado por mim e parado na minha frente, sem que eu percebesse. Aquele tipo de desatenção era mais do que idiota. Era suicida.

Apesar disso, já tinha voltado a relaxar quando estava a apenas três quarteirões da casinha do velho. Estava cansada, alimentada, ansiosa para me aquecer e querendo ver o que meu irmão tinha escrito.

E então, em meio às minhas preocupações, comecei a ouvir passos. Eu me virei a tempo de assustar e confrontar os dois homens que me seguiam. Minha arma estava fora do alcance, dentro da mochila, mas a faca estava no bolso. Eu a peguei e a abri antes que eles pudessem se recompor e esfregar a minha cara no asfalto. Eles não eram grandes, mas eram dois. Recostei em uma cerca de sequoia e deixei que eles decidissem quanto queriam do que acreditavam que eu tinha. Na verdade, eu estava levando não só minha arma, mas dinheiro suficiente para deixá-los felizes por dias, além do bilhete de Marcus, e não estava disposta a abrir mão de nenhum deles.

— Coloque a bolsa no chão, menina — disse um deles.

— Coloque a bolsa no chão e afaste-se dela. Vamos deixar você ir embora.

Eu não me mexi. Para tirar minha mochila, teria que abaixar a faca e confiar que os dois não pulariam em cima de mim. Eu não ousaria fazer isso. Não respondi. Não estava interessada em conversar. Detestei escutar o cara me chamando de "menina". Era assim que Bankole me chamava, com amor. E naquele momento, a mesma palavra era dita por outra pessoa, com desdém.

Eu não sabia se estava sendo tola. Sei que estava muito assustada e irritada. Tentei acalmar a raiva.

Vi que um deles também tinha uma faca. Era uma faca antiga de churrasco, mas ainda assim uma faca, feita para cortar carne.

O rapaz armado partiu para cima de mim. Um instante depois, o outro também veio: um para cortar, o outro para me segurar.

Caí no chão e dei uma facada para cima, na barriga do cara armado. Quando puxei a faca de volta, sem olhar, sem querer ver o que tinha feito, eu joguei o corpo para trás contra as pernas do outro homem... ou contra onde suas pernas deveriam estar. Só acertei uma delas – o suficiente para fazer com que ele tropeçasse, mas ele pareceu se recuperar sem cair. E, então, caiu. Tombou como uma árvore quando fiquei de pé.

Os dois estavam no chão, um levando a mão à barriga, gemendo, e o outro sem emitir som algum, exceto o da respiração pesada. A faca de churrasco saía dele logo abaixo do esterno.

Merda.

Eu caí de joelhos, com o corpo ardendo, doendo, por causa do ferimento de outras pessoas. Eu me afastei dos dois, rastejei para longe apoiada nos joelhos e nas mãos, chorando de dor, uma dor muito forte. Eu me arrastei até um canto e ali fiquei no concreto rachado por muito tempo. Tremia e ofegava de dor até ela, por fim, começar a diminuir. Eu me levantei antes que desaparecesse por completo. Fui para a garagem do velho o mais rápido que consegui. A dor tinha passado quando cheguei ali, e a raiva também já tinha desaparecido. Não havia sobrado nada além de medo. Juntei minhas coisas o mais depressa que consegui, enfiei tudo na mochila e saí da cidade. Talvez eu não tivesse que sair. Talvez o vagabundo que estava na garagem do velho nunca fosse relacionado aos dois mortos ou prestes a morrer em uma rua próxima. Talvez.

Mas eu não correria o risco de ser encoleirada.

Então, corri.

E sigo correndo. Tive que conferir a árvore antes de ir para Portland, e vou parar em Georgetown. Depois, vou pegar um caminho por dentro e evitar Eureka. Enquanto isso, aqui estão as palavras que meu irmão deixou para mim:

"Lauren, me desculpe por ter batido em você. Sinto muito, de verdade. Espero não ter te machucado muito. É só que eu não conseguiria aguentar perder tudo *de novo*. Simplesmente não conseguiria. Isso acontece demais comigo. Nossos pais, os Duran, e até Bolota, onde pensava que talvez pudesse ficar. E não entendi como alguém ligado à América Cristã poderia fazer o que você disse que fizeram. Quase não aguentei enquanto você me contava. Eu sabia que só podia ser um erro. Tinha que ser.

E eu estava certo. As pessoas que fazem o tipo de coisa que você descreveu são um grupo dissidente. Jarret já anunciou que não tem qualquer conexão com eles. Eles se intitulam Cruzados de Jarret, mas é mentira. São extremistas que acreditam que reeducar adultos pagãos e colocar as crianças pequenas em casas americanas cristãs é a única maneira de restaurar a ordem e a grandeza. Se Bolota foi atacada, é provável que tenham sido eles. Conversei com meus amigos da AC, e eles dizem que não é seguro ir muito fundo no que os Cruzados estão fazendo. Os Cruzados são um tipo de sociedade secreta, totalmente dedicada e violenta. São corajosos. Equivocados, mas corajosos. Fiquei sabendo que eles de fato encontram bons lares para as crianças que resgatam. É assim que eles se referem a elas: crianças resgatadas. Eles as levam para suas casas, se preciso, e as criam como seus filhos ou encontram pessoas que as criem. O problema é que eles são um grupo que existe no país todo. Eles mandam as crianças para longe de suas regiões – com frequência para fora do Estado em que nasceram. Levam a sério a educação dessas crianças para se tornarem bons americanos cristãos. Acreditam que seria um pecado contra Deus e um crime contra a América deixar que elas voltassem a viver com seus pais pagãos.

Ouvi tudo isso de segunda ou terceira mão de pelo menos meia dúzia de pessoas. Não sei quanto é verdade, não sei onde Larkin está, e não tenho ideia de como descobrir. Sinto muito por isso, sinto muito por Bankole, sinto muito por tudo.

Você provavelmente não vai gostar disto, Lauren, mas eu acho que se você realmente quer encontrar sua filha, deveria se unir a nós – se unir à América Cristã. Sua seita fracassou. Seu deus da mudança não foi capaz de salvá-la. Por que não volta para sua origem? Se o papai e a mamãe estivessem vivos, eles se uniriam. E desejariam que você fizesse parte de uma boa organização cristã que está tentando colocar o país de pé de novo. Sei que você é esperta, forte e teimosa demais. Se também puder ser paciente e se unir a nós em nosso trabalho, terá a única chance possível de conseguir informação sobre sua filha.

Preciso te alertar, no entanto, que o movimento não permitirá que você pregue. Eles concordam com São Paulo nisso: 'A mulher aprende em silêncio, com toda a sujeição. Mas não permito que a mulher ensine, nem usurpe a autoridade sobre o homem, mas que esteja em silêncio'. Mas não se preocupe. Há muitos outros trabalhos adequados para as mulheres fazerem para servir o movimento.

Algumas de nossas pessoas têm parentes ou amigos que são Cruzados. Una-se a nós, trabalhe duro, mantenha olhos e ouvidos atentos, e talvez descobrirá coisas que ajudem a encontrar sua filha... e que ajudem você a ter uma vida boa e decente como mulher americana cristã.

Não sei o que mais dizer a você. Estou deixando aqui algumas centenas de dólares. Gostaria de poder dar mais. Gostaria de poder ajudar mais. Eu desejo o bem a você, independentemente do que decidir fazer, e, mais uma vez, me desculpe. Marc."

E foi isso. Não disse nada sobre Portland; nenhuma explicação, nenhum adeus. Nenhum endereço. Será que ele realmente tinha ido para Portland? Pensei a respeito e concluí que sim – ou que, pelo menos, a moça que havia me contado acreditava no que estava dizendo.

Mas por que meu irmão não falou para onde estava indo – ou mesmo *que* estava indo – em sua carta? Pensou que eu não descobriria? Ou estaria apenas sinalizando para mim, de um jeito frio e proposital, que não queria mais contato comigo? Estava dizendo, na verdade, "Você é minha irmã e tenho um dever com você. Então, aqui estão alguns conselhos e um pouco de dinheiro. Lamento pelos seus problemas, mas não posso fazer mais nada. Preciso seguir com a minha vida".

Bem, eu poderia usar o dinheiro. Quanto ao conselho, meu primeiro impulso foi amaldiçoá-lo, e amaldiçoar meu irmão por tê-lo dado. Então, por um momento, me perguntei se poderia me unir ao inimigo e encontrar minha filha. Talvez pudesse.

Em seguida, me lembrei do homem que eu tinha visto no Centro, aquele que eu antes vira agindo como um de nossos "professores" em Bolota, estuprando Adela Ortiz. Talvez ele fosse o pai da criança que ela logo teria. Talvez Marc consiga convencer a si mesmo que os Cruzados são párias extremistas, mas eu sei que não. Independentemente de a AC admitir ou não, eles e os Cruzados têm membros em comum. Quantos? Quais são as reais conexões? O que Jarret realmente pensa sobre os Cruzados? Ele os controla? Se não gosta do que estão fazendo, deveria se esforçar para impedi-los. Não deveria querer que eles tornassem a insanidade deles parte de sua imagem política.

Por outro lado, uma maneira de deixar as pessoas com medo é tendo um lado louco: um lado de si ou de sua organização que seja perigosa e imprevisível, disposta a fazer qualquer coisa.

É isso o que está acontecendo? Eu não sei e meu irmão não quer saber.

19

Todas as religiões são cultos de troca. Os membros realizam rituais exigidos, seguem regras específicas e esperam ser sobrenaturalmente presenteados com recompensas desejadas: vida longa, honra, sabedoria, crianças, saúde, riqueza, vitória sobre oponentes, imortalidade, qualquer recompensa desejada. A Semente da Terra oferece suas próprias recompensas: espaço para pequenos grupos de pessoas darem início a vidas novas e a modos de vida novos com novas oportunidades, nova riqueza, novas definições de riqueza, novos desafios para crescer, aprender e decidir o que se tornar. A Semente da Terra é a ascensão da fase adulta da espécie humana. Oferece a única imortalidade verdadeira. Possibilita que as sementes da Terra se tornem as sementes de novas vidas, de novas comunidades em novas terras. O Destino da Semente da Terra é criar raízes entre as estrelas, e ali, de novo, crescer, aprender e voar.

— Semente da Terra: os livros dos vivos

Comecei a criar cenários secretos de Máscaras de Sonhos quando tinha doze anos. Nessa época, eu era, sem dúvida, a filha tímida e cuidadosa de Kayce e Madison Alexander. Eu sabia que apesar de poder usar as Máscaras de Sonhos com cenários estritamente americanos cristãos — como as antigas histórias de "Asha Vere" — provavelmente ninguém aprovaria o fato de eu criar cenários novos e sem censura. Eu sabia disso porque quando tinha nove anos, comecei a criar histórias simples e lineares para divertir a mim mesma e a meus poucos amigos na Escola da América Cristã. Era divertido. Meus amigos gostaram até todos nós entrarmos em apuros. Algum professor ouviu, percebeu o que eu estava fazendo, e me castigaram por mentir. Meus amigos foram punidos por não denunciarem minhas mentiras. Tivemos que memorizar capítulos inteiros de Êxodo, Salmos, Provérbios, Jeremias e Ezequiel. Até decorarmos e fazermos provas sobre cada capítulo, não tivemos tempo livre — não tivemos recreio nem horários de almoço. Ficávamos uma hora a mais todo dia. Éramos monitorados até mesmo no banheiro para deixar claro que não estávamos aprontando mais coisas — como roubar um ou dois minutos "de Deus".

Não importava que eu tivesse dito, desde o começo, que minhas histórias eram apenas inventadas. Nunca tentei convencer ninguém de que elas eram verdadeiras. E não importava que os cenários de Máscaras de Sonhos que podíamos testar fossem igualmente imaginários. Era como se meus professores acreditassem que todas as histórias possíveis já tivessem sido criadas, e fosse um pecado fazer mais — ou, pelo menos, fosse um pecado que eu fizesse mais.

Mas quando cheguei à puberdade, exceto pela pornografia que consegui encontrar, a maioria dos cenários que eu podia acessar eram chatos, enfadonhos. Os personagens sempre tinham que encarar suas atitudes erradas, sofrer por seus pecados, e então voltar a Deus. Os garotos lutavam pela América Cristã. Travavam guerras contra pagãos ou saíam pelo mundo como missionários em selvas e desertos desconhecidos e perigosos. As garotas, por outro lado, estavam sempre cozinhando, limpando, costurando, chorando, orando, cuidando dos bebês ou dos idosos, e frequentando a igreja. Asha Vere era incomum porque fazia coisas interessantes. Salvava pessoas. *Fazia* com que elas voltassem a Deus. Ela era uma das poucas. Na verdade, como mulher e negra, ela era a única.

Uma mulher muito velha — que tinha noventa e poucos anos e vivia em uma das casas de repouso que a América Cristã havia montado para seus membros idosos — certa vez me disse que Asha Vere era a Nancy Drew de minha geração. Demorei anos para saber quem era Nancy Drew.

Bem, eu compunha cenários — tinha que escrevê-los em meu notebook com uma caneta de tela já que, mesmo fora da América Cristã, ninguém permitiria que uma criança mexesse em um gravador de cenários. Pelo menos, nossos notebooks tinham muita memória e eu podia codificá-los para apagar os cenários se mais alguém tentasse entrar neles. Ou acreditava que podia.

Escrevia sobre ter pais diferentes — pais que se importavam comigo e não desejavam que eu fosse outra pessoa, a santa Kamaria. Nessa época, eu não sabia que era adotada. Só tinha a suspeita infantil comum de que poderia ser, e que em algum lugar, de alguma forma, poderia ter pais "de verdade" lindos e poderosos, que um dia me buscariam.

Escrevia sobre ter quatro irmãos e três irmãs. Pensar em oito filhos me parecia interessante. Não acreditava ser possível sentir-se solitária com uma família tão grande. Meus irmãos, minhas irmãs e eu fazíamos festas enormes nos feriados e nos aniversários e sempre vivíamos aventuras, e eu tinha um namorado lindo que era louco por mim, e as meninas da escola morriam de inveja.

Em vez de viver na arruinada e velha Seattle, com suas cicatrizes de ataques de mísseis, vivíamos em uma cidade corporativa grande. Éramos importantes e tínhamos muito dinheiro. Passávamos o tempo andando de carros velozes ou fazendo descobertas científicas impressionantes em laboratórios ou pegando gangues de espiões, criminosos corporativos e sabotadores. Como aquela era uma Máscara, eu podia viver as aventuras como qualquer um de meus irmãos e irmãs ou como um de nossos pais. Assim, eu podia "experimentar" ser um garoto ou um adulto. Mas como não era uma experiência de Máscara de Sonhos real, eu não tinha orientação de sensação além de minha pesquisa e minha imaginação. Eu observava as outras pessoas, tentava me fazer sentir como era dirigir um carro, atirar com uma arma ou ser um irmão mais velho que trabalhasse no Pacífico Sul como minerador marinho ou uma irmã mais velha que fosse arquiteta na Antártica, um pai que fosse diretor de uma grande empresa, ou uma mãe bióloga molecular. O pai era um homem grande, divino, rico, inteligente e... que não estava presente a maior parte do tempo. Eu tinha muita dificuldade em ser ele. A pesquisa não ajudava muito. Ele era mais fechado do que os outros. Como um pai deveria ser por dentro, em seus pensamentos e sentimentos? Eu não sabia muito bem. Não como Madison, com certeza não. Como os pais dos meus poucos amigos? Eu via os pais de meus amigos de vez em quando, mas não os conhecia. Como o ministro, talvez — rígido e seguro de si, normalmente cercado por muitos homens e mulheres sorridentes e deferentes — as pessoas diziam que algumas das mulheres dormiam com ele, apesar de elas terem maridos e ele, esposa. Mas como ele se sentia? Em que acreditava? O que queria? O que o assustava?

Eu lia muito. Observava as pessoas e ouvia conversas. Pegava muitas das ideias de crianças cujos pais permitiam que elas tivessem Máscaras e livros não religiosos — livros maus, como dizíamos. Resumindo, eu tentava fazer o que minha mãe biológica odiava fazer, mas não conseguia evitar. Tentava sentir o que as outras pessoas sentiam e tentava conhecê-las — conhecê-las de verdade.

Era tudo uma bobagem, claro. Uma bobagem inofensiva. Mas quando fui pega fazendo, aquilo tornou-se criminoso, de repente.

Houve um roubo na minha aula de história da América Cristã. Alguém roubou um pequeno telefone pessoal que a professora deixara na mesa. Todos fomos revistados e nossos pertences foram pegos para serem muito bem analisados. Alguém examinou meu notebook minuciosamente e, apesar de meus códigos autodestruidores, encontrou meu cenário.

Tive que frequentar aulas especiais de religião para delinquentes e fazer acompanhamento psicológico. Tive que confessar meus pecados diante de nossa igreja. Tive que memorizar cerca de uma dúzia de capítulos da Bíblia. Enquanto cumpri minha punição, comecei a ouvir cochichos de que de fato eu era adotada, e de que eu era a filha não de pessoas ricas, importantes e lindas, mas dos piores demônios pagãos: assassinos, ladrões e perversores da palavra de Deus. As crianças começaram. Havia muitas crianças ali que sabiam que eram adotadas, então era comum ridicularizá-las e inventar mentiras a respeito de como seus pais biológicos eram malignos. E se você não fosse adotado, e alguém ficasse bravo, esta pessoa poderia chamá-lo de pagão bastardo, quer você fosse ou não.

Então, primeiro as crianças começaram a me xingar, e então os adultos, alguns dos quais sabiam que eu era adotada, começaram a falar. "Bem, afinal, pense no tipo de mulher que a mãe verdadeira dela deve ser. Deve ter deixado traços nela" ou "Espere só. Aquela menina não é coisa boa. Minha avó costumava dizer que filho de peixe, peixinho é!" ou "Bem, e o que se pode esperar? 'Vere' significa verdade, não é? E a verdade é que existe sangue ruim nela!".

Eu me lembro de ter me virado dentro da igreja para confrontar a velha nojenta que havia sussurrado essa ignorância para sua amiga igualmente velha. As duas estavam sentadas bem atrás de Kayce, Madison e eu durante a missa de domingo. Olhei para ela, e ela ficou olhando para mim como se eu fosse um animal que havia invadido a igreja.

— "Deus é amor" — falei para ela com a voz mais meiga com que consegui falar. E então: — "O amor é o cumprimento da lei". — Tentei fazer com que minhas palavras marcassem tanto quanto o sussurro feio dela havia marcado. Sangue ruim, pelo amor de Deus. Kayce havia me dito que as pessoas diziam coisas assim porque eram ignorantes, mas que eu tinha que respeitar até mesmo os ignorantes porque eles eram mais velhos.

Naquela noite, em específico, Kayce me cutucou com o cotovelo assim que eu falei, e vi que a velha ignorante fez uma careta de desaprovação e de desgosto.

Eu tinha acabado de fazer treze anos quando isso aconteceu. Eu me lembro que depois da missa, Kayce e eu brigamos muito feio porque ela disse que fui grosseira com uma idosa e eu disse que não me importava. Falei que queria saber se eu realmente era adotada e, se fosse, quem eram meus pais verdadeiros.

Kayce disse que ela e Madison eram os únicos pais com quem eu tinha que me preocupar, e que eu era uma pagãzinha mal-agradecida por não valorizar o que eu tinha.

E foi isso.

Quando fiz quinze anos, uma inimiga na escola disse que minha mãe biológica não só era pagã como também prostituta e assassina. Bati nela sem pensar... e descobri que desconhecia minha própria força. Quebrei a mandíbula dela. Ela estava gritando, chorando e sangrando, e eu fiquei horrorizada, morrendo de medo. Fui expulsa da escola e quase fui encoleirada como delinquente juvenil. Somente Madison e nosso ministro, atuando juntos, conseguiram impedir que eu fosse encoleirada. Era o começo da pior parte da minha adolescência. Fui grata a Madison. Não pensei que ele fosse brigar por mim. Não pensei que ele fosse brigar por qualquer coisa que fosse. Conforme eu crescia, ele ficava mais parecido com uma sombra. Consertava computadores antigos para trabalhadores pobres. Ele parecia ser mais próximo de suas ferramentas do que era de mim, exceto quando me tocava.

E então, em um sábado, quando meus problemas tinham sido resolvidos, enquanto Kayce estava em algum evento do grupo de mulheres na igreja, Madison explicou que eu deveria ser muito grata a ele, pois tinha me salvado da coleira. Ele leu para mim um texto sobre as coleiras: que elas causavam dor, que são capazes de "amansar" até mesmo o criminoso mais violento e ainda assim deixá-lo funcional para trabalhar, que o controlador de uma unidade de coleira é "praticamente um ventríloquo" no que diz respeito à pessoa encoleirada. E apesar de a dor causada por uma coleira ser intensa, não deixa marca e não causa dano permanente por mais que seja usada.

Madison me deu mais alguns textos para ler. Quando eu os peguei, ele esticou as duas mãos pequenas e suadas e apertou meus seios.

— Não seria nada ruim da sua parte demonstrar um pouco de gratidão — disse ele quando eu me afastei. — Salvei você de algo muito brutal. Não sei. Você é tão ingrata. Talvez eu não seja capaz de salvar você da próxima vez. — Ele fez uma pausa. — Sabia que sua mãe queria que deixássemos você ser encoleirada? Ela acha que você machucou aquela garota de propósito. — Mais uma pausa. — Você precisa ser boazinha comigo, Asha. Sou tudo o que você tem.

Ele continuou vindo atrás de mim. Algumas vezes, pensei que deveria dormir com ele logo para acabar com aquilo. Mas as aulas recomeçaram e eu podia ficar a maior parte do tempo longe de casa. Ele era um homem terrivelmente reclamão. Minha única sorte era o fato de ele ser pequeno e, depois de um tempo, percebi que ele sentia um pouco de medo de mim. Aquilo foi um choque. Eu havia crescido tímida e temerosa de quase todo mundo — ressentida, mas temerosa. Era preciso ser provocada repentinamente e de modo muito grave para reagir com algo que não fosse apenas palavras. Por isso fiquei tão chateada quando quebrei a mandíbula da menina. Além de não saber que podia machucar alguém com tanta gravidade, eu não era o tipo de pessoa que machucava os outros.

Mas, por algum motivo, Madison não sabia disso.

Ele não me deixava em paz, mas pelo menos não usava de força física comigo. As mãos pequenas e suadas dele não paravam quietas e ele não parava de pedir e de me observar. Ele me observava com tanta intensidade que eu temia que Kayce notasse e me culpasse. Ele tentou me espiar no banheiro; eu o flagrei fazendo isso duas vezes. Tentava me observar dentro do quarto, quando eu estava me vestindo.

Aos quinze anos, não via a hora de sair da casa e de me livrar dos dois para sempre.

De *Os diários de Lauren Oya Olamina*
Quinta-feira, 7 de junho de 2035

Voltei para Georgetown. Preciso descansar um pouco, ver como Allie está, fazer uma limpeza, pegar algumas das coisas que deixei com ela e reunir qualquer informação que conseguir. Depois, vou para o Oregon. Preciso sair da região por um tempo, e ir para onde Marc está parece uma boa decisão. Ele não vai querer me ver. Precisa fazer parte da América Cristã ainda que saiba que as mãos da América Cristã não são nada limpas. Se ele não me quer por perto fazendo com que se lembre do tipo de pessoa com quem ele está envolvido, que me ajude. Quando eu tiver minha filha de volta, ele nunca mais vai ter que me ver, a menos que queira.

É difícil aceitar até mesmo os confortos de Georgetown agora. Parece que só consigo me suportar quando estou em movimento, trabalhando, procurando Larkin. Preciso sair daqui.

Allie acha que eu deveria ficar até semana que vem. Disse que estou com a aparência péssima. Acho que, quando cheguei, deveria estar mesmo. Afinal, eu estava fingindo ser uma pessoa de rua. Já me lavei e voltei a ser uma mulher comum. Mas mesmo quando eu me limpei, ela disse que pareço estar mais velha.

— Bem mais velha — disse ela.

— Você recuperou seu Justin — falei para ela, que desviou o olhar, olhou para Justin, que estava jogando basquete com algumas outras crianças de Georgetown. Eles tinham pregado um cesto sem o fundo na parede da casa de alguém. As primeiras casas de Georgetown foram feitas com madeira entalhada, pedra e lama. São resistentes e pesadas – tão pesadas que algumas caíram e mataram pessoas em terremotos. Mas um cesto pregado e os arremessos com uma bola de basquete recém-roubada não causaram mal algum. Um dos homens que trabalhavam limpando escritórios em Eureka havia trazido uma bola para casa um dia antes, dizendo tê-la encontrado na rua.

— Como está Justin? — perguntei a Allie. Ela havia organizado uma área de trabalho atrás do hotel. Ali, ela fazia ou consertava mobília, consertava ou afiava ferramentas, e lia e escrevia para as pessoas. Não ensinava as pessoas a ler e a escrever, como eu tinha feito. Dizia não ter paciência para esse tipo de ensino, embora tivesse disposição para ensinar as crianças a trabalhar com madeira, além de consertar os brinquedos delas de graça. Continuava realizando consertos para os muitos negócios dos George, mas já não fazia limpeza, não pegava nem carregava coisas. Quando Dolores George viu a qualidade do trabalho dela, Allie pôde fazer as coisas que amava para sustentar a si e a Justin. Os consertos que ela estava fazendo para as outras pessoas geravam um dinheiro extra para comprar roupas ou livros para Justin.

— Gostaria que você ficasse e ensinasse a ele — disse ela para mim. — Temo que ele esteja passando tempo demais com meninos que já estão invadindo casas e roubando pessoas. Se tem uma coisa que pode me fazer sair de Georgetown, será isso.

Assenti, tentando imaginar o que minha Larkin podia estar aprendendo. E a pergunta indesejada me ocorreu, como às vezes acontecia: ela ainda estava viva para aprender o que quer que fosse? Dei as costas para Allie e olhei para a vasta confusão de barracos, casas, tendas e abrigos que era Georgetown.

— Lauren? — disse Allie com uma voz suave demais para confiar.

Olhei ao redor e para ela, mas ela estava consertando a perna de uma cadeira, sem olhar para mim. Esperei.

— Você sabe... que tive um filho antes de Justin — disse ela.

— Eu sei. — Seu pai, que havia colocado Allie e sua irmã Jill para se prostituírem, também tinha assassinado o bebê dela num surto de raiva embriagada. Por isso que ela e Jill tinham ido embora de casa. Elas tinham esperado o pai beber até dormir. Então, colocaram fogo no barraco com ele dentro e fugiram. O fogo, de novo.

Que amigo purificador.

Que inimigo terrível.

— Eu nunca soube quem era o pai do meu primogênito — disse ela —, mas eu o amava... meu menininho. Você não tem como imaginar como eu o amava. Ele saiu de mim, e me conhecia, e era meu. — Ela suspirou e olhou para a frente. — Por oito meses inteiros, ele foi meu.

Olhei para Georgetown de novo, sabendo aonde ela queria chegar com aquilo, mas não querendo ouvir. Já era bem ruim de ouvir vindo da minha própria cabeça.

— Quis morrer quando meu pai matou meu bebê. Queria que ele tivesse me matado também. — Ela fez uma pausa. — Jill fez com que eu seguisse em frente... meio como no Campo Cristão, quando você me fez seguir em frente. — Mais uma pausa, mais comprida dessa vez. — *Lauren, pode ser que você nunca a encontre.*

Eu não disse nada, não me mexi.

— Pode ser que ela tenha morrido.

Depois de um tempo, eu me virei para olhar para ela. Ela olhava fixamente para mim; parecia triste.

— Sinto muito — disse ela. — Mas é verdade. E, mesmo que ela esteja viva, pode ser que você nunca a encontre.

— Você sabia sobre o seu bebê — falei. — Você sabia que ele estava morto, não sofrendo em algum lugar, não sendo abusado por pessoas loucas que se dizem cristãs. Eu não sei de nada. Mas Justin voltou, e agora, Mateo, o irmão de Jorge, voltou.

— Eu sei, e você sabe que é diferente. Os dois têm idade suficiente para saber quem são. E... e têm idade o suficiente para sobreviver a abusos e abandono.

Pensei no que ela disse, compreendi e me afastei.

— Você ainda tem uma vida — disse ela.

— Não posso desistir.

— Agora não pode. Mas pode chegar o momento...

Eu não disse nada. Depois de um tempo, vi um dos homens com quem havia conseguido informação antes de começar a trabalhar em Eureka. Fui conversar com ele, para saber se ele tinha alguma notícia. Não tinha.

Domingo, 10 de junho de 2035

Parece que terei companhia para a minha viagem ao norte. Não sei como me sinto em relação a isso. Allie a mandou até mim. É uma mulher que deveria estar vivendo uma vida rica e segura com sua família em Mendocino County, mas, de acordo com ela, sua família não a quis. Queriam o irmão dela, mas nunca a quiseram. Ela nasceu de uma barriga de aluguel quando isso ainda era incomum, e apesar de se parecer muito com a mãe e nada com a dona da barriga de aluguel, seus pais nunca a aceitaram muito bem – ainda mais quando o irmão dela nasceu do modo antigo, do corpo da própria mãe dele. Aos dezoito anos, ela foi sequestrada para que fosse feito o pagamento de um resgate, mas ninguém pagou o resgate. Ela sabia que os pais tinham dinheiro, mas não pagaram. Seu irmão era o príncipe, mas ela, por algum motivo, nunca foi a princesa. Seus captores ficaram com ela por um tempo por sexo. Então, ela teve a ideia de fazer parecer estar doente. Ela enfiava o dedo na garganta sempre que eles não estavam olhando. E então vomitava em cima de tudo. Por fim, por nojo e medo, seus captores a abandonaram perto de Clear Lake. Quando tentou ir para casa, descobriu que um pouco antes de a guerra de Al-Can começar, sua família deixou a área e se mudou para o Alasca. Agora, mais de um ano depois de seu sequestro, estava indo para o Alasca para encontrá-los. O fato de a guerra não ter terminado oficialmente não lhe importava. Ela não tinha nada nem ninguém além da família, e iria para o norte. Allie havia dito a ela para ir comigo, pelo menos até Portland.

— Assim, uma cuida da outra — disse ela quando nos apresentou. — Talvez as duas consigam viver um pouco mais.

Belen Ross era o nome da garota. Ela o pronunciava como Beilên, e queria ser chamada de Len. Olhou para mim; para minhas roupas masculinas limpas, mas baratas, para meus cabelos curtos e minhas botas.

— Você não precisa de mim — disse ela. Ela é alta, magra, branca, tem nariz fino e cabelos pretos. Não parece forte, mas é imponente, de certo modo. E apesar de tudo o que aconteceu com ela, não perdeu a cabeça. Ainda tem muito orgulho.

— Sabe usar uma arma? — perguntei.

Ela assentiu.

— Tenho uma mira fodida.

— Então, vamos conversar.

Nós duas subimos para o quarto de Allie e nos sentamos juntas à mesa de pinheiro que Allie tinha feito para si. Era simples e linda. Passei a mão sobre ela.

— Allie não deveria estar em um lugar como este — falei. — Ela é boa no que faz. Deveria ter uma loja própria em alguma cidade.

— Ninguém pertence a um lugar como este — disse Len. — Se uma criança crescer aqui, quais chances terá?

— Quais chances você tem? — perguntei.

Ela desviou o olhar.

— Só vim falar sobre nossa ida para Portland — disse ela.

Assenti.

— Allie está certa. Teremos mais chances juntas. Pessoas que viajam sozinhas são alvos fáceis.

— Já viajei sozinha antes — disse ela.

— Eu também. E eu sei que, sozinha, você tem que se proteger de ataques que poderiam não acontecer se não estivesse sozinha, e se você e sua companhia estiverem armadas.

Ela suspirou e assentiu.

— Você tem razão. Acho que não me incomodo de viajar com você. Não vai ser por muito tempo.

Balancei a cabeça.

— Isso mesmo. Você não vai ter que me aguentar por muito tempo.

Ela franziu o cenho para mim.

— Bem, o que mais você quer? Vamos para Portland, e pronto. Nunca mais nos veremos.

— Mas, por enquanto, quero saber que você é alguém em quem eu posso confiar completamente. Preciso saber quem você é, e você precisa saber quem eu sou.

— A Allie me disse que você é de uma comunidade murada no sul.

— Em Robledo, sim.

— Onde quer que seja. Sua comunidade foi varrida, e você veio aqui para começar outra comunidade. Foi varrida e você acabou aqui. — Isso era próprio de Allie, dar apenas o mais importante da minha vida.

— Meu marido foi morto, minha filha foi sequestrada e minha comunidade, destruída — falei. — Estou procurando minha filha... e qualquer criança da minha antiga comunidade. Até agora, só duas foram encontradas; duas das mais velhas. Minha filha era bebê.

— Sim. — Len desviou o olhar. — A Allie disse que você estava procurando sua filha. Que pena. Espero que você a encontre.

Eu estava começando a ficar brava com aquela mulher, mas me ocorreu que ela estava interpretando. E assim que pensei nisso, outras coisas me ocorreram. Grande parte do que ela havia mostrado a mim até aquele momento era falsa. Não tinha mentido com palavras. Sua maneira de agir era mentirosa, cheia de coisas erradas. Ela não era a pessoa entediada e indiferente que queria parecer ser. Estava apenas tentando manter distância. Pessoas desconhecidas podiam ser perigosas e cruéis. Era melhor manter distância.

O problema era que, apesar de aquela moça ter sido tratada muito mal, ela não era distante. Não era natural para ela. Fazia com que ela ficasse um pouco desconfortável o tempo todo, como uma coceira. Em sua linguagem corporal, ela se comunicava comigo com desconforto. E eu decidi, ao observá-la, que mais alguma coisa estava errada.

— Devemos viajar juntas? — perguntei. — Costumo viajar como homem, a propósito. Tenho tamanho para isso e sou andrógina o suficiente para que não notem que sou mulher.

— Por mim, tudo bem.

Olhei para ela, esperando.

Ela deu de ombros.

— Então vamos juntas, sem problema.

Continuei olhando para ela.

Ela se remexeu na cadeira.

— O que foi? O que aconteceu?

Estiquei o braço e segurei a mão dela antes que ela pudesse afastá-la.

— Sou compartilhadora. E você também.

Ela puxou a mão e olhou para mim.

— Minha nossa! Só vamos viajar juntas. Talvez nem isso. Vá fazer acusações longe de mim!

— Esse é o tipo de segredo que faz com que companheiros de percurso sejam mortos. Se você ainda está viva, é óbvio que consegue aguentar dor repentina e inesperada. Mas pode acreditar: dois compartilhadores viajando juntos precisam saber como ajudar um ao outro.

Ela se levantou e saiu correndo da sala.

Fiquei olhando, me perguntando se ela voltaria. Não me importava se ela voltaria ou não, mas a força de sua reação me surpreendeu. Em Bolota, as pessoas sempre se surpreendiam quando eram reconhecidas como compartilhadoras ao se aproximarem de nós. Mas quando eram identificadas, e ninguém as feria, ficavam numa boa. Nunca identifiquei outro compartilhador sem identificar a mim mesma. E a maioria dos que eu identificava percebia que os compartilhadores precisam aprender a ficar bem sem prejudicar uns aos outros. Os homens compartilhadores eram sensíveis, ressentiam-se da vulnerabilidade extra mais do que as mulheres pareciam se ressentir, mas nenhum deles, homens ou mulheres, havia simplesmente se virado e fugido.

Bem, Belen Ross tinha sido rica, ainda que não tivesse sido amada. Havia sido ainda mais protegida do mundo do que eu tinha sido em Robledo. Havia aprendido que as pessoas dentro dos muros do complexo de seu pai eram de um tipo, e que as pessoas de fora eram de outro tipo. Tinha aprendido que tinha que se proteger desse segundo tipo. Uma pessoa nunca deve demonstrar fraqueza. Talvez fosse isso. Se fosse, ela não voltaria. Pegaria suas coisas e deixaria a região assim que pudesse. Não poderia ficar onde alguém conhecesse seu segredo perigoso.

Tudo isso aconteceu na sexta. Só vi Len de novo ontem, sábado. Eu me encontrei com alguns dos homens que já tinham me passado informações úteis – em especial com aqueles que tinham estado em Portland. Paguei bebidas para eles e ouvi o que tinham a dizer, então os deixei e comprei mapas do norte da Califórnia e de Oregon. Comprei frutas secas, feijões, fubá, amêndoas, sementes de girassol, itens para meu kit de primeiros socorros e munição para meu fuzil e para meu revólver. Comprei essas coisas com os George, apesar de eles cobrarem preços mais altos do que o da maioria das lojas em Eureka. Não vou para Eureka de novo em breve. Seguiria por dentro por um tempo em direção à Interestadual. Pode até ser que eu siga pela I-5 se parecesse sensato quando eu chegasse ali e analisasse a situação. Em algumas partes da Califórnia, a I-5 se tornou assustadora e perigosa (ou, pelo menos, era assim em 2027, quando caminhei por ela por alguns quilômetros). De qualquer modo, a I-5 me levaria direto para Portland. Se eu desse a volta para a costa e subisse a U.S. 101, teria que andar mais. E a U.S. 101 parecia mais solitária. Havia menos cidades, cidades menores.

"Cidades médias são boas", dissera um homem de Salem, Oregon. "Podemos ser anônimos. As cidades pequenas podem ser cruéis e suspeitas quando desconhecidos aparecem. Se tiverem sido roubadas recentemente ou algo assim, podem nos pegar, nos encoleirar, nos prender ou até atirar em nós. Cidades grandes são um problema. Elas nos mastigam e nos cospem. Você é um ninguém, e, se morrer na sarjeta, ninguém se importa além do departamento de saneamento. Talvez nem mesmo eles."

"É preciso ter em mente que ainda há uma guerra ocorrendo", dissera um homem de Bakersfield, Califórnia. "Poderia ganhar força de novo, por mais que eles falem de paz. Ninguém sabe o que mais guerra significa para as pessoas que andam pela estrada. Mais armas, imagino. Mais homens loucos, mais homens que não sabem fazer nada além de matar pessoas."

Ele provavelmente tinha razão. Vinha, como disse, "andando nas ruas há mais de vinte anos", e assim continuava. Só isso já fazia com que a opinião dele valesse algo. Ele me disse que não teve problema indo e voltando para Portland, nem mesmo ano passado, durante a guerra, e isso era bom. Havia menos gente na estrada do que havia na década de 2020, mas mais do que logo antes da guerra. Eu me lembro quando torcia para que menos viajantes fossem um sinal de que as coisas estivessem melhorando. Imagino que as coisas estejam melhorando para algumas pessoas.

Len se aproximou quando terminei minhas compras no George's. Sem nada dizer, ela me ajudou a levar as coisas de volta para o quarto de Allie, onde, em silêncio, ela observou enquanto eu guardava tudo. Ela não poderia me ajudar com aquilo.

— Suas coisas estão prontas? — perguntei a ela.

Ela negou, balançando a cabeça.

— Vá se aprontar.

Ela segurou meu braço e esperou até ter minha atenção total.

— Primeiro me diga como soube — disse ela. — Nunca ninguém me identificou assim.

Respirei fundo.

— Você tem quantos anos? Dezenove?

— Sim.

— E nunca identificou ninguém?

Ela balançou a cabeça de novo.

— Eu tinha praticamente acabado de concluir que não havia outros. Pensei que aqueles que se deixavam ser descobertos eram encoleirados ou mortos. Tenho sentido muito medo de alguém notar. E você notou. Quase parti sem você.

— Pensei que você pudesse fazer isso, mas não parecia haver nada que eu pudesse dizer que não a deixasse ainda mais incomodada.

— E você tem mesmo… Você é mesmo… tem isso também?

— Sou uma compartilhadora, sim. — Olhei para além dela por um momento. — Um dos melhores dias da minha vida foi quando eu percebi que minha filha provavelmente não era. Não dá para saber com certeza com bebês, mas não acho que ela era. E eu tive um amigo que tinha quatro bebês compartilhadores. Ele disse também não acreditar que ela fosse. — E onde estavam os filhos de Gray Mora agora? O que estava acontecendo com os menininhos perdidos? Pode haver alguém mais vulnerável do que pequenos compartilhadores do sexo masculino nas mãos de homens e outros garotos?

— Quatro filhos compartilhadores? — perguntou Len. — Quatro?

Confirmei, assentindo.

— Eu acho... acho que minha vida teria sido muito diferente se meu irmão tivesse sido um compartilhador também, e não o cara normal e perfeito que é — disse Len. — Era como se eu fosse leprosa e ele não. Entende? Antigamente, as pessoas costumavam pensar que quem tinha lepra era sujo e que Deus não gostava muito dos leprosos.

Assenti.

— Quem era viciado em Paracetco em sua família?

— Meu pai e minha mãe... os dois.

— Minha nossa. E você era a evidência do erro deles, o lembrete constante. Suponho que eles não conseguiam te perdoar por isso.

Por um tempo, ela pensou no que eu disse.

— Tem razão. As pessoas nos culpam pelas coisas que fazem conosco. Os homens que me sequestraram me culparam porque tiveram tanto trabalho para me sequestrar, e não houve pagamento de resgate. Não me lembro de quantas vezes eles me bateram por isso, como se fosse tudo minha culpa.

— Hoje em dia, projetar a culpa é quase uma forma de arte.

— Você ainda não me disse como soube.

— Sua linguagem corporal. Tudo em você. Se tiver a oportunidade de ver outros, vai começar a reconhecê-los. É questão de prática.

— Algumas pessoas acham que compartilhar é um poder. Como uma espécie de percepção extrassensorial.

Dei de ombros.

— Você e eu sabemos que não é.

Ela começou a parecer um pouco mais feliz.

— Quando vamos partir?

— Na segunda de manhã, um pouco antes do amanhecer. Não diga nada a respeito a ninguém.

— Claro que não!

— Você tem mantimentos para levar?

Em um tom diferente, ela repetiu:

— Claro que não. Mas vou me virar. Sei cuidar de mim.

— Vamos viajar juntas por quase um mês — falei. — A ideia é que cuidemos de nós mesmas e uma da outra. Do que você precisa?

Ficamos juntas e em silêncio por um tempo, e, calada, ela lutou com seu orgulho e seu temperamento.

— Às vezes, é melhor evitar cidades – falei. — Algumas cidades temem e odeiam viajantes. Se não os prendem nem os agridem, elas os enxotam. Às vezes, no fim as contas, não há cidades dentro do alcance. E jejum e caminhada não combinam. Agora, vamos pegar uns mantimentos para você. Imagino que tenha roubado o que tem agora.

— Obrigada — disse ela —, por essa suposição.

Eu ri e notei amargura em minha risada.

— Fazemos o que temos que fazer para viver. Mas não roube enquanto estiver comigo. — Deixei minha voz um pouco mais forte. — E não roube minhas coisas.

— Aceita minha palavra se eu disser que não vou roubar?

— Você me dá sua palavra?

Ela olhou para mim abaixando a cabeça, e reparei em seu nariz comprido e fino.

— Você gosta de dar ordens nas pessoas, não gosta?

Dei de ombros.

— Gosto de viver e gosto de ser livre. E você e eu precisamos conseguir confiar uma na outra. — Eu a observei naquele momento, precisando ver tudo o que havia a ser visto.

— Eu sei — disse ela. — É só que... sempre tive coisas. Costumava doar roupas, sapatos, comida, coisas assim para as famílias de nossos empregados no Natal. Há cerca de cinco anos, minha mãe parou de receber todo mundo que não fosse membro da família, e meu pai passou a ter o hábito de deixar os empregados de casa por minha conta. Agora, sou mais pobre do que nossos empregados. *E sim, tudo o que tenho, roubei.* Eu era muito idealista quando vivia com meus pais. Não roubava. Agora me sinto moralmente bem por ser ladra e não prostituta.

— Enquanto estivermos juntas, você não será nem uma, nem outra.

—... Está bem.

E eu me permiti relaxar um pouco. Ela parecia estar sendo sincera.

— Então, vamos pegar as coisas de que precisa. Venha.

Quarta-feira, 13 de junho de 2035

Já estamos viajando e não tivemos problemas. Len me perguntou se eu tinha alguma coisa para ler quando paramos ontem à noite, e eu entreguei a ela uma das minhas duas cópias remanescentes de *O primeiro livro dos vivos*. Não estamos com pressa e os dias são compridos, então não precisamos avançar até que esteja escuro demais para ler.

Viajamos em direção ao sul para uma estrada estadual que nos levará por dentro até a I-5. Len não fez objeções em relação a isso. Perguntou:

— Por que não subir a costa?

— Quero evitar Eureka — falei. — Da última vez em que estive lá, fui roubada.

Ela fez uma cara séria, depois assentiu.

— Meu Deus, espero que possamos evitar esse tipo de coisa.

— A melhor maneira de evitarmos é ficando preparadas — falei. — Devemos aceitar a realidade de que pode acontecer e ficar de olhos e ouvidos abertos.

— Eu sei.

Ela é uma boa viajante. Reclama, mas se dispõe a fazer sua cota de vigilância. Uma das coisas assustadoras de se estar sozinho é não ter ninguém para vigiar enquanto você dorme. Você tem que dormir em cima de suas coisas, usando-as como travesseiro ou, pelo menos, mantê-las dentro de seu saco de dormir, para que ninguém as roube. Os ladrões violentos são aqueles que apresentam o perigo mais óbvio e imediato, mas os ladrões sorrateiros costumam machucar. Para começo de conversa, podem forçar a pessoa a virar um deles. Se eles roubam seu dinheiro ou se você não tem dinheiro suficiente para substituir os itens essenciais que eles roubaram, então tem que roubar para sobreviver. Minha experiência com coleiras me tornou uma ladra muito relutante (não que eu já tenha sido uma ladra disposta).

Enfim, Len é uma boa companheira de viagem. E é uma leitora voraz com mente ativa. Diz que uma das coisas das quais sente falta de casa é o acesso, pelo computador, às bibliotecas do mundo. Ela lê muito. Leu *Semente da Terra: o primeiro livro dos vivos* em uma só noite. O problema é que ele não foi feito para ser lido depressa.

— Sei que você escreveu este livro — disse ela quando terminou, algumas horas depois. — Allie me disse que você escreveu um livro sobre algo chamado Semente da Terra. É esse seu nome verdadeiro? Lauren Oya Olamina?

Assenti. Não importava que ela soubesse. Nós tínhamos descido para fora da estrada e estávamos entre dois montes, onde podíamos ter um pouco de privacidade. Ainda estamos em uma área rural que eu conheço: montes, ranchos espalhados, pequenas comunidades, árvores pequenas, campo aberto. Bela região. Passamos por ela muitas vezes, saindo de Bolota. Está menos populoso do que deveria porque, nos piores anos da década de 2020, muitas pessoas foram incendiadas, roubadas, sequestradas, ou apenas mortas. As pequenas comunidades eram vulneráveis e as gangues passavam por elas como nuvens de gafanhotos. Muitos dos sobreviventes procuravam lugares com taxa de criminalidade mais baixa para viver, lugares como Canadá, Alasca e Rússia. É por isso que tanta coisa estava abandonada quando saíamos procurando materiais de construção, plantas úteis e ferramentas antigas. Mas agora a familiaridade da terra não me conforta. Então, Len me faz uma pergunta familiar, e isso é confortante, de certo modo.

— Por que você escreveu isso?

— Porque é verdade — respondi, e daquele momento até a hora em que ela se deitou para dormir, conversamos sobre a Semente da Terra e sobre o que significava, o que poderia significar e como qualquer um poderia aceitá-la se ouvisse falar sobre ela. Ela não ri, mas também não entende. Percebo que estou ansiosa para ensinar as coisas para ela.

Domingo, 17 de junho de 2035

Vamos tirar o dia de folga. Estamos em Redding. Na verdade, um pouco a oeste de Redding, em um parque. Redding é uma cidade consideravelmente grande. Montamos acampamento, em um lugar onde as pessoas podem acampar, pra variar um pouco, e estamos comendo coisas pesadas e deliciosas na cidade. Também pudemos tomar banho e lavar a roupa. Sempre fico mais animada quando não estou fedendo e não tenho que aturar o odor corporal de quem está comigo. De algum modo, por pior que seja meu cheiro, ainda sinto o cheiro ruim dos outros.

Comemos um ensopado de batatas, legumes e carne seca com cobertura de queijo cheddar, uma delícia. Len não sabe cozinhar. Ela disse que a mãe dela sabia, mas não cozinhava. Nunca precisou. Os empregados cozinhavam, limpavam e consertavam as coisas. Professores eram contratados para lecionar a Len e a seu irmão, principalmente, para orientá-los nos cursos de computador e garantir que eles fizessem a lição que tinham que fazer. O pai deles, os contatos por computador e os empregados mais velhos ensinaram a eles a maior parte do que eles sabiam sobre o mundo. Habilidades comuns da vida, como cozinhar e costurar, nunca fizeram parte do programa.

— O que sua mãe fazia? — perguntei.

Len deu de ombros.

— Na verdade, nada. Ela vivia em uma sala virtual; seu próprio universo de fantasia. Aquela sala a levava a qualquer lugar, então por que ela sairia de lá? Estava engordando e perdendo a saúde física e mental, mas ela só se importava com sua sala virtual.

Franzi o cenho.

— Já ouvi falar disso; de pessoas viciadas em Máscaras de Sonhos ou em mundos virtuais de fantasia. Mas não sei nada a respeito.

— E o que tem para saber? As Máscaras não são nada, são brinquedinhos baratos de criança. Muito limitadas. Naquela sala, ela poderia ir para qualquer lugar, ser qualquer pessoa, estar com qualquer pessoa. Era como um ventre com imaginação. Podia visitar a China do século XIV, a Argentina de agora, a Groenlândia em qualquer futuro distante imaginado, ou um dos mundos distantes em Alfa Centauri. Para o que você conseguir imaginar, ela conseguia criar uma versão. Ou conseguia visitar seus amigos, imaginários ou reais. Os amigos reais eram outros ricos ociosos, principalmente mulheres e crianças. Eles eram tão viciados em suas salas virtuais quanto ela era na dela. Se seus amigos não lhe davam a atenção que ela queria, ela simplesmente criava versões mais boazinhas deles. Na época em que fui sequestrada, eu já não sabia se ela ainda tinha contato com pessoas de carne e osso. Ela não suportava pessoas reais com egos reais próprios.

Pensei no que ela disse. Era pior do que qualquer coisa que eu já tinha escutado falarem sobre esse vício em especial.

— Mas e a comida? — perguntei. — E o banho, ou simplesmente ir ao banheiro?

— Ela costumava vir comer. Tinha um banheiro só pra ela que, sozinho, era tão grande quanto meu quarto.

Então, ela começou a fazer as refeições dentro do quarto. Depois disso, meses se passavam sem que eu a visse. Mesmo quando eu mesma levava as refeições até ela, tinha que deixá-las na porta. Ela ficava na bolha virtual dentro de seu quarto e eu não podia sequer vê-la. Se eu entrasse na bolha, era só entrar, ela gritava comigo. Eu não fazia parte de sua vida perfeita de fantasia. Mas meu irmão, por outro lado, fazia. Ele podia visitá-la uma ou duas vezes por semana e compartilhar das fantasias dela. Legal, né?

Suspirei.

— Seu pai não se incomodava com tudo isso? Não tentava ajudar sua mãe... ou você?

— Ele vivia ocupado ganhando dinheiro e comendo as empregadas e as filhas delas, algumas das quais também eram filhas dele. Ele não era alheio ao mundo exterior, mas tinha sua própria vida fantasiosa. — Ela hesitou. — Você me acha normal?

Eu não tinha como não perceber aonde ela queria chegar.

— Somos sobreviventes, Len. Você é. Eu sou. A maioria das pessoas de Georgetown é. Todos de Bolota são. Fomos maltratados de todos os modos possíveis. Todos fomos feridos. Estamos sarando da melhor maneira que conseguimos. E não, não somos normais. Pessoas normais não teriam sobrevivido ao que sobrevivemos. Se fôssemos normais, estaríamos mortas.

Aquilo fez com que ela chorasse. Eu só a abracei. Sem dúvida, ela vinha reprimindo coisas demais nos últimos anos. Quando tinha sido a última vez em que alguém a havia abraçado e permitido que ela chorasse? Eu a abracei. Depois de um tempo, ela se deitou e eu pensei que estivesse pegando no sono. Então, ela disse:

— Se Deus é Mudança, então... então quem nos ama? Quem se importa conosco? Quem cuida de nós?

— Nós cuidamos uns dos outros — falei. — Cuidamos uns dos outros e nos importamos uns com os outros.

E eu citei:

> "Gentileza facilita a Mudança.
> Amor aquieta o medo."

Quando falei isso, ela me surpreendeu. Disse:

— Sim, gostei dessa. — E terminou a estrofe:

> "E uma doce e poderosa
> Obsessão positiva
> Detém a dor,
> Afasta a ira,
> E atira cada um de nós
> Na mais grandiosa,
> Mais intensa
> De nossas lutas escolhidas."

— Mas não tenho obsessão, positiva ou não. Não tenho nada.

— Alasca? — falei.

— Não sei o que mais fazer, para onde mais ir.

— Se você chegar lá, o que fará? Voltará a ser a governanta de seus pais?

Ela olhou para mim.

— Não sei se eles me deixariam. Pode ser que eu nunca atravesse a fronteira, principalmente com a guerra. Guardas de fronteira provavelmente vão atirar em mim.

— Ela disse isso sem medo, sem emoção, sem sentimento nenhum. Estava me contando que cometeria um tipo de suicídio. Não iria se matar, mas faria com que outros a matassem... porque não sabia o que mais fazer. Porque ninguém a amava nem precisava dela para nada. De seus pais a seus raptores, as pessoas estavam dispostas a usá-la e descartá-la, mas ela não importava para ninguém. Nem mesmo para si mesma. Ainda assim, havia sobrevivido ao inferno. Ela lutava pela vida apenas por força do hábito ou porque uma parte dela ainda tinha esperança de que houvesse algo pelo que valesse a pena viver?

Ela não pode partir para depois levar tiro de criminosos, guardas de fronteira ou soldados. Não posso permitir que ela faça isso. E acredito que ela queira ser impedida. Não vai pedir isso, e vai lutar por seu próprio rumo autodestrutivo. As pessoas são assim. Mas preciso pensar no que ela pode fazer em vez de morrer – o que ela deveria estar fazendo. Preciso pensar no que ela pode fazer pela Semente da Terra, e em que a Semente da Terra pode fazer por ela.

20

Você é Semente da Terra?

Você acredita?

A crença não vai te salvar.

Só as ações

Orientadas e moldadas

Por crença e conhecimento

Salvarão você.

A crença

Inicia e guia as ações...

Ou não faz nada.

— **Semente da Terra: os livros dos vivos**

Quando eu tinha dezenove anos, conheci meu tio Marc.

Naquela época, ele era o reverendo Marcos Duran, um homem pequeno, de meia-idade, ainda bonito, que havia se tornado o ministro mais conhecido da Igreja da América Cristã, em inglês e em espanhol. Havia até rumores de que ele se candidataria a presidente, apesar de se mostrar desconfortável a esse respeito. Naquela época, no entanto, a Igreja era apenas mais uma variante protestante. Andrew Steele Jarret havia morrido muitos anos antes e a Igreja tinha deixado de ser uma instituição que todos conheciam e ou amavam ou temiam e passado a ser uma organização menor, meio defensiva, com muito pelo que responder e poucas respostas.

Eu havia saído de casa. Apesar de uma moça que saísse de casa sem se casar ser vista pelos membros da igreja quase como uma prostituta, fui embora assim que completei dezoito anos.

— Se você se for — disse Kayce —, não volte. Esta é uma casa decente, de pessoas tementes a Deus. Você não vai trazer seu lixo e seus pecados aqui para dentro!

Eu havia conseguido um trabalho cuidando de crianças numa casa na qual o pai da família tinha morrido. Propositalmente, procurei um trabalho que não me colocasse à mercê de outro homem — um homem que pudesse ser como Madison ou pior do que ele. O pagamento era casa, comida e um salário baixo. Eu acreditava ter roupas e livros suficientes para poder passar alguns anos trabalhando ali, ajudando a criar os filhos de outra mulher enquanto ela trabalhava com relações públicas para uma grande empresa de agronegócio. Eu havia conhecido as crianças — duas meninas e um menino — e gostei delas. Acreditava poder fazer esse trabalho e guardar meu salário para que, quando fosse embora, tivesse dinheiro suficiente para dar início a um pequeno negócio próprio — um café, talvez. Eu não tinha grandes esperanças. Só queria me afastar dos Alexander, que vinham se tornando cada vez mais intoleráveis.

Não havia amor na casa dos Alexander. Só havia o hábito de estarmos juntos e, acreditava, o medo de uma solidão ainda maior. E havia a Igreja — o hábito da Igreja com suas aulas de estudo da Bíblia, grupos femininos e masculinos de missionários, trabalhos de caridade e ensaios do coral. Eu havia entrado para o coral do grupo de jovens a fim de escapar de Madison. No fim das contas, o coral trouxe alívio de três maneiras. Primeiro: eu descobri que gostava muito de cantar. No começo, eu era tão tímida que mal abria a boca, mas quando aprendi as canções, mergulhando nelas, adorei. Segundo: o ensaio do coral era mais uma desculpa que eu poderia usar para sair de casa. Terceiro: cantar no coral era uma maneira de evitar sentar-me ao lado de Madison na igreja. Era um jeito de evitar suas mãozinhas nojentas e suadas. Ele costumava me tocar na igreja. Fazia isso, de verdade. Nós nos sentávamos com Kayce entre nós, e então ele se levantava para ir ao banheiro e, quando voltava, sentava-se ao meu lado com o casaco ou a jaqueta sobre o colo para esconder sua mão me tocando.

Acredito que a Kayce percebia o que estava acontecendo. No período anterior à minha partida, nos tornamos inimigas, ela e eu. Nenhuma de nós dizia algo sobre Madison. Só passávamos muito tempo detestando uma à outra. Só conversávamos quando era preciso. Qualquer conversa que não pudéssemos evitar podia se transformar em troca de gritos. Então, ela me chamava de putinha, de vagabundinha mal-agradecida, de bruxa pagã... Durante os meus dezessete anos acho que ela e eu não tivemos nada parecido com uma conversa.

Enfim, entrei no coral. E descobri que tinha uma bela voz grave que as pessoas gostavam de ouvir. Até descobri que a igreja não era tão ruim se eu não tivesse que ficar sentada entre a frigideira e o fogo.

Por causa do canto, tentei permanecer com a igreja depois que saí da casa de Kayce e de Madison. Tentei. Mas não consegui.

Os rumores começaram imediatamente: eu estava fazendo sexo com vários homens. Eu estava grávida. Tinha feito um aborto. Havia amaldiçoado Deus e me unido a minha mãe biológica em uma seita pagã. Estava espalhando mentiras sobre Madison... Pessoas com quem eu tinha crescido, pessoas que eu pensava serem minhas amigas, pararam de falar comigo. Homens que nunca tinham prestado atenção em mim enquanto eu morava com os Alexander começaram a se aproximar com convites velados e toques indesejados, e então com denúncias iradas quando eu não dava a eles o que pareciam acreditar ser deles por direito.

Não aguentei. Alguns meses depois de sair de casa, parei de ir à igreja. Minha empregadora não achou ruim. Ela não frequentava nenhuma igreja. Havia sido criada segundo o Unitarismo, mas aparentemente não tinha nenhum interesse religioso. Gostava de passar os domingos com os filhos. Domingo era meu dia de folga. Eu podia fazer o que quisesse nesse dia.

Mas para minha surpresa, sentia saudade de meus pais adotivos. Sentia saudade da igreja. Sentia saudade da vida que tivera na infância. Sentia saudade de tudo. E me sentia muito solitária. Eu me arrastava pelos dias. Às vezes, nem queria mais viver.

Então, soube que o reverendo Marcos Duran chegaria na cidade, que pregaria na Primeira Igreja da América Cristã de Seattle. Era a igreja grande, não nossa igrejinha de bairro. Assim que li que o Reverendo Duran viria, tive a certeza de que iria vê-lo. Sabia que ele era um grande pregador. Tinha discos dele pregando para milhares de pessoas em grandes catedrais da AC na Costa do Golfo e em Washington, D.C. Ele tinha uma igreja grande dele em Nova York. Era jovem para ser tão bem-sucedido, e eu tinha uma quedinha por ele. Nossa! Ele era lindo. E, diferentemente de todos os pregadores que eu conhecia, ele não era casado. Devia ser difícil. Todas as mulheres viviam atrás dele. Outros ministros o pressionavam para que se casasse, para que aceitasse as responsabilidades da vida adulta, as responsabilidades familiares. Os homens olhavam para seu belo rosto e achavam que ele era homossexual. Será? Eu já tinha escutado boatos. Mas eu sabia bem como os boatos eram.

Passei a noite acampada na frente da grande igreja para garantir que conseguiria entrar para a missa. Assim que terminei meu trabalho no sábado à noite, peguei um cobertor, alguns sanduíches e uma garrafa de água e fui procurar um lugar fora da igreja. Não fui a única. Apesar de a missa ser transmitida gratuitamente, havia dezenas de pessoas acampadas ao redor da igreja quando cheguei lá. E mais estavam chegando. Havia mais mulheres e meninas dormindo na frente da igreja naquela noite — não que alguém dormisse muito. Havia alguns homens ou tentando se aproximar das mulheres ou aparentemente esperando conseguir se aproximar do reverendo Duran. Mas não houve nenhum escândalo. Nós ficamos cantando, conversando e rindo. Eu me diverti muito. Aquelas pessoas eram todas desconhecidas, e eu passei bons momentos com elas. Elas gostavam da minha voz e me pediam para cantar alguns solos. Fazer isso ainda era difícil para mim, mas eu tinha feito na igreja, então, mentalmente, me transportei de volta à igreja. Então, comecei a cantar, e a expressão das pessoas me dizia que elas estavam gostando.

Então, uma mulher saiu da casa grande e bonita próxima à igreja e se direcionou a mim. Parei de cantar porque de repente me ocorreu que eu poderia estar perturbando as pessoas. Estava tarde. Estávamos fazendo algo parecido com uma festa na rua e nos degraus da igreja. Nenhum de nós sequer pensou que poderíamos estar atrapalhando o sono das pessoas. Simplesmente parei de cantar no meio de uma palavra e todo mundo olhou para mim, e então para a mulher que caminhava na minha direção. Ela era uma mulher negra de pele clara, cabelos ruivos e sardas; uma mulher rechonchuda de meia-idade, usando uma bata verde e comprida. Ela se aproximou de mim como se eu fosse a única pessoa ali.

— Seu nome por acaso é Asha Alexander? — perguntou ela.

Assenti.

— Sim, senhora. Peço desculpas se incomodamos.

Ela me entregou um envelope e sorriu.

— Vocês não me perturbaram, querida. Sua voz é linda. Leia o bilhete. Acho que você vai querer respondê-lo.

No bilhete, estava escrito:

"Se você for Asha Vere Alexander, gostaria de falar com você. Acredito que tenho informações a respeito de seus pais biológicos. Marcos Duran".

Olhei em choque para o rosto da mulher de cabelos ruivos, e ela sorriu:

— Se estiver interessada, venha comigo — disse ela, virando-se e caminhando em direção a sua casa.

Eu não sabia bem se deveria acompanhá-la.

— O que foi? — perguntou uma de minhas novas amigas. Ela estava sentada, enrolada nos cobertores nos degraus da igreja, olhando para mim e para a mulher que se afastava. Todos estavam olhando para mim e para a mulher.

— Não sei — falei. — Coisas de família. — E saí correndo atrás dela.

E ele estava ali, Marcos Duran, dentro daquela casa grande. A casa era o lar do ministro da Primeira Igreja. A mulher de cabelos vermelhos era a esposa do ministro. Meu Deus, o reverendo Duran era ainda mais lindo pessoalmente do que nos discos. Era um homem incrivelmente bonito.

— Estava observando você e suas amigas, e ouvindo seu canto — disse ele. — Achei ter reconhecido você. Seus pais adotivos são Kayce e Madison Alexander. — Não era uma pergunta. Ele estava olhando para mim como se me conhecesse, como se de fato estivesse feliz por me ver.

Confirmei, assentindo.

Ele sorriu; um sorriso meio triste.

— Bem, acho que talvez sejamos parentes. Podemos fazer um exame genético se você quiser, mas eu acredito que sua mãe era minha meia-irmã. Ela e seu pai já morreram. — Ele fez uma pausa e lançou a mim um olhar estranho, incerto. — Sinto muito por ter que dizer isso. Eles eram boas pessoas. Achei que você deveria saber sobre eles, se quisesse.

— Tem certeza de que eles morreram? — perguntei.

Ele assentiu e repetiu:

— Sinto muito.

Pensei no que ele tinha dito, e não sabia o que sentir. Meus pais estavam mortos. Bem, apesar de minhas fantasias, pensei que eles estivessem mortos, mesmo. Mas... mas de repente, descobri um tio. De repente, um dos homens mais conhecidos no país se tornou meu tio.

— Quer ouvir sobre seus pais? — perguntou ele.

— Sim! — respondi. — Sim, por favor, quero ouvir tudo.

Então, ele começou a me contar. Pelo que me lembro agora, ele disse que minha mãe tinha sido uma mulher com quatro irmãos menores, contou que Robledo foi destruída, contou sobre Bolota. Apenas quando começou a falar sobre Bolota, passou a mentir. Segundo ele, Bolota era uma pequena comunidade montanhesca; uma comunidade real, não um assentamento. Mas não disse nada sobre a Semente da Terra, a religião de Bolota. Bolota foi destruída como Robledo, continuou ele. Meus pais se conheceram lá, casaram-se lá e foram mortos lá. Eu fui encontrada chorando nas ruínas da comunidade.

Ele só soube de tudo isso alguns anos depois, e, quando soube, eu já tinha um lar novo e pais novos — bons americanos cristãos, ele acreditava. Ele havia me acompanhado de longe, pretendendo conversar comigo quando eu fosse mais velha, para contar a minha história, para dizer que eu ainda tinha um parente vivo de minha família biológica.

— Você se parece com ela — disse ele. — Você se parece tanto com ela, mal consigo acreditar. E sua voz é como a dela. Quando escutei você cantando lá fora, tive que me levantar para ver.

Ele olhava para mim com uma expressão de encantamento, e então se virou e secou uma lágrima.

Senti vontade de tocá-lo, de confortá-lo. Era estranho, porque eu não gostava de tocar as pessoas. Eu tinha sido muito solitária na vida. Kayce não gostava de toques — ou, pelo menos, não gostava de me tocar. Ela sempre dizia que estava muito quente, ou que ela estava ocupada demais, qualquer coisa assim. Agia como se me abraçar ou beijar fosse meio *nojento*. E, claro, ser tocada pelas mãozinhas úmidas de Madison *era* nojento. Mas aquele homem, meu tio... *meu tio!*... me fez ter vontade de tocá-lo. Acreditei em tudo o que ele me contou. Nunca me ocorreu duvidar. Eu estava encantada, lisonjeada, confusa e à beira do choro.

Implorei para que ele me contasse mais sobre meus pais. Eu não sabia de nada, e estava faminta por quaisquer informações que ele pudesse me dar. Ele passou muito tempo comigo, respondendo às minhas perguntas e me acalmando. O pastor e sua mulher de cabelos vermelhos me aguentaram pelo resto da noite. E, do nada, ganhei uma família.

Minha mãe havia vivido os primeiros anos de sua vida já sabendo desde cedo o que queria fazer, mas sem saber como fazer, improvisando conforme seguia em frente. Recrutou as pessoas de Bolota porque acreditava na época que poderia atingir seu propósito criando comunidades da Semente da Terra nas quais as crianças cresceriam aprendendo as "verdades" da Semente da Terra e depois dariam forma ao futuro de acordo com tais "verdades". Aquela era sua primeira tentativa, como ela dizia, de plantar sementes.

Mas ela teve o azar de começar seu trabalho quase ao mesmo tempo em que Andrew Steele Jarret começou o dele, e ele foi, pelo menos no curto prazo, muito mais forte. A única sorte dela foi o fato de ele ser tão mais forte do que ela a ponto de nunca notá-la. Os Cruzados fanáticos de Jarret, definitivamente um instrumento dele, destruíram totalmente o primeiro esforço dela, mas não existe registro algum de ela ter chamado a atenção de Jarret em algum momento. Ela era apenas uma formiga na qual ele por acaso pisou.

Se ela tivesse sido qualquer coisa além disso, não teria sobrevivido.

Mas é interessante ver que, depois de Bolota, ela pareceu ter perdido o rumo até conhecer Belen Ross. Ela havia escrito a respeito de querer me encontrar, e então começar seu trabalho na Semente da Terra de novo... mas começar como? Estabelecendo outra Bolota? Mais um lugar escondido e discreto?

Com certeza, uma nova Bolota seria tão vulnerável quanto a primeira. Um gesto de autoridade poderia apagá-la totalmente. E depois, o que aconteceria? Ela precisava de uma ideia diferente, e, de fato, teve uma. Sabia que tinha que ensinar professores. Reunir famílias não tinha funcionado. Tinha que reunir pessoas solteiras, ou pelo menos pessoas independentes. Pessoas que aprenderiam com ela, e que depois se espalhariam, pregariam e ensinariam efetivamente como seus discípulos. Mas ela ainda estava me procurando, como um ato reflexo. Acho que não havia sobrado muito dessa busca além de ato reflexo quando Belen Rose apareceu. Fico me perguntando se Allison Gilchrist — Allie — percebeu isso e uniu minha mãe e Len só para fazê-la acordar.

De *Os diários de Lauren Oya Olamina*
Terça-feira, 19 de junho de 2035

Somos três agora, de certo modo. Nós passamos por uma fase interessante nos tornando três, e não estou totalmente à vontade com o modo com que fiz isso acontecer. Não é exatamente o que eu esperava fazer, mas achei interessante. Estamos na estrada de novo, ao norte de uma nova cidade corporativa chamada Hobartville. Compramos mantimentos fora dos muros de Hobartville no inevitável assentamento ali. Em seguida, circundamos a cidade e seguimos em frente. É bom estar viajando de novo. Passamos três dias em um lugar.

Até três dias atrás, estávamos caminhando sem estabelecer contatos duradouros na estrada — o que é um comportamento estranho para mim. Em 2027, quando eu estava caminhando de Los Angeles a Humboldt, reuni pessoas, reuni uma pequena comunidade. Pensei, naquele momento, que a Semente da Terra nasceria por meio de comunidades pequenas que cooperassem entre si. Quando Bolota foi estabelecida, convidei outros para se unirem a nós. Dessa vez, não achava que poderia convidar ninguém além de Len para se unir a mim.

Dessa vez, afinal, eu estava indo a Portland apenas para procurar minha filha e para fazer meu irmão me ajudar a encontrá-la, querendo ou não.

E aquele era um objetivo mais realista do que a intenção de Len de caminhar até o Alasca para reencontrar a família? Talvez fosse menos suicida, mas... não era mais sensato.

É a minha intranquilidade, meu medo de que talvez isso seja verdade, que tem me impedido de me aproximar das pessoas. Tenho alimentado alguns grupos com pais e filhos maltrapilhos porque para mim é difícil ver crianças famintas e não fazer nada. Mas não poderia fazer muito. Afinal, o que é uma refeição? Com Bolota, eu tinha feito mais. Com a Semente da Terra, eu esperava fazer muito mais. Muito mais... ainda tenho esperança. Mesmo durante os 17 meses de Campo Cristão, nunca me esqueci da Semente da Terra, apesar de ter havido vezes em que pensei que talvez não sobrevivesse para ensiná-la ou usá-la para moldar nosso futuro.

Mas tudo o que consegui fazer nessa viagem foi alimentar uma mãe e um filho aqui, um pai e um filho ali, e então mandá-los seguirem seu caminho. Nem sempre eles querem ir.

— Como você sabe que eles não vão se esconder e esperar para nos roubar mais tarde? — perguntou Len quando percorremos a I-5 depois de deixar um pai e seus dois meninos pequenos e maltrapilhos comendo o que eu desconfiava ser a primeira boa refeição deles há algum tempo.

— Não sei — falei. — É improvável, mas poderia acontecer.

— Então por que correr o risco?

Eu olhei para ela. Ela olhou em meus olhos por um segundo, e desviou o olhar.

— Eu sei — disse ela com uma voz que mal consegui ouvir. — Mas de que serve uma refeição? Vão sentir fome em breve de novo.

— Sim — falei. — Seria mais fácil aceitar Jarret se ele se importasse tanto com os corpos e as mentes das crianças quanto ele diz se importar com suas almas.

— Meu pai votou nele — disse ela.

— Não me surpreende.

— Meu pai disse que ele traria ordem e estabilidade, colocaria o país de pé de novo. Eu me lembro disso. Ele convenceu minha mãe a votar nele também, não que ela se importasse muito. Ela teria votado em quem ele pedisse para que ela votasse, só para que ele a deixasse em paz. Eu ainda morava com meus pais nas eleições de 2032. Nunca tinha saído de nossos muros. Achava que meu pai devia saber sobre o que estava falando, então também era a favor de Jarret. Mas eu era muito nova para votar, então não importava. Todos os empregados adultos votaram nele. Meu pai ficava do lado do único telefone que os empregados da casa podiam usar. Ele observou os dedos e retinas serem escaneados. Depois, observou todos votarem.

— Será que seu sequestro fez seu pai desistir de Jarret?

— Desistir dele?

— Dele e dos Estados Unidos. Afinal, ele saiu do país.

Depois de um instante, ela assentiu.

— Sim. Apesar de eu ainda ter dificuldade em pensar no Alasca como um país estrangeiro. É de se pensar que seria fácil agora, desde a guerra. Mas não importa. Nada disso importa. Afinal, essas pessoas, como aquele homem e seus filhos os quais você alimentou, eles são importantes, mas ninguém se importa com eles. Aqueles meninos são o futuro, se não morrerem de fome. Mas se conseguirem crescer, que tipo de homens serão?

— Era disso que a Semente da Terra se tratava — falei. — Eu queria que nós entendêssemos o que poderíamos fazer. Queria nos dar um foco, um objetivo, algo grande o bastante, complexo o bastante, difícil o bastante, e no fim, radical o bastante para fazer com que nos tornemos mais do que jamais fomos. Estamos sempre caindo nos mesmos buracos, sabe? Digo, aprendemos mais e mais sobre o universo físico, mais sobre nosso corpo, mais sobre a tecnologia, mas, de algum modo, ao longo da história, seguimos construindo impérios de um tipo ou de outro, e então os destruindo de um jeito ou de outro. Seguimos travando guerras que justificamos e com as quais nos envolvemos, mas, no fim, elas só matam quantidades enormes de pessoas, mutilam outras, empobrecem outras mais, espalham doenças e fome e armam o palco para a próxima guerra. E, quando analisamos tudo isso na história, simplesmente damos de ombros e dizemos: "Bom, as coisas são assim mesmo. As coisas sempre foram assim".

— É assim — disse Len.

— É assim — repeti. — Parece haver motivos biológicos fortes para explicar por que somos como somos. Se não houvesse, não seguiríamos revivendo ciclos. A espécie humana é um tipo de animal, claro. Mas podemos fazer algo que nenhum outro animal já teve a opção de fazer. Podemos escolher: podemos continuar construindo e destruindo até ou destruirmos a nós mesmos ou a habilidade que nosso mundo tem de nos manter. Ou podemos nos tornar maiores do que isso. Podemos crescer. Podemos sair do ninho. Podemos satisfazer o Destino, criar lares para nós mesmos entre as estrelas, e nos tornarmos uma combinação do que queremos nos tornar e do que nossos novos ambientes nos desafiam para que nos tornemos. Nossos novos mundos nos recriarão assim como nós os recriamos. E algumas das novas pessoas que surgirem de tudo isso desenvolverão novas maneiras de lidar com isso. Terão que fazer isso. Assim, o velho ciclo será quebrado, ainda que seja apenas para começar um novo ciclo, um ciclo diferente.

Então continuei:

— A Semente da Terra tem a ver com preparar-se para satisfazer o Destino. Tem a ver com aprender a viver em parceria uns com os outros em comunidades pequenas e, ao mesmo tempo, criar uma parceria sustentável com nosso ambiente. Tem a ver com tratar a educação e a adaptabilidade como os essenciais absolutos que são. Tem... — Olhei para Len, vi que ela esboçava um sorriso, e parei. — Tem a ver com muito mais do que isso — falei. — Mas esse é o básico.

— É um sermão esquisito.

— Eu sei.

— Você tem que fazer o que Jarret faz.

— O quê!? — perguntei, sem querer fazer nada do que Jarret fazia.

— Concentre-se no que as pessoas querem e diga como seu sistema vai ajudá-las a conseguir. Conte histórias simples que ilustrem o que você está dizendo e prometa a lua e as estrelas, literalmente, no seu caso. E por que as pessoas desejariam ir para as estrelas, afinal? Vai custar muito dinheiro e tempo. Vai nos forçar a criar novas tecnologias. E duvido que quem estiver vivo quando o esforço começar viverá para ver o fim dele. Pode ser que alguns cientistas gostem disso. Terão a chance de cuidar de seus projetos preferidos. E algumas pessoas podem achar que se trata de uma grande aventura, mas ninguém vai querer pagar por ela.

Eu sorri ao ouvir aquilo.

— Exatamente. Tenho dito coisas assim há anos. Algumas pessoas podem querer fazer isso por seus filhos, para dar a eles a chance de começar de novo e fazer as coisas certas desta vez. Mas essa ideia, por si só, não vai bastar. Não traz pessoas, dinheiro ou persistência o suficiente. Satisfazer o Destino é um projeto de longo prazo, caro e incerto... ou melhor, são centenas de projetos. Talvez milhares. E sem garantia nenhuma. Os políticos, por outro lado, são pensadores de curto prazo, oportunistas, às vezes com consciência, mas oportunistas mesmo assim. As pessoas de negócios querem lucro, no curto e no longo prazo. A verdade é que se preparar para viagens interestelares e mandar espaçonaves cheias de colonizadores pode ser um trabalho tão longo, ingrato, caro e difícil que desconfio que apenas uma religião poderia fazer isso. Muitas pessoas encontrarão maneiras de ganhar dinheiro com isso. Isso pode fazer as coisas começarem. Mas será preciso algo tão essencialmente humano e tão essencialmente irracional como a religião para mantê-las concentradas e seguindo em frente, por gerações, se for preciso. Desconfio de que seja assim. Veja, tenho pensado nisso.

Len pensou nisso por um tempo também, e então disse:

— Se você acredita nisso, por que não diz às pessoas para irem às estrelas porque é o que Deus quer que elas façam? E não comece a me explicar que seu Deus não quer nada. Compreendo isso. Mas a maioria das pessoas não compreenderá.

— As pessoas de Bolota compreendiam.

— E onde elas estão?

Aquilo doeu como um soco na cara.

— Ninguém sabe mais do que eu como fracassei com minha gente — falei.

Len desviou o olhar, envergonhada.

— Não quis dizer isso — disse ela. — Me desculpe. Só estou dizendo que o que você diz não é algo que as pessoas entenderão e com a qual ficarão animadas... pelo menos, não depressa. As pessoas foram para Bolota pela Semente da Terra ou pela esperança de alimentar seus filhos?

Suspirei e assenti.

— Fizeram isso para alimentar seus filhos e para viver em uma comunidade que não as desprezasse por serem pobres nem as escravizasse quando estivessem vulneráveis. Alguns dos adultos demoraram anos para aceitar a Semente da Terra. Mas as crianças aceitavam na hora. Eu achava que as crianças seriam os professores missionários.

— Talvez tivessem sido, se tivessem tido a oportunidade. Mas aquele jeito não deu certo. O que você vai fazer agora?

— Com os Cruzados de Jarret ainda soltos? Não sei. — Aquilo não era totalmente verdade. Eu tinha algumas ideias, sim, mas queria ouvir o que Len tinha a dizer. Ela tinha sido interessante e razoável, até então.

— Você é boa em falar com as pessoas — disse ela.
— Elas gostam de você. Elas confiam em você. Por que não pode pregar a elas como qualquer outro ministro? Pregue como Jarret prega. Você já ouviu um discurso dele? Na maioria dos casos, são sermões. Os profissionais da imprensa sempre têm dificuldades para se opor a qualquer coisa que ele queira porque ele está sempre do lado de Deus. Adivinha de que lado isso deixa o pessoal da imprensa?

— E você acha que eu deveria fazer isso?

— Claro que você deveria fazer isso se acredita no que diz.

— Não sou uma demagoga.

— Que pena. Isso deixa o campo livre para as pessoas que são demagogas... Para os Jarrets do mundo. E sempre existem Jarrets. Provavelmente sempre existirão.

Caminhamos em silêncio por um tempo, e então eu disse:

— E você?

— Como assim? Você sabe para onde estou indo.

— Fique comigo. Vá para outro lugar.

— Você vai para Oregon para ver seu irmão e encontrar sua filha.

— Sim. E também vou fazer da Semente da Terra o que ela deveria ser: o modo com que os seres humanos finalmente conseguirão crescer.

— Você pretende tentar de novo?

— Não tenho escolha. A Semente da Terra não é só no que acredito. É quem eu sou. É o porquê de minha existência.

— Você diz em seu livro que não temos propósito, mas potencial.

Sorri. Ela tinha uma memória fotográfica, ou quase isso. Mas não deixava de usar isso de modo injusto para vencer uma discussão.

Eu disse:

"Nascemos
Não com propósito,
Mas com potencial."

— Escolhemos nosso propósito — falei. — Escolhi o meu quando ainda não tinha idade suficiente para saber mais da vida... ou ele me escolheu. O propósito é essencial. Sem ele, nos perdemos.

— Propósito — disse ela, e com ar de exibida, disse:

"O propósito
Nos une:
Dá foco a nossos sonhos,
Guia nossos planos,
Fortalece nossos esforços.
O propósito
Nos define,
Nos molda,
E nos oferece
Grandeza."

Ela suspirou.

— Parece ótimo. Mas muitas coisas parecem ótimas. O que você vai fazer?

— Não sou Jarret — disse —, mas você provavelmente está. certa a respeito da necessidade de simplificar e delimitar minha mensagem. Você pode me ajudar a fazer isso.

— Por que eu ajudaria?

— Porque vai mantê-la viva.

Ela desviou o olhar de novo. Depois de longo silêncio, perguntou com grande amargura:

— O que te faz pensar que quero continuar viva?

— Sei que você quer. Mas se ficar comigo, vai ter que provar.

— O quê?

— Na verdade, se você ficar comigo, terá que fazer de tudo para se manter viva. Essas ideias da Semente da Terra não serão populares por um tempo. Jarret não as aprovaria se as conhecesse.

— Se você tiver juízo, não vai chamar atenção para si. Não agora.

— Não pretendo reunir multidões nem entrar nas redes. Não enquanto Jarret ainda for popular, pelo menos. Mas pretendo falar com as pessoas de novo.

— Como?

E eu sabia. Estava me perguntando enquanto conversávamos, reunindo ideias. Os comentários de Len tinham me ajudado a me focar. Assim como minha experiência recente.

— Falarei com as pessoas na casa delas — falei. — Não há nada de novo em missionários que saem para bater de porta em porta em cidades pequenas como Eureka, por exemplo. Em Los Angeles, não seria possível. Também pode ser que não consigamos fazer em Portland. Portland cresceu muito. Mas no caminho para lá, e em cidades de médio porte perto de Portland, pode dar certo. Cidades nem tão pequenas, nem tão grandes. Pessoas de cidades muito grandes ou muito pequenas podem ficar... ficarão... desconfiadas e irritadas.

— Apenas cidades livres, imagino — disse Len.

— Claro. Se eu conseguisse entrar em uma cidade corporativa, posso acabar encoleirada por vadiagem. Isso pode se tornar uma prisão perpétua. Eles cobram mais para você conseguir viver do que pagam por seu trabalho, e você nunca se livra da dívida.

— Já ouvi falar sobre isso. E você quer simplesmente bater à porta das pessoas e pedir para falar com elas sobre a Semente da Terra? Sei que os Testemunhas de Jeová fazem isso. Ou faziam. Não sei bem se ainda fazem.

— Tem ficado mais perigoso — falei. — Mas outras pessoas também faziam isso. Os mórmons e alguns grupos menos conhecidos.

— Grupos cristãos.

— Eu sei. — Pensei por um momento. — Você sabia que eu tinha dezoito anos quando comecei a reunir pessoas e a fundar Bolota? Dezoito. Um ano a menos do que você tem agora.

— Eu sei. A Allie me contou.

— Mas as pessoas me seguiam — continuei. — E não faziam isso apenas por estarem convencidas de que eu poderia ajudá-las a conseguir o que queriam. Elas me seguiam porque eu parecia estar indo para algum lugar. Elas não tinham nenhum propósito além de sobreviver. Conseguir um emprego. Comer. Ter um quarto em algum canto. Existir. Mas eu queria mais do que isso para mim e para minha gente, e pretendia ter. Elas também queriam, mas não achavam que poderiam ter. Nem sequer tinham certeza do que queriam.

— Como você era maravilhosa — murmurou Len.

— Não seja tonta — falei. — Aquelas pessoas estavam dispostas a seguir uma garota de dezoito anos porque ela parecia estar indo a algum lugar, parecia saber para onde estava indo. As pessoas elegeram Jarret porque ele também parecia saber para onde estava indo. Até pessoas ricas como seu pai estão desesperadas por alguém que pareça saber para onde está indo.

— Meu pai queria alguém que protegesse seus investimentos e mantivesse os pobres no lugar deles.

— E quando percebeu que Jarret não podia ou não iria fazer nenhuma das duas coisas, ele saiu do país. Outras pessoas também darão as costas a Jarret, de maneiras diferentes. Mas continuarão querendo seguir pessoas que pareçam saber para onde estão indo.

— Você?

Suspirei.

— Talvez. Mas é mais provável que sejam pessoas a quem ensinei. Não tenho as habilidades que serão necessárias. Além disso, não sei quanto tempo vai demorar para fazer da Semente da Terra um meio de vida e do Destino um objetivo que grande parte da humanidade se esforce para alcançar. Receio que, sozinha, demore a minha vida toda e a sua. Não vai ser rápido. Mas seremos as pessoas que plantarão as primeiras sementes, você e eu.

Len afastou os cabelos pretos do rosto.

— Não acredito na Semente da Terra. Não acredito em nada disso. É um monte de bobagem simplista. Você será morta se sair batendo à porta de desconhecidos, e esse será o fim da história.

— Pode acontecer.

— Não quero participar disso.

— Quer, sim. Se viver, você vai conseguir fazer mais coisas boas e importantes do que qualquer pessoa que você já tenha conhecido. Se morrer, vai morrer tentando fazer essas coisas.

— Eu disse que não quero participar disso. É ridículo. É impossível.

— E você tem coisas mais importantes para fazer?
Silêncio.

Não falamos mais nada até chegarmos a uma estrada que levava às montanhas. Eu me virei para segui-la, ignorando as perguntas de Len. Aonde eu estava indo? Não fazia ideia. Talvez eu só desse uma olhada no que havia depois da estrada, e então voltasse para a rodovia. Talvez não.

Escondida nos montes, havia uma casa de campo de madeira grande, de dois andares, afastada do caminho. Precisava muito de pintura. Já tinha sido branca. Agora, estava cinza. Ao lado dela, uma mulher estava arrancando as ervas daninhas de sua grande horta. Sem contar a Len o que eu pretendia fazer, saí do caminho, fui até a mulher e perguntei se poderíamos arrancar as ervas daninhas em troca de uma refeição.

— Faremos um bom trabalho — falei. — Se a senhora não gostar, não precisa nos dar comida.

Ela olhou para nós duas com medo e desconfiança. Parecia estar sozinha, mas talvez não estivesse. Estávamos visivelmente armadas, mas não oferecíamos ameaça. Sorri.

— Alguns sanduíches seriam muito bem recebidos — falei. — Vamos trabalhar muito por eles. — Eu estava vestindo roupas largas como um homem. Meus cabelos estavam curtos. Len me diz que eu não era um homem feio. Nós duas estávamos razoavelmente limpas.

A mulher sorriu, apesar do receio. Um esboço de sorriso.

— Vocês acham que são capazes de diferenciar as ervas daninhas dos legumes? — perguntou ela.

Eu ri e disse:

— Sim, senhora. — Até dormindo, pensei. Mas Len era outra história. Ela nunca tinha feito nada relacionado a jardinagem. O pai dela contratava pessoas para cuidarem de seus jardins e estufas. Ela tinha mãos magras, macias e sem calos e nenhum conhecimento sobre plantas. Pedi para que ela me observasse por um tempo. Mostrei as cenouras, as diversas verduras, as folhas, e então a fiz arrancar as ervas daninhas, ajoelhada. Desse modo, ela teria mais controle sobre o que arrancasse. Eu confiei em sua memória e em seu bom senso. Se ela estivesse brava comigo, me diria mais tarde. Brigar com as pessoas em público não fazia seu estilo. Na verdade, tínhamos muita comida em nossas mochilas, e ainda não estávamos com pouco dinheiro. Mas eu queria começar logo a falar com as pessoas. Por que não parar por um dia a caminho de Portland e deixar algumas palavras nesta casa antiga e cinza? No mínimo, seria bom pra praticar.

Trabalhamos muito e limpamos a horta. Len murmurava e reclamava, mas eu não tive a impressão de que ela estava sofrendo de fato. Na verdade, parecia interessada no que estava fazendo e feliz por isso, apesar de reclamar de insetos e de minhocas, do cheiro das plantas, do cheiro da terra úmida, de ter que se sujar...

Percebi que apesar de Len ter falado sobre as experiências com sua família, com os empregados, e sobre as experiência com seus sequestradores e morando sozinha, vasculhando e roubando, ela nunca tinha falado sobre trabalho. Ela devia ter feito pequenas tarefas em troca de comida, mas trabalhar ainda parecia ser uma novidade para ela. Cuidarei para que ela ganhe mais experiência para que, mesmo que ela decida partir sozinha, seja mais capaz de cuidar de si mesma.

Mais tarde naquele dia, quando tínhamos terminado de arrancar as ervas daninhas, a mulher – que afirmou se chamar Nia Cortez – nos deu um prato com três tipos de sanduíches. Havia de ovo, de queijo quente e de presunto. E havia uma tigela de morangos, uma tigela de laranjas e uma jarra de limonada adoçada com mel. Nia se sentou conosco em sua varanda lateral, e tive a impressão de que ela era solitária e tímida e ainda estava bem temerosa em relação a nós. A casa antiga era um local solitário, situada entre os montes verdejantes.

— É uma bela região — falei. — Eu desenho um pouco. Esses montes, a grama fresca e as árvores verdes me dão vontade de me sentar e desenhar o dia todo.

— Você sabe desenhar? — perguntou Nia com um sorriso contido.

E eu peguei o caderno de desenhos e comecei a desenhar não os montes, mas o rosto simpático e cheio de Nia. Ela tinha mais ou menos cinquenta anos, e seus cabelos eram castanhos com mechas grisalhas. Presos em um rabo-de-cavalo comprido e grosso, eles chegavam quase à sua cintura. Por ser rechonchuda, havia conseguido evitar rugas, e sua pele lisa tinha um tom bronzeado – um rosto bonito e simples. Os olhos eram tão claros quanto os de um bebê, e tinham o mesmo tom castanho da maior parte de seus cabelos. Desenhar alguém me dá uma excelente desculpa para analisar a pessoa e me deixar sentir o que ela parece sentir. Afinal, o compartilhamento é assim, e ocorre quer eu queira, quer não. Melhor usá-lo, então. De modo grosseiro e não muito confiável, desenhar uma pessoa me ajuda a *me tornar* aquela pessoa e, para ser sincera, me ajuda a manipular a pessoa. Tudo é lição.

Nia era solitária. E estava demonstrando um interesse incômodo por mim como homem. Para afastar esse interesse, eu me dirigi a Len, que estava observando tudo com atenção e curiosidade.

— Embrulhe alguns sanduíches para mim, por favor – pedi a ela. — Gostaria de terminar isto enquanto a luz estiver boa.

Len lançou a mim um olhar de soslaio e usou guardanapos de papel para embrulhar dois sanduíches. Nia, por outro lado, olhou para Len quase como se tivesse se esquecido dela. Então, em um momento de confusão, olhou para as próprias mãos – ferramentas de trabalho, aquelas mãos. Parecia mais contida, mais controlada quando olhou para mim de novo.

Não tive pressa em acabar o desenho. Poderia tê-lo terminado muito mais rápido. Mas desenhar com calma, acrescentando detalhes, me deu a chance de falar sobre a Semente da Terra sem parecer estar tentando convertê-la. Recitei versos como se recitasse qualquer poesia para ela, até uma estrofe chamar sua atenção. E ela não conseguiu disfarçar. Em sua defesa, foi esta:

"Para moldar Deus

Com sabedoria e planejamento

Para beneficiar seu mundo,

Sua gente,

Sua vida.

Pense nas consequências.

Minimize danos.

Faça perguntas.

Procure respostas.

Aprenda.

Ensine."

Ela já tinha sido professora em uma escola pública de São Francisco. A escola havia sido fechada quinze anos depois de ela começar a lecionar. Isso foi no começo dos anos 2020, quando muitos sistemas escolares públicos pelo país morreram e fecharam as portas. Até mesmo a aparência de uma população bem educada estava acabando. Os políticos balançavam a cabeça e diziam infelizmente que a educação universal era um experimento fracassado. Algumas empresas começaram a educar os filhos de seus trabalhadores no mínimo bem o suficiente para permitir que eles se tornassem a próxima geração de trabalhadores. Cidades corporativas voltaram a ser populares. Ofereciam segurança, emprego e educação. Parecia tudo muito bom, mas a empresa que dava educação passava a ser dona da pessoa até que esta conseguisse quitar a dívida com eles. Assim, a pessoa se tornava endividada, e se a empresa não pudesse fazer uso dessa pessoa, a trocava com outra filial – ou com outra empresa. A pessoa, assim como sua educação, se tornavam um bem a ser comprado ou vendido.

Ainda havia poucos sistemas escolares públicos no país, seguindo com dificuldade, fazendo o que podiam, mas eles tinham mais em comum com as cadeias do que até mesmo com as mais medíocres das escolas particulares, religiosas ou de empresas. Cabia a pais responsáveis cuidar da educação de seus filhos, de certo modo. Quem não fazia isso não era um bom pai. Esperava-se que pressões sociais, jurídicas e religiosas, mais cedo ou mais tarde, forçassem até mesmo pais ruins a cumprir sua obrigação para com os filhos.

— Então — disse Nia —, pessoas pobres semianalfabetas e analfabetas se tornaram financeiramente responsáveis pela educação fundamental de seus filhos. Se eles fossem alcoólatras, viciados ou prostitutos, ou se tudo o que pudessem fazer fosse alimentar os filhos e talvez dar-lhes um teto, azar o deles! E ninguém pensava no tipo de sociedade que estávamos construindo com decisões tão idiotas. Pessoas que podiam matricular os filhos em escolas particulares gostaram de ver o governo finalmente parar de gastar o dinheiro dos impostos educando os filhos de outras pessoas. Parecia até que pensavam viver em Marte. Imaginavam que um país cheio de pessoas pobres, sem educação e sem qualificação profissional não os afetaria!

Len suspirou.

— Isso parece com o modo de pensar do meu pai. Acho que sou o castigo dele... não que ele se importe!

Nia olhou para ela sem muito interesse.

— O quê? Seu pai?

Len explicou, e eu a observei enquanto, quase contra sua vontade, Nia relaxava.

— Entendo. — Ela suspirou. — Acho que eu poderia ter acabado desabrigada também, mas minha tia e meu tio eram donos desta casa e das terras ao redor. Esta é a casa da família da minha mãe. Vim morar aqui e cuidar deles quando meu trabalho terminou. Eles estavam velhos e as coisas não iam muito bem. Já naquela época, eles estavam arrendando a terra para agricultores das redondezas. Eles deixaram a casa, a terra e o resto de suas posses para mim quando morreram. Mantenho uma horta, umas galinhas, cabras e coelhos. Arrendo a terra. Sobrevivo.

Tentei ignorar uma pontada de inveja e nostalgia.

Len disse:

— Gostei da sua horta. — Ela olhou para as colunas compridas e bem organizadas de verduras, frutas e ervas.

— Gostou? — perguntou Nia. — Ouvi você reclamando.

Len corou, e então olhou para as próprias mãos.

— Nunca trabalhei assim antes. Gostei, mas foi difícil. Sorri.

— Ela tem disposição, pelo menos. Tenho feito trabalho desse tipo durante toda a vida.

— Você era jardineira? — perguntou Nia.

— Não, era só uma questão de ter o que comer ou não. Já fiz muitas coisas, incluindo ensinar; embora não tenha preparo acadêmico para isso. Mas passei por alfabetização e pensar em deixar crianças analfabetas é um crime.

Ela sorriu, demonstrando o prazer que sentia ao perceber que concordávamos em várias coisas, e eu entreguei a ela o desenho. Do lado inferior direito, eu tinha escrito os primeiros versos da Semente da Terra: "Tudo o que você toca, / Você Muda...". E no outro, tinha escrito os versos do "Para moldar Deus" de que ela tinha gostado.

Ela leu os versos e olhou para o desenho por muito, muito tempo. Era um desenho detalhado, não só um esboço, e eu quase me senti satisfeita com ele. Então, ela olhou para mim e disse com uma voz quase baixa demais para ser ouvida:

— Obrigada.

Ela nos pediu para passar a noite ali, ofereceu seu celeiro para dormirmos, provando que não tinha perdido totalmente o medo de nós. Ficamos e, no dia seguinte, realizei algumas tarefas na casa para ela. Eu poderia tê-la roubado com facilidade, se quisesse, mas o que tinha decidido que queria dela eu não tinha como roubar. Ela tinha que dar.

Naquela noite, eu contei a ela que eu era uma mulher. Mas primeiro, contei sobre Larkin, estávamos na cozinha.

Ela estava cozinhando. Ela havia pedido para que eu me sentasse e conversasse com ela. Ela disse que eu tinha trabalhado muito, que merecia descansar.

Não desviei os olhos dela enquanto contava. Era importante que ela não se sentisse idiota, assustada nem brava quando descobrisse. Um pouco de confusão e de embaraço era inevitável, mas não poderia passar disso.

Ela parecia prestes a chorar quando soube da minha Larkin. Tudo bem. Len estava na sala de estar, deliciando-se lendo livros de verdade, feitos de papel. Ela não veria nenhuma lágrima derramada por Nia – se por acaso Nia se incomodasse com esse tipo de coisa. Nunca dava para saber ao certo o que outra pessoa via como humilhação ou invasão de privacidade.

— O que aconteceu com... a mãe da criança? — perguntou Nia. Não respondi enquanto ela não olhasse pra mim.

— A estrada é perigosa — falei. — Você sabe disso. As pessoas desaparecem ali. Eu caminhei da região de Los Angeles a Humboldt em 2027, então eu sei. Sei muito bem.

— Ela desapareceu na estrada? Foi morta?

— Ela desapareceu na estrada para evitar ser morta. — Fiz uma pausa. — Ela sou eu, Nia.

Silêncio. Confusão.

— Mas...

— Você confiou em nós. Agora eu estou confiando em você. Sou um homem na estrada. Tenho que ser. Duas mulheres na estrada seriam o alvo de todo mundo. — Pronto. Eu não a estava corrigindo, nem rindo da peça que tinha pregado nela. Eu estava me mostrando vulnerável para ela, pedindo que ela compreendesse e guardasse meu segredo. Era o certo, eu esperava. Parecia ser o certo.

Ela hesitou e então olhou para mim. Deixou as panelas e se aproximou para olhar.

— Quase não consigo acreditar em você — sussurrou. E eu sorri.

— Pode, sim. Queria que você soubesse. — Respirei fundo. — Não que seja seguro para um homem viver na estrada. As pessoas que pegaram minha filha também mataram meu marido e destruíram minha comunidade... tudo em nome de Deus, claro.

Ela se sentou à mesa comigo.

— Cruzados. Ouvi falar deles, claro. Que eles resgatam órfãos sem casa e... queimam bruxas, pelo amor de Deus. Mas nunca soube que eles... simplesmente matavam pessoas e... roubavam os filhos delas. — Mas parecia que o que os Cruzados tinham feito não fazia com que ela se esquecesse do que eu tinha feito. — Mas você... — disse ela. — Não consigo superar. Eu ainda me sinto... ainda me sinto como se você fosse um homem. Não sei...

— Está tudo bem.

Ela suspirou, jogou a cabeça para trás e olhou para mim com um sorriso triste.

— Não, não está.

Não, não estava. Mas fui até ela, e a abracei e segurei. Assim como Len, ela precisava ser abraçada e envolvida, precisava chorar nos braços de alguém. Estava sozinha havia muito tempo. Para minha surpresa, percebi que em outras circunstâncias eu poderia tê-la levado para a cama. Eu havia passado dezessete meses no Campo Cristão sem querer estar com ninguém. Sentia falta de Bankole... sentia tanta falta dele às vezes que era quase uma dor física. E eu nunca tinha sentido vontade de fazer amor com uma mulher. Naquele momento, eu me peguei quase querendo. E ela quase me queria. Mas não era esse o relacionamento que eu precisava que houvesse entre nós.

Pretendo vê-la de novo, essa mulher gentil e solitária em sua casa grande, vazia e velha. Preciso de pessoas como ela. Até conhecê-la, eu não tinha me dado conta de como precisava de pessoas assim. Len estava certa a respeito do que eu deveria estar fazendo, apesar de não saber, assim como eu não sabia, como as coisas deveriam ser feitas. Ainda não sei o suficiente. Mas não existe manual para esse tipo de coisa. Acho que continuarei aprendendo o que fazer e como fazer até o dia em que morrer.

Nós três falamos de novo a respeito da Semente da Terra durante o jantar. Mais frequentemente, falávamos dela do ponto de vista da educação. Quando nos despedimos para dormir, eu já podia falar dela como Semente da Terra sem me preocupar pensando que Nia poderia se sentir pressionada ou evangelizada por mim. Ficamos mais um dia e eu contei a ela sobre Bolota e sobre as crianças de Bolota. Eu a abracei mais uma vez quando ela chorou. Eu beijei seus lábios solitários e então a afastei de mim.

Fiz mais dois desenhos, cada um deles acompanhado por versos, e deixei que ela se oferecesse para cuidar de qualquer filho de Bolota que eu conseguisse encontrar até conseguirmos contato com os pais da criança. Não sugeri isso, mas fiz tudo o que pude para criar meios para que ela se oferecesse. Ela tinha medo das crianças da estrada, de mãos leves e normalmente violentas. Mas ela não sentia, pelo menos não em teoria, medo das crianças de Bolota. Elas estavam ligadas a mim, e depois de três dias ela não sentia mais medo nenhum. Aquilo foi muito cativante, de certo modo, aquela completa aceitação e confiança. Deixá-la foi difícil.

Quando partimos, ela estava tão próxima de mim quanto Len. Os versos, os desenhos e as lembranças a manterão comigo por um tempo. Terei que visitá-la de novo em breve – digamos, dentro de um ano – para me manter próxima, e pretendo fazer isso. Espero, em breve, poder levar uma ou duas crianças para que ela proteja e ensine – uma das crianças de Bolota ou não. Ela precisa de propósito tanto quanto eu preciso dar isso a ela.

— Foi fascinante — disse Len hoje cedo quando retomamos o caminho. — Gostei de observar seu trabalho.

Olhei para ela.

— Obrigada por trabalhar comigo.

Ela sorriu e então parou de sorrir.

— Você seduz as pessoas. Meu Deus, você está sempre fazendo isso, não?

— As pessoas me fascinam — falei. — Eu me importo com elas. Se não me importasse, a Semente da Terra não significaria nada para mim.

— Você vai mesmo levar crianças para aquela pobre mulher cuidar?

— Espero fazer isso.

— Ela mal consegue cuidar de si mesma. Parece que a casa dela será derrubada na próxima tempestade.

— Sim, preciso ver o que posso fazer em relação a isso também.

— Você tem dinheiro pra isso?

— Não, claro que não. Mas alguém tem. Não sei como

vou fazer, Len, mas o mundo está cheio de pessoas necessitadas. Elas não precisam das mesmas coisas, mas todas precisam de propósito. Até mesmo algumas das que têm muito dinheiro precisam de propósito.

— E Larkin?

— Vou encontrá-la. Se ela estiver viva, vou encontrá-la. Eu jurei encontrá-la.

Caminhamos em silêncio por um tempo. Havia mais alguns caminhantes em grupos, passando por nós ou caminhando bem à frente ou atrás de nós. A estrada ampla era quebrada, velha e se estendia muito além à nossa frente, mas, de algum modo, não era ameaçadora. Não naquele momento.

Depois de um tempo, Len segurou meu braço e eu me virei para olhar para ela. Era bom estar caminhando com alguém. Era bom ter outro par de olhos, outro par de mãos. Era bom ouvir outra voz dizer meu nome, outro cérebro questionando, exigindo, até desdenhando.

— O que você quer de mim? — perguntou ela. — O que você quer que eu faça? Precisa me contar.

— Ajude-me a chegar às pessoas — falei. — Continue trabalhando comigo e me ajudando. Há muito a ser feito.

Quinta-feira, 21 de junho de 2035

Como diz uma frase da antiga Bíblia King James que meu pai costumava repetir: "O orgulho precede a destruição, e o espírito altivo precede a queda". Ele gostava de ser correto com as citações.

Estou marcada e ferida em relação ao orgulho, mas pelo menos, não estou destruída.

Ontem, concluí que as coisas tinham dado tão certo com Nia que poderia seguir recrutando pessoas enquanto seguíamos em direção a Portland. Caminhando por uma cidade à beira da estrada que parecia grande o suficiente para que as pessoas não temessem ao ver um desconhecido, parei para perguntar a uma mulher que varria a frente da casa dela se poderíamos fazer algum trabalho em seu jardim em troca de uma refeição. Sem qualquer alerta, ela abriu a porta da frente, chamou seus dois cachorros grandes e mandou que eles nos atacassem. Quase não conseguimos sair do jardim dela a tempo de evitar as mordidas. O interessante foi que nenhuma de nós puxou uma arma nem emitiu qualquer som. Len sente tanto medo de cães quanto eu. Ontem à noite, ela me mostrou algumas cicatrizes que ganhou de um cachorro cujos antigos donos permitiram chegar perto demais.

Bem, a mulher com os dois cachorros nos xingou, nos chamou de "ladras, assassinas, pagãs e bruxas". Jurou que chamaria a polícia.

— Tudo isso só porque você pediu trabalho — disse Len. — Ainda bem que você não tentou falar com ela sobre a Semente da Terra! — Ela estava limpando um ferimento comprido e profundo no braço, causado por um prego saliente do portão de madeira da mulher. Eu havia visto os cães a tempo de empurrá-la para o lado de fora, mergulhar logo atrás e então fechar o portão com tudo, segurando a trava dele na parte inferior. Tirei a mão a tempo de evitar muitos dentes compridos e afiados, e o cachorro ainda mordeu uma das hastes de madeira da cerca, frustrado por não ter conseguido me morder. Acabei com as mãos raladas e um hematoma no quadril. Len acabou com um corte comprido, que doía e sangrava o suficiente para me assustar. Mais tarde, apliquei adesivos contra tétano nela e em mim. Eles me custavam mais do que deveriam, mas nenhuma de nós está com as vacinas em dia. Melhor não correr riscos desnecessários.

— Gostaria de saber o que aconteceu com aquela mulher para que ela se dispusesse a fazer algo assim — falei enquanto caminhávamos hoje cedo.

— Ela havia perdido a cabeça — disse Len. — Só isso.

— Raramente é só isso — falei.

E então, hoje cedo, uma mulher nos afastou com um fuzil e eu decidi parar de tentar por um ou dois dias. Um comerciante nos disse que os Cruzados de Jarret estão ativos na região. Eles estão detendo gente sem moradia, apontando bruxas e pagãos, e assustando, de modo geral, os moradores, alertando-os acerca dos perigos e malefícios de estranhos vindos da estrada.

Foi interessante ver como o comerciante estava irritado. Segundo ele, os Cruzados não são bons para os negócios. Eles encoleiram os clientes que vêm da estrada ou os afugentam, e intimidam os clientes da região, fazendo-o perder grande parte de sua clientela: aqueles que vivem longe de seu comércio. Eles aprenderam a fazer compras perto de casa sem se preocupar com qualidade ou preço.

— Jarret diz que não tem como controlar seus próprios Cruzados — disse o homem. — Da próxima vez, vou votar em alguém que coloque os desgraçados na cadeia, que é onde eles merecem estar!

21

Para sobreviver,
Deixe o passado
Ensinar:
Antigos costumes,
Lutas,
Líderes e pensadores.
Deixe
Que eles
Te ajudem.
Deixe que tragam inspiração,
Que alertem,
Que deem força.
Mas cuidado:
Deus é Mudança.
O passado é passado.
O que foi
Não pode
Vir de novo.
Para sobreviver,
Conheça o passado.
Deixe que ele o toque.
E então
Deixe o passado Partir.

— Semente da Terra: os livros dos vivos

Não sei se o tio Marc teria me contado a verdade sobre minha mãe. Não acredito que fosse a intenção dele. Ele nunca hesitou com sua história de que ela estava morta e eu nunca desconfiei de que ele estivesse mentindo. Eu o amava, acreditava nele, confiava nele totalmente. Quando descobriu como eu estava vivendo, me convidou para viver com ele e continuar estudando.

— Você é uma moça inteligente — disse ele — e é um membro da família; é a única família que tenho. Não pude ajudar sua mãe. Deixe-me ajudar você.

Eu disse sim. Nem precisei pensar para responder. Larguei meu emprego e fui viver em uma das casas dele em Nova York. Ele contratou uma empregada e tutores, e também comprou cursos de computador para garantir que eu tivesse a educação universitária que Kayce e Madison não teriam me oferecido se pudessem. Kayce costumava dizer: "Você é uma garota! Se souber manter uma casa decente e limpa, e se souber adorar a Deus, saberá o suficiente!".

Até voltei para a igreja por causa do tio Marc. Voltei para a Igreja da América Cristã, fisicamente, pelo menos. Morei na segunda casa dele no norte do estado de Nova York, e ia à igreja aos domingos, porque ele queria que eu fizesse isso e porque eu estava muito acostumada a fazer isso. Eu me sentia à vontade indo à igreja. Cantei no coral de novo e fazia trabalho beneficente regularmente, ajudando a cuidar de idosos em uma das casas de repouso da igreja. Voltar a fazer aquelas coisas era como voltar a usar um sapato confortável.

Mas a verdade é que eu havia perdido a fé que antes tinha. A igreja na qual cresci havia dado as costas para mim porque saí da casa de pessoas que, por algum motivo, nunca conseguiram nem mesmo gostar de mim. Muito menos amar. Comportamento bom para bons americanos cristãos, tentando construir um país forte e unido.

Era melhor — decidi, depois de muito pensar e de muito ler relatos históricos — viver uma vida decente e me comportar bem com as demais pessoas. Seria melhor não me preocupar com americanos cristãos, católicos, luteranos ou o que quer que fosse. Cada variante parecia acreditar ter a verdade e a única verdade, e sua gente aproveitaria o céu enquanto todos os outros passariam a eternidade no inferno.

Mas a Igreja não era só uma religião. Era uma comunidade — a minha comunidade. Eu não queria me livrar dela. Isso teria sido — tinha sido — absurdamente solitário. Todo mundo precisa fazer parte de alguma coisa.

Depois de concluir meu mestrado em história, descobri que não acreditava no céu nem no inferno, literalmente. Achava que o melhor que poderíamos fazer seria cuidar uns dos outros e consertar os vários infernos que criamos aqui na Terra. Tal tarefa parecia bem grande para qualquer pessoa ou grupo, e essa era uma das coisas boas para as quais a América Cristã se esforçava.

Continuei morando na casa do tio Marc no norte do estado de Nova York. Quando me formei, comecei a estudar para o doutorado. Além disso, comecei a criar cenários de Máscaras de Sonhos. A Dreamask International me contratou graças a vários cenários que eu tinha criado para eles como teste.

Agora, graças ao tio Marc, eu tinha o gravador de cenários de Máscaras de Sonhos que desejava ter desde a infância. Agora, tinha a liberdade de criar qualquer coisa que eu quisesse. Fazia meu trabalho e assinava como Asha Vere. Eu não queria ligação com os Alexander, mas, ao mesmo tempo, me sentia desconfortável para usar Duran, pois me sentiria aproveitando de minha ligação com o tio Marc. Na época, eu acreditava que Duran era o sobrenome da família da minha mãe. O sobrenome de meu pai, "Bankole", não significava nada para mim, já que o tio Marc não conseguia me contar muito sobre Taylor Franklin Bankole; só que ele era médico e muito velho quando nasci. Asha Vere me bastava. Era um nome que dava indícios de que eu tinha sido uma criança nascida durante a popularidade de uma Máscara muito antiga, mas não importava. E as pessoas da Dreamask meio que gostaram dele.

Eu trabalhava em casa criando os meus cenários e estudando para o doutorado, e era tão tranquila em relação a ele que o concluí aos 32 anos. Eu gostava do trabalho, gostava da companhia de Marc quando ele me procurava para se afastar de seu público e gostava da sensação de ter uma família. Estava feliz. Nunca conheci ninguém com quem quisesse me casar. Na verdade, nunca tinha visto um casamento que me fizesse querer ter um igual. Devia haver bons casamentos em algum lugar, mas para mim o casamento passava a sensação de ser uma união na qual duas pessoas se toleravam, suportando uma à outra por terem medo de ficarem sozinhas ou por ser um vício do qual elas não conseguiam se livrar. Eu sabia que nem todo casamento era estéril e feio como o de Kayce e de Madison. Sabia disso intelectualmente, mas emocionalmente não conseguia escapar da insatisfação fria e amargurada de Kayce e das mãozinhas suadas de Madison.

O tio Marc, por outro lado, havia dito, embora nunca com todas as palavras, que sexualmente preferia homens, mas sua igreja considerava a homossexualidade um pecado, e ele escolheu viver de acordo com aquela doutrina. Então, ele não tinha ninguém. Ou, pelo menos, nunca soube que ele tivesse alguém. Escrevendo assim, isso parece ruim, mas escolhemos nossa vida. E tínhamos um ao outro. Éramos uma família. E parecia bastar.

Enquanto isso, minha mãe estava dando sua atenção à sua outra filha, mais velha e mais amada, a Semente da Terra.

De algum modo, nós — ou pelo menos *eu* — nunca demos muita atenção ao crescente movimento Semente da Terra. Ele existia. Apesar dos esforços da América Cristã e de outras vertentes do cristianismo, sempre havia seitas por aí. Sim, a Semente da Terra era uma seita incomum. Ela financiava a exploração científica, a pesquisa e a criatividade tecnológica. Criou escolas de formação básica e, em dado momento, faculdades, e oferecia bolsa de estudo integral para alunos pobres, porém talentosos. Os alunos que aceitavam tinham que concordar em passar sete anos lecionando, clinicando ou usando suas habilidades de alguma forma para melhorar a vida nas várias comunidades da Semente da Terra. O objetivo maior era ajudar as comunidades a se lançarem em direção às estrelas e a viver nos mundos distantes que encontrassem próximos dessas estrelas.

— Você sabe alguma coisa sobre essas pessoas? — perguntei ao tio Marc depois de ler e ouvir algumas notícias sobre eles. — Eles falam a sério? Emigração interestelar? Meu Deus, por que eles não se mudam para a Antártida se querem dificultar as coisas? — E ele me surpreendeu contraindo os lábios e desviando o olhar. Eu pensei que ele cairia na risada.

— Eles falam a sério — disse ele. — São pessoas tristes, ridículas e equivocadas que acreditam que a resposta para todos os problemas da humanidade é partir para Alfa Centauri.

Eu ri.

— Um disco voador vem buscá-los ou algo assim?

Ele deu de ombros.

— São patéticos, esqueça isso.

Não me esqueci deles, claro. Deixei de lado minhas pesquisas de sempre na internet e comecei a pesquisar sobre eles. Eu não levava a sério. Não pretendia fazer nada com o que descobrisse, mas estava curiosa — e talvez pudesse tirar dali uma ideia para uma Máscara. Descobri que a Semente da Terra era uma seita com bastante dinheiro que recebia a todos e se dispunha a dar uma função a todos. Possuía terras, escolas, fazendas, fábricas, lojas, bancos, várias cidades completas. E parecia contar com muitas pessoas conhecidas: advogados, médicos, jornalistas, cientistas, políticos, até mesmo membros do Congresso.

E todos queriam partir para Alfa Centauri?

Não era tão simples, claro. Mas para dizer a verdade, quanto mais eu lia sobre a Semente da Terra, mais eu a desprezava. Havia muito a ser feito aqui na Terra — muitas doenças, muita fome, muita pobreza, muito sofrimento, e ali estava uma organização rica gastando rios de dinheiro, tempo e esforço com bobagens. Só bobagens!

Então, encontrei *Os livros dos vivos* e acessei imagens e informações relacionadas a Lauren Oya Olamina.

Mesmo depois de ler sobre minha mãe e vê--la, eu não notei nada. Nunca olhei para a foto dela e pensei "Nossa, ela se parece comigo". Mas ela se parecia comigo, sim (ou melhor, eu me parecia com ela). Mas não notei. Só via uma mulher alta, de meia-idade e de pele escura com olhos cativantes e um belo sorriso. Ela, de certo modo, parecia alguém em quem eu talvez confiasse e de quem gostasse, o que me assustou. Imediatamente, eu senti desconfiança e antipatia por ela. Ela era uma líder de seita, afinal. Tinha que ser sedutora. Mas não me seduziria.

E tudo isso foi apenas minha reação à sua imagem. Não era à toa que ela era tão rica, não era à toa que conseguia atrair seguidores mesmo para uma religião tão ridícula. Ela era perigosa.

De *Os diários de Lauren Oya Olamina*
Domingo, 29 de julho de 2035

Portland.

Reuni mais algumas pessoas. Não são pessoas que viajarão comigo ou que se reunirão formando vilarejos fáceis de se tornarem alvos. São pessoas em lares estáveis... ou pessoas que precisam de lares.

Isis Duarte Norman, por exemplo, vive em um parque entre o rio e os restos queimados e destruídos de um antigo hotel. Ela tem uma casinha ali – madeira coberta com plástico. Todas as noites, ela pode ser vista ali. Durante o dia, ela trabalha limpando a casa de outras mulheres. Assim, ela pode comer e manter a si mesma e as suas roupas de segunda mão limpas. Ela tem uma vida difícil, mas bem respeitável. Tem 43 anos. O homem com quem ela se casou quando tinha 23 anos a largou seis anos atrás por uma menina de 14 anos – a filha de uma de suas empregadas.

— Ela era linda — disse Isis. — Eu sabia que ele não conseguiria manter distância dela. Não consegui protegê-la dele, assim como não pude me proteger, mas nunca pensei que ele fosse ficar com ela e me jogar fora.

Ele fez isso. E, por seis anos, ela está desabrigada e quase sem esperança. Disse que tinha pensado em se matar. Apenas o medo a fizera parar – o medo de não morrer de fato, mas de acabar imobilizada e morrer uma morte lenta e dolorosa, de inanição. Isso poderia acontecer. Portland é uma cidade ampla, populosa. Não é Los Angeles nem a região da baía de São Francisco, mas é enorme. As pessoas ignoram umas às outras em autodefesa. Acho isso tanto útil como assustador. Quando conheci Isis, foi por ter ido à porta de uma casa na qual ela trabalhava. Caso contrário, ela nem sequer teria ousado falar comigo. Mandaram-na preparar uma refeição para mim e levá-la quando eu terminasse de limpar o quintal.

Ela estava atenta quando chegou com a comida. Em seguida, olhou para o quintal e disse que eu tinha feito um bom trabalho. Conversamos por um tempo. Eu a acompanhei até o barraco dela, o que a deixou nervosa. Eu estava disfarçada de homem de novo. Considero inconveniente e perigoso ficar na rua como uma mulher desabrigada. Outras pessoas se dão bem. Eu não, não sei por quê.

Deixei Isis sem olhar seu barraco por dentro. Era melhor não pressionar as pessoas. Como Len diz, é melhor seduzi-las. Vi Isis muitas vezes desde então. Conversei com ela, li versos para ela, chamei sua atenção. Ela tem dois filhos já grandinhos que moram com a mãe do pai deles, então ela se importa com o futuro, mesmo que não se preocupe consigo mesma. Pretendo encontrar uma casa de verdade para ela através de um trabalho no qual ela possa dormir, um trabalho no qual cuide de crianças. Pode ser que demore, mas pretendo fazer isso.

Por outro lado, encontrei e arregimentei Joel e Irma Elford, que me contrataram assim que cheguei em Portland para pintar uma garagem e uma cerca e para realizar tarefas de jardinagem. Len e eu trabalhamos juntas, primeiro arrancando ervas daninhas, cultivando plantações, rastelando, limpando o jardim do fundo da propriedade onde o mato havia começado a crescer. Então, quando a poeira assentou, pintamos a garagem. Teríamos que fazer a cerca no dia seguinte. Receberíamos dinheiro vivo por esse trabalho e isso nos deixou de bom humor. Len é uma pessoa agradável com quem se trabalhar. Aprende depressa, reclama sem parar e faz um trabalho excelente, por mais que demore. Na maior parte do tempo, ela se diverte. As reclamações eram apenas uma de suas manias.

Então, Joel e Irma nos convidaram para comer com eles à mesa. Eu havia feito um desenho rápido de Irma para chamar a atenção dela, e incluí uma estrofe com a intenção de chegar a ela por meio dos interesses ambientais que eu já a ouvira expressar:

> Não há nada de estranho
> Na natureza.
> A natureza
> É tudo o que existe.
> É a terra
> E tudo o que há nela.
> É o universo
> E tudo o que há nele.
> É Deus,
> Nunca em repouso.
> É você,
> Eu,
> Nós,
> Eles,
> Lutando contra a corrente
> Ou boiando por ela.

Além disso, talvez porque sua mãe tinha morrido um ano antes, Irma também parecia tocada por esse trecho de oração fúnebre:

Damos nossos mortos
Aos pomares
E aos arvoredos.
Damos nossos mortos
À vida.

Éramos uma novidade inesperada, e os Elford ficaram curiosos em relação a nós. Eles permitiram que nos lavássemos no banheiro dos fundos e vestíssemos roupas mais limpas de nossas malas. Então, eles nos sentaram, nos serviram uma farta refeição e começaram a fazer perguntas. Aonde estávamos indo? Tínhamos casas? Famílias? Não? Bem, por quanto tempo estávamos desabrigadas? Como nos abrigávamos quando o tempo estava ruim? Não tínhamos medo "lá fora"?

No começo, respondi por nós duas, já que Len não parecia disposta a conversar. Respondia com versos da Semente da Terra e também com frases comuns. Não demorou muito para Irma perguntar:

— De onde você está tirando essas frases?

E depois:

— Posso ver? Nunca ouvi falar.

E:

— Isso é budista? Não, percebo que não é. Quase me tornei budista quando era mais jovem. — Ela tem 37 anos. — Versos muito simples. Muito diretos. Mas alguns deles são adoráveis.

— Quero ser compreendida — falei. — Quero facilitar para que as pessoas entendam. Nem sempre funciona, mas eu estava falando sério sobre o esforço.

Irma era tudo o que eu podia querer.

— Você escreveu isso? Você? Mesmo? Então, por favor, me diga, na página 47...

Os dois são pessoas caladas, sem filhos e de meia-idade que optam por viver em um bairro modesto de classe média, ainda que pudessem comprar o próprio espaço murado. Estão interessados no mundo ao redor e preocupados com o rumo que o país tomou. Eu vi a riqueza deles nas coisinhas lindas e caras que eles espalhavam por sua casa: prata e cristais antigos, livros velhos com capa de couro, quadros e, para um toque de modernidade, um sistema mundial de rede telefônica que inclui, de acordo com Len, as salas virtuais mais modernas. Eles podem ter todas as imagens e outras sensações de visitar qualquer lugar na Terra ou qualquer local imaginário programado, sem sair de casa. E, ainda assim, estão interessados em falar conosco.

Mas tivemos que tomar cuidado. Os Elford podem estar entediados e famintos, tanto por novidade como por propósito, mas não são tolos. Tive que ser mais franca com eles do que tenho sido com pessoas como Isis. Contei a eles muito sobre a minha história, e contei o que estou tentando fazer. Eles me consideraram corajosa, ingênua, ridícula e... interessante. Por pena e curiosidade, nos deixaram dormir na casinha confortável para hóspedes nos fundos da propriedade.

No dia seguinte, quando tínhamos pintado a cerca, eles encontraram mais tarefas pequenas para fazermos e, de vez em quando, conversavam conosco. E nos deixavam conversar com eles. Nunca perderam interesse.

— O que você vai pedir para eles fazerem? — disse Len naquela noite quando nos acomodamos de novo no dormitório de hóspedes. — Você já os ganhou, sabia? Mesmo que eles ainda não tenham percebido.

Assenti.

— Eles querem algo para fazer — falei. — Estão famintos por algum tipo de propósito verdadeiro. Vão se sentir melhor se fizerem as primeiras sugestões. Vão se sentir no controle. Mais tarde, quero que eles recebam Allie. Esta casinha seria perfeita para ela e para Justin. Quando eles virem o que ela pode fazer com algumas ripas de madeira e ferramentas simples, vão ficar felizes por ela estar com eles. E acho que vou apresentar Allie a Isis. Tenho a sensação de que elas vão se dar bem.

— Os Elford estão seduzidos praticamente por conta própria — disse Len.

Eu assenti.

— Pense em todas as outras pessoas que conhecemos que só nos deram trabalho. Fico feliz por encontrar pessoas dispostas e entusiasmadas de vez em quando.

E claro, encontrei meu irmão de novo. Percebi que não tenho desejado falar sobre isso.

Marc tem pregado em um dos grandes abrigos de Portland, ajudando com a manutenção de abrigos e comparecendo a um seminário da América Cristã. Ele quer ser um ministro ordenado. Não ficou feliz em me ver. Eu sempre aparecia para ouvi-lo e deixava bilhetes dizendo que eu queria que nos víssemos. Ele demorou duas semanas para ceder.

— Imagino que se eu me mudasse para Michigan, você apareceria por lá — disse ele ao me receber.

Nós tínhamos nos encontrado no prédio dele – que mais parecia um grande alojamento. Como ele não tinha permissão para receber hóspedes em seu apartamento, nós nos encontramos na grande sala de jantar perto da recepção. Era uma sala limpa, meio escura e simples, com mesas e cadeiras de madeira que não combinavam entre si e nada mais. As paredes eram de um tom verde-acinzentado e o chão era de piso cinza desgastando em alguns pontos. Estávamos ali sozinhos, bebendo o que tinham me dito ser chá de maçã com canela. Quando peguei uma xícara da máquina, concluí que o gosto era de água morna levemente adocicada. Havia poucas luzes na sala, luzes fracas e distanciadas umas das outras, e o lugar se esforçava para ser sem vida e melancólico.

— Servir a Deus é o que importa — dizia meu irmão, e eu percebi que estava olhando ao redor e deixando óbvia minha crítica não expressada.

— Sinto muito — falei. — Se você quer estar aqui, então deveria estar aqui. Mas eu queria... queria que você pudesse se preocupar um pouco com sua sobrinha.

— Não seja tão condescendente! E eu te disse o que você deveria fazer para encontrá-la!

Unir-me à América Cristã. Eu estremeci.

— Não posso, simplesmente não dá. Se Puma estivesse aqui, você conseguiria se aproximar dele, mesmo que fosse só para trabalhar? Conseguiria se tornar um dos ajudantes dele?

— Não é a mesma coisa!

— Para mim, é. O que Puma fez com você, os Cruzados da AC fizeram comigo. A única diferença é que eles fizeram isso comigo por mais tempo. E não me diga que os Cruzados são renegados. Não são. Eles são tão parte da AC quanto os abrigos. Eu vi um dos homens que nos estupraram e nos açoitaram em Bolota. Ele estava trabalhando como guarda armado no abrigo de Eureka.

Marc se levantou. Ele praticamente empurrou a cadeira para trás, disposto a se afastar de mim.

— Finalmente tenho uma chance de conseguir o que quero — falou. — Você não vai estragar tudo!

— Não tem a ver com você — falei, ainda sentada.

— Queria que você tivesse uma criança, Marc. Se tivesse, talvez entendesse como é não saber onde ela está, se está sendo bem tratada ou mesmo... se está viva. *Se ao menos eu soubesse!*

Ele ficou parado na minha frente por muito tempo, olhando para mim como se me odiasse.

— Não acredito que você sinta algo — disse ele.

Olhei para ele, abismada.

— Marc, minha filha...

— Você acha que tem que sentir, então finge sentir. Talvez você até queira, mas não sente.

Acho que preferi quando ele me bateu. Não consegui reagir, só fiquei sentada olhando para ele. As lágrimas escorriam de meus olhos, mas não percebi naquele momento. Fiquei ali, congelada, olhando.

Depois de um tempo, meu irmão se virou e se afastou, com lágrimas brilhando em seu rosto também.

Naquele momento, eu queria odiá-lo. Não conseguia, mas queria.

— Irmãos! — murmurou Len quando eu contei o que tinha acontecido. Ela havia me esperado na casa de hóspedes dos Elford. Ouviu o que eu contei e, acredito, ouviu de acordo com a própria experiência.

— Ele precisa fazer com que tudo seja minha culpa — falei. — Ainda não é capaz de admitir o que a América Cristã fez comigo. Não conseguiria ficar com eles se fizessem tais coisas, então decidiu que eles são inocentes e que, de alguma maneira, tudo é minha culpa.

— Por que você está inventando desculpas para ele? — perguntou Len.

— Não estou. Acho mesmo que é isso o que ele sente. Ele estava chorando quando se afastou de mim. Não quis que eu visse, mas eu vi. Ele tem que me afastar; caso contrário, não poderá ter seus sonhos. A América Cristã está ensinando a ele a ser a única coisa que eu acho que ele já quis ser: um ministro. Como nosso pai.

Ela suspirou e balançou a cabeça.

— Então, o que você vai fazer?

— Eu... não sei. Talvez os Elford possam sugerir alguma coisa.

— Eles, sim... Irma me perguntou, enquanto você estava fora, se você gostaria de falar com um grupo de amigos dela. Ela quer fazer uma festa e, acredito, exibir você.

— Tá brincando?

— Eu disse que achava que você aceitaria.

Eu me levantei e fui olhar pela janela para uma pereira, escura contra o céu da noite.

— Olha, se ao menos eu conseguisse encontrar minha filha, acharia que minha vida estava indo bem.

Domingo, 16 de setembro de 2035

Consegui marcar um encontro com Marc de novo, finalmente.

Pode ser que ele seja o único parente vivo que eu ainda tenho. Não quero que ele seja um inimigo.

— Só diga que você vai ajudar minha Larkin se encontrá-la — falei.

— Como eu poderia fazer menos que isso? — perguntou ele, ainda com certa frieza.

— Eu quero o seu bem, Marc. Sempre quis. Você é meu irmão, eu te amo. Mesmo com tudo o que aconteceu, não consigo deixar de te amar.

Ele suspirou. Estávamos novamente sentados na enorme sala de estar do prédio dele. Dessa vez, havia outras pessoas espalhadas, almoçando tarde ou jantando cedo. Na maioria, homens, jovens e idosos, sozinhos e em pequenos grupos. Alguns olhavam para mim com o que parecia ser desaprovação.

— Você não faz ideia do que a América Cristã significa para mim — dizia ele. A voz estava mais suave. Ele parecia menos distante.

— Claro que faço — falei para ele. — Estou aqui porque compreendo. Você será um ministro da América Cristã, e eu serei sua irmã pagã. Consigo tolerar isso. O que acho difícil tolerar é ser sua inimiga. Nunca quis que isso acontecesse.

Depois de um tempo, ele disse:

— Não somos inimigos. Você é minha irmã, e eu também te amo.

Trocamos um aperto de mãos. Acho que nunca dei um aperto de mão em meu irmão antes, mas tive a impressão de que aquele era o máximo de contato que ele estava disposto a manter, pelo menos por enquanto.

Allie e Justin vieram viver em Portland. Liguei para Allie e pedi para que ela usasse parte do dinheiro que deixei com ela para comprar com os George uma viagem até aqui. Os Elford concordaram em deixar os dois viverem nos cômodos de hóspedes deles. Len e eu conseguimos cômodos acima da garagem na casa de outro apoiador, um amigo dos Elford.

É assim que passei a ver essas pessoas: como apoiadoras. Nós falamos com grupos na casa deles. Guiamos discussões e ensinamos as verdades da Semente da Terra. Digo "nós" porque Len passou a assumir um papel mais ativo. Ela vai lecionar sozinha um dia, e talvez treine alguém para ajudá-la. Enquanto escrevo estas palavras, sinto saudade dela como se ela já tivesse seguido seu próprio caminho, como se eu já tivesse um novo jovem cético para treinar.

Por meio dos Elford e de seus amigos, e dos amigos de seus amigos, recebemos convites para palestrar em toda a cidade, nas casas das pessoas e em salões pequenos. Descobri que em cada grupo há uma pessoa, talvez duas, que são sérias, que ouvem na Semente da Terra algo que possam aceitar, algo que querem, algo de que precisam. São estes que farão nossas primeiras escolas possíveis.

Em Bolota, não era por acaso que a igreja e a escola eram a mesma coisa. Não eram só no mesmo prédio. Eram a mesma instituição. Se o Destino da Semente da Terra é ter algum sentido além de um paraíso místico distante, ela deve ser não apenas um sistema de crenças, mas um modo de vida. Crianças deveriam ser criadas nela. Adultos deveriam ser lembrados dela com frequência, reconcentrados nela, e incentivados em relação a ela. Ambos deveriam entender como o comportamento atual está ou não contribuindo para a completude do Destino. Quando conseguirmos enviar as crianças de Semente da Terra para a faculdade, elas deveriam se dedicar não apenas a uma carreira acadêmica, mas à realização do Destino. Se tiverem essa dedicação, então qualquer carreira escolhida pode se tornar uma ferramenta para a realização.

Domingo, 30 de setembro de 2035

Encontrei um possível lar para Travis e Natividad. Já liguei para eles diversas vezes e não recebi resposta. Me preocupei com eles até ontem à noite, quando consegui contato. Eles estão vivendo em um assentamento a poucos quilômetros de Sacramento. Foram para lá com base em um boato de que algumas das crianças de Bolota tinham sido vistas ali. O boato era falso, mas eles tinham ficado sem dinheiro. Tiveram que fazer paradas e realizar trabalhos agrícolas. Foi desconfortável porque o trabalho pagava pouco mais do que comida e abrigo em barracas terríveis.

Eles virão aqui com as meninas Mora e com o bebê Mora, recém-nascido. Não posso devolver os filhos deles, mas posso cuidar para que tenham trabalho que os sustente e um lugar decente para viver. Viverão na casa grande que deve ser nossa primeira escola. A casa pertence a um dos meus apoiadores – um que disse estas palavras mágicas: "O que posso fazer? Do que vocês precisam?".

Do que não precisamos?

A casa é uma grande concha vazia que demandará muito trabalho das famílias Douglas e Mora. Precisa ser pintada, consertada, o jardim e a cerca precisam de reparos, tudo. Mas tem sala de estar para uma família grande no andar de cima e salas de estudo e de trabalho no andar de baixo. Será um novo começo sob muitos aspectos. E as pessoas donas dela têm parentes no governo tanto da cidade quanto do estado. São o tipo de pessoas que os Cruzados de Jarret aprenderam a deixar em paz.

Além disso, Len e eu recebemos um convite para lecionar, mês que vem, em diversas casas na região de Seattle.

Terça-feira, 13 de novembro de 2035

Finalmente convenci Harry a vir para o norte. Ele encontrou os Figueroa e se uniu a eles para a viagem. Ele não encontrou Tabia nem Russ, sinto dizer, mas ele pegou três órfãos. Ele os encontrou na estrada a norte de San Luis Obispo. A mãe deles foi atropelada por um trailer. Ele viu quando aconteceu e foi diretamente em socorro das crianças. Agora há cada vez mais veículos na estrada durante o dia. Caminhar está se tornando mais perigoso.

Por pior que tenha sido o acidente, tenho a sensação de que ele deu a Harry o que ele precisa: crianças para proteger, crianças que precisam dele, crianças que correm até ele, seguram suas mãos quando estão assustadas. Ele e Zahra sempre disseram que queriam uma família grande. Ele é um ótimo pai. Tenho um trabalho para ele como professor, em Seattle. Acredito que ele vai se dar bem se conseguir se entregar à tarefa.

Jorge Cho e sua família estão vindo. Encontrei trabalho para Jorge e para Di em Portland.

Agora, preciso sair à procura de lugares para os Figueroa.

Acho que finalmente consegui. Acredito que minha vida me educou o suficiente para me capacitar a dar início ao plantio da Semente da Terra. Pode parecer cedo demais para dizer isso, mas parece verdade. Acredito que seja verdade.

Permiti que os Elford deixassem *O primeiro livro dos vivos* disponível gratuitamente na internet. Nunca esperei ganhar dinheiro com o livro. Meu único medo tem sido que alguém o pegue e o mude, que o torne instrumento de alguma outra teologia ou que o use para uma nova forma de demagogia. Joel Elford diz que a melhor maneira de evitar isso é torná-lo disponível em toda rede possível e com meu nome nele. E, claro, os direitos autorais são meu recurso jurídico se alguém começar a fazer mau uso do material.

— Acho que você não faz ideia do que tem — Joel me disse.

Olhei para ele, surpresa, e notei que ele acreditava no que estava dizendo.

— E você não faz ideia de quantas outras pessoas vão querer ler — continuou. — Direcionei o livro especialmente para as redes que se focam em chamar atenção de universidades americanas e de cidades livres menores onde muitas dessas universidades estão localizadas. Será espalhado pelo mundo, mas vai chamar mais atenção nesses lugares.

Ele estava sorrindo, então perguntei:

— O que você espera que aconteça?

— Você vai começar a receber mensagens — disse ele. — Logo, logo, receberá tanta atenção que não saberá o que fazer. — Ele se acalmou. — E o que você fizer com essa atenção é importante. Tome cuidado. — Irma confiava mais em mim do que Joel. Joel ainda estava me observando. Me observava com muito interesse. Ele diz que é como assistir a um parto.

Domingo, 30 de dezembro de 2035

Tenho viajado.

Isso não é nada novo para mim, mas é diferente. Dessa vez, graças ao livro, tenho sido convidada por grupos universitários e outros, e eles têm pagado para que eu viaje, para que eu palestre... o que é meio como pagar para a chuva molhar.

E tenho viajado de avião. De avião! Caminhei pela maior parte da Costa Oeste, e agora viajei de avião pelo interior do país e por grande parte da Costa Leste. Já viajei para Newark, em Delaware; Clarion, na Pensilvânia; e até Syracuse, em Nova York. Agora, vou para Toledo, em Ohio; Ann Arbor, em Michigan; Madison, em Wisconsin; e Iowa City, em Iowa.

— Nada mal para uma primeira turnê — disse Joel antes que eu partisse. — Imaginei que você despertaria interesse. As pessoas estão prontas para algo novo e esperançoso.

Fiquei morrendo de medo, preocupada com voar de avião e preocupada porque teria que falar com muitos desconhecidos. E se eu chamasse atenção do jeito errado? Como Len lidaria com a experiência? E eu me preocupava com Len, que parecia estar ainda mais amedrontada do que eu, principalmente em relação a voar. Eu havia gastado mais dinheiro do que deveria comprando roupas decentes para nós duas.

Então, Joel e Irma nos levariam ao aeroporto em seu carro enorme. Uma coisa que eles fazem questão de ter é um carro blindado, último modelo – um verme civil, na prática. O veículo custa a mesma coisa que uma boa casa em um bom bairro, e é assustador o bastante para intimidar qualquer pessoa idiota o suficiente para arrombar veículos.

— Nunca tivemos que usar as armas — Irma me disse quando ela as mostrou para mim. — Não gosto delas. Elas me assustam. Mas ficar sem elas me assustaria mais.

Então, agora Len e eu estamos palestrando e ministrando oficinas da Semente da Terra. Recebemos dinheiro vivo, somos bem alimentadas, e podemos ficar em hotéis bons e seguros. E estamos sendo bem recebidas, somos escutadas e até levadas a sério por pessoas que querem algo em que acreditar, um objetivo difícil, mas que valha a pena, para se envolver e buscar.

Também já riram de nós, brigaram conosco, nos vaiaram e nos ameaçaram com fogo do inferno... ou armas de fogo. Mas o tipo de religião de Jarret e o próprio Jarret estão se tornando cada vez menos populares atualmente. Ambos, ao que parece, são ruins para os negócios, ruins para a Constituição dos Estados Unidos, e ruins para uma grande porcentagem da população. Sempre foram, mas agora cada vez mais pessoas estão dispostas a dizer isso em público. Os Cruzados têm aterrorizado algumas pessoas para que elas se calem, mas isso só deixou outras bem bravas.

E tenho encontrado cada vez mais pessoas que param agora para se preocupar com a queda vertiginosa que o país está sofrendo. Nos anos 2020, quando essas pessoas estavam doentes, morrendo de fome ou tentando se manter aquecidas, elas não tinham tempo nem energia para olhar além do que acontecia com elas em suas situações desesperadoras. Mas agora, conforme se tornam mais capazes de satisfazer as próprias necessidades imediatas, começam a olhar ao redor, a se sentir insatisfeitas com o ritmo lento da mudança, e com Jarret que, com sua guerra e com seus Cruzados, tornou o ritmo mais lento ainda. Acredito que teria sido diferente se ele tivesse vencido a guerra.

De qualquer modo, algumas dessas pessoas insatisfeitas estão encontrando aquilo de que precisam e que querem na Semente da Terra. São elas que vêm a mim e perguntam: "O que posso fazer? Eu acredito. Então como posso ajudar?".

Então, comecei a me aproximar das pessoas. Já me aproximei de tantas pessoas de Eureka a Seattle a Syracuse que acredito que ainda que eu fosse morta amanhã, algumas encontrariam maneiras de continuar aprendendo e ensinando, indo atrás do Destino. A Semente da Terra vai persistir. Vai crescer. Vai nos forçar a nos tornarmos as pessoas fortes, cheias de propósito e adaptáveis que devemos nos tornar se quisermos crescer o suficiente para satisfazer o Destino.

Sei que as coisas vão dar errado de vez em quando. As religiões, assim como qualquer outra instituição humana, não são perfeitas. Mas a Semente da Terra vai satisfazer seu propósito essencial. *Vai nos forçar a nos tornar mais do que poderíamos nos tornar sem ela.* E, quando for bem-sucedida, vai oferecer a nós um tipo de seguro de vida da espécie. Gostaria de viver para ver esse sucesso. Gostaria de ser uma dos que formarão raízes entre as estrelas. Só espero que minha Larkin vá, ou talvez alguns de seus filhos, ou até os filhos de Marc.

Independentemente do que acontecer, enquanto eu viver, não vou parar de trabalhar, pregar, direcionar as pessoas rumo ao Destino. Sempre soube que compartilhar a Semente da Terra era meu único propósito verdadeiro.

EPÍLOGO

Semente da Terra é maturidade.
É testar nossas asas,
Deixar nossa mãe,
Nos tornarmos homens e mulheres.

Fomos crianças,
Brigando pelos seios,
Pelo abraço protetor,
Pelo colo macio.
As crianças fazem isso.
Mas Semente da Terra é a maturidade.

A maturidade é doce e é triste.
Nos aterroriza.
Nos empodera.
Somos homens e mulheres agora.
Somos Semente da Terra.
E o Destino da Semente da Terra
É criar raízes entre as estrelas.

— Semente da Terra: os livros dos vivos

O tio Marc, no fim das contas, era a única família que tinha.

Nunca mais vi Kayce e Madison. Mandei dinheiro para eles quando estavam mais velhos e passando necessidade e contratei pessoas para cuidarem deles, mas nunca mais voltei para vê-los. Eles cumpriram a obrigação deles comigo e eu cumpri a minha com eles.

Minha mãe, quando finalmente a conheci, ainda era andarilha. Era extremamente rica — ou, pelo menos, a Semente da Terra era extremamente rica. Mas ela não tinha uma casa própria, nem mesmo um apartamento alugado. Ela vagava entre as casas de muitos de seus amigos e apoiadores, e entre as várias comunidades da Semente da Terra que ela estabeleceu ou incentivou nos Estados Unidos, Canadá, Alasca, México e Brasil. E ela continuou lecionando, pregando, arrecadando fundos e espalhando sua influência política. Eu a conheci quando ela visitou uma comunidade da Semente da Terra em Nova York, nas montanhas Adirondack, um lugar chamado Pinha Vermelha.

Na verdade, ela foi a Pinha Vermelha para descansar. Estava viajando e palestrando sem parar por muitos meses, e precisava de um lugar onde pudesse ficar em silêncio e pensar. Sei disso porque era isso o que as pessoas ficavam me dizendo quando tentei entrar em contato com ela. A comunidade protegia tão bem a privacidade dela que, por um tempo, temi nunca conseguir vê-la. Eu havia lido que ela costumava viajar somente com um ou dois acompanhantes e, às vezes, um guarda-costas, mas agora parecia que todo mundo na comunidade havia decidido protegê-la.

Nessa época, eu tinha 34 anos, e queria muito encontrá-la. Meus amigos e a empregada do tio Marc tinham me dito que eu me parecia muito com aquela líder de seita pagã carismática e perigosa. Eu ainda não tinha prestado muita atenção até que, ao pesquisar sobre a vida de Lauren Olamina, descobri que ela havia tido uma filha, e que essa filha tinha sido sequestrada de uma antiga comunidade da Semente da Terra chamada Bolota.

A comunidade, de acordo com a biografia oficial de Olamina, tinha sido destruída pelos Cruzados de Jarret nos anos 2030. Seus homens e mulheres tinham sido escravizados por mais de um ano pelos Cruzados e todas as crianças que ainda não estavam na puberdade tinham sido sequestradas. A maioria nunca mais tinha sido vista.

A Igreja da América Cristã negava isso e processou Olamina e a Semente da Terra nos anos 2040, quando a acusação de Olamina chegou ao conhecimento deles. A igreja ainda era poderosa, apesar de Jarret já estar morto naquela época. Os boatos eram que Jarret, depois de seu único mandato como presidente, bebeu até morrer. Uma coalizão de empresários irados, manifestantes contra a Guerra de Al-Can e defensores da Primeira Emenda se esforçou para derrotá-lo na reeleição em 2036. Venceram quando expuseram alguns dos primeiros casos de morte de bruxas em fogueiras causadas pela América Cristã. Parece que entre 2015 e 2019 o próprio Jarret participou das acusações e também das queimas de pessoas vivas. A Praga, na época uma virulência crescente, tinha sido tanto a desculpa como o chamariz para isso. Jarret e seus amigos tinham queimado prostitutas, traficantes e drogados. Além disso, com seu entusiasmo, eles queimaram algumas pessoas inocentes — pessoas que nada tinham a ver com o comércio de sexo ou de drogas. Quando isso aconteceu, a gente de Jarret abafou seus "erros" com negações, ameaças, mais terror e alguns subornos para as famílias enlutadas. O tio Marc pesquisou isso por conta própria muitos anos atrás, e diz que é verdade — verdade, triste e errado. E, no fim, irrelevante. Ele diz que os ensinamentos de Jarret estavam certos apesar de o homem estar errado.

Enfim, a Igreja da América Cristã processou Olamina por suas "falsas" acusações. Ela também entrou com um processo. E então, de repente, sem explicação, a AC retirou a acusação e fez um acordo com ela, pagando uma quantia supostamente grande, mas não divulgada. Eu ainda era criança, sendo criada pelos Alexander, quando isso aconteceu, e não soube de nada. Anos depois, quando comecei a pesquisar a Semente da Terra e Olamina, não soube o que pensar sobre isso tudo.

Telefonei para o tio Marc e perguntei a ele, sem rodeios, se havia alguma possibilidade de aquela mulher ser minha mãe.

Na tela pequena do telefone, tio Marc ficou paralisado, e então pareceu se encolher. De repente, pareceu muito mais velho do que seus 54 anos. Ele disse:

— Falo com você sobre isso quando chegar em casa. — E desconectou. Depois disso, não me atendeu quando tentei ligar de volta. Ele nunca tinha recusado minhas ligações antes. Nunca.

Sem saber o que fazer, a que recorrer, conferi as redes para ver onde Lauren Olamina poderia estar palestrando ou atuando. Para minha surpresa, fiquei sabendo que ela estava "descansando" em Pinha Vermelha, menos de cem quilômetros de onde eu estava.

E, de repente, tinha que ir vê-la.

Não tentei ligar para ela, não tentei entrar em contato com ela com o nome bem conhecido de meu tio Marc nem com o meu como criadora de vários cenários famosos. Simplesmente apareci em Pinha Vermelha, aluguei um quarto e comecei a tentar encontrá-la. A Semente não se importa com muita formalidade. Qualquer pessoa pode visitar suas comunidades e alugar um quarto em suas dependências. Os visitantes chegavam para ver parentes que eram membros, chegavam para participar das Reuniões ou de outras cerimônias, até chegavam para se unir à Semente da Terra e acertar tudo para começar seu período de avaliação de um ano.

Eu disse ao gerente do local que acreditava ser parente de Olamina, e perguntei se ele podia me dizer como marcar um horário para falar com ela. Perguntei a ele porque havia ouvido pessoas se referirem a ele como "Moldador" e reconheci aquilo, pelas minhas leituras, como um título respeitoso, como "reverendo" ou "ministro". Se ele era o ministro da comunidade, talvez fosse capaz de me apresentar a Olamina.

Talvez pudesse, mas se recusou. A moldadora Olamina estava muito cansada, e não deveria ser incomodada, disse ele. Se eu quisesse encontrá-la, deveria participar de uma das Reuniões ou telefonar para sua sede em Eureka, Califórnia, para marcar um horário.

Precisei ficar na comunidade durante três dias até encontrar alguém disposto a levar minha mensagem a ela. Eu não a vi. Ninguém sequer me dizia em que parte da comunidade ela ficava. Eles a protegeram de mim com cordialidade e firmeza. E então, de repente, o muro ao redor dela ruiu. Conheci um de seus acompanhantes, e ele levou minha mensagem a ela.

Meu mensageiro era um jovem magro de cabelos castanhos que afirmava se chamar Edison Balter. Eu o conheci na sala de jantar das dependências, certa manhã, enquanto estávamos sentados ali, sozinhos, comendo pães e bebendo suco de maçã. Eu o cutuquei por ser alguém a quem eu ainda não tinha perturbado. Na época, eu não fazia ideia do que o nome Balter significava para a minha mãe ou que aquele homem era um filho adotivo de um dos melhores amigos dela. Só fiquei aliviada por alguém estar me ouvindo, não fechando mais uma porta na minha cara.

— Sou o ajudante dela nessa viagem — disse ele. — Ela diz que estou pronto para seguir por conta própria e a ideia me mata de medo. Quem devo anunciar?

— Asha Vere.

— Ah! Você é a Asha Vere das Máscaras de Sonhos?

Assenti.

— Belo trabalho. Direi a ela. Você quer colocá-la em uma de seus cenários? Sabia que você se parece muito com ela? Parece uma versão mais suave dela. — E ele se foi. Falava rápido e se movia rápido, mas, de certo modo, sem parecer estar com pressa. Ele não se parecia nem um pouco com Olamina, mas havia uma semelhança. Percebi que gostei dele de cara – assim como me peguei gostando dela, a princípio. Outro cultista simpático. Fiquei com a impressão de que Pinha Vermelha, uma comunidade montanhesca limpa e bonita, não passava de um ninho de serpentes sedutoramente coloridas — um lugar venenoso.

Então, Edison Balter voltou e me disse que me levaria a ela. Ela devia estar na casa dos cinquenta — 58 anos; eu lembrava de minha leitura. Ela tinha nascido em 2009, antes da Praga. Meu Deus. Ela era velha. Mas não parecia velha, apesar de seus cabelos pretos terem manchas grisalhas. Era grande e forte e, apesar de sua expressão agradável e receptiva, era um pouquinho assustadora. Ela era um pouco mais alta do que eu, talvez de rosto mais anguloso. Ela parecia... não dura, mas como se pudesse ser dura com uma pequena alteração na expressão. Parecia ser alguém com quem eu não gostaria de me indispor. E, sim, até eu percebi. Ela se parecia comigo.

Ela e eu ficamos um bom tempo nos observando. Depois de alguns instantes, ela se aproximou, pegou minha mão esquerda e a virou para ver as duas pequenas verrugas que tenho logo abaixo dos nós dos dedos. Meu ímpeto foi afastar a mão, mas consegui me controlar para não fazer isso.

Ela observou as verrugas por um tempo, e então perguntou:

— Você tem outra marca — uma mancha torta e escura aqui? — Ela tocou um ponto coberto por minha blusa no ombro esquerdo, perto do pescoço.

Dessa vez, eu me afastei de seu toque. Não foi de propósito, mas não gosto de ser tocada.

Nem mesmo por uma desconhecida que poderia ser minha mãe. Falei:

— Tenho uma marca de nascença assim, sim.

— Sim — sussurrou ela, e continuou olhando para mim. Depois de um momento, ela disse:

— Sente-se. Sente-se aqui comigo. Você é minha filha. Sei que é.

Eu me sentei em uma cadeira em vez de dividir o sofá com ela. Ela foi acessível e receptiva e, de algum modo, isso me fez querer me afastar ainda mais.

— Você descobriu há pouco tempo? — perguntou ela.

Assenti, tentei falar, mas acabei gaguejando e me enrolando.

— Vim aqui porque pensei... que talvez... porque procurei informações a seu respeito e fiquei curiosa. Bem, eu li sobre a Semente da Terra, e as pessoas diziam que eu me parecia com você e... bem, eu sabia que era adotada, então fiquei pensando.

— Então você teve pais adotivos. Eles foram bons com você? Como tem sido sua vida? O que você... — Ela parou, respirou fundo, cobriu o rosto com as duas mãos por um momento, balançou a cabeça e então riu brevemente. — Quero saber tudo! Não acredito que seja você. Eu...

Lágrimas começaram a rolar por seu rosto amplo e negro. Ela se inclinou na minha direção, e percebi que ela queria me abraçar. Ela abraçava as pessoas. Tocava nas pessoas. Não tinha sido criada por Kayce e Madison Alexander.

Eu desviei o olhar dela e me remexi tentando ficar confortável na cadeira, comigo mesma, com minha identidade recém-descoberta.

— Podemos fazer um exame de DNA? — perguntei.

— Sim. Hoje. Agora. — Ela pegou um telefone do bolso e ligou para alguém. Menos de um minuto depois, uma mulher vestida de azul entrou trazendo uma pequena caixa de plástico azul. Colheu uma pequena quantidade de sangue de nós duas e conferiu em uma máquina portátil de diagnósticos que tirou de dentro da maleta. O aparelho não era muito maior do que o telefone de Olamina. Em menos de um minuto, entretanto, ele mostrou duas impressões genéticas. Estavam meio apagadas e incompletas, mas até mesmo eu conseguia ver as muitas diferenças e os muitos pontos inegavelmente idênticos.

— Vocês são parentes próximas — disse a mulher. — Qualquer um diria isso só olhando para vocês, mas isto confirma.

— Somos mãe e filha — disse Olamina.

— Sim — disse a mulher de azul. Ela tinha a idade da minha mãe, ou mais velha, uma porto-riquenha, a julgar pelo sotaque. Ela não tinha nem um fio grisalho nos cabelos pretos, mas o rosto era enrugado e velho. — Eu já tinha ouvido falar, Moldadora, que a senhora tinha uma filha que estava perdida. E, agora, a senhora a encontrou.

— Ela me encontrou — disse minha mãe.

— Deus é Mudança — disse a mulher, e guardou o equipamento. Ela abraçou minha mãe antes de sair. Olhou para mim, mas não me abraçou. — Bem-vinda — disse ela em espanhol, e repetiu: — Deus é Mudança. — E se foi.

— Molde Deus — sussurrou minha mãe em uma resposta que parecia automática e religiosa.

E, então, conversamos.

— Tive pais — falei. — Kayce e Madison Alexander. Eu... Nós não nos dávamos bem. Não os vejo desde que fiz dezoito anos. Eles disseram: "Se você sair daqui sem se casar, não volte!", então não voltei. Depois, encontrei o tio Marc, e finalmente...

Ela ficou de pé, olhando para mim, olhando com uma expressão impessoal fixa no rosto. Fui distanciada por aquele olhar, e fiquei me perguntando se ela era daquele jeito, de fato — fria, distante, sem sentimento. Será que ela só fingia ser calorosa e receptiva para enganar seu público?

— Quando? — perguntou ela, e seu tom tão frio quanto sua expressão. — Quando você encontrou o Marc? Quando soube que ele era seu tio? Como descobriu? Conte!

Fiquei olhando para ela. Ela retribuiu por um momento, e então começou a caminhar. Andou até uma janela, ficou diante dela por vários segundos, olhando para as montanhas. Depois, ela voltou para olhar para mim com o que eu só conseguia interpretar como olhos mais calmos.

— Por favor, me conte sobre sua vida — disse ela. — Você provavelmente sabe algo sobre a minha porque muita coisa foi escrita. Mas eu não sei nada sobre a sua. Por favor, me conte.

Irracionalmente, eu não queria. Queria me afastar dela. Ela era uma daquelas pessoas que nos sugam, que faz com que gostemos dela antes mesmo de conseguirmos conhecê-la, e só depois deixava que víssemos como ela era. Tinha convencido milhões de pessoas de que partiriam para as estrelas. Quanto dinheiro ela havia tirado das pessoas enquanto elas esperavam pela nave para Alfa Centauri? Meu Deus, eu não queria gostar dela. Queria que a persona feia que eu tinha vislumbrado fosse realmente quem ela era. Queria detestá-la.

Em vez disso, contei a história de minha vida.

Então, nós jantamos juntas, só ela e eu. Uma mulher que podia ser uma empregada, uma guarda-costas ou a governanta trouxe a comida em uma bandeja para nós.

Então, minha mãe me contou a história de meu nascimento, do meu pai e do meu sequestro. Ouvir tudo aquilo contado por ela não foi como ler um relato impessoal. Eu escutei e chorei. Não pude me conter.

— O que Marc contou a você? — perguntou ela.

Hesitei, sem saber direito o que dizer. Por fim, contei a verdade só por não conseguir pensar em uma mentira decente.

— Ele disse que você estava morta, que tanto minha mãe quanto meu pai estavam mortos.

Ela se lamentou.

— Ele... ele cuidou de mim — falei. — Cuidou para que eu pudesse fazer faculdade e para que eu tivesse um bom lugar para morar. Ele e eu... bem, somos uma família. Não tínhamos ninguém antes de encontrarmos um ao outro.

Ela só ficou olhando para mim.

— Não sei por que ele me disse que você estava morta. Talvez ele só estivesse... solitário. Não sei. Ele e eu nos demos bem desde o começo. Eu ainda moro em uma das casas dele. Já posso pagar um lugar meu, mas como eu disse, somos uma família. — Parei, e então disse algo que nunca tinha admitido. — Sabe, eu nunca senti que alguém me amava até encontrar o tio Marc. E acho que nunca amei ninguém até ele me encontrar. Ele fez com que retribuir o amor dele fosse... seguro.

— Seu pai e eu amávamos você — disse ela. — Tínhamos tentado engravidar por dois anos. A idade dele nos preocupava. O jeito como o mundo estava, todo o caos, nos preocupava. Mas nós te desejamos muito. E quando você nasceu, nós te amamos mais do que você é capaz de imaginar. Quando você foi levada e seu pai foi morto... por um tempo, eu me senti morta também. Tentei muito e por muito tempo encontrar você.

Eu não soube o que responder. Dei de ombros, sem jeito. Ela não tinha me encontrado. Mas o tio Marc, sim. Fiquei me perguntando se ela tinha procurado tanto assim.

— Eu nem sabia se você ainda estava viva — disse ela. — Queria acreditar que sim, mas não sabia. Eu me envolvi em um processo com a América Cristã nos anos 2040, e tentei forçá-los a me contar o que tinha acontecido com você. Eles afirmaram que qualquer registro que pudesse ter existido de você havia se perdido em um incêndio no Orfanato de Pelican Bay, anos antes.

Eles tinham dito isso? Acredito que fosse possível. Teriam dito quase qualquer coisa para evitar dar provas de seus sequestros... e para evitar devolver uma criança da América Cristã a uma líder de seita pagã. Mas ainda assim:

— O tio Marc diz que ele me encontrou quando eu tinha dois ou três anos — falei. — Mas viu que eu tinha bons pais americanos cristãos, e que ele achava melhor que eu ficasse com eles, sem ser perturbada. — Não deveria ter dito isso. Não sei bem por que disse.

Ela começou a andar de novo, a passos rápidos e com raiva, percorrendo a sala.

— Nunca pensei que ele fosse fazer isso comigo — disse ela. — Nunca pensei que ele me odiasse tanto para fazer algo assim. Nunca pensei que ele pudesse odiar *alguém* tanto assim. Eu o salvei da escravidão! Eu salvei a vida inútil dele, inferno!

— Ele não odeia você — falei. — Tenho certeza de que não odeia. Nunca soube que ele tenha odiado quem quer que fosse. Ele achou que estava fazendo o certo.

— Não o defenda — sussurrou ela. — Sei que você o ama, mas não o defenda para mim. Eu também o amava, e veja o que ele fez comigo... comigo e com você.

— Você é a líder de uma seita — falei. — Ele é americano cristão. Ele achava...

— Não me importa! Conversei com ele centenas de vezes desde que ele encontrou você e ele nunca disse nada. Nada!

— Ele não tem filhos — falei. — Acho que nunca terá. Mas eu fui como uma filha para ele. Ele foi como um pai para mim.

Ela parou de andar e ficou parada, olhando para mim com uma intensidade quase assustadora. Olhou para mim como se me odiasse.

Fiquei de pé, procurei minha jaqueta, a encontrei e a vesti.

— Não! — disse ela. — Não, não se vá. — Toda a rigidez e a ira desapareceram dela. — Por favor, não se vá. Ainda não.

Mas eu precisava ir. Ela é uma pessoa arrebatadora e eu precisava me afastar.

— Certo — disse ela quando segui em direção à porta. — Mas você sempre pode me procurar. Volte amanhã. Volte sempre que quiser. Temos tanto tempo para compensar. Minha porta está aberta para você, Larkin, sempre.

Parei e olhei para ela, percebendo que ela havia me chamado pelo nome que ela havia dado a sua filha, tanto tempo antes.

— Asha — falei, olhando para ela. — Meu nome é Asha Vere.

Ela pareceu confusa. E, então, seu rosto pareceu desanimado, como o rosto do tio Marc quando telefonei para ele para perguntar dela. Ela pareceu tão magoada e triste que não consegui não sentir pena dela.

— Asha — sussurrou ela. — Minha porta está aberta para você, Asha. Sempre.

No dia seguinte, tio Marc chegou, tomado de medo e desespero.

— Me desculpe — disse ele assim que me viu. — Fiquei tão feliz quando te encontrei depois de você deixar a casa de seus pais. Fiquei tão feliz por poder te ajudar com seus estudos. Acho que... eu havia vivido tanto tempo sozinho que não suportaria dividir você com ninguém.

Minha mãe não quis vê-lo. Ele veio a mim quase em prantos porque havia tentando falar com ela e ela se recusou. Ele tentou outras vezes, e muitas e muitas vezes mais, ela mandou pessoas para dizer que ele deveria ir embora.

Voltei para casa com ele. Fiquei brava com ele, mas ainda mais com ela, de algum modo. Eu o amava mais do que já tinha amado alguém, independentemente do que ele tinha feito, e ela o estava magoando. Eu não sabia se a veria de novo. Não sabia se deveria. Nem sequer sabia se queria.

Minha mãe viveu até os 81 anos.

E cumpriu a promessa. Nunca parou de ensinar. Para a Semente da Terra, ela sempre se esforçou falando, treinando, orientando, escrevendo, estabelecendo escolas que recebia tanto órfãos como alunos que tinham pais e casas. Encontrou fontes de dinheiro e o direcionou para áreas de estudo que tornaram mais próxima a realização do Destino da Semente da Terra. Mandou jovens alunos promissores para faculdades que os ajudaram a trabalhar todo o potencial que tinham.

Tudo o que ela fez foi para a Semente da Terra. Eu a via de vez em quando, mas a Semente da Terra era sua primeira "filha" e, de certa forma, a única.

Ela estava preparando uma turnê com palestras quando seu coração parou, pouco depois de seu aniversário de 81 anos. Ela viu os primeiros ônibus espaciais partirem para a primeira espaçonave montada em parte na Lua e em parte em órbita. Eu não estava em nenhum dos ônibus, claro. Nem o tio Marc, e nenhum de nós teve filhos.

Mas Justin Gilchrist estava naquela nave. Não deveria estar com a idade que tinha, claro, mas estava. E o filho de Jessica Faircloth foi, ironicamente. Ele é biólogo. As meninas Mora, os filhos delas, e todos os sobreviventes da família Douglas também foram. Esses, em especial, eram a família dela. Toda a Semente da Terra era a família dela. Nós nunca fomos, de fato, o tio Marc e eu. Ela nunca precisou de nós, então nós não nos permitimos precisar dela. Aqui está o último registro do diário dela, que parece se aplicar à sua história longa e limitada.

De *Os diários de Lauren Oya Olamina*
Quinta-feira, 20 de julho de 2090

Sei o que fiz.

Não dei a eles o céu, mas os ajudei a darem o céu a si mesmos. Não tenho como dar a eles imortalidade individual, mas os ajudei a dar à nossa espécie sua única chance de ser imortal. Eu os ajudei a chegar a um estágio mais elevado de crescimento. Eles são jovens adultos agora, deixando o ninho. Vai ser difícil para eles lá fora. É sempre difícil para os jovens quando eles deixam a proteção da mãe. Haverá um preço a ser pago – talvez seja alto. Não gosto de pensar nisso, mas sei que é verdade. Mas lá fora, entre as estrelas dos mundos vivos que já conhecemos e em outros mundos com os quais ainda não sonhamos, alguns vão sobreviver, mudar e prosperar, e alguns vão sofrer e morrer.

A Semente da Terra sempre foi verdadeira. Eu a tornei real, dei substância a ela. Não que eu tenha tido escolha nessa questão. Se você quiser uma coisa – se quiser de verdade, se quiser tanto a ponto de precisar dela como precisa de ar para respirar, a menos que você morra, vai conseguir tê-la. Por que não? Ela tem você. Não há como escapar. Que coisa cruel e terrível seria se a fuga fosse possível.

Os ônibus espaciais são caminhões espaciais grandes, feios e atarracados, com aparência antiga. Quem vê pensa que eles têm cem anos. São muito diferentes dos primeiros por dentro da carapaça, claro. A carapaça em si é substancialmente diferente. Mas, com exceção de serem maiores, os ônibus espaciais de hoje não têm aparência diferente dos daqueles de cem anos atrás. Já vi fotos dos antigos.

Os ônibus de hoje levam cargas de pessoas, já profundamente adormecidas no DiaPause, o processo de animação suspensa que parece ser o melhor que há. Viajando com as pessoas estão embriões congelados de seres humanos e animais, sementes, ferramentas, equipamentos, lembranças, sonhos e esperanças. Por mais que fossem grandes e capazes de navegar no espaço, os ônibus deveriam ceder na Terra com tal carga. Só as lembranças já deveriam sobrecarregá-los. As bibliotecas da Terra seguem com eles. Tudo isso deve ser descarregado na primeira espaçonave da Terra, a *Cristóvão Colombo*.

Eu desaprovo o nome. Essa nave não tem a ver com um atalho para riquezas e império. Não tem o objetivo de capturar escravos e ouro e entregá-los a um monarca europeu. Mas não se pode vencer todas as batalhas. É preciso saber escolher as batalhas. O nome não é nada.

Eu não teria conseguido assistir a esse primeiro Lançamento em uma tela, em uma sala virtual ou em uma versão personalizada de Máscara de Sonhos. Teria atravessado o mundo a pé para ver aquele Lançamento, se preciso fosse. É a minha vida voando dentro daqueles caminhões grandes e feios. É a minha imortalidade. Eu tenho o direito de ver, ouvir o estrondo, sentir o cheiro.

Partirei na primeira nave que for depois da minha morte. Se eu acreditasse conseguir sobreviver sendo mais do que um fardo, eu iria ainda viva. Não importa. Que um dia eles usem minhas cinzas para fertilizar suas plantações. Que façam isso. Está combinado. Vou, e eles me darão aos seus pomares e bosques.

Agora, com meus amigos e com os filhos de meus amigos, eu observo. Lacy Figueroa, Myra Cho, Edison Balter e sua filha, Jan, e Harry Balter, corcunda, grisalho e sorrindo. Harry demorou muito para aprender a sorrir de novo depois de perder Zahra e os filhos deles. Ele é um homem que deveria sorrir. Ele está abraçando a neta com um dos braços, e a mim com o outro. Tem a minha idade. Oitenta e um. Impossível. Oitenta e um! Deus é Mudança.

Minha Larkin não quis vir. Eu implorei, mas ela se recusou. Está cuidando de Marc. Ele está se recuperando de outro transplante de coração. Ele roubou minha filha completamente. Nunca sequer tentei perdoá-lo.

Agora, observo, uma a uma, as naves erguerem suas cargas da Terra. Eu me sinto sozinha com meus pensamentos até me aproximar de meus amigos para abraçar cada um deles e olhar para seus rostos queridos, um solene, o outro feliz, todos banhados em lágrimas. Com exceção de Harry, todos eles irão em breve nesses mesmos ônibus. Talvez as cinzas de Harry e as minhas façam companhia para eles, um dia. O Destino da Semente da Terra é criar raízes entre a estrelas, afinal, e não ser entupido de venenos preservadores, encaixotado a um preço alto, como está voltando à moda hoje em dia, e enterrado inutilmente em algum cemitério. Sei o que fiz.

Porque o reino do céu é como um homem que, ao viajar para uma terra distante, chamou os seus próprios servos, e entregou-lhes os seus bens. E a um deu cinco talentos, e a outro dois, e a outro um; a cada homem segundo as suas habilidades; em seguida, foi viajar.

Então o que recebera cinco talentos foi e negociou com eles, e fez outros cinco talentos. E da mesma forma, o que recebera dois, ele também ganhou outros dois. Mas o que recebera um, foi e cavou na terra, e escondeu o dinheiro do seu senhor.

Depois de muito tempo veio o senhor daqueles servos, e fez contas com eles. Então, chegando o que recebera cinco talentos, trouxe-lhe outros cinco talentos, dizendo: Senhor, tu me entregaste cinco talentos; eis aqui cinco talentos a mais que eu ganhei.

Disse-lhe o seu senhor: Muito bem, servo bom e fiel; foste fiel sobre poucas coisas, eu te farei governante sobre muitas coisas; entra na alegria do teu senhor.

E, chegando também o que tinha recebido dois talentos, disse: Senhor, entregaste-me dois talentos; eis que eu ganhei outros dois talentos além desses.

Disse-lhe o seu senhor: Muito bem, servo bom e fiel; foste fiel sobre poucas coisas, eu te farei governante sobre muitas coisas; entra na alegria do teu senhor.

Então, chegando o que recebera um talento, disse: Senhor, eu soube que és um homem duro, que colhes onde não semeaste, e ajuntas onde não espalhaste; e receoso, eu fui e escondi na terra o teu talento; eis que aqui está o que é teu.

Respondendo o seu senhor, disse-lhe: Servo perverso e preguiçoso, tu sabias que eu colho onde não semeei, e ajunto onde eu não espalhei; tu deverias portanto ter dado o meu dinheiro aos cambistas e então, na minha vinda, teria recebido o meu com os juros.

Tomai, portanto, o talento dele, e dai-o ao que tem os dez talentos. Porque a cada um que tiver será dado, e terá em abundância; mas ao que não tiver, será tomado até o que ele tem.

A Bíblia
Versão autorizada de King James
Mateus 25:14-30

UMA CONVERSA COM OCTAVIA E. BUTLER

1. **Quais as suas motivações para usar como título a parábola dos talentos bíblica?**
A parábola dos talentos é uma das mais duras da Bíblia, mas a vida também pode ser dura. Nós, os seres humanos, usaremos os nossos talentos – nossa inteligência, nossa criatividade, nossa habilidade de planejamento – para retardar recompensas, para trabalhar em benefício da comunidade e da humanidade, em vez de apenas para nós mesmos. Usaremos nossos talentos ou os perderemos. Usaremos nossos talentos para salvar a nós mesmos ou faremos o que outras espécies de animais fazem mais cedo ou mais tarde. Vamos continuar fazendo uso do planeta em benefício próprio o máximo que pudermos. A tecnologia nos ajuda a fazer isso mais rápido, mais eficientemente e de forma mais desastrosa do que qualquer espécie animal poderia. Em algum ponto, isso precisa acabar. A Terra é finita. De forma consciente ou inconsciente, precisamos decidir se, com toda nossa inteligência e indústria, escolheremos ser nada além do que, como diz Olamina em *A parábola do semeador*, dinossauros de pele lisa.

2. **O conceito de *A parábola dos talentos* já estava planejado quando você escreveu *A parábola do semeador*?**
A parábola do semeador e *A parábola dos talentos* foram originalmente concebidos como um só livro. Eu pretendia escrever a biografia ficcional de Lauren Olamina: a história de sua luta para disseminar suas crenças,

na esperança de que elas pudessem desviar as pessoas do caos e destruição em que caíram, em direção a um objetivo criativo e trabalhoso de longo prazo.

Eu sabia o que eu queria fazer, assim como Olamina sabia o que ela queria fazer. Mas, como Olamina, eu não sabia como. Eu havia escrito os acontecimentos de *A parábola do semeador* e talvez mais 75 páginas quando percebi que estava com um livro muito mais longo que o planejado. Olhei para trás e encontrei uma maneira de terminar *Semeador*. Então comecei a escrever *Talentos*. O problema era que eu acabei gostando de Lauren Olamina e de Bolota. O Deus de Olamina era a Mudança, mas eu não queria que ela e Bolota mudassem – ao menos não de forma drástica. E, ainda assim, ambas tinham que mudar. Conflito é a essência de histórias. E, de todo modo, Olamina queria mudar o mundo. Ela não conseguiria fazer isso com uma vida tranquila e confortável em Bolota.

Saber disso não me ajudou. Eu fiquei reescrevendo as primeiras 150 páginas ou algo assim de *Talentos* e chegando a um ou outro beco sem saída. Não conseguia contar a história de Olamina, não importava quanto eu tentasse. Foi incrivelmente frustrante. Eu não gostava de Olamina quando comecei *A parábola do semeador* porque, para que ela conseguisse fazer o que precisava fazer, ela precisava buscar poder e demorei muito tempo para superar a ideia de que uma pessoa que busca poder provavelmente não deveria tê-lo. E enquanto me empenhava em escrever *Semeador*, precisei me lembrar de novo e de novo que poder é uma ferramenta como qualquer outra – como dinheiro, conhecimento ou até um martelo. O jeito que as ferramentas são usadas é que é importante. É o jeito que são usadas que é bom ou mau. Eu sabia disso, claro, sabia racionalmente. Eu precisava saber disso emocionalmente antes de conseguir escrever o romance. Isso eu consegui, por fim.

E quando chegou o momento em que terminei *Semeador*, eu estava gostando mais do que deveria de Olamina.

Enquanto eu estava tentando escrever *Talentos*, enquanto eu escrevia e reescrevia aquelas 150 páginas, eu estava tentando escrever apenas a história de Olamina. Então, no final de 1966, minha mãe teve um derrame. Depois de três semanas, ela morreu.

Foi uma época difícil. Minha mãe ficou viúva logo depois de eu nascer, e eu era filha única. Sempre fomos próximas. Como o esperado, eu não escrevi nada do romance durante todo o período em que ela estava convalescente e um tempo depois. Eu não voltei ao romance até mais ou menos janeiro de 1997. Nesse ponto, de alguma maneira, o livro mudou.

A história de Olamina tornou-se também a história de sua filha, e não era uma história feliz de mãe-e-filha. Minha mãe e eu tínhamos uma relação muito boa. Não sei por que o falecimento dela inspirou de alguma forma a situação entre Olamina e sua filha. Seja lá o que estava acontecendo comigo, a história começou a viver e se mover. De certa maneira, foi o último presente que minha mãe me deu.

3. **Por que você descreve *A parábola dos talentos* como um romance de soluções?**

Talentos foi pensada não como uma continuação da história de *Semeador* e da vida de Olamina, mas como uma história de pessoas tentando, tanto individualmente como em grupos, encontrar uma maneira de superar seus problemas. A própria Olamina faz isso com Semente da Terra. Ela comete erros. Ela não sabe como "espalhar a palavra" de forma efetiva. Ela não tem certeza de que conseguirá. Ela apenas sabe que isso *precisa ser feito*. Outras pessoas sabem coisas diferentes. Alguns sabem que devem resistir. Sabem que precisam se contentar com o que conseguirem, esperar pouco e se adaptar a uma existência mais próxima do século XIX do que do XXI.

Alguns sabem que precisam fugir do caótico "velho país" que os EUA se tornaram. Essas pessoas emigraram para o Canadá, Alasca e até Sibéria – lugares que ficaram muito mais hospitaleiros pelo aquecimento global.

Alguns sabem que se conseguirem apenas encontrar os responsáveis por todo o caos e puni-los, impedi-los, matá-los, tudo ficará bem de novo. Caçar bodes expiatórios é sempre popular em tempos de problemas graves. Assim como procurar pelo grande líder que restabelecerá a prosperidade e a estabilidade. Alguns sabem que essa é a resposta. Se eles conseguirem apenas encontrar esse líder forte e poderoso de que precisam, tudo ficará bem. Para o azar deles, realmente encontram esse líder. E ele tem as próprias respostas. Ele solta seus verdadeiros fiéis – seus capangas – em cima daqueles que escolhe como bodes expiatórios e busca por um inimigo externo para usar como um bode expiatório ainda maior e como uma distração do fato de que ele não sabe realmente o que fazer. Por causa dele, pessoas inocentes perdem sua liberdade, perdem a guarda de seus filhos, perdem a vida. Por causa dele os EUA começam uma guerra com Canadá e Alasca pela separação deste último, que aconteceu como a resposta do Alasca ao caos.

Às vezes a única coisa mais perigosa que gente assustada, confusa, desesperada procurando por soluções é gente assustada, confusa, desesperada encontrando e se contentando com soluções ruins.

4. **Como você acha que será a experiência de humanos chegarem a planetas em outros sistemas solares?**
Primeiro: eu não tenho certeza de que isso acontecerá. Será uma imensidão de projetos complexa, cara e de muito, muito, muito longo prazo. Continuaremos a ser uma sociedade próspera, culta e industrialmente competente por tempo o bastante para enviar algumas pessoas para fora de nosso sistema solar? Vamos querer investir o tempo, o dinheiro e os esforços necessários? Será satisfatório mandar robôs no nosso lugar? Estaremos fisicamente aptos a ir?
Se formos em naves de animação suspensa, talvez, ou naves multigeracionais ou ainda algum outro arranjo, precisaremos fazê-lo *depois* de descobrir outros planetas com vida. Isso acontece em *A parábola do semeador*, mas ainda não aconteceu na realidade. Uma colônia humana em um mundo extrassolar não poderia depender de suprimentos da Terra. Quanto mais um novo mundo puder fazer por nós, maiores as chances de sobrevivermos nele. Por exemplo, um planeta que ofereça ar respirável, água potável – ou que possa ser tornada potável com facilidade – e terra arável é muito mais de-

sejável que um ambiente morto como a Lua ou Marte. As chances de sobrevivência são pequenas onde a água precisar ser minerada como ouro; onde o ar precisar ser aprisionado em vastas bolhas que englobem comunidades e cuidadosamente preservado; onde a amplitude da temperatura normal oscile entre, literalmente, o ponto de congelamento e o de fervura; onde até pequenos erros possam ser fatais.

Por outro lado, quanto mais um novo mundo puder fazer por nós, mais poderá ser capaz de fazer em nós. Eu pretendo escrever sobre comunidades de Semente da Terra que, cumprindo o Destino, vão para planetas extrassolares. Não pretendo escrever sobre encontros com nativos inteligentes. Meus personagens terão tudo que precisarão para sobreviver aos desafios desses novos mundos.

5. Em *A parábola dos talentos*, Olamina se recusa a sair de Bolota, a comunidade que criou. Ela a vê como o começo de Semente da Terra, a primeira de muitas comunidades. Mas, em última instância, sua recusa a sair lhe custa sua família. Seu marido é morto, sua filha é levada e ela é aprisionada e agredida até que consiga se libertar. Onde você acha que podemos traçar o limite entre comprometimento consigo mesma e comprometimento com a comunidade?

Olamina era comprometida consigo mesma? Ela não pensaria assim. Olamina se vê como uma pessoa comprometida com algo muito maior que ela mesma, algo que acredita ser capaz de melhorar a vida da espécie, da humanidade. Claro, ela poderia ter tido uma vida mais segura e mais confortável em Halstead, a cidade maior e mais estabelecida para a qual seu marido queria ir. Mas era um dever dela sair de Bolota pelo bem de sua filha? A filha certamente achava que sim. Seu marido pensava que sim. Se ela fosse dedicada apenas à família e não às pessoas que ela juntou ou às suas crenças, teria se mudado para Halstead. Não há garantias de que ela e sua família teriam sobrevivido lá, mas teriam tido boas chances.

Ela deveria ter sido dedicada apenas à família?

Quando eu era criança e o movimento pelos direitos civis estava a todo vapor, a sra. Viola Liuzzo, dona de casa, uma mulher branca de Detroit, foi ao Alabama ajudar no esforço pacífico pelos direitos humanos de afro-americanos. Em troca, ela foi assassinada pela Ku Klux Klan. A memória desse incidente ficou comigo e depois, em uma revista feminina, li uma série de cartas à editora em que os leitores insistiam que era o dever da sra. Liuzzo ficar em casa e cuidar de sua família. Ela não tinha o direito, as cartas diziam, de se envolver em uma luta que não era dela. Não tinha o direito de privar seu marido de uma esposa e seus filhos de uma mãe. E, claro, ela não tinha intenção de fazer nada disso. Foi assassinada, afinal. O interessante é que nenhuma das cartas condenava os assassinos. Condenavam apenas a sra. Liuzzo.

O dever pode ser moldado como um monstro egoísta e obtuso.

Quando eu estava pesquisando religiões na preparação de escrita para *A parábola do semeador* e *A parábola dos talentos*, eu encontrei a história da tentação de Buda. Ele foi tentado não só pela promessa de riquezas, grandiosidade e mulheres belas, mas por responsabilidade, por dever, pelo fato de seu pai ser um rei. Era responsabilidade dele herdar o trono e cuidar do bem-estar de seu povo. E não se meter na buscar por iluminação, em viajar e ensinar e procurar amenizar sofrimentos. Ele resistiu à tentação. Foi, eu acredito, a tentação mais interessante que já encontrei. Claramente, a mantive em mente.

6. **Educação para todos tinha um papel central em Semente da Terra, mas não tão importante na sociedade ao redor. Que problemas você vê na educação atual que antevê os problemas de *A parábola do semeador* e de *A parábola dos talentos*?**
   Eu escolhi escrever dessa maneira sobre educação nos dois livros porque estava escutando e lendo coisas com tanto desprezo pela educação pública e um simultâneo entusiasmo por construir e encher mais e mais prisões. Pouco depois de terminar *A parábola do semeador*, li um artigo no *L.A. Times* sobre presidiários serem proibidos de fazerem aulas universitárias. Por quê? Para que eles não tirem vantagem dos crimes que cometeram, para que não aprendam na prisão coisas que outros precisam pagar para aprender fora dela.
   Mas, na realidade, as pessoas aprendem, não importa onde estejam. Nós, humanos, somos animais que aprendem. Com aulas universitárias ou sem elas, as pessoas aprendem. A única questão é o quê, e quais escolhas terão diante delas assim que saírem da prisão. Eu li sobre escolas que não tinham livros suficientes para seus alunos.

Eu li sobre escolas que eram fisicamente perigosas por estarem em zonas de guerra e sobre escolas que eram fisicamente perigosas por estarem desmoronando – pedaços do forro caindo do teto.

Li sobre algumas faculdades e universidades públicas que foram forçadas a interromper aulas complementares para que as pessoas que precisavam de um reforço depois de sobreviver ao ensino médio fossem forçadas a ir para outro lugar – ou lugar nenhum.

Eu li sobre casos em tribunais em que pessoas tiveram que ser legalmente impedidas de largar grandes quantidades de crianças de minorias em aulas de "turmas especiais".

Escutei na televisão um membro do Congresso explicar que não havia provas científicas de que turmas pequenas (em vez de turmas enormes e lotadas) ajudavam no aprendizado de crianças. Tive dificuldade de imaginar os filhos dele em turmas lotadas de escolas regionais. "Você não pode", disse ele, "resolver os problemas ao jogar dinheiro neles".

Escutei congressistas insistirem que a resposta para a educação pública era diminuir essas escolas ainda mais pela emissão de cupons, para mandar para escolas particulares as crianças de pais que não poderiam pagar as taxas além do cupom. E quanto às crianças que ficariam nas escolas públicas com ainda menos recursos...? Bom, é difícil!

O problema, claro, de afastar as pessoas é que elas não vão embora. Elas continuam na sociedade que deu as costas para elas. E, goste essa sociedade ou não, elas encontram todo tipo de coisa para fazer.

Aqui na Califórnia, aprovou-se por voto uma iniciativa cuja intenção era impedir que imigrantes ilegais usassem nossas escolas e hospitais. Os tribunais impediram a aplicação dessa lei fantasticamente estúpida, mas o que me incomoda é que uma maioria das pessoas que votam na Califórnia pensam que seria uma ideia muito boa compartilhar nossos estado com um grande número de pessoas doentes e não escolarizadas. Obviamente o objetivo era forçar os imigrantes ilegais a irem embora, mas enquanto houver trabalho aqui – mesmo sujo, mal pago e perigoso – pessoas de outros países que precisam de trabalho virão. Melhor que eles mantenham saúde e, com isso, mantenham a saúde pública. E é melhor que os filhos deles frequentem a escola e se tornem os americanos instruídos que o país precisará para construir um futuro positivo. *A parábola do semeador* e *A parábola dos talentos* são, afinal, sobre o tipo de sociedade que podemos acabar tendo se fizermos de outra maneira.

7. **O que você vê como o futuro da ficção científica (FC)?**
   A ficção científica vai para onde seus leitores e escritores a levarem, aonde a sociedade a levar. Em se tratando de temas, sempre foi um gênero mais aberto que qualquer outro e, mesmo assim, ironicamente sempre foi percebido como restrito, simplista e juvenil. Pessoas que não leem FC têm muita tendência a achar que não há nada além no gênero do que se apresenta nas telas – um banquete de efeitos especiais de *Buck Rogers* a *Star Trek* a *Star Wars*, talvez com *Arquivo X* de acompanhamento. Há tanto material publicado em

FC que as pessoas que vão experimentá-la têm muitas chances de pegar algo de que não gostam, ou pior, algo que confirme suas piores suspeitas. Então, FC costuma ser julgada pelos seus piores elementos. Afinal, tem muita coisa ruim por aí. Inevitavelmente, em qualquer literatura, ficção ou não ficção, há mais coisas ruins do que boas. O melhor método, aliás, para encontrar FC que você goste é dar uma olhada nas antologias de fim de ano. As que me ocorrem agora são *The Year's Best Science Fiction*, editada por Gardner Dozois, e a série dos premiados pelo Nebula (diversos editores). E há também o *Norton Book of Sciente Fiction*, editado por Ursula K. Le Guin e Brian Attebery, e o *Science Fiction Hall of Fame*, uma imensa antologia multivolumes e multieditores que cobre boa parte da história da ficção científica. Livros como esses vão dar ao novo leitor ao menos uma chance de ver o que há de bom publicado. E a maioria dos autores com contos nessas antologias também escreveram romances. Há, a despeito de tudo, muita leitura boa a ser feita.

Boas histórias são boas histórias, não importa como forem categorizadas.

Octavia E. Butler
Pasadena, Califórnia
Maio de 1999

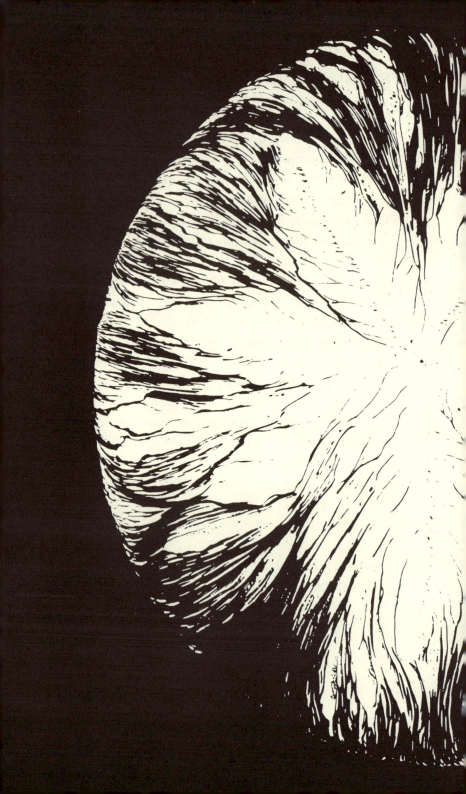

QUESTÕES PARA DISCUSSÃO

1. Considerando o conforto e a segurança de Bolota e também que sua irmã há muito perdida o encontrou e o salvou de uma vida de escravidão, por que motivo você acredita que Marcus rejeita Semente da Terra e se arrisca para tentar sobreviver sozinho? Por que ele tem tanta dificuldade em aceitar e entender os objetivos de Lauren Olamina? Por que ele não acredita que a organização da América Cristã seja capaz da crueldade imposta a Lauren e a Bolota?

2. Depois de Marcus encontrar Larkin/Asha Vere e desenvolver uma conexão familiar com ela como tio, ele deliberadamente não informa Olamina sobre sua filha. Por que ele decide guardar Larkin para si?

3. Jenn Trust e Teri Mae Rutledge, colunistas da "Feminist Bookstore Newsletter", disseram que *A parábola dos talentos* "é sobre escravidão e sobrevivência, alienação e transcendência, violência e espiritualidade". A autora disse que *Talentos* foi pensado como um romance de soluções: "Quando falo em soluções, não quero dizer uma solução perfeita, porque não existe uma. Mas falo do tipo de solução a que as pessoas recorrem quando estão desesperadas, quando estão assustadas, quando estão olhando em volta". Que soluções exploradas pela autora você vê através dos personagens da história? O que você acha

que elas nos ensinam sobre as pessoas? Acha que há uma única solução para os problemas do mundo? Quais você sente que são os problemas do mundo?

4. Quando os agressores que representavam a América Cristã foram para Bolota e a transformaram em um campo de reeducação, a violência e opressão que usaram ali é um resquício tanto da brutalidade da escravidão colonial como dos horrores de campos de concentração da Segunda Guerra Mundial. Porém, quando analisamos os livros de história, vemos que cada parte do mundo sofreu traumas de opressão de alguma forma. O que você acredita que a autora esteja falando sobre a natureza humana e nossa propensão para discriminação e crueldade?

5. Considere a seguinte citação de *A parábola do semeador*:

> O destino da Semente da Terra é criar raízes entre as estrelas. (...) Este é o principal objetivo de Semente da Terra e o último recurso humano para driblar a morte. É melhor que persigamos este destino se quisermos ser algo além de dinossauros de pele lisa – aqui hoje, mortos amanhã; nossos ossos misturados com os ossos e cinzas de nossas cidades.

Você acha que a humanidade deveria investir em viagem espacial? Acha que devemos tentar construir lares em outros planetas? O que acha que isso mudaria no planeta Terra?

6. A Bíblia (Mateus 25:13-30) conta a parábola dos talentos:

> Vigiai, pois, porque não sabeis o dia nem a hora em que o Filho do homem há de vir. Porque o reino do céu é

como um homem que, ao viajar para uma terra distante, chamou os seus próprios servos, e entregou-lhes os seus bens. E a um deu cinco talentos, e a outro dois, e a outro um; a cada homem segundo as suas habilidades; em seguida, foi viajar.

Então o que recebera cinco talentos foi e negociou com eles, e fez outros cinco talentos. E da mesma forma, o que recebera dois, ele também ganhou outros dois. Mas o que recebera um, foi e cavou na terra, e escondeu o dinheiro do seu senhor.

Depois de muito tempo veio o senhor daqueles servos, e fez contas com eles. Então, chegando o que recebera cinco talentos, trouxe-lhe outros cinco talentos, dizendo: Senhor, tu me entregaste cinco talentos; eis aqui cinco talentos a mais que eu ganhei.

Disse-lhe o seu senhor: Muito bem, servo bom e fiel; foste fiel sobre poucas coisas, eu te farei governante sobre muitas coisas; entra na alegria do teu senhor.

E, chegando também o que tinha recebido dois talentos, disse: Senhor, entregaste-me dois talentos; eis que eu ganhei outros dois talentos além desses.

Disse-lhe o seu senhor: Muito bem, servo bom e fiel; foste fiel sobre poucas coisas, eu te farei governante sobre muitas coisas; entra na alegria do teu senhor.

Então, chegando o que recebera um talento, disse: Senhor, eu soube que és um homem duro, que colhes onde não semeaste, e ajuntas onde não espalhaste; e receoso, eu fui e escondi na terra o teu talento; eis que aqui está o que é teu.

Respondendo o seu senhor, disse-lhe: Servo perverso e preguiçoso, tu sabias que eu colho onde não semeei, e ajunto onde eu não espalhei; tu deverias portanto ter dado o meu dinheiro aos cambistas e então na minha vinda, teria recebido o meu com os juros.

Tomai, portanto, o talento dele, e dai-o ao que tem os dez talentos. Porque a cada um que tiver será dado, e terá em abundância; mas ao que não tiver, será tomado até o que ele tem. E lançai o servo inútil nas trevas exteriores; ali haverá pranto e ranger de dentes.

Qual você acha que seria a relação entre esta parábola do Velho Testamento e esta história que Octavia Butler conta sobre o futuro da humanidade?

7. Larkin, a filha de Olamina, tem rancor por acreditar que Semente da Terra era mais importante para sua mãe do que a família delas. Afinal, Olamina teve oportunidade de mudar-se com seu marido e filha para uma cidade costeira isolada e começar uma nova vida que poderia ser mais segura. Você concorda ou discorda da escolha que ela fez de ficar em Bolota e manter seu compromisso com suas crenças e ideias e com a comunidade que fundou? Qual responsabilidade você acredita ser mais importante?

8. Daphne Uviller escreveu em um artigo na revista *Time Out New York*:

> Apesar da desolação do futuro que o romance propõe, a obra projeta equidades sutis ainda não desfrutadas pelos leitores pré-apocalípticos. Em momento algum é questionada a habilidade de Olamina para liderar Bolota e Semente da Terra por ser uma mulher. As pessoas se importam com as crianças alheias a despeito de diferenças raciais. Mesmo fora de Bolota, no regime opressivo do partido/religião da América Cristã moldado como um regime fascista, a raça de um homem negro não o impede de subir ao topo da hierarquia

desta igreja. E tanto orientação sexual como identidade de gênero são retratadas como mutáveis e indeterminadas.

Você concorda ou discorda dessa declaração? Se concorda, por que acha significativo que a autora tenha ambientado o romance desta maneira?

9. O "campo de reeducação" que Bolota se torna depois de ser dominada ecoa os horrores da escravidão e do Holocausto, além de outras tragédias históricas. Você acredita que a autora esteja fazendo uma declaração sobre como os problemas de uma sociedade podem refletir ou ser atribuídos a problemas de seu passado? Como uma nação pode escapar de tragédias passadas? Isso é possível?

10. Quais posicionamentos sobre família a autora faz ao apresentar a infância de Olamina quando comparada à infância de Larkin/Asha Vere, além da estrutura familiar estabelecida em Bolota antes da invasão?

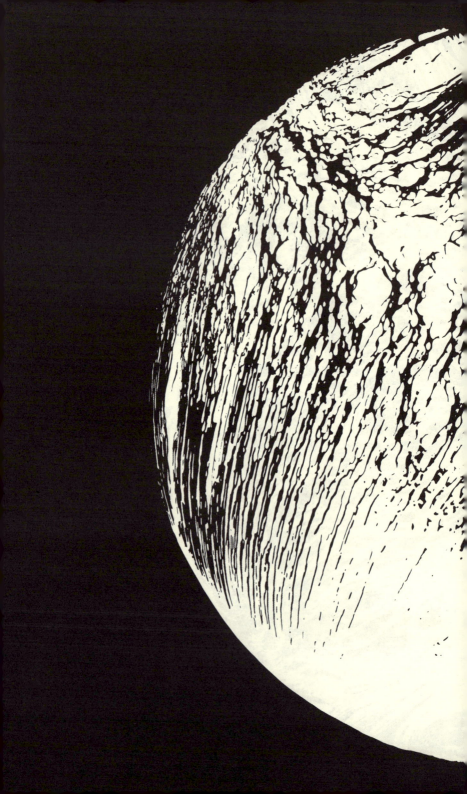

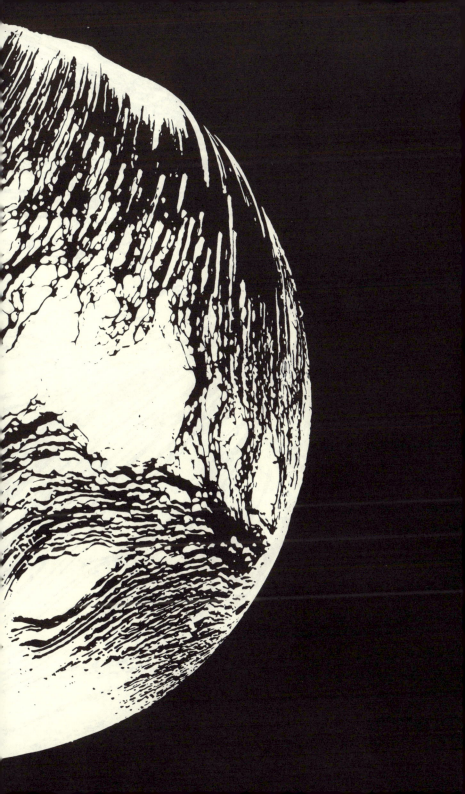

1ª REIMPRESSÃO

Esta obra foi composta pela Desenho
Editorial em Caslon Pro e impressa em papel
Pólen Soft 70g com capa em Cartão 250g
pela Gráfica Corprint para Editora Morro
Branco em novembro de 2021